Annika Bengtzon arbeitet als Redaktionsleiterin der Stockholmer *Abendpresse*. Sie ist erst seit kurzem in dieser Position, als ein Bombenattentat die schwedische Öffentlichkeit erschüttert: ein Anschlag auf das Olympiastadion – wenige Monate vor Eröffnung der Spiele. In den Trümmern findet die Polizei die zerfetzten Teile eines Leichnams. Annika wird mit der Berichterstattung betraut und recherchiert die Hintergründe dieses Attentats, das sich als sorgfältig geplanter Mord erweist.

»Eine atemberaubend realistische Geschichte mit einer neuen literarischen Kultfigur: Annika Bengtzon.« (ARD, Kulturreport)

Liza Marklund, 1962 geboren, wuchs in Nordschweden auf. Jahrelang hat sie für verschiedene Zeitungen und Fernsehsender gearbeitet. Sie lebt mit ihrem Mann und ihren drei Kindern in Stockholm und ist nach wie vor als Reporterin tätig. Für ihren Roman »Olympisches Feuer« (rororo 22733) wurde sie von der Schwedischen Krimiakademie mit dem Poloni-Preis für das beste Debüt des Jahres 1998 ausgezeichnet.

Im Rowohlt Taschenbuch Verlag liegen außerdem »Studio 6« (rororo 22875), »Mia. Ein Leben im Versteck« (rororo 22988) und »Paradies« (rororo 23104) vor.

Liza Marklund

# Olympisches Feuer

Roman

Aus dem Schwedischen
von Dagmar Mißfeldt

Rowohlt Taschenbuch Verlag

Die schwedische Originalausgabe erschien 1998
unter dem Titel »Sprängaren« im Verlag Ordupplaget,
Stockholm

Einmalige Sonderausgabe August 2004

Veröffentlicht im Rowohlt Taschenbuch Verlag,
Reinbek bei Hamburg, April 2001
Copyright © 2000 by
Hoffmann und Campe Verlag, Hamburg,
und Rowohlt Taschenbuch Verlag GmbH,
Reinbek bei Hamburg
»Sprängaren«
Copyright © 1998 by Liza Marklund
Published by agreement
with Bengt Nordin Agency, Värmdö, Sweden,
and Agentur Literatur, Germany
Umschlaggestaltung any.way,
Barbara Hanke / Cordula Schmidt
(Foto: Mauritius / Lehn)
Druck und Bindung Clausen & Bosse, Leck
Printed in Germany
ISBN 3 499 23804 7

# Prolog

**DIE FRAU, DIE BALD STERBEN SOLLTE,** öffnete vorsichtig die Haustür und schaute sich geschwind um. Das Treppenhaus hinter ihr lag im Dunkeln, die Stufen hinab hatte sie kein Licht gemacht. Ihr heller Mantel schwebte geisterhaft vor dem dunklen Holz. Sie zögerte einen Moment, bevor sie einen Fuß auf den Bürgersteig setzte, als fühle sie sich beobachtet. Ihr Atem ging schnell, und für wenige Sekunden umgab der weiße Dunst sie wie ein Heiligenschein. Dann rückte sie den Schulterriemen ihrer Handtasche zurecht und umschloß den Griff ihres Portefeuilles fester. Sie zog die Schultern hoch und lief mit raschen, leisen Schritten in Richtung Götgatan. Es war bitterkalt, rauher Wind umwehte ihre dünnen Nylonstrümpfe. Sie wich einer vereisten Fläche aus und balancierte für einen Augenblick auf der Bordsteinkante. Dann eilte sie aus dem Schein der Straßenlaterne in die Dunkelheit. Kälte und Schatten hüllten sie ein; die Geräusche der Nacht erreichten sie nur gedämpft: das Surren einer Belüftungsanlage, das Grölen einiger betrunkener Jugendlicher, eine Sirene in weiter Ferne.

Die Frau schritt schnell und zielstrebig voran. Sie strahlte Selbstsicherheit aus und verbreitete den Duft teuren Parfüms. Als plötzlich ihr Handy klingelte, hielt sie irritiert in der Bewegung inne, blieb stehen und schaute sich hastig um. Sie bückte sich, lehnte die Aktentasche gegen ihr rechtes Bein und begann, in ihrer Handtasche zu kramen. Verärgert und verwirrt zugleich, holte sie ihr Handy hervor und hielt es ans Ohr. Trotz Finsternis und Schatten bestand an ihrer Reaktion kein Zweifel: Die Verärgerung wich Verwunderung, um dann in Wut und schließlich in Angst umzuschlagen.

Am Ende des Gesprächs verharrte die Frau für wenige Sekunden mit dem Telefon in der Hand. Sie senkte den Kopf und schien nachzudenken. Ein Polizeiauto fuhr langsam vorbei, die Frau schaute zu dem Wagen auf, abwartend, starrte ihm nach. Sie unternahm nichts, um das Auto anzuhalten.

Offenbar hatte sie eine Entscheidung getroffen. Sie machte auf dem Absatz kehrt und ging denselben Weg zurück, den sie gekommen war, vorbei an der dunklen Holztür in Richtung der Kreuzung Katarina Bangatan. Sie wartete, während ein Nachtbus vorüberfuhr, hob den Kopf und folgte mit ihren Blicken der Straße über den Vintertullstorget hinweg und weiter am Sickla Kanal entlang. Hoch über dem Sickla Kanal lag das Victoriastadion, wo in sieben Monaten die Olympischen Sommerspiele eröffnet werden sollten.

Als der Bus vorbeigefahren war, überquerte die Frau den Ringvägen und schritt die Katarina Bangatan entlang. Ihr Gesicht war ausdruckslos, das Tempo ihrer Schritte verriet, daß sie fror. Sie nahm die Fußgängerbrücke über den Hammarby Kanal und gelangte durch das Multimediadorf auf das Olympiagelände. Mit kurzen und leicht ruckartigen Bewegungen eilte sie weiter zum Olympiastadion. Sie schlug den Weg am Wasser entlang ein, obwohl diese Strecke länger und kühler war. Der Wind, der vom Wasser des Saltsjön herüberwehte, war eiskalt, doch sie wollte nicht gesehen werden. Die Dunkelheit war undurchdringlich, und sie stolperte mehrmals.

Beim Gebäude mit der Post und der Apotheke bog sie zum Trainingsgelände ab und rannte die letzten Meter bis zur Arena. Als sie den Haupteingang erreicht hatte, war sie außer Atem und wütend. Sie zog das Tor auf und trat in die Finsternis.

»Sagen Sie, was Sie wollen, und machen Sie es kurz«, verkündete sie und schaute mit kalten Augen die Person an, die sich aus dem Schatten gelöst hatte.

Den erhobenen Hammer sah sie noch, Angst jedoch spürte sie nicht mehr.

Der erste Schlag traf ihr rechtes Auge.

# Existenz

Gleich hinter dem Holzzaun war ein Ameisenhaufen von gigantischem Umfang. Als Kind hatte ich die Angewohnheit, ihn mit vollkommener Aufmerksamkeit zu studieren. Ich stand so dicht daneben, daß die Insekten unablässig über meine Beine krabbelten. Mitunter folgte ich einer einzelnen Ameise vom Gras bis hinunter zum Hof, über den Kiesweg hinweg und den Sandstreifen entlang bis zum Haufen. Dort nahm ich mir fest vor, das Insekt nicht aus den Augen zu verlieren, doch das gelang mir nie. Andere Ameisen forderten meine Aufmerksamkeit. Waren es zu viele, wurde mein Interesse in so zahllose Fraktionen gespalten, daß ich die Geduld verlor.

Manchmal legte ich ein Stück Zucker auf den Ameisenhaufen. Die Ameisen liebten mein Geschenk, und ich lächelte, während sie sich darüber ergossen und es mit sich in die Tiefe zogen. Im Herbst, wenn die Ameisen durch den Kälteeinbruch in ihren Bewegungen erlahmten, stocherte ich mit einem Stock im Haufen, um sie wieder zum Leben zu erwecken. Die Erwachsenen waren böse auf mich, wenn sie mein Treiben beobachteten. Sie sagten, ich sabotiere die Arbeit der Ameisen und zerstöre ihre Behausung. Bis heute ist mir dieses Gefühl der Schmähung in Erinnerung geblieben, ich wollte ihnen ja nichts Böses antun. Ich wollte mir nur ein wenig die Zeit vertreiben. Ich wollte die kleinen Tierchen lediglich etwas auf Trab bringen.

Mein Spiel mit den Ameisen verfolgte mich mit der Zeit bis in meine Träume. Meine Faszination für Insekten wandelte sich in unsagbare Angst vor ihrem Gekrabbel. Als erwachsener Mensch habe ich den Anblick von drei Insekten gleichzeitig, ganz gleich welcher Sorte, nicht mehr ertragen können. Sobald ich den Überblick über sie verloren habe, überkommt mich Panik. Die Phobie entstand in dem Augenblick, in dem ich die Ähnlichkeit zwischen mir und den kleinen Wesen erkannte.

Ich war jung und suchte nach der Antwort auf mein Leben, konstruierte Theorien und spielte sie in allen Variationen durch. Daß das Leben eine Laune sein sollte, paßte nicht in mein Weltbild. Etwas hatte mich erschaffen. Ich kam zu keiner Lösung, was dieses Etwas sein mochte: Zufall, Schicksal, Evolution oder womöglich Gott.

Daß das Leben sinnlos sein könnte, erschien mir hingegen wahrscheinlich, und dieser Gedanke erfüllte mich mit Trauer und Wut. Wenn unsere Zeit auf Erden keinen Sinn hatte, wäre unser Leben ein zynisches Experiment. Jemand hatte uns in die Welt gesetzt, um uns zu studieren, wie wir uns bekriegten, wie wir krochen, litten und uns abstrampelten. Bisweilen verteilte dieser Jemand nach dem Zufallsprinzip Belohnungen, wie ein Stück Zucker, das man auf einen Ameisenhaufen legt, und betrachtete unsere Freude und Verzweiflung mit derselben interessierten Gefühlskälte.

Mit den Jahren wurde ich zuversichtlicher. Schließlich erkannte ich, daß es keine Rolle spielt, ob es einen höheren Sinn im Leben gibt. Selbst wenn es einen gibt, so muß ich ihm nicht unbedingt ergründen. Gäbe es eine Antwort, dann hätte ich sie längst gefunden, weil ich sie aber nicht kenne, ist es zwecklos, weiter darüber zu grübeln.

Das hat mir eine gewisse Form von Frieden beschert.

# Samstag, 18. Dezember

Der Laut erreichte ihr Ohr in den Tiefen eines abstrusen, erotischen Traumes. Sie lag in einem Raumschiff auf einer gläsernen Bahre, Thomas war auf und in ihr. Drei Programmchefs der politischen Radiosendung ›Studio 6‹ standen daneben und schauten mit ausdruckslosen Mienen zu. Sie mußte ganz dringend pinkeln.

»Du kannst jetzt nicht aufs Klo, wir sind auf dem Weg ins Weltall«, widersprach Thomas, und sie sah durch das Panoramafenster, daß er recht hatte.

Andere Signale zerrissen den Kosmos und ließen sie verschwitzt und mit ausgetrockneter Kehle in der Finsternis zurück. Über ihr schwebte hinter dem Dunkeln die Zimmerdecke.

»Geh endlich dran, verdammt, bevor das ganze Haus wach ist«, grummelte Thomas genervt zwischen den Kissen hervor.

Sie wandte den Kopf und schaute auf die Uhr: 3 Uhr 22. Die Lust war mit einem Atemzug verflogen. Ihr bleischwerer Arm tastete nach dem Telefon auf dem Boden. Jansson war dran, der Nachtchef.

»Das Victoriastadion ist in die Luft geflogen. Es brennt wie verrückt. Der Nachtreporter ist vor Ort, aber wir brauchen dich für die Spätausgabe. Wie schnell kannst du dort sein?«

Sie schnappte kurz nach Luft, ließ die Information auf sich wirken und spürte das Adrenalin wie eine Woge durch ihren Körper bis hinauf zum Herz wallen. Die Olympia-Arena, dachte sie, Feuer, Chaos, so ein Mist. Im Süden der Stadt. Südring oder Skanstullsbron.

»Wie sieht es in der Stadt aus, sind die Straßen okay?«

Ihre Stimme klang rauher als gewollt.

»Der Südring ist blockiert. Die Ausfahrt direkt an der Arena ist eingestürzt, soweit wir wissen. Der Södertunnel könnte gesperrt sein, fahr lieber oben auf der Straße.«

»Wer schießt die Fotos?«

»Henriksson ist unterwegs, und die Freelancer sind schon da.«

Jansson legte auf, ohne eine Antwort abzuwarten. Annika hörte noch einige Sekunden das tote Summen in der Leitung, ehe sie den Apparat auf den Boden gleiten ließ.

»Was ist denn los?«

Sie seufzte lautlos, bevor sie Antwort gab.

»Eine Explosion im Olympiastadion. Ich muß hin. Dauert wahrscheinlich den ganzen Tag.« Nach kurzem Zögern fügte sie dann hinzu: »Und den Abend.«

Er brummelte unverständliche Worte.

Vorsichtig machte sie sich von Ellens klebrigfeuchtem Schlafanzug los. Sie sog die Düfte des Kindes ein, den süßlichen der Haut, den säuerlichen vom Mund, in dem ständig der Daumen steckte, und gab ihr einen Kuß auf die zarte Haut. Das Mädchen räkelte sich wohlig, streckte sich und rollte sich zu einem Knäuel zusammen, drei Jahre und vollkommen selbstbewußt, sogar im Schlaf. Mit schwerem Arm tippte sie die Durchwahl der Taxizentrale, zwang sich dann aus der betäubenden Wärme des Bettes und setzte sich auf den Fußboden.

»Einen Wagen in die Hantverkargatan 32, bitte, Bengtzon. Es ist ziemlich eilig. Zur Olympia-Arena. Ja, ich weiß, daß es da brennt.«

Sie mußte auf die Toilette, sonst kam sie um.

Draußen herrschte beißende Kälte, mindestens zehn Grad unter Null. Sie schlug den Mantelkragen hoch und zog die Mütze über die Ohren, ihr zahnpastagesättigter Atem umgab sie wie eine Wolke. Das Taxi glitt in dem Moment heran, in dem die Haustür hinter ihr ins Schloß fiel.

»Hammarbyhamnen, Olympia-Arena«, sagte Annika, als sie sich mit ihrer großen Umhängetasche auf den Rücksitz fallen ließ.

Der Fahrer beäugte sie im Rückspiegel.

»Bengtzon, ‚Abendpresse‘, oder?« fragte er und grinste unsicher. »Ich lese immer Ihre Artikel. Ich finde Ihre Meinung über Korea gut, ich habe meine Kinder von da geholt. Ich bin auch oben in Panmunjom gewesen, das war echt toll geschrieben, wie sich da die Soldaten gegenüberstehen, kein Wort miteinander reden dürfen. Das war 'n starker Artikel.«

Wie immer hörte sie dem Lob zwar zu, nahm es aber nicht an, durfte es nicht annehmen, denn dann konnte es sich verflüchtigen: Das magische Moment, das einen Text zum Fliegen bringt.

»Danke, schön, daß er Ihnen gefallen hat, meinen Sie, der Södertunnel ist passierbar? Oder bleiben wir die ganze Strecke oben auf der Straße?«

Er war wie die meisten seiner Kollegen hautnah an den Ereignissen dran. Tat sich im Land um vier Uhr morgens etwas, waren zwei Telefonate zu erledigen: Polizei und Taxi. Das genügte fast immer, um Material für einen ersten Bericht zu bekommen. Die Polizei lieferte die Bestätigung der Vorkommnisse, und ein Taxifahrer war nahezu immer in der Lage, irgendeine Form von Augenzeugenbericht beizusteuern.

»Ich war auf der Götgatan, als es geknallt hat«, erklärte er und vollführte über die durchgezogene Linie eine Kehrtwende um 180 Grad. »O Mann, da haben aber die Straßenlaternen gewackelt. Scheiße, dachte ich, nu ist die Bombe hochgegangen. Die Russen sind da. Ich habe mich über Funk gemeldet, dachte, was verdammt noch mal … Die haben gesagt, es ist das Victoriastadion, das in die Luft geflogen ist. Einer von unsren Jungs ist grad dagewesen, als es geknallt hat, hatte 'ne Tour runter zum illegalen Spielclub in diesen neuen Häusern da, Sie wissen schon …«

Der Wagen raste hinunter zum Stadshuset, dem Stockholmer Rathaus, während Annika Block und Bleistift aus der Tasche fischte.

»Ist ihm was passiert?«

»Geht so, glaube ich, ihm is 'n Stück Metall durchs Seitenfenster geflogen, hat ihn nur um ein paar Zentimeter verfehlt. Schnittwunde im Gesicht, kam über Funk durch.«

Sie fuhren an der U-Bahn-Station Gamla Stan vorüber und näherten sich der Haltestelle Slussen.

»In welches Krankenhaus ist er eingeliefert worden?«

»Wer?«

»Ihr Kollege mit dem Metallstück?«

»Ach so, der, Brattström heißt er, ins Södersjukhus, glaube ich, das ist am nächsten.«

»Vorname?«

»Keine Ahnung, über Funk kann ich mal nachfragen ...«

Arne hieß er. Annika holte das Mobiltelefon heraus, steckte die Hörschnecke ins Ohr und drückte Menü 1, die Kurzwahl für Janssons Arbeitsplatz, dem Schreibtisch des Nachtredakteurs in der Zeitung. Noch bevor er den Hörer abgenommen hatte, wußte er, daß Annika am Apparat war, er hatte ihre Handynummer auf dem Display seines Apparates erkannt.

»Ein Taxifahrer ist verletzt, Arne Brattström, ins Södersjukhus eingeliefert«, sagte sie. »Wir sollten ihm vielleicht einen Besuch abstatten, das schaffen wir noch bis zur ersten Auflage.«

»Okay«, erwiderte Jansson. »Wir werden ihn im Daten SPAR suchen lassen.«

Er legte den Hörer neben das Telefon und rief dem Nachtreporter zu: »Such mal einen gewissen Arne Brattström, frag bei der Polizei, ob seine Angehörigen verständigt sind, dann ruf bei der Frau an, ob da jemand ist. Wir haben eine Luftaufnahme organisiert. Wann bist du vor Ort?«

»In sieben, acht Minuten, kommt drauf an, wie das mit den Absperrungen ist. Was macht ihr gerade?«

»Bei uns läuft alles auf Hochtouren, die Polizei liefert ihren Kommentar, die Nachtreporter telefonieren mit allen Leuten in den Häusern gegenüber und nehmen die Berichte auf, einer von den Journalisten ist schon vor Ort, fährt aber bald nach Hause. Und dann rekapitulieren wir die früheren Olympia-Anschläge, den Typ, der Chinaböller auf das Stockholmer Stadion geworfen hat und auf das Nya Ullevi, als Stockholm seine Bewerbung eingereicht hat ...«

Jemand unterbrach ihn, Annika spürte die hitzige Atmosphäre in der Redaktion bis ins Taxi. Hastig sagte sie: »Ich melde mich, sobald ich mehr weiß«, und schaltete aus.

»Um das Aufwärmgelände herum ist bestimmt abgesperrt«, überlegte der Fahrer. »Ich glaube, ich nehme am besten die Straße hintenrum.«

Das Taxi bog hinunter zur Folkunggatan ab und sauste zum Värmdöleden. Annika tippte die nächste Nummer ins Handy. Während die Rufzeichen ertönten, fielen ihr nächtliche Spätheimkehrer auf, die betrunken johlend und torkelnd heimwärts zogen. Wie immer war sie erstaunt, daß es so viele waren. Wenn sie um diese nächtliche Zeit unterwegs war, war immer irgendwo ein Verbrechen begangen worden. Sie hatte vergessen, daß die Stadt auch für andere Aktivitäten als kriminelle Handlungen und Arbeit genutzt werden konnte, hatte verdrängt, daß auch noch ein anderes Leben existierte, eins, das nur nachts stattfand.

Eine gestreßte Stimme antwortete am anderen Ende der Leitung.

»Ich weiß, Sie können noch nichts sagen«, begann Annika. »Sagen Sie mir, wann Sie Zeit für ein Gespräch haben. Ich rufe Sie an, wenn es Ihnen paßt. Nennen Sie mir eine Uhrzeit.«

Der Mann seufzte.

»Bengtzon, ich weiß es verdammt noch mal nicht. Ich weiß es einfach nicht. Rufen Sie später noch mal an.«

Annika schaute auf ihre Armbanduhr.

»Jetzt ist es zwanzig vor vier. Ich schreibe für die Spätausgabe. Sagen wir halb acht?«

»Jaja, das ist in Ordnung. Rufen Sie um halb acht an.«

»Okay, dann reden wir eben dann.«

Nun hatte sie ein Versprechen in der Tasche, da konnte er jetzt kaum noch einen Rückzieher machen. Polizisten konnten Journalisten nicht ausstehen, die genau in dem Moment anriefen, in dem die Ereignisse eintraten und sofort alles darüber wissen wollten. Auch wenn die Polizisten über eine Menge an Informationen verfügten, so war es für sie schwierig zu beurteilen, was sie davon an die Öffentlichkeit dringen lassen sollten. Um halb acht würde sie über eigene Beobachtungen, Fragen und Theorien verfügen, und die Kripo wußte dann, was sie publik machen wollte. So würde es funktionieren.

»Jetzt sieht man den Rauch«, verkündete der Taxifahrer.

Sie lehnte sich über den vorderen Beifahrersitz, guckte nach rechts in die Höhe.

»Ja, ich fasse es nicht.«

Dünn und schwarz stiegen vor dem fahlen Halbmond Rauchschwaden in den Himmel. Das Taxi bog vom Värmdöleden in den Südring ab.

Die Autobahn war mehrere hundert Meter vor der Tunneleinfahrt und der Arena abgesperrt. Etwa zehn andere Fahrzeuge standen bereits an den Straßensperren. Das Taxi reihte sich hinter allen anderen ein, Annika reichte ihre Taxikarte nach vorn.

»Wann wollen Sie wieder zurück? Soll ich warten?« erkundigte sich der Fahrer.

Annika lächelte mit blassen Lippen.

»Nein danke, das wird hier noch etwas dauern.«

Sie klaubte Block, Bleistift und Handy zusammen.

»Fröhliche Weihnachten!« rief ihr der Fahrer zu, ehe sie die Tür zuschlug.

Mein Gott, dachte sie, das ist doch erst in einer Woche. Geht es jetzt schon los mit den Weihnachtsgrüßen?

»Gleichfalls«, sagte sie zur Heckscheibe des Wagens.

Zwischen Autos und Menschen bahnte sie sich den Weg bis zu den Straßensperren. Die Absperrung stammte nicht von der Polizei. Gut. Vor denen hatte sie Respekt. Sie verlangsamte ihren Schritt nicht, als sie über die Sperren des Straßenbauamtes sprang und auf der anderen Seite sofort lossprintete. Sie hörte nicht auf die aufgeregten Rufe hinter sich, sondern blickte hinauf zur großen Anlage. Unzählige Male war sie hier mit dem Auto entlanggefahren und war jedesmal von den enormen Ausmaßen des Bauwerks beeindruckt gewesen. Das Victoriastadion war in den Fels hineingebaut, aus dem Hammarbyer Berg herausgehöhlt worden. Umweltschützer hatten selbstverständlich Krach geschlagen, das taten sie immer, wenn ein paar Bäume gefällt wurden. Der Südring verlief geradewegs durch den Felsen und unter dem Stadion hindurch, nun jedoch wurde die Einfahrt durch große Betonbrocken und mehrere Einsatzfahrzeuge blockiert. Die rotgelben Warnleuchten auf den Dächern der Fahrzeuge blinkten auf dem glatten Asphalt. Die Nordtribüne quoll über die Tunneleinfahrt hinweg wie ein überdimensionaler Pilz, dessen Hut jetzt zerfetzt war. Die Bombe mußte genau an dieser Stelle explodiert sein. Wie Zähne ragten die Reste der Tribüne in den Nachthimmel. Sie lief weiter und erkannte, daß sie wahrscheinlich nicht viel weiter kommen würde.

»Sie da, wo wollen Sie denn hin?« schrie ein Feuerwehrmann.

»Hoch«, schrie sie zurück.

»Da ist abgesperrt!« rief er ihr nach.

»Ach, wirklich?« murmelte sie. »Nehmen Sie mich doch fest!« Sie lief geradeaus weiter und hielt sich dann rechts, so weit sie kam. Der Sickla Kanal unter ihr war zugefroren. Weiter vorn, am anderen Ende des Eises, begann eine Art Betonsockel, ein Vorsprung für die Fahrbahn, auf dem sie ruhte, bevor die Straße im Berg verschwand. Dort hievte Annika sich auf das Geländer und sprang auf der anderen Seite hinunter, gut einen Meter tief. Die Tasche schlug dumpf auf ihrem Rücken auf, als sie mit den Füßen aufkam.

Einen Augenblick lang blieb sie stehen und blickte sich um. Sie war bisher nur zweimal hier draußen bei der Arena gewesen: bei einer Pressevorführung im letzten Sommer und an einem Sonntagnachmittag im vergangenen Herbst mit Anne Snapphane. Rechts von ihr lag das, was einmal das olympische Dorf werden sollte, die halbfertigen Wohnungen, wo die Wettkämpfer während der Olympiade wohnen sollten. Die Fenster klafften schwarz, alle Scheiben auf dem gesamten Gelände schienen wie weggeblasen. Geradeaus konnte man im Dunkeln die Trainingsanlage erahnen. Links von ihr erhob sich eine zehn Meter hohe Betonwand. Darüber lag der Platz mit dem riesigen Eingang zum Stadion.

Sie lief den Weg hinunter, versuchte die Geräusche, die an ihr Ohr drangen, einzuordnen, eine Sirene weit fort, ferne Stimmen, das Zischen einer Wasserkanone oder eines großen Gebläses. Die roten Lichter der Einsatzfahrzeuge tanzten auf der Wand. An deren Ende angekommen, lief sie die Treppe hinauf zum Eingang, während sich ein Polizist daran machte, sein blauweißes Band auszurollen.

»Wir sperren hier ab«, rief er.

»Mein Fotograf ist da oben«, schrie sie zurück. »Ich hol' ihn nur schnell.« Der Polizist winkte sie vorbei.

Nun kann ich nur hoffen, daß das keine Lüge war, dachte sie.

Die Treppe hatte man in drei gleich langen Absätzen gebaut. Oben angekommen, rang sie unwillkürlich nach Luft. Der ganze Platz wimmelte vor blinkenden Einsatzfahrzeugen und umherlaufenden Menschen. Zwei der Pfeiler, die die Nordtribüne getragen hatten, waren eingestürzt und lagen zertrümmert am Boden. Zerfetzte grüne Sitze übersäten das gesamte Gelände. Ein Kamerateam vom Fernsehen war gerade eingetroffen, sie entdeckte einen Reporter von der Konkurrenzzeitung und drei Freelance-Fotografen. Sie wandte den Blick nach oben und schaute in einen Bombenkrater. Fünf Hubschrauber kreisten über dem Erdtrichter, mindestens zwei waren von den Medien.

»Annika!«

Es war Johan Henriksson, ein 23jähriger Fotograf von der ‚Abendpresse‘, der vorher bei einem Lokalblatt in Östersund gearbeitet hatte. Er war begabt und ehrgeizig, zwei Eigenschaften, von denen die letztgenannte die wichtigste war. Jetzt kam er mit einem doppelten Satz an Kameras um den Hals und schlenkernder Kameratasche auf sie zugerannt.

»Was hast du rausgefunden?« fragte Annika und holte Block und Bleistift hervor.

»Ich war ungefähr eine halbe Minute nach der Feuerwehr hier. Ich habe gerade noch einen Krankenwagen erwischt, der einen Taxifahrer wegbringen wollte, er hat wahrscheinlich eine Schnittverletzung. Die Feuerwehr hat Probleme gehabt, das Wasser bis oben zur Tribüne zu kriegen, und dann haben sie das Löschfahrzeug mit der fahrbaren Drehleiter direkt ins Stadion gefahren. Ich hab’ den Brand von draußen aufgenommen, kam aber nicht in die Arena rein. Aber vor ein paar Minuten ist was passiert, die Bullen sind hier wie die Irren rumgerannt, ich glaube, da ist was passiert.«

»Oder sie haben was gefunden«, erwiderte Annika und steckte den Block ein. Den Stift wie den Stab bei einem Staffellauf in der Hand marschierte sie schnell auf den Eingang am gegenüberliegenden Ende des Platzes zu. Wenn die Erinnerung sie nicht trog, dann befand er sich einige Meter weiter rechts, genau unterhalb der zertrümmerten Tribüne. Niemand hinderte sie an ihrem Vorhaben, das Chaos sorgte für Unübersichtlichkeit. Sie schlängelte sich zwischen Betontrümmern, verbogenen Armierungseisen und grünen Plastiksitzen hindurch. Eine Treppe mit vier Absätzen führte zum Eingang hinauf, sie war außer Atem, als sie oben angekommen war. Direkt vor dem Eingangsportal hatte die Polizei soeben alles abgesperrt, aber das tat nichts zur Sache. Mehr brauchte sie nicht zu sehen. Das Portal war unbeschädigt und schien abgeschlossen zu sein. Getreu ihrer Gewohnheit konnten es schwedische Bewachungsfirmen nicht lassen, alberne Aufkleber auf die Außentüren derjenigen Gebäude zu pappen, die unter ihrer Bewachung standen; das Olympiastadion bildete da keine Ausnahme. Annika holte wieder ihren Block hervor und schmierte Namen und Telefonnummer hin.

»Bitte räumen Sie das Gelände. Einsturzgefahr! Ich wiederhole …«

Ein Polizeifahrzeug mit Lautsprecheranlage glitt unten auf dem Platz im Schneckentempo voran. Die Leute zogen sich rasch bis zu der Aufwärmanlage und bis zum olympischen Dorf weiter unten zurück. Annika trottete die Außenwand der Arena entlang und konnte so vermeiden, wieder runter auf den Vorplatz zu gelangen. Statt dessen folgte sie der Rampe, die um das gesamte Gebäude verlaufend in einer sanften Linkskurve endete. Es gab mehrere Eingangsbereiche; sie wollte jeden einzelnen in Augenschein nehmen. Keiner wies Spuren von Beschädigung oder Einbruch auf.

»Entschuldigung die Dame, nun ist es aber Zeit zu verschwinden.«

Ein junger Polizist legte ihr die Hand auf den Arm.

»Wer ist hier der Einsatzleiter?« fragte sie und hielt ihm den Presseausweis unter die Nase.

»Er hat keine Zeit. Sie müssen jetzt gehen. Wir räumen das gesamte Gelände.«

Der Polizist wollte sie fortziehen; offensichtlich stand er unter Streß. Annika entwand sich seinem Griff und blieb direkt vor ihm stehen. Sie versuchte ihr Glück: »Was haben Sie im Inneren des Stadions gefunden?«

Der Polizist fuhr sich mit der Zunge über die Lippen.

»Ich weiß es nicht genau, und ich darf Ihnen darüber auch keine Auskunft geben«, antwortete er.

Volltreffer!

»Wer kann mir darüber Auskunft geben und wann?«

»Ich weiß es nicht, wenden Sie sich an die Kripo. Aber jetzt müssen Sie hier weg!«

Die Polizei sperrte das Gelände bis zum Trainingszentrum ab, das mehrere hundert Meter vom Stadion entfernt lag. Annika traf Henriksson am Fuß des Gebäudes, wo die Restaurants und das Kino Platz finden sollten. Vor der Post, wo die Straße am breitesten war, bildete sich gerade ein provisorisches Medienzentrum. Immer mehr Journalisten strömten herbei, viele lächelten und begrüßten im Vorübergehen ihre Kollegen. Annika hatte Schwierigkeiten mit dieser Art von kollegialem Schulterklopfen, mit Leuten, die an einem Unglücksort umherliefen und von Partys schwärmten, zu denen sie eingeladen gewesen waren. Mit dem Fotografen im Schlepptau zog sie sich zurück.

»Mußt du zur Zeitung?« fragte sie. »Der Druck für die Erstauflage läuft.«

»Nein, ich habe meine Filme den Freelancern mitgegeben. Ich habe es nicht eilig.«

»Gut. Ich habe das Gefühl, daß hier noch einiges passieren wird.«

Der Übertragungswagen einer der Fernsehgesellschaften fuhr neben ihnen hinauf. Sie gingen in die entgegengesetzte Richtung, vorbei an der Bank und der Apotheke hinunter zum Kanal. Unten blieb Annika stehen und schaute zur Arena hoch, Polizei und Löschfahrzeuge standen noch auf der Plattform. Was trieben die dort nur? Vom Wasser wehte eiskalter Wind herüber, weiter draußen auf dem Hammarby-See glitzerte im Eis eine aufgebrochene Fahrrinne wie eine schwarze Wunde. Sie kehrte dem Wind den Rücken zu und wärmte sich die Nase mit der behandschuhten Hand. Durch die Finger hindurch sah sie plötzlich, wie zwei weiße Fahrzeuge auf der Fußgängerbrücke von Södermalm heranglitten. Verdammter Mist, das war ein Rettungswagen! Und ein Notarztwagen! Sie schaute auf die Uhr, genau fünf nach halb fünf. Noch drei Stunden, bis sie ihren Kontaktmann anrufen konnte. Sie stöpselte sich die Hörschnecke ins Ohr und versuchte ihr Glück einstweilen bei der Kripo. Besetzt. Sie rief Jansson an, Menü 1.

»Was willst du?« fragte Jansson.

»Ein Krankenwagen ist auf dem Weg zur Arena«, antwortete Annika.

»Die Deadline ist in sieben Minuten.«

Sie hörte, wie er auf seine Tastatur einhackte.

»Was schreibt die Nachrichtenagentur? Machen sie Angaben über Verletzte?«

»Sie haben was über den Taxifahrer, aber sie haben nicht mit ihm gesprochen. Über die Verwüstung, Bericht von der Kripo, sie sagen noch nichts, ja, eine Menge so 'n Zeug. Nichts Besonderes.«

»Der Taxifahrer ist vor einer Stunde weggebracht worden, das hier ist eine andere Geschichte. Geben sie nichts über Polizeifunk durch?«

»Nicht einen einzigen Muckser.«

»Keine Buschtrommeln?«

»Nein.«

»Im Echo?«

»Bisher nichts. ,Rapport' bringt um sechs eine Sondersendung.«

»Ja, ich habe den Bus gesehen.«

»Halt dort die Stellung, ich ruf an, wenn wir die erste Auflage in Druck schicken.«

Er schaltete ab. Annika drückte auf »Aus«, behielt aber die Hörschnecke im Ohr.

»Wozu hast du denn dieses Dingsda?« fragte Henriksson und deutete auf die Schnur, die an ihrer Wange herunterhing.

»Die Strahlung von Handys verbrutzelt das Gehirn, wußtest du das nicht?« lächelte sie. »Ich finde es praktisch. Ich kann herumlaufen und schreiben und gleichzeitig telefonieren. Außerdem ist es leise, keiner hört, wenn ich irgendwo anrufe.«

Von der Kälte tränten ihr die Augen, sie mußte blinzeln, um zu sehen, was sich drüben beim Stadion tat.

»Hast du ein Riesentele?«

»Kannst du bei dieser Dunkelheit vergessen«, erwiderte Henriksson.

»Nimm das beste Objektiv, das du hast und versuch einzufangen, was da drüben los ist«, sagte sie und wies ihm mit der Hand die Richtung.

Henriksson seufzte leise, stellte die Fototasche auf den Boden und schielte durch die Linse.

»Bräuchte ein Stativ«, murmelte er.

Die Wagen waren einen grasbewachsenen Abhang hinaufgefahren und hatten an der Treppe zu einem der großen Eingangsportale Halt gemacht. Drei Männer stiegen aus dem Notarztwagen und redeten hinter dem Fahrzeug miteinander. Ein uniformierter Polizist kam dazu, begrüßte sie. Bei dem Krankenwagen rührte sich niemand.

»Eilig haben die es jedenfalls nicht«, sagte Henriksson.

Zwei weitere Polizisten traten hinzu, einer in Uniform, der andere in Zivil. Die Männer redeten und gestikulierten, einer zeigte hoch zum Bombenkrater.

Annikas Mobiltelefon klingelte. Sie drückte auf den Annahmeknopf.

»Ja?«

»Was ist mit dem Krankenwagen?«

»Nichts. Wartet.«

»Was bringen wir in der nächsten Ausgabe?«

»Hat jemand den Taxifahrer im Södersjukhus ausfindig gemacht?«

»Noch nicht, aber wir haben Leute vor Ort. Er ist nicht verheiratet, kein Lebenspartner.«

»Haben wir Christina Furhage, die Olympia-Chefin, gefunden?«

»Nicht erreichbar.«

»Was für ein Wahnsinnsalptraum, gerade für sie, die sich so stark engagiert hat … Wir müssen auch die ganze Olympia-Schiene bringen: Was wird jetzt aus den Olympischen Spielen? Ist bis dahin die Tribüne repariert? Was sagt Samaranch? Und dergleichen.«

»Wir haben uns das Ganze angeguckt. Es gibt Leute hier, die das machen.«

»Dann mache ich die Story nur über die Bombenexplosion. Das war doch bestimmt Sabotage. Drei Artikel: Die Jagd der Polizei auf den Bombenleger, der Tatort heute morgen und …« sie verstummte.

»Bengtzon …?«

»Sie öffnen die Hintertür des Krankenwagens. Sie rollen eine Trage heraus, damit gehen sie zum Eingang. Verdammt, Jansson, es gibt noch ein Opfer!«

»Okay, Polizeijagd, Reportage und das Opfer. Du kriegst die Sechste, Siebte, Achte und die Mitte.«

Die Leitung war tot.

Sie war aufs Äußerste gespannt, als die Männer sich auf den Weg hinauf zum Stadion machten. Henrikssons Kamera klickte. Außer ihnen waren keine anderen Journalisten auf die Fahrzeuge aufmerksam geworden; die Trainingsanlage versperrte die Sicht.

»Daß es aber auch so verdammt kalt sein muß«, jammerte Henriksson, als die Männer im Inneren der Arena verschwunden waren.

»Wir setzen uns ins Auto und telefonieren«, schlug Annika vor.

Sie begaben sich zurück zum Medienzentrum. Die Menschen standen sich frierend die Beine in den Bauch, Fernsehleute rollten ihre Kabel aus, einige Reporter hauchten ihre Kugelschreiber an. Daß die nie lernen, bei Temperaturen unter Null einen Bleistift einzustecken, dachte Annika und lächelte in sich hinein. Die Radioleute mit ihrer Sendeausrüstung auf dem Rücken sahen aus wie Insekten. Alle traten sie von einem Fuß auf den anderen. Einer der Freelancer von der Abendpresse war von seiner Tour zur Zeitung zurückgekehrt.

»Um sechs Uhr gibt es eine Pressekonferenz«, verkündete er.

»Genau zu ‚Rapport‘s Sondersendung, optimales Timing«, murmelte Annika.

Henriksson hatte das Auto auf der Rückseite der Tennisplätze und der Krankenabteilung geparkt.

»Ich bin den Weg gekommen, den sie zuerst abgesperrt haben«, brachte er entschuldigend vor.

Es war ein kurzer Fußweg. Annika spürte, wie ihr Gefühl in den Füßen langsam schwand. Leichter Schneefall hatte eingesetzt, nicht gerade günstig, wenn man mit dem Teleobjektiv im Dunkeln Fotos machen wollte. Die Windschutzscheibe von Henrikssons Saab mußten sie freibürsten.

»Das reicht«, sagte Annika und schaute zur Arena hinüber. »Man hat freie Sicht auf Krankenwagen wie Notarztwagen. Von hier haben wir den perfekten Überblick.«

Sie setzten sich ins Auto und ließen den Motor warmlaufen. Annika gab eine Telefonnummer ein. Sie versuchte es noch einmal bei der Kripo. Besetzt. Sie rief die Notrufzentrale an und erkundigte sich, wer als erster den Notruf gemeldet hatte, wie viele Notrufe eingegangen waren, ob Personen in ihren Wohnungen zu Schaden gekommen seien, als ihnen die Fensterscheiben um die Ohren geflogen waren, und ob man schon einschätzen konnte, auf welche Summe sich der

Sachschaden belaufen würde. Wie gewöhnlich konnte die Besatzung in der Notrufzentrale auch diesmal auf einen Großteil der Fragen Auskunft geben.

Dann wählte sie die Nummer, die sie von den Aufklebern am Eingangsportal abgeschrieben hatte und die zu der Wach- und Schließgesellschaft gehörte, die den Auftrag hatte, das Victoriastadion zu bewachen. Sie landete in der Alarmzentrale von Stadshagen auf Kungsholmen. Sie erkundigte sich, ob die Firma im Lauf der frühen Morgenstunden einen Notruf vom Olympiastadion erhalten habe.

»Wir behandeln die Notrufe, die bei uns eingehen, mit Diskretion«, antwortete der Mann am anderen Ende der Leitung.

»Ja, ich verstehe«, sagte Annika. »Aber ich frage nicht nach einem Notruf, der bei Ihnen eingegangen ist, sondern nach einem, den Sie vermutlich gar nicht erhalten haben.«

»Ähm«, entgegnete der Mann, »wir beantworten keine wie auch immer gearteten Fragen über bei uns eintreffende Notrufe.«

»Ja, ich verstehe«, sagte Annika geduldig. »Die Frage ist nur, ob Sie überhaupt einen Notruf vom Victoriastadion bekommen haben.«

»Sagen Sie«, sagte der Mann. »Hören Sie schlecht?«

»Okay«, sagte Annika. »Sagen wir: Was passiert, wenn ein Notruf bei Ihnen eintrifft?«

»Ähm, der kommt hier an.«

»In der Alarmzentrale?«

»Ja, selbstverständlich. Der geht in unser Computersystem, und dann kommt er auf unsere Bildschirme, zusammen mit dem Maßnahmenkatalog, der uns vorgibt, wie wir zu verfahren haben.«

»Für den Fall also, daß ein Notruf vom Olympiastadion kommt, dann erscheint er bei Ihnen auf dem Schirm?«

»Ähm, ja.«

»Und da steht dann genau, welche Maßnahme Sie ergreifen müssen, um den aktuellen Alarm zu beheben?«

»Ähm, genau.«

»Was hat dann Ihr Bewachungsunternehmen heute nacht am Olympiastadion gemacht? Ich habe hier nicht ein einziges Ihrer Fahrzeuge gesehen.«

Der Mann antwortete nicht.

»Das Victoriastadion ist explodiert, soweit sind wir uns wohl einig. Was würde Ihr Bewachungsunternehmen tun, wenn das Olympiastadion brennt oder beschädigt wird?«

»Das steht im Computer«, sagte der Mann.

»Was haben Sie also unternommen?«

Der Mann gab keine Antwort.

»Sie haben nämlich gar keinen Notruf von der Arena bekommen, stimmt's?« sagte Annika.

Der Mann war für eine Weile verstummt, dann antwortete er: »Ich kann keine Notrufe kommentieren, die nicht bei uns eingegangen sind.«

Annika holte tief Luft und lächelte.

»Danke«, sagte sie.

»Sie schreiben doch nichts von dem, was ich gesagt habe?« fragte der Mann besorgt.

»Gesagt?« wiederholte Annika. »Sie haben doch keinen Ton gesagt. Sie haben doch bloß auf Ihre Diskretion verwiesen.«

Sie schaltete ab. Volltreffer, nun hatte sie ihren Aufmacher. Sie holte tief Luft und starrte aus dem Fenster. Eins der Löschfahrzeuge fuhr ab, aber der Krankenwagen und der Notarztwagen standen noch an Ort und Stelle. Die Sprengstofftechniker waren eingetroffen, ihre Wagen parkten an mehreren Stellen auf der Plattform. Männer in grauen Overalls trugen Sachen in die und aus den Autos. Es brannte nicht mehr, und auch Rauch konnte sie kaum noch ausmachen.

»Vom wem haben wir heute morgen den Tip bekommen?« fragte sie.

»Von Smidig«, sagte Henriksson.

Jede Redaktion hatte einige mehr oder weniger professionelle Informanten, die den Überblick über die Geschehnisse behielten, die sich in ihrem betreffenden Revier ereigneten, die ‚Abendpresse' war da keine Ausnahme. Smidig und Leif waren die besten Informanten in Sachen Polizei, sie schliefen mit laufendem Polizeifunk neben dem Bett. Sobald etwas passiert war, ob nun in großem oder kleinem Ausmaß, riefen sie bei den Zeitungen an und erstatteten Bericht. Andere Informanten durchwühlten die Archive des Rechtsapparates und verschiedener Behörden.

Annika versank in Grübeleien und ließ den Blick langsam über den Rest der Anlage schweifen: Gegenüber stand ein Gebäude mit zehn Wohnungen, von dem aus die gesamten Olympischen Spiele auf rein technischer Ebene geleitet werden sollten. Vom Dach des Gebäudes führte ein Steg den Berg hinauf. Seltsam, wer sollte wohl da oben rumlaufen? Sie folgte dem Gehsteig mit den Blicken.

»Henriksson«, sagte sie, »es gibt noch ein Foto zu machen.«

Sie schaute auf die Uhr. Halb sechs. Bis zur Pressekonferenz würden sie es noch schaffen.

»Wenn man ganz bis oben auf den Berg klettert, etwa beim olympischen Feuer, dann müßte man doch einen guten Überblick über das Ganze haben.«

»Glaubst du?« sagte der Fotograf skeptisch. »Die haben doch so hohe Mauern gezogen, da kann man bestimmt nichts sehen.«

»Nein, die Wettkampfarena selbst ist bestimmt verdeckt, aber man kann vielleicht die Nordtribüne sehen, und das ist doch, was uns interessiert.«

Henriksson schaute auf die Uhr.

»Schaffen wir das noch? Hat nicht der Hubschrauber die Bilder aufgenommen? Und sollten wir nicht besser den Krankenwagen im Auge behalten?«

Sie biß sich auf die Lippe.

»Der Hubschrauber ist gerade nicht zu sehen, die Polizei hat ihn vielleicht zum Landen gezwungen. Wir sagen einem der Freelancer, er soll die Autos nicht aus den Augen lassen. Komm, laß uns gehen.«

Auch die anderen Journalisten hatten jetzt den Krankenwagen entdeckt, Fragen schwirrten durch die Luft. ‚Rapport' hatte seinen Bus hinunter an den Kanal verlegt, um die Arena besser ins Bild zu bekommen. Ein verfrorener Reporter bereitete für die Sechs-Uhr-Sendung seine Live-Ansage vor. Nicht ein Polizist war in Sicht. Nachdem Annika dem Freelancer Order gegeben hatte, machten sie sich auf den Weg.

Die Strecke bergauf war länger und beschwerlicher, als Annika es sich vorgestellt hatte. Der Boden war glatt und steinig. Sie stolperten und fluchten in der Kälte. Henriksson schleppte außerdem noch ein großes Stativ mit sich. Ohne eine Absperrung durchbrechen zu müssen, gelang es ihnen schließlich doch, oben anzukommen, wo sie allerdings von einer zweieinhalb Meter hohen Betonmauer empfangen wurden.

»Das darf doch nicht wahr sein«, stöhnte Henriksson.

»Doch, und das ist vielleicht sogar von Vorteil«, sagte Annika. »Steig auf meine Schultern, ich hieve dich hoch. Dann kannst du auf das Feuer draufklettern. Von da müßtest du was sehen können.«

Der Fotograf starrte sie an.

»Ich soll mich auf das olympische Feuer stellen?«

»Ja, warum nicht? Es brennt doch jetzt nicht, und es ist nicht abgesperrt. Bestimmt kannst du da hochklettern, es ist doch von der Mauer nur ein Meter. Wenn es das ewige Feuer aushält, dann wird es dich wohl auch tragen. Hoch mit dir!«

Annika reichte das Stativ und die Fototasche zu ihm hinauf. Henriksson krabbelte auf das Metallgestell.

»Hier ist alles voller kleiner Löcher!« rief er.

»Gaslöcher«, sagte Annika. »Siehst du die Tribüne?«

Er richtete sich auf und ließ seinen Blick über die Arena schweifen.

»Siehst du was?« rief Annika.

»Ja, verdammt«, antwortete der Fotograf. Langsam hob er die Kamera und begann zu knipsen.

»Was siehst du?«

Er senkte die Kamera, ohne die Arena aus den Augen zu lassen.

»Da läuft ein ganzer Trupp Ärzte rum«, sagte er. »Ungefähr zehn Leute. Die laufen rum und sammeln irgendwas in kleine Plastiktüten. Die Jungs aus dem Krankenwagen sind mit von der Partie. Die sammeln auch. Die machen das anscheinend sehr gründlich.«

Er hob von neuem die Kamera. Annika spürte, wie sich ihr die Nakkenhaare aufstellten. Verdammter Mist. War es wirklich so schrecklich? Henriksson baute das Stativ auf. Nach drei Filmrollen war er fertig. Während sie den Berg halb schlitternd hinunterliefen, spürte Annika eine leichte Übelkeit. Was sammeln Ärzte in kleine Tüten ein? Reste von Sprengstoff? Wohl kaum.

Wenige Minuten vor sechs Uhr trafen sie unten wieder mit dem Pulk von Journalisten zusammen. Das bläuliche Licht der Fernsehkameras erleuchtete die Szenerie und ließ die Schneeflocken funkeln.

‚Rapport' hatte seine Kabel ausgerollt, der Reporter Puder aufgelegt. Eine Gruppe Polizisten, angeführt vom verantwortlichen Einsatzleiter, marschierte auf sie zu. Sie hoben die Absperrung beiseite, kamen aber nicht weiter voran. Die Mauer aus Journalisten war undurchdringlich. Als der verantwortliche Polizist ins Scheinwerferlicht blinzelte, breitete sich Schweigen aus in der Menge. Er schaute auf das Blatt Papier in seinen Händen, hob den Blick und begann seine Meldung zu verlesen: »Um 3 Uhr 17 ist im Stockholmer Victoriastadion eine Sprengladung explodiert«, verkündete er. »Welcher Typus von Sprengstoff verwendet wurde, ist noch unbekannt. Die Explosion hat an der Nordtribüne schwere Schäden angerichtet. Es ist nicht geklärt, inwieweit es möglich sein wird, diese Schäden zu reparieren.«

Er legte eine Kunstpause ein und schaute wieder in seine Unterlagen. Die Standbildkamera surrte, das Betaband drehte sich. Annika hatte sich möglichst weit nach links gestellt, um den Krankenwagen im Auge zu behalten, während sie die Pressekonferenz verfolgte.

»Die Arena hat nach der Explosion Feuer gefangen, aber inzwischen ist der Brand unter Kontrolle.«

Wieder Pause.

»Ein Taxifahrer ist durch ein Stück Armierungseisen verletzt worden, das durch sein Wagenfenster gedrungen ist«, fuhr der Polizist fort. »Der Mann ist ins Södersjukhus eingeliefert worden, und ihm geht es den Umständen entsprechend gut. Etwa zehn Gebäude auf der gegenüberliegenden Seite des Sickla Kanals weisen Schäden an Fenstern und Fassaden auf. Die Häuser befinden sich im Bau und sind noch nicht bewohnt. Personenschäden sind nicht gemeldet worden.«

Erneute Pause. Der Polizist sah sehr mitgenommen und sehr streng aus, als er seinen Bericht fortsetzte.

»Es war Sabotage. Die Sprengladung, die die Arena zerstört hat, muß sehr groß gewesen sein. Die Polizei sichert zur Zeit am Tatort die Spuren des Täters. Zur Ergreifung des Täters setzen wir alle uns zur Verfügung stehenden Mittel ein. Das ist alles, was wir bisher mitteilen können. Danke.«

Er hatte sich schon umgedreht, um wieder hinter die Absperrung zurückzuklettern. Eine Welle von Stimmen und Rufen brachte ihn zum Stehen.

»… ein Verdächtiger …«

»… andere Opfer …«

»… und die Ärzte vor Ort?«

»Das ist alles«, wiederholte der Polizist und trat aus dem Scheinwerferlicht. Schnellen Schrittes und mit zwischen den Schultern eingezogenem Kopf entfernte er sich im Gefolge seiner Kollegen. Das Medienrudel stob auseinander; der Reporter von ‚Rapport' stellte sich ins Licht des Scheinwerfers, spulte seinen Text ab und gab zurück ans Studio im Funkhaus; alle drückten auf ihren Mobiltelefonen herum und versuchten, ihre Kugelschreiber zum Schreiben zu bringen.

»Tja«, sagte Henriksson, »das war nicht gerade sehr informativ.«

»Es ist Zeit, daß wir die Fliege machen«, entgegnete Annika.

Sie ließen einen der Freelancer an Ort und Stelle zurück und begaben sich hinauf zu Henrikssons Auto.

»Wir machen einen Abstecher zum Vintertullstorget und schnappen uns ein paar Zeugen«, sagte Annika.

Sie klingelten bei einigen der nächsten Anwohner der Arena, bei Familien mit Kindern, bei Rentnern, bei Alkoholikern und Singles. Sie alle berichteten, wie der Knall sie aus dem Schlaf gerissen hatte, wie tief der Schock ihnen in den Knochen saß und wie entsetzlich ihrer Meinung nach der ganze Vorfall war.

»Das reicht jetzt«, sagte Annika um Viertel vor sieben. »Wir müssen das Ganze auch noch montieren.«

Schweigend fuhren sie zurück zur Zeitung. Im Geiste formulierte Annika Einleitungen und Bildunterschriften, Henriksson blätterte in Gedanken in den Negativen, traf eine Auswahl und verwarf sie wieder, entwickelte und belichtete die Filme.

Jetzt war der Schneefall dichter. Die Temperatur war bedeutend gestiegen und verwandelte die Straße in eine Rutschbahn. Auf dem Essingeleden waren vier Fahrzeuge in eine Massenkarambolage verwickelt, Henriksson hielt an und schoß ein Foto.

Kurz vor sieben Uhr betraten sie die Redaktion. Die Stimmung war angespannt. Jansson war noch im Haus, an Sonn- und Feiertagen hatte sich der Nachtchef auch um die Spätausgabe zu kümmern. Samstags wurde gewöhnlich nur ein einziger Artikel ausgetauscht, aber es bestand jederzeit die Bereitschaft, die Zeitung von der ersten bis zur letzten Seite umzugestalten. Genau das geschah gerade.

»Ist was dabei rausgekommen?« erkundigte sich Jansson und erhob sich hastig in dem Moment, als er die beiden zu Gesicht bekam.

»Ich glaube schon«, sagte Annika. »Ein Toter liegt auf der olympischen Tribüne. In seine Einzelteile zerlegt, da bin ich mir absolut sicher. Noch eine halbe Stunde, dann wissen wir es ganz genau.«

Jansson wippte vom Absatz auf die Schuhspitze und wieder zurück.

»In einer halben Stunde, nicht früher?«

Annika warf ihm über die Schulter einen Blick zu, während sie sich aus ihrem Mantel schälte, und verschwand dann in ihrem Büro.

»Okay«, sagte er und setzte sich wieder.

Zunächst schrieb sie den Nachrichtenartikel, der nur die Arbeit des Nachtreporters in der Erstausgabe vervollständigen sollte. Sie fügte Zitate der Anwohner ein und die Angabe, das Feuer sei unter Kontrolle. Dann begann sie ihre Reportage, schmückte sie mit einigen O-Tönen und Details aus. Zwei Minuten vor halb acht rief sie ihren Kontaktmann an.

»Ich kann noch nichts sagen«, begann er.

»Ich weiß«, sagte Annika. »Ich erzähle, und Sie hören zu und sagen, wenn ich mich irre …«

»Ich kann das diesmal nicht«, schnitt er Annika das Wort ab.

Verdammt. Sie holte Luft und entschied sich, zum Angriff überzugehen.

»Hören Sie mir erst zu«, sagte sie. »Meiner Ansicht nach hat es sich wie folgt abgespielt: Eine Person ist heute nacht im Olympiastadion ums Leben gekommen. Jemand ist auf der Tribüne in tausend Stücke gesprengt worden. Ihre Leute sind gerade dabei, die Einzelteile einzusammeln. Als Täter kommt nur ein Insider in Frage, denn alle Alarmsysteme waren ausgeschaltet. In einer Arena von dieser Größenordnung muß es Hunderte von Alarmmeldern geben, Einbruchalarm, Feuermelderanlagen, Bewegungsmelder: Alle waren ausgeschaltet. Nicht eine Tür ist aufgebrochen. Jemand ist mit einem Schlüssel reinmarschiert und hat das Sicherungssystem ausgeschaltet, entweder das Opfer oder der Täter. Jetzt sind Sie und Ihre Leute gerade dabei rauszufinden, wer von beiden es war.«

Sie verstummte und hielt die Luft an.

»Damit können Sie jetzt nicht an die Öffentlichkeit«, sagte der Polizist am anderen Ende der Leitung.

Schnelles Ausatmen.

»Womit?«

»Mit der Insidertheorie. Die wollen wir unter Verschluß halten. Das Alarmsystem war funktionstüchtig, aber abgestellt. Jemand ist ums Leben gekommen, das stimmt. Wir wissen noch nicht, um wen es sich dabei handelt.«

Seine Stimme klang vollkommen erschöpft.

»Wann wissen Sie es?«

»Weiß nicht. Die Identität ist durch bloßen Augenschein schwer festzustellen, um es einmal so zu formulieren. Obwohl wir auch andere Spuren haben. Mehr kann ich nicht sagen.«

»Mann oder Frau?«

Er zögerte.

»Nicht jetzt«, sagte er und legte auf.

Annika stürzte hinaus zu Jansson.

»Für den Todesfall haben wir die Bestätigung, aber sie wissen noch immer nicht, wer es ist.«

»Hackfleisch?« fragte Jansson.

Sie schluckte und nickte.


Helena Starke wachte mit einem Kater auf, der es in sich hatte. Solange sie im Bett lag, war alles gut, aber als sie aufstand, um sich ein Glas Wasser zu holen, erbrach sie sich auf den Läufer im Flur. Sie stand auf allen vieren und keuchte eine Weile, ehe sie imstande war, ins Badezimmer zu wanken. Dort füllte sie das Zahnputzglas mit Wasser und trank es in gierigen Zügen leer. Lieber Gott, nie mehr würde sie sich vollaufen lassen. Sie hob den Blick und begegnete zwischen den Zahnpastaspritzern auf dem Spiegelglas ihren blutrot unterlaufenen Augen. Daß sie es aber auch nie lernte! Sie öffnete den Badezimmerschrank und drückte zwei Aspirin aus der Folie, schluckte sie mit reichlich Wasser und betete im stillen, sie möge sie bei sich behalten.

Sie stolperte in die Küche und setzte sich an den Küchentisch. Die Sitzfläche unter ihren nackten Schenkeln war kalt, der Unterleib schmerzte ihr leicht. Wieviel hatte sie gestern eigentlich getrunken? Der Cognac stand auf der Spüle, leer. Sie legte die Wange auf die Tischplatte und kramte im Gedächtnis nach dem Vorabend. Die Kneipe, die Musik, all die Gesichter, alles verschmolz miteinander. Herrgott, sie konnte sich noch nicht einmal erinnern, wie sie nach Hause gekommen war! Christina hatte sie begleitet, war es nicht so gewesen? Von der Kneipe waren sie gemeinsam aufgebrochen, oder?

Sie stöhnte, erhob sich und füllte eine Kanne mit Wasser, die sie mit zum Bett nahm. Auf dem Rückweg zum Schlafzimmer riß sie den Flurteppich hoch und warf ihn in den Wäschekorb im Wandschrank, sie war nahe daran, sich noch einmal zu übergeben, als ihr der Geruch in die Nase stieg.

Der Radiowecker am Bett zeigte fünf Minuten vor neun Uhr an. Sie stöhnte. Je älter sie wurde, desto früher wachte sie auf, vor allem dann, wenn sie getrunken hatte. Früher konnte sie einen ganzen Tag lang ihren Rausch ausschlafen. Das ging nicht mehr. Nun erwachte sie früh, ihr ging es hundeelend, und sie lag dann für den Rest des Tages schweißgebadet herum. Für kurze Zeit konnte sie dahindämmern, ohne jedoch richtig einzuschlafen. Mühsam streckte sie sich nach dem Wasser und trank direkt aus der Kanne. Sie stellte die Kissen am Kopfende des Bettes auf und lehnte sich dagegen. Dann entdeckte sie ihre Kleider vom Vortag, wie sie fein säuberlich zusammengefaltet auf der Kommode am Fenster lagen, und ein stechender Schmerz zog ihr Rückgrat entlang. Wer zum Teufel hat sie so zusammengelegt? Vermutlich sie selbst. Das war das Widerlichste am Saufen, immer hatte man ein Blackout, man lief rum wie ein Zombie und tat eine Menge normaler Dinge, ohne die geringste Ahnung davon zu haben. Sie erschauderte und schaltete den Radiowecker ein, ebensogut konnte sie das ‚Echo des Tages‘ hören und abwarten, bis das Aspirin seine Wirkung tat.

Die Hauptnachricht an diesem Morgen bewirkte, daß sie sich erneut übergeben mußte. Gleichzeitig wurde ihr bewußt, daß es an diesem Tag für Helena Starke keine Ruhe mehr geben würde.

Als sie das Erbrochene in der Toilette hinuntergespült hatte, hob sie den Telefonhörer ab und rief Christina an.

Die schwedische Nachrichtenagentur »Tidningarnas telegrambyrå«, kurz: TT, veröffentlichte eine Kurzmeldung über Annikas Informationen um 9 Uhr 34. Die Abendpresse brachte also als erste Zeitung die Nachricht, daß es bei der Olympiaexplosion ein Todesopfer gegeben hatte. Die Zeitungsüberschriften lauteten: EIN TODESOPFER DURCH OLYMPIABOMBE und BOMBENLEGER WEGEN MORDES GESUCHT.

Letzteres war eine kühne Behauptung ohne Beweise, von der Jansson hoffte, daß sie hielt, was sie versprach. Die Mitte wurde von Henrikssons Bild dominiert, das er vom olympischen Feuer aus aufgenommen hatte: der erleuchtete Zirkel unterhalb des Bombenkraters, die vorgebeugten Männer, die tanzenden Schneeflocken. Es war unglaublich gruselig, ohne makaber zu sein. Kein Blut, keine Leiche, bloß die Sicht auf die Arbeit der Männer. Es war bereits an Reuters verkauft. In der Zehn-Uhr-Sendung von ‚Rapport‘ wurden die Angaben aus der Abendpresse zitiert, während man im ‚Echo des Tages’ vorgab, die Informationen seien auf ihrem eigenen Mist gewachsen.

Als die Hauptausgabe in der Druckpresse rotierte, versammelten sich die Polizeireporter und die Nachrichtenchefs in Annikas Zimmer. Kartons mit ihren Ordnern und alten Zeitungsausschnitten stapelten sich noch immer in einer Ecke. Das Sofa war ein Erbstück, aber der Schreibtisch war eine Neuanschaffung. Seit zwei Monaten war Annika die Leiterin der Polizeiredaktion, genauso lange hatte sie das Büro.

»Natürlich gibt es eine Menge Aufgaben, die wir durchsprechen und verteilen müssen«, erklärte sie und legte die Füße auf den Schreibtisch. Die Müdigkeit hatte sie wie ein Ziegelstein am Hinterkopf getroffen, als die Zeitung in Druck ging und sie im Haus blieb. Nun lehnte sie sich zurück und griff nach ihrem Kaffeebecher.

»Erstens: Wer ist der Tote auf der Tribüne? Die Hauptstory für morgen, die mehrere Storys umfassen kann. Zweitens: die Jagd auf den Mörder. Drittens: die Olympia-Schiene. Viertens: Wie konnte es dazu kommen? Fünftens: der Taxifahrer, bisher hat ihn noch niemand interviewt. Womöglich hat er etwas gesehen oder gehört.«

Sie blickte zu den Menschen im Zimmer auf, las die Reaktionen auf ihre Worte von ihren Gesichtern ab. Jansson war in Halbschlaf versunken, er sollte wohl besser bald nach Hause gehen. Der Nachrichtenchef Ingvar Johansson sah sie mit ausdrucksloser Miene an. Der Reporter Nils Langeby, mit seinen dreiundfünfzig Jahren der älteste in der Polizeiredaktion, konnte wie gewöhnlich seine Feindseligkeit nicht verhehlen. Der Journalist Patrik Nilsson lauschte aufmerksam, um nicht zu sagen begeistert, Annikas Worten. Berit Hamrin, ebenfalls Reporterin, hörte gelassen zu. Das einzige Redaktionsmitglied, das fehlte, war Eva-Britt Qvist, Rechercheurin und Redaktionssekretärin in einer Person.

»Ich finde, wir stellen uns ziemlich beschissen an, so wie wir die Dinge anpacken«, sagte Nils.

Annika seufzte. Nun ging die alte Litanei wieder los.

»Wie sollten wir deiner Meinung nach die Dinge anpacken?«

»Wir legen uns viel zu sehr auf diese spekulativen Gewaltverbrechen fest, denkt doch mal an alle Umweltverbrechen, über die wir nie auch nur eine Zeile berichten. Und die ganze Kriminalität in der Schule.«

»Stimmt, auf diese Themen sollten wir verstärkt ein Auge haben …«

»Allerdings! Diese Redaktion versinkt geradezu in einem klebrigsüßen Sumpf von Artikeln über bemitleidenswerte alte Damen, in Bomben und den Bandenkriegen von Motorradrockern.«

Annika holte tief Luft und zählte bis drei, ehe sie Antwort gab.

»Das ist eine Anregung für eine wichtige Diskussion, Nils, aber jetzt ist vielleicht nicht unbedingt der rechte Augenblick dafür …«

»Warum nicht? Ich werde ja wohl noch selbst beurteilen können, wann ich eine Frage aufs Tapet bringen kann.«

Er setzte sich auf seinem Stuhl gerade hin.

»Umweltverbrechen und Kriminalität in der Schule fallen doch in dein Ressort, Nils«, sagte Annika. »Du arbeitest doch Vollzeit an diesen beiden Fragen. Findest du, wir halten dich von deiner Arbeit ab, wenn wir dich an einem Tag wie diesem dazurufen?«

»Ja, das finde ich!« wetterte er.

Sie betrachtete den wutschnaubenden Mann, den sie vor sich hatte. Wie um alles in der Welt sollte sie diese Sache deichseln. Wenn sie ihn nicht dazugerufen hätte, dann wäre er durchgedreht, weil er nicht auch über den Bombenleger hatte schreiben dürfen. Wenn sie ihm eine Aufgabe übertrüge, dann würde er zuerst die Zusammenarbeit verweigern und sich anschließend als Versager erweisen. Wenn sie ihn als Reserve in der Redaktion mitlaufen ließ, dann würde er behaupten, er sei kaltgestellt worden.

Anders Schyman, der Chefredakteur, der gerade zur Tür hereinkam, unterbrach sie in ihren Grübeleien. Sämtliche Anwesende im Raum, Annika eingeschlossen, begrüßten ihn und setzten sich auf den Stühlen und dem Sofa ordentlicher zurecht.

»Gratuliere, Annika! Und danke Jansson für die verdammt gute Arbeit heute früh«, sagte der Chefredakteur. »Wir haben alle anderen aus dem Rennen geschlagen. Alle Achtung! Das Bild in der Mitte ist absolute Spitze, und wir waren die einzigen. Wie habt ihr das nur angestellt, Annika?«

Er setzte sich auf einen Karton in der Ecke.

Annika erzählte von dem morgendlichen Abenteuer und ein Beifallssturm brach los: »O Mann, ein Foto vom olympischen Feuer aus! Das wird in die Geschichte der Journalistik eingehen.«

»Was machen wir als nächstes?«

Annika setzte die Füße auf den Boden und lehnte sich auf den Schreibtisch, hakte auf einer Liste Zeile für Zeile ab, während sie weiterhin Aufgaben verteilte.

»Patrik kümmert sich um die Jagd nach dem Mörder, um die technischen Beweise, hält Kontakt mit den diensthabenden Polizisten und den Ermittlern. Bis zum Nachmittag wird es wohl eine Pressekonferenz geben. Find heraus, wann, und besorg jetzt schon mal Fotos. Wir werden bestimmt Grund haben, alle hinzugehen.«

Patrik nickte.

»Berit verfolgt die Opferschiene: Wer war es und warum? Dann haben wir da noch unseren alten Olympia-Bombenleger, Tiger wird er genannt. Zum Kreis der Verdächtigen muß er immerhin gehören, auch wenn seine kleinen Bomben der reinste Kinderkram waren im Vergleich zu dieser hier. Was treibt er jetzt, und wo war er vergangene Nacht? Ich kann versuchen, ihn aufzustöbern, ich habe ihn damals interviewt. Nils kann den Sicherheitsaspekt übernehmen. Wie um alles in der Welt kann so etwas sieben Monate vor den Olympischen Spielen passieren? Wie sahen die Sicherheitsvorkehrungen auf dem Gelände bisher aus?«

»Ich finde, das ist eine relativ irrelevante Fragestellung«, erwiderte Nils Langeby.

»Wirklich?« warf Anders Schyman ein. »Das finde ich nicht. Das ist eine der wichtigsten und grundlegendsten Fragen, die wir an einem Tag wie diesem zu klären haben. Der Sache auf den Grund zu gehen beweist, daß wir diese Art von Gewaltverbrechen in einen sozialen und globalen Zusammenhang stellen. Inwiefern schadet das hier dem Sport generell. Das ist einer der wichtigsten Artikel des Tages, Nils.«

Der Reporter wußte nicht, wie er sich verhalten sollte, ob er sich geschmeichelt fühlen sollte, daß ihm die wichtigste Aufgabe des Tages übertragen wurde, oder ob er sich vor den Kopf gestoßen fühlen sollte, weil er zurechtgewiesen worden war. Er entschied sich – wie immer – für die unangemessene Reaktion und plusterte sich auf.

»Klar, es kommt immer nur darauf an, wie man die Sache anpackt«, sagte er.

Annika warf Anders Schyman einen dankbaren Blick zu.

»Die Kommentare der Olympia-Funktionäre und den Taxifahrer kann vielleicht die Abendschicht übernehmen«, schlug sie vor.

Ingvar Johansson nickte.

»Unser Team ist gerade dabei, den Taxifahrer zu einem Hotel in der Stadt zu fahren. Eigentlich wohnt er in einer Einzimmerwohnung in Bagarmossen, aber da kommen ja auch alle anderen an ihn ran. Wir verstecken ihn bis morgen im Royal Viking. Janet Ullberg kann Christina Furhage aufstöbern, ein Bild von ihr vor dem Bombenkrater würde was hermachen. Leute von der Journalistenschule sind dazu verdonnert worden, für unsere Meinungsumfrage auf der Leser-Hotline Telefonate anzunehmen.«

»Wie lautet die Frage?« wollte Anders Schyman wissen und streckte die Hand nach einer Zeitung aus.

»Sollen wir die Olympischen Spiele stoppen? Rufen Sie heute zwischen 17 und 19 Uhr an.«

»Das ist doch klar, das ist ein Anschlag vom Tiger oder einer Gruppe, die verhindern will, daß Schweden die Spiele ausrichtet.«

Annika zögerte einen Moment lang, bevor sie mit ihrer Meinung rausrückte: »Klar, gehen wir darauf ein, aber ich bin mir nicht so sicher, daß es tatsächlich so ist.«

»Warum nicht?« fragte Ingvar Johansson. »Das ist eine Möglichkeit, die wir nicht außer acht lassen dürfen. Neben dem Opfer ist doch die Terrorschiene der Aufhänger für morgen.«

»Ich glaube, wir sollten uns davor hüten, uns zu sehr auf die Sabotagetheorie zu versteifen«, sagte Annika und verfluchte ihr Versprechen, nichts von der Insiderspur zu verraten. »Solange wir noch nicht einmal wissen, wer das Opfer ist, können wir keine Spekulationen darüber anstellen, gegen wen oder was die Bombe gerichtet war.«

»Das können wir wohl«, protestierte Ingvar Johansson. »Wir müssen natürlich die Polizei dazu bringen, einen Kommentar über ihre Theorie abzugeben, aber das dürfte nicht allzu schwer sein. Im Moment können sie weder ein Dementi noch eine Bestätigung abgeben.«

Anders Schyman fiel ihm ins Wort.

»Ich finde, wir sollten im Moment weder die eine Theorie verwerfen noch die andere favorisieren. Wir halten uns alle Türen offen und arbeiten weiter, bevor wir die Aufhänger für morgen festlegen. Andere Vorschläge?«

»Nein, keine, bisher wissen wir einfach noch zu wenig. Sobald das Opfer identifiziert ist, müssen wir zu den Angehörigen Kontakt aufnehmen.«

»Das muß man aber mit Fingerspitzengefühl angehen«, empfahl Anders Schyman. »Ich will keine Diskussion darüber vom Zaun brechen, wir würden uns aufdrängen und die Betroffenen belästigen.«

Annika lächelte kaum merklich.

»Das nehme ich selbst in die Hand.«

Nach dem Ende der Besprechung rief Annika zu Hause an. Kalle, der Fünfjährige, war am Telefon.

»Na, mein Kleiner, wie geht es dir?«

»Gut. Wir essen bei McDonald's, und weißt du was, Ellen hat Orangensaft auf ›Pongo und die Welpendiebe‹ geschüttet. Das war ganz schön blöd, find ich, nu können wir das nicht mehr gucken …«

Der Junge verstummte, und ein Schluchzen drang an Annikas Ohr.

»Ja, das ist ganz schlimm. Aber wieso hat sie den Saft draufgeschüttet? Warum lag der Film denn auf dem Küchentisch?«

»Nee, der lag im Fernsehzimmer auf dem Boden, und Ellen ist gegen mein Saftglas gestoßen, als sie Pipi machen gehen wollte.«

»Aber warum hast du dein Saftglas im Fernsehzimmer auf den Boden gestellt? Ich habe doch gesagt, du sollst dein Frühstück nicht mit ins Fernsehzimmer nehmen, das weißt du doch!«

Annika spürte, daß sie wütend wurde. Verdammt, daß sie nicht zur Arbeit fahren konnte, ohne daß die Routine ins Wanken geriet und alles zu Bruch ging!

»Das war nicht meine Schuld!« heulte der Junge. »Das war Ellen! Ellen hat den Film kaputt gemacht.«

Nun weinte er lauthals, ließ den Hörer fallen und lief davon.

»Hallo, Kalle, Kalle!«

Verdammter Mist, daß es soweit kommen mußte, sie wollte doch nur zu Hause anrufen, um ein paar Streicheleinheiten zu verteilen und ihr schlechtes Gewissen zu beruhigen. Thomas kam an den Apparat.

»Was hast du zu dem Jungen gesagt?« fragte er.

Sie seufzte und spürte schleichende Kopfschmerzen aufkommen.

»Warum haben sie im Fernsehzimmer gefrühstückt?«

»Das haben sie nicht«, antwortete Thomas mit erzwungener Gelassenheit. »Kalle durfte nur sein Glas mitnehmen. Das war mit Hinblick auf die Konsequenzen nicht sehr clever, aber ich werde sie mit einem Mittagessen bei McDonald's und einem neuen Film vom Kaufhaus Åhléns bestechen. Du mußt nicht glauben, daß hier alles mit dir steht und fällt. Konzentrier dich lieber auf deine Storys. Wie läuft es denn bei dir?«

Sie schluckte.

»Ein ekliger Todesfall. Mord, Selbstmord oder vielleicht ein Unfall, das wissen wir noch nicht.«

»Ja, das habe ich gehört. Du kommst spät, oder?«

»Wir sind erst am Anfang.«

»Liebe dich«, sagte er.

Seltsamerweise spürte sie, wie ihr die Tränen in die Augen traten.

»Liebe dich auch«, flüsterte sie.

Ihr Informant hatte Nachtschicht gehabt und war schon nach Hause gegangen, so daß sie auf die offiziellen polizeilichen Kanäle zurückgreifen mußte. Im Verlauf der Vormittagsstunden hatten sich keine neuen Erkenntnisse ergeben, die Identifizierung der Leiche war noch nicht abgeschlossen, die Löscharbeiten waren beendet, die technische Untersuchung dauerte noch an. Sie entschied, mit einem neuen Fotografen, einem Volontär namens Ulf Olsson, nochmals zur Arena hinauszufahren.

»Ich finde, ich bin für diese Art von Auftrag falsch angezogen«, sagte Ulf im Fahrstuhl hinunter zum Auto.

Annika schaute zu dem Mann hoch.

»Was willst du damit sagen?«

Der Fotograf trug einen dunkelgrünen Mantel, Halbschuhe und einen Anzug.

»Ich bin eigentlich fürs Shooting von den VIPs, die heute zur Premiere ins Theater Dramaten gehen, angezogen. Ich finde, du hättest mir früher Bescheid sagen können, daß wir zu einer Mordstelle rausfahren, das hast du doch schon vor Stunden gewußt.«

Er sah sie herausfordernd an. Irgendwo in Annikas Kopf setzte etwas aus, die Müdigkeit forderte ihren Tribut.

»Erzähl mir verdammt noch mal nicht, was ich zu tun und zu lassen habe, du bist hier der Fotograf und solltest überall Fotos schießen können, vom Verkehrsunfall bis zur Galapremiere. Wenn du keine Lust hast, in einem Armanianzug Hackfleisch abzulichten, dann mußt du eben verdammt noch mal einen Overall in der Fototasche dabeihaben.«

Sie trat die Fahrstuhltür auf und marschierte in die Garage. Verfluchte Amateure.

»Mir gefällt die Art nicht, wie du mit mir sprichst«, brüllte der Fotograf ihr hinterher.

Annika explodierte und wirbelte herum.

»Stell dich verdammt noch mal nicht so an«, zischte sie. »Außerdem gibt es keinen Hinderungsgrund, warum du nicht selbst herausfinden kannst, was in der Zeitung gerade abläuft. Glaubst du etwa, ich oder sonst jemand ist so was wie das Auskunftsbüro für deine Garderobe?«

Olsson schluckte und ballte die Fäuste.

»Nun bist du aber entschieden ungerecht«, knurrte er.

»Herrgott noch mal«, stöhnte Annika, »was für eine schwachsinnige Diskussion. Setz dich ins Auto und fahr zur Arena, oder soll ich fahren?«

Traditionsgemäß waren immer die Fotografen auch die Fahrer, wenn ein Reportageteam zum Schauplatz des Geschehens ausrückte, auch wenn man im Wagen der Zeitung fuhr. Viele Betriebe taten so, als seien die Redaktionsfahrzeuge die Dienstwagen der Fotografen, aber Ärger um den steuerlichen Vorzugswert hatte dazu geführt, daß die ‚Abendpresse‘ dieses Privileg abgeschafft hatte.

Nun setzte sich Annika hinter das Steuer und lenkte den Wagen auf den Essingeleden hinaus. Den ganzen Weg Richtung Hammarby war die Stimmung im Auto unterkühlt. Annika bog in den Hammarbyfabriksvägen ein, was sich dann aber als keine gute Idee erwies. Das gesamte olympische Dorf war abgesperrt. Zu ihrem Ärger stellte Annika fest, wie sich bei ihr Frustration und bei Ulf Olsson Erleichterung einstellte, nun würde ihm erspart bleiben, sich die Schuhe einzusauen.

»Wir brauchen ein Bild von der Tribüne bei Tageslicht«, sagte Annika und vollführte vor der Absperrung am Lumavägen eine Kehrtwende um 180 Grad. »Ich kenne Leute von der Fernsehgesellschaft, die ihre Büros hier hat. Mit ein bißchen Glück läßt uns vielleicht jemand aufs Dach.«

Sie nahm das Telefon und tippte die Mobiltelefonnummer ihrer Freundin Anne Snapphane ein, die für einen der Kabelkanäle eine Frauen-Talkshow produzierte.

»Ich sitze hier beim Schneiden«, fauchte Anne. »Wer ist dran, und was wollen Sie?«

Fünf Minuten später waren sie auf dem Dach der alten Lampenfabrik beim Hafen von Södra Hammarby. Der Ausblick auf das zertrümmerte Stadion war überwältigend. Olsson schraubte ein Teleobjektiv auf und verknipste einen Film, das war genug.

Auf der Rückfahrt wechselten sie kein einziges Wort miteinander.

»Die Pressekonferenz beginnt um zwei Uhr«, rief Patrik, als sie die Redaktion betrat. »Das Foto habe ich organisiert.«

Annika winkte zur Antwort und ging in ihr Büro. Sie legte Handschuhe, Mütze, Schal und Mantel ab und hängte alles an die Garderobe, warf die Tasche auf den Tisch, legte eine neue Batterie ins Handy ein und steckte die alte ins Ladegerät.

Nach ihrem Ausfall gegen den Fotografen war sie erschöpft und kam sich unzulänglich vor. Warum hatte sie so heftig reagiert? Was war nur in sie gefahren? Sie zögerte einen Augenblick lang, bis sie die Durchwahl des Chefredakteurs wählte.

»Natürlich habe ich Zeit für dich, Annika«, sagte er.

Sie ging durch die offene Bürolandschaft zu Anders Schymans Eckzimmer. Die Aktivität in der Redaktion war gleich null. Ingvar Johansson hatte den Telefonhörer ans Ohr geklemmt, während er einen Thunfischsalat aß. Der Bildredakteur Pelle Oscarsson klickte sich zerstreut durch sein Photoshop-Programm, einer der Schlußredakteure holte sich die Seiten des nächsten Tages auf den Bildschirm.

In dem Moment, als Annika die Tür hinter sich schloß, dröhnte der Dreiklang des ‚Mittagsechos‘ aus dem Radio des Chefredakteurs. Das ‚Echo‘ setzte auf die Sabotagetheorie und darauf, daß die Polizei einen Verrückten jagte, der die Spiele verhindern wollte. Weiter waren sie nicht vorangekommen.

»Die Theorie stimmt nicht«, sagte Annika. »Die Polizei glaubt, daß die Tat von einem Insider verübt wurde.«

Anders Schyman stieß einen Pfiff aus.

»Warum?«

»Nichts war aufgebrochen und alle Alarmsysteme ausgeschaltet. Entweder hat das Opfer selbst den Alarm abgeschaltet oder aber der Attentäter hat es getan. Beide Alternativen bedeuten, daß ein Insider beteiligt war.«

»Nicht unbedingt, die Alarmsysteme können doch defekt gewesen sein«, entgegnete Schyman.

»Das waren sie aber nicht«, erklärte Annika. »Sie waren funktionstüchtig, aber abgeschaltet.«

»Jemand kann vergessen haben, sie einzuschalten«, gab der Chefredakteur zu bedenken. Annika dachte nach und nickte, das lag immerhin im Bereich des Möglichen.

Sie setzten sich auf das gemütliche Sofa, das an der einen Wand stand und hörten mit einem Ohr den Radionachrichten zu. Annika schaute zur russischen Botschaft hinüber. Der Tag ging, ehe er überhaupt angebrochen war, vor dem grauen Nebel sahen die Fenster ungeputzt aus. Jemand hatte das Zimmer des Chefredakteurs mit roten Weihnachtssternen in Blumentöpfen und zwei Adventsleuchtern geschmückt.

»Ich habe heute meine Wut an Ulf Olsson ausgelassen«, sagte Annika leise.

Anders Schyman wartete.

»Er hat sich beschwert, er sei falsch angezogen für den Job in Hammarbyhamn, und war der Meinung, ich sei schuld, weil ich ihm früher hätte Bescheid sagen sollen, daß wir dort hinfahren.«

Sie verstummte. Anders Schyman betrachtete sie einen Augenblick lang, bis er reagierte.

»Du, Annika, bist es doch nicht, die bestimmt, welcher Fotograf wohin fahren soll. Das macht der Bildredakteur. Außerdem sollten Reporter wie Fotografen so angezogen sein, daß sie jederzeit überall hinfahren können. Das gehört zum Job.«

»Ich habe ihn wüst beschimpft«, sagte Annika.

»Das war nicht sonderlich klug«, entgegnete der Chefredakteur. »An deiner Stelle würde ich mich dafür entschuldigen und noch ein paar konkrete Tips zum Verhalten geben. Und behalte im Blick, wie wir die Sabotagespekulationen managen, wir dürfen nicht in die Terrorfalle tappen, falls sie nicht stimmen sollte.«

Schyman erhob sich und gab mit einer Handbewegung zu verstehen, daß das Gespräch nun beendet sei. Annika war aus zwei Gründen erleichtert, zum einen hatte sie Rückendeckung bezüglich der Insidertheorie erhalten, und zum anderen hatte sie selbst den Chef über ihren Wutausbruch informiert. Natürlich gerieten sich in der Zeitung tagtäglich Leute in die Haare, aber sie war eine Frau und als Chefin ein Neuling und mußte darauf gefaßt sein, daß man ihr das Fell über die Ohren ziehen wollte.

Sie holte sich schnurstracks eine der großen Taschen mit dem Logo der Zeitung und marschierte damit in die Bildredaktion. Ulf Olsson war allein im Zimmer, er war in die Lektüre eines eleganten Herrenmagazins vertieft.

»Ich bitte um Entschuldigung, daß ich dich beschimpft habe«, sagte Annika. »Hier, bitte, hast du eine Tasche, in der du deine Winterklamotten mitnehmen kannst. Steck dir einen Satz langer Unterhosen, warme Schuhe, Mütze und Handschuhe rein und stell sie in deinen Schrank oder in den Kofferraum deines Autos!«

Der Mann schaute sie mit verächtlicher Miene an.

»Du hättest mir früher sagen müssen, daß wir …«

»Das mußt du mit dem Bildredakteur oder mit dem Chefredakteur ausdiskutieren. Hast du die Bilder rausgesucht?«

»Nee, ich …«

»Such sie raus.«

Beim Hinausgehen spürte sie seinen Blick im Rücken. Auf dem Weg in ihr Büro fiel ihr plötzlich ein, daß sie den ganzen Tag noch keinen Bissen gegessen hatte, noch nicht einmal zum Frühstücken gekommen war. Sie machte einen Abstecher in die Kantine und kaufte sich ein Brötchen, das mit halbierten Fleischklößchen belegt war und eine Cola light.

Die Nachricht von der Explosion im Olympiastadion war mittlerweile um die ganze Welt gegangen. Alle großen Fernsehsender und internationalen Zeitungen hatten es geschafft, ihre Leute anläßlich der Pressekonferenz um vierzehn Uhr im Polizeipräsidium zusammenzutrommeln. CNN, Sky News, BBC und die skandinavischen Sender, Korrespondenten von Le Monde, The European, Times, Die Woche, Die Zeit waren zur Stelle. Die Ü-Wagen der Fernsehgesellschaften blockierten die Auffahrt zum Polizeipräsidium.

Annika kam in Begleitung von vier anderen Mitarbeitern der Zeitung dazu, mit von der Partie waren die Reporter Patrik und Berit und zwei Fotografen. Der Raum war randvoll mit Technik und Menschen zugestopft. Annika und die anderen Reporter stellten sich beim Ausgang jeweils auf ihre Stühle, die Fotografen boxten sich weiter nach vorn durch. Wie gewöhnlich hatten sich die Fernsehleute unmittelbar vor dem Podium aufgebaut, so daß allen die Sicht versperrt war, jeder stolperte über ihre kilometerlangen Kabel, die sich auf der gesamten Bodenfläche ringelten, alle sollten kapieren, daß sie hier zuallererst die Fragen zu stellen hatten. Ihre Kameralichter leuchteten kreuz und quer im Raum, die meisten waren auf die provisorische Bühne gerichtet, von der die Polizisten bald zu den Anwesenden sprechen würden. Viele der Sender berichteten live, darunter CNN, Sky und die schwedische Nachrichtensendung ‚Rapport‘. Die Reporter probten ihre Live-Moderation und kritzelten in ihren Manuskripten herum, die Standbildfotografen legten ihre Filme ein, die Radioreporter ratterten mit ihren Kassettenrekordern: »Test eins, zwei, eins, zwei.« Das laute Stimmengewirr klang wie ein tosender Wasserfall. Im Raum herrschte bereits unerträgliche Wärme. Annika stöhnte und ließ Schal, Mütze und Mantel zu einem Haufen auf den Boden fallen.

Dann betraten die Polizisten durch einen Seiteneingang das Podium. Das Stimmengewirr verstummte, und das Klicken der Kameras ertönte. Es waren vier Männer: der Pressesprecher der Stockholmer Polizei, der Oberstaatsanwalt Kjell Lindström, ein Ermittler vom Dezernat für Verbrechensbekämpfung, an dessen Namen sich Annika nicht erinnern konnte, und schließlich Evert Danielsson vom Olympia-Büro. Umständlich nahmen sie in Reih und Glied vorn am Tisch Platz und tranken pflichtschuldig einen Schluck aus den Mineralwassergläsern.

Der Pressesprecher eröffnete die Pressekonferenz, indem er Fakten referierte, die schon bekannt waren: Eine Explosion hätte sich ereignet, eine Person sei getötet worden, die Höhe des Sachschadens und die Fortdauer der technischen Untersuchung. Er wirkte schon jetzt müde und abgespannt. Wie wird er wohl erst aussehen, wenn dieses Spektakel mehrere Tage über ihn hinweggerollt ist, dachte Annika.

Dann ergriff der Oberstaatsanwalt das Wort: »Bisher ist es uns leider noch nicht gelungen, die Identität der getöteten Person in der Arena festzustellen«, verkündete er. »Die Arbeit wird dadurch erschwert, daß die Leiche schlimm zugerichtet ist. Wir verfolgen jedoch eine Vielzahl anderer Spuren, die uns einen Hinweis auf die Feststellung der Identität liefern können. Der Sprengstoff wird zur Zeit in London analysiert. Gesicherte Erkenntnisse liegen uns in dieser Sache bisher noch nicht vor, aber als vorläufiges Ergebnis können wir bekannt geben, daß es sich hierbei um zivilen Sprengstoff handelt. Es sind demnach also keine militärischen Waffen oder militärische Explosivstoffe zum Einsatz gekommen.«

Kjell Lindström trank einen Schluck Wasser. Die Kameras surrten.

»Wir sind ferner auf der Suche nach dem Mann, der für die beiden Bombenanschläge verurteilt wurde, bei denen vor sieben Jahren zwei Sportstadien beschädigt wurden. Der Mann gehört nicht zum Kreis der Verdächtigen, sondern soll aus rein informativen Erwägungen angehört werden.«

Der Oberstaatsanwalt schaute in seine Unterlagen, als zögere er einen Moment lang. Als er weitersprach, richtete er seinen Blick direkt in die Kameras von ,Rapport': »Eine Person in dunkler Bekleidung ist unmittelbar vor der Explosion in der Nähe des Stadions beobachtet worden. Wir appellieren an die Bevölkerung, sich mit jeder Art von Hinweis zu melden, der mit dem Anschlag auf das Victoriastadion in Verbindung stehen könnte. Die Polizei ist bestrebt, zu allen Personen Verbindung aufzunehmen, die sich zwischen Mitternacht und 3 Uhr 20 beim Hafen in Södra Hammarby aufgehalten haben. Auch wenn die Angaben in diesem Zusammenhang nicht von großer Bedeutung scheinen, so können sie für die Polizei doch das entscheidende Puzzleteilchen sein.«

Er ratterte ein paar Telefonnummern herunter, die ,Rapport' umgehend als Textzeile am unteren Bildrand einblenden sollte. Als der Oberstaatsanwalt zum Ende gekommen war, räusperte sich Evert Danielsson vom Olympia-Büro.

»Ja, es ist eine Tragödie«, sagte er nervös. »Sowohl für Schweden, die Ausrichter der Olympischen Spiele im besonderen als auch für den Sport im allgemeinen. Olympia steht für den Wettkampf unter gleichen Bedingungen, ungeachtet der Nationalität, der Religion, der politischen Überzeugung oder des Geschlechts. Aus diesem Grund ist es besonders schockierend, daß sich jemand an einem globalen Symbol wie der Arena, dem Austragungsort einer olympischen Meisterschaft, vergreift und einen Terroranschlag verübt.«

Annika hatte den Hals gereckt, um über die Kameras von CNN hinweg sehen zu können. Sie studierte die Reaktionen der Polizisten und des Staatsanwalts auf Danielssons Olympia-Lobeshymne. Wie nicht anders zu erwarten, waren sie verdutzt, denn hier schleuderte jemand sowohl ein Motiv als auch eine Tatbeschreibung in den Raum: der Sprengstoffanschlag als ein gegen die Olympiade gerichteter Terrorakt. Dennoch wußten sie noch immer nicht, wer das Opfer war, oder wußten sie es vielleicht doch? War dem Olympia-Vertreter verborgen geblieben, wofür sie die Bestätigung erhalten hatte, daß das Verbrechen vermutlich das Werk einer Person aus dem inneren Kreis der Olympia-Ausrichter war?

Der Staatsanwalt fiel Danielsson ins Wort und versuchte ihm Einhalt zu gebieten.

»Ich appelliere«, fuhr dieser jedoch fort, »an alle, die meinen, eine Beobachtung gemacht zu haben, sich mit der Polizei in Verbindung zu setzen. Die Ergreifung des Schuldigen ist von größter Wichtigkeit … was ist denn?«

Verwundert schaute er den Staatsanwalt an, der ihn unter dem Tisch offensichtlich gekniffen oder getreten hatte.

»Ich möchte lediglich betonen«, sagte Kjell Lindström und beugte sich zu den Mikrofonen vor, »daß wir beim derzeitigen Stand der Ermittlung in keiner Form Hinweise auf ein Motiv geben können.« Er schielte schräg zu Evert Danielsson hinüber. »Es gibt nichts, ich wiederhole: nichts, das Deutungen zuläßt, es handele sich hierbei um einen gegen die Olympischen Spiele gerichteten Terroranschlag. Es hat weder Drohungen gegen die Anlagen noch gegen das Olympia-Büro gegeben. Im Moment sind wir für alle erdenklichen Spuren und Motive offen.«

Er lehnte sich zurück.

»Noch Fragen?«

Die Fernsehreporter quollen über vor Fragen. Sobald die Debatte eröffnet war, schrien sie ihre Fragen ungezügelt heraus. »Schlagabtausch« nannte man das. Die ersten Fragen betrafen immer das bereits Bekannte, von dem aber behauptet wurde, es sei zu langatmig oder zu kompliziert, um in einem Beitrag von anderthalb Minuten untergebracht zu werden. Deshalb fragten die Fernsehreporter ständig das gleiche, in der Hoffnung, eine einfachere, direktere Antwort zu erhalten.

»Haben Sie einen Verdächtigen?«

»Gibt es Spuren?«

»Haben Sie die Leiche identifiziert?«

»Kann es sich um einen Terroranschlag handeln?«

Annika seufzte. Der einzige Grund, solche Pressekonferenzen zu besuchen, war der, die Reaktion der Ermittler zu studieren. Alles, was sie sagten, wurde in anderen Medien referiert, aber das Mienenspiel auf ihren Gesichtern, das nicht im Bild festgehalten wurde, war meistens aufschlußreicher als die oft allzu vereinfachten Antworten. Nun bemerkte sie zum Beispiel, wie wütend Kjell Lindström auf Evert Danielsson war, weil er das Wort »Terroranschlag« in den Mund genommen hatte. Wenn es etwas gab, was die schwedische Polizei vermeiden wollte, dann, daß man Stockholm, den Olympischen Spielen und dieser Explosion einen Terrorstempel aufdrückte. Außerdem war man mit der Terrortheorie wahrscheinlich vollkommen auf dem Holzweg. Doch ausnahmsweise hatten sie doch tatsächlich neue Informationen durchsickern lassen. Annika kritzelte ein paar Fragen auf ihren Block. Es gibt einen Hinweis darauf, daß sich eine Person in dunkler Bekleidung in der Nähe der Arena aufgehalten hatte, wann und wo genau? Es gab also einen Zeugen, wer war es, und was hatte er am Tatort zu suchen? Der Sprengstoff war zur Analyse nach London geschickt worden, warum? Aus welchem Anlaß führte nicht die Kriminaltechnik in Linköping die Analyse durch? Und wann erwartete man das Ergebnis? Woher wußte man, daß es sich um zivilen Sprengstoff handelte? Welche Bedeutung hatte das für die Ermittlungen? Grenzte das den Rahmen der Ermittlungen ein, oder mußte er ausgeweitet werden? Wie leicht ist der Zugang zu zivilem Sprengstoff? Wie lang würde es dauern, bis die Nordtribüne repariert war? Ist das Stadion überhaupt versichert, und wenn ja, durch wen? Und wer war das Opfer? Wußten sie es? Was waren das für Spuren, die Kjell Lindström erwähnt hatte, die vielleicht bei der Identifizierung hilfreich sein könnten? Wieder seufzte sie. Diese Story würde auf jeden Fall eine umfangreiche und langwierige Angelegenheit werden.

Der Oberstaatsanwalt Kjell Lindström ging hinaus in den Korridor vor dem Presseraum, im Gesicht weiß und die Aktentasche krampfhaft umklammert. Wenn er die Hände nicht im Zaum gehalten hätte, dann hätte er Evert Danielsson erwürgt. Ihm folgten die übrigen Teilnehmer der Pressekonferenz und drei uniformierte Polizisten, die im Hintergrund Wache gestanden hatten. Einer von ihnen zog hinter dem Gefolge die Tür zu und schloß die aufdringlichen Reporter aus.

»Ich verstehe nicht, warum es darüber Kontroversen gibt, es so darzustellen, wie es sich aus Sicht aller anderen auch verhält«, sagte Danielsson beleidigt. »Es ist doch für jedermann offensichtlich, daß es sich um einen Terroranschlag handelt. Wir im Olympia-Büro halten es für wichtig, schnell eine öffentliche Meinung herzustellen, eine Gegenkraft zum Versuch, die Spiele zu sabotieren ...«

Der Oberstaatsanwalt wirbelte herum und trat ganz nah an Evert Danielsson heran.

»Schreiben Sie sich eins hinter die Ohren: Es Gibt Absolut Keinen Grund Anzunehmen, daß ein Terrorakt vorliegt. Verstanden? Das allerletzte, was die Polizei jetzt gebrauchen kann, ist eine große Debatte über Terrorismus und Attentatsbekämpfung. Eine solche Debatte würde ganz andere Ansprüche an die Sicherheitsmaßnahmen der Olympiastadien und öffentlichen Gebäude stellen, als unsere Mittel es erlauben ... Wissen Sie, wie viele Stadien auf die eine oder andere Weise in die Spiele eingebunden sind? Ja, selbstverständlich wissen Sie das. Haben Sie vergessen, wie schwer uns das Leben gemacht wurde, als dieser verdammte Tiger sein Unwesen trieb. Er sprengte einige kleine Ladungen, und jeder dahergelaufene Journalist in diesem Land lief mitten in der Nacht in unbewachten Stadien herum und schrieb Skandalartikel über die katastrophale Bewachung.«

»Wie können Sie sich so sicher sein, daß es kein Terroranschlag war?« fragte Danielsson eine Spur erschreckt.

Lindström seufzte und ging weiter.

»Wir haben unsere Gründe, glauben Sie mir.«

»Welche denn?« beharrte Danielsson.

Der Staatsanwalt blieb von neuem stehen.

»Das war das Werk eines Insiders«, sagte er. »Es war jemand aus dem nahen Umfeld der Olympia-Organisation, haben Sie das verstanden? Es war einen von Ihnen, mein Bester. Deshalb ist es ziemlich peinlich, daß gerade Sie hier sitzen und etwas von einem Terroranschlag faseln, verstehen Sie?«

Evert Danielsson erbleichte.

»Das ist unmöglich.«

Kjell Lindström setzte seinen Weg wieder fort.

»Keineswegs«, widersprach er. »Und wenn Sie mit den Ermittlern hinauf zum Dezernat für Verbrechensbekämpfung kommen, dann dürfen Sie uns verraten, wer genau in Ihrer Organisation Zugang zu allen Passierscheinen, Schlüsseln und Sicherheitscodes für das Stadion hat.«

Im selben Moment, in dem Annika nach der Pressekonferenz die Redaktion betrat, winkte Ingvar Johansson hinter seinem Bildschirm sie zu sich.

»Komm mal gucken, ob du daraus schlau wirst!« rief er.

Annika ging zuerst in ihr Zimmer und legte ihre Sachen ab. Der Pullover klebte unter den Armen und ihr fiel plötzlich ein, daß sie am Morgen nicht geduscht hatte. Sie zog die Jacke fest um sich und hoffte, daß sie nicht nach Schweiß roch.

Janet Ullberg, die junge Volontärin, und Ingvar Johansson standen in der Redaktion über den Computer mit dem schnellsten Modem gebeugt. Ingvar hackte etwas in die Tastatur ein.

»Janet hat Christina Furhage nicht zu fassen gekriegt«, sagte er. »Wir haben eine Nummer, die ganz eindeutig richtig ist, aber da nimmt niemand ab. Laut Olympia-Büro soll sie in der Stadt sein, vermutlich zu Hause. Deshalb suchen wir sie im Daten SPAR, um bei ihr zu Hause anzurufen. Aber wenn wir ihren Namen eingeben, dann passiert absolut nichts. Sie ist nicht drin.«

Er zeigte auf die Angaben auf dem Computerbildschirm, keine Christina Furhage: »Der Name ist mittels der angegebenen Zusatzschlüssel nicht auffindbar«. Annika schlüpfte hinter Janet vorbei und setzte sich auf den Stuhl an die Tastatur.

»Natürlich ist sie drin, alle sind da drin«, sagte Annika. »Ihr habt nur eine zu eingeschränkte Suchabfrage gestartet.«

»Ich verstehe nur noch Bahnhof«, entgegnete die Volontärin mit dünner Stimme. »Was macht ihr da eigentlich?«

Annika erklärte es ihr, während sie auf die Tastatur einhämmerte.

»Daten SPAR steht für Daten Technisches Staatliches Personen- und Adreßregister. Eigentlich heißt es heutzutage anders, Sema Group, glaube ich, aber alle nennen es SPAR. Mittlerweile ist es nicht mehr staatlich, sondern ein französisch-englisches Unternehmen hat es gekauft … Auf jeden Fall ist hier jeder Mensch im Land mit Personennummer, Adresse, früherer Adresse und Geburtsort registriert, Schweden und Einwanderer, die schon eine Personennummer bekommen haben. Früher konnte man sogar familiäre Bindungen wie Kinder und Ehepartner ausfindig machen, aber das ist vor einigen Jahren gelöscht worden. Via Modem loggen wir uns in eine Datenbank ein, die Info-Markt heißt. Man kann zwischen verschiedenen Datenbanken wählen, das Kfz-Register oder das Aktiengesellschaftsbüro zum Beispiel, aber wir wollen ins SPAR. Guck mal! Du schreibst einfach ›SPAR‹ hier oben in die Menüleiste …«

»Ich geh' dann mal wieder. Ruf mich später an«, sagte Ingvar Johansson und steuerte auf den Agenturticker zu.

»… und jetzt sind wir drinnen. Da können wir verschiedene Funktionen wählen, verschiedene Dinge, die wir den Computer fragen wollen. Siehst du? F2 nimmst du, wenn du eine Personennummer hast und wissen willst, wem sie gehört, F3, wenn du ein Datum hast, aber nicht die letzten vier Ziffern der Personennummer, F4 und F5 sind gesperrte Nummern, familiäre Bindungen, aber F7 und F8 können wir nehmen. Um den Wohnort einer Person zu finden, gibt man F8 ein: Namensabfrage. Voilà!«

Annika führte einen Befehl aus, und ein Fragebogen wurde auf dem Bildschirm eingeblendet.

»Wir suchen also nach Christina Furhage, die irgendwo in Stockholm wohnt«, verkündete sie und gab die notwendigen Daten ein; Geschlecht, Vorname und Nachname. Sie ließ die Felder für das ungefähre Geburtsdatum, die Abkürzung für den Heimatort und die Postleitzahl leer. Der Computer arbeitete, und nach einigen Sekunden tauchten tatsächlich drei Zeilen auf dem Bildschirm auf.

»Okay, wir nehmen uns eins nach dem anderen vor«, sagte Annika und zeigte mit einem Stift auf den Bildschirm. »Schau, hier: ›Furhage, Eleonora Christina, Kalix, geboren 1912, hist.‹ Das bedeutet, daß die Daten historisch sind, vermutlich ist die Gute tot. Verstorbene bleiben für ein paar Jahre im Register. Das kann auch bedeuten, daß sie den Namen geändert hat, sie kann ja einen Opi aus ihrem Altersheim geheiratet haben. Wenn man will, kann man das nachsehen, indem man ihren Namen markiert und F7 drückt, für historische Daten, aber dazu haben wir jetzt keine Zeit.«

Sie rückte mit dem Stift auf die letzte Zeile vor.

»Furhage, Sofia Christina, Kalix, geboren 1993. Ein Kind. Vermutlich eine Verwandte der ersten. Seltene Nachnamen tauchen fast immer am selben Ort wieder auf.«

Sie ging mit dem Stift weiter.

»Hier haben wir wohl unsere Christina.«

Annika markierte die Zeile und führte einen Befehl aus. Auf dem Bildschirm erschien eine äußerst ungewöhnliche Information. Annika stutzte.

»O Gott«, sagte sie.

Sie beugte sich weiter zum Bildschirm heran, als traue sie ihren Augen nicht.

»Was ist los?« fragte Janet.

»Die Frau hat einen Sperrvermerk«, sagte Annika. Sie gab den Befehl »P« ein und ging hinüber zum Drucker. Den Ausdruck in der Luft schwingend marschierte sie hinüber zu Ingvar Johansson.

»Haben wir je darüber berichtet, daß Christina Furhage Leibwächter hat? Daß ihr Leben bedroht ist oder so was?«

Ingvar Johansson lehnte sich zurück und dachte nach.

»Nein, nicht, daß ich wüßte. Wieso?«

Annika hielt ihm den Computerausdruck unter die Nase.

»Christina Furhage stand unter Morddrohungen, unter extrem schweren Drohungen. Niemand außer dem Chef der örtlichen Steuerbehörde in Tyresö weiß, wo sie wirklich wohnt. Es gibt nur etwa hundert Leute in Schweden, die diesen Schutz haben.«

Sie übergab das Blatt an Ingvar Johansson. Er betrachtete es, ohne den Sinn zu erfassen.

»Warum? Die persönlichen Daten sind nicht geschützt. Hier steht doch ihr Name.«

»Ja, schon. Aber guck dir mal die Adresse an: ›Finanzamt Tyresö‹.«

»Wovon zum Teufel sprichst du?« fragte Ingvar Johansson.

Annika setzte sich.

»Es gibt unterschiedliche Arten von Schutz, den die Behörden gewähren, wenn Menschen bedroht sind«, erklärte sie. »Der leichte Schutz tritt ein, indem ein Sperrvermerk im Einwohnermelderegister gesetzt wird. Das ist nicht allzu ungewöhnlich, es gibt in Schweden ungefähr fünftausend Personen mit geheimgehaltenen persönlichen Daten. Das erscheint auf dem Bildschirm unter der Bezeichnung ›persönliche Daten geschützt‹.«

»Ja, aber das steht hier doch nicht«, sagte Ingvar Johansson.

Annika tat, als höre sie ihn nicht.

»Um so einen Schutz zu erhalten, muß es eine Form von tätlicher Bedrohung geben. Die Entscheidung, Daten zu sperren, wird von der örtlichen Steuerbehörde getroffen, bei der die Person gemeldet ist.«

Annika klopfte mit dem Stift auf den Ausdruck.

»Das hier hingegen ist verdammt ungewöhnlich. Das ist ein bedeutend strengerer Schutz als nur im Melderegister unsichtbar zu werden. Furhage gibt es ganz einfach im Register nicht, außer hier, mit dem Verweis auf den Chef der Steuerbehörde in Tyresö außerhalb von Stockholm. Er ist der einzige Vertreter der Behörden im Land, der weiß, wo sie sich aufhält.«

Ingvar Johansson schaute sie skeptisch an.

»Woher weißt du das alles?«

»Erinnerst du dich an meine Arbeiten über die Stiftung ›Paradies‹? An die Haufen Artikel, die ich über Menschen geschrieben habe, die in Schweden im Untergrund leben?«

»Ja, klar. Und?«

»Nur ein einziges Mal ist mir diese Maske untergekommen. Das war, als ich die Personalien von Menschen eingegeben habe, die die Behörden unter allen Umständen geheimhalten wollten.«

»Aber Christina Furhage gehört doch nicht zu den Undercover-Leuten.«

»Wir haben sie aber nicht gefunden, stimmt's? Was haben wir da eigentlich für eine Nummer von ihr?«

Sie öffnete das zeitungseigene elektronische Telefonbuch, das in allen Computern in der Redaktion gespeichert war. Unter dem Namen Christina Furhage, Bezeichnung: Olympia-Chefin, gab es eine Mobilnummer. Annika wählte die Nummer. Die automatische Stimme der schwedischen Telefongesellschaft Telia meldete sich sofort.

»Das Gerät ist nicht eingeschaltet«, verkündete sie.

Sie rief die Auskunft an, um sich zu erkundigen, wer sich hinter der Nummer verbarg. Die Angaben waren geheim.

Ingvar Johansson seufzte.

»Jetzt ist es sowieso zu dunkel für ein Foto mit Furhage vor dem Stadion«, sagte er. »Das vertagen wir auf morgen.«

»Aber wir müssen sie doch erreichen«, sagte Annika. »Sie muß schließlich einen Kommentar zu dem Vorfall abgeben.«

Sie erhob sich und ging in ihr Büro.

»Was hast du jetzt vor?« fragte Ingvar Johansson.

»Das Olympia-Büro anrufen. Die müssen doch wissen, was zum Teufel da los ist«, sagte Annika.

Sie ließ sich in ihren Stuhl plumpsen, legte den Kopf auf die Tischplatte. Die Stirn landete auf einer trockenen Zimtwecke, die seit gestern auf ihrem Schreibtisch lag, sie biß hinein und vermischte sie im Mund mit der Cola light, die vom Mittagessen übriggeblieben war. Während sie die Krümel mit den Fingern aufpickte, wählte sie die Nummer der Zentrale im Olympia-Büro. Besetzt. Sie rief noch einmal an, wählte jedoch bei der letzten Ziffer statt der Null eine Eins, ein alter Trick, um unter Umgehung der Zentrale jemanden an die Strippe zu bekommen. Manchmal mußte man einen Anruf hundertmal wiederholen, aber irgendwann landete man fast immer am Apparat eines Bemitleidenswerten, der gerade Überstunden schob. Diesmal ging es schneller, sie kam auf Anhieb durch, und Evert Danielsson höchstpersönlich war am Telefon.

Annika dachte eine halbe Sekunde lang nach, bis sie entschied, auf alles Vorgeplänkel zu verzichten und ohne Umschweife zur Sache zu kommen.

»Wir möchten einen Kommentar von Christina Furhage«, sagte Annika, »und den wollen wir jetzt.«

Danielsson stöhnte.

»Sie haben doch heute schon zehnmal angerufen. Wir haben doch gesagt, wir werden Ihre Fragen weiterleiten.«

»Wir wollen mit ihr persönlich sprechen. An einem solchen Tag kann sie nicht einfach kneifen, das ist Ihnen doch wohl klar? Was für einen Eindruck würde das machen? Das sind doch ihre Spiele, verdammt! Sie wird doch kein Lampenfieber haben, ein paar Worte zu verlieren? Warum versteckt sie sich? Holen Sie sie jetzt her.«

Danielsson atmete einige Sekunden in den Hörer.

»Wir wissen nicht, wo sie ist«, sagte er schließlich leise.

Annika fühlte ihren Puls steigen und schaltete den Kassettenrekorder ein, der neben dem Telefon auf dem Schreibtisch stand.

»Haben Sie sie auch nicht erreicht?« fragte sie vorsichtig.

Danielsson schluckte.

»Nein«, antwortete er schließlich. »Den ganzen Tag nicht. Ihren Mann haben wir ebenfalls nicht erreicht. Aber das schreiben Sie doch wohl nicht?«

»Das weiß ich noch nicht«, sagte Annika. »Wo kann sie denn stecken?«

»Wir haben gedacht, sie sei zu Hause.«

»Und wo ist ihr Zuhause?« erkundigte sich Annika und hatte die Computermaske im Hinterkopf.

»Hier in der Stadt. Aber da macht niemand auf.«

Annika holte tief Luft und schob rasch die Frage nach: »Was ist das für eine Art Bedrohung, unter der Christina Furhage steht?«

Der Mann schnappte nach Luft.

»Wie? Was meinen Sie damit?«

»Kommen Sie«, sagte Annika. »Wenn Sie wollen, daß ich nichts schreibe, dann müssen Sie erzählen, was eigentlich los ist.«

»Woher haben ... Wer hat Ihnen gesagt ...«

»Sie ist im Einwohnermelderegister nicht eingetragen. Das bedeutet, sie steht unter so ernst zu nehmender Bedrohung, daß ein Staatsanwalt ein Besuchsverbot gegen Personen erlassen kann, die sie bedrohen. Ist das geschehen?«

»Mein Gott«, sagte Danielsson. »Wer hat das gesagt?«

Annika stöhnte leise.

»Das steht im SPAR. Das kann man da einfach lesen, wenn man die Sprache beherrscht. Gibt es einen staatsanwaltlichen Beschluß über ein Besuchsverbot für Personen, die Christina Furhage bedroht haben?«

»Ich kann nicht weiter sprechen«, antwortete der Mann mit erstickender Stimme und legte auf.

Annika lauschte ein paar Sekunden auf die Stille in der Leitung, ehe sie seufzend den Hörer auflegte.

Evert Danielsson schaute zur Frau im Türrahmen auf.

»Wie lange haben Sie da schon gestanden?« fragte er.

»Was machen Sie hier in diesem Zimmer?« erwiderte Helena Starke und verschränkte die Arme über der Brust.

Der Bürovorsteher erhob sich von Christina Furhages Stuhl und blickte sich verwirrt um, als habe er erst jetzt gemerkt, daß er am Schreibtisch der Geschäftsführerin gesessen hatte.

»Ja, ich … wollte eine Sache überprüfen. In Christinas Terminkalender nachsehen, ob sie einen Termin eingetragen hat, ob sie wegfahren wollte oder so … aber ich kann ihn nicht finden.«

Die Frau starrte Evert Danielsson an. Ihre Blicke kreuzten sich.

»Sie sehen zum Fürchten aus«, sagte er, ehe er sich auf die Zunge beißen konnte.

»Was für ein außerordentlich männlich-chauvinistischer Kommentar«, fuhr sie ihn mit einem vor Ekel verzogenen Gesicht an und ging zu Christina Furhages Schreibtisch.

»Gestern war ich voll wie eine Strandhaubitze, und heute morgen habe ich auf den Teppich im Flur gekotzt. Wenn Sie der Ansicht sind, daß das ein unschickliches Benehmen für eine Frau ist, dann schlage ich Ihnen die Zähne ein.«

Unwillkürlich fuhr sich der Mann mit der Zunge über die Schneidezähne.

»Christina ist heute zu Hause bei ihrer Familie«, sagte Helena Starke und zog am Schreibtisch der Olympia-Chefin die zweite Schublade auf. »Das bedeutet also, daß sie vorhat, zu Hause zu arbeiten anstatt hier im Büro«, erklärte sie.

Der Bürovorsteher schaute zu, wie Helena Starke einen dicken Terminkalender hervorholte und ihn kurz vor dem letzten Blatt aufschlug. Sie blätterte einige Seiten vor, das Papier raschelte.

»Nichts. Samstag, der 18. Dezember ist ganz leer.«

»Vielleicht macht sie Weihnachtsputz«, sagte Evert Danielsson, und nun mußten beide unwillkürlich grinsen. Die Vorstellung, Christina würde sich eine Schürze umbinden und mit einem Staubwedel bewaffnet umherlaufen, war zum Schreien komisch.

»Wer hat da eben angerufen?« fragte Helena Starke und legte den Terminkalender wieder zurück in die Schreibtischschublade. Danielsson nahm zur Kenntnis, daß sie sie sorgfältig zuschob und den Schlüssel in der einen Ecke des Aktenschränkchens umdrehte.

»Eine Journalistin, von der Abendpresse. Eine Frau. Hab vergessen, wie sie hieß.«

Helena steckte den Schlüssel in die rechte Vordertasche ihrer Jeans.

»Warum haben Sie gesagt, daß wir Christina nicht erreichen?«

»Was soll ich denn sonst sagen? Daß sie keinen Kommentar abgeben will? Daß sie sich versteckt? Das macht es doch nur noch schlimmer.«

Danielsson gestikulierte nervös mit den Armen.

»Die Frage ist«, sagte die Frau und trat so nah an ihn heran, daß er ihren alkoholgetränkten Atem direkt im Gesicht hatte, »die Frage ist, wo Christina eigentlich steckt, nicht wahr? Warum ist sie nicht hergekommen? Wo auch immer sie sich aufhält, so ist es an einem Ort, wo sie keinerlei Nachrichten erreichen, nicht wahr? Wo verdammt noch mal kann das sein, haben Sie eine Idee?«

»Ihr Wochenendhaus?«

Helena Starke betrachtete ihn verächtlich.

»Mein Bester. Und dieses Gequatsche von Terroristen, das Sie auf der Pressekonferenz losgelassen haben, war nicht besonders clever. Was glauben Sie wohl, wird Christina dazu sagen?«

Nun brauste Evert Danielsson auf, das massive Gefühl, daß man sich gegen ihn verschworen hatte, würgte ihn fast: »Ja, aber das war das Ergebnis, zu dem wir gekommen waren. Sie haben doch selbst an der Diskussion teilgenommen. Das ist doch nicht allein auf meinem Mist gewachsen, im Gegenteil. Wir sollten doch in der Debatte die Initiative ergreifen und unmittelbar eine Meinung bilden, darüber waren wir uns doch einig.«

Helena wandte sich ab und machte ein paar Schritte auf die Tür zu. »Es ist aber ziemlich peinlich, wenn die Polizei alles mit solchem Nachdruck dementiert. Im Fernsehen wirken Sie hysterisch und paranoid, das ist nicht sonderlich kleidsam.«

Sie wandte sich zum Türrahmen um und legte eine Hand auf den Türpfosten. »Bleiben Sie noch hier, oder kann ich abschließen?«

Ohne ein Wort verließ Danielsson Christina Furhages Zimmer.

Die Redaktionssitzung fand am Abend rund um den Konferenztisch des Chefredakteurs statt. Die Acht-Uhr-Nachrichtensendung ‚Aktuellt' sollte in einer Viertelstunde beginnen, und sämtliche Teilnehmer außer Jansson waren zur Stelle.

»Er kommt gleich«, sagte Annika. »Er ist nur mal eben …«

»Nur mal eben« war eine Umschreibung für Verspätungen, die auf allgemeinem Chaos oder anderem Durcheinander beruhten, Reportern, die keine Ahnung hatten, welche Arbeit gerade anstand, oder Lesern, die gerade in diesem Augenblick ihre Meinung kundtun mußten. Es konnte auch bedeuten, daß man kurz auf den Lokus verschwinden mußte oder sich einen Kaffee holte.

Die Teilnehmer am Tisch bereiteten sich vor und warteten. Annika ging ihre Notizen mit den Punkten durch, die sie bei der Sitzung ansprechen wollte. Ihre Liste war nicht so lang wie die von Ingvar Johansson, der gerade Zettel mit allen Aufgaben verteilte, an denen zur Zeit gearbeitet wurde. Der Bildredakteur Pelle Oscarsson sprach in sein Handy. Der Chefredakteur schaukelte von den Schuhspitzen auf die Absätze und zurück und schaute mit leerem Blick auf den Fernsehschirm ohne Ton.

»Sorry«, sagte der Nachtredakteur, als er mit einem Becher Kaffee in der einen Hand und einem Entwurf über alle Seiten der Zeitung in der anderen ins Zimmer gestürmt kam. Noch immer war er schläfrig und erhoffte sich wohl Rettung aus dem Koffein. Natürlich schwappte ihm etwas Kaffee auf den Boden, als er die Tür wieder schließen wollte. Anders Schyman sah es und seufzte.

»Okay«, begann er, zog einen Stuhl hervor und setzte sich an den Tisch. »Wir fangen wohl am besten mit dem Bombenleger an. Was haben wir?«

Annika wartete nicht auf Ingvar Johansson, sondern ergriff sofort das Wort. Sie wußte, daß der Nachrichtenchef gern alles an sich riß, auch ihren Verantwortungsbereich. So weit wollte sie es gar nicht erst kommen lassen.

»So wie ich es sehe, werden von uns im Polizeiressort vier Artikel kommen«, erklärte sie. »Wir werden um die Schiene Terroranschlag nicht herumkommen. Evert Danielsson hat das auf der Pressekonferenz selbst erwähnt, aber die Polizei will es herunterspielen. Das könnte eine ganz eigenständige Story abgeben. Wir haben nämlich entdeckt, daß Christina Furhage, die Olympia-Chefin, unter irgendeiner Form von Bedrohung steht. Sie hat einen Sperrvermerk im Adreßregister. Außerdem weiß niemand, wo sie sich im Moment aufhält, nicht einmal ihre engsten Mitarbeiter. Darüber schreibe ich.«

»Was hast du dir als Schlagzeile vorgestellt?« fragte Jansson.

»Etwas mit ›Olympia-Chefin wird bedroht‹ und dann im Untertitel ein Zitat von Danielsson ›Das ist ein Terroranschlag‹.«

Jansson nickte zustimmend.

»Dann haben wir natürlich noch die Hauptgeschichte, die muß richtig gründlich bearbeitet werden. Die sollte mit Pfeilen versehen um ein großformatiges Foto vom Ort der Verwüstung laufen. Patrik hat das im Griff. Wir haben Bilder vom Stadion bei Tageslicht, sowohl aus der Luft als auch vom Dach des Lumahauses, oder Pelle?«

Der Bildredakteur nickte.

»Ja, aber ich finde die Hubschrauberbilder besser. Die Bilder vom Dach sind leider ziemlich unterbelichtet, die sind einfach zu dunkel. Ich habe versucht, sie im Mac aufzupeppen, aber auch da ist die Schärfe nicht das Wahre, deshalb finde ich, nehmen wir die Luftaufnahmen.«

Jansson schrieb etwas auf seinen Seitenentwurf. Annika spürte die Wut in sich auflodern, verfluchter Armanifotograf, der weder die Schärfe noch die Blende richtig einstellen konnte.

»Wer hat die Bilder vom Dach gemacht?« fragte Anders Schyman.

»Olsson«, antwortete Annika kurz.

Der Chefredakteur notierte etwas.

»Noch was?«

»Wer ist das Opfer? Mann, Frau, jung, alt? Der Befund des Gerichtsmediziners, die kriminaltechnische Untersuchung der Polizei, was ist das für eine Spur, von der der Oberstaatsanwalt auf der Pressekonferenz gesprochen hat? An der Sache sind Berit und ich gerade dran.«

»Was haben wir bisher herausgefunden?« fragte Schyman.

Annika seufzte.

»Leider nicht sehr viel. Das bißchen werden wir im Lauf des Abends genauer unter die Lupe nehmen. Irgend etwas kommt immer dabei heraus.«

Der Chefredakteur nickte und Annika fuhr fort.

»Dann haben wir das Mysterium um den Mord, die Jagd nach dem Bombenleger, die Spuren, die Theorien, die Beweise. Wer war der Mann vor dem Stadion kurz vor dem Knall? Wer war der Zeuge, der ihn beobachtet hat? Darüber schreibt Patrik. Den Tiger haben wir nicht zu fassen gekriegt, auch die Polizei nicht. Laut Lindström ist er nicht verdächtig, aber das ist Bullshit. Möglicherweise schreiben sie ihn schon heute abend oder heute nacht zur landesweiten Fahndung aus, das müßt ihr im Auge behalten. Dann haben wir da natürlich noch das ganze Olympia-Thema, das ist doch deine Aufgabe, Ingvar ...«

Der Nachrichtenchef räusperte sich.

»Ja, genau. Die Sicherheit vor den olympischen Wettkämpfen, wir haben ein Gespräch mit Samaranch vom IOC in Lausanne, er hat vollstes Vertrauen in die Stockholmer als Ausrichter und hegt größtes Zutrauen zur schwedischen Polizei, die mit Sicherheit auf dem schnellsten Weg den Täter ergreifen wird blablabla ... Und dann sagt er, die Spiele seien keinesfalls in Gefahr, das müssen wir bringen. Dann haben wir das ›Wie geht es jetzt weiter‹-Ding, das hat Janet erledigt. Die Tribüne soll unverzüglich wieder aufgebaut werden. Die Arbeit soll im Prinzip losgehen, sobald die Kriminaltechniker dort abgezogen sind. Man rechnet damit, daß die Arbeiten in sieben bis acht Wochen abgeschlossen sein werden. Dann haben wir noch den Taxifahrer, der verletzt worden ist, den haben nur wir, das ziehen wir ganz groß auf. Wir machen über die Olympia-Attentate der Vergangenheit einen großen Rundumschlag, den Tiger eingeschlossen, sofern wir ihn heute nacht nicht noch aufstöbern. Dann kriegt er natürlich eine eigene Story.«

»Im Telefonbuch steht seine private Telefonnummer«, schob Annika ein. »Ich habe auf seinem Anrufbeantworter eine Nachricht hinterlassen, es ist immerhin möglich, daß er die abhört.«

»Okay. Nils Langeby stellt gerade die Reaktionen in der ganzen Welt zusammen, das wird eine kleine Komplettierung am Rande abgeben, und unsere Telefon-Umfrage ist gerade angelaufen.«

Er verstummte und blätterte in seinen Unterlagen.

»Noch was?« fragte der Chefredakteur.

»Wir haben natürlich noch die Bilder, die Henriksson vom ewigen

Feuer aus geschossen hat«, sagte Annika. »Die waren heute morgen in der Nachtausgabe, aber das übrige Land hat sie noch nicht gesehen. Er hat mehrere Filme verknipst, so daß wir morgen vielleicht ein anderes der Fotos zusammen mit dem Artikel über das Opfer bringen könnten. Recycling?«

Pelle Oscarsson nickte.

»Ja, Fotos gibt es in rauhen Mengen. Wir finden bestimmt eins, das nicht ganz genauso aussieht.«

»Nun fängt ‚Aktuellt‘ an«, sagte Ingvar Johansson und drückte auf den Lautstärkeregler der Fernbedienung.

Alle richteten ihre Aufmerksamkeit auf die Nachrichtensendung, um nicht zu verpassen, was das schwedische Fernsehen herausgefunden hatte. Der Auftakt wurde mit Bildern von der Pressekonferenz im Polizeipräsidium gemacht, dann blendete man zum Morgen zurück, als die Arena noch in Flammen gestanden hatte. Danach folgten Interviews: mit Oberstaatsanwalt Lindström, Evert Danielsson vom Olympia-Büro, einem Ermittler, einer älteren Dame, die in der Nachbarschaft des Stadions wohnte und durch die Detonation um ihren nächtlichen Schlaf gebracht worden war.

»Die haben nichts Neues«, konstatierte Ingvar Johansson und schaltete zu CNN.

Sie wendeten sich wieder ihrer Besprechung zu, und Ingvar Johansson referierte die noch ausstehenden Storys für die morgige Ausgabe. Sie ließen den Fernseher bei geringer Lautstärke weiterlaufen, während CNN seine Breaking News sendete. Ein CNN-Reporter tauchte in regelmäßigen Abständen immer wieder auf dem Bildschirm auf und lieferte Berichte von der Absperrung am olympischen Dorf. Vor dem Polizeipräsidium hatten sie einen anderen Reporter postiert und einen dritten vor dem Hauptbüro des Internationalen Olympischen Komitees in Lausanne. Die Live-Reporter wurden hin und wieder unterbrochen durch Einspielungen über die Olympischen Spiele allgemein und über unterschiedliche Gewalttaten, die im Lauf der Jahre auf sie verübt worden waren. Diverse international bekannte Prominente kommentierten die Vorkommnisse, unter anderem ließ das Weiße Haus durch einen Pressesprecher eine Verlautbarung verlesen, die den Terroranschlag in Schweden verurteilte.

Annika stellte fest, daß sie Ingvar Johanssons Rede nicht mehr zuhörte. Als er bei den Unterhaltungsseiten angekommen war, entschuldigte sie sich und verließ die Konferenz. Sie ging abermals in die Kantine, bestellte Spaghetti mit Krabbensauce, eine Scheibe Brot und ein alkoholarmes Bier. Während die Mikrowelle hinter dem Tresen summte, setzte sie sich an einen Tisch und starrte hinaus in die Dunkelheit. Wenn sie den Blick schärfte und richtig fokussierte, konnte sie die Fenster im gegenüberliegenden Haus erkennen. Wenn sie sich entspannte, sah sie nur ihr eigenes Spiegelbild in der Fensterscheibe.

Nach dem Essen scharte sie ihre eigene kleine Redaktion um sich, die aus Patrik und Berit bestand, und konferierte mit den beiden in ihrem Zimmer.

»Ich schreibe die Terrorismus-Geschichte«, sagte Annika. »Hast du etwas über das Opfer herausgefunden, Berit?«

»Ja, einiges«, sagte die Journalistin und blätterte in ihren Aufzeichnungen. »Die Techniker haben innerhalb der Arena eine Menge Objekte gefunden, die ihrer Vermutung nach zum Opfer gehören. Es war alles in tausend Stücke gesprengt, aber sie haben feststellen können, daß es sich dabei um eine Aktentasche, ein Filofax und ein Mobiltelefon gehandelt hat.«

Sie verstummte und bemerkte, daß Annika und Patrik die Augen weit aufgerissen hatten.

»Mein Gott«, sagte Annika. »Dann wissen die wohl, wer das Opfer ist?«

»Schon möglich«, erwiderte Berit, »aber die halten sich schrecklich bedeckt. Es hat zwei Stunden gedauert, bis ich das Wenige hier aus ihnen rausgequetscht hatte.«

»Aber das ist doch verdammt gut«, sagte Annika. »Großartig! Du bist spitze. Hurra! Das habe ich woanders noch nicht gehört.«

Sie lehnte sich im Stuhl zurück, lachte und applaudierte. Patrik lächelte.

»Wie geht es bei dir voran?« fragte Annika.

»Ich habe den Kram mit dem Tathergang, den kannst du dir ja angucken, der ist auf Platte gespeichert. Mit Fließtext um das Bild von der Arena. Über die Mörderjagd habe ich nicht so wahnsinnig viel, fürchte ich. Die Polizei hat im Laufe des Tages alle Häuser rund um den Hafen abgeklappert, aber in den Wohnungen im Olympiadorf wohnt ja noch keiner, deshalb ist es da draußen ziemlich menschenleer.«

»Wer ist der dunkelgekleidete Mann, und wer ist der Zeuge?«

»Das habe ich noch nicht ausgekundschaftet«, sagte Patrik.

Plötzlich fiel Annika etwas ein, was ihr der Taxifahrer heute am frühen Morgen im Wagen auf dem Weg zum Stadion gesagt hatte.

»Da draußen gibt es einen illegalen Club«, sagte sie und setzte sich auf. »Der verletzte Fahrer hat eine Tour dorthin gehabt, als es geknallt hat. Da müssen Leute gewesen sein, Gäste und Personal. Da finden wir unseren Zeugen. Haben wir die interviewt?«

Patrik und Berit sahen sich an.

»Wir müssen zum Hafen und die interviewen!« sagte Annika.

»Ein illegaler Club?« sagte Berit skeptisch. »Die werden wohl kaum mit uns reden.«

»Tja«, sagte Annika, »das kann man nie wissen. Wir sichern denen natürlich Anonymität zu. Hauptsache, die erzählen, was sie gesehen haben oder wissen.«

»Das ist gar keine so schlechte Idee«, sagte Patrik. »Da könnte was zu holen sein.«

»Hat die Polizei schon mit den Leuten vom Club gesprochen?«

»Das weiß ich nicht, ich habe nicht danach gefragt«, sagte Patrik.

»Okay«, sagte Annika. »Ich ruf bei der Polizei an, wenn du hinausdüst zu diesem Club und die Leute aufstöberst. Ruf den verletzten Taxifahrer an, wir haben ihn im Royal Viking versteckt, und laß dir genau erklären, wo der Club liegt. Die werden heute abend wohl nicht aufhaben, das Lokal liegt vermutlich innerhalb der Absperrungen. Aber hör dir den Taxiheini trotzdem an, find raus, ob er den Namen des Kunden weiß, den er dorthin gefahren hat, vielleicht hat er selbst den Club empfohlen, weil er dort einen Bekannten hat, das kann man nie wissen.«

»Ich mach' mich auf die Socken«, sagte Patrik, nahm seine Jacke und ging.

Annika und Berit saßen nach Patriks Aufbruch still beieinander.

»Was hältst du eigentlich von der Sache?« fragte Annika schließlich.

Berit seufzte.

»Ich kann mir kaum vorstellen, daß das ein Terroranschlag ist«, sagte sie. »Gegen wen und aus welchem Grund? Um die Olympiade zu stoppen? Warum erst jetzt? Ist das nicht ein bißchen spät?«

Annika kritzelte etwas auf ihren Block.

»Eins weiß ich«, sagte sie. »Es ist absolut notwendig, daß die Polizei diesen Bombenleger zu fassen bekommt, sonst erleidet dieses Land eine Krise, wie wir sie seit der Ermordung von Palme nicht mehr erlebt haben.«

Berit nickte, sammelte ihre Sachen zusammen und ging hinaus an ihren Platz.


Annika rief ihren Kontaktmann an, aber er war nicht erreichbar. Sie mailte einen offiziellen Polizeikommentar über den illegalen Club an Patrik. Dann holte sie das Beamtenregister hervor und schlug den Namen des Steuerchefs in Tyresö nach.

Aus dem Verzeichnis gingen sein Name und sein Geburtsdatum hervor. Da sein Name allzu landläufig war, konnte man ihn über das Telefonbuch nicht ermitteln, folglich mußte Annika ihn zuerst im SPAR suchen. Auf diese Weise bekam sie seine Privatadresse heraus, und dann fand die Auskunft ihn im Handumdrehen.

Nach dem vierten Klingeln nahm er den Hörer ab und war merklich angeheitert. Es war schließlich Samstagabend, trotz alledem. Annika schaltete den Kassettenrekorder ein.

»Über den Sperrvermerk bei Christina Furhage kann ich keine Auskunft geben«, sagte der Steuerchef und klang dabei, als wolle er sofort den Hörer auflegen.

»Natürlich nicht«, sagte Annika ruhig. »Ich möchte nur gern ein paar allgemeine Fragen zu Sperrvermerken und den Formen der Bedrohung stellen.«

Zur selben Zeit brach im Hintergrund eine große Gesellschaft in schallendes Gelächter aus. Sie mußte mit ihrem Anruf mitten in ein großes Abendessen oder eine Glühwein-Party geplatzt sein.

»Sie müssen Montag im Büro anrufen«, sagte der Steuerchef.

»Aber dann ist doch die Zeitung schon längst im Druck«, widersprach Annika sanft. »Die Leser haben ein Recht darauf, schon morgen einen Kommentar in der Zeitung vorzufinden. Was soll ich den Lesern als Begründung liefern, daß Sie nicht antworten wollen?«

Der Mann am Telefon atmete leise. Annika konnte sich vorstellen, wie er mit sich selbst das Für und Wider abwog. Er begriff, daß sie Anspielungen auf seinen alkoholisierten Zustand gemacht hatte. Dergleichen durfte sie selbstverständlich in der Zeitung nicht schreiben, das machte man einfach nicht. Aber waren die Vertreter der Behörden nicht kooperativ, dann hatte sie keine Bedenken, Kniffe und Tricks einzusetzen, um ans Ziel zu kommen.

»Was wollen Sie wissen?« fragte er kalt.

Annika lächelte.

»Unter welcher Voraussetzung kann eine Person einen Sperrvermerk bekommen?« fragte sie.

Das war ihr zwar bereits bekannt, aber die Formulierungen des Mannes, wenn er die Gründe beschrieb, würden eine Rekapitulation des Falles Christina Furhage sein.

Der Mann seufzte und dachte nach. Er mußte seine grauen Zellen ziemlich anstrengen.

»Ja, eine Bedrohung ist Voraussetzung. Eine ernsthafte Bedrohung«, erklärte er. »Nicht einfach nur Telefonanrufe, sondern etwas mehr, etwas Schwerwiegenderes.«

»Eine Morddrohung?« fragte Annika.

»Ja, zum Beispiel. Aber noch ein weiterer Grund muß hinzukommen, ein Indiz, aufgrund dessen ein Staatsanwalt ein Besuchsverbot erwirken kann.«

»Ein Vorkommnis? Eine Form von Gewaltverbrechen?« bohrte Annika weiter.

»Ja, so kann man es ausdrücken.«

»Würden Sie diese Maßnahmen auch aufgrund eines geringeren Anlasses ausführen, als den, den Sie mir gerade beschrieben haben?«

»Nein, das würde ich nicht tun«, sagte der Mann völlig überzeugt. »Ist die Bedrohung weniger ernsthafter Natur, ist ein einfacher Sperrvermerk im Personenregister ausreichend.«

»Bei wie vielen Personen haben Sie im Laufe Ihrer Amtszeit in Tyresö mit solchen Sicherheitsvorkehrungen zu tun gehabt?«

Er dachte eine Weile nach, dann antwortete er: »Ähm, bei drei.«

»Bei Christina Furhage, ihrem Mann und ihrer Tochter«, konstatierte Annika.

»Das habe ich nicht gesagt«, erwiderte der Steuerchef.

»Können Sie einen Kommentar zu Christina Furhages Sperrvermerk abgeben?« fragte sie schnell.

»Nein, das kann ich nicht«, antwortete der Mann unwirsch.

»Unter welcher Form von Morddrohung steht Christina Furhage?«

»Dazu gebe ich keinen Kommentar ab.«

»Welches Gewaltverbrechen lag Ihrem Entscheid zugrunde, Christina Furhages Personalien sperren zu lassen?«

»Ich kann dazu nicht mehr sagen. Wir beenden das Gespräch an dieser Stelle«, entgegnete der Mann und legte auf.

Annika lächelte über das ganze Gesicht. Nun hatte sie es geschafft. Ohne auch nur ein Wort über Christina Furhage zu verlieren, hatte der Mann alle ihre Vermutungen bestätigt.

Nach einigen weiteren Telefonaten schrieb sie ihren Artikel über die Morddrohung und beschränkte die Terrortheorie auf ein vernünftiges Maß. Kurz nach elf Uhr hatte sie ihre Arbeit erledigt, und bis dahin war Patrik noch immer nicht zurückgekehrt. Das war ein gutes Zeichen.

Sie gab den Text bei Jansson ab, der nun alle Hände voll mit dem Layout zu tun hatte. Die Haare standen ihm zu Berge, und er hing ständig am Telefon.

Sie entschied sich, zu Fuß nach Hause zu gehen, ungeachtet der Kälte, der Dunkelheit und der Leere in ihrem Kopf. Ihr taten die Beine weh, so erging es ihr immer, wenn sie übermüdet war. Ein schneller Fußmarsch war die beste Medizin, dann brauchte sie keine Schmerztablette zu nehmen, wenn sie zu Hause ankam. Nach kurzem Nachdenken beeilte sie sich, in ihren Mantel zu schlüpfen und ihre Mütze bis über beide Ohren zu ziehen, bevor sie es sich noch anders überlegen konnte.

»Du kannst mich über Handy erreichen«, rief sie Jansson auf dem Weg nach draußen zu. Er winkte ihr zu, ohne vom Telefon aufzuschauen.

Die Temperatur ging ständig hoch und runter, nun lag sie wieder knapp unter Null, und sachte rieselte es große Schneeflocken. Sie hingen nahezu bewegungslos in der Luft, schwangen auf ihrem Weg hinab zum Boden leicht hin und her. Alle Geräusche waren vom Schnee wie in Watte gepackt. Annika hörte den 57er Bus erst, als er direkt an ihr vorbeifuhr.

Sie stieg die Treppen zum Rålambshovspark hinunter. Der Gehweg über die große Rasenfläche war matschig und von Kinderwagen und Rennrädern zerfurcht, sie stolperte und wäre beinah hingefallen, fluchte leise vor sich hin. Ein Hase war aufgeschreckt und hoppelte vor ihr weg ins Dunkle. Erstaunlich, daß es in der Stadt so viele Tiere gab. Einmal war Thomas auf dem Heimweg von einer Kneipe von einem Dachs die Agnegatan entlanggejagt worden. Bei dem Gedanken daran entfuhr ihr in der Dunkelheit ein lautes Lachen.

Hier unten wehte ein schärferer Wind als oben zwischen den Häusern, sie wickelte den Schal fester um den Hals. Die Schneeflocken wirbelten wilder und blieben als kleine Wassertropfen in ihrem Haar hängen. Heute hatte sie ihre Kinder den ganzen Tag nicht gesehen. Sie hatte seit dem Vormittag nicht noch einmal zu Hause angerufen, weil sie keine Lust auf weitere Auseinandersetzungen hatte. An den Wochentagen gab es selten Probleme, da waren alle Kinder in ganz Schweden in der Kindertagesstätte, und das Gewissen war beruhigt. Aber an einem Samstag wie diesem, dem letzten vor Weihnachten, da sollte man zu Hause sein und Karamelbonbons machen und Weihnachtsplätzchen backen. Annika seufzte so schwer, daß die Schneeflocken wirbelten. Das Problem bestand darin, daß die paar Male, die sie mit den Kindern Keksebacken oder ähnliche Aktivitäten veranstaltet hatte, nicht gerade gelungen waren. Anfangs hatte es ihnen noch unglaublich viel Spaß gemacht, aber dann stritten und zankten sie sich, wer am dichtesten bei ihr stehen durfte. Als sie sich dann um den Teig prügelten und die ganze Küche eingeschmiert hatten, war Annikas Geduld zu Ende. Vor allem, wenn sie im Job unter Druck stand, konnte es vorkommen, daß sie in die Luft ging. Öfter als sie sich in Erinnerung rufen wollte, hatten die Unternehmungen mit den Kindern ein solches unerfreuliches Ende gefunden. Die Kinder saßen schmollend vor einem Video, während sie in rasender Geschwindigkeit die Kekse fertig backte. Dann mußte Thomas die Kinder ins Bett bringen, während sie damit beschäftigt war, die Küche zu schrubben. Sie seufzte wieder. Vielleicht wäre es diesmal anders gewesen. Niemand hätte sich an der Karamelmasse verbrannt, und alle würden gemeinsam vor dem Kaminfeuer Weihnachtsplätzchen essen.

Als sie den Uferweg am Norr Mälarstrand erreicht hatte, beschleunigte sie ihre Schritte. Der Schmerz in den Beinen ließ allmählich nach, sie zwang sich, gleichmäßig und schnell zu gehen. Sie atmete schneller, und das Herz fand zu einem neuen und intensiveren Rhythmus.

Früher war sie fast lieber in der Redaktion als zu Hause gewesen. Als Journalistin sah sie schnell Resultate, alle schätzten sie, und mehrmals in der Woche bekam sie eine große Story. Sie beherrschte ihr Fach, wußte exakt, was in den unterschiedlichsten Situationen von ihr erwartet wurde, sie konnte die Dinge vorantreiben und Ansprüche an ihre Umgebung stellen. Zu Hause waren die Anforderungen vielfältiger, höher und unausgesprochener Natur. Sie hatte das Gefühl, nie in ausreichendem Maß den Erwartungen an ihre gute Laune, Lust und Leidenschaft, Effektivität, pädagogischen Fähigkeiten oder Energie gerecht zu werden. Die Wohnung war immer mehr oder weniger in Unordnung, der Wäschekorb befand sich oft im Stadium der Überschwemmung. Thomas kümmerte sich vorbildlich um die Kinder, fast besser als sie, aber er wischte nie den Herd oder das Spülbecken ab, räumte so gut wie nie die Spülmaschine ein, ließ im Schlafzimmer haufenweise Kleider und ungeöffnete Post herumliegen. Er glaubte wohl, die schmutzigen Teller wanderten von selbst in die Spülmaschine und die Rechnungen würden wie von Geisterhand vom Girokonto abgebucht.

Mittlerweile machte es nicht mehr so selbstverständlich Spaß, zur Arbeit zu gehen, zumindest nicht in den letzten acht Wochen, seit sie zur Chefin ernannt worden war. Sie hatte nicht geahnt, daß ihre Beförderung derart starke Reaktionen auslösen würde. Dabei war die Entscheidung nicht unerwartet gekommen. Sie hatte ohnehin in den letzten Jahren die Polizeiredaktion neben ihrer Tätigkeit als Reporterin betreut. Dafür war sie jetzt belohnt worden, so war ihre Sicht der Dinge. Aber Nils Langeby war natürlich an die Decke gegangen. Er war der Meinung, der Posten gebühre selbstverständlich ihm. Er war immerhin dreiundfünfzig Jahre alt und Annika erst zweiunddreißig. Sie hatte sich auch über die Selbstverständlichkeit gewundert, mit der sich die Leute jetzt das Recht nahmen, aus den unterschiedlichsten Anlässen über ihre Person zu diskutieren und sie zu kritisieren. Mit einemmal begannen die Menschen, ihre Kleidung zu kommentieren, was früher nie vorgekommen war. Sie konnten Dinge über ihre Persönlichkeit und Eigenschaften von sich geben, die an Unverschämtheit grenzten. Sie hatte nicht begriffen, daß sie zum Allgemeingut geworden war, nachdem sie eine Leitungsfunktion übernommen hatte. Nun wußte sie, daß ihr der Wind scharf ins Gesicht wehte.

Von neuem erhöhte sie ihr Schrittempo. Sie wollte nur noch nach Hause. Sie schaute an den Häusern empor, die auf der anderen Straßenseite standen, die Fenster leuchteten behaglich und einladend über das Wasser. Fast alle waren mit roten Adventssternen oder elektrischen Kerzenständern geschmückt, es sah hübsch und gemütlich aus. Sie verließ das Ufer und bog in die John Ericssongatan, Richtung Hantverkargatan, ein.

In der Wohnung war es still und dunkel. Vorsichtig schlüpfte sie aus Stiefeln, Mantel und Handschuhen und schlich sich hinein zu den Kindern. Sie schliefen in ihren kleinen Pyjamas, Ellens hatte Barbie- und Kalles Batmanmuster. Sie schnüffelte leicht an ihnen, Ellen wälzte sich im Schlaf hin und her.

Thomas war schon zu Bett gegangen, aber noch nicht eingeschlafen. Eine Leselampe verbreitete gedämpftes Licht über seine Seite des Bettes. Er las im »Economist«.

»Kaputt?« fragte er, als sie sich ausgezogen und ihm einen Kuß aufs Haar gegeben hatte.

»Geht so«, antwortete sie aus dem Wandschrank, wo sie ihre Kleider in den Wäschekorb stopfte. »Diese Explosion ist eine verdammt ungemütliche Angelegenheit.«

Sie war nackt, als sie zurückkam und zu ihm unter die Decke kroch.

»Wie kalt du bist«, sagte er.

Annika merkte plötzlich, wie durchgefroren ihre Glieder waren.

»Ich bin zu Fuß nach Hause gegangen«, erklärte sie.

»Meinst du, die Zeitung hätte dir an einem solchen Tag nicht ein Taxi bezahlt! Wenn du zwanzig Stunden arbeitest, einen ganzen Samstag lang!«

Sie machte ihrem Ärger sofort Luft.

»Natürlich hätte die Zeitung mir ein Taxi bezahlt. Ich wollte zu Fuß gehen«, schrie sie fast. »Sei nicht so verdammt kritisch.«

Er legte die Zeitung auf den Boden und schaltete das Licht aus, drehte ihr demonstrativ den Rücken zu.

Annika seufzte.

»Nun komm schon, Thomas. Sei nicht sauer.«

»Du bist den ganzen Samstag weg, und dann kommst du nach Hause und fluchst«, sagte er müde. »Ich hab diesen Stunk hier zu Hause langsam satt.«

Sie spürte, wie ihr die Tränen in die Augen traten, Tränen der Müdigkeit und der Unzulänglichkeit.

»Tut mir leid«, flüsterte sie. »Ich wollte nicht, daß du wütend wirst. Aber bei der Arbeit wollen ständig alle was von mir, das ist unglaublich anstrengend. Und ich habe ein verdammt schlechtes Gewissen, weil ich nicht zu Hause bei dir und den Kindern bin, ich habe Angst, du glaubst, ich lasse dich im Stich, aber die Zeitung läßt nicht zu, daß ich sie im Stich lasse, und so sitze ich zwischen allen Stühlen …«

Sie begann heftig zu weinen. Auf der anderen Seite des Rückens hörte sie ihn seufzen. Nach einer Weile drehte er sich um und nahm sie in den Arm.

»Na komm schon her, ganz ruhig, Anni, du schaffst das schon, du bist besser als all die zusammen … mein Gott bist du kalt! Du darfst dir jetzt keine Erkältung holen, so kurz vor Weihnachten.«

Sie lachte durch die Tränen und rollte sich in seinen Armen zusammen. Die Stille senkte sich in warmem und geborgenem Einvernehmen über sie. Sie lehnte den Kopf zurück auf das Kissen und blinzelte. Dort oben schwebte hinter dem Dunkeln die Zimmerdecke. Plötzlich fiel ihr das gleiche Bild vom Morgen und der Traum ein, aus dem sie das klingelnde Telefon gerissen hatte.

»Ich habe heute morgen von dir geträumt«, flüsterte sie.

»Einen feuchten Traum, hoffe ich«, murmelte er, halb im Schlaf.

Sie lachte leise.

»Und ob! In einer Raumfähre. Und die Typen aus ›Studio 6‹ haben zugeguckt.«

»Die sind bloß neidisch«, sagte Thomas und schlief ein.

# Liebe

*Ich war erwachsen und hatte bereits einiges erreicht, als sie mir zum ersten Mal widerfuhr. Für einige Augenblicke zerschlug sie meine allumfassende Einsamkeit, unsere Seelen wurden auf eine Weise vereinigt, wie ich es nie zuvor erlebt hatte. Es ist interessant, eine solche Erfahrung gemacht zu haben, ich kann nichts Gegenteiliges behaupten, und seitdem habe ich das Gefühl mehrere Male erlebt. Im nachhinein können die meisten meiner Eindrücke allerdings mit Begriffen wie Gleichgültigkeit und Erschöpfung zusammengefaßt werden. Ich sage das ohne Bitterkeit oder Enttäuschung, einfach als Feststellung. Jetzt, im Verlauf des vergangenen Jahres, sind mir leise Zweifel an meiner Auffassung gekommen. Diese Frau, die ich gefunden habe und liebe, kann vielleicht wirklich alles verändern.*

*Aber im Grunde meines Herzens weiß ich, daß es nicht so ist. Die Liebe ist so banal. Sie versetzt einen in den gleichen chemischen Rausch wie Erfolg oder hohe Geschwindigkeit. Das Bewußtsein blendet alles aus außer dem eigenen Genuß, verzerrt das Dasein und schafft einen seltsamen Zustand von Möglichkeiten und Glück. Dem Wechsel des Objektes zum Trotz ist die Magie niemals von Bestand. Auf lange Sicht erzeugt sie nichts weiter als Müdigkeit und Ekel.*

*Die schönste Liebe bleibt stets unmöglich. Sie muß sterben, während sie lebt, wie eine Rose wird sie in ihrer vollsten Pracht verstümmelt. Eine getrocknete Blume kann lange Jahre hindurch Freude verbreiten. Eine Liebe, die auf ihrem Höhepunkt zerstört wird, besitzt das Vermögen, Menschen auf Jahrhunderte zu verzaubern.*

*Der Mythos von der Liebe ist ein Märchen, ebenso unwirklich wie ein unaufhörlicher Orgasmus.*

*Liebe darf nicht mit aufrichtiger Hingabe verwechselt werden. Das ist etwas vollkommen anderes. Liebe »reift« nicht, sie verwelkt nur und wird bestenfalls durch Herzlichkeit und Toleranz ersetzt, in den meisten Fällen aber durch unausgesprochene Ansprüche und Bitterkeit. Das gilt für alle Arten der Liebe, sowohl für die zwischen den Geschlechtern und den Generationen als auch für die Liebe zu einem Arbeitsplatz. Wie oft sind mir nicht verbitterte Hausfrauen und sexuell frustrierte Männer begegnet? Gefühlsunfähige Eltern und vernachlässigte Kinder? Mißverstandene Vorgesetzte und Angestellte, denen schon lange die Freude an ihrer Arbeit vergangen ist und die dazu übergegangen sind, lediglich Ansprüche zu stellen?*

*Seine Arbeit kann man tatsächlich lieben. Diese Liebe ist für mich immer wahrhaftiger gewesen als die zu einem Menschen. Die aufrichtige Freude, eine Aufgabe bewältigt zu haben, die ich mir vorgenommen habe, überstrahlt alles andere, was ich je erlebt habe. Für mich kann die Hingabe für einen Auftrag genauso stark sein wie zu einem Menschen.*

*Der Gedanke, mein geliebter Mensch verdiene meine Liebe nicht, erfüllt mich mit Schauder und Verunsicherung.*

# Sonntag, 19. Dezember

Der Sonntag ist für Abendzeitungen schon immer der erfolgreichste Verkaufstag gewesen. Die Leute haben Zeit und Muße für leichtverdauliche Lektüre, sind entspannt genug, um Kreuzworträtsel und gemeinsam Denksportaufgaben vom Typ »Um die Ecke gedacht« zu lösen. Seit vielen Jahren haben die meisten Zeitungen, die am Sonntag erscheinen, sich außerdem auf eine umfangreiche Beilage mit zusätzlichem Lesestoff verlegt. Bei der Auflagenhöhe, die von der »Presse-Statistik« ermittelt wird, unterscheidet man deshalb die Sonntagsauflage von den Auflagen der übrigen Wochentage.

Nichts verkauft sich indes so gut wie eine gute Nachricht. Trifft sie zudem an einem Samstag ein, verspricht es, ein sehr guter Sonntag zu werden. An diesem Sonntag gab es einen richtigen Knaller, das erkannte Anders Schyman, sobald er vom Boten an der Haustür seiner Villa in Saltsjöbaden die beiden großen Abendzeitungen in die Hand gedrückt bekommen hatte. Er nahm die Zeitungen mit an den Frühstückstisch, wo seine Frau gerade Kaffee einschenkte.

»Sieht es gut aus?« fragte seine Ehefrau, aber der Chefredakteur gab als Antwort nur ein Grunzen von sich. Dieser Augenblick war der magischste des ganzen Tages. Seine Nerven waren zum Zerreißen gespannt, und er fokussierte die Zeitungen mit festem Blick, legte sie beide vor sich auf den Frühstückstisch und verglich die Titelseiten. Johansson hatte es wieder einmal geschafft, stellte er mit einem Lächeln fest. Beide Zeitungen hatten die Terrortheorie gebracht, aber die ‚Abendpresse‘ wartete als einziges Blatt mit der Nachricht auf, die geschäftsführende Direktorin Christina Furhage stehe unter Morddrohungen. Das Titelblatt der Abendpresse war eindrucksvoller, bot die interessanteren Promis und dramatischere Bilder vom Stadion. Er lächelte von einem Ohr zum anderen und entspannte sich.

»Ja, doch«, sagte er zu seiner Frau und griff nach dem Kaffeebecher. »Es sieht sehr gut aus, in der Tat.«

Die Zeichentrickstimmen, die im Frühstücksfernsehen auf dem dritten Programm daherquakten, waren das erste, was an Annikas Ohr drang. Das Heulen und die Spezialeffekte sickerten wie ein hysterisch gewordener Wasserfall unter der Schlafzimmertür hervor. Sie deckte sich den Kopf mit dem Kopfkissen zu, um nichts mehr hören zu müssen. Das war einer der wenigen Nachteile, wenn man Kinder hatte: Die drittklassigen Schauspieler, die Darkwing Duck und Co ihre schwedischen Stimmen liehen, waren mehr, als sie ertragen konnte. Thomas bekam wie üblich nichts mit. Er schlief mit der Decke zwischen den Beinen zusammengeknüllt weiter.

Sie lag einen Augenblick lang still da und horchte in sich hinein, wie es um ihre Gemütslage bestellt war. Sie war müde, der Schmerz in den Beinen hatte nicht ganz nachgelassen. Die Gedanken um den Bombenleger setzten unmittelbar wieder ein, ihr fiel ein, daß sie vom Attentat geträumt hatte. So war es immer bei einer neuen Story, sie ging in einen langen Tunnel und kam erst wieder zum Vorschein, wenn die Sache durch war. Manchmal mußte sie sich zwingen, eine Verschnaufpause einzulegen, um ihrer selbst willen und um der Kinder willen. Thomas mochte es nicht, wenn sie sich derart auf ihre Arbeit konzentrierte.

»Es ist doch bloß ein Job«, sagte er dann immer. »Immer schreibst du, als ginge es um Leben und Tod.«

Das war schließlich auch fast immer der Fall, dachte Annika, zumindest in ihrer Branche.

Sie seufzte, schleuderte Kissen und Decke fort und stand auf. Sie stand einen Moment schwankend da, noch müder als sie anfangs geglaubt hatte. Die Frau, die in der Fensterscheibe des Schlafzimmers reflektiert wurde, sah hundert Jahre alt aus. Sie seufzte wieder und schlurfte in die Küche.

Die Kinder hatten bereits gefrühstückt. Die Teller standen noch auf dem Küchentisch, in kleinen Seen aus verschütteter Milch schwimmend. Kalle konnte mittlerweile Joghurt und Haferflocken selbst aus dem Schrank holen. Seit er sich am Toaster verbrannt hatte, hatte er aufgehört, Ellen getoastetes Roggenbrot mit Erdnußbutter und Marmelade zu servieren, was eigentlich ihr Lieblingsessen war.

Sie setzte Kaffeewasser auf und ging hinein zu den Kindern. Der Jubel schlug ihr entgegen, ehe sie das Zimmer betreten hatte.

»Mama!«

Vier Arme und hungrige Augen sausten auf sie zu, nasse Münder küßten und plapperten und umarmten sie und versicherten: »Mama, Mama, liebe Mama, wir haben dich ganz doll vermißt, Mama, wo warst du gestern, warst du den ganzen Tag bei der Arbeit, du bist gestern nicht nach Hause gekommen, Mama, wir waren schon eingeschlafen …«

Sie wiegte die beiden Kinder in ihren Armen, in der Tür zum Fernsehzimmer hockend.

»Wir haben gestern einen neuen Film gekriegt, Mama. ›Du bist nicht ganz bei Trost, Madita‹, der war ganz toll, der Onkel hat Mia gehauen, willst du mal sehen, was ich gemalt hab, Mama? Das Bild ist für dich!«

Beide entwanden sich zugleich ihrer Umarmung und stürmten jeder in eine andere Richtung. Kalle kam zuerst in ihre Arme zurück, mit der Hülle, die zu dem Video von Astrid Lindgrens verfilmtem Buch über ihre Freundin aus Kindertagen gehörte.

»Der Oberlehrer war ganz doof, der hat Madita mit dem Rohrstock verhauen, weil sie sein Portemonnaie genommen hat«, sagte Kalle ernst.

»Ich weiß, das war ganz doof«, sagte Annika und strich dem Jungen übers Haar. »So war das früher in der Schule. Schrecklich, was?«

»Ist es heute in der Schule auch noch so?« fragte er ängstlich.

»Nein, nicht mehr«, sagte Annika und gab ihm einen Kuß auf die Wange. »Niemand darf meinem Jungen etwas Böses tun.«

Ein Aufschrei ertönte aus dem Kinderzimmer.

»Mein Bild ist weg. Kalle hat es weggenommen!«

Der Junge erstarrte.

»Das hab ich gar nicht!« schrie er zurück. »Du selbst hast es ver-
bummelt. Du, du warst das!«

Das Geschrei im Nebenzimmer ging in lautstarkes Weinen über.

»Blöder Kalle! Du hast mein Bild weggenommen.«

»Blöde Kuh! Das hab ich gar nicht.«

Annika stellte den Jungen auf den Boden, erhob sich und nahm
ihn an die Hand.

»So, nun reicht's«, sagte sie streng. »Komm, wir gehen jetzt das
Bild suchen. Das liegt bestimmt auf dem Schreibtisch. Und nenn
deine Schwester nicht blöde Kuh, so einen Ausdruck will ich nicht
hören.«

»Blöde Kuh, blöde Kuh«, schrie Kalle.

Das lautstarke Weinen wurde abermals von Schreien abgelöst.

»Mama, der ist doof! Der sagt blöde Kuh zu mir.«

»Haltet den Mund!« sagte Annika mit erhobener Stimme. »Ihr
weckt Papa.«

Als sie mit dem Jungen ins Zimmer trat, nahm Ellen mit erhobenen
Fäusten Anlauf, um ihren Bruder zu prügeln. Annika fing sie ab, ehe
der Schlag Kalle treffen konnte, und fühlte ihre Geduld schwinden.

»Nun ist aber Schluß!« schrie sie. »Hört auf, alle beide, sofort!«

»Was ist das hier für eine Familie?« hörte sie Thomas im Schlafzimmer sagen. »Verdammt, kann man noch nicht mal wenigstens sonn-
tags ausschlafen?«

»Da seht ihr's, jetzt habt ihr Papa aufgeweckt«, schrie Annika.

»Du schreist ja lauter als beide Kinder zusammen«, sagte Thomas
und schloß die Tür mit einem Knall.

Annika spürte, wie ihr wieder die Tränen in die Augen traten,
Mist, Mist, daß sie es auch nie lernte. Sie sank auf dem Boden zusammen, schwer wie ein Stein.

»Mama, bist du traurig, Mama?«

Weiche Hände strichen ihr über die Wange, streichelten ihr trö-
stend den Kopf.

»Nein, ich bin nicht traurig, nur ein bißchen schlapp. Ich habe gestern so lange gearbeitet.«

Sie rang sich ein Lächeln ab und streckte wieder die Arme nach
ihnen aus. Kalle schaute sie ernst an.

»Du sollst nicht soviel arbeiten«, sagte er. »Du bist dann so müde.«
Sie umarmte ihn.

»Du bist ein kluger Junge«, sagte sie. »Wollen wir jetzt nach dem
Bild suchen?«

Es war hinter die Heizung gerutscht. Annika blies den Staub fort
und tat ihre Bewunderung in weitschweifigen Worten kund. Über
das Lob strahlte Ellen wie die Sonne.

»Das hänge ich im Schlafzimmer an die Wand. Aber erst muß Papa
aufstehen.«

Das Wasser in der Küche kochte brodelnd vor sich hin, die Hälfte
war verdampft und hing am Küchenfenster. Sie mußte neues Wasser
zugießen und öffnete das Fenster einen Spalt, damit der Dunst abzie-
hen konnte.

»Wollt ihr noch mehr Frühstück?«

Das wollten sie, und nun gab es getoastetes Roggenbrot mit But-
ter. Das Geplapper schwoll an und nahm ab, während Annika die
Morgenzeitungen durchpflügte und den Nachrichten zuhörte. In
den Zeitungen stand nichts Neues, aber das Radio zitierte beide
Abendzeitungen: Annikas Angaben zur Morddrohung gegen Christina Furhage, aber auch das Interview des Konkurrenzblattes mit
dem IOC-Vorsitzenden Samaranch. Nun ja, dachte Annika, das mit
Lausanne haben wir verpaßt. Schade, aber darüber mußte nicht sie
sich den Kopf zerbrechen.

Sie nahm sich noch eine Scheibe Roggenbrot.

Helena Starke schloß auf und stellte die Alarmanlage ab. Manchmal,
wenn sie das Olympia-Büro betrat, war die Alarmanlage nicht eingeschaltet gewesen. Welcher schlampige Idiot, der am Vorabend zuletzt gegangen war, hatte vergessen, die Alarmanlage einzuschalten,
hatte sie dann gedacht. Jetzt aber wußte sie, daß die Sache ordnungs-
gemäß erledigt worden war. Sie selbst war nämlich diejenige gewesen, die am Vorabend oder besser gesagt in den frühen Morgenstunden als letzte das Büro verlassen hatte.

Ohne Umwege marschierte sie zu Christinas Zimmer und schloß
auf. Der Anrufbeantworter blinkte und Helena spürte ihren Puls ansteigen. Bereits um vier Uhr morgens hatte jemand angerufen. Sie

beeilte sich, den Hörer abzunehmen, und gab Christinas Geheimcode ein. Es waren zwei Mitteilungen eingegangen, eine von jeder Abendzeitung. Sie fluchte und warf den Hörer auf die Gabel. Verdammte Hyänen. Sie hatten natürlich Christinas direkte Durchwahl ausfindig gemacht. Mit einem Seufzer sank sie in den Ledersessel ihrer Chefin und wippte mit dem Stuhl ein wenig vor und zurück. Der Kater klebte noch immer wie bitterer Beigeschmack im Gaumen und hing wie leises Sausen in den Gehirnwindungen. Wenn sie sich doch nur erinnern könnte, was Christina vorgestern abend gesagt hatte. Das Erinnerungsvermögen war wenigstens so weit wieder hergestellt, daß sie sich entsinnen konnte, daß Christina bei ihr oben in der Wohnung gewesen war. Christina war ziemlich wütend gewesen, war es nicht so? Helena schüttelte sich und stand vom Stuhl auf.

Jemand kam durch die Außentür, Helena erhob sich schleunigst, schob den Stuhl zurück und ging um den Schreibtisch herum.

Es war Evert Danielsson. Er hatte dunkle Ringe unter den Augen und einen strengen Zug um den Mund.

»Haben Sie etwas gehört?« fragte er.

Helena zuckte die Achseln.

»Wovon denn? Der Bombenleger ist nicht gefaßt, Christina hat nichts von sich hören lassen, und Ihnen ist es tatsächlich mit dieser Terrortheorie gelungen, den Medien einen Floh ins Ohr zu setzen. Sie haben die Zeitungen schon gesehen, vermute ich?«

Der Zug um Danielssons Mund verhärtete sich. Aha, über seine eigene Redseligkeit macht er sich Sorgen, dachte Helena und hatte nur Verachtung für ihn übrig. Nicht das Geschehnis und die Konsequenzen für die Spiele waren es, die ihm Kummer bereiteten, sondern seine eigene Haut wollte er retten. Wie egoistisch und wie pathetisch von ihm.

»Der Aufsichtsrat tritt an Nachmittag um vier Uhr zusammen«, sagte Helena und verließ das Zimmer. »Sie müssen dafür sorgen, daß Sie ordentliche Informationen über die Lage zur Hand haben, ehe wir Stellung zu unserem Handeln nehmen auf der nächsten …«

»Seit wann sind Sie denn im Aufsichtsrat?« entfuhr es Evert Danielsson eiskalt.

Helena Starke erschauderte, blieb für einen Augenblick stehen, tat dann aber so, als hätte sie den Kommentar überhört.

»Es ist wohl langsam an der Zeit, auch die VIPs einzuberufen. Sie müssen informiert werden, weiter nichts. Die werden sonst fuchsteufelswild, und gerade jetzt brauchen wir sie mehr denn je.«

Evert Danielsson betrachtete die Frau, während sie Christinas Tür abschloß. In diesem Punkt hatte sie recht. Die Spitzen der Wirtschaft, das Königshaus, die Kirche und die anderen Mitglieder der repräsentativen, auf Publicity bedachten ehrenwerten Gesellschaft mußten so schnell wie möglich zusammengetrommelt werden. Sie mußten beruhigt und besänftigt werden, so daß sie still hielten. Das war zur Zeit notwendiger denn je.

»Sorgen Sie dafür, daß das erledigt wird?« fragte Evert Danielsson.

Helena Starke nickte kurz und verschwand den Korridor entlang.

Ingvar Johansson saß auf seinem Platz und telefonierte, als Annika die Räume der Zeitung betrat. Sie war von den Reportern die erste am Arbeitsplatz, die anderen würden erst um zehn Uhr auftauchen. Ingvar Johansson deutete zunächst auf die druckfrischen Zeitungsbündel, die sich an der Wand stapelten, und dann auf das Sofa neben dem Ticker. Annika ließ Schal und Mantel auf die Rückenlehne des Sofas fallen, holte sich die Nachtausgaben und einen Plastikbecher mit Kaffee und setzte sich zum Lesen hin, während Ingvar Johansson sein Telefonat noch zu Ende führte. Im Hintergrund schwoll seine Stimme an und fiel wieder, während Annika kontrollierte, was man in ihrer Abwesenheit herausgefunden hatte. Ihr eigener Artikel über die Terrortheorie und über die Drohung gegen Christina Furhage erstreckten sich über die Seiten sechs und sieben, das hieß, über die wichtigsten Nachrichtenseiten. Der Bildredakteur hatte im Archiv ein Foto von Christina Furhage gefunden, auf dem sie einen Trupp Männer anführte, alle trugen schwarze Anzüge und dunkle Mäntel. Sie selbst trug ein weißes Kostüm und einen hellen Mantel, wie eine Lichtgestalt stand sie vor all den dunklen Männern. Die Frau sah streng und gestreßt aus, ein ausgezeichnetes Bild von einem unschuldigen Menschen unter Morddrohung. Ein Bild auf Seite sieben zeigte Evert Danielsson auf dem Rückweg von der Pressekonferenz. Es war ein gelungenes Foto, das die Bedrängnis und den Druck widerspiegelte, unter denen der Bürovorsteher gestanden hatte. Annika merkte sich, daß Ulf Olsson das Foto aufgenommen hatte.

Auf der nächsten Seite stand Berits Artikel über das Opfer und über die Funde, die die Polizei am Tatort gemacht hatte. Zur Illustration hatte Johansson ein anderes von Henrikssons Bildern ausgewählt, die er vom olympischen Feuer aus gemacht hatte. Das paßte heute genauso gut. Auf derselben Seite war auch der Bericht über die Explosion abgedruckt, den der verletzte Taxifahrer Arne Brattström geliefert hatte.

Auf den Seiten zehn bis elf entdeckte sie die bis dato größten Überraschungen, Patrik hatte in der Nacht wie der Teufel gearbeitet und zwei Dinge herausgefunden: »Ich sah den mysteriösen Mann vor der Arena. Der geheime Zeuge der Polizei berichtet« und »Landesweite Fahndung nach dem Tiger heute nacht«.

Na also, dachte Annika. Er hat einen Typen vom Personal aus dem illegalen Club aufgestöbert! Es war ein Barkeeper, der erzählte, wie er auf dem Weg zur Arbeit entdeckt hatte, daß jemand schnell über den Vorplatz zum Ausgang gestürmt war. Aber diese Beobachtung hatte er allerdings um ein Uhr und nicht unmittelbar vor der Explosion gemacht, wie den Verlautbarungen der Polizei zu entnehmen war.

»Es war eine Person in schwarzem Anorak mit Kapuze auf, dunkler Hose und groben Schuhen«, sagte der Barkeeper im Artikel.

Nun haben wir ein Bild von unserem Bombenleger, zumindest solange, bis wir ein besseres finden, dachte Annika zufrieden.

Wie erwartet hatte die Polizei Himmel und Hölle in Bewegung gesetzt, um den Tiger zu schnappen. Auf dieser Seite standen auch die knappen Theorien der Polizei über den Mord und das Attentat, soweit es die bisherigen Erkenntnisse zuließen.

Zwei weitere Seiten beschäftigten sich mit den Konsequenzen für die Spiele und der zukünftigen Sicherheit. Hier war auch ein kurzer Abriß über frühere Attentate gegen die Olympiade untergebracht. Auf der folgenden Seite stand eine großformatige Anzeige, die zum Endspurt bei den Weihnachtseinkäufen aufrief, die Seiten fünfzehn und sechzehn gaben die Reaktionen der Leser auf die Tat wieder, inklusive Nils Langebys Zusammenstellung der Kommentare aus aller Welt.

Dann blätterte sie schnell die Seiten bis zur Mitte durch. Promis, die sich über ihre Krankheiten ausließen, ein bemitleidenswertes Kind, ein Skandal in einer Gewerkschaft, ein Möchtegern-Rockstar, der betrunken Auto gefahren war, und eine Gruppe homosexueller Dragqueens, die gegen die Sparmaßnahmen im Gesundheitswesen protestierten.

In der Mitte thronte Patriks Hauptgeschichte mit den Fakten über die Tat. Zeitpunkte, Orte, Querverweise, kurz und konzentriert rund um die Luftaufnahme präsentiert.

Sie schaute auf und sah, daß Ingvar Johansson sein Telefonat beendet hatte. Er mußte sie eine Zeitlang betrachtet haben.

»Das hier ist absolute Spitze«, sagte Annika und wedelte mit der Zeitung, ehe sie das Blatt auf das Sofa legte.

»Allerdings«, sagte Ingvar Johansson und drehte sich um. »Aber das ist jetzt Geschichte. Nun ist die Zeitung von morgen dran.«

Alter Miesmacher, dachte Annika. Redakteure von Abendzeitungen lebten allzu sehr in der Zukunft und zu wenig im Gestern, der Meinung war sie schon immer gewesen. Lief etwas schief, dann kümmerte man sich nicht mehr darum, denn es war schon Schnee von gestern. War eine Story gut gelungen, so konnte man sich nur in seltenen Fällen dafür auf die Schulter klopfen. Es war bedauerlich, denn Kritik der eigenen Arbeit war wichtig für die Routine, die Stabilität und die Qualität einer Zeitung; das war jedenfalls ihre Auffassung.

»Was hast du für morgen?« fragte er, ihr den Rücken zugekehrt.

Was zum Teufel soll das denn jetzt? dachte sie müde. Warum macht er das? Habe ich etwa was gemacht, was ihm nicht in den Kram paßt, und dafür muß er mir jetzt den Denkzettel verpassen. Was hat ihn denn geärgert? Ich bin doch ihm gegenüber nie unfair gewesen. Ist er wütend, weil ich gestern bei der Sitzung meine Sache durchgezogen habe?

»Woher soll ich denn wissen, was im Moment los ist, ich bin doch gerade eben erst gekommen«, sagte sie und wunderte sich selbst, wie wütend ihre Worte klangen. Sie erhob sich rasch, klaubte Schal, Mantel und Tasche zusammen. Mit vollen Armen ging sie in ihr Zimmer.

»Um halb elf ist bei der Polizei Pressekonferenz«, rief Ingvar Johansson ihr nach.

Sie schaute auf ihre Armbanduhr, während sie ihre Tür aufmachte, noch fünfzig Minuten. Dann konnte sie vorher noch einige Telefonate erledigen.

Sie begann mit der Mobiltelefonnummer, unter der angeblich Christina Furhage zu erreichen war. Die Olympia-Chefin hatte sich nirgendwo zu den Vorfällen geäußert, dann war es also noch nicht einmal ihrem Büro gelungen, mit ihr Verbindung aufzunehmen. Mit dem Schweigen dieser Frau war etwas ganz und gar nicht in Ordnung, das war Annika jetzt klar.

Zu ihrer größten Verwunderung ertönten die Klingelzeichen. Das Telefon war eingeschaltet. Schleunigst räusperte sie sich, solange das Klingeln andauerte. Nach dem fünften Signal war Telias automatischer Mobiltelefonbeantworter dran, jetzt wußte sie aber wenigstens, daß das Telefon in Betrieb war und funktionierte. Sie prägte sich die Nummer im Gedächtnis ein.

Patrik und Berit tauchten gleichzeitig in ihrem Türrahmen auf. »Du hast zu tun, oder …?«

»Nein, kommt rein, dann machen wir eine kurze Bestandsaufnahme.« Sie erhob sich, ging um den Schreibtisch herum und setzte sich auf das alte Sofa.

»Wunderbare Arbeit gestern, ihr beide«, sagte sie. »Nur wir haben die Information darüber, was man am Tatort gefunden hat, und nur wir hatten den Barkeeper aus dem Club.«

»Die anderen hatten ein viel besseres Interview mit Samaranch, leider«, warf Berit ein. »Hast du es gesehen? Er war ganz offensichtlich verdammt wütend und drohte, die Spiele abzusagen, wenn der Täter nicht gefaßt würde.«

»Ja, davon habe ich gehört«, sagte Annika, »und es war wirklich ziemlich blöd, daß wir das nicht auch hatten. Obwohl ich mich frage, ob er das wirklich so gesagt haben kann. Wenn er tatsächlich die Spiele absagen will, warum sagt er das nicht in aller Öffentlichkeit?

Zu allen anderen Medien und in der Pressemitteilung sagt er, die Spiele würden stattfinden, um jeden Preis.«

»Sind vielleicht alle anderen auf ein Fake reingefallen, wohingegen allein unsere Konkurrenz Samaranchs geheimste Gedanken kennt?« fragte Berit.

Annika hatte besagtes Interview mit Samaranch in der anderen Zeitung aufgeschlagen.

»Deren Korrespondent in Rom hat das geschrieben, er ist wahnsinnig gut«, sagte Annika. »Ich glaube, das stimmt, aber Samaranch wird trotzdem an die Öffentlichkeit gehen und am Nachmittag alles dementieren.«

»Warum am Nachmittag?« fragte Patrik.

»Weil CNN es bis dahin aufgeschnappt und der Sache einen bestimmten Stempel aufgedrückt hat«, sagte Annika und lächelte. »›The Olympics in danger‹ wird dann da stehen, unterlegt mit bombastischer Musik in Moll …«

Berit lächelte.

»Gleich gibt es offenbar wieder eine Pressekonferenz«, sagte sie.

»Ja«, sagte Annika, »vermutlich werden sie die Identität des Opfers bekanntgeben, und ich frage mich schon die ganze Zeit, ob es sich dabei nicht um die Olympia-Chefin höchstpersönlich handelt.«

»Furhage?« sagte Patrik und riß die Augen auf.

»Denk doch mal nach«, forderte Annika ihn auf. »Entweder sie versteckt sich, oder da ist etwas total in die Hose gegangen. Niemand kann sie erreichen, nicht einmal ihre engsten Mitarbeiter. Den Platz auf der Erde, wo über das Attentat nicht berichtet worden wäre, den gibt es nicht. Die Information kann ihr nicht entgangen sein. Entweder will sie sich nicht melden, also versteckt sie sich, oder sie kann sich nicht melden, weil sie entweder krank, tot oder gekidnappt ist.«

»Daran habe ich auch schon gedacht«, sagte Berit. »Ich habe gestern sogar die Ermittler danach gefragt, als ich mit ihnen über die Funde am Tatort gesprochen habe, aber sie haben diesen Verdacht kategorisch abgelehnt.«

»Trotzdem«, sagte Annika nachdenklich. »Furhage ist auch heute noch eine Story wert, ganz gleich, was auch immer noch passiert. Wir müssen weiter an der Morddrohung dranbleiben, worin bestand die eigentlich? Wenn sie das Opfer ist, dann müssen wir uns auf ihre Lebensgeschichte konzentrieren. Haben wir einen Nachruf auf Lager?«

»Keinen auf sie«, sagte Berit. »Christina Furhage war ja noch zu gut in Form, um schon den Löffel abzugeben.«

»Wir sagen wegen der Bilder und Ausschnitte Bescheid, bevor wir ins Polizeipräsidium fahren. Hat jemand von euch gestern mit Eva-Britt gesprochen?«

Berit und Patrik schüttelten den Kopf. Annika ging zu ihrem Schreibtisch und wählte die Privatnummer der Redaktionssekretärin. Als Eva-Britt Qvist am Hörer war, erklärte Annika ihr schnell die Situation.

»Ich weiß, es ist der letzte Sonntag vor Weihnachten, aber es wäre ganz prima, wenn du trotzdem herkommen könntest«, sagte sie. »Wir fahren zur Pressekonferenz ins Polizeipräsidium, und es wäre gut, wenn du alles raussuchen könntest, was wir über Christina Furhage haben. Bildmaterial und Texte …«

»Ich habe gerade einen Hefeteig gemacht«, protestierte Eva-Britt Qvist.

»Ach«, sagte Annika. »Das tut mir leid. Nun ist es aber so, daß sich hier heute große Dinge ereignen können, und wir anderen sind reichlich kaputt. Patrik ist heute bis fünf Uhr morgens hier gewesen, ich habe von Viertel nach drei morgens bis elf Uhr abends gearbeitet, Berit ungefähr genausolange. Und wir brauchen Unterstützung auf dem Gebiet, das in deinen Aufgabenbereich fällt: sich in Datenbanken einklinken, Material zusammenstellen und …«

»Ich habe doch schon gesagt, daß ich nicht kann«, sträubte sich Eva-Britt Qvist. »Ich habe schließlich Familie.«

Annika schluckte die erste Antwort hinunter, die ihr durch den Kopf schoß. Statt dessen sagte sie: »Ja, ich weiß, wie das ist, wenn man seine Pläne ändern muß. Es ist schrecklich, seine Kinder und seinen Mann zu enttäuschen. Du bekommst natürlich Überstundenausgleich oder ganz frei, wann immer du willst, zwischen den Jahren oder in den Winterferien zum Beispiel. Aber es wäre absolut spitze, wenn du das Material zusammengesucht hättest, bis wir von der Pressekonferenz zurück sind …«

»Ich bin gerade dabei, einen Kuchen zu backen, habe ich doch gesagt! Ich kann nicht. Begreif das doch endlich!«

Annika holte tief Luft.

»Okay«, sagte sie. »Dann ziehen wir eben andere Saiten auf, wenn dir das lieber ist. Ich fordere dich hiermit auf, Überstunden zu machen, von dieser Stunde ab. Ich erwarte, daß du in einer Viertelstunde hier bist.«

»Aber mein Kuchen!«

»Kann deine Familie fertigbacken«, fauchte Annika und legte auf. Zu ihrer Verärgerung stellte sie fest, daß ihr die Hand zitterte.

Sie haßte es, zu solchen Maßnahmen greifen zu müssen. Nicht mal im Traum würde ihr einfallen, sich so zu verhalten wie Eva-Britt Qvist, wenn ein Vorgesetzter mit der Bitte anrief, sie möge Überstunden machen. Arbeitete man bei einer Zeitung und ein großes Ereignis trat ein, dann mußte man darauf gefaßt sein, daß man gebraucht wurde, so einfach war das. Wollte man einen Nine-to-five-Job von Montag bis Freitag, mußte man in der Lohnbuchhaltung der staatlichen Telefongesellschaft oder dergleichen arbeiten. Selbstverständlich gab es auch andere, die sich in die Datenbanken hätten einklinken können, sie selbst oder Berit oder ein Nachrichtenreporter aus der Redaktion. Aber in einer Situation wie dieser hier arbeiteten alle unter extremem Hochdruck. Alle wollten Weihnachten feiern. Deshalb war es das Beste, die Arbeit so gerecht wie möglich zu verteilen und jeden einzelnen seinen Aufgabenbereich machen zu lassen, auch wenn es Sonntag war. Sie konnte keine Nachsicht üben und bei Eva-Britt eine Ausnahme machen, dann würde man ihr als Chefin die Hölle heiß machen, so viel war ihr klar. Die Respektlosigkeit, die die Redaktionssekretärin gerade eben an den Tag gelegt hatte, würde nicht mit arbeitsfreien Tagen belohnt werden.

»Eva-Britt kommt her«, sagte sie zu den anderen und meinte, ein Lächeln über Berits Gesicht huschen zu sehen.

Sie fuhren in zwei Autos zur Pressekonferenz. Annika und Berit fuhren mit dem Fotografen Johan Henriksson, Patrik mit Ulf Olsson. Das Medienaufgebot war, sofern überhaupt möglich, an diesem Tag noch hysterischer. Henriksson mußte ganz am Kungsholmtorg parken, die Berggatan wie die Agnegatan waren durch Lkws und Volvos verstopft, auf denen riesige Medienlogos prangten. Annika genoß den kurzen Fußweg zwischen den Häusern. Die Luft war nach dem Schneefall am Vortag klar und leicht. Die Sonne brachte die obersten Stockwerke der Häuser zum Glühen. Unter ihren Schuhen knirschte es.

»Da wohne ich«, sagte sie und zeigte auf das frisch renovierte Gebäude aus den 1880er Jahren, das ein Stück die Hantverkargatan hinauf lag.

»Gemietet oder gekauft?« erkundigte sich Berit.

»Mietwohnung«, antwortete Annika.

»Wie um alles in der Welt bist du dort an eine Wohnung gekommen?« wollte Henriksson wissen und dachte an sein Einzimmerappartement in Brandbergen.

»Durch Sturheit«, sagte Annika. »Ich habe vor acht Jahren in diesem Haus einen befristeten Mietvertrag gekriegt. Eine kleine Dreizimmerwohnung im Hinterhaus ohne warmes Wasser. Das Badezimmer war im Keller des Nebenhauses. Das Haus sollte vom Dach bis zum Keller renoviert werden, und ich hätte dort ein halbes Jahr wohnen dürfen. Dann kam die Immobilienkrise, und der Eigentümer ging pleite. Niemand wollte die Bruchbude kaufen, und am Ende habe ich dann fünf Jahre lang da gewohnt, und der Mietvertrag gehörte mir. Zu dem Zeitpunkt sind wir fast vier Personen in der Dreizimmerwohnung gewesen: ich, Thomas, Kalle und Ellen in meinem Bauch. Als das Haus dann endlich renoviert wurde, haben wir eine Fünfzimmerwohnung zur Straße raus bekommen. Prima, was?«

»Traumhaft«, sagte Berit.

»Wieviel Miete zahlst du?« fragte Henriksson.

»Das ist das einzige, was an der ganzen Geschichte nicht so lustig ist«, sagte Annika. »Frag mich was anderes: Wie breit die Paneelen sind oder wie hoch unsere Zimmerdecken, zum Beispiel.«

»Kapitalistischer Oberklassensnob«, sagte Henriksson, und Annika lachte lautstark und glücklich.

Die Leute von der ‚Abendpresse' trafen mit Verspätung ein und paßten kaum noch in den Raum, in dem die Pressekonferenz abgehalten wurde. Annika mußte im Türrahmen stehen und sah so gut wie nichts. Sie reckte den Hals und sah, daß viele Journalisten mal wieder dabei waren, allen anderen zu beweisen, wie außerordentlich konzentriert bei der Sache und wichtig sie waren. Henriksson und Olsson boxten sich bis zum Podium vor und hatten es in dem Moment erreicht, als die Hauptakteure einzogen. Es waren weniger als am Vortag. Annika konnte nur den Oberstaatsanwalt Kjell Lindström und den Pressesprecher sehen. Evert Danielsson war nicht mit von der Partie und auch keiner der Ermittler. Über den Kopf einer Frau hinweg, die zu einer der Tageszeitungen gehörte, beobachtete sie, wie der Pressesprecher sich räusperte und das Wort ergriff. Er faßte die Lage zusammen und sagte, was ohnehin bereits bekannt war, – daß nach dem Tiger gefahndet werde und daß die technische Untersuchung fortdauerte. Er sprach knapp zehn Minuten lang. Dann lehnte sich Kjell Lindström vor und das gesamte Pressecorps tat es ihm nach. Alle ahnten, was kommen würde.

»Die Arbeit an der Identifizierung der im Stadion umgekommenen Person ist im großen und ganzen abgeschlossen«, sagte der Oberstaatsanwalt, und alle Journalisten reckten ihre Hälse.

»Die Angehörigen sind unterrichtet, und aufgrund dessen haben wir entschieden, mit der Nachricht an die Öffentlichkeit zu gehen, obwohl einiges an Arbeit noch aussteht … Die Tote ist Christina Furhage, die geschäftsführende Leiterin der Olympischen Spiele in Stockholm.«

Annikas Reaktion war fast physisch: Ja! Ich wußte es! Genau wie ich vermutet habe! Als die erregten Stimmen auf der Pressekonferenz sich überschlugen und alles andere ertränkten, war sie schon auf dem Weg hinaus aus dem Polizeipräsidium. Sie steckte sich die Hörschnecke ins Ohr und wählte die Handynummer, die sie sich gemerkt hatte. Lautlos rief ihr Mobiltelefon das andere an, und die Klingelzeichen ertönten. Sie stellte sich in das kleine Foyer zwischen Innen- und Außentür, holte tief Luft, schloß die Augen und versuchte konzentriert, telepathische Botschaften auszusenden: Bitte, bitte, nimm endlich jemand ab! Drei Klingelzeichen, vier Klingelzeichen, und es knackte! Jemand nahm ab! Mein Gott, wer mochte das sein?

Annika schloß die Augen noch fester und sprach leise und langsam.

»Guten Tag. Mein Name ist Annika Bengtzon, ich rufe von der ‚Abendpresse' an. Mit wem spreche ich?«

»Ich heiße Bertil Milander«, antwortete eine leise Stimme.

Bertil Milander, Bertil Milander, das war doch bestimmt Christina Furhages Mann? Hieß er nicht so? Annika ging auf Nummer Sicher und fragte genauso langsam wie zuvor: »Spreche ich mit Bertil Milander, dem Mann von Christina Furhage?«

Der Mann im Handy seufzte.

»Ja, mit genau dem«, sagte er.

Annika schlug das Herz bis zum Hals. Das war das unangenehmste Telefonat, das ein Reporter führen konnte, bei jemandem zu Hause anzurufen, dessen Angehöriger gerade ums Leben gekommen war. Die Diskussionen gingen innerhalb der Kollegenschaft hoch her darüber, inwieweit solche Gespräche überhaupt zulässig waren, aber Annika vertrat die Auffassung, ein Anruf sei besser als gar nichts zu tun, sei es auch nur, um mitzuteilen, woran die Zeitung gerade arbeitete.

»Ich möchte Ihnen mein Beileid über die Tragödie aussprechen, von der Ihre Familie betroffen worden ist. Die Polizei hat gerade bekanntgegeben, daß Ihre Frau Christina bei der Explosion im Victoriastadion umgekommen ist«, sagte sie.

Der Mann gab keine Antwort.

»Übrigens, ist das Christina Furhages Mobiltelefon?« hörte sie sich fragen.

»Nein, das ist das der ganzen Familie«, sagte der Mann verwundert.

»Ja, ich rufe Sie an, um Ihnen mitzuteilen, daß wir in der morgigen Ausgabe der Zeitung über den Tod Ihrer Ehefrau berichten werden …«

»Das haben Sie doch schon getan«, sagte der Mann.

»Ja, wir haben über die Explosion berichtet, über das Ereignis an sich.«

»,Abendpresse', waren das nicht Sie, die mit dem Bild? Mit diesem Bild, auf dem …«

In seine Stimme mischte sich Schluchzen. Annika schlug die Hand vor den Mund und starrte an die Decke, mein Gott, er hatte Henrikssons Foto gesehen, auf dem die Ärzte die Einzelteile seiner Frau einsammelten, o Gott, o Gott. Lautlos holte sie Luft.

»Ja, das waren wir«, sagte sie ruhig. »Ich bedauere aufrichtig, daß ich Sie nicht vorwarnen konnte, aber wir haben gerade eben erst erfahren, daß es Ihre Frau war, die umgekommen ist. Vorher konnte ich nicht anrufen. Ich bitte um Entschuldigung, daß das Bild Sie verletzt hat. Gerade aus diesem Grund halte ich es für so wichtig, jetzt mit Ihnen zu sprechen. Wir werden morgen weiter darüber berichten.«

Der Mann am Telefon weinte.

»Wenn es etwas gibt, was Sie sagen möchten, dann bin ich gern bereit zuzuhören«, sagte Annika. »Wollen Sie Kritik äußern oder uns bitten, etwas Besonderes zu schreiben oder nicht zu schreiben, dann sagen Sie es ruhig! Herr Milander!«

Er putzte sich die Nase.

»Ja, ich bin noch dran«, sagte er.

Annika schaute hoch und sah durch die gläserne Tür, wie die Schar der Journalisten aus dem Gebäude hinausströmte. Schnell schob sie die Tür auf und stellte sich neben die Treppe. Ein Klopfen in der Leitung verriet, daß ein weiterer Teilnehmer versuchte, das andere Mobiltelefon anzurufen.

»Ich bin mir im klaren, daß das Ganze für Sie absolut schrecklich ist«, sagte sie. »Auch wenn man so etwas als Außenstehender gar nicht bis ins letzte nachvollziehen kann. Aber es ist ein weltgeschichtliches Ereignis, eines der schlimmsten Verbrechen, das unser Land je erlebt hat. Ihre Frau ist eine führende Persönlichkeit, ein Vorbild für alle Frauen auf der Welt. Deshalb haben wir die Pflicht, diesem Geschehen auf den Grund zu gehen. Und aus diesem Anlaß appelliere ich an Sie, mit uns zu sprechen, uns die Möglichkeit zu geben, Respekt zu erweisen, uns zu sagen, wie Sie es haben wollen. Das Schreckliche ist, daß wir alles noch schlimmer machen können, indem wir das Falsche schreiben und Sie verletzen, ohne es zu wollen.«

Erneut ertönte das Signal, daß ein anderer Anrufer versuchte durchzukommen. Der Mann zögerte.

»Sie können meine Durchwahl und die des Chefredakteurs bekommen, dann können Sie uns anrufen, wenn Sie wollen ...«

»Kommen Sie her«, schnitt der Mann ihr das Wort ab. »Ich will reden.«

Annika schloß die Augen und schämte sich über den Freudentaumel, den sie innerlich empfand. Sie würde mit dem Mann des Opfers ein Interview führen! Ihr wurde die Geheimadresse der Familie ins Ohr geflüstert, und auf der Rückseite einer Supermarktquittung, die sie in ihrer Tasche gefunden hatte, notierte sie sich Straße und Hausnummer. Ehe sie in sich hineinhorchen konnte, ob ihr Vorgehen ethisch vertretbar sei, fügte sie schleunigst hinzu: »Ihr Handy wird ab sofort ununterbrochen klingeln. Wenn Sie es nicht aushalten, dann sollten Sie nicht zögern, es auszuschalten.«

Nun hatte sie ihn erreicht. Das Beste wäre es, wenn es keinem anderen Journalisten ebenfalls gelänge.

Sie drängte sich wieder ins Polizeipräsidium, um sich auf die Suche nach ihren Kollegen zu machen. Die erste, mit der sie zusammenstieß, war Berit.

»Ich habe die Familie erwischt«, sagte sie. »Ich fahre mit Henriksson hin. Mach du dich an die letzten Stunden von Furhage, dann kann Patrik die Mörderjagd übernehmen, was hältst du davon?«

»Völlig okay«, sagte Berit. »Henriksson ist irgendwo hinter dem Haus, er hat Kjell Lindström für ein Foto abgeschleppt, ich glaube, für dich ist es schneller, wenn du hintenrum gehst ...«

Annika stürmte hinaus und fand wie erwartet Henriksson, der auf einen Altpapiercontainer geklettert war, und Lindström stand darunter, den stählernen Tunnel zur Wache im Hintergrund. Sie begrüßte Lindström und zog den jungen Fotografen mit sich fort.

»Come along, Henriksson, du kriegst auch morgen wieder eine Doppelseite in der Mitte«, sagte sie.


Helena Starke trocknete sich mit dem Handrücken den Mund ab. Sie stellte fest, daß die Hand klebrig geworden war, nahm den Geruch von Erbrochenem aber nicht wahr. Alle Gefühlsregungen waren außer Kraft gesetzt, abgestellt, wie weggeblasen. Geruchssinn, Sehvermögen, Gehör, Geschmack existierten nicht mehr. Sie stöhnte und beugte sich tiefer über das Toilettenbecken. War es hier wirklich so dunkel, oder war sie blind geworden? Das Gehirn versagte seinen Dienst, sie konnte nicht denken, es gab keine Gedanken mehr, alles, was sie war, war gebraten, gegrillt worden, war verkohlt und tot. Sie nahm das Salzwasser wahr, das ihr über das Gesicht lief, aber sie spürte nicht, daß sie weinte. Das einzige, was geblieben war, war ein Echo in ihrem Körper, ihr Körper war ein Hohlraum, der sich mit donnerndem Getöse füllte: Christina ist tot, Christina ist tot, Christina ist tot, Christina ist tot …

Jemand klopfte an die Tür.

»Helena! Was ist los? Brauchen Sie Hilfe?«

Sie stöhnte und sank zu Boden, rollte sich unter dem Waschbecken zusammen. Christina ist tot, Christina ist tot, Christina ist tot …

»Öffnen Sie die Tür, Helena! Sind Sie krank?«

Christina ist tot, Christina ist tot …

»Brechen Sie die Tür auf!«

Etwas traf sie, etwas, das wehtat. Es war das Licht der Leuchtstoffröhre im Flur.

»Mein Gott, helfen Sie ihr hoch. Was ist denn bloß passiert?«

Nie würden sie es verstehen, dachte sie und stellte verwundert fest, daß sie noch immer denken konnte. Nie würden sie es verstehen. Niemals.

Sie nahm wahr, daß jemand sie hochhob. Sie hörte die Stimme einer Person, die schrie, und sie begriff, daß sie diese Person war.


Das Gebäude hatte einen Verputz in dunklem Ocker und war im Jugendstil erbaut. Es lag im oberen Teil von Stockholms Nobelstadtteil Östermalm in einer der properen Straßen, in der alle Autos blank gewienert und alle alten Damen ein weißes Hündchen an der Leine führten. Das Entrée war selbstverständlich elegant, Marmorfußboden, Spiegeltüren mit facettiertem Glas, ein Aufzug in Buche und Messing, marmorierte Wände in warmem Goldton, ornamentiertes Mosaikglas mit Blumen und Blättern in einem großen Fenster zum

Hinterhof. In der Halle und die Treppe hinauf war der Boden mit einem dicken, grünen Läufer ausgelegt, Annika glaubte, den gleichen im Grand Hotel gesehen zu haben.

Die Wohnung der Familie Furhage/Milander lag in der obersten Etage des Gebäudes.

»Wir gehen das Ganze mit absolutem Fingerspitzengefühl an«, flüsterte Annika Henriksson zu, ehe sie auf den Klingelknopf drückte. Eine Melodie aus fünf Tönen sang irgendwo in der Wohnung.

Die Tür wurde sofort geöffnet, als ob der Mann dahinter schon gewartet hätte. Annika erkannte ihn nicht, sie hatte ihn noch nicht einmal auf einem Foto gesehen. Christina Furhage pflegte sich nicht in Begleitung ihres Ehemannes zu zeigen. Bertil Milander war grau im Gesicht und schwarz unter den Augen. Er hatte sich nicht rasiert.

»Kommen Sie herein«, sagte er nur.

Er drehte sich um und ging geradewegs in ein Zimmer, das aussah wie ein geräumiger Salon. Der Rücken unter dem braunen Jackett war gebeugt, Annika war schockiert, wie alt er wirkte. Sie legten Schal und Mantel ab, der Fotograf hängte sich eine Leica über die Schulter und ließ die Fototasche beim Schuhregal stehen. Annikas Füße versanken in den dicken Teppichen; sie hatten ein Heim betreten, dessen Versicherungssumme gigantisch sein mußte.

Der Mann hatte auf dem Sofa Platz genommen, Annika und der Fotograf ließen sich auf einem zweiten nieder, das gegenüber stand. Annika hatte Block und Bleistift hervorgeholt.

»Wir sind hauptsächlich zum Zuhören hier«, begann Annika leise. »Wenn es etwas gibt, was Sie erzählen möchten, etwas, von dem Sie wollen, daß wir es schreiben, dann sollten wir darüber sprechen.«

Bertil Milander blickte auf seine gefalteten Hände hinunter. Dann begann er leise zu weinen. Henriksson befeuchtete sich die Lippen.

»Erzählen Sie von Christina«, forderte Annika ihn auf.

Der Mann putzte sich die Nase mit einem bestickten Taschentuch, das er aus der Hosentasche gezogen hatte. Umständlich schneuzte er sich, ehe er das Taschentuch wieder einsteckte. Er seufzte schwer.

»Christina war der wunderbarste Mensch, der mir in meinem Leben je begegnet ist«, sagte er. »Sie war vollkommen großartig. Es gab nichts, was ihr nicht gelang. Mit einer solchen Frau zu leben war ...«

Er holte von neuem das Taschentuch heraus und schneuzte sich.

»… jeden Tag ein Abenteuer. Hier zu Hause sorgte sie für alles. Für die Mahlzeiten, das Reinemachen, Einladungen, die Wäsche, die Geldangelegenheiten, die Verantwortung für unsere Tochter, um alles kümmerte sie sich …«

Der Mann hielt inne und sann über das eben Gesagte nach. Es hatte den Anschein, als sei ihm erst in diesem Moment die Bedeutung seiner Worte bewußt geworden. Von nun an lag die ganze Verantwortung in seinen Händen.

Er blickte hinunter auf sein Taschentuch.

»Möchten Sie uns erzählen, wie Sie sich kennengelernt haben?« fragte Annika nur, um überhaupt etwas zu sagen. Der Mann schien sie nicht zu hören.

»Stockholm hätte ohne sie die Olympischen Spiele niemals bekommen. Sie war es, die Samaranch um den Finger gewickelt hat. Sie hat die gesamte Organisation der Kampagne aufgebaut und hat sie ans Ziel gebracht. Dann wollten sie sie übergehen, nachdem sie die Spiele erfolgreich hierher geholt hatte, und jemand anderes zum geschäftsführenden Direktor der Stockholmer Spiele ernennen, aber das ging selbstverständlich nicht. Niemand anders als sie war diesem Posten gewachsen, und das mußten sie schließlich einsehen.«

Annika notierte die Worte des Mannes und spürte, wie sich Verwirrung breitmachte. Oft war sie nach Autounfällen oder an Tatorten unter Schock stehenden Menschen begegnet und wußte, daß sie sich äußerst seltsam und irrational verhalten konnten, aber Bertil Milander klang nicht wie ein trauernder Ehemann. Er klang wie ein trauernder Angestellter.

»Wie alt ist Ihre Tochter?«

»Sie ist zur ›Woman of the Year‹ gewählt worden von dieser amerikanischen Zeitung, wie heißt sie doch gleich …? Zur Frau des Jahres. Sie war die Frau des Jahres. Sie war die Frau ganz Schwedens. Die Frau der ganzen Welt.«

Bertil Milander schneuzte sich abermals. Annika legte den Stift beiseite und starrte auf ihren Block. Bei dieser Sache hatte sie ein ungutes Gefühl. Dieser Mann wußte nicht mehr, was er sagte oder tat. Er schien nicht zu begreifen, was sie und der Fotograf von ihm wollten.

»Wann hat Sie die Nachricht vom Tod Ihrer Frau erreicht?« versuchte es Annika von neuem.

Bertil Milander schaute auf.

»Sie ist nicht nach Hause gekommen«, sagte er. »Sie ist auf die Weihnachtsfeier des Büros gegangen und ist nicht mehr nach Hause gekommen.«

»Haben Sie sich Sorgen gemacht, als sie nicht nach Hause gekommen ist? Blieb sie häufiger fort? Sie war wohl viel auf Reisen?«

Der Mann im Sofa setzte sich gerade auf und sah Annika an, als registriere er erst jetzt ihre Gegenwart.

»Warum diese Frage?« sagte er. »Was meinen Sie damit?«

Annika dachte eine Sekunde lang nach. Sie hatte kein gutes Gefühl. Der Mann stand unter Schock. Er war durcheinander und redete wirres Zeug, wußte nicht, was er tat. Es gab nur noch eine Frage, die sie stellen mußte.

»Es gibt eine Drohung, die sich gegen Ihre Familie richtet«, sagte sie. »Worin besteht diese Bedrohung?«

Der Mann starrte sie mit offenem Mund an. Er schien sie nicht gehört zu haben.

»Eine Drohung«, sagte Annika von neuem. »Können Sie uns etwas über die Drohung gegen Ihre Familie sagen?«

Der Mann schaute sie vorwurfsvoll an.

»Christina hat getan, was in ihrer Macht stand«, sagte er. »Sie ist kein schlechter Mensch. Das war nicht ihre Schuld.«

Annika fühlte, wie es ihr kalt den Rücken hinunterlief. Sie hatte ganz und gar kein gutes Gefühl. Sie klaubte Block und Bleistift zusammen.

»Danke vielmals, daß wir unter den gegebenen Umständen zu Ihnen kommen durften«, sagte sie und erhob sich. »Wir werden ...«

Eine Tür wurde zugeschlagen und ließ Annika zusammenzucken und herumfahren. Eine gertenschlanke, junge Frau mit mürrischer Miene und zerrauften Haaren stand hinter dem Sofa.

»Was machen Sie hier?« fragte die Frau.

Christinas Tochter, dachte Annika und faßte sich. Sie antwortete ihr, sie seien von der ‚Abendpresse'.

»Hyänen«, sagte die Frau voller Verachtung. »Sind Sie hier, um

Blut zu lecken? Wollen Sie an den Resten der Leiche nagen? Das Beste aufsaugen, bevor es verwest?«

Langsam umrundete sie das Sofa und kam auf Annika zu. Annika zwang sich, sitzen zu bleiben und gelassen zu wirken.

»Der Tod Ihrer Mutter tut mir sehr leid …«

»Mir nicht«, schrie die Tochter. »Ich bin froh, daß sie tot ist. Froh!« Sie brach in heftiges Weinen aus und lief wieder aus dem Zimmer hinaus. Bertil Milander auf dem Sofa zeigte keine Reaktion. Er schaute auf den Fußboden und drehte das Taschentuch in seinen Fingern.

»Sind Sie damit einverstanden, wenn ich ein Foto mache?« fragte Henriksson. Jetzt kam Bertil Milander zu sich.

»Ja, selbstverständlich«, antwortete er. »Ist es hier recht?«

»Na ja, vielleicht drüben am Fenster, da haben wir etwas mehr Licht.«

Bertil Milander stellte sich vor den schönen, deckenhohen Fenstern in Positur. Es würde ein hervorragendes Bild abgeben. Das fahle Tageslicht sickerte durch die Sprossen, die blauen Vorhänge rahmten das Bild ein.

Während der Fotograf seinen Film durchknipste, eilte Annika der jungen Frau ins angrenzende Zimmer nach. Nebenan befand sich eine Bibliothek, geschmackvoll mit teuren englischen Stilmöbeln und Tausenden von Büchern eingerichtet. Die Frau hatte sich in einen Sessel aus ochsenblutrotem Leder gesetzt.

»Entschuldigen Sie, wenn Sie den Eindruck haben, wir drängten uns auf«, sagte Annika. »Es ist ganz und gar nicht unsere Absicht, Sie zu verletzen. Im Gegenteil. Wir wollen Ihnen nur mitteilen, woran wir gerade arbeiten.«

Die Frau gab keine Antwort, es schien, als nehme sie von Annikas Gegenwart keine Notiz.

»Sie und Ihr Vater können uns gern anrufen, wenn es etwas gibt, was Sie erklären möchten, wenn Sie der Meinung sind, was wir schreiben, sei falsch oder wenn Sie etwas ergänzen oder erzählen möchten.«

Keine Reaktion.

»Ich lasse Ihrem Vater meine Telefonnummer da«, sagte Annika und verließ das Zimmer. Vorsichtig schloß sie die Flügeltür hinter sich.

Henriksson und Bertil Milander waren in den Flur gegangen. Annika ging ihnen hinterher, zog eine Visitenkarte aus der Brieftasche und schrieb die Durchwahl des Chefredakteurs ebenfalls darauf.

»Rufen Sie uns an, wenn wir etwas für Sie tun können«, sagte sie. »Mein Handy ist jederzeit eingeschaltet. Danke, daß wir Sie stören durften.«

Bertil Milander nahm die Karte entgegen, ohne einen Blick darauf zu werfen. Er legte sie auf ein vergoldetes Tischchen, das neben der Eingangstür stand.

»Ich trauere unendlich um sie«, sagte er, und Annika wußte, daß sie soeben die Überschrift für das Bild in der Mitte geliefert bekommen hatte.


Der Chefredakteur seufzte, als er das Klopfen an der Tür hörte. Er hatte gehofft, wenigstens einen der Stapel auf dem Schreibtisch erledigen zu können, aber seit er vor ein paar Stunden seinen Arbeitsplatz in der Zeitung eingenommen hatte, hatte unentwegt das Telefon geklingelt und wurde ständig an die Tür geklopft.

»Herein«, sagte er. Er versuchte, sich zu entspannen, denn es war ihm wichtig, für die Angestellten immer ein offenes Ohr zu haben.

Es war Nils Langeby, und Anders Schyman spürte, wie sein Herz noch ein Stück weiter in die Hose sackte.

»Was hast du denn heute auf dem Herzen?« fragte er, ohne sich von seinem Platz hinter dem Schreibtisch zu erheben.

Nils Langeby baute sich in der Mitte des Eckzimmers auf und rang theatralisch die Hände.

»Ich mache mir Sorgen um die Polizeiredaktion«, begann er. »Da geht es drunter und drüber.«

Anders Schyman schaute zu dem Reporter hoch und unterdrückte einen Seufzer.

»Was willst du damit sagen?«

»Wir verpassen zuviel. Auf nichts ist mehr richtig Verlaß. Alle sind nach der Veränderung verunsichert, was aus unserer Berichterstattung über die Kriminalfälle werden soll.«

Der Chefredakteur deutete auf einen Stuhl, der auf der anderen Seite des Schreibtisches stand, damit Nils Langeby darauf Platz nehme.

»Alle Veränderungen, auch diejenigen, die eine Verbesserung mit sich bringen, schaffen Turbulenzen und Unruhe«, erklärte Schyman. »Es ist vollkommen natürlich, daß die Polizeiabteilung im Umbruch ist, ihr mußtet lange ohne Chef auskommen und habt gerade einen neuen bekommen.«

»Ja, genau, und meiner Ansicht liegt genau da das Problem«, sagte Nils Langeby. »Ich finde nicht, daß Annika Bengtzon den Erwartungen entspricht.«

Anders Schyman dachte kurz nach.

»Findest du? Ich bin gegenteiliger Ansicht. Ich finde, sie ist eine hervorragende Reporterin und eine gute Organisatorin. Sie ist in der Lage, Prioritäten zu setzen und Arbeit zu delegieren. Außerdem schreckt sie nie vor unangenehmen Aufgaben zurück. Sie ist energisch und kompetent, das beweist vor allem die Zeitung vom heutigen Tag. Was erweckt bei dir das Mißtrauen gegen sie?«

Nils Langeby beugte sich vertraulich vor.

»Die Leute vertrauen ihr nicht. Sie bildet sich ein, sie sei wer. Sie tritt Leuten auf den Schlips und weiß nicht, wie man sich benimmt.«

»In welcher Weise bist gerade du davon betroffen?«

Der Reporter breitete die Arme aus.

»Ja, ich persönlich bin nicht davon betroffen, aber man hört ja so einiges ...«

»Dann bist du also aus Sorge um deine Kollegen hier?«

»Ja, und dann verlieren wir auch gerade den Überblick über die Umweltverbrechen und die Kriminalität in der Schule.«

»Aber fällt nicht gerade dieses Ressort in deinen Verantwortungsbereich?«

»Ja, aber ...«

»Hat Annika versucht, dir dein Spezialgebiet streitig zu machen?«

»Nein, ganz und gar nicht.«

»Wenn es uns also nicht gelingt, eigene Neuigkeiten zu diesen Themen aufzuspüren, dann ist das deine Verantwortung oder etwa nicht? Das hat doch wohl im Grunde nichts mit Annika Bengtzon zu tun?«

Ein Anflug von Verwirrung offenbarte sich auf Nils Langebys Gesicht.

»Ich finde, du bist ein guter Reporter, Nils«, fuhr der Chefredakteur ruhig fort. »Männer wie dich, mit Tiefgang und Erfahrung, sind genau das, was diese Zeitung braucht. Du wirst noch für lange Zeit Schlagzeilen liefern, hoffe ich. Ich habe vollstes Vertrauen in dich, genauso wie ich vollstes Vertrauen in Annika Bengtzon als Chefin der Polizeiredaktion habe. Aus diesem Grund wird mein Job mit jedem Tag besser und besser, Menschen wachsen und lernen zusammen zu arbeiten, zum Wohl der Zeitung.«

Nils Langeby hörte aufmerksam zu. Mit jedem Wort wuchs er. Genau das war es, was er hatte hören wollen. Der Chefredakteur glaubte an ihn, er sollte weiterhin Schlagzeilen produzieren, er war jemand, mit dem man zu rechnen hatte. Beim Hinausgehen aus dem Zimmer fühlte er sich leicht und frei ums Herz. Er pfiff sogar leise ein Liedchen vor sich hin, als er die Redaktion verließ.

»Hallo, Nisse, was hast du heute vor?« hörte er jemanden hinter ihm herrufen.

Es war Ingvar Johansson, der Nachrichtenchef. Nils Langeby blieb stehen und dachte einen Augenblick lang nach. Er hatte gar nicht vorgehabt, heute zu arbeiten, und es hatte ihn auch niemand per Telefon an den Arbeitsplatz zitiert. Doch die Worte des Chefredakteurs führten dazu, daß er sich seiner Verantwortung bewußt wurde.

»Tja, eine ganze Menge«, sagte er deshalb. »Der Terroranschlag, die Terrortheorie. Das steht heute auf dem Programm …«

»Gut, es wäre wahnsinnig toll, wenn du es jetzt gleich zusammenschreiben könntest, dann haben wir es fertig, wenn die Schlußredakteure kommen. Der Rest der Belegschaft wird mit Furhage alle Hände voll zu tun haben.«

»Mit Furhage?« wunderte sich Nils Langeby. »Was ist mit ihr passiert?«

Ingvar Johansson blickte zu dem Reporter hoch.

»Hast du es nicht gehört? Im Stadion das Hackfleisch, das war die Olympia-Chefin.«

»Ach so, ach das, ja, ich habe Quellen, die besagen, das war ein Terroranschlag, ein glasklarer Terroranschlag.«

»Polizeiliche Quellen?« fragte Ingvar Johansson erstaunt.

»Bombensichere polizeiliche Quellen«, behauptete Nils Langeby, sich in die Brust werfend. Er zog seine Lederjacke aus, krempelte die Hemdsärmel auf und stolzierte in sein Zimmer am Ende des Korridors, das zum Parkhaus hinausging.

»Nun werde ich dir's aber zeigen, du altes Miststück!«

Kaum hatte Anders Schyman das erste Blatt vom höchsten Stapel genommen, als abermals an die Tür geklopft wurde. Diesmal war es der Fotograf Ulf Olsson, der um eine Unterredung bat. Er war soeben von der Pressekonferenz im Polizeipräsidium zurückgekehrt und wollte ein vertrauliches Gespräch mit dem Chefredakteur darüber führen, wie die Leiterin der Polizeiredaktion Annika Bengtzon am Vortag mit ihm umgesprungen war.

»Ich bin es nicht gewöhnt, wegen meiner Kleidung gerügt zu werden«, sagte der Fotograf und berichtete, er habe am vorangegangenen Tag einen Anzug der Marke Armani getragen.

»Sind Sie denn gerügt worden?« fragte Anders Schyman.

»Ja, Annika Bengtzon drückte ihr Mißfallen darüber aus, daß ich einen Markenanzug trug. Ich finde nicht, daß ich mir das bieten lassen muß. Das bin ich von meinen früheren Arbeitsplätzen nicht gewohnt.«

Anders Schyman betrachtete den Mann einige Sekunden, ehe er antwortete.

»Ich weiß nicht, was für Worte zwischen Ihnen und Annika gefallen sind«, sagte er. »Ebensowenig weiß ich, wo Sie vorher gearbeitet haben und welche Kleiderordnung dort gilt. Was mich angeht und auch Annika Bengtzon, da bin ich mir ganz sicher, können Sie gern Armani tragen, sei es in Kohlebergwerken oder an blutigen Tatorten. Aber Sie können niemand anders als sich selbst die Schuld in die Schuhe schieben, daß Sie bei einem Job falsch angezogen sind. Ich und die übrige Leitung der Zeitung setzen außerdem voraus, daß Sie und alle anderen Journalisten einigermaßen über die Geschehnisse im Bilde sind, bevor Sie Ihre Arbeit antreten. Hat sich ein spektakulärer Mord oder ein Sprengstoffanschlag von bedeutendem Ausmaß ereignet, dann können Sie davon ausgehen, daß Sie dahin geschickt werden. Ich schlage vor, Sie legen sich eine große Tasche mit langen

Unterhosen und eventuell einem Trainingsoverall zu, die Sie im Auto deponieren ...«

»Eine Tasche habe ich schon bekommen«, sagte der Fotograf mürrisch. »Von Annika Bengtzon.«

Anders Schyman schaute den jungen Mann mit neutralem Gesichtsausdruck an.

»Kann ich Ihnen sonst noch irgendwie behilflich sein?« fragte er, und der Fotograf erhob sich und zog ab.

Dem Chefredakteur entfuhr ein tiefer Seufzer, als die Tür ins Schloß fiel. Manchmal überstieg das Kindergartenniveau auf diesem Posten bei weitem das erträgliche Maß. Er sehnte sich nach Hause zu seiner Frau und nach einem großen Whisky.


Annika und Johan Henriksson legten im Sveavägen bei McDonald's einen Zwischenstop ein und kauften sich zwei Big-Mac-Menüs. Sie aßen im Wagen auf der Rückfahrt in die Redaktion.

»Ich finde so was schrecklich«, sagte Henriksson, als er die letzten Pommes frites verdrückt hatte.

»Angehörige aufzusuchen? Ja, das ist wohl der schwerste Job, den man sich vorstellen kann«, sagte Annika und wischte sich Ketchup von den Fingern.

»Ich kann mir nicht helfen, aber ich fühle mich wie ein alter Geier, wenn ich dabeisitze«, sagte Henriksson. »Als wollte ich mich an ihrem Unglück weiden. Mich an ihrer Katastrophe gütlich tun, weil es für die Zeitung eine gute Story abgibt.«

Annika wischte sich den Mund ab und grübelte kurz.

»Ja«, sagte sie, »diesen Eindruck hat man leicht. Aber manchmal wollen die Leute reden. Man kann Leute nicht zu Idioten abstempeln, nur weil sie unter Schock stehen. Klar, man muß Rücksicht nehmen. In jedem Fall ist es besser, als über sie zu schreiben, ohne überhaupt mit ihnen gesprochen zu haben.«

»Aber Menschen, die gerade einen Angehörigen verloren haben, sind sich nicht immer genau im klaren darüber, was sie tun«, gab Henriksson zu bedenken.

»Woher willst du das wissen?« fragte Annika. »Wer bist du, daß du entscheiden kannst, wer sprechen soll und wer nicht. Wer ist geeignet, sich eine Entscheidung anzumaßen, was das Beste für eine bestimmte Person in einer bestimmten Situation ist? Du, ich oder die betreffende Person? In den letzten Jahren hat es ja über dieses Thema eine Riesendebatte in den Medien gegeben, und manchmal hat diese Debatte den Angehörigen mehr geschadet als die Interviews, die man mit ihnen geführt hat.«

»Trotzdem fühle ich mich dabei nicht wohl in meiner Haut«, widersprach Henriksson mürrisch.

Annika deutete ein Lächeln an.

»Ja, das ist doch klar. Einem Menschen gegenüberzustehen, dem gerade die schlimmste denkbare Katastrophe widerfahren ist, ist das Schwierigste, was es gibt, so ist das eben. Besonders viele Begegnungen dieser Art pro Monat hält man nicht aus. Obwohl man sich auch auf diesem Gebiet ein dickes Fell zulegen kann. Denk mal an die Leute im Krankenhaus oder in der Kirche, die jeden Tag mit Tragödien konfrontiert werden.«

»Aber sie müssen daraus keine Schlagzeilen produzieren«, sagte Henriksson.

»O Mann, was ist das nur für ein blödes Gezeter!« erwiderte Annika, plötzlich verärgert. »Es ist doch verdammt noch mal keine Schande, Schlagzeilen zu machen! Das beweist, daß jemand wichtig ist, wahrgenommen wird. Sollen wir alle Verbrechensopfer abschreiben, alle Angehörigen ignorieren? Überleg doch mal, wie beschissen es den Estonia-Angehörigen gegangen ist, weil die Massenmedien ihnen zu wenig Aufmerksamkeit geschenkt haben. Sie waren der Meinung, die Zeitungen schrieben nur über die Bugklappen, und das stimmt ja auch. Eine Zeitlang war es tabu, überhaupt auch nur das Wort an einen Estonia-Angehörigen zu richten, tat man es, hatte man die gesamte Moral-Branche vom Fernsehen am Hals.«

»Sei nicht so schrecklich wütend«, sagte Henriksson.

»Ich darf ja wohl so wütend werden, wie ich will«, konterte Annika.

Den restlichen Weg zur Zeitung saßen sie schweigend nebeneinander. Im Aufzug hinauf zur Redaktion lächelte Henriksson verbindlich und sagte: »Ich glaube, das wird eine wunderbare Aufnahme von Herrn Milander am Fenster.«

»Wie schön«, erwiderte Annika. »Mal sehen, ob wir sie veröffentlichen.«

Sie drückte auf den Knopf, um die Aufzugtür zu öffnen, und ging schnell hinaus, ohne eine Reaktion abzuwarten.

Eva-Britt Qvist war vollauf damit beschäftigt, Hintergrundmaterial zu Christina Furhage zusammenzustellen, als Annika auf dem Weg in ihr Büro an ihr vorüberkam. Die Redaktionssekretärin saß umgeben von Heftern mit alten Zeitungsausschnitten und kilometerlangen Computerausdrucken da.

»Über diese Frau ist unendlich viel geschrieben worden«, sagte sie und war bemüht, kühl zu klingen. »Ich glaube, nun habe ich das meiste gefunden.«

»Kannst du eine erste Auswahl des Materials treffen, dann kann es später jemand anders übernehmen?« erkundigte sich Annika.

»Du besitzt das seltene Talent, Befehle als Fragen zu verkleiden«, sagte Eva-Britt.

Annika hatte keine Lust, darauf eine Antwort zu geben, sondern ging in ihr Zimmer und hängte Mantel und Schal auf. Sie holte einen Kaffeebecher und ging hinüber zu Pelle Oscarsson, dem Bildredakteur, zog einen Drehstuhl vor und studierte seinen Computerbildschirm. Er war mit briefmarkengroßen Bildern übersät, alle stammten aus dem Archiv der Zeitung, und alle zeigten Christina Furhage.

»Wir haben über sechshundert Fotos von dieser Frau veröffentlicht, die aus Eigenproduktion kommen«, erklärte Pelle Oscarsson. »Wir müssen sie in den letzten acht Jahren im Durchschnitt einmal pro Woche abgelichtet haben. Das ist häufiger als der König.«

Annika verzog das Gesicht zu einem Lächeln, ja, das mochte stimmen. Alles, was Christina Furhage in den letzten Jahren unternommen hatte, wurde mit größtem Interesse verfolgt, und der Frau hatte es gefallen. Annika studierte den Bildschirm: Christina Furhage weiht die Olympia-Arena ein, Christina Furhage informiert den Staatsminister, Christina Furhage umarmt Samaranch, Christina Furhage trifft sich mit Lill-Babs, Christina Furhage führt in der Sonntagsbeilage ihre neue Herbstgarderobe vor.

Pelle Oscarsson klickte weiter, und neue Fotos tauchten auf: Christina Furhage besucht den amerikanischen Präsidenten, geht zur Theaterpremiere ins Dramaten, trinkt Tee mit der Königin, spricht auf einer Konferenz für weibliche Führungskräfte …

»Gibt es ein einziges Bild von ihrer Wohnung oder von ihrer Familie?« fragte Annika.

Der Bildredakteur dachte nach.

»Ich glaube nicht«, antwortete er erstaunt. »Jetzt, wo du es sagst, fällt mir auf, daß es tatsächlich nicht ein einziges Bild von ihr in privater Umgebung gibt.«

»Das dürfte kein Problem sein«, sagte Annika, während der Bildredakteur weiterklickte.

»Ich finde, wir nehmen das hier für die Erste«, sagte Pelle und klickte ein im Studio der Zeitung aufgenommenes Porträt an. Nach wenigen Sekunden bedeckte das Bild den gesamten Bildschirm, und Annika erkannte, daß er eine gute Wahl getroffen hatte. Es war ein hervorragendes Foto von Christina Furhage. Die Frau war professionell geschminkt, das Haar war glänzend und gestylt, die Beleuchtung war warm und weich und dämpfte die Falten in ihrem Gesicht, sie trug ein teures und enganliegendes Kostüm und saß würdevoll entspannt in einem zierlichen antiken Sessel.

»Wie alt war sie eigentlich?« fragte Annika.

»Zweiundsechzig«, antwortete der Bildredakteur. »Wir hatten ein großes Special an ihrem letzten Geburtstag.«

»Wow«, sagte Annika. »Sie sieht fünfzehn Jahre jünger aus.«

»Operation, gesunde Lebensführung oder günstige Gene«, sagte Pelle.

»Oder alles auf einmal«, sagte Annika.

Anders Schyman kam mit einem leeren, schmutzigen Kaffeebecher vorüber. Er sah müde aus, die Haare standen ihm zu Berge, und er hatte den Schlips gelockert.

»Wie läuft es?« fragte er und blieb stehen.

»Wir waren zu Hause bei Furhages Familie.«

»Etwas Brauchbares dabei?«

Annika zögerte.

»Ja, ich glaube schon. Einiges. Henriksson hat von dem Ehemann ein Foto gemacht, er war ziemlich durcheinander.«

»Wir müssen das sorgfältig durchgehen, bevor wir eine Entscheidung treffen«, sagte Schyman und setzte seinen Weg zur Cafeteria fort.

»Was für Bilder brauchen wir sonst noch?« fragte Pelle Oscarsson und klickte das Porträtfoto fort.

Annika schlürfte den letzten Schluck Kaffee.

»Wir müssen uns zusammensetzen, sobald die anderen hier sind«, sagte sie.

Sie warf den Plastikbecher in Eva-Britt Qvists Papierkorb, ging in ihr Zimmer und schloß sorgfältig hinter sich die Tür. Nun standen Telefonate an. Mit ihrem Kontaktmann machte sie den Anfang, er sollte heute Tagesschicht haben. Sie wählte eine Durchwahl, vorbei an der Polizeitelefonzentrale, und hatte Glück, er war in seinem Zimmer und nahm selbst den Hörer ab.

»Wie sind Sie auf den Sperrvermerk gekommen?« fragte er.

»Wann sind Sie darauf gekommen, daß es Furhage ist?« konterte sie.

Der Mann seufzte.

»Sofort, fast. Es waren schließlich ihre Sachen, die in der Arena lagen. Aber die rein faktische Identifizierung dauerte etwas, man will ja nichts falsch ...«

Annika wartete still, aber er sprach nicht weiter. Deshalb sagte sie:
»Was haben Sie als nächstes vor?«

»Überprüfen, überprüfen, überprüfen. Es war auf keinen Fall der Tiger.«

»Warum nicht?« fragte Annika erstaunt.

»Kann ich nicht sagen, aber er war es nicht. Es war ein Insider, genau wie Sie vermutet haben.«

»Ich muß die Story heute schreiben, das verstehen Sie hoffentlich«, sagte sie.

Wieder atmete er schwer.

»Ja, das habe ich mir gedacht«, erwiderte er. »Danke, daß Sie einen Tag lang dichtgehalten haben.«

»Eine Hand wäscht die andere«, sagte Annika.

»Was wollen Sie also haben?« fragte er.

»Warum hatte sie einen Sperrvermerk?«

»Es gab eine Drohung, eine schriftliche Drohung, die drei, vier

Jahre zurückliegt. Eine Art Gewaltverbrechen, aber das war nicht so schwerwiegend.«

»Was für ein Gewaltverbrechen?«

»Darauf will ich nicht näher eingehen. Die betreffende Person wurde nie dieses Verbrechens angeklagt. Christina Furhage wollte die betreffende Person nicht ins Verderben stürzen, wie sie sich unmißverständlich ausgedrückt hat. Alle verdienen eine zweite Chance, steht schon in der Bibel geschrieben, hat sie gesagt. Sie hat sich drauf beschränkt umzuziehen und bekam für sich und die Familie den Sperrvermerk.«

»Wie außerordentlich großzügig«, sagte Annika.

»Ohne Zweifel!«

»Hatte die Drohung gegen die Olympiade damit zu tun?«

»In keiner Weise.«

»War es jemand aus ihrem Bekanntenkreis, ein Angehöriger?«

Der Polizist zögerte.

»Ja, so kann man es ausdrücken. Es war ein vollkommen privates Motiv. Deshalb wollten wir damit nicht an die Öffentlichkeit gehen, es war zu intim. Es gibt absolut keinen Hinweis darauf, daß die Explosion in der Arena ein Terroranschlag war. Wir vermuten, das Ganze war gegen Christina Furhage persönlich gerichtet, obwohl das nicht bedeuten muß, daß der Täter jemand war, der ihr nahestand.«

»Werden Sie die Person verhören, die sie bedroht hat?«

»Das haben wir schon gemacht.«

Annika blinzelte.

»Nicht ausweichen«, sagte sie. »Was ist dabei rausgekommen?«

»Dazu können wir keinen Kommentar abgeben. Aber ich kann soviel sagen: Heute ist einer so verdächtig wie der andere.«

»Und wer zum Beispiel?«

»Das können Sie sich doch selbst ausrechnen. Alle, die je mit ihr in Kontakt gekommen sind. Das sind so an die vier-, fünftausend Personen. Einen Teil davon können wir ausschließen, aber ich habe nicht vor zu verraten, welche.«

»Eine Menge Leute müssen einen Passierschein haben«, baute Annika ihm eine Brücke.

»An welche Leute haben Sie denn da gedacht?«

»An die Spitzen im Olympia-Büro, die Mitglieder des IOC, der Hausmeister in der Arena, Leute in den beauftragten Unternehmen, die Anlagen bauen, Elektriker, Bauarbeiter, Gießer, Transportunternehmen, Architekturbüros, Werbefirmen, Bewachungsunternehmen und die Fernsehleute …«

Der Mann am Telefonhörer wartete schweigend.

»Liege ich falsch?« fragte sie.

»Nein, nicht ganz. Alle diese Gruppierungen, die Sie genannt haben, besitzen oder werden einen Passierschein besitzen, das ist richtig.«

»Aber?«

»Mitten in der Nacht kommt man nicht hinein«, erklärte er.

Annika zermarterte sich den Schädel.

»Die Alarmcodes! Die sind nur einem sehr eingeschränkten Kreis bekannt!«

»Ja, aber darüber müssen Sie vorerst den Mund halten.«

»Okay. Wie lange? Wer hat zu den Alarmcodes Zugang?«

Jetzt lachte der Mann.

»Sie sind unverbesserlich«, sagte er. »Wir sind gerade dabei, das zu überprüfen.«

»Aber kann die Alarmanlage nicht ausgeschaltet gewesen sein?«

»Und nicht abgeschlossen? Nun machen Sie aber einen Punkt, Bengtzon!«

Zwei neue Stimmen waren im Hintergrund zu hören, der Mann am anderen Ende der Leitung schirmte den Hörer mit der Hand ab und antwortete etwas. Dann nahm er die Hand wieder fort und sagte: »Nun muß ich mich hier aber vom Acker machen …«

»Eine Sache noch!« sagte Annika.

»Sagen Sie schon, verdammt …«

»Was hatte Christina Furhage mitten in der Nacht im Stadion zu suchen?«

»Das, meine Liebe, ist eine sehr gute Frage. Bis bald.«

Beide legten den Hörer auf, und Annika versuchte, zu Hause anzurufen. Niemand nahm ab. Sie rief Anne Snapphane an, aber dort war nur das Faxgerät eingeschaltet. Sie rief Berit über Mobiltelefon an, bis die Mailbox ansprang. Nur der Handyfreak Patrik nahm ab, das tat er immer. Das war eine seiner kleinen Eigenheiten. Als sie ihn einmal über Mobiltelefon angerufen hatte, hatte er das Gespräch unter der Dusche entgegengenommen.

»Ich bin im Olympia-Büro«, brüllte er in den Hörer, eine andere seiner Eigenheiten. Seiner Liebe zu diesem kleinen Telefon zum Trotz, vertraute er ihm nicht wirklich, immer meinte er schreien zu müssen, damit seine Stimme durchkam.

»Was macht Berit?« fragte Annika und stellte fest, daß auch sie die Stimme erhob.

»Sie ist mit mir hier, sie macht ›Furhages letzten Abend‹«, rief Patrik. »Ich mache ›Das Olympia-Büro unter Schock‹.«

»Wo stehst du jetzt?« fragte Annika und zwang sich, die Stimme zu senken.

»In einem Korridor. Die Leute sind total fertig«, blökte er.

Annika errötete fast auf ihrem Stuhl, sie konnte die Olympia-Mitarbeiter vor sich sehen, wie sie hinter ihren halbgeöffneten Bürotüren den Mann von der ›Abendpresse‹ brüllen hörten.

»Okay«, sagte Annika. »Gemeinsam müssen wir etwas über die Jagd der Polizei auf den Bombenleger zusammenbasteln. Wann bist du hier?«

»In einer Stunde«, rief er.

»Gut, bis dann«, sagte Annika und legte auf. Sie konnte ein Lächeln nicht unterdrücken.

Evert Danielsson schloß die Tür, um den Journalisten nicht mehr hören zu müssen, der draußen im Korridor in sein Mobiltelefon brüllte. In einer Stunde würde der Aufsichtsrat zusammentreten, der operative, aktive, expertenorientierte Aufsichtsrat, den Christina »ihr Orchester« genannt hatte. Im Aufsichtsrat saßen die Macher im Unterschied zu den offiziellen Repräsentanten, die meistens nur zur Staffage dienten. Offiziell sollten alle entscheidenden Beschlüsse auch von den VIPs abgesegnet werden, oder vom Gastgeber-Rat, wie man sie nannte, aber das war lediglich eine Formalie.

Der Bürochef war nervös. Er wußte, daß ihm eine Reihe Fehler unterlaufen war, seitdem sich die Explosion ereignet hatte. Bereits am

Vortag hätte er zum Beispiel den Aufsichtsrat einberufen müssen. Nun war ihm der Aufsichtsratsvorsitzende zuvorgekommen, und das war ein unübersehbarer Patzer. Statt den Aufsichtsrat einzuberufen, war er an die Öffentlichkeit gegangen und hatte unbefugterweise eine Menge an Informationen unter die Massenmedien gebracht. Das betraf zum einen das unglückselige Geschwätz von einem Terroranschlag, aber auch die Details über den Wiederaufbau der Tribüne. Er wußte sehr wohl, daß die Frage zunächst im Aufsichtsrat hätte erörtert werden müssen. Aber bei dem kurzen Treffen am Morgen des Vortages, das im Rückblick vor allem von Panik geprägt erschien, hatte die informelle Führungsgruppe beschlossen, in der Debatte die Initiative zu ergreifen und nicht auf Heuchelei, Verzögerungstaktik oder Vertuschungsstrategie zu setzen. Man wollte unter Beweis stellen, daß man alle Kräfte mobilisierte, um dem Widerstand zu begegnen. In der Erwartung, Christina würde wieder auftauchen, hatte man beschlossen, ihn, den Büroleiter, vorzuschicken statt der Presseleute, um den Worten Gewicht zu verleihen.

Aber die informelle Führungsgruppe war schlichtweg nicht beschlußfähig. Nur der Aufsichtsrat konnte Entscheidungen fällen. Er setzte sich aus den wahrhaft schwergewichtigen Persönlichkeiten zusammen: aus Repräsentanten des Staates in Gestalt des Wirtschaftsministers, dem Bürgerschaftsrat der Stadt Stockholm, den Direktoren verschiedener Konzerne, einem Experten vom IOC, zwei Repräsentanten der Sponsoren und einem international versierten Juristen. Der Aufsichtsratsvorsitzende war ein weiterer wichtiger Mann im Staat: Hans Bjällra, Ministerpräsident des Verwaltungsbezirks Stockholm. Auch wenn die Führungsgruppe schnell und effektiv arbeitete, war ihr Gewicht im Vergleich mit dem Aufsichtsrat geringfügig. Die Gruppe bestand aus dem Kern von Personen, die Tag für Tag das Projekt gemeinsam vorantrieben: dem Finanzdirektor, ihm, Christina Furhage, Helena Starke und dem Pressechef, ein paar der Industrievertreter und schließlich aus Doris von der Budgetabteilung. Gemeinsam hatte diese kleine Gruppe das operative Alltagsgeschäft problemlos und zügig abwickeln können. Nach und nach richtete es Christina so ein, daß Entscheidungen getroffen wurden, die eigentlich nur der Aufsichtsrat übernehmen durfte. Das konnte alle Bereiche betreffen, vom Budget bis zu verschiedenen Umwelt-fragen, Infrastruktur, Stadionbau, dem Knacken von juristisch harten Nüssen oder Kampagnen für dieses oder jenes Projekt.

Der Unterschied bestand jetzt darin, daß es keine Christina mehr gab, die das Ganze zusammenhielt. Ihm war klar, daß schwierige Zeiten auf ihn zukamen.

Er stützte die Ellenbogen auf dem Schreibtisch auf und legte den Kopf in die Hände. Er konnte nicht verhindern, daß ein langgedehntes Schluchzen seinen Körper durchfuhr. Scheiße! Scheiße! Wie hatte er sich all die Jahre abgerackert! Das hatte er wirklich nicht verdient. Tränen tropften zwischen seinen Fingern auf die Dokumente, die auf seinem Schreibtisch lagen, bildeten kleine, runde, durchsichtige Blasen, die die Buchstaben und Diagramme verwischten. Es kümmerte ihn nicht.

Annika schaltete ihren Computer ein, um zu schreiben. Sie begann mit den Informationen aus dem Gespräch mit ihrem Kontaktmann bei der Polizei. Die Angaben, die sie durch ihre inoffiziellen Kanäle, ihre ›deep throats‹, bekam, nahm sie nie auf Band auf, es bestand das Risiko, daß das Band im Gerät blieb und jemand anders es abhörte. Statt dessen machte sie sich Notizen, schrieb die Notizen sofort auf und speicherte den Text auf einer Diskette. Die Disketten bewahrte sie in einer verschlossenen Schublade ihres Schreibtisches auf, die Notizen auf Papier warf sie in den Papierkorb. Ebensowenig gab sie bei Übergaben oder auf Redaktionskonferenzen die Informationen weiter. Der einzige Mensch, dem sie ihre geheimen Informationen anvertraute, wenn es sich nicht umgehen ließ, war der verantwortliche Herausgeber, also der Chefredakteur Anders Schyman.

Sie machte sich keine Illusionen, warum man ihr die Informationen hatte zukommen lassen; das war weder geschehen, weil sie besser oder bemerkenswerter als andere Journalisten gewesen wäre. Vielmehr setzte man Vertrauen in sie, und aufgrund ihres Einflusses bei den Redaktionskonferenzen der ›Abendpresse‹ erfuhr sie von Dingen, die die Polizei unters Volk gebracht sehen wollte. Es gab verschiedene Ursachen, warum Informationen in Umlauf gebracht wurden, aber für die Polizei galt, was für alle anderen Organisationen

Gültigkeit hatte: Man wollte seine eigene Version vom Verlauf eines bestimmten Ereignisses in den Medien publik machen. Vor allem, wenn die Polizei es mit dramatischen Vorkommnissen der Größenordnung der Explosion des Olympiastadions zu tun hatte, zeigten Fernsehen und Zeitungen eine Tendenz zu Halbwahrheiten und Fehlmeldungen. Indem die Polizei ein gut dosiertes Quantum an Informationen durchsickern ließ, hatte sie die Gewähr, daß zumindest die gröbsten Schnitzer verhindert wurden.

Für einige Journalisten war es mit ihrer Auffassung von Berufsethos unvereinbar, nicht bei jeder Gelegenheit alles zu schreiben, was sie wußten. Man war schließlich zu jeder Zeit Journalist, vor allem anderen Journalist, nichts anderes als Journalist. Das bedeutete, daß man selbstverständlich Kompromittierendes über Nachbarn, Kinder von Freunden, seine Schwiegermutter und den Weihnachtsmann schrieb, wenn man dergleichen herausgefunden hatte. Ein Gespräch mit einem Polizisten oder Politiker, das man nicht auch veröffentlichte, kam nicht in Frage. Für Annika war eine solche Einstellung ganz und gar verwerflich. Sie war der Ansicht, sie sei in erster Linie Mensch, danach Mutter, dann Ehefrau und zum Schluß Angestellte bei der ‚Abendpresse‘. Journalistin, in dem Sinne, daß sie von Gott oder einer anderen erhabenen Macht gesandt war, war sie ihrer Meinung nach überhaupt nicht. Ihre Erfahrungen sagten ihr auch, daß die Journalisten, die die höchsten und edelsten Prinzipien propagierten, oft die größten Kotzbrocken waren. Deshalb sollten doch die Leute über ihre Quellen Spekulationen anstellen und über ihre Arbeitsmethoden die Nase rümpfen. Sie selbst war der Ansicht, daß sie ihre Arbeit gut machte.

Als die Diskette im Schreibtisch eingeschlossen war, schrieb sie einen kurzen Artikel über den Besuch bei Bertil Milander zu Hause. Sie hielt den Text in knappem und einigermaßen würdevollem Stil, betonte, daß der Mann aus freien Stücken die Zeitung eingeladen habe, und ließ ihn sein positives Urteil über die Ehefrau darlegen. Die Tochter erwähnte sie mit keiner Silbe. Sie legte den Text in das redaktionelle Artikellager ab und stellte den Kasten aus.

Dann erhob sie sich, rastlos und vertrat sich in ihrem Glaskasten die Beine. Ihr Arbeitszimmer lag zwischen zwei Redaktionskabinen, zwischen Nachrichten und Sport, durch Glaswände von beiden Abteilungen getrennt. Tageslicht drang nicht zu ihr durch, es gab bloß indirektes Licht, aus den beiden Kabinen hinter ihrer. Um dem Aquariumsgefühl entgegenzuwirken, hatte einer ihrer Vorgänger als Sichtschutz blaue Vorhänge aus einem dicken Stoff nähen lassen. Es war mindestens fünf Jahre her, daß jemand sie gewaschen, abgestaubt oder sich anderweitig damit abgegeben hatte. Vielleicht waren sie früher einmal schick und modern gewesen, nun waren sie einfach nur ein trauriger und hoffnungsloser Anblick. Annika wünschte, jemand würde sich der Vorhänge annehmen, etwas daraus machen. Eins wußte sie, sie selbst würde es nicht sein.

Sie ging zu Eva-Britt Qvist hinüber, deren Arbeitsplatz sich unmittelbar vor ihrem Büro befand. Die Redaktionssekretärin war nach Hause gegangen, ohne Bescheid zu sagen. Das Recherchematerial lag zu Haufen gestapelt auf dem Schreibtisch, versehen mit gelben Post-it-Zetteln. Annika setzte sich auf den Schreibtisch und begann zu blättern, planlos neugierig. Mein Gott, ist über diese Dame viel geschrieben worden! Sie nahm den obersten Computerausdruck von dem Stapel, der mit dem Vermerk ›Zusammenfassungen‹ gekennzeichnet war, und fing an zu lesen. Bei dem Text handelte es sich um ein ausführliches Sonntagsinterview aus einer der Morgenzeitungen, zusammen mit einem freundlichen und intelligenten Artikel, der tatsächlich eine Spur vom Menschen Christina Furhage freigelegt hatte. Die Interviewfragen waren scharfsinnig und konkret, Furhages Antworten clever und schlagfertig. Das gesamte Gespräch drehte sich um relativ unpersönliche Themen wie die Rolle der Wirtschaft für die Olympischen Spiele, Organisationstheorie, Frau und Karriere, die Bedeutung des Sports für die Volksseele. Annika blätterte den Text durch und stellte zu ihrer Verwunderung fest, daß es Christina gelungen war, konsequent zu vermeiden, ein Wort zu verlieren, das auch nur im mindesten den Bereich des Persönlichen gestreift hätte.

Aber klar, es war ja auch einer Morgenzeitung entnommen. Die Morgenpresse kümmerte sich schließlich nicht um Privatangelegenheiten, sondern bloß um öffentliche Belange, mit anderen Worten: Man befaßte sich nur mit solchen Themen, die männlich, politisch korrekt und stubenrein waren, und mied alles, was emotional, interessant und weiblich war. Sie legte den Artikel beiseite und blätterte im Stapel, auf der Suche nach einem Interview in einer der Beilagen der Abendzeitungen. Doch, da waren die Interviews, versehen mit den obligatorischen kleinen Kästen, in denen die Angaben zur Person standen: Name: Ingrid Christina Furhage, Familie: Mann und Kind, Wohnort: Villa in Tyresö, Einkommen: hoch, Raucht: nein, Trinkt: ja, Wasser, Wein und Kaffee, positive Eigenschaft: Das müssen andere beurteilen, negative Eigenschaft: Das müssen andere beurteilen ... Annika blätterte weiter, die Antworten in dem Kästchen waren auch die vergangenen vier Jahre lang immer dieselben geblieben, nach dem Sperrvermerk. Kein Name von Mann oder Kind und als Wohnort wurde immer die Villa in Tyresö angegeben. Sie fand einen sechs Jahre alten Artikel in einer Sonntagsbeilage, darin bestand die Familie aus Bertil und Lena. Aha, so hieß also die Tochter und vermutlich Milander mit Nachnamen.

Sie wandte sich von dem Stapel mit den allgemeinen Artikeln ab und sichtete den niedrigeren, der die Aufschrift ›Konflikte‹ trug. Konfliktstoff hatte es offensichtlich nicht allzu viel gegeben. Im ersten Artikel ging es um einen Streit mit einem Sponsor, der abgesprungen war. Hier ging es nicht um Christina, sie war nur an einer Stelle am Ende des Artikels erwähnt worden, deshalb der Treffer bei der Computersuche. Der nächste Text handelte von einer Demonstration gegen die Auswirkungen auf die Umwelt, die das Stadion hervorrufen würde. Annika wurde wütend. Das hatte doch nichts mit Konflikten um Christina Furhage zu tun! Eva-Britt hatte lausige Arbeit geleistet. Solche Texte sollte sie aussortieren. Das war doch der Grund, warum sie eine Rechercheurin in der Polizeiredaktion hatten. Eva-Britt hätte Hintergrundsmaterial auf eine Weise zusammenstellen sollen, die den unter Termindruck stehenden Reportern Zeit sparte. Annika nahm das gesamte Bündel mit ›Konflikten‹ in die Hand und blätterte es durch: Demonstrationen, Proteste, ein Debatteartikel und ... Annika stockte. Was war das? Sie fischte ganz zuunterst einen kleinen Text heraus und warf den Rest des Stapels fort. ›Olympia-Büro feuert Sekretärin nach Liebeskrach‹ lautete die Überschrift. Annika brauchte nicht nachzusehen, wer ihn veröffentlicht hatte, es war selbstverständlich die ‚Abendpresse'. Er war sieben Jahre alt. Einer jungen Frau war gekündigt worden, weil sie mit einem Vorgesetzten ein Verhältnis gehabt hatte. »Es ist kränkend und rückständig«, hatte die Frau gegenüber einem Reporter der ‚Abendpresse' gesagt. Die Olympia-Chefin Christina Furhage hatte erklärt, die Frau sei keineswegs hinausgeworfen worden, sondern das Arbeitsverhältnis sei beendet, da ihr Zeitvertrag für dieses Projekt ausgelaufen war. Das hatte nichts mit ihrem Liebesverhältnis zu tun. End of story. Es ging aus dem Text weder hervor, wer die Frau, noch wer der Vorgesetzte war. Außer der ‚Abendpresse' hatte keine andere Zeitung die Geschichte gebracht, und das war kein Wunder. Sie war dünn wie Butterbrotpapier, und das war der einzige Konflikt um Christina Furhage, der in den Medien behandelt worden war. Sie mußte eine außerordentlich fähige Chefin und Organisatorin gewesen sein, konstatierte Annika. Sie dachte einen Augenblick lang an die vielen Reibereien, die sie schon im Laufe der Jahre bei ihrer Arbeit erlebt hatte.

»Hast du was Interessantes gefunden?« fragte Berit hinter ihr. Annika erhob sich von der Kante des Schreibtisches.

»Wie schön, daß du zurück bist! Nein, nichts Besonderes, ach, ja, doch, vielleicht. Furhage ließ eine junge Frau entlassen, weil sie ein Verhältnis mit einem der Chefs gehabt hatte. Das sollte man im Hinterkopf behalten … Was hast du herausgefunden?«

»Eine ganze Menge. Wollen wir es schnell mal durchgehen?«

»Wir warten auf Patrik«, antwortete Annika.

»Ich bin hier!« rief er von der Bildredaktion herüber. »Ich will nur mal eben …«

»Wir gehen zu mir rein«, sagte Annika.

Berit brachte Mantel und Schal zu ihrem eigenen Arbeitsplatz. Dann setzte sie sich ausgerüstet mit ihren Notizen und einem Plastikbecher mit Automatenkaffee auf Annikas altes Sofa.

»Ich habe versucht, Christina Furhages letzte Stunden zusammenzupuzzeln. Das Olympia-Büro hat am Freitag abend eine interne Weihnachtsfeier in einer Kneipe auf Kungsholmen gehabt. Christina war bis Mitternacht dabei. Ich bin dort gewesen und habe mit dem Personal gesprochen, und dann habe ich mit Evert Danielsson, dem Büroleiter, ein Gespräch unter vier Augen geführt.«

»Gut!« sagte Annika. »Was hat sie danach gemacht?«

Berit nahm ihren Block zur Hand.

»Sie kam spät in der Kneipe an, nach zehn Uhr. Die anderen hatten schon das Weihnachtsessen hinter sich. Baskisches Weihnachtsessen übrigens. Sie ist in Begleitung einer anderen Frau, Helena Starke, aufgebrochen, kurz vor zwölf. Danach hat sie keiner mehr gesehen.«

»Um 3 Uhr 17 hat es geknallt, ein Loch von über drei Stunden«, sagte Annika. »Was sagt diese Helena Starke?«

»Weiß nicht, sie hat eine Geheimnummer. Registriert beim Einwohnermeldeamt auf Söder, ich bin noch nicht dagewesen.«

»Starke ist gut, die müssen wir haben«, sagte Annika. »Mehr? Was hat Furhage vor dem Kneipenbesuch gemacht?«

»Danielsson glaubt, sie war bis dahin noch im Büro, aber er war sich nicht sicher. Sie hat immer schrecklich lang gearbeitet, vierzehn, fünfzehn Stunden waren Standard.«

»Das Superweib«, murmelte Annika und dachte an die Lobrede des Ehemannes auf Christinas Arbeit im Haushalt.

»Wer macht die Furhage-Story?« fragte Berit.

»Eine von denen aus dem Gesellschaftsteil. Ich habe die Familie besucht, das gibt nicht sonderlich viel her. Schwierige Leute …«

»In welcher Hinsicht?«

Annika dachte nach.

»Der Ehemann, Bertil, war alt und grau. Er war ziemlich durcheinander. Anscheinend hat er seine Frau mehr bewundert als geliebt. Die Tochter ist reingekommen, hat rumgeschrien, geweint und gesagt, sie sei froh, daß ihre Mutter tot ist.«

»Interessant«, sagte Berit.

»Wie läuft's?« erkundigte sich Patrik und kam durch die Tür.

»Endspurt. Wie läuft's bei dir?« fragte Annika.

»Tja, das wird eine verdammt gute Sache«, sagte er und nahm neben Berit Platz. »Bisher hat die Polizei einhundertsiebenundzwanzig Einzelteile von Christina Furhage gefunden.«

Berit und Annika verzogen unwillkürlich das Gesicht.

»Pfui Teufel, wie ekelig! Das kannst du nicht schreiben!« erwiderte Annika.

Der junge Reporter lächelte unberührt.

»Sie haben Blut und Zähne bis hin zum Haupteingang gefunden. Das ist mehrere hundert Meter weit.«

»Du bist so widerlich, daß einem schlecht wird. Hast du nicht noch was Schlimmeres?« sagte Annika.

»Sie wissen noch immer nicht, was der Bombenleger für Sprengstoff benutzt hat, um aus ihr Hackfleisch zu machen. Oder sie wollen nicht drüber reden.«

»An was für einer Story arbeitest du?«

»Ich habe mit einem fähigen Polizisten über die Mörderjagd gesprochen. Darüber kann ich schreiben.«

»Okay«, stimmte Annika ihm zu. »Ich liefere Füllmaterial. Was weißt du?«

Patrik beugte sich vor, in seinen Augen funkelte es.

»Die Polizei sucht nach Christina Furhages Powerbook. Sie wissen, daß sie am Freitag abend einen tragbaren Computer in der Aktentasche dabei gehabt hat, eine junge Frau aus dem Büro hat es gesehen. Aber er ist verschwunden, er lag nicht zwischen dem anderen Krempel in der Arena. Sie glauben, der Mörder hat ihn mitgenommen.«

»Kann der nicht in tausend Teile zersprengt worden sein?« fragte Berit.

»Nein, das ist vollkommen ausgeschlossen, zumindest laut meiner Quelle«, sagte Patrik. »Der Computer ist weg, und das ist bisher ihr bester Anhaltspunkt.«

»Noch was?« fragte Annika.

»Sie erwägen, über Interpol nach dem Tiger zu fahnden.«

»Das war nicht der Tiger«, sagte Annika. »Das war ein Insiderjob, da ist sich die Polizei ganz sicher.«

»Woher wollen die das wissen?« wunderte sich Patrik.

Annika dachte an ihr Versprechen, mit keiner Silbe die Alarmcodes zu erwähnen.

»Glaub mir, ich habe eine verläßliche Quelle. Noch was?«

»Ich habe mit dem Personal im Olympia-Büro gesprochen. Sie befinden sich im Zustand der allgemeinen Auflösung. Christina Furhage scheint für sie eine Art Jesus gewesen zu sein. Alle weinen,

Evert Danielsson auch. Das konnte ich durch die Tür hören. Sie wissen nicht, wie sie ohne sie zurecht kommen sollen. Alle positiven Eigenschaften, die ein Mensch auf dieser Erde haben kann, scheint sie besessen zu haben.«

»Warum klingst du so erstaunt?« fragte Berit. »Kann eine Frau in mittleren Jahren nicht beliebt und geschätzt sein?«

»Klar, aber in so hohen Tönen …«

»Christina Furhage hat eine unglaubliche Karriere hingelegt, und sie hat die Arbeit als Olympia-Boß mit Bravour gemeistert. Wenn eine Frau ein gesamtes Projekt diesen Ausmaßes von Anfang bis Ende leiten kann, dann kannst du dir ganz sicher sein, daß sie eine Menge auf dem Kasten hat. Achtundzwanzig WMs parallel, das ist im Umfang mit den Olympischen Spielen gleichzusetzen«, erklärte Berit.

»Sollten ihre Taten besonders deshalb zur Kenntnis genommen werden, weil sie eine Frau ist?« fragte Patrik schelmisch, und Berit wurde wütend.

»Mein lieber Mann, nun reiß dich aber mal ganz gewaltig zusammen!«

Patrik richtete sich zu voller Größe auf, zu einem Meter neunzig auf Socken.

»Was soll das denn heißen?«

»Nun ist aber gut, regt euch ab«, sagte Annika und war bemüht, ruhig und beherrscht zu klingen. »Setz dich hin, Patrik, du bist ein Mann, und an dir geht das Phänomen Frauendiskriminierung spurlos vorüber. Selbstverständlich ist es für eine Frau schwerer als für einen Mann, einen Posten als Olympia-Chef zu bekleiden, genauso wie es für einen Taubstummen schwerer wäre als für einen Gesunden. Frau zu sein bedeutet, ein wandelndes Handicap zu sein. Hast du noch mehr?«

Patrik hatte sich hingesetzt, aber er spielte noch immer die beleidigte Leberwurst.

»Wieso wandelndes Handicap, was ist das für ein blödes Emanzengequatsche?«

»Hast du noch mehr?«

Er blätterte in seinen Notizen.

»Die Jagd nach dem Bombenleger, das Olympia-Büro unter Schock, nein, das ist alles, was ich habe.«

»Okay, Berit macht Christina Furhages letzten Tag, ich mache die Familie und liefere Füllmaterial für die Mörderjagd. Einverstanden?«

Sie trennten sich, ohne noch ein Wort zu wechseln. Langsam kriechen wir alle auf dem Zahnfleisch, dachte Annika und schaltete die Nachrichten um Viertel vor sechs ein. In der Radiosendung übertraf man natürlich alle anderen Meldungen mit der Information, daß Christina Furhage, eine der mächtigsten und bekanntesten Frauen Schwedens, tot war. Man machte den Auftakt mit Kommentaren über ihr Leben und Werk, gefolgt von den Auswirkungen auf die Spiele und den Sport. Samaranch nahm wie zu erwarten seine Äußerung dem Konkurrenzblatt gegenüber zurück. Nach Ablauf von elf Minuten kam man zu dem Schluß, daß Furhage ermordet worden war. So machte man das eben beim ‚Echo des Tages‘, zuerst das Angenehme und Allgemeine und Unpersönliche, dann – wenn es denn überhaupt vorkam – das Unangenehme und Aufregende. Wurde über einen Mord berichtet, dann rückte man fast immer eine juristische Finesse in den Mittelpunkt, nie das Opfer, die Hinterbliebenen oder den Täter. Hingegen konnte man siebzehn Programmpunkte aus dem Apparat machen, der das Gehirn des Täters untersuchte, das war Forschung und unverfänglich. Annika seufzte. Nebenbei erwähnte man auch ihre eigenen Angaben über die Drohung und den Sperrvermerk, die in der aktuellen Ausgabe der Zeitung standen, doch alles nur in einem Nebensatz. Sie schaltete das Radio aus und sammelte ihre Unterlagen für die Redaktionskonferenz zusammen, die im Zimmer des Chefredakteurs stattfinden sollte. Sie ging mit einem unangenehmen Gefühl in der Magengegend hin. Ingvar Johansson hatte sich schon den ganzen Tag so seltsam verhalten, war gereizt und kurz angebunden gewesen. Sie begriff, daß sie etwas falsch gemacht haben mußte, wußte aber nicht, was. Nun war er nicht zu sehen.

Anders Schyman telefonierte, es klang, als wäre ein Kind am anderen Ende der Leitung. Bild-Pelle hatte sich mit seinen langen Listen bereits an den Konferenztisch gesetzt, sie selbst stellte sich lieber ans Fenster und starrte ihr eigenes Spiegelbild an. Wenn sie mit der Hand das Licht im Zimmer abschirmte und sich ganz dicht an die Glasscheibe stellte, trat das Bild dahinter hervor. Die Dunkelheit dort draußen war undurchdringlich und schwer. Die gelben Lampen der russischen Botschaft schwebten wie kleine Goldpunkte in Inseln aus Finsternis. Sogar dieser kleine Flecken Rußland war düster und öde. Sie schauderte vor der Kälte, die durch das Fenster drang.

»Alles gut?« sagte Jansson auf deutsch hinter ihr und verschüttete noch mehr Kaffee auf den Teppich des Chefredakteurs. »Die letzte Nacht mit der Crew, dann habe ich drei Schichten frei. Wo um alles in der Welt ist Ingvar Johansson?«

»Hier. Können wir anfangen?«

Annika setzte sich an den Tisch und nahm zur Kenntnis, daß Ingvar Anstalten machte, heute das Kommando zu übernehmen. So war das also, sie hatte auf der Konferenz am Vortag zuviel geredet.

»Ja, laßt uns loslegen«, sagte Anders Schyman und legte den Hörer auf. »Was haben wir, und was bringen wir?«

Ingvar Johansson verteilte seine Liste und ergriff das Wort, wobei er ausführte: »Ich finde, wir steigen auf Nils Langebys Sache ein, die Polizei ist sich sicher, daß es ein Terroranschlag war. Sie jagen eine ausländische Terrorgruppe.«

Annika spürte, wie sie sich verkrampfte.

»Was sagst du da?« erwiderte sie aufgeregt. »Ist Nils heute hier? Das wußte ich ja gar nicht. Wer hat ihn herbestellt?«

»Ich weiß es nicht«, antwortete Ingvar Johansson verärgert. »Ich bin selbstverständlich davon ausgegangen, daß du ihn herbestellt hast, du bist doch seine Chefin.«

»Woher zum Teufel hat er das mit dem Terroranschlag?« fragte Annika und spürte, daß sie kaum ihre Stimme unter Kontrolle hatte.

»Was bringt dich dazu, von ihm zu verlangen, er solle über seine Quellen Rechenschaft ablegen, das machst du doch auch nicht«, konterte Ingvar Johansson.

Annika merkte, wie ihr das Blut in den Kopf schoß. Die Blicke aller am Tisch waren erwartungsvoll auf sie gerichtet. Mit einemmal fiel ihr auf, daß alle Anwesenden außer ihr selbst Männer waren.

»Wir müssen unsere Arbeit besser aufeinander abstimmen«, sagte sie, und ihre Stimme klang gepreßt. »Ich habe vollkommen gegenteilige Informationen, nämlich daß es kein Terroranschlag war, sondern daß die Explosion gegen Christina Furhage persönlich gerichtet war.«

»In welcher Hinsicht?« fragte Ingvar Johansson, und Annika wußte, daß sie in der Falle saß. Entweder gab sie ihr Wissen preis, dann würden Jansson und Ingvar Johansson verlangen, daß sie einen Artikel über die Alarmcodes schrieb. Denn der Nachrichtenchef existierte nicht, der eine derart spektakuläre Schiene fallen lassen würde. Oder sie hielt die Klappe, aber das konnte sie nicht. Dann würde sie verrückt werden. Sie entschied sich für einen dritten Weg.

»Ich kann meine Quelle noch einmal anrufen und mich erkundigen«, schlug sie vor.

Anders Schyman betrachtete sie nachdenklich.

»Wir schieben die Entscheidung über die Terrorspur auf«, sagte er. »Laßt uns statt dessen weitermachen.«

Annika wartete im stillen darauf, daß Ingvar Johansson die Führung übernehmen würde. Das war schließlich seine Lieblingsbeschäftigung.

»Wir machen eine komplette Beilage: Christina in unserer Erinnerung. Ihr Leben in Wort und Bild. Wir haben jede Menge guter Kommentare: der König, das Weiße Haus, die Regierung, Samaranch, Unmengen Sportstars, TV-Promis. Alle wollen ihr huldigen. Das wird eine wirklich gigantische und überzeugende Sache …?«

»Was ist mit der Sportbeilage passiert?« fragte Anders Schyman mild.

Ingvar Johansson war aus dem Konzept geraten.

»Ja, also, die Seiten brauchen wir für die Gedenkbeilage, sechzehn Seiten in Vierfarbdruck, und dann machen wir im normalen Sportteil noch eine Doppelseite extra.«

»Vierfarbdruck?« fragte Anders Schyman nachdenklich. »Aber das bedeutet doch, daß wir eine Menge Farbseiten von der regulären Ausgabe in die Beilage umschichten? Die reguläre Ausgabe wird dadurch praktisch grau, oder wie ist das?«

Nun errötete Ingvar Johansson beinahe.

»Ja, ähäm, so ist es wohl …«

»Wie kommt es, daß ich über diese Vorschläge nicht informiert werde«, fragte Anders Schyman ganz gelassen. »Ich bin praktisch

116

den ganzen Tag über hier gewesen. Du hättest jederzeit zu mir kommen und das mit mir ausdiskutieren können.«

Der Nachrichtenchef wäre am liebsten im Erdboden versunken.

»Ich kann darauf keine Antwort geben. Es ging alles so schnell.«

»Wie schade«, sagte Schyman. »Denn es wird überhaupt keine Vierfarb-Beilage über Christina Furhage geben. Sie war beim Volk gar nicht so beliebt. Sie war eine elitäre Konzernchefin, freilich innerhalb bestimmter Gruppierungen äußerst bewundert, aber weder von königlichem Geblüt, noch vom Volk gewählt, noch ein Fernseh-Star. Wir verlegen das Gedenkextra statt dessen in die Zeitung, schreiben die Beilage ab und stocken die Seitenzahl im Hauptteil auf. Der Sport hat wohl hoffentlich noch nicht mit der Beilage begonnen?«

Ingvar Johansson starrte hinunter auf die Tischplatte.

»Was machen wir sonst noch?«

Niemand sagte ein Wort. Annika wartete still. Die Situation war außerordentlich unbehaglich.

»Bengtzon?«

Sie setzte sich gerade hin und schaute in ihre Unterlagen. »Wir können eine ganz ordentliche Geschichte zur Jagd auf den Mörder bringen. Patrik hat herausgefunden, daß Furhages Laptop verschwunden ist, und ich habe diese gute Quelle mit der Insider-Theorie …«

Sie verstummte, aber da niemand etwas sagte, fuhr sie fort: »Berit macht Furhages letzten Tag, ich war bei der Familie.«

»Ja, genau, wie war's?« erkundigte sich Schyman.

Annika dachte nach.

»Der Clan war etwas durcheinander, das muß man schon sagen. Die Tochter war vollkommen aus dem Gleichgewicht, sie habe ich ganz außen vor gelassen. Die Frage ist, ob wir überhaupt was veröffentlichen sollen. Wir können reichlich Kritik kassieren, weil wir uns an den Ehemann rangemacht haben.«

»Hast du ihn durch Tricks zum Reden gebracht?« wollte Schyman wissen.

»Nein, ganz und gar nicht«, antwortete Annika.

»War er in irgendeiner Hinsicht widerspenstig?«

»Überhaupt nicht. Er hat um unseren Besuch gebeten, damit er über Christina sprechen konnte. Ich habe ausformuliert, was er gesagt hat, das war nicht sehr viel. Es ist auf Platte gespeichert.«

»Haben wir ein Foto?« fragte Schyman.

»Ein fantastisches Bild, das Henriksson gemacht hat«, sagte Pelle Oscarsson. »Der Alte steht am Fenster, und Tränen hängen funkelnd an den Wimpern, verdammt gut.«

Schyman schaute den Bildredakteur mit ausdruckslosem Gesicht an.

»Dann ist ja gut. Ich will das Bild sehen, bevor es in die Druckerei geht.«

»Klar«, sagte Pelle Oscarsson.

»Na also«, sagte Schyman. »Ich will, daß wir auch noch eine andere Sache diskutieren. Genausogut können wir alles in einem Aufwasch erledigen.«

Er strich sich mit den Händen durch das Haar, so daß es noch mehr abstand, reckte sich nach einem Kaffeebecher, änderte aber seine Absicht. Annika spürte aus irgendeinem unerfindlichen Grund, wie sich ihr die Nackenhaare aufstellten. Was hatte sie denn noch falsch gemacht?

»Ein Mörder ist unter uns«, sagte der Chefredakteur, der klassische Dramen liebte. »Ich will, daß wir uns dieser Tatsache bewußt sind, wenn wir Fotos und Interviews mit Personen aus Christinas Umkreis veröffentlichen. Die meisten Morde werden von einer Person begangen, die dem Opfer nahesteht. Das scheint offensichtlich auch auf diesen Fall zuzutreffen, der Bombenleger kann jemand sein, der sich an Christina persönlich rächen wollte.«

Er verstummte und ließ den Blick über den Tisch wandern. Niemand anders sagte einen Ton.

»Ja, ihr begreift sicher, was ich damit sagen will?« fragte er. »Ich denke an den Mord in Bergsjön, erinnert ihr euch noch daran? Das kleine Mädchen, das im Keller ermordet wurde, und alle haben sich von der Mutter was vorheulen lassen, während der Vater unter Verdacht stand. Dann hat sich herausgestellt, daß die Mutter die Mörderin war.«

Er hob die Hand, um die unmittelbar aufkommenden Proteste abzuwehren. »Ja, ja, ich weiß, wir sind keine Polizisten, und es ist nicht unsere Aufgabe, ein Urteil zu fällen, aber ich finde, in diesem Fall sollten wir diesen Gedanken nicht außer acht lassen.«

»Rein statistisch gesehen müßte es ihr Ehemann gewesen sein«, sagte Annika trocken. »Lebens- und Ehepartner sind für nahezu alle Frauenmorde verantwortlich.«

»Kann das auf diesen Fall zutreffen?«

Annika dachte kurz nach.

»Bertil Milander ist alt und gebeugt. Es fällt mir schwer, mir vorzustellen, wie er mit einem Armvoll Sprengstoff in der Wettkampfarena herumläuft. Obwohl er die Tat natürlich nicht selbst ausgeführt haben muß. Er kann schließlich jemanden dafür angeheuert haben.«

»Was haben wir sonst noch für Leute, die in Verdacht stehen könnten? Was gibt es für Leute im Büro?«

»Evert Danielsson, der Büroleiter«, sagte Annika. »Die Geschäftsführer der unterschiedlichen Abteilungen: Akkreditierung, Transport, Arenen, Wettkampf, Olympia-Dorf. Da gibt es eine ganze Menge Kandidaten. Der Vorsitzende des Aufsichtsrates, Hane Bjällra. Die Aufsichtsratsmitglieder, es gibt einen Bürgerschaftsrat und die Minister ...«

Schyman seufzte.

»Okay, es ist sinnlos, daran einen Gedanken zu verschwenden. Was packen wir in den Rest der Zeitung?«

Ingvar Johansson trug die Schlußpunkte auf seiner Liste vor: ein Pop-Star, dem gegen die Proteste der Nachbarn die Bauerlaubnis für einen Wintergarten erteilt wurde, eine Katze, die fünftausend Umdrehungen in einer Zentrifuge überlebt hatte, ein sensationeller Derby-Erfolg in Bandy und ein neuer Zuschauerrekord im Samstagabendunterhaltungsprogramm im Kanal 1.

Sie brachen die Konferenz ziemlich schnell ab, Annika eilte in ihr Zimmer. Sie schloß hinter sich die Tür und stellte fest, daß ihr ganz schwindelig war. Teils hatte sie verpaßt, etwas zu Mittag zu essen, teils spürte sie, wie die Machtkämpfe bei den Redaktionskonferenzen sie zermalmten. Sie stützte sich am Schreibtisch ab, während sie sich zu ihren Stuhl vorantastete. Kaum hatte sie sich hingesetzt, als an die Tür geklopft wurde und der Chefredakteur hereinkam.

»Was hat deine Quelle gesagt?« fragte der Chefredakteur.

»Es war eine Tat aus persönlichen Motiven«, antwortete Annika und zog ihre unterste Schreibtischschublade auf. Wenn sie sich recht erinnerte, müßte noch eine Zimtwecke dort liegen.

»Gegen Furhage persönlich gerichtet?«

Die Zimtwecke war verschimmelt.

»Ja, nicht gegen die Spiele. Die Alarmcodes waren nur in einem sehr begrenzten Kreis bekannt. Die Drohung gegen sie hatte nichts mit der Olympiade zu tun. Sie kam von einer ihr nahestehenden Person.«

Der Chefredakteur stieß einen Pfiff aus.

»Wieviel davon kannst du schreiben?«

Sie verzog das Gesicht.

»Nichts, im Grunde. Darüber, daß ernsthafte Drohungen gegen sie und ihre engsten Angehörigen bestanden, ist überhaupt schwer zu schreiben, in so einem Fall müßte ihre Familie ihren Kommentar dazu abgeben, und das wollen sie nicht. Ich habe sie heute gefragt. Über die Alarmcodes habe ich versprochen, den Mund zu halten. Die Codes und das verschwundene Powerbook sind im großen und ganzen alles, was die Polizei an Anhaltspunkten hat.«

»Sagt die Polizei dir, daß das so ist?« wollte Schyman wissen. »Es ist ganz und gar nicht sicher, daß sie dir alles verraten.«

Annika schaute hinunter auf ihren Schreibtisch.

»Ich gehe mal rüber zu Langeby und erkundige mich, an was in aller Welt er arbeitet. Geh nicht weg, ich bin gleich wieder zurück.«

Er erhob sich und schloß vorsichtig die Tür. Annika blieb sitzen, mit leerem Kopf und noch leererem Magen. Sie mußte etwas essen, bevor sie zusammenbrach.

Thomas kam erst gegen halb sieben abends mit den Kindern nach Hause. Alle drei waren völlig durchnäßt, erschöpft und glückselig. Ellen wäre auf dem Heimweg vom Kronobergsparken fast auf dem Schlitten eingeschlafen, aber ein weiteres Lied und eine kleine Schneeballschlacht hatten bewirkt, daß sie sich vor Lachen gekugelt hatte. Nun sanken sie im Flur allesamt zu einem Haufen zusammen, halfen einander in einem einzigen Gewusel aus den nassen Kleidern. Die Kinder packten je einen von Thomas' Füßen, um ihm die Schuhe auszuziehen, es klappte nicht, und sie zogen jeder in verschiedene Richtung, bis Thomas tat, als würde er in zwei Teile gerissen. Dann steckte er sie in die randvoll mit warmem Wasser gefüllte Badewanne, dort durften sie herumplantschen, während er schnell einen Griesbrei kochte. Das war ein richtiges Sonntagabendessen, Griesbrei mit viel Zimt und Zucker und ein Butterbrot mit Schinken. Er wusch Ellens langes Haar und verwendete den letzten Spritzer von Annikas Haarbalsam, das Mädchen hatte so empfindliche Haare. Die Kinder durften in ihren Bademänteln essen, dann krochen alle drei ins Doppelbett und lasen in ›Bamse, der Bär‹. Ellen schlief nach zwei Seiten ein, aber Kalle lauschte mit großen Augen der Geschichte bis zum Ende.

»Warum ist Burres Papa immer so blöd?« fragte er anschließend. »Ist das, weil er arbeitslos ist?«

Thomas dachte nach. Er sollte eine Antwort auf die Frage geben können, er hatte schließlich eine hohe Stellung beim Schwedischen Kommunalverband.

»Man ist nicht blöd und gemein, nur weil man arbeitslos ist«, antwortete er. »Aber man kann arbeitslos werden, weil man ziemlich blöd und gemein ist. Mit so einem Menschen will niemand zusammenarbeiten, verstehst du?«

Der Junge dachte nach.

»Mama sagt manchmal, ich bin blöd und gemein zu Ellen. Glaubst du, ich kriege mal Arbeit?«

Thomas nahm den Jungen in den Arm und pustete in seine nassen Haare, wiegte ihn sanft hin und her und spürte seine feuchte Wärme.

»Du bist ein prächtiger kleiner Junge, und du kriegst jede Arbeit, die du willst, wenn du einmal groß bist. Aber Mama und ich sind traurig, wenn du und Ellen miteinander zanken, und du kannst ein richtiger Quälgeist sein. Zanken und streiten ist vollkommen überflüssig. Du und Ellen, ihr habt euch doch gern, denn ihr seid doch Geschwister. Deshalb ist es für alle schöner, wenn wir in dieser Familie Freunde sind …«

Der Junge rollte sich zu einem kleinen Knäuel zusammen und steckte den Daumen in den Mund.

»Ich hab’ dich lieb, Papa«, sagte er, und Thomas war von überwältigender Wärme erfüllt.

»Ich hab' dich auch lieb, mein Kleiner. Willst du in meinem Bett schlafen?«

Kalle nickte, Thomas zog dem Jungen den nassen Bademantel aus und seinen Pyjama an. Ellen trug er zurück in ihr Bett und zog ihr das Nachthemd an. Er betrachtete sie für einige Augenblicke, wie sie da in ihrem Bettchen lag, er konnte sich an ihr einfach nicht sattsehen. Sie war eine Kopie von Annika, hatte aber seine blonden Haare. Kalle sah genauso aus wie er in dem Alter. Die Kinder waren in der Tat zwei kleine Wunder. Ein Klischee, aber es war einfach so.

Er machte das Licht aus und schloß vorsichtig die Tür. An diesem Wochenende hatten die Kinder Annika kaum zu Gesicht bekommen. Er mußte zugeben, daß er wütend wurde, wenn sie so viel arbeitete. Sie engagierte sich in ihrem Job auf eine Weise, die nicht mehr ganz normal war. Sie war vollkommen absorbiert, alles andere auf der Welt kam an zweiter Stelle. Sie verlor die Geduld mit den Kindern, hatte nur ihre Artikel im Kopf.

Er ging ins Fernsehzimmer, griff nach der Fernbedienung und setzte sich aufs Sofa. Die Explosion und der Tod von Christina Furhage waren ohne Zweifel eine riesengroße Sache. Sämtliche Kanäle, inklusive Sky, BBC und CNN waren voll davon. Nun brachte das Zweite eine Gedenksendung. Menschenmassen in einem Studio, die über die Olympischen Spiele und Christina Furhages Lebenswerk diskutierten, eingeschoben ein Interview mit der Verstorbenen, das Britt-Marie Mattsson ein Jahr zuvor geführt hatte. Christina Furhage war in der Tat unglaublich clever und unterhaltsam. Fasziniert schaute er eine Weile die Sendung an. Dann rief er Annika an, um sich zu erkundigen, ob sie schon auf dem Heimweg sei.

Berit schob den Kopf in den Türspalt.

»Hast du Zeit?«

Annika winkte sie herein, als im selben Moment das Telefon zu klingeln anfing. Sie warf einen Blick auf das Display und schrieb dann weiter.

»Willst du nicht abnehmen?« fragte Berit.

»Das ist Thomas«, antwortete sie. »Er will wissen, wann ich fertig bin. Er versucht nett zu klingen, aber ich höre trotzdem die Vorwürfe heraus. Wenn ich nicht abnehme, ist er froh, denn dann glaubt er, ich sei schon auf dem Heimweg.«

Das Telefon auf dem Schreibtisch hörte auf zu klingeln, und das Handy begann statt dessen zu läuten, spielte eine elektronische Melodie, die Berit wiederzuerkennen glaubte. Annika ignorierte den Anruf und ließ den Anrufbeantworter das Gespräch annehmen.

»Ich erreiche diese Helena Starke einfach nicht«, sagte Berit. »Sie hat ja eine Geheimnummer, und ich habe die Nachbarn gebeten, bei ihr zu klingeln und ihr einen Zettel in den Briefkasten zu werfen, daß sie uns anrufen soll und so weiter, aber sie hat sich nicht gemeldet. Ich schaffe es nicht mehr, selbst hinzufahren, weil ich jetzt die Christina-Furhage-Story zusammenbasteln muß …«

»Warum das denn?« fragte Annika erstaunt und hörte auf zu schreiben. »Sollte das nicht einer von den Gesellschaftsleuten machen?«

Berit verzog das Gesicht zu einem Lächeln.

»Doch, aber der hat Migräne gekriegt, als er gehört hat, daß die Beilage abgeblasen wurde, ich habe drei Stunden Reinschrift vor mir.«

»Da kann man sich doch nur an den Kopf fassen«, sagte Annika. »Ich fahre auf dem Heimweg bei Starke vorbei. Auf Söder war es, oder?«

Berit gab ihr die Adresse. Als die Tür geschlossen war, versuchte sie von neuem, ihren Kontaktmann bei der Polizei anzurufen, ohne Erfolg. Sie stöhnte leise. Nun mußte sie es trotzdem schreiben, sie konnte diese Information nicht länger zurückhalten. Der Artikel würde ein Drahtseilakt werden, in dem das Wort »Alarmcodes« an keiner Stelle auftauchte, aber aus dem dennoch der Sinn hervorging. Es lief besser, als sie gedacht hatte. Der Aufhänger bestand ja darin, daß die Tat das Werk eines Insiders war. Daß das Alarmsystem nicht losgegangen war und nichts aufgebrochen war, konnte sie schreiben. Aus anderen Quellen als denen der Polizei zitierte sie die Fakten in bezug auf die Passierscheine und die Möglichkeiten, sich mitten in der Nacht Zutritt zur Arena zu verschaffen. Gleichfalls konnte sie erwähnen, daß die Polizei im Begriff war, einen kleinen Kreis von Personen vorzuladen, die rein theoretisch die Möglichkeit gehabt hätten, die Tat auszuführen. In Verbindung mit Patriks Arbeit würde das

Stoff für zwei riesengroße Storys abgeben. Anschließend machte sie eine gesonderte Geschichte daraus, daß die Polizei bereits die Person verhört hätte, die Christina Furhage vor einigen Jahren bedroht hatte. Diesen Artikel hatte sie fast fertig, als Anders Schyman wieder bei ihr anklopfte.

»Verdammter Job, hier Chefredakteur zu sein«, sagte er und setzte sich auf das Sofa.

»Was machen wir jetzt? Nehmen wir die internationale Terrorgruppe oder die Insidertheorie als Aufhänger?« fragte Annika.

»Ich glaube, Nils Langeby ist geistig etwas verwirrt«, sagte Schyman. »Er behauptet, sein Artikel sei korrekt, weigert sich aber, auch nur eine einzige Quelle preiszugeben oder deren Informationen zu präzisieren.«

»Was machen wir also?« wollte Annika wissen.

»Wir bringen natürlich die Sache über den Insider. Ich will es nur zuerst lesen.«

»Klar. Hier.«

Annika klickte das Dokument an. Der Chefredakteur stemmte sich hoch und ging hinüber zu ihrem Schreibtisch.

»Willst du dich hinsetzen?«

»Nein, nein, bleib nur sitzen …«

Er überflog den Text.

»Glasklar«, sagte er und wandte sich zum Gehen. »Ich spreche mit Jansson.«

»Was hat Langeby sonst noch gesagt?« fragte Annika leise.

Er blieb stehen und schaute sie mit ernster Miene an.

»Ich glaube, Nils Langeby wird für uns beide noch zu einem richtigen Problem werden«, antwortete er und ging.

Helena Starke wohnte im Ringvägen in einem braunen Gebäude, das aus den zwanziger Jahren stammte. Der Hauseingang war verschlossen, und Annika kannte den Türcode nicht. Also steckte sie sich die Hörschnecke ins Ohr und bat die Telefonauskunft, ihr einige Telefonnummern der Bewohner vom Ringvägen 139 zu geben.

»Wir können auf eine solche Frage keine Nummer herausgeben«, sagte die Telefonistin beleidigt.

Annika seufzte. Manchmal war eine solche Anfrage kein Problem, aber nicht immer war das der Fall.

»Okay«, erwiderte sie. »Ich suche einen Andersson im Ringvägen 139.«

»Arne Andersson oder Petra Andersson?«

»Beide«, sagte Annika schnell und kritzelte die Nummern auf ihren Block. »Vielen Dank!«

Sie rief die erste Nummer an, Arnes Nummer. Niemand nahm ab, er war vielleicht schon im Bett. Es war kurz vor halb elf. Petra war zu Hause, und sie klang leicht gereizt.

»Entschuldigen Sie bitte vielmals«, begann Annika, »aber ich will zu einer Bekannten, eine Nachbarin von Ihnen, und sie hat vergessen, mir den Türcode zu geben ...«

»Welche Nachbarin soll denn das sein?« wollte Petra wissen.

»Helena Starke«, antwortete Annika, und Petra lachte auf. Es war kein freundliches Lachen.

»Ach, zu der Starke wollen Sie, um halb elf abends? Viel Glück mit der alten Schnepfe«, sagte sie und gab Annika die Ziffernkombination durch.

Man bekommt doch einiges zu hören, dachte Annika, stieg die Treppe hinauf und klingelte an der Tür. Helena Starke wohnte im vierten Stockwerk. Sie klingelte von neuem, niemand öffnete. Dann schaute sie sich im Treppenhaus um und versuchte herauszufinden, nach welcher Himmelsrichtung Helena Starkes Wohnung lag und wie groß sie möglicherweise war. Dann ging sie wieder auf die Straße und begann zu zählen. Helena Starke müßte mindestens drei Fenster zur Straße haben, und in zweien davon brannte Licht. Vermutlich war sie zu Hause. Annika ging wieder ins Haus, fuhr mit dem Fahrstuhl hinauf und klingelte ausdauernd. Dann klappte sie den Briefkastenschlitz auf und sagte: »Helena Starke? Ich heiße Annika Bengtzon, und ich komme von der ,Abendpresse'. Ich weiß, daß Sie zu Hause sind. Machen Sie doch bitte die Tür auf.«

Sie wartete eine Weile still, dann rasselte auf der anderen Seite der Tür die Sicherheitskette. Die Tür wurde wenige Zentimeter geöffnet, und eine verweinte Frau erschien im Spalt.

»Was wollen Sie?« fragte Helena Starke leise.

»Entschuldigen Sie die Störung, aber wir haben den ganzen Tag versucht, Sie zu erreichen.«

»Ich weiß. Ich habe fünfzehn Zettel von Ihnen und all den anderen im Briefkasten gehabt.«

»Kann ich kurz mal reinkommen?«

»Warum?«

»Wir werden in der morgigen Ausgabe über Christina Furhages Tod berichten, und ich hätte gern gewußt, ob ich Ihnen ein paar Fragen stellen darf.«

»Warum?«

Annika seufzte.

»Ich will es Ihnen gern erklären, aber nicht im Treppenhaus.«

Helena Starke öffnete die Tür und ließ sie in die Wohnung. Im Inneren herrschte große Unordnung, Annika hatte den Eindruck, als rieche es nach Erbrochenem. Sie gingen in eine Küche, in der der Abwasch überquoll, auf einer der Herdplatten stand eine leere Flasche Cognac. Helena Starke hatte nur T-Shirt und Unterhose an. Das Haar stand ihr zu Berge, und ihr Gesicht war stark geschwollen.

»Christinas Tod ist ein fürchterlicher Verlust«, sagte sie. »Es hätte niemals eine Olympiade in Stockholm gegeben, wenn sie nicht dagewesen wäre.«

Annika holte Block und Bleistift hervor und machte sich Notizen. Wie kam es, daß alle unentwegt das gleiche über Christina Furhage sagten, wunderte sie sich.

»Wie war sie als Mensch?« fragte Annika.

»Wunderbar«, antwortete Helena Starke und blickte zu Boden. »Sie war für uns andere ein wahres Vorbild. Energisch, intelligent, tough, amüsant ... alles. Ihr gelang alles.«

»Wenn ich die Dinge richtig verstanden habe, dann sind Sie diejenige, die sie zuletzt lebend gesehen hat?«

»Abgesehen vom Mörder, ja. Tja, wir haben die Weihnachtsfeier gemeinsam verlassen. Christina war müde, und ich war ziemlich betrunken.«

»Wohin sind Sie beide gefahren?«

Helena Starke erstarrte.

»Wieso beide gefahren? Wir haben uns an der U-Bahn-Station getrennt, ich bin nach Hause gefahren, und Christina hat sich ein Taxi genommen.«

Annika hob die Augenbrauen. Das hatte ihr niemand gesagt, daß Christina Furhage nach Mitternacht Taxi gefahren war. Dann gab es doch noch jemanden, der die Frau nach Helena Starke lebend gesehen hatte, nämlich der Taxifahrer.

»Hatte Christina Furhage Feinde innerhalb der Olympia-Organisation?«

Helena Starke entfuhr ein Schluchzen.

»Wer hätte das denn sein sollen?«

»Ja, das frage ich Sie. Sie arbeiten doch auch im Olympia-Büro, stimmt's?«

»Ich war Christinas persönliche Assistentin«, erklärte die Frau.

»Heißt das, Sie waren ihre Sekretärin?«

»Nein, sie hatte drei Sekretärinnen. Ich war ihre rechte Hand, kann man sagen, nun finde ich aber, sollten Sie gehen.«

Leise sammelte Annika ihre Sachen zusammen. Bevor sie die Wohnung verließ, drehte sie sich um und fragte: »Christina hat eine junge Frau aus dem Büro gefeuert, weil sie ein Verhältnis mit einem der Chefs hatte. Wie haben die Angestellten darauf reagiert?«

Helena Starke starrte sie an.

»Nun aber raus hier.«

»Hier ist meine Karte. Rufen Sie mich an, wenn es etwas gibt, was Sie ergänzen oder kritisieren möchten«, leierte sie ihren Spruch hinunter und legte die Karte auf dem Tisch im Flur ab. Ihr fiel auf, daß auf dem Telefon im Flur ein Zettel mit einer Telefonnummer klebte, sie schrieb sie rasch auf. Helena Starke begleitete sie nicht zur Tür, sondern Annika selbst schloß sie leise hinter sich.

# Menschlichkeit

*Schon immer bin ich viel spazierengegangen. Ich liebe Licht, Luft und Wind, Sterne und Meer. Ich bin so lange Strecken gegangen, daß mein Körper am Ende begann, von selbst zu laufen, kaum den Boden berührend, mit den Elementen um mich her verschmolzen und wie in einem Freudentaumel. Manchmal halfen mir meine Beine sogar dabei, über mein Dasein nachzudenken. Ich bin die Gehwege entlangspaziert und habe mich auf meinen Körper konzentriert, habe die Stöße der Absätze sich bis in die Glieder fortpflanzen lassen. Bei jedem Schritt hat die Frage widergehallt: Was bin ich? Wo befinde ich mich? Was macht mich aus?*

*In jener Zeit, als diese Fragen für mich wichtig waren, wohnte ich in einer Stadt, in der unablässig Wind wehte. Welchen Weg auch immer ich einschlug, hatte ich stets Gegenwind. Der böige Wind war so stark, daß ich bisweilen vollkommen atemlos war. Während die Feuchtigkeit mir durch Mark und Bein drang, ging ich Stück für Stück meinen Körper durch, versuchte, in mich zu horchen, wo in meinem Inneren mein Wesen saß. Es steckte nicht in den Hacken, nicht in den Fingerspitzen, weder in den Knien noch im Geschlecht noch im Bauch. Schließlich kam ich zu dem Schluß, daß es irgendwo hinter meinen Augen war, oberhalb des Nackens, aber unter meinem Haaransatz, schräg über dem Mund und den Ohren. Dort existierte das, was mich tatsächlich ausmachte. Dort wohne ich. Dort ist mein Zuhause.*

*Zu jener Zeit war meine Wohnung beengt und dunkel, doch in meiner Erinnerung ist sie unendlich, unmöglich, sie vollkommen zu erobern.*

*Ich war vollauf damit beschäftigt, zu begreifen, wer ich war. Abends in meinem Bett schloß ich die Augen und horchte in mich, ob ich Mann* oder Frau sei. Woher sollte ich das wissen? Mein Geschlecht pochte auf eine Weise, die nichts anderes als Lust sein konnte. Wenn ich nicht ge- wußt hätte, wie es aussah, dann hätte ich es nicht anders als schwer, tief und pulsierend beschreiben können. Mann oder Frau, weiß oder schwarz? In meinem Bewußtsein war ich einfach nur ein Mensch.

Als ich meine Augen aufschlug, wurden sie von den elektromagneti- schen Strahlen getroffen, die wir Licht nennen. Sie gaben Farbe so wie- der, daß ich mir nie sicher sein konnte, daß ich sie mit anderen Men- schen teilte. Was ich Rot nannte und als warm und pulsierend ansah, wurde womöglich von anderen Menschen anders gesehen. Man hatte sich auf eine gemeinsame Benennung geeinigt und sie auswendig ge- lernt, obwohl vielleicht jeder etwas völlig anderes damit meint.

Das können wir nie wissen.

# Montag, 20. Dezember

Thomas verließ die Wohnung, bevor Annika und die Kinder erwachten. Er hatte vor den Weihnachtsfeiertagen noch eine Menge Arbeit zu erledigen, und heute sollte er die Kinder früh abholen. Diese Woche wollten sie sich damit abwechseln, am besten schon um drei Uhr. Einerseits weil die Kinder dann müde und vom Winterwetter geschafft waren, andererseits auch, um zu Hause noch vor Weihnachten Ordnung zu schaffen. Annika hatte einen Weihnachtsstern aus Kupfer aufgehängt und den elektrischen Kerzenständer aufgestellt, aber das war auch schon alles. Sie hatten noch immer nichts zu essen eingekauft, weder Weihnachtsgeschenke besorgt oder Lachs mariniert noch den Weihnachtsschinken gebraten oder einen Weihnachtsbaum ausgesucht, vom Putzen gar nicht erst zu reden. Damit waren sie ein halbes Jahr im Rückstand. Annika wollte, daß sie eine polnische Putzfrau engagierten, dieselbe, die Anne Snapphane hatte, aber Thomas war dagegen. Er konnte doch wohl kaum Amtsleiter einer schwedischen Behörde sein und zugleich eine Arbeitskraft schwarz einstellen. Das sah Annika zwar ein, aber sie putzte trotzdem nicht.

Er seufzte schwer und ging hinaus in den Schneeregen. In diesem Jahr fielen die Weihnachtsfeiertage arbeitnehmerunfreundlich aus, der Heilige Abend lag auf einem Freitag, und es gab eine normale Arbeitswoche zwischen den Jahren. Eigentlich sollte er das zu schätzen wissen, er stand schließlich auf der Arbeitgeberseite. Dennoch entfuhr ihm ein neuer Seufzer, aus ganz privaten Gründen, als er die Handverkargatan überquerte mit Blick auf die Haltestelle der Buslinie 48, die auf der anderen Seite vom Kungsholmstorg lag. Sein Rükken schmerzte beim Gehen, das kam öfter vor, wenn er seltsam gelegen hatte. An diesem Morgen hatte Kalle in ihrem Bett geschlafen, quer, mit den Füßen gegen seinen Rücken gestemmt. Er drehte den Körper von einer Seite zur anderen, wie ein Boxer, um die steifen Muskeln zum Leben zu erwecken.

Es dauerte eine Ewigkeit, bis der Bus kam. Er war schon naß und durchgefroren, als er ihn endlich durch den Matsch anrollen hörte. Er haßte Busfahren, aber alle Alternativen waren schlechter. Die U-Bahn lag zwar um die Ecke, aber dort fuhr die blaue Linie, und dorthin war es der halbe Weg zur Hölle. Es dauerte länger, durch alle unterirdischen Verbindungsgänge hinunter bis zum Zug zu laufen, als die Straßen entlang zum Hauptbahnhof zu gehen. Dann mußte man nach nur einer Station schon wieder umsteigen. Neue Gänge und Treppen, Gehsteige und vollgepinkelte Aufzüge. Danach die Bahn Richtung Slussen, beschlagene Waggons und Hunderte von Ellenbogen der zeitunglesenden Pendler. Ans Autofahren war nicht zu denken. Früher hatte er seinen Toyota Corolla hier in der Stadt gehabt, aber als die sich im Laufe eines Monats angesammelten Strafzettel allmählich die Kindergartengebühr überstiegen hatten, hatte Annika einen Wutanfall bekommen, und er hatte sein Auto wieder abgemeldet. Nun stand der Wagen unter einer Plane bei seinen Eltern in Vaxholm, einer Insel in den Stockholmer Schären, und rostete vor sich hin. Er wollte, daß sie sich ein Einfamilien- oder Reihenhaus am Rand der Stadt kauften, aber Annika wehrte sich dagegen. Sie liebte ihre schweineteure Mietwohnung.

Der Bus war proppenvoll, er mußte stehen und wurde zwischen Kinderwagen eingekeilt, aber schon am Stadshuset leerte sich der Bus langsam wieder. Bei Tegelbacken bekam er einen Sitzplatz, weit hinten auf dem Hinterrad, aber das war besser als gar nichts. Er zog die Beine an und schielte hinüber nach Rosenbad, dem Sitz der Regierung, als der Bus dort vorbeifuhr. Er konnte die Vorstellung nicht abwehren, wie es wohl sein mochte, dort zu arbeiten. Warum nicht, seine Karriere vom Buchhalter bei der Sozialbehörde in Vaxholm zum Amtsleiter beim Kommunalverbund war rasend schnell gegangen. Daß er von Annika und ihrer Arbeit Starthilfe bekommen hatte, war eine Tatsache, die er sich selbst nicht eingestand. Wenn es so weiterging, dann konnte er vielleicht im Reichstag oder in einem Ministerium arbeiten, bevor er die Vierzig erreicht hatte.

Der Bus donnerte an Strömsborg und am Riddarhuset vorüber. Er war von Ungeduld und Rastlosigkeit getrieben, wollte es sich aber nicht eingestehen, daß Annika dafür der Anlaß war. Am Wochenende war er kaum dazu gekommen, ein Wort mit ihr zu wechseln. Am Abend des Vortages hatte er geglaubt, sie sei auf dem Heimweg gewesen, weil sie in der Zeitung nicht ans Telefon gegangen war. Er hatte sich in die Küche gestellt und warme Brote gemacht und Tee gekocht, um sie damit zu empfangen. Sie hatte mehrere Stunden auf sich warten lassen. Die Brote waren aufgegessen, auf dem Tee hatte sich eine Haut gebildet, und er hatte »Time« und »Newsweek« durchgelesen, ehe im Flur das erste Geklapper zu hören war. Und als sie schließlich durch die Flügeltüren gestürzt kam, hatte sie die Hörschnecke noch im Ohr gehabt und mit jemandem von der Zeitung telefoniert.

»Hallo, schlimm, wie lange du gearbeitet hast«, hatte er sie begrüßt und war auf sie zugegangen.

»Ich rufe dich von einem anderen Apparat an«, hatte sie gesagt, das Gespräch beendet und ihm im Vorübergehen über die Wange gestreichelt. Schnurstracks war sie zu ihrem Schreibtisch marschiert, hatte Schal und Mantel zu einem Haufen zu ihren Füßen runterfallen lassen und die Zeitung von neuem angerufen. Sie hatte etwas von einer Taxifahrt erzählt, die in Zusammenarbeit mit der Polizei überprüft werden sollte, und er hatte gespürt, wie die Wut in ihm zu einer Atombombe angeschwollen war. Nachdem sie aufgelegt hatte, hatte sie eine Weile still dagestanden und sich am Schreibtisch festgehalten, als sei ihr schwindelig.

»Tut mir leid, daß ich so spät dran bin«, hatte sie gesagt, leise, ohne aufzublicken. »Ich war gezwungen, für ein Interview auf dem Heimweg in Södermalm vorbeizufahren.«

Er hatte auf ihre Worte nicht reagiert, sondern mit hängenden Armen dagestanden und ihren Rücken angesehen. Sie hatte leicht geschwankt, schien vor Müdigkeit vollkommen ausgelaugt gewesen zu sein.

»Du darfst dich nicht zu Tode schinden«, hatte er gesagt, trockener als beabsichtigt.

»Nein, ich weiß«, hatte sie gesagt, die Kleider auf den Schreibtisch gelegt und war ins Badezimmer verschwunden. Er war ins Schlafzimmer gegangen und hatte den Bettüberwurf abgenommen, während er dem fließenden Wasser und ihr beim Zähneputzen zugehört hatte. Als sie ins Bett gekommen war, hatte er sich schlafend gestellt, und sie merkte nicht, daß er eigentlich wach war. Sie hatte ihn auf den Hals geküßt und mit der Hand durch sein Haar gestrichen, dann hatte sie geschlafen wie ein Stein. Er hatte wach gelegen, lange, den Autos auf der Straße und ihren ruhigen Atemzügen gelauscht.

Er stieg bei Slussen aus, um die wenigen Häuserblöcke bis zu seinem Arbeitsplatz an der Hornsgatan zu Fuß zurückzulegen. Es wehte ein feuchter Wind von der Bucht herüber, und ein geschäftstüchtiger Frühaufsteher hatte vor dem Eingang zum U-Bahn-Schacht bereits seinen Stand mit Weihnachtssachen aufgebaut.

»Einen Glühwein zum Wachwerden, der Herr?« fragte der Mann und hielt Thomas einen dampfenden, kleinen Becher entgegen, als er bei ihm vorbeiging.

»Ja, warum nicht?« sagte Thomas und holte einen Geldschein aus der Jackentasche. »Und geben Sie mir auch noch einen Pfefferkuchen, ein Herz, das größte, das Sie haben, bitte!«


»Mama, darf ich auch in die Karre?« fragte Kalle und stellte sich hinten auf den Kinderwagen, so daß er umzukippen drohte. Annika konnte es in letzter Sekunde verhindern.

»Nein, ich glaube, wir verzichten heute auf den Wagen, es ist draußen so matschig.«

»Ich will aber, Mama«, sagte Ellen.

Annika ging zum Fahrstuhl zurück, schob das Mädchen hinaus, zog das Gitter zu und schloß die Tür. Sie hockte sich auf den Teppich im Treppenhaus und umarmte Ellen. Das glänzende Nylon des Overalls fühlte sich kalt an ihrer Wange an.

»Wir können heute mit dem Bus fahren, und dann trage ich dich. Einverstanden?«

Das Mädchen nickte und schlang ihr die Arme um den Hals, drückte sie fest an sich.

»Aber ich will heute mit dir zusammen sein, Mama.«

»Ich weiß, aber das geht nicht, ich muß arbeiten. Aber am Freitag haben wir frei, denn weißt du, was dann für ein Tag ist?«

»Heiligabend, Heiligabend«, schrie Kalle.

Annika lachte.

»Ja, das ist genau richtig. Wißt ihr, wie viele Tage es bis dahin noch sind?«

»Drei Wochen«, antwortete Ellen und hielt drei Finger in die Höhe.

»Quatsch«, sagte Kalle. »Noch vier Tage.«

»Quatsch sagt man nicht, aber du hast recht, noch vier Tage. Wo hast du die Handschuhe, Ellen? Haben wir die vergessen? Nein, hier sind sie …«

Auf dem Bürgersteig hatte sich der Matsch in Wasser verwandelt. Leichter Sprühregen fiel, und die Welt war grau in grau. Sie trug das Mädchen auf dem linken Arm und hielt Kalle an der rechten Hand. Die Tasche schlug ihr bei jedem Schritt gegen den Rücken.

»Du riechst gut, Mama«, sagte Ellen.

Sie ging die Scheelegatan entlang und nahm vor dem Indian Curry House den 40er-Bus, fuhr zwei Haltestellen und stieg bei dem weißen Achtziger-Jahre-Bau aus, in dem Radio Stockholm seine Büros hatte. Im dritten Stock lag die Kindertagesstätte. Kalle besuchte sie seit dem Alter von fünfzehn Monaten, Ellen seit sie knapp ein Jahr alt war. Im Gespräch mit anderen Eltern erkannte sie, daß sie Glück gehabt hatten, das Personal war eingearbeitet und kompetent, die Leiterin war engagiert, und das Erzieher-Team bestand zur Hälfte aus Männern. Im Flur war es eng und unordentlich, Streu und Schnee hatte sich vor der Tür zu einem kleinen Wall aufgetürmt. Die Kinder schrien, und die Erwachsenen ermahnten sie.

»Ist es okay, wenn ich heute am Anfang dabei bin?« fragte Annika, und jemand vom Personal nickte.

Die Kinder saßen während der Mahlzeiten am selben Tisch. Auch wenn sie sich zu Hause oft zankten, so vertrugen sie sich im Kindergarten ausgesprochen gut. Kalle beschützte seine kleine Schwester. Annika hatte beim Frühstück Ellen auf dem Schoß und nahm aus Geselligkeit ein belegtes Brot und eine Tasse Kaffee.

»Wir machen am Mittwoch einen Ausflug, dann muß Proviant mitgebracht werden«, sagte einer der Erzieher, und Annika nickte.

Nach dem Frühstück versammelte man sich zum Singen im Kissenzimmer. Ein Teil der Kinder war bereits in Weihnachtsferien. Aber die noch da waren, sangen mit Begeisterung »Ich bin ein kleines Kaninchen« und andere Kinderlied-Klassiker.

Dann unterhielten sie sich ein wenig über Weihnachten und sangen zum Abschluß »Tipp-Tapp«.

»Nun muß ich gehen«, sagte Annika, als sie das Zimmer verließen, und Ellen begann zu weinen, Kalle hängte sich an ihren Arm.

»Ich will bei dir bleiben, Mama«, weinte Ellen.

»Papa holt euch heute schon früh ab, gleich nach dem Mittagsschlaf«, sagte Annika schnell und versuchte, sich von den Kinderarmen zu befreien. »Das wird euch Spaß machen. Dann könnt ihr nach Hause gehen und ein bißchen für Weihnachten vorbereiten, vielleicht einen Tannenbaum kaufen? Einverstanden?«

»Jaaa!« antwortete Kalle, und Ellen stimmte wie ein kleines Echo ein. »Bis heute abend«, sagte sie und schloß eilends die Tür vor den kleinen Nasen der Kinder. Einen Augenblick lang blieb sie noch vor der Tür stehen und horchte, ob dort drinnen eine Reaktion zu hören war. Sie hörte keinen Ton. Langsam schob sie die Tür zum Treppenhaus auf. Sie nahm den 56er-Bus vor dem Trygg-Hansa-Haus und traf erst um halb elf Uhr im Zeitungshaus ein. Die Redaktion wimmelte vor schnatternden Menschen. Aus irgendeinem Grund konnte sie sich einfach nicht daran gewöhnen. Sie fand, der Normalzustand in der Redaktion trat dann ein, wenn sich in dem großen, leeren Raum nur einige wenige konzentrierte Kollegen aufhielten, die vor ihren flimmernden Computern und ein paar stetig klingelnden Telefonen saßen. Das war nachts und an den Feiertagen der Fall, nun hielten sich hier annähernd neunzig Personen auf. Sie nahm einen Packen mit sämtlichen Zeitungen und durchquerte den Raum bis zu ihrem Zimmer.

»Gute Arbeit, Annika!« rief jemand, doch sie hatte nicht gehört, wer ihr das Lob zugerufen hatte. Sie winkte mit der Hand über dem Kopf ein Dankeschön.

Eva-Britt Qvist saß an ihrem Platz und klapperte auf ihrem Computer herum.

»Nils Langeby macht heute frei«, sagte sie, ohne hochzublicken.

Also noch immer eingeschnappt. Annika hängte Schal und Mantel in ihr Zimmer, holte sich einen Becher Kaffee und machte einen Abstecher zum Postfach. Es war zum Bersten voll. Sie stöhnte laut auf und schaute sich nach einem Mülleimer um, in den sie ihren Kaffee kippen konnte, unmöglich konnte sie die Post und den Becher zugleich tragen, ohne den Kaffee zu verschütten.

»Was war das denn für ein Stoßseufzer?« fragte Anders Schyman hinter ihr, und sie lächelte beschämt.

»Ach, mir geht dieses ganze Briefaufschlitzen auf die Nerven. Jeden Tag kriegen wir über hundert Pressemitteilungen und Briefe. Das dauert immer so schrecklich lange, bis man alles durchgesehen hat.«

»Aber es gibt doch gar keinen Grund, daß ausgerechnet du hier sitzen und Briefe öffnen mußt«, erwiderte Schyman erstaunt. »Ich dachte, dafür ist Eva-Britt zuständig.«

»Nein, ich habe damit angefangen, als der vorherige Chef nach New York gegangen ist, und dann habe ich einfach weitergemacht.«

»Eva-Britt hat das früher erledigt. Es ist sehr viel sinnvoller, wenn sie sich um die Berge von Post kümmert, sofern du nicht selbst die Kontrolle über das Material behalten willst. Was meinst du, soll ich mal mit ihr sprechen?«

Annika lächelte und trank einen Schluck Kaffee.

»Sehr gern, das wäre eine große Erleichterung.«

Anders Schyman nahm den ganzen Stapel Post an sich und stopfte ihn in Eva-Britts Fach.

»Ich rede sofort mit ihr.«

Annika ging zu Ingvar Johansson hinüber, der wie immer den Telefonhörer am Ohr hatte. Er trug dieselben Kleidungsstücke wie am Vortag, und wie an dem Tag davor schon. Annika fragte sich, ob er sich überhaupt auszog, wenn er ins Bett ging.

»Die Polizei ist stinksauer wegen deines Artikels über die Alarmcodes«, sagte er, nachdem er aufgelegt hatte.

Annika erstarrte, spürte den Schrecken wie einen Schlag in die Magengegend und ein Brausen hinter der Stirn aufziehen.

»Wieso? Warum denn das? Stimmte was nicht?«

»Nein, aber du hast ihre beste Spur vernichtet. Du hast versprochen, nicht darüber zu schreiben, behaupten die.«

Sie spürte die Panik durch ihre Blutbahnen pulsieren wie brodelndes Gift.

»Aber ich habe nicht über die Alarmcodes geschrieben! Ich habe noch nicht einmal diesen Begriff fallen lassen!«

Sie warf den Kaffee fort und riß eine Zeitung an sich. ›Der Bombenleger stand Christina nahe – ein Verdächtiger im Verhör‹, lautete die Überschrift auf der Titelseite. Im Innenteil stand in großen, schwarzen Lettern: ›Die heiße Spur der Alarmcodes‹.

»Was zum Teufel soll das?« schrie sie. »Welcher Idiot hat diese Überschrift gesetzt?«

»Nicht so laut, du klingst ja total hysterisch«, sagte Ingvar Johansson.

Sie spürte, daß sie bald die Kontrolle über sich verlieren würde; ihr Blick fiel auf den Mann im Bürosessel. Hinter seiner nonchalanten Miene erkannte sie, wie zufrieden er war.

»Wer hat das hier abgesegnet?« wollte sie wissen. »Warst du das?«

»Ich habe doch nichts mit den Rubriken im Innenteil zu tun, wußtest du das noch nicht?« erwiderte er und drehte sich zum Weiterarbeiten um, doch so leicht würde er nicht davonkommen. Sie wirbelte seinen Stuhl herum, so daß er sich die Beine an der Schreibtischschublade stieß.

»Hör auf, dich wie ein schadenfroher Idiot aufzuführen«, sagte sie zischend. »Es geht hier nicht um mich, kapierst du das nicht? Die Zeitung ist betroffen, du, Ingvar Johansson und Anders Schyman und sogar deine Tochter, die hier einen Sommerjob als Hausmeisterin hat. Ich finde heraus, wer diese Überschrift gesetzt hat und auf wessen Anweisung. Darauf kannst du Gift nehmen. Wer hat angerufen?«

Nun war der selbstzufriedene Gesichtsausdruck einer Miene des Ekels gewichen.

»Reg dich nicht künstlich auf«, sagte er. »Der Pressechef der Polizei hat angerufen.«

Sie richtete sich auf, war erstaunt. Der Kerl log. Der Pressechef der Polizei hatte keine Ahnung davon, was sie versprochen oder nicht versprochen hatte. Vermutlich war er beleidigt, daß die Story ans Tageslicht gekommen war. Aber eine Rüge, weil sie das Vertrauen zerstört hatte, würde niemals Ingvar Johansson unter die Nase gerieben werden.

Sie machte auf dem Absatz kehrt und marschierte in ihr Büro zurück, merkte nicht, wie die Leute sie anstarrten. Auftritte dieser Art waren in der Zeitung an der Tagesordnung, und die Belegschaft hörte mit dem größten Interesse zu. Nun machte die Frage die Runde, worüber die Leiterin der Polizeiredaktion sich so geärgert haben mochte. Es war ein amüsantes Schauspiel zu beobachten, wie Vorgesetzte Meinungsverschiedenheiten austrugen. Man schlug die Zeitung auf, schaute sich Annikas Artikel auf den Seiten sechs und sieben an, konnte aber nichts Ungewöhnliches daran feststellen, und damit geriet der Streit in Vergessenheit.

Aber Annika vergaß ihn nicht. Sie legte Ingvar Johanssons schadenfrohen Angriff ganz oben auf den Haufen von Scheiße, der mit jedem Tag größer wurde. An einem der nächsten Tage befürchtete sie, könnte die Scheiße in einen Ventilator geraten, dann würde keiner in der Redaktion einer ordentlichen Portion Anschiß mitten ins Gesicht entkommen.

»Willst du deine Privatpost haben, oder soll ich mich um die auch noch kümmern?«

Eva-Britt Qvist stand mit ein paar Briefen in der Hand in der Tür.
»Was? Nein, leg sie her, danke ...«

Die Redaktionssekretärin ging auf klappernden Absätzen zu Annikas Schreibtisch und warf die Briefe auf die Tischplatte.

»Hier. Und wenn du willst, daß ich dir Kaffee koche, dann sag's mir gleich und regele es nicht über den Chefredakteur!«

Annika schaute erstaunt auf. Das Gesicht der anderen Frau hatte sich vor Verachtung verfinstert. Ehe Annika reagieren konnte, hatte sie auf dem Absatz kehrtgemacht und war hinausgestürmt.

Herrgott im Himmel, dachte Annika, das kann doch wohl nicht wahr sein! Sie ist wütend, weil sie glaubt, ich hätte sie über Umwege dazu beordert, die Post zu öffnen. Mein Gott, steh mir bei!

Und der Haufen mit der Scheiße wuchs wieder um eine Spur an.

Evert Danielsson starrte auf sein Bücherregal, mit leerem Gehirn und klopfendem Herzen. Er hatte das sonderbare Gefühl, hohl zu sein.

Mit beiden Händen hielt er sich krampfhaft an der Schreibtischplatte fest. Die Hände versuchten, die Tischplatte an Ort und Stelle oder ihn aufrecht zu halten. Das war ein vergebliches Unterfangen, das wußte er. Es war nur eine Frage der Zeit, bis der Aufsichtsrat mit der Pressemitteilung an die Öffentlichkeit ging. Sie wollten nicht warten, bis sein neuer Aufgabenbereich abgesteckt war, sie wollten Stärke und Entschlußkraft demonstrieren, auch ohne Christina. Im Grunde seines Herzens wußte er wohl, daß er im Lauf der Jahre nicht allen Bereichen seiner Arbeit gewachsen war, doch mit Christina unmittelbar über sich hatte immer jemand seine schützende Hand über ihn gehalten. Nun war sie nicht mehr da, und er hatte nichts mehr, woran er sich festhalten konnte. Er war erledigt, und das wußte er.

Oft hatte er im Lauf der Jahre bei verschiedenen Gelegenheiten erlebt, wie mit Mitarbeitern verfahren wurde, deren Anwesenheit nicht mehr erwünscht waren. Häufig mußte noch nicht einmal eine Entscheidung gefällt werden, um Personal zu versetzen, die Betreffenden kündigten von sich aus. Die Vielfalt der Möglichkeiten, jemanden hinauszuekeln, war groß, und die meisten kannte er, auch wenn er persönlich nicht besonders oft Gebrauch davon gemacht hatte. Sobald der Entschluß gefaßt war, von wem auch immer er gefällt sein mochte, informierte man das Personal. Die interne Reaktion war fast immer positiv, selten kam es vor, daß es jemandem, der zur Kündigung genötigt worden war, gelang, ein gewisses Maß an Popularität zu bewahren. Anschließend wurde die Öffentlichkeit unterrichtet, und handelte es sich um eine halbwegs prominente Person, dann setzte sich das Mediengetriebe in Bewegung. Im Mahlstrom konnte die Geschichte zwei unterschiedliche Richtungen einschlagen. Entweder stellten sich die Medien auf die Seite der gefeuerten Person und boten ihr die Möglichkeit sich auszuheulen, oder man tat sich gütlich an der Tragödie und schrie: »Das geschieht dir recht«. In die erste Kategorie fielen größtenteils Frauen, sofern sie nicht allzu hochstehende Persönlichkeiten waren. In die zweite Kategorie fielen vor allem Männer aus der Wirtschaft, die fette Abfindungen bekommen würden. Er ahnte, daß er letzterer Kategorie zugerechnet werden würde. Sein einziger Vorteil war das Faktum, daß er geschaßt worden war, daß man ihn anläßlich von Christina Furhages Tod zum

Sündenbock abstempelte. So würde man versuchen, die Sache hinzudrehen. Das Prozedere war Evert Danielsson vertraut, auch wenn er in seinem leeren Gehirn den Vorgang nicht in die richtigen Worte kleiden konnte.

Es wurde an die Tür geklopft, und seine Sekretärin steckte den Kopf durch den Türspalt. Um die Augen war sie ein wenig geschwollen, und das Haar war in Unordnung.

»Ich habe die Pressemitteilung fertig, und Hans Bjällra ist hier, um sie mit Ihnen durchzusprechen. Darf er hereinkommen?«

Evert Danielsson blickte seine langjährige und treue Mitarbeiterin an. Sie war an die sechzig Jahre alt und würde keine neue Arbeitsstelle mehr bekommen. So verhielt es sich, wenn jemand ausschied, die engsten Mitarbeiter gingen mit. Niemand wollte den Handlanger eines anderen übernehmen. Es funktionierte nicht. Nie würde sich echte Loyalität einstellen.

»Ja, selbstverständlich, führen Sie ihn herein.«

Der Vorstandsvorsitzende trat ein, in schwarzem Anzug. Er trug Trauer um Christina, der Affe, alle wußten, daß er sie nicht ausstehen konnte.

»Ich finde, wir sollten diese Prozedur so kurz und anständig wie möglich halten«, sagte er und nahm unaufgefordert auf dem Sofa Platz.

Evert Danielsson nickte dienstbeflissen.

»Ja, auch mir ist daran gelegen, daß diese Angelegenheit ohne Aufsehen und mit Würde erledigt wird …«

»Gut, daß wir uns einig sind. Die Pressemitteilung wird darauf hinauslaufen, daß Sie Ihr Amt als Büroleiter im SOCOG, im Stockholm Organizing Comitee of the Olympic Games, verlassen. Anlaß Ihres Weggangs ist, daß Sie nach Christina Furhages tragischem Ableben andere Aufgabenbereiche übernehmen werden. Welche das sein werden, steht noch nicht genau fest, werden aber in Zusammenarbeit mit mir entwickelt. Kein Wort von einem Rauswurf, kein Gerede von einem Sündenbock, keine Silbe von Ihrer Abfindung. Der gesamte Vorstand ist sich einig, darüber Stillschweigen zu bewahren. Was sagen Sie dazu?«

Evert Danielsson ließ die Worte auf sich wirken. Es stand viel besser um ihn, als er zu hoffen gewagt hatte. Es kam doch fast einer Beförderung gleich. Seine Hände ließen die Schreibtischplatte los.

»Ja, ich finde, das hört sich gut an«, erwiderte er.

»Es gibt ein paar Dinge, über die ich mit dir sprechen will«, sagte Annika zu Eva-Britt. »Kannst du mal kurz zu mir reinkommen?«

»Warum? Das kannst du doch auch hier machen. Ich habe wirklich eine ganze Menge zu tun.«

»Jetzt, sofort«, sagte Annika, marschierte in ihr Zimmer und ließ die Tür offen. Sie hörte, wie Eva-Britt demonstrativ auf die Tastatur ihres Computers einhämmerte, dann baute sich die Frau mit vor der Brust verschränkten Armen im Türrahmen auf. Annika setzte sich hinter ihren Schreibtisch und zeigte auf den Stuhl davor.

»Setz dich und schließ die Tür.«

Eva-Britt setzte sich, ohne die Tür zu schließen. Annika seufzte, erhob sich und schloß die Tür. Sie stellte fest, daß sie leicht zitterte, Konfrontationen waren immer unangenehm.

»Eva-Britt, was ist los?«

»Wieso? Was meinst du damit?«

»Du machst den Eindruck, als seist du wütend und enttäuscht. Ist was passiert?«

Annika zwang sich, ihrer Stimme einen ruhigen und sanften Tonfall zu geben, die Frau auf dem Stuhl wand sich.

»Ich weiß nicht, wovon du sprichst.«

Annika beugte sich vor, und ihr fiel auf, daß Eva-Britt unbewußt in Verteidigungshaltung Beine und Arme verschränkt hatte.

»Du hast dich in der vergangenen Woche mir gegenüber abweisend verhalten. Wir sind ja gestern richtig aneinandergeraten ...«

»Ich kriege hier also eine Art Rüffel verpaßt, weil ich nicht nett genug zu dir bin?«

Annika spürte, wie die Wut in ihr hochkochte.

»Nein, es geht darum, daß du nicht tust, was man dir sagt. Gestern hast du das Material nicht richtig ausgewertet, du hast keine Übergabe geschrieben, du bist ohne Bescheid zu sagen, nach Hause gegangen. Ich wußte nicht, daß früher die Post in deinen Aufgabenbereich gefallen ist, nicht ich, sondern Schyman persönlich hat vorgeschlagen, daß du diese Aufgabe wieder übernehmen solltest. Du mußt mit uns anderen zusammenarbeiten, sonst kann diese Redaktion nicht funktionieren.«

Die Frau schaute sie aus kalten Augen an.

»Diese Redaktion hat ausgezeichnet funktioniert, bis du hier aufgetaucht bist.«

Das Gespräch führte zu nichts. Annika erhob sich.

»Okay, lassen wir das. Ich muß telefonieren. Hast du übrigens wirklich alles durchgesehen, was über Christina Furhage hier im Haus vorhanden ist? Archiv, Bücher, Bilder, Artikel, Datenbanken …?«

»Jeden Winkel«, antwortete Eva-Britt Qvist und ging hinaus.

Annika stand da, im Mund den bitteren Geschmack des Scheiterns. Sie war keine gute Chefin, sie war eine wertlose Vorgesetzte, die die Mitarbeiter nicht auf ihrer Seite hatte. Sie setzte sich hin und ließ die Stirn auf die Tastatur sinken. Wo sollte sie jetzt anfangen? Klar, mit dem Pressepolizisten natürlich. Sie hob den Kopf, griff zum Hörer und wählte seine Durchwahl.

»Das verstehen Sie doch, wenn Sie praktisch so gut wie alles schreiben, was wir wissen, dann erschwert das unsere Arbeit«, erklärte der Pressechef der Polizei. »Bestimmte Dinge sind nicht für die Allgemeinheit bestimmt, das behindert die Ermittlung.«

»Aber warum erzählen Sie uns dann alles?« fragte Annika unschuldig.

Der Pressechef seufzte.

»Ja, wissen Sie, das ist Ermessenssache. Mit bestimmten Dingen müssen wir ja an die Öffentlichkeit gehen, aber es ist nicht Sinn der Sache, daß gleich alles in der Zeitung stehen muß.«

»Ja, aber hören Sie«, erwiderte Annika. »Wer hat denn die Möglichkeit und die Verantwortung zu beurteilen, was nun an die Öffentlichkeit gelangen soll und was nicht? Ich oder einer meiner Mitarbeiter können doch wohl kaum erraten, was für die Ermittlung das Beste ist. Es wäre ein Dienstvergehen, wenn wir es auch nur versuchten.«

»Ja, selbstverständlich, so habe ich das auch gar nicht gemeint. Aber es geht um diese Sache mit den Alarmcodes, es war sehr störend, daß das veröffentlicht wurde.«

»Ja, und dafür entschuldige ich mich. Wie Sie vielleicht bemerkt haben, ist in dem Text von Alarmcodes nicht die Rede. Es ist ganz einfach ein falsches Wort in der Überschrift. Es tut mir natürlich furchtbar leid, daß das in irgendeiner Weise die Arbeit der Polizei behindert hat. Deshalb finde ich es wichtig, daß wir zukünftig einen noch engeren Dialog führen.«

Der Pressechef lachte.

»Ja, Frau Bengtzon, Sie drehen aber auch alles so hin, wie Sie es brauchen. Wenn wir noch enger mit Ihnen zusammenarbeiten, dann bekommen Sie bald ein Dienstzimmer neben dem des Kommissars!«

»Gar keine schlechte Idee«, konterte Annika und lächelte. »Was passiert heute?«

Der Polizist wurde ernst.

»Das kann ich beim derzeitigen Stand der Ermittlungen nicht sagen.«

»Kommen Sie. Wir haben siebzehn Stunden bis zur Deadline, das kommt nicht vor morgen vormittag raus. Ein bißchen können Sie mir doch verraten.«

»Da es jetzt sowieso publik ist, kann ich Ihnen wohl sagen, wie die Dinge stehen: Wir arbeiten weiter daran, welcher Personenkreis Zugang zu den Alarmcodes hat. Der Mörder ist darunter, da sind wir ganz sicher.«

»Dann war am Vorabend das Sicherungssystem im Stadion eingeschaltet?«

»Ja.«

»Um wie viele Personen handelt es sich?«

»Genug, damit wir alle Hände voll zu tun haben. Jetzt muß ich hier an einen anderen Apparat gehen …«

»Nur noch eins«, sagte Annika rasch. »Ist Christina Furhage in der Nacht ihres Todes nach Mitternacht Taxi gefahren?«

Der Pressechef der Polizei atmete in den Hörer, Annika hörte im Hintergrund ein anderes Telefon klingeln.

»Warum fragen Sie das?« wollte er wissen.

»Ich habe eine entsprechende Information. Stimmt die?«

»Christina Furhage hatte einen Privatchauffeur. Der Chauffeur hat sie zur Kneipe gefahren, in der die Weihnachtsfeier stattgefunden hat. Christina Furhage hat eine Firmenkarte für Taxi Stockholm besessen, aber soweit wir wissen, ist sie in jener Nacht nicht benutzt worden.«

»Wohin ist sie denn nach der Weihnachtsfeier gefahren?«

Der Pressechef schwieg einen Augenblick, dann sagte er: »Das ist eine Information, die nicht an die Öffentlichkeit soll, sowohl um der Ermittlung als auch um Christina Furhage willen.«

Sie legten auf, und Annika war verwirrter als zuvor. Einiges stimmte nicht überein. Zuerst die Alarmcodes. Wenn denn wirklich so viele Zugang dazu hatten, warum war es dann ein Problem, daß die Information an die Öffentlichkeit gekommen war? Welches Geheimnis im Leben der perfekten Christina Furhage wurde da gehütet? Warum log Helena Starke? Sie rief ihren Kontaktmann an, bekam aber keine Antwort. Wenn jemand Grund hatte, wütend zu sein, dann war er es.

Sie wählte die Nummer des Empfangs der Zeitung und erkundigte sich, ob Berit oder Patrik eine Nachricht hinterlassen hatten, wann sie heute in die Redaktion kommen würden. Um zwei Uhr am Nachmittag, hatten beide gesagt, bevor sie gestern nacht nach Hause gegangen waren.

Sie legte die Füße auf den Tisch und machte sich an die Durchsicht des Zeitungsstapels. Die vornehme Morgenzeitung hatte einen interessanten Passus in einem der juristischen Protokolle gefunden, der das Franchise-Gesetz zwischen dem SOCOG, also den schwedischen Ausrichtern, und dem IOC regelte. Es gab eine Vielzahl an juristischen Vereinbarungen zwischen SOCOG und IOC, nicht allein über das Recht an den Spielen an sich, sondern darüber hinaus auch das internationale, nationale und lokale Sponsoring betreffend. Nun hatte man eine Klausel entdeckt, die den Hauptsponsoren das Recht zubilligte, sich von den Spielen zurückzuziehen, falls die olympische Arena nicht am ersten Januar des Jahres zur Verfügung stünde, in dem die Spiele ausgetragen werden sollten. Annika hatte nicht die Kraft, den gesamten Artikel durchzulesen. Wenn sie sich recht erinnerte, existierten Tausende von Klauseln, und deren Inhalt war im Grunde uninteressant, sofern nicht einer der Partner mit dem Gedanken spielte, sie in Kraft treten zu lassen, fand sie. Doch der Verfasser des Artikels hatte den Hauptsponsor nicht zu einem Kommentar bewegen können.

Die Konkurrenzzeitung der Abendpresse hatte mit zahlreichen Mitarbeitern Christina Furhages gesprochen, unter anderem mit dem Privatchauffeur, aber nicht mit Helena Starke. Der Chauffeur berichtete, daß er Christina zur Kneipe gefahren habe, daß sie so gut gelaunt und freundlich wie immer gewesen sei, nicht nervös oder besorgt, nur konzentriert, wie immer. Er trauere sehr um sie, weil sie eine glänzende Arbeitgeberin und ein wunderbarer Mensch gewesen sei.

»Bald kriegt sie Flügel«, murmelte Annika.

Ansonsten stand in den Zeitungen nichts Neues. Es dauerte eine Ewigkeit, bis sie sie durchgeblättert hatte, alle waren zum Bersten mit Anzeigen gefüllt. November und Dezember waren aus rein ökonomischer Sicht für die schwedischen Tageszeitungen die Spitzenmonate, Januar und Juli schnitten am schlechtesten ab.

Sie ging zur Damentoilette, um den Kaffee loszuwerden und sich die Druckerschwärze von den Fingern zu waschen. Sie begegnete im Spiegel ihrem eigenen Gesicht, alles andere als ein schöner Anblick. Sie hatte es nicht geschafft, sich am Morgen die Haare zu waschen, sondern hatte sie statt dessen mit einer Spange im Nacken zusammengesteckt. Nun lagen sie flach und strähnig am Kopf an, teilten sich in braune Furchen. Sie hatte dunkle Ringe unter den Augen und leichten roten Ausschlag an den Wangen. Sie kramte in den Taschen nach einem Abdeckstift, um die Flecken zu verstecken, aber sie fand ihn nicht.

Eva-Britt Qvist war in die Mittagspause gegangen, ihr Computer war abgeschaltet. Eva-Britt loggte sich aus, sobald sie ihren Arbeitsplatz verließ, sie hatte panische Angst davor, jemand könnte in ihre Mail schauen. Annika ging in ihr Büro und schmierte sich etwas Hautcreme auf den Ausschlag, anschließend machte sie einen Abstecher in die Redaktion. Was war es doch gleich, was sie wissen mußte? Was wollte sie als nächstes überprüfen? Sie marschierte in die Ecke, wo die Nachschlagewerke standen, schlug aufs Geratewohl unter dem Begriff Olympia-Chef in der Nationalenzyklopädie nach: Christina Furhage, geborene Faltin, einziges Kind aus einer angesehenen, aber verarmten Familie, teilweise bei Verwandten im nördlichen Norrland aufgewachsen, Karriere in der Bankbranche, treibende Kraft hinter der Stockholmer Bewerbung um die Olympischen Spiele, geschäftsführende Direktorin der SOCOG, verheiratet mit Konzernchef Bertil Milander. Mehr stand da nicht.

Annika schaute auf. Die Information, daß Christinas Mädchenname Faltin lautete, war ihr neu. Woher stammte dann der Name Furhage? Ihr Blick folgte dem darunterstehenden Namen: Curt Furhage, gegen Ende des 19. Jahrhunderts in Härnösand in eine Familie von Forstbesitzern hineingeboren, Direktor in der Forstwirtschaftsbranche, in dritter Ehe mit Dorothea Adelcrona verheiratet. Hatte sich einen bleibenden Platz in der Erinnerung der Nachwelt und in der Nationalenzyklopädie durch die Stiftung eines ansehnlichen Stipendiums gesichert, das jungen Männern das Studium der Forstwirtschaft ermöglicht, gestorben in den sechziger Jahren.

Annika schlug das Buch mit einem Knall zu. Schnell ging sie zum Datenterminal hinüber und gab die Wörter Curt und Furhage ein. Sieben Treffer. Seit das Archiv in den neunziger Jahre auf Computer umgestellt worden war, hatte man also bei sieben Anlässen über diesen Mann geschrieben. Annika drückte die Taste F6 für ›Anzeigen‹ und stieß einen Pfiff aus. Das war nicht eben wenig Geld, eine Million Kronen wurden jedes Jahr vergeben. Gestorben in den sechziger Jahren. Weitere Informationen über Curt Furhage gab es nicht.

Sie loggte sich aus dem System aus, holte ihren Passierschein und ging neben der Sportredaktion durch eine Feuertür. Eine steile Treppe führte sie im Gebäude zwei Stockwerke abwärts, sie trat durch eine andere Tür, die die Karte und einen Code verlangte. Dann befand sie sich in einem langen Verbindungsgang mit abgetretenem, grauem Linoliumbelag und zischenden Blechrohren unter der Decke. Am gegenüberliegenden Ende des Ganges befand sich das Text- und Bildarchiv, mit stählernen Doppeltüren feuergeschützt. Sie trat ein und begrüßte die Mitarbeiter, die gebeugt über ihren Computerterminals saßen. Die stahlgrauen Archivschränke, in denen alles zu finden war, was die Abendpresse seit dem 19. Jahrhundert gedruckt hatte, füllten den gesamten, überdimensional großen Raum aus. Langsam wanderte sie die Schränke entlang. Sie erreichte die Personalabteilung und las »A–Ac«, »Ad–Af«, »Ag–Ak«, übersprang einige Schrankreihen und gelangte zu »Fu«. Sie zog eine große Schublade auf, sie ließ sich erstaunlich leicht aufziehen. Sie blätterte bis »Furhage, Christina«, aber es gab keinen »Furhage, Curt«. Sie seufzte. Niete.

»Wenn Sie nach Ausschnitten von Christina Furhage suchen, ist da das meiste schon rausgesucht«, sagte jemand hinter ihr.

Die Stimme gehörte dem Leiter des Archivs, einem unerhört kompetenten, kleinen Mann mit sehr dezidierten Ansichten darüber, welche Dinge unter welchem Suchbegriff archiviert werden sollten.

Annika lächelte.

»Nein, ich suche eigentlich eine andere Person mit dem Namen Furhage, einen Direktor Furhage.«

»Haben wir über ihn geschrieben?«

»Ja, er hat ein großes Stipendium gestiftet. Er muß reich gewesen sein wie Krösus.«

»Ist er tot?«

»Ja, er ist in den sechziger Jahren gestorben.«

»Dann ist er vielleicht nicht mehr unter seinem Personennamen zu finden. Die Zeitungsausschnitte gibt es natürlich noch, aber sie können unter einem anderen Themengebiet einsortiert sein. Was meinen Sie, wonach wir suchen sollen?«

»Keine Ahnung. Nach Stipendien vielleicht?«

Der Archivleiter schaute unschlüssig drein.

»Davon gibt es eine ganze Menge. Brauchen Sie das heute noch?«

Annika seufzte und machte sich auf den Rückweg.

»Nein, eigentlich nicht. Es war nur so eine Idee. Danke trotzdem ...«

»Übrigens, könnte er auf einem Bild sein?«

Annika blieb stehen.

»Ja, vielleicht, bei einem Gedenktag oder so. Warum wollen Sie das wissen?«

»Dann ist er noch im Bildarchiv.«

Annika begab sich schnurstracks ans andere Ende des Saales, vorbei am Sportarchiv und der Abteilung mit Nachschlagewerken. Sie fand die richtige Schublade und blätterte bis Furhage. Der Umschlag mit Christina füllte fast die ganze Schublade, aber ganz unten lag ein kleines, flaches C5-Kuvert. Es war abgegriffen und zerfleddert, der Schriftzug war ausgeblichen: Furhage, Curt, Direktor. Annika wirbelte Staub entgegen, als sie es hervorzog. Sie setzte sich auf den Fußboden und schüttete den Inhalt aus. Es befanden sich vier Bilder darin. Zwei waren kleine schwarzweiße Porträtfotografien, die einen grimmigen Mann mit spärlichem Haar und ausgeprägtem Kinn zeigten: Curt Furhage, fünfzig Jahre alt, und Curt Furhage, siebzig Jahre alt. Die dritte Aufnahme war ein Hochzeitsfoto von dem alternden Direktor und einer alten Frau, von Dorothea Adelcrona. Das vierte Bild war das größte von allen. Es lag auf dem Kopf, Annika drehte es um und spürte ihr Herz einen Satz machen. Die Bildunterschrift war mit Klebestreifen unter die Abbildung geklebt: »Direktor Curt Furhage, heute 60 Jahre alt, mit seiner Ehefrau Christina und dem Sohn Olof«. Annika las den Zettel ein zweites Mal, bevor sie begriff, was sie da sah. Das Foto zeigte definitiv Christina Furhage, eine unglaublich junge Christina. Sie konnte kaum mehr als zwanzig Jahre alt gewesen sein. Sie war sehr schlank, und das Haar war zu einer unkleidsamen Omafrisur hochgesteckt, sie trug ein dunkles Kostüm mit einem Rock, der bis zu den Waden reichte. Sie schaute schüchtern in die Kamera und versuchte zu lächeln. Auf ihrem Schoß saß ein süßer, blond gelockter Junge im Alter von zwei Jahren. Der Steppke trug einen weißen Pullover, eine knielange Hose mit Hosenträgern und hielt einen Apfel in seiner Hand. Der Direktor stand mit bestimmtem Gesichtsausdruck und mit einer Hand beschützend auf der Schulter der jungen Ehefrau ruhend hinter dem Sofa. Die ganze Aufnahme wirkte ausgesprochen steif und gestellt und atmete mehr die Atmosphäre der Jahrhundertwende als die der fünfziger Jahre, in der das Foto gemacht worden sein mußte. Sie hatte nicht eine Zeile darüber gelesen, daß Christina mit einem Direktor verheiratet gewesen war und noch weniger, daß sie einen kleinen Sohn gehabt hatte. Sie hatte zwei Kinder! Annika ließ das Bild auf den Schoß sinken. Sie wußte nicht, wie und warum, aber irgendwie war dieser Umstand entscheidend, das spürte sie. Ein Kind konnte sich nicht einfach in Luft auflösen. Dieses Kind lebte noch irgendwo und konnte mit Sicherheit das eine oder andere über Mama Christina erzählen.

Sie steckte die Fotos wieder in den Umschlag, erhob sich und ging zum Leiter des Archivs.

»Das hier will ich mitnehmen«, sagte sie.

»Okay. Unterschreiben Sie hier«, antwortete er, ohne aufzuschauen.

Annika quittierte das Bildkuvert und ging durch den Verbindungsgang zurück in ihr Büro. Sie hatte das dumpfe Gefühl, daß der Nachmittag noch lang werden würde.

Die Pressemitteilung über Evert Danielssons Rücktritt wurde um 11 Uhr 30 an TT, die Nachrichtenagentur der schwedischen Zeitungen, geschickt. Anschließend wurde sie via Pressestelle des Olympia-Büros zuerst an alle großen Redaktionen, die Morgenzeitungen und das Fernsehen, dann ans Radio, die ,Abendpresse' und die größeren Lokalzeitungen gefaxt. Danielsson war keine im Rampenlicht stehende Persönlichkeit, die Redakteure im Land stürzten sich nicht sofort auf diese Neuigkeit. Gut vierzig Minuten nachdem die Pressemitteilung bei TT am Kungsholmstorg eingetroffen war, ging ein Kurztelegramm mit dem Inhalt raus, daß der Leiter des Olympia-Büros seinen derzeitigen Arbeitsbereich abgebe, um sich statt dessen mit den aus Christina Furhages Ableben resultierenden Konsequenzen zu befassen.

Evert Danielsson saß in seinem Zimmer, während die Faxgeräte ratterten. Er würde sein Büro behalten dürfen, bis seine neuen Arbeitsbereiche festgelegt waren. Die Panik klopfte wie ein Hammer von innen gegen seine Stirn. Er konnte sich nicht lang genug konzentrieren, um auch nur eine Zeile in einem Bericht oder einer Zeitung zu lesen. Er wartete, daß die Wölfe zum Angriff übergingen, daß zur Treibjagd geblasen wurde. Nun war er ein gefundenes Fressen, der Mob würde bald nach ihm schnappen. Zu seiner Verwunderung klingelte sein Telefon nicht.

Irgendwie hatte er sich eingebildet, es würde sich die gleiche Situation wie nach Christinas Tod einstellen: Alle Telefone überall im Büro würden zur selben Zeit läuten, die ganze Zeit. Das war nicht der Fall. Eine Stunde nach Versenden der Pressemitteilung meldete sich eine Tageszeitung wegen eines Kommentars. Er merkte, daß seine Stimme ganz wie immer klang bei den Worten, er sehe das Ganze eher als eine Beförderung an und jemand müsse in dem

Chaos Ordnung schaffen, das Christina Furhages Tod verursacht hatte. Damit ließ sich der telefonisch anfragende Journalist abspeisen. Die Sekretärin trat ein und vergoß ein paar Tränen und fragte, ob sie etwas holen könne. Kaffee? Etwas Kuchen? Einen Salat vielleicht? Er antwortete mit einem: »Nein danke«, er würde keinen Bissen hinunterbringen. Er klammerte sich an der Tischkante fest und wartete auf das nächste Telefonat.

Annika war gerade auf dem Weg zur Kantine, um einen Happen zu essen, als Ingvar Johansson ihr mit einem Blatt Papier in der Hand entgegen kam.

»Ist das hier nicht einer von deinen Typen?« fragte er und hielt Annika eine Pressemitteilung vom Olympia-Büro hin. Sie nahm das Blatt an sich und las zwei Zeilen.

»Der Typ war leicht zu erreichen«, sagte sie. »Ich hatte ihn am Telefon, als ich dort angerufen habe. Wieso, findest du, wir sollten uns um diese Sache kümmern?«

»Ich weiß nicht, ich dachte mir, es wäre vielleicht gut, du wüßtest es.«

Annika faltete das Blatt zusammen.

»Klar. Ist sonst noch was passiert?«

»Nicht in deinem Ressort«, sagte er und verschwand.

Verdammter Mistkerl, dachte Annika und setzte ihren Weg in die Cafeteria fort. Sie war eigentlich gar nicht hungrig. Sie kaufte trotzdem einen Nudelsalat und einen Weihnachtsmost und marschierte in ihr Büro zurück, aß den ganzen Salat in vier Minuten auf, ging dann von neuem in die Cafeteria und kaufte sich noch drei weitere Flaschen Weihnachtsmost. Sie war bei ihrem zweiten Glas, als sie die Nummer des Olympia-Büros wählte und sich mit Evert Danielsson verbinden ließ. Der Mann klang irgendwie abwesend. Er sagte, er sehe den anderen Aufgabenbereich eher als Beförderung an.

»Was werden Sie denn machen?« fragte Annika.

»Das steht noch nicht ganz fest«, antwortete Evert Danielsson.

»Wie können Sie dann wissen, daß es eine Beförderung ist?«

Der Mann am Telefonhörer wurde still.

»Ja, äh, in meinen Augen ist das kein Rausschmiß«, sagte er.

»War es denn einer?« wollte Annika wissen.

Evert Danielsson dachte nach.

»Kommt drauf an, aus welcher Perspektive man es betrachtet«, sagte er.

»Aha. Haben Sie gekündigt?«

»Nein, das habe ich nicht.«

»Wer hat dann entschieden, daß Sie den Arbeitsplatz wechseln sollen? Der Aufsichtsrat?«

»Ja, sie brauchen jemanden, der Ordnung schafft in dem Chaos nach …«

»Hätten Sie das nicht in Ihrer Eigenschaft als Büroleiter übernehmen können?«

»Äh, selbstverständlich.«

»Übrigens, wußten Sie, daß Christina Furhage einen Sohn hat?«

»Einen Sohn?« wiederholte er Annikas Worte verwundert. »Nein, eine Tochter hat sie, Lena.«

»Nein, sie hat auch einen Sohn. Wissen Sie, wo er lebt?«

»Nicht die blasseste Ahnung. Einen Sohn sagen Sie? Davon habe ich nie etwas gehört.«

Annika dachte kurz nach.

»Okay«, sagte sie dann. »Wissen Sie, um welchen Chef es sich handelte, der ein Verhältnis mit einer Frau hatte, die vor sieben Jahren im Olympia-Büro aufhören mußte?«

Evert Danielssons Kinnlade fiel herunter.

»Woher haben Sie das denn?« sagte er, wobei er sich sammelte.

»Aus einer Notiz in der Zeitung. Wissen Sie, wer das war?«

»Ja, das weiß ich. Warum?«

»Wie kam es dazu?«

Er grübelte einen Moment nach, dann sagte er: »Was wollen Sie eigentlich?«

»Ich weiß nicht«, antwortete Annika, und auf Evert Danielsson machten ihre Worte einen vollkommen aufrichtigen Eindruck. »Ich will nur wissen, wie alles zusammenhängt.«

Annika war gelinde gesagt erstaunt, als Evert Danielsson ihr anbot, sie solle zum Olympia-Büro kommen, damit sie über alles reden konnten.

Berit und Patrik waren noch immer nicht in der Redaktion aufgetaucht, als Annika nach Hammarbyhamnen aufbrach.

»Ich bin über Handy erreichbar«, gab sie Ingvar Johansson Bescheid, der kurz nickte.

Sie nahm sich ein Taxi und bezahlte mit ihrer Karte. Das Wetter war fürchterlich. Der ganze Schnee war fortgeregnet worden und ließ den Boden in einem Zustand zurück, der zwischen Lehmboden und Seenlandschaft schwankte. Södra Hammarbyhamnen war mit seinem leeren und halbfertigen Olympia-Dorf, den tristen Büroräumen und der zerstörten Arena wirklich ein gespenstiger Stadtteil. Hier floß der Matsch ungehindert, da die im Sommer frisch angepflanzten Bäume und Sträucher noch keine Wurzeln geschlagen hatten. Sie sprang über die größten Pfützen, ihr klebte aber trotzdem Lehm an den Hosenbeinen.

Der Empfang des SOCOG war geräumig, doch die Büroräume im Inneren waren erstaunlich klein und eng, fand Annika. Sie verglich sie mit dem einzigen Verwaltungsgebäude, das sie wirklich gut kannte, mit dem des Kommunalverbunds, in dem Thomas arbeitete. Die Räume waren schöner und praktischer gestaltet. Das Olympia-Büro war geradezu spartanisch eingerichtet: weiße Wände, Plastikböden, überall Leuchtstoffröhren unter der Decke, weiße Preßholzbücherregale, Schreibtische, die von IKEA hätten sein können.

Evert Danielssons Büro lag in der Mitte eines langen Korridors. Sein Zimmer war nicht viel größer als das der Büroangestellten, was Annika etwas seltsam vorkam. Ein durchgesessenes Sofa, ein Schreibtisch und Bücherregale waren alles an Einrichtung. Sie hatte in dem Glauben gelebt, Büroleiter hätten Mahagonimöbel und eine schöne Aussicht.

»Wie kommen Sie zu der Annahme, Christina habe einen Sohn?« fragte Evert Danielsson und deutete auf das Sofa.

»Danke«, sagte Annika und setzte sich. »Ich habe ein Bild von ihm.«

Sie zog den Mantel aus, entschied aber, Block und Bleistift in der Tasche zu behalten. Statt dessen studierte sie den Mann, den sie vor sich sah. Er hatte sich an seinen Schreibtisch gesetzt und hielt sich mit einer Hand krampfhaft an der Schreibtischplatte fest, was einen einigermaßen seltsamen Anblick bot. Er war um die fünfzig Jahre alt, hatte stahlgraues, kräftiges Haar und ein recht angenehmes Äußeres. Aber die Augen waren müde, und er hatte einen traurigen Zug um den Mund.

»Ich muß gestehen, an dieser Information habe ich leise Zweifel«, erklärte er.

Annika holte eine Papierkopie des Familienfotos der Furhages aus ihrer Tasche. Das Original hatte sie wieder im Archiv abgeliefert, es durfte das Gebäude nicht verlassen, aber heutzutage scannte man ein Bild ein und machte innerhalb einer Minute eine Kopie auf Papier. Sie reichte das Bild Evert Danielsson, der mit wachsender Verwunderung darüber nachsann.

»Was es nicht alles gibt«, sagte er. »Davon hatte ich keine Ahnung.«

»Wovon? Vom Mann oder vom Kind?«

»Von keinem der beiden. Christina sprach nicht gern über ihr Privatleben.«

Annika wartete ab, daß der Mann weitersprach. Ihr war nicht ganz klar, warum er sie um dieses Treffen gebeten hatte. Er konnte kaum ruhig auf seinem Platz sitzen, und dann sagte er: »Sie haben mich nach der Sekretärin gefragt, die gefeuert worden ist.«

»Ja, ich habe im Archiv eine Notiz darüber gesehen. Aber daraus ging weder hervor, daß sie Sekretärin war, noch daß sie entlassen worden ist, sondern bloß, daß sie hier gearbeitet hat und aufhören mußte.«

Evert Danielsson nickte.

»Christina wollte es so. Es sollte für Außenstehende einen tadellosen Eindruck machen. Aber Sara war eine hervorragende Sekretärin und hätte garantiert bleiben dürfen, wenn nicht …«

Der Mann verstummte.

»Innerhalb der Organisation gibt es eine Regel, die besagt, daß zwei Angestellte kein Liebesverhältnis haben dürfen«, fuhr er fort. »Christina war in diesem Punkt unerschütterlich. Sie hat gesagt, es behindere die Arbeit, untergrabe die Loyalität, setze die anderen Mitarbeiter unnötig Streß aus und zwinge sie zu besonderer Rücksichtnahme.«

»Wer war der Mann?« fragte Annika.

Evert Danielsson seufzte.

»Das war ich.«

Annika hob unwillkürlich die Augenbrauen.

»Wessen Regel war es?«

»Christinas. Die ist absolut und gilt für alle.«

»Noch immer?«

Evert Danielsson ließ die Tischplatte los.

»Dazu kann ich nichts mehr sagen. Aber eins ist sicher, für mich spielt das keine Rolle mehr.«

Er schlug die Hände vor das Gesicht, ein Schluchzen durchfuhr seinen Körper. Annika wartete still, bis der Mann wieder zu sich gekommen war.

»Ich habe Sara wirklich geliebt, aber ich war damals verheiratet«, sagte er schließlich und legte die eine Hand auf das Knie, die andere ergriff die Tischplatte. Seine Augen waren trocken, aber eine Spur gerötet.

»Sind Sie das nicht mehr?«

Er lachte auf.

»Nein. Jemand hat meiner Frau die Sache mit Sara erzählt, und Sara hat sich von mir distanziert, als es mir nicht gelang, alles so zu arrangieren, daß sie ihren Arbeitsplatz behalten konnte. Dann stand ich da wie ein begossener Pudel, ohne Ehefrau, ohne Kinder und ohne meine große Liebe.«

Er verstummte für eine Weile und fuhr dann fort, fast als spräche er mit sich: »Manchmal frage ich mich, ob sie mich verführt hat, weil sie geglaubt hat, das könne ihrer Karriere förderlich sein. Als es anders gekommen ist, hat sie mich sofort fallenlassen.«

Wieder lachte er auf, es war ein schwaches, bitteres Lachen.

»Dann war sie vielleicht keinen Pfifferling wert, trotz alledem«, sagte Annika.

Er schaute auf.

»Nein, da haben Sie recht. Aber was haben Sie mit der Information vor? Werden Sie darüber schreiben?«

»Im Augenblick jedenfalls nicht«, antwortete Annika. »Vielleicht nie. Hätten Sie etwas dagegen, wenn ich es täte?«

»Das weiß ich nicht, kommt drauf an, was Sie schreiben. Worauf wollen Sie eigentlich hinaus?«

»Warum haben Sie mich um dieses Treffen gebeten?«

Er zögerte.

»An einem Tag wie diesem kommt einem manches wieder hoch, viele Gedanken und Gefühle, es herrscht ein ziemliches Chaos. Ich bin von Anfang an dabei, ich könnte eine ganze Menge erzählen …«

Annika wartete. Der Mann schaute zu Boden, verlor sich in Schweigen.

»War Christina eine gute Chefin?« fragte Annika schließlich.

»Sie war eine Voraussetzung dafür, daß ich diese Position erreicht habe«, antwortete Evert Danielsson und ließ die Tischplatte los. »Nun ist sie nicht mehr hier, und ich bin weg vom Fenster. Jetzt aber glaube ich wirklich, ich sollte nach Hause gehen.«

Er erhob sich, und Annika tat es ihm nach. Sie zog sich wieder den Mantel an, legte den Riemen der Umhängetasche auf die Schulter, gab ihm die Hand und bedankte sich für das Gespräch.

»Übrigens, wo war Christinas Zimmer?«

»Haben Sie es nicht gesehen? Direkt beim Eingang, ich begleite Sie hinaus, dann zeige ich es Ihnen.«

Er zog sich seinen Mantel an, legte sich ein Halstuch um den Hals, nahm die Aktentasche und blickte gedankenverloren auf seinen Schreibtisch.

»Heute muß ich nicht ein einziges Papier mitnehmen.«

Er schaltete die Beleuchtung aus und verließ den Raum mit seiner leeren Aktentasche, schloß hinter sich sorgfältig ab. Er steckte den Kopf in das angrenzende Zimmer und sagte: »Ich gehe jetzt. Wenn jemand anruft, verweisen Sie auf die Pressemitteilung.«

Nebeneinander gingen sie den weißen Korridor entlang.

»Christina hatte mehrere Büroräume«, erklärte er. »Dies hier war ihr Alltagsbüro, kann man sagen. Zwei ihrer Sekretärinnen sitzen hier.«

»Und Helena Starke?« fragte Annika.

»Und ihr Torpedo, genau, sie hat das Zimmer neben dem von Christina«, sagte Evert Danielsson und bog um eine Ecke. »Hier ist es.«

Die Tür war abgeschlossen.

»Ich habe keinen Schlüssel«, sagte er. »Na ja, da ist nichts Besonderes zu sehen, ein Eckzimmer mit Fenstern in zwei Richtungen, großer Schreibtisch mit zwei Computern, Sofagruppe mit niedrigem Tisch …«

»Man könnte etwas Stilvolleres erwarten«, erwiderte Annika und rief sich das Archivbild von einem prächtigen Schloßzimmer mit englischem Schreibtisch, dunklen Holzpaneelen und Kronleuchter in Erinnerung.

»Na ja, hier hat sie eine Menge Schwerstarbeit erledigt. Sie hatte ihr Repräsentationsbüro unten in der Stadt, gleich hinter Rosenbad. Dort ist ihre dritte Sekretärin, dort werden alle Konferenzen und Verhandlungen abgehalten, und dann hat sie dort die Presse und verschiedene Personen empfangen … Soll ich Sie irgendwohin mitnehmen?«

»Nein danke, ich wollte noch eine Freundin drüben im Lumahaus besuchen«, sagte Annika.

»Sie können unmöglich durch diesen Schlamm dort hingehen«, protestierte Evert Danielsson. »Ich nehme Sie bis dort mit.«

Er besaß als Dienstwagen einen nagelneuen Volvo – natürlich, Volvo war einer der größten Sponsoren – schloß auf, blip-blip, mit einer Fernbedienung am Autoschlüssel. Er strich über den Lack auf dem Dach, bevor er die Wagentür öffnete. Annika setzte sich auf den Beifahrersitz, legte den Sicherheitsgurt an und fragte: »Wer hat Ihrer Meinung nach Christina Furhage in die Luft gesprengt?«

Evert Danielsson startete den Wagen und gab zweimal ordentlich Gas, legte behutsam den Rückwärtsgang ein und streichelte das Lenkrad.

»Tja«, sagte er, »eins ist sicher, es gab eine Menge Leute, die Grund gehabt hätten.«

Annika wurde stutzig. »Was wollen Sie damit sagen?«

Der Mann gab keine Antwort, sondern fuhr schweigend den halben Kilometer bis zum Lumahaus. Er hielt vor den Toren des Gebäudekomplexes an.

»Ich will wissen, ob Sie etwas über mich schreiben«, sagte er dann.

Annika gab ihm ihre Visitenkarte, bat ihn, er möge sie anrufen, wenn etwas Besonderes anliege, bedankte sich für das Mitnehmen und stieg aus.

»Eins ist sicher«, zitierte sie ihn, während die Rücklichter des Volvo im Regendunst entschwanden, »daß diese Geschichte immer verwickelter wird.«

Sie ging zu der Fernsehgesellschaft hinauf, in der Anne Snapphane arbeitete. Anne saß noch immer beim Redigieren, und die Unterbrechung schien ihr beinah willkommen zu sein.

»Ich bin gleich fertig«, sagte sie. »Möchtest du einen Glühwein?«

»Na ja, aber nur einen ganz kleinen«, antwortete Annika. »Ich würde gern noch ein paar Anrufe erledigen.«

»Bedien dich an meinem Schreibtisch. Ich gehe mal kurz weg.«

Annika ging zu Anne Snapphanes Platz und warf den Mantel auf den Schreibtisch. Sie begann mit dem Anruf an Berit.

»Ich habe mit dem Privatchauffeur gesprochen«, sagte Berit. »Das hat die Konkurrenz schon gestern gemacht, aber er hat eine Menge Neues erzählt. Er bestätigt zum Beispiel, daß Christina den Computer dabeihatte, sie hatte ihn nämlich zuerst vergessen, deshalb mußten sie zurückfahren und ihn holen. Er hat noch nicht besonders lange für Christina gearbeitet, erst seit zwei Monaten. Anscheinend hat sie ihre Chauffeure öfter gewechselt.«

»Interessant«, sagte Annika.

Sie hörte, wie Berit in einem Block blätterte.

»Er hat auch erzählt, daß sie extreme Angst davor hatte, jemand könnte sie verfolgen. Er durfte nie auf direktem Weg von ihrer Wohnung ins Büro fahren. Er war auch gezwungen, jeden Tag ihr Auto ganz gründlich zu untersuchen. Christina hatte Angst vor Bomben.«

»Volltreffer!«

»Und was war noch … ja, er hat besondere Order gehabt, niemals die Tochter, Lena, in die Nähe des Wagens zu lassen. Verrückt, was?«

Annika atmete hörbar aus.

»Unsere Christina scheint eine handfeste Paranoia entwickelt zu haben. Aber das wird ein Superartikel, Christina hatte Angst, in die Luft zu fliegen. Das mit der Tochter müssen wir natürlich zensieren.«

»Ja, das ist klar. Ich bin gerade hinter der Polizei her, um einen Kommentar zu kriegen.«

»Was macht Patrik?«

»Er ist noch nicht hier, er hat fast die ganze Nacht gearbeitet. Wo bist du?«

»Bei Anne Snapphane, ich hatte ein kleines Plauderstündchen mit Evert Danielsson. Den haben sie in die Wüste geschickt.«

»Gefeuert?«

»Na ja, nicht ganz, er wußte es selbst nicht so genau. Darüber kann man kaum schreiben, wen interessiert das schon? Er ist weder willens, sich auszuheulen noch in der Lage, zum Angriff überzugehen.«

»Was hat er denn gesagt?«

»Nicht so viel. Er war das mit der Affäre im Olympia-Büro, darüber haben wir hauptsächlich gesprochen. Und er hat angedeutet, Christina habe viele Feinde gehabt.«

»Jaja, da kann man mal sehen«, sagte Berit. »Was machen wir noch?«

»Christina war früher schon einmal verheiratet und hat einen Sohn. Ich werde da ein bißchen rumschnüffeln, dachte ich mir.«

»Einen Sohn? Aber ich habe doch gestern abend ihre ganze Lebensgeschichte geschrieben, da ist kein Sohn vorgekommen.«

»Den hat sie wohl versteckt. Ich frage mich nur, ob sie noch mehr Leichen im Keller hat …«

Sie legten auf, und Annika holte ihren Block hervor. Auf der Rückseite des Deckels hatte sie sich die Nummer notiert, die auf Helena Starkes Telefon geklebt hatte. Sie gab die Nummer ein, die mit 702 begann, womit die Telefonnummern im Ringvägen oft anfingen, und hoffte das Beste.


Helena Starke hatte sehr schlecht geschlafen, war wiederholt aus den grauenhaftesten Alpträumen aufgewacht. Als sie schließlich aufgestanden war und aus dem Fenster geschaut hatte, war sie gleich wieder zu Bett gegangen. Es regnete, ein grauer, widerlicher Pißregen, der jede Farbnuance abtötete. Der Gestank im Wandschrank hatte sich bis zur Unerträglichkeit gesteigert, sie hatte sich eine Jeans angezogen und war hinunter in die Waschküche gegangen, um einen Termin zum Waschen einzutragen. Bis Neujahr war alles belegt, natürlich. Dann hatte sie einfach rasch eine der laufenden Maschinen geleert, hatte die nasse Wäsche in einen Korb geworfen und war ihren Teppich holen gegangen. Sie hatte ihn in die Maschine gestopft, Unmengen von Waschpulver dazu geschüttet und war davon geeilt. Anschließend hatte sie ausgiebig geduscht, um den Geruch von Erbrochenem aus den Haaren loszuwerden, zum Schluß hatte sie den Wandschrank und den Boden im Flur geschrubbt. Sie hatte erwogen, den Teppich zu holen, ließ es aber bleiben, es war am besten zu warten, bis es Abend war und die alten Schreckschrauben im Haus sich wieder abgeregt hatten.

Sie war in die Küche gegangen, um sich eine Zigarette anzuzünden. Christina mochte nicht, wenn sie rauchte, jetzt aber spielte das keine Rolle mehr. Nichts spielte mehr eine Rolle. Sie stand im Dunkeln am Küchentisch und hatte gerade den zweiten Zug getan, als das Telefon auf dem Fensterbrett klingelte.

Es war die Person vom Abend zuvor, die Tante von der ‚Abendpresse‘.

»Ich weiß nicht, ob ich Lust habe, mich mit Ihnen zu unterhalten«, sagte Helena Starke.

»Das brauchen Sie natürlich auch nicht ... Rauchen Sie?«

»Wenn schon? Ja, ich rauche, was zum Teufel geht das Sie an?«

»Nichts. Warum werden Sie Christinas Torpedo genannt?«

Die Frau war verblüfft.

»Was zum Teufel wollen Sie von mir?«

»Nochmals, eigentlich nichts. Es ist Christina, um die es mir geht. Warum wollte sie sich nicht zu ihrem Sohn bekennen? Hat sie sich für ihn geschämt?«

In Helena Starkes Schädel begann sich alles zu drehen. Sie setzte sich hin und drückte die Zigarette aus. Wie konnte diese Person etwas von Christinas Sohn wissen?

»Er ist gestorben«, antwortete sie. »Der Junge ist gestorben.«

»Gestorben? Wann?«

»Als er ... fünf Jahre alt war.«

»Das kann nicht wahr sein, wie schrecklich. Fünf Jahre alt, genauso alt wie Kalle.«

»Wie wer?«

»Wie mein Sohn, er ist fünf. Wie unglaublich grauenhaft! Woran ist er gestorben?«

»An malignem Melanom, bösartigem Hautkrebs. Christina ist nie darüber hinweggekommen. Sie hat nie über ihn sprechen wollen.«

»Entschuldigen Sie, daß ich … entschuldigen Sie. Ich wußte nicht …«

»Sonst noch was?« fragte Helena Starke und versuchte, so kalt wie möglich zu klingen.

»Ja, im Grunde noch eine ganze Menge. Haben Sie Zeit für ein kurzes Gespräch?«

»Nein, ich mache gerade meine Wäsche.«

»Wäsche?«

»Was ist denn daran so verdammt seltsam?«

»Nichts, nichts, ich wollte bloß … ich dachte, Sie kannten Christina so gut, standen ihr so nahe, ich dachte, Sie würden sich um so was nicht kümmern, so kurz nach …«

»Ja, ich kannte sie gut!« schrie Helena Starke, und die Tränen liefen ihr die Wangen herunter. »Von allen kannte ich sie am besten!«

»Außer der Familie, vielleicht.«

»Ja, genau, diese verfluchte Familie! Dieser senile, alte Knacker und diese Verrückte von Tochter. Wußten Sie, daß sie Pyromanin ist? Und zwar komplett durchgedreht, hat ihre ganze Jugend in der Kinderklapse gesessen. Hat alles angezündet, was ihr nur in die Finger kam. Das Jugendheim in Botkyrka, das vor sechs Jahren abgebrannt ist, erinnern Sie sich? Das war ihr Werk, das war Lena, man konnte sie kaum in einem möblierten Zimmer allein lassen.«

Sie weinte in den Telefonhörer, laut und unkontrolliert, sie hörte selbst, wie entsetzlich es klang, wie ein Tier, das irgendwo steckengeblieben war. Sie legte den Hörer beiseite und ließ die Arme auf den Küchentisch fallen, die Stirn landete in den Krümeln auf der Tischplatte, und dann weinte sie und weinte und weinte, bis es draußen vollkommen schwarz und alles in ihr leer geworden war.


Annika traute ihren Ohren kaum. Lange saß sie da und hielt sich den Hörer zehn Zentimeter vom Ohr entfernt und horchte auf die Stille, die auf Helena Starkes unerträglichen Schrei folgte.

»Was ist los? Wie sitzt du denn da?« fragte Anne Snapphane und stellte einen Kaffeebecher mit Glühwein und einen Berg Pfefferkuchen auf den Schreibtisch.

»Uff«, sagte Annika und legte den Hörer sanft auf die Gabel.

Anne Snapphane hörte auf, an ihrem Pfefferkuchen zu knabbern.

»Du siehst total verstört aus. Was ist passiert?«

»Ich habe gerade mit einer Frau gesprochen, die Christina Furhage gekannt hat. Das war ziemlich anstrengend.«

»Aha, warum?«

»Sie hat das große Heulen gekriegt, aber richtig schlimm. Es ist immer schrecklich, wenn man den Leuten zu sehr auf den Nerven rumtrampelt.«

Anne Snapphane nickte mitfühlend und zeigte auf den Becher und den Berg Plätzchen.

»Komm mit rüber in den Schneideraum, dann kannst du dir den Anfang von unserem Neujahrsprogramm angucken. Der Jahresrückblick – ›An was wir uns erinnern, und was manche am liebsten vergessen wollen‹ heißt es. Es geht um Promis und Skandale.«

Annika ließ den Mantel liegen, hängte sich aber ihre Tasche um und balancierte mit den Pfefferkuchen Anne hinterher. In den Räumen der Fernsehgesellschaft war es menschenleer, die Produktionen der Saison waren abgeschlossen, und die nächste Sendestaffel würde nicht vor Ende der Feiertage aufgenommen werden.

»Ist schon entschieden, was du nächste Saison machen wirst?« fragte Annika, während sie die Wendeltreppe zur technischen Abteilung hinunterstiegen.

Anne Snapphane verzog das Gesicht.

»Jetzt schon? Wohl kaum. Ich hoffe, mir bleibt das Frauensofa erspart, ich habe alle Fragen schon hundertmal abgenudelt. Er hat mich mit meiner Freundin betrogen, meine Freundin hat mich mit meinem Sohn betrogen, mein Sohn hat mich mit meinem Hund betrogen, nee, jetzt reicht's …«

»Was willst du denn statt dessen machen?«

»Alles mögliche. Vielleicht fahre ich übrigens als Reporterin für eine neue Sendestaffel im Frühjahr nach Malaysia. Zwei Teams werden auf einer einsamen Insel wohnen und müssen so lange wie möglich allein zurechtkommen, ohne sich gegenseitig fertigzumachen. Super, was?«

»Klingt verdammt langweilig«, erwiderte Annika.

Anne Snapphane betrachtete sie mitleidig und bog in den nächsten Korridor ein.

»Was für ein Glück, daß du keine Programmchefin bist. Ich glaube, das wird enorm viel Aufsehen erregen und ein überirdischer Zuschauererfolg werden. So, hier sind wir.«

Sie betraten einen Raum voller Monitore, Betabandgeräte, Tastaturen, Schaltpulte und Kabel. Der Raum war bedeutend größer als das Kabuff der Nachrichtenredaktion des Fernsehsenders. Hier standen in der Ecke sogar ein Sofa, zwei Sessel und ein Tisch. Auf einem Bürostuhl vor dem größten Schaltpult saß der Cutter, ein junger Bursche, der sich um das Zusammenstellen des Programms kümmerte, und starrte auf den Fernsehbildschirm, auf dem die Bilder vorüberhuschten. Annika begrüßte ihn und setzte sich in einen der Sessel.

»Fahr mal den Jingle ab«, sagte Anne und legte sich auf das Sofa.

Der Typ streckte sich nach einem großen Betaband aus und legte es in eine der Maschinen ein. Auf dem größten Monitor flackerte ein Bild auf, und eine Countdownanzeige erschien. Dann ertönte der Jingle für das Neujahrsprogramm, und der bekannte Moderator betrat, begleitet von Jubelrufen aus dem Publikum, das Studio. Er stellte die Sendung vor, die von einem Politiker handeln würde, der sich im Café Opera in die Box des Oberkellners erbrochen hatte, von der berühmtesten Scheidung des Jahres, von Fernseh-Pannen der Vergangenheit und anderen wichtigen Dingen.

»Okay, fahr den Ton runter«, sagte Anne. »Wie findest du das? Gut, was?«

Annika nickte und trank aus ihrem Becher einen Schluck. Der Glühwein war ziemlich hochprozentig.

»Kennst du Helena Starke?«

Anne ließ den Pfefferkuchen sinken und dachte nach.

»Starke ... der Name kommt mir irgendwie bekannt vor. Was macht sie?«

»Arbeitet im Olympia-Büro mit Christina Furhage. Wohnt auf Söder, nicht ganz vierzig, schwarzes Haar ...«

»Helena Starke, ja, jetzt fällt es mir wieder ein! Die militante Lesbe.«
Annika schaute ihre Freundin skeptisch an.

»Nun mach aber mal einen Punkt, was soll das denn heißen?«

»Sie ist im Landesverband schwedischer Lesben aktiv, schreibt provozierende Artikel und so was. Versucht, die Lesben vom Schmuse-Stempel zu befreien, schreibt in der Regel reichlich verächtlich über Blümchensex, zum Beispiel.«

»Woher weißt du das?«

Nun schaute Anne wiederum ihre Freundin skeptisch an.

»Meine Liebe, was glaubst du wohl, was ich den ganzen Tag mache? In diesem Land gibt es nicht einen Freak, von dem ich nicht die Privatnummer habe. Was glaubst du denn, wie wir unsere Programme machen?«

Annika hob entschuldigend die Augenbrauen und trank den restlichen Glühwein aus.

»Hat Starke mal auf deinem Sofa gesessen?«

»Nein, das nicht. Wenn ich so nachdenke, dann haben wir es öfter versucht. Sie stehe zu ihrer Sexualität, hat sie gesagt, aber sie habe nicht vor, daraus Kapital zu schlagen.«

»Kluge Frau«, sagte Annika.

Anne Snapphane seufzte.

»Zum Glück haben nicht alle die gleiche Einstellung wie sie, dann bliebe das Frauensofa leer. Noch ein bißchen Glühwein?«

»Nein, jetzt muß ich wieder zurück ins Schlangennest. Es fragen sich bestimmt schon alle, wo das Kaninchen bleibt.«


Bei Anders Schyman hatte der Nachmittag einen interessanten Verlauf genommen. Er hatte eine Besprechung mit zwei Kollegen der Marketingabteilung, mit dem Auflagenanalytiker und dem Zahlenfuzzi, gehabt. Zwei Betriebswirte, deren Aufgabe es war, ihre Nase in alles zu stecken, womit sie nichts zu tun hatten. Beide hatten seine Ausrichtung, den qualifizierten, investigativen Gesellschaftsjournalismus, scharf kritisiert. Der Analytiker hatte in seinen Overheadplastikfolien geblättert und auf die Diagrammsäulen und Prozentsätze hingewiesen, anhand derer die drei größten schwedischen Abendzeitungen miteinander verglichen wurden, Tag für Tag.

»Hier, zum Beispiel, hat die Konkurrenz genau 43 512 mehr Exemplare verkauft als die ‚Abendpresse'«, erklärte er und zeigte auf ein Datum von Anfang Dezember. »Die Art von schwerfälligen Schlagzeilen, wie wir sie gerade an diesem Tag hatten, hatte überhaupt keine Chance.«

Der Zahlenfuzzi tutete ins selbe Horn.

»Diese ganzen schwierigen Themen, die Anfang Dezember liefen, sind überhaupt nicht gut eingeschlagen. Die Steigerung der Auflage geht fast gegen Null, verglichen mit dem Vorjahr. Außerdem wurden dabei Mittel verbraucht, die für andere Posten bestimmt waren.«

Anders Schyman hatte bei den Worten der Betriebswirtschaftler gedankenvoll einen Stift in seinen Fingern gedreht, und als sie fertig waren, erwiderte er nachdenklich: »Ja, natürlich ist eine ganze Menge dran an dem, was Sie sagen. An dem betreffenden Datum war die Schlagzeile nicht besonders geistreich, das gebe ich gern zu, aber wir müssen uns doch die Frage stellen: Was ist denn die Alternative? Die Aufdeckung des überzogenen Verteidigungshaushaltes war kein Kassenschlager, aber es war eine exklusive Nachricht, und das hat uns Anerkennung verschafft. Am selben Tag hatte die Konkurrenz ihre Sonderbeilage mit billigen Weihnachtsgeschenken im Blatt und außerdem einen Promi, der sich über seine Eßstörungen ausließ. Rein auflagenmäßig ist es schwer, einen einzelnen Tag zu bewerten.«

Der Chefredakteur erhob sich und begab sich hinüber zum Fenster, das zur russischen Botschaft hinausging. Draußen war es in der Tat ungewöhnlich grau.

»Letztes Jahr haben sich Anfang Dezember unglaublich dramatische Dinge abgespielt, wie Sie sich vielleicht erinnern«, fuhr er fort. »Ein Passagierflugzeug ist beim Anflug auf Bromma abgestürzt, unser größter Fußballstar ist betrunken Auto gefahren und wurde aus seinem Club geworfen, ein TV-Star ist wegen Vergewaltigung verurteilt worden. Unsere Verkaufserfolge im Dezember des vergangenen Jahres waren überwältigend. Daß wir dieses Jahr noch besser verkauft haben, beruht nicht auf Zufall, im Gegenteil. Trotz der schwierigen, investigativen Berichterstattung haben wir das Ergebnis des Vorjahres erreicht und übertroffen. Daß wir den Wettlauf um die verkaufsträchtigste Schlagzeile gegen die Konkurrenz an einem einzigen Tag verloren haben, bedeutet nicht, daß wir falsche Prioritäten setzen. Ich finde eine solche Schlußfolgerung voreilig.«

»Unsere finanzielle Lage basiert auf Verkaufserfolgen an jedem einzelnen Tag«, gab der Zahlenfuzzi trocken zu bedenken.

»Oberflächlich betrachtet, ja, aber nicht auf lange Sicht«, erwiderte Anders Schyman und drehte sich zu den beiden Männern um. »Was wir jetzt aufbauen müssen, das ist unser Kapital an Vertrauen. Das ist über einen beträchtlichen Zeitraum außerordentlich stiefmütterlich behandelt worden. Wir werden weiterhin verkaufsorientierte Schlagzeilen mit blonden Busenwundern und Autounfällen bringen, aber langfristig müssen wir den Schwerpunkt auf Qualität legen.«

»Nun ja«, sagte der Zahlenfuzzi. »Dabei kommt es doch darauf an, welche Ressourcen uns zur Verfügung stehen.«

»Oder uns angeblich zur Verfügung stehen«, konterte Schyman. »Was den Spielraum des Budgets innerhalb des vorgegebenen Rahmens angeht, habe ich das Vertrauen des Vorstandes, die Posten umzudisponieren, sofern ich es für richtig halte.«

»Das ist in der Tat eine Frage, die es wert ist, wieder auf die Tagesordnung gesetzt zu werden«, meinte der Zahlenfuzzi.

Anders Schyman runzelte die Stirn.

»Ich halte es für müßig, daß wir diese Diskussion jetzt schon wieder führen müssen. Darüber bin ich nicht besonders begeistert.«

»Das sollten Sie aber sein«, erwiderte der Zahlenfuzzi und wedelte mit den Plastikmappen. »Unter unseren Berechnungen befindet sich die Formel für den wahren Erfolg einer Abendzeitung.«

Anders Schyman ging zu dem Mann hinüber, stützte die Hände auf seine Armlehnen, beugte sich über ihn und sagte: »Da irren Sie sich aber ganz gewaltig, mein werter Herr. Was glauben Sie wohl, warum ich hier sitze? Warum stellen wir in dieses Zimmer keinen Minirechner und sparen mein Gehalt, wenn man nur Plus und Minus berechnen muß? Abendzeitungen und ihre Schlagzeilen macht man nicht mit Computeranalysen von Verkaufszahlen, die macht man mit dem Herzen. Anstatt mit einer so schwach untermauerten Kritik zu kommen, wie Sie sie gerade vorgelegt haben, wünschte ich, Sie würden sich auf rein marktspezifische Maßnahmen konzentrieren.

Wann sind unsere Verkaufszahlen am höchsten? Woher kommt das? Können wir den Vertrieb verbessern? Sollen wir die Drucktermine ändern? Können wir Zeitgewinn erzielen, indem wir via Satellit an anderen Orten drucken? Ja, wissen Sie, um solche Dinge geht es.«

»All das ist doch schon durch die Mangel gedreht worden«, erwiderte der Zahlenfuzzi.

»Dann machen Sie es noch einmal und besser«, konterte Schyman.

Er hatte einen schwachen Seufzer ausgestoßen, als die Männer die Tür hinter sich geschlossen hatten. Diskussionen dieser Art erwiesen sich als recht fruchtbar, trotz alledem. Vor zehn Jahren hätte sie nicht stattfinden können. Zum damaligen Zeitpunkt waren die Schotten zwischen Marketingabteilung und Redaktionsleitung noch wasserdicht verschlossen. Bei der Krise vor einem Jahr waren alle Deiche gebrochen, und nun sah er es als seine Aufgabe an, zumindest einen kleinen Wall zwischen Zahlen und Buchstaben zu errichten. Die Marketingheinis sollten bloß nicht glauben, sie hätten Verfügungsgewalt über den redaktionellen Inhalt, aber ihre Kompetenz war lebensnotwendig für seinen Erfolg, darüber war er sich vollkommen im klaren. Er wußte sehr wohl, daß die Verkaufsstatistik über einzelne Ausgaben von außerordentlicher Wichtigkeit waren, jede Woche verbrachte er Stunden mit dem Auflagenanalytiker. Das bedeutete aber nicht, daß die Zahlenfuzzis ihn sein Handwerk lehren sollten.

Die Auflagenanalyse einer Abendzeitung war ein ausgesprochen sensibler Mechanismus, der auf einer nahezu unendlichen Anzahl von Faktoren beruhte. Jeden Morgen um vier Uhr kam ein Analytiker in die Zeitung, der die Auflage für die Tausenden von Verkaufsstellen im ganzen Land berechnete. Dann waren bereits alle Basisvariablen in den Computer eingegeben, wie Jahreszeit, Wochentag und sogar Wetterlage.

Bei Regenwetter verlegte man die Auflage von den Badestränden zu den IKEA-Warenhäusern.

Am Donnerstag erledigten die Leute immer ihren Großeinkauf, dann kauften sie oft die Zeitung im Vorbeigehen. Also donnerstags mehr Zeitungen zu den großen Supermärkten verfrachten. Und wenn sich in den Weihnachtsferien die Leute auf den Autobahnen tummelten, dann ging man entlang der E 4 mit der Auflage hoch.

Ein großes Ereignis an einem kleinen Ort lieferte für gewöhnlich lokale Schlagzeilen, und die verkauften sich wie warme Semmeln. Da war der Analytiker gefordert, ernsthafte Überlegungen anzustellen und nicht einfach aufs Geratewohl zehn Prozent aufzuschlagen. Für einen Kiosk in der Pampa, der gewöhnlich zehn Exemplare verkaufte, bedeutete das eine Steigerung von nur einer Zeitung. In dem Falle wäre womöglich eine Steigerung um 400 Prozent sinnvoll gewesen.

Der Faktor, der bei einer Auflagenanalyse an letzter Stelle stand, war im Grunde das Thema der Schlagzeile. Der Inhalt war von recht marginaler Bedeutung, sofern nicht der König heiratete oder ein Flugzeug abgestürzt war.

Bei der Auflagenanalyse spielte noch eine Vielzahl anderer Variablen eine Rolle. Geschah das große Ereignis ganz oben in Norrland, dann konnte der Analytiker sich ganz schnell für den Einsatz eines Sonderflugzeugs entscheiden, um alle Zeitungen in den hohen Norden Schwedens zu verfrachten. Das war natürlich eine ökonomische Ermessenssache, die Charterkosten für das Flugzeug gegengerechnet mit den Einnahmen durch den Mehrverkauf. Bei der Berechnung mußte aber auch berücksichtigt werden, was ein enttäuschter Leser, der zur Konkurrenz überwechselte, bedeutete. Bei diesen Erwägungen machte oft der Sonderflug das Rennen.

Anders Schyman setzte sich an seinen Computer und loggte sich in die TT-Datenbank ein. Schnell las er alle Telegramme, die in den vergangenen 24 Stunden geschrieben worden waren. Einige hundert waren zusammen gekommen, in den Bereichen Sport, Inland und Ausland. Diese Telegramme bildeten die Grundlage, auf die im großen und ganzen alle schwedischen Redaktionen zurückgriffen. Von TT ausgehend trafen viele ihre Auswahl des Materials, hier befand sich die Quelle für den Informationsfluß, der beim Leser endete.

Anders Schyman dachte an frühere Diagramme der Zahlenfuzzis. Darin war der Leser schlechthin dargestellt worden, das standardisierte Durchschnittsbild eines Lesers der Abendpresse: Mann mit Sportkäppi, vierundfünfzig Jahre alt, kaufte die Zeitung seit seinem zwanzigsten Lebensjahr.

Alle Abendzeitungen haben Leser, die ihnen eisern die Treue halten, Leser, die durchs Feuer gingen, um an ihre Zeitung zu kommen. ›Dickhäuter‹ nannte man sie, und im Fall der Abendpresse waren sie eine vom Aussterben bedrohte Rasse, das erkannte Anders Schyman.

Die zweite Kategorie von Zeitungskäufern wurde schlicht ›Die treuen Leser‹ genannt und bestand aus einer Gruppe, die sich die Zeitung mehrmals in der Woche kaufte. Wenn diese treuen Leser die Zeitung nicht mehr wenigstens einmal in der Woche kauften, hatte das katastrophale Auswirkungen auf die Auflage. Damit hatte die Krise vor einem Jahr begonnen. Nun war man dabei, neue Lesergruppen zu finden, da war sich Anders Schyman ganz sicher, aber den Mann mit dem Sportkäppi hatten sie noch nicht aus dem Feld geschlagen. Es war nur eine Frage der Zeit, und für diese Arbeit brauchte er Mitarbeiter in der Führung, die in neuen Dimensionen dachten. Man konnte die Zeitung unmöglich nur von Männern über fünfundvierzig machen lassen. Davon war Anders Schyman felsenfest überzeugt. Und er war sich im klaren darüber, welche Strategien er anwenden mußte, um an der Situation etwas zu ändern.

Annika war ein bißchen beduselt von dem Glühwein, als sie die Redaktion betrat, das war kein besonders angenehmes Gefühl. Sie konzentrierte sich, geradeaus zu gehen und entschlossen einen Fuß vor den anderen zu setzen, dabei wechselte sie auf dem Weg in ihr Zimmer mit niemandem ein Wort. Eva-Britts Platz war leer. Sie hatte es fertiggebracht, nach Hause zu gehen, obwohl ihre Arbeitszeit bis vier Uhr dauerte. Annika warf Schal und Mantel auf ihr Sofa und ging sich zwei Becher Kaffee holen. Warum hatte sie nur diesen blöden Glühwein getrunken?

Sie rief ihren Kontaktmann an, es war besetzt. Sie legte auf und machte sich an die Niederschrift dessen, was sie über Christinas Kinder in Erfahrung gebracht hatte, daß der Sohn verstorben und die Tochter Pyromanin war. Sie trank den ersten Becher Kaffee aus und nahm den zweiten mit hinaus zum Datenterminal, wo sie eine Archivsuche vornahm. Genau, ein Jugendheim war vor sechs Jahren in Botkyrka niedergebrannt. Ein vierzehnjähriges Mädchen hatte es in Brand gesetzt, Menschen waren nicht zu Schaden gekommen, aber das Gebäude war bis auf die Grundmauern niedergebrannt. Soweit stimmte Helena Starkes Gefühlsausbruch also mit der Wahrheit überein.

Sie kehrte in ihr Zimmer zurück und rief abermals ihren Kontaktmann an. Dieses Mal kam sie durch.

»Ich weiß, daß Sie Grund haben, auf mich wütend zu sein wegen der Sache mit den Alarmcodes«, waren ihre ersten Worte, als er abgenommen hatte.

Der Mann am Hörer lachte kurz.

»Wieso wütend? Wütend? Was meinen Sie damit? Sie haben dafür gesorgt, daß sich unsere beste Spur in Luft auflöst, warum sollte ich denn da wütend sein? Ich bin bloß verzweifelt und stocksauer, am meisten auf mich selbst und meine verfluchte Blödheit, Dinge preiszugeben …«

Annika schloß die Augen und spürte, wie ihr das Herz in die Hose rutschte. Es hatte keinen Sinn, als Entschuldigung die Schlußredakteure vorzuschieben, die Überschriften setzten, die nicht im Manuskript standen, hier kam es allein auf die Offensive an.

»Nicht doch, ich bitte Sie«, sagte Annika so vorwurfsvoll sie konnte. »Wer hat denn hier was preisgegeben? Ich hatte die ganze Story und habe sie vierundzwanzig Stunden zurückgehalten, Ihretwegen. Der Vorwurf erscheint mir aber verdammt ungerecht.«

»Ungerecht? Hier geht es zum Kuckuck noch mal um die Ermittlung in einem Mordfall! Finden Sie, das ist gerecht?«

»Ja, ich hoffe bei Gott, daß es das ist«, sagte Annika trocken.

Der Mann seufzte.

»Okay, bringen Sie Ihre Entschuldigung hinter sich, dann Schwamm drüber.«

Annika holte tief Luft.

»Es tut mir schrecklich leid wegen des Wortes Alarmcodes in der Überschrift. Wie Ihnen vielleicht aufgefallen ist, kam der Begriff im Artikel nirgendwo vor. Der Schlußredakteur hat irgendwann in den Morgenstunden die Überschrift gesetzt, er hat nur versucht, seine Arbeit so gut wie möglich zu machen.«

»Diese Schlußredakteure«, sagte der Polizist. »Die scheinen wie die Heinzelmännchen nachts aus dem Nichts aufzutauchen und ihr Eigenleben zu führen. Kommen Sie schon, was wollen Sie wissen?«

Annika mußte lächeln.

»Haben Sie Christinas Tochter verhört, Lena Milander?«

»Worüber?«

»Darüber, was sie in der Nacht von Freitag auf Samstag gemacht hat.«

»Warum interessiert Sie das?«

»Ich habe von ihrer Pyromanie erfahren.«

»Feuerphobie«, korrigierte der Mann. »Pyromanie ist ein äußerst seltener Defekt. Ein Pyromane muß fünf unterschiedliche Kriterien erfüllen, im großen und ganzen davon ausgehend, daß Brände und alles, was mit Feuer zu tun hat, wie Feuerwehr, Feuerlöscher und so weiter, auf die Person krankhafte Faszination und Erregung ausüben ...«

»Und Feuerphobie. Haben Sie da was?«

»Wir haben sie überprüft, ja.«

»Und?«

»Mehr kann ich nicht sagen.«

Annika schwieg. Sie dachte darüber nach, ob sie den verstorbenen Sohn erwähnen sollte, entschied dann aber, davon Abstand zu nehmen.

»Wie sieht es denn mit den Alarmcodes aus?«

»Ich traue mich kaum, es Ihnen zu erzählen.«

»Nun machen Sie aber mal einen Punkt«, entgegnete Annika.

Der Mann hielt kurz inne.

»Wir überprüfen das«, sagte er nur.

»Haben Sie einen Verdächtigen?«

»Nein, nicht beim derzeitigen Stand der Ermittlungen.«

»Spuren?«

»Ja, die haben wir natürlich, verdammt, was glauben Sie eigentlich, was wir hier machen?«

»Okay«, sagte Annika und warf einen Blick auf ihre Notizen. »Könnte man es folgendermaßen ausdrücken: Sie arbeiten weiter an der Untersuchung der Alarmcodes – das kann ich doch schreiben, nun sind doch sowieso die Informationen publik, oder? Sie haben mehrere Personen verhört, ohne daß Sie einen Verdächtigen haben, aber Sie haben mehrere Spuren, die Sie verfolgen.«

»So ungefähr«, sagte der Mann.

Annika legte mit dem bitteren Beigeschmack von Enttäuschung den Hörer auf. Der Idiot, der die Überschrift mit den Alarmcodes gesetzt hatte, hatte für sie die Arbeit mehrerer Jahre zunichte gemacht. Das Vertrauen war erschüttert, nun würde die Abendpresse nicht mehr als erste Zeitung an die Informationen kommen. Was sie gerade eben herausgefunden hatte, war nichts wert, nur der übliche Bullshit. Nun mußte sie auf ihre Mitarbeiter und deren Kontakte vertrauen.

In dem Augenblick steckten Berit und Patrik ihre Köpfe in die Tür.

»Bist du beschäftigt?«

»Nein, kommt rein. Setzt euch, werft meine Klamotten auf den Boden. Die sind sowieso schmutzig.«

»Wo bist du gewesen?« fragte Berit und hängte Annikas schmutzigen Mantel an einen Haken.

»Im Matsch vor dem Olympia-Büro. Ich hoffe, ihr hattet heute mehr Glück als ich«, sagte sie langsam.

Sie faßte in kurzen Worten das Gespräch mit ihrem Kontaktmann zusammen.

»Betriebsunfall«, entgegnete Berit. »So was kommt vor.«

Annika seufzte.

»Ja, dann legen wir mal los. Worüber schreibst du heute, Berit?«

»Ich habe ja mit dem Privatchauffeur geredet, er ist wirklich ziemlich brauchbar. Und dann habe ich im Laufe des Tages auch den Taxifunk angerufen, und da stimmt was nicht. Niemand will sagen, wohin Christina nach der Weihnachtsfeier gefahren ist. Die ungeklärten Stunden zwischen Mitternacht und 3 Uhr 17 werden immer mysteriöser.«

»Okay, du hast zwei Sachen: ›Christina hatte Angst, in die Luft gesprengt zu werden – der Privatchauffeur erzählt‹, und ›Ihre ungeklärten Stunden – das Mysterium verdichtet sich‹. Patrik?«

»Ich bin gerade erst gekommen, aber ich habe schon eine Menge Telefongespräche geführt. Der Tiger wird im Verlauf des Abends über Interpol zur Fahndung ausgeschrieben.«

»Wirklich«, sagte Annika. »In der ganzen Welt?«

»Ja, ich glaube schon. Zone zwei, haben die gesagt.«

»Das ist Europa«, entgegneten Berit und Annika lachend wie aus einem Mund.

»In einem bestimmten Land?«

»Ich weiß nicht«, antwortete Patrik.

»Gut, du übernimmst das, was im Lauf des Abends reinkommt«, sagte Annika. »Ich habe leider nicht soviel Brauchbares, aber ich habe eine Menge Ungereimtheiten entdeckt. Hört mal zu!«

Sie erzählte von Christinas erstem Ehemann, dem alten, steinreichen Direktor, ihrem toten Sohn und der pyromanischen Tochter, von Evert Danielssons unglückseliger Liebesgeschichte am Arbeitsplatz und seinen unsicheren Zukunftsaussichten, von Helena Starkes unerwartetem Gefühlsausbruch und dem Faktum, daß sie zu den militanten Lesben gehörte.

»Warum wühlst du immer noch weiter darin herum?« fragte Patrik skeptisch.

Annika schaute ihn mit milder Nachsicht an.

»Deshalb, mein Kleiner, weil das die Art von Recherche ist, die am Ende in das Beste mündet, was es innerhalb des Journalismus' gibt: Ursache und Wirkung, Verständnis für den einzelnen und seinen Einfluß auf die Gesellschaft. Das wirst du mit den Jahren auch noch lernen.«

Patrik machte nicht den Eindruck, als würde er ihr glauben.

»Ich will nur Schlagzeilen schreiben«, sagte er.

Annika deutete ein Lächeln an.

»Gut. Dann legen wir los!«

Berit und Patrik verließen Annikas Büro. Sie hörte sich das ,Echo des Tages' an, ehe sie zur Übergabe ging, zur Sechs-Uhr-Besprechung, wie sie genannt wurde. Sie brachten weitere Enthüllungen über juristische Finessen und berichteten dann ausgiebig über die Parlamentswahlen in Pakistan. Annika schaltete ab.

Sie ging in die Teeküche und trank ein großes Glas Wasser auf dem Weg zur Besprechung. Der Glühweindusel hatte sich zum Glück verflüchtigt.

Der Chefredakteur war allein in seinem Zimmer, als sie eintrat. Er schien guter Laune zu sein.

»Gute Neuigkeiten?« erkundigte sich Annika.

»Nein, das nicht gerade, die Zeitung verkauft sich miserabel. Ich habe eine handfeste Auseinandersetzung mit der Marketingabteilung gehabt, das ist immer sehr anregend. Wie kommst du voran?«

»Die Überschrift mit den Alarmcodes in der heutigen Ausgabe war absolut unnötig, das habe ich vor, zur Sprache zu bringen. Mir ist ordentlich die Hölle heiß gemacht worden. Und dann habe ich in Furhages Keller noch eine schöne Leiche gefunden, ich erzähle dir das vielleicht hinterher, wenn du Zeit hast ...«

Ingvar Johansson, Pelle Oscarsson und Spiken, der zweite Nacht-chef, betraten zur gleichen Zeit den Raum. Sie unterhielten sich laut-stark und lärmend, lachten wie Männer es unter ihresgleichen tun. Annika saß still abwartend auf ihrem Stuhl, während ihre männ-lichen Kollegen Platz nahmen.

»Es gibt da eine Sache, die ich gleich zu Anfang aufs Tapet bringen will«, sagte Anders Schyman, zog einen Stuhl hervor und setzte sich hin. »Ich weiß, daß niemand der hier Anwesenden etwas damit zu tun hat, aber ich möchte die Frage aus ganz prinzipiellen Erwägun-gen anschneiden. Es geht um die heutige Überschrift auf Seite sechs und sieben, die da lautet ›Die heiße Spur der Alarmcodes‹. Das letzte Wort sollte nicht verwendet werden, nach der gestrigen Diskussion konnte darüber kein Zweifel mehr bestehen. Trotzdem ist die Über-schrift in der Zeitung aufgetaucht, und das war ein schwerwiegender Fehler. Direkt im Anschluß an die Besprechung werde ich bei Jans-son anrufen und fragen, wie um alles in der Welt es dazu kommen konnte.«

Annika spürte bei den Worten des Chefredakteurs, wie ihre Wan-gen immer roter glühten. Sie tat ihr Bestes, um einen gleichgültigen Gesichtsausdruck zur Schau zu tragen, doch es gelang ihr nicht son-derlich gut. Für alle Anwesenden war es allzu offensichtlich, wessen Konflikt sich der Chefredakteur zu eigen gemacht hatte und auf wes-sen Seite er stand.

»Ich finde es einigermaßen erstaunlich, daß ich solche Dinge an-sprechen muß. Ich bin davon ausgegangen, es sei völlig selbstver-ständlich, daß die bei diesen Konferenzen gefaßten Beschlüsse und die von mir vorgegebenen Direktiven Gültigkeit haben. Bei be-stimmten Gelegenheiten kommt es vor, daß wir von Dingen wissen, über die wir nicht schreiben, und ich entscheide, wann das zu geschehen hat. Annikas Deal mit ihrer Quelle war, die Alarmcodes nicht zu erwähnen, woran sie sich auch gehalten hat. Trotzdem ist der Begriff aufgetaucht. Wie zum Teufel konnte das passieren?«

Niemand gab eine Antwort, Annika starrte hinunter auf den Tisch. Zu ihrer Verärgerung traten ihr Tränen in die Augen, aber sie schluckte sie hinunter.

»Okay«, sagte Anders Schyman. »Weil niemand eine Antwort auf die Frage weiß, ziehen wir unsere Lehren aus dieser Lektion und lassen es nicht wieder vorkommen, alle einverstanden?«

Die Männer murmelten einige Worte vor sich hin, Annika schluckte noch einmal.

»Dann besprechen wir jetzt den Tag«, erklärte der Chefredakteur. »Annika, was macht die Polizeiredaktion?«

Ingvar Johansson preßte die Lippen schmal zusammen, als sie den Rücken straffte und sich räusperte.

»Berit schreibt zwei Artikel: zum einen hat sie sich mit dem Privatchauffeur getroffen, der erzählt, Christina habe Angst gehabt, in die Luft gesprengt zu werden, zum anderen hat sie zutage gefördert, was Christina in ihren letzten Stunden gemacht hat. Patrik hat die Information erhalten, daß der Tiger heute abend über Interpol international zur Fahndung ausgeschrieben wird. Er hat die Erlaubnis, über die polizeiliche Jagd im Laufe des Abends zu schreiben, bei meiner Quelle ist im Augenblick Funkstille. Ich habe mich mit Evert Danielsson, Furhages Mitarbeiter, getroffen, der heute abgesägt worden ist ...«

Sie verstummte und schaute hinunter auf den Tisch.

»Das klingt vielversprechend, aber wir bringen die Explosion morgen nicht als Aufmacher«, entgegnete Schyman und dachte an die Zahlenheinis. Ihre Berechnungen besagten, daß keine Geschichte sich mehr als zwei, höchstens drei Tage verkaufte, unabhängig von deren Brisanz.

»Morgen ist der vierte Tag, und wir müssen die Spur wechseln. Womit ist das zu toppen?«

»Sollen wir wirklich schon die Terrorschiene fallenlassen?« fragte Spiken. »Ich finde, wir haben den Faden der Story ganz aus dem Blick verloren.«

»Wie meinst du das?« wollte der Chefredakteur wissen.

»Alle anderen haben eine Auflistung unterschiedlicher Terroranschläge auf Olympia-Einrichtungen der Vergangenheit gebracht, haben aufgezählt, welche Terrorgruppen jetzt womöglich die Schuldigen sind. Wir sind noch nicht einmal auf den Zug aufgesprungen.«

»Ich weiß, daß du die letzten Tage nicht in der Redaktion gewesen bist, aber auch im Kiosk in Järfälla werdet ihr doch wohl eine Zeitung kriegen?« erwiderte Anders Schyman sanft.

Spiken biß die Zähne zusammen.

»Wir haben eine Liste mit historischen Olympia-Attentaten gebracht, sowohl in der Samstags- wie Sonntagsausgabe, aber wir haben uns ganz bewußt von Spekulationen über irgendwelche bombenwerfenden Terrorgruppen distanziert. Wir hatten unsere eigenen Informationen, die ungleich viel besser waren, und wir können nur hoffen, daß die idiotische Schlagzeile von heute dem nicht in Zukunft den Garaus gemacht hat. Statt auf der Terrorspur herumzureiten, hatten wir was ganz Neues, und darauf können wir stolz sein. Unseren Angaben zufolge hat sich die Tat nicht gegen die Spiele, weder als Organisation noch gegen die unterschiedlichen Stadien gerichtet. Unsere Informationen besagen, daß es sich um eine persönliche Abrechnung mit Christina Furhage handelt, und wir vertrauen auf uns selbst. Deshalb werden wir auch morgen nicht alle möglichen Terrorgruppen auflisten. Aber womit sollen wir aufmachen, Herr Nachrichtenchef?«

Ingvar Johansson kam sich sogleich wichtig vor und begann, seine lange Liste abzuspulen. Annika mußte zugeben, daß er effektiv arbeitete und für gewöhnlich über ein gutes Urteilsvermögen verfügte. Während er seine Vorschläge vortrug, registrierte sie die wütenden Blicke der anderen. Es war eine Erleichterung, als die Konferenz beendet war und die Männer den Raum verließen.

»Was hast du heute rausgefunden?« fragte Schyman.

Annika berichtete, was sie wußte, und zeigte ihm das Bild mit der jungen Christina, ihrem Mann und dem kleinen Sohn.

»Je mehr ich in ihrer Vergangenheit wühle, desto dunkler wird sie«, erklärte sie.

»Was gibt das her, was meinst du?« fragte der Chefredakteur.

Sie zögerte.

»Was wir bisher in Erfahrung gebracht haben, können wir nicht veröffentlichen. Aber irgendwo in ihrem Keller finden wir die Erklärung für alles, da bin ich mir sicher.«

»Was bringt dich zu der Überzeugung, daß wir die Wahrheit veröffentlichen können?«

Sie errötete.

»Ich weiß es nicht. Ich will nur herausfinden, wie alles zusammenhängt, ich will einen Schritt voraus sein. Dann kann ich der Polizei die richtigen Fragen stellen, was zur Folge hat, daß wir die richtigen Antworten bekommen.«

Der Chefredakteur lächelte.

»Das ist gut«, sagte er. »Mit deiner Arbeit bin ich in den letzten Tagen sehr zufrieden. Du läßt nicht locker, das ist eine gute Eigenschaft, und dann packst du Konflikte an, wenn es notwendig ist. Das ist noch besser.«

Annika schlug die Augen nieder und errötete noch mehr.

»Danke.«

»Ich rufe jetzt Jansson an und frage mal, was heute nacht eigentlich los war mit dieser unglückseligen Überschrift.«

Sie marschierte in ihr Zimmer und stellte plötzlich fest, daß sie Hunger hatte. Sie ging hinüber zu Berit und fragte, ob sie nicht zusammen in die Kantine gehen wollten. Berit war einverstanden, und sie zogen mit ihren Essenscoupons los. An diesem Abend stand Weihnachtsschinken mit Kartoffeln und Apfelmus auf dem Speiseplan.

»Mein Gott«, sagte Berit. »Jetzt geht's aber los. Bis Neujahr werden sie die Speisekarte nicht mehr ändern.«

Sie ließen den Schinken Schinken sein und bedienten sich statt dessen am Salatbüffet. Der geräumige Speisesaal war fast menschenleer, und sie setzten sich in eine Ecke.

»Was glaubst du, hat Christina nach Mitternacht getan?« fragte Berit und biß in ein Stück Möhre.

Annika dachte nach, während sie Maiskörner verdrückte.

»Sie verließ die Kneipe, mitten in der Nacht, in Begleitung einer bekannten Macho-Lesbe. Können sie gemeinsam irgendwohin gefahren sein?«

»Helena Starke war sternhagelvoll. Christina hat sie vielleicht nach Hause gebracht?«

»Aber wie? Im Nachtbus?«

Annika schüttelte den Kopf und führte ihren Gedankengang weiter aus: »Sie hatte eine Taxikarte, Geld und ungefähr zweieinhalbtausend Angestellte, die dafür hätten sorgen können, daß sie im Auto nach Hause gebracht wurde. Warum sollte sie, die geschäftsführende Direktorin der Olympischen Spiele, die Frau des Jahres, eine betrunkene Lesbe bis zur U-Bahn schleppen? Das ist doch nicht logisch.«

Beide hatten denselben Gedanken.

»Sofern nicht …«

»Könnte es so gewesen sein …?«

Sie lachten. Der Gedanke, daß Christina Furhage im verborgenen homosexuell gewesen sein könnte, war absurd.

»Vielleicht sind sie losgefahren, um ihre Partnerschaft registrieren zu lassen«, schlug Berit vor, und Annika krümmte sich vor Lachen.

Doch sie kamen schnell wieder zu sich.

»Stell dir doch mal vor, das wäre wirklich so? Haben sie vielleicht ein Verhältnis gehabt?«

Sie kauten weiter auf ihren Salatblättern herum, während sie sich an diesen Gedanken gewöhnten.

»Warum nicht?« sagte Annika. »Helena Starke hat geschrien, von allen kenne sie Christina am besten.«

»Muß nicht heißen, daß sie zusammen im Bett waren.«

»Stimmt«, sagte Annika. »Aber das *kann* es heißen.«

Eine der Frauen vom Küchenpersonal trat an ihren Tisch.

»Entschuldigung, aber ist eine von Ihnen Annika Bengtzon?«

»Ja, das bin ich«, sagte Annika.

»In der Redaktion sucht man nach Ihnen. Sie sagen, der Bombenleger hat wieder zugeschlagen.«


Bei Annikas Rückkehr saßen schon alle im Zimmer des Chefredakteurs versammelt. Niemand schaute auf, als sie durch die Tür trat, mit Resten von Maiskörnern im Mund, die sich zwischen den Bakkenzähnen verkeilt hatten, und der Tasche über der Schulter. Die

Männer waren mit der Darlegung ihrer Strategien beschäftigt, wie man das Beste aus der Terrortheorie herausholen konnte.

»Wir hinken ja hoffnungslos hinterher«, sagte Spiken etwas lauter als nötig. Annika begriff den Wink mit dem Zaunpfahl. Sie hatte bisher nur Bruchstücke dessen mitbekommen, was eigentlich geschehen war. Sie setzte sich an die hinterste Ecke des Tisches, der Stuhl schepperte, sie schlug sich das Bein an der Tischkante und wäre fast hingefallen. Alle verstummten und warteten.

»Entschuldigung«, sagte sie, und das Wort stand doppeldeutig im Raum und grinste ihr schadenfroh ins Gesicht. Nun würde man sie mit Dreck bewerfen! Erst vor einer Stunde hatte sie genau an diesem Tisch gesessen und die These durchgesetzt, daß der Bombenleger hinter Christina Furhage persönlich hergewesen war, daß keine wie auch immer geartete Verbindung zu den Spielen bestand, und jetzt das hier! Noch eine Bombenexplosion, in einer anderen Olympia-Anlage.

»Ist jemand vor Ort?« fragte Schyman.

»Patrik Nilsson ist hingefahren«, sagte Spiken mit Nachdruck. »Er müßte in zehn Minuten draußen bei der Sätrahalle sein.«

»Die Sätrahalle?« wunderte sich Annika. »Ich dachte, in einer Olympia-Anlage hätte es geknallt.«

Spiken schaute sie überlegen an.

»Die Sätrahalle ist eine Olympia-Anlage.«

»Für welche Disziplin denn? Trainingshalle fürs Kugelstoßen?«

»Nein, Stabhochsprung.«

»Die Frage ist, wie wir weiter vorgehen«, unterbrach Anders Schyman. »Wir müssen rekapitulieren, was die anderen Medien dieser Tage in Sachen Terrortheorie gemacht haben, und es muß sich so lesen, als seien auch wir die ganze Zeit dran gewesen. Wer übernimmt das?«

»Janet Ullman macht Nachtschicht, wir können sie etwas früher telefonisch herbestellen«, sagte Ingvar Johansson.

Annika spürte, wie sie ein Schwindelgefühl überkam und sie mit einer halben Drehung zu Boden warf und die Wand hinauf zog. Alptraum, Alptraum, wie hatte sie nur auf diesen Holzweg geraten können? Hatte der Polizist sie wirklich die ganze Zeit belogen? Sie hatte alles darangesetzt, daß die Zeitung ihre eigene Theorie übernahm. War sie nach diesem Vorfall als Vorgesetzte wirklich noch tragbar?

»Wir müssen die Runde machen und die Sicherheit der anderen Anlagen kontrollieren«, sagte Spiken. »Wir müssen weitere Leute herbeordern, die zweite Nachtschicht, die zweite Abendcrew …«

Die Männer drehten einander die Brustkörbe und Annika die Rücken zu. Die Stimmen verschmolzen zu einer widerhallenden Kakophonie, sie lehnte sich zurück und rang nach Luft. Sie war erledigt, sie wußte, sie war erledigt. Wie um alles in der Welt konnte sie nach dieser Geschichte noch bei der Zeitung bleiben?

Die Konferenz war kurz und bündig, die Übereinstimmung war vollkommen. Alle wollten hinaus auf das Redaktionsparkett und den Terroranschlag in Angriff nehmen. Bloß Annika saß noch in der hintersten Ecke. Sie wußte nicht, wie sie von dort wegkommen sollte, ohne in Stücke zu gehen, die Tränen hingen ihr wie ein Ziegelstein im Hals.

Anders Schyman ging zu seinem Schreibtisch, um ein Telefonat zu führen, Annika hörte seine Stimme steigen und fallen. Anschließend kam er auf sie zu und setzte sich neben sie auf den Stuhl.

»Annika«, begann er und fing ihren Blick ein. »Es besteht kein Grund zur Beunruhigung, hörst du, was ich sage, es ist in Ordnung!«

Sie wandte das Gesicht ab und blinzelte durch die Tränen.

»Jeder kann sich mal irren«, fuhr der Chefredakteur leise fort. »Das ist die älteste Weisheit der Welt. Auch ich habe mich geirrt, ich habe die gleichen Überlegungen angestellt wie du. Nun sind andere Umstände eingetreten, die uns zum Umdenken zwingen. Jetzt muß man das Beste aus der Situation machen, stimmt's? Wir brauchen dich bei dieser Arbeit. Annika …«

Sie holte tief Luft und schaute hinunter auf ihr Knie.

»Ja, natürlich hast du recht«, entgegnete sie. »Aber es ist so vertrackt, ich war mir so sicher, daß meine Theorie stimmt …«

»Die kann im Grunde noch immer stimmen«, sagte Schyman nachdenklich. »Es ist zwar unwahrscheinlich, aber Christina Furhage kann doch eine persönliche Bindung an die Halle in Sätra gehabt haben.«

Annika konnte ein Lachen nicht unterdrücken.

»Wohl kaum«, sagte sie.

Der Chefredakteur legte ihr die Hand auf die Schulter und erhob sich.

»Laß dich nicht unterkriegen«, sagte er. »Du hast bei dieser Geschichte in allen anderen Dingen recht gehabt.«

Sie verzog das Gesicht und dann stand auch sie auf.

»Wie haben wir erfahren, daß es wieder eine Explosion gegeben hat? Hat Leif angerufen?«

»Ja, er oder Smidig in Norrköping, einer von beiden.«

Schyman setzte sich mit einem schweren Seufzer in den Bürostuhl hinter seinen Schreibtisch.

»Hast du vor, heute abend selbst hinzufahren?« fragte er.

Annika schob ihren Stuhl unter den Tisch und schüttelte den Kopf.

»Nein, das hat keinen Sinn. Patrik und Janet können das heute nacht erledigen. Ich mache dann morgen früh weiter.«

»Okay. Ich finde, du solltest mal richtig relaxen, wenn sich hier die Wogen geglättet haben. Allein das vergangene Wochenende hat dir einen Freizeitausgleich von einer ganzen Woche eingebracht.«

Annika lächelte mit blassen Lippen.

»Ja, ich glaube, das mache ich.«

»Fahr nach Hause, schlaf dich aus, und laß die Jungs da draußen diesen Abend regeln, die haben sich schon hysterisch in die Sache hineingesteigert.«

Der Chefredakteur hob den Telefonhörer ab und gab ihr zu verstehen, daß das Gespräch beendet sei. Sie nahm ihre Tasche und verließ das Zimmer.

In der Redaktion brodelte es vor Konzentration, wie immer, wenn sich etwas wirklich Wichtiges zugetragen hatte. Oberflächlich betrachtet schien alles ruhig, aber die Anspannung war an den wachsamen Augen und den kerzengeraden Rücken der Redakteure abzulesen. Die Worte schwirrten kurz und knapp durch den Raum, Reporter und Fotografen strebten eilends und zielstrebig dem Ausgang entgegen. Sogar die Telefonrezeptionisten wurden von der Nachrichtenflut mitgerissen, ihre Stimmen wurden tiefer, und die Finger flatterten konzentrierter über die Schaltzentrale. Für gewöhnlich liebte Annika diese Atmosphäre, jetzt war es unangenehm, den Raum durchqueren zu müssen.

Berit war ihre Rettung.

»Annika! Komm her, ich muß dir was erzählen!«

Berit hatte ihren Salatteller mitgenommen und saß im Radiozimmer, dem Glaskasten neben der Kriminalredaktion, die Zugang zu sämtlichen Polizeikanälen im Stockholmer Verwaltungsbezirk und zu einem Landeskanal hatte. Eine Wand war übersät mit kleinen eingebauten Lautsprechern und den dazugehörigen Schaltern und Lautstärkereglern. Berit hatte die Kanäle eingeschaltet, die für die Polizeistellen von Söderort und der City von aktueller Bedeutung waren, also für die Distrikte, die die Explosion in der Sätrahalle untersuchen würden. Annika hörte bloß Rauschen und Knistern.

»Was ist denn?« fragte sie. »Was ist passiert?«

»Ich weiß es nicht genau«, antwortete Berit. »Vor einer Minute hat jemand auf dem Scramble-Kanal etwas an die Einsatzzentrale durchgegeben ...«

In dem Augenblick setzte das Geplapper wieder ein. Die Stockholmer Polizei verfügte über zwei geschützte Kanäle, die in Anlehnung an den englischen Begriff ›Scramble‹ genannt wurden. Man hörte, daß gesprochen wurde, aber das Gesagte war vollkommen unverständlich. Es hörte sich an, als würde Mickymaus rückwärts reden. Die Scramble-Kanäle wurden nur sehr selten benutzt, höchstens die Drogenfahndung machte davon Gebrauch. Die Fahndungsabteilung des Verwaltungsbezirks konnten mitunter bei großangelegten Aktionen ebenfalls auf diese Kanäle zurückgreifen, wenn der Verdacht bestand, die Täter hätten Zugang zum Polizeifunk. Ein dritter Grund konnte darin bestehen, daß die Information derart sensibel war, daß man sie aus anderen Gründen geheimhalten wollte.

»Wir müssen eine Scramble-Decodierungsausrüstung kaufen«, sagte Annika. »Bei diesem Geschrammel können uns doch große Brocken durch die Lappen gehen.«

Die unverständlichen Stimmen erstarben, und das Pfeifen und Rauschen setzte sich in den anderen Kanälen fort. Annika ließ den Blick über die Lautsprecher schweifen. Die acht Polizeidistrikte im Verwaltungsbezirk von Stockholm benutzten zwei verschiedene Polizeifunksysteme. System 70 und System 80.

Die 70er-Buchse enthielt Kanäle, die ab 79 Megahertz aufwärts begannen, die 80er-Buchse begann bei 410 Megahertz und wurde nur deshalb so genannt, weil sie seit den achtziger Jahren in Gebrauch war. Eigentlich hätten alle schon vor zehn Jahren auf die 80er-Buchse umstellen sollen, aber aufgrund der massiven Umstrukturierungsmaßnahmen im Verlauf des letzten Jahrzehnts war man noch nicht dazu gekommen.

Annika und Berit lauschten erwartungsvoll eine Minute lang auf das Knistern und die elektronischen Töne, dann durchbrach eine Männerstimme auf dem Söderorter Kanal 02 die elektronischen Nebelschleier: »Einundzwanzig zehn hier.«

Die Ziffern gaben Aufschluß darüber, daß der Funkspruch von einem Funkwagen in Skärholmen stammte.

Die Antwort der Einsatzzentrale auf Kungsholmen ertönte nach wenigen Sekunden: »Ja, einundzwanzig, kommen.«

»Wir brauchen einen Krankenwagen zu der Adresse, ja, oder besser ein polizeiliches Fahrzeug ...«

Das Knistern überlagerte für eine Weile alles, Annika und Berit sahen einander schweigend an. ›Polizeiliches Fahrzeug‹ war eine diskrete Umschreibung für Leichenwagen. Die ›Adresse‹ war ohne Zweifel die Halle in Sätra, kein anderer Vorfall hatte sich zu dem Zeitpunkt noch in Söderort ereignet. Die Polizisten drückten sich oft auf diese nebulöse Weise aus, wenn sie über Funk nicht Klartext reden wollten, es war dann die Rede von dem ›Platz‹ oder der ›Adresse‹, die Verdächtigten konnten ›Objekte‹ genannt werden.

Dann meldete sich die Einsatzzentrale wieder zu Wort: »Einundzwanzig zehn, Krankenwagen oder polizeiliches Fahrzeug, kommen?«

Annika und Berit beugten sich zugleich vor, die Antwort war von entscheidender Wichtigkeit.

»Krankenwagen, kommen ...«

»Ein Toter, aber nicht so zermatscht wie Christina Furhage«, sagte Annika.

Berit nickte.

»Der Kopf ist anscheinend noch dran, auch wenn der Rest ziemlich tot ist«, sagte sie.

Ein Polizist hatte nämlich erst dann die Befugnis, den Tod eines Menschen festzustellen, wenn der Kopf vom Körper abgetrennt war.

Das war ganz offensichtlich hier nicht der Fall, auch wenn die betreffende Person ganz zweifelsfrei tot war. Sonst hätte der Polizist kein Wort von einem Leichenwagen, von einem polizeilichen Fahrzeug, gesagt. Annika begab sich zum Nachrichtentisch.

»Es gibt offenbar ein Todesopfer«, konstatierte sie.

Alle Anwesenden an der ausladenden Tischplatte, an der nachts die Schlußredaktion der Zeitung vorgenommen wurde, hielten inne und blickten auf.

»Wie kommst du darauf?« fragte Spiken ausdruckslos.

»Polizeifunk«, entgegnete Annika. »Ich rufe Patrik an.«

Sie machte auf dem Absatz kehrt und ging in ihr Zimmer. Patrik nahm beim ersten Klingelzeichen ab, er mußte wie üblich das Telefon in der Hand gehalten haben.

»Wie sieht es aus?« erkundigte sich Annika.

»Verdammt, hier stehen überall Bullen rum«, brüllte der Reporter.

»Kommst du rein?« fragte Annika und zwang ihre Stimme zu normaler Lautstärke.

»Nee, keine Chance«, grölte Patrik. »Die haben den ganzen Sätra-Sportplatz abgesperrt.«

»Hat man dich wissen lassen, daß es ein Todesopfer gibt?«

»Was?«

»Hat man dich wissen lassen, daß es ein Todesopfer gibt?«

»Warum schreist du denn so? Nee, kein Todesopfer, hier ist kein Krankenwagen und auch kein Sarg auf Rädern.«

»Es kommt einer, das haben wir über Polizeifunk gehört. Bleib da und dann lieferst du deinen Bericht, ich fahre nach Hause.«

»Was?« schrie er in den Hörer.

»Ich fahre jetzt nach Hause. Sprich mit Spiken!« brüllte Annika zurück.

»Okay!«

Annika legte auf und sah Berit vor Lachen gekrümmt im Türrahmen stehen.

»Du brauchst mir gar nicht zu verraten, mit wem du gerade telefoniert hast«, sagte Berit.

Es war kurz nach acht Uhr, als sie zu Hause in der Wohnung in der Hantverkargatan eintraf. Sie war mit dem Taxi gefahren und wurde auf dem Rücksitz von einem heftigen Schwindelgefühl befallen. Der Taxifahrer hatte sich über einen Artikel geärgert, der in der Zeitung gestanden hatte, und ritt auf der Verantwortung der Journalisten und der Machtversessenheit der Politiker herum.

»Beschweren Sie sich bei einem der Redakteure, ich putze da nur die Treppen«, hatte Annika gesagt, den Kopf zurückgelegt und die Augen geschlossen. Das Schwindelgefühl hatte sich zu Übelkeit gesteigert, während der Wagen auf dem Norr Mälarstrand die Fahrspur wechselte.

»Geht es dir nicht gut?« erkundigte sich Thomas, der mit dem Küchentuch in der Hand in den Flur trat.

Sie schüttelte den Kopf.

»Mir ist nur etwas schwindelig«, antwortete sie und strich sich mit beiden Händen das Haar aus dem Gesicht. Ihr Haar fühlte sich ganz schmierig an, sie mußte es morgen früh waschen. »Gibt es noch was zu essen?«

»Hast du bei der Arbeit nichts gegessen?«

»Einen halben Salat, es ist soviel passiert …«

»Es steht da auf dem Tisch, Schweinefilet und Ofenkartoffeln.«

Thomas warf sich das Tuch über die Schulter und ging zurück in die Küche.

»Schlafen die Kinder?«

»Seit einer Stunde. Sie waren ganz fertig, ich frage mich, ob Ellen auf dem besten Weg ist, krank zu werden. War sie heute morgen auch schon so müde?«

Annika dachte nach.

»Nein, nicht mehr als sonst. Bißchen schmusig vielleicht, ich habe sie bis zum Bus getragen.«

»Ich kann mir jetzt nicht freinehmen«, sagte Thomas. »Wenn sie krank wird, mußt du zu Hause bleiben.«

Annika spürte Wut aufsteigen.

»Ich kann jetzt nicht von meiner Arbeit wegbleiben, das siehst du doch wohl ein. Heute ist ein weiterer Olympia-Mord passiert, hast du keine Nachrichten gehört?«

Thomas drehte sich um.

»Oh, verdammt«, sagte er. »Nein, ich habe am Nachmittag nur das ‚Echo' gehört, von einem Mord haben die nichts erwähnt.«

Annika ging in die Küche, es sah dort aus, als hätte eine Bombe eingeschlagen. Aber auf dem Tisch stand ihr Essen und wartete auf sie. Thomas hatte Kartoffeln, Filet, Sahnesauce, gebratene Champignons und Eisbergsalat auf ihren Teller aufgetragen. Neben dem Glas stand eine Flasche Bier, die vor Stunden eiskalt gewesen war. Sie stellte den Teller in die Mikrowelle und schaltete die Uhr auf drei Minuten.

»Der Salat wird eklig davon«, sagte Thomas.

»Ich bin die ganze Zeit auf dem Holzweg gewesen«, erklärte Annika. »Ich habe die Zeitung gezwungen, nicht auf das Gerede von Terroristen einzusteigen, weil ich von der Polizei andere Informationen hatte. Ich habe das Gefühl, mich bis auf die Knochen blamiert zu haben, weil es heute abend nämlich in der Halle von Sätra geknallt hat.«

Thomas setzte sich an den Tisch und warf das Küchentuch auf das Spülbecken.

»Die Leichtathletikhalle? Die hat doch kaum Tribünen, da kann man doch gar keine Olympia-Wettkämpfe austragen.«

Annika goß sich ein Glas Wasser ein und nahm das Tuch weg.

»Wirf es nicht hier hin, da wird es doch ganz dreckig. Jede popelige Halle in der Stadt scheint mit den Spielen zu tun zu haben. Es gibt offensichtlich über hundert Anlagen, die auf die eine oder andere Weise mit den Olympischen Spielen in Verbindung stehen, entweder als Arena oder Trainingsanlage oder Aufwärmbahn.«

Die Mikrowelle gab drei kleine Piepser von sich und zeigte damit an, daß die Zeit abgelaufen war. Annika nahm den Teller heraus und setzte sich ihrem Mann gegenüber. Sie aß mit Gier und ohne ein Wort.

»Wie ist es dir heute ergangen?« fragte sie und öffnete das mehr als lauwarme Bier.

Thomas seufzte und reckte sich.

»Ach, ich dachte, ich würde noch bis zum Arbeitsausschuß am siebenundzwanzigsten fertig werden, aber heute lief es einfach nicht. Die ganze Zeit hat das Telefon geklingelt. Unsere Projekte wachsen ständig, das ist an und für sich wahnsinnig positiv, aber manchmal komme ich einfach zu nichts anderem, als in Konferenzen zu sitzen und am Telefon zu hängen.«

»Morgen hole ich die Kinder früh ab, dann hast du vielleicht Zeit, noch einiges aufzuarbeiten«, sagte Annika, plötzlich schuldbewußt. Sie kaute auf dem Filet herum, das in der Mikrowelle etwas zäh geworden war.

»Ich hatte vor, mich jetzt an den Schreibtisch zu setzen und einen der Teilberichte durchzugehen. Einer von den jungen Typen hat ihn zusammengestellt, er hat mehrere Monate daran geschrieben. Vermutlich ist er vollkommen unlesbar. Das passiert meistens, wenn die Sachbearbeiter zu lange an einem Schriftstück herumdoktern, das Bürokratenlatein artet dann in ein vollkommen unverständliches Kauderwelsch aus.«

Annika lächelte unsicher. Manchmal hatte sie ein so unendlich schlechtes Gewissen. Sie war nicht nur als Vorgesetzte unbeherrscht und als Reporterin wertlos, sie war auch eine miserable Ehefrau und eine erbärmliche Mutter.

»Setz dich ruhig noch an die Papiere. Ich mache hier Klarschiff.«

Er beugte sich vor und küßte sie auf den Mund.

»Ich liebe dich«, sagte er. »Der Weihnachtsschinken steht schon im Ofen. Nimm ihn raus, wenn er fünfundsiebzig Grad hat.«

Annika riß erstaunt die Augen auf.

»Hast du das Fleischthermometer gefunden?« fragte sie. »Wo war das denn?«

»Im Badezimmer, neben dem Fieberthermometer. Ich habe bei Ellen Temperatur gemessen, als wir hier angekommen sind, und da habe ich es gefunden. Ich glaube, es war Kalle, der es dort hingelegt hat. Eigentlich ganz logisch. Obwohl er natürlich steif und fest behauptet, er war's nicht.«

Annika zog Thomas zu sich heran und küßte ihn mit weit geöffneten Lippen. »Ich liebe dich auch«, sagte sie.

# Glück

Weit oben im Wald, hinter der Scheune und den Mooren, ruhte der See Långtjärn. In meiner frühsten Kindheit markierte der See das Ende der Welt, vermutlich, weil der Grundbesitz der Erwachsenen dort endete. Oft hörte ich von ihm reden, und ich stellte mir den See als ein bodenloses Loch aus Finsternis und Schrecken vor.

An dem Tag, an dem ich schließlich die Erlaubnis bekam, allein dort hinzugehen, verflüchtigten sich alle diese Gedanken. Der Långtjärn war ein ganz und gar wunderbarer Ort. Der Waldsee lag umgeben von Urwald, belief sich auf knapp einen Kilometer in der Länge, ein paar hundert Meter in der Breite, hatte funkelndes Wasser und nadelbedeckte Strände. Ein Gefühl von Unschuld bemächtigte sich meiner, so mußte die Welt ausgesehen haben, ehe der Mensch sie betreten hatte.

Früher hatte es in dem See offenbar Fische gegeben, denn zwischen den Fichten stand eine verfallene kleine Holzhütte. Sie hatte als Fischer- und Jagdhütte gedient und war erstaunlich komfortabel eingerichtet. Sie bestand aus einem einzigen Raum mit offener Feuerstelle, hatte einen gehobelten Fußboden und ein kleines Fenster, das zum Wasser hinausging. Die Möblierung bestand aus zwei fest an der Wand angebrachten Pritschen, zwei groben Schemeln und einem kleinen Tisch.

Wenn ich heute zurückdenke, dann habe ich die glücklichsten Stunden meines Lebens in dieser kleinen Hütte zugebracht. In unregelmäßigen Abständen bin ich zum Frieden am Wasser zurückgekehrt. Dessen Oberfläche und Glanz wandelten sich mit dem Lauf der Jahreszeiten, und auch die Menschen hinterließen Spuren. Die Bäume am Wegesrand zum Teich waren abgeholzt worden, aber oben beim Gewässer hat man sie noch stehengelassen. Ich habe im Kamin Feuer gemacht und über die Wasserfläche geschaut, und ich habe vollkommene Harmonie empfunden.

Möglicherweise werden diese Gedanken erstaunen und als Undankbarkeit oder Gleichgültigkeit ausgelegt werden, aber das ist nicht richtig. Ich bin sehr zufrieden mit dem Erfolg, den ich ausgekostet habe, und mit den Ergebnissen, die ich erzielt habe, aber das darf man mit Glück nicht verwechseln. Die Fixierung auf Erfolg und Ekstase ist der Gegensatz von wahrem Glück. Alle sind wir zu Glückssüchtigen geworden. Beständig nach mehr, nach Höherem und Weiterem zu streben wird uns niemals zufrieden machen.

Im Grunde sind Erfolg und Wohlstand unwichtiger als Scheitern und bittere Not. Ein handfester Erfolg schenkt ein Gefühl, das an Erotik grenzt, eine kurzlebige Fahrt hinauf zu den Sternen. Ein handfester Mißerfolg besitzt bedeutend mehr Nuancen und Tiefen. Er zwingt zu Analyse und Nachdenken, lenkt die Konzentration nach innen statt nach außen und führt am Ende zu einem würdigeren Leben. Wohlstand bringt bestenfalls Toleranz und Generosität hervor, aber häufiger noch Neid und Gleichgültigkeit.

Das Geheimnis vom Glück im Leben besteht in der Zufriedenheit mit dem, was man hat, den Kampf zu beenden und seinen Frieden zu finden.

Leider habe ich dieses Glück nur selten gefunden, außer in der Hütte am See.

# Dienstag, 21. Dezember

Der Duft von ofenfrischem Schinken hing noch immer in der Luft, als sie aufwachte, eine der wenigen Segnungen einer defekten Dunstabzugshaube in der Küche. Sie liebte frischgebackenen Weihnachtsschinken, aber richtig heiß mußte er sein, gerade eben aus dem Ofen gekommen, so daß an dem Fleisch noch die Salzlake hinunterlief. Sie holte tief Luft und schlug die Decke zurück. Ellen, die neben ihr lag, bewegte sich im Schlaf. Annika gab dem Mädchen einen Kuß auf die Stirn und streichelte ihre runden Beinchen. Heute mußte sie zusehen, daß sie sich rechtzeitig auf den Weg zur Arbeit machte, damit sie rechtzeitig fertig wurde und die Kinder um drei Uhr abholen konnte.

Sie stellte sich unter die Dusche und ließ den Morgenurin direkt in den Abfluß laufen. Der stechende Geruch stieg mit dem heißen Wasserdampf auf und schlug ihr ins Gesicht, instinktiv wendete sie den Kopf ab. Sie wusch sich die Haare mit einem Schuppenshampoo und fluchte, als sie feststellen mußte, daß die Flasche mit der Haarspülung leer war. Nun würde ihr Haar bis zur nächsten Wäsche aussehen wie Holzwolle.

Sie stieg aus der Dusche, trocknete erst sich ab und dann den Boden an den Stellen, wo Wasser hingeflossen war, sprühte sich eine gewaltige Ladung Deodorant unter die Achseln und schmierte sich die Wangen mit Hautcreme ein. Der Ausschlag wollte nicht zurückgehen, sicherheitshalber trug sie noch etwas Cortisonsalbe auf. Wimperntusche, Lidschatten, dann war sie fertig.

Sie schlüpfte ins Schlafzimmer und öffnete die Tür zu ihrem Kleiderschrank. Durch das Quietschen der Scharniere im Schlaf gestört, drehte Thomas sich auf die andere Seite. Lange nachdem sie ins Bett gegangen war, hatte er noch am Schreibtisch gesessen und seinen Bericht gelesen. Der Hauptbericht der Arbeitsgruppe, für die Thomas die Verantwortung trug, sollte eigentlich im Januar abgeschlossen sein. Aber Thomas' Mitarbeiter hatte noch immer keine Endfassung der Teilberichte vorgelegt, auf denen der Hauptbericht basieren sollte, und Thomas geriet zunehmend unter Zeitdruck. Sie erkannte, daß er mindestens so gestreßt war wie sie, obwohl seine Deadlines noch nicht so bald bevorstanden wie ihre.

Sie war weihnachtlicher Stimmung und zog sich einen roten Body, eine rote Jacke und eine schwarze Hose an. Kaum hatte sie sich fertig angezogen, als ‚Rapport' um halb sieben seine erste Sendung des Tages über den Äther schickte.

Die Bilder der Halle in Sätra waren nicht besonders dramatisch. Das Fernsehteam hatte offensichtlich die Absperrungen nicht übertreten dürfen, sie hatten nur Bilder von den üblichen, altbekannten blauweißen Absperrbändern zu bieten, die im Nachtwind flatterten. Dem Sprechertext war zu entnehmen, daß die Bombe in einem der Umkleideräume im älteren Teil des Gebäudes explodiert war. Dort hatte die Feuerwehr die sterblichen Überreste eines Mannes gefunden.

Es war ein Gerangel zwischen der Polizeigewerkschaft und den Feuerwehrmännern darüber entbrannt, wer die Einzelteile von verunglückten Personen einzusammeln hatte. Die Feuerwehr weigerte sich mit der Erklärung, das gehöre nicht in ihren Verantwortungsbereich. Die Polizei argumentierte mit der gleichen Behauptung. Dem Dilemma um die Zuständigkeit räumte ‚Rapport' in seiner Nachrichtensendung großen Raum ein, außerdem würde man die Angelegenheit noch im anschließenden Morgenmagazin debattieren. Dann lief einer der Frühstücksreporter laut »Hallo« rufend in einer leeren Arena in irgendeinem Vorort herum. Niemand antwortete, und das war nach Ansicht des Reporters ein Skandal.

»Wie sorgt die Polizei eigentlich für die Bewachung?« war die rhetorische Schlußfrage. Der ungeheuer müde Pressechef der Polizei wurde eingeblendet und verkündete, es läge vollkommen außerhalb der Möglichkeiten, die Bewachung eines jeden Abschnitts aller Anlagen rund um die Uhr zu gewährleisten.

»Wie wollen Sie diese Aufgabe dann während der Olympischen Spiele bewältigen?« fragte der Reporter in süffisantem Tonfall. Der Pressechef seufzte, und Annika erkannte, daß die Polizei genau die Diskussion am Hals hatte, die sie nach Kräften verhindern wollte. Die Frage nach der Sicherheit während der Spiele würde zweifelsohne immer lauter werden, je mehr Zeit verstrich, bis der Bombenleger gefaßt war. Samaranch wurde eingeblendet und erzählte den Reportern von Reuters irgend etwas davon, daß die Spiele nicht in Gefahr seien. Den Schluß der Sendung bildete eine Analyse der Lage vor der Versammlung der Schwedischen Reichsbank, die heute darüber beraten würde, wie mit den Zinsen zu verfahren sei. Keine Änderung, meinte der Reporter, also würden sie mit Sicherheit erhöht oder gesenkt werden, dachte Annika. Sie schaltete ab und holte die Morgenzeitungen herein, die vor der Wohnungstür lagen. Keins der Blätter hatte mehr als die morgendlichen Nachrichten zu bieten. Der Name des Toten war nicht bekanntgegeben worden, ein Reporter hatte laut rufend seine Runden in einer anderen Arena in einem anderen Vorort gedreht. Samaranch und der Pressechef äußerten sich in gleichem Wortlaut wie im Fernsehen. Keine der Zeitungen hatte es geschafft, eine Grafik anzufertigen, der der Ort der Explosion zu entnehmen war. Eine solche Grafik würde sie erst zu Gesicht bekommen, wenn sie in die Redaktion kam und ihr die Abendzeitungen zur Verfügung standen. Sie aß einen Teller Sauermilch mit Erdbeergeschmack und Cornflakes, fönte sich die Haare trocken und glatt und packte sich sehr warm ein. Im Lauf der Nacht war das Wetter umgeschlagen, Wind und Schnee waren aufgekommen. Ursprünglich hatte sie vorgehabt, den 56er-Bus zur Zeitung zu nehmen, aber diesen Plan ließ sie schnell fallen, als die erste Ladung Schnee ihr ins Gesicht schlug und die Wimperntusche verschmierte, sie nahm sich ein Taxi. Das ‚Sieben-Uhr-Echo‘ begann genau in dem Moment, als sie sich auf den Rücksitz fallen ließ. Sogar die noble Echo-Redaktion war ausgerückt und hatte ihr »Hallo« in die Nacht gerufen, der Pressechef der Polizei war müde und gestreßt, und Samaranch wurde langsam ungnädig. Sie stellte sich taub und starrte hinaus auf die Fassaden, die am Norr Mälarstrand, einer der teuersten Adressen Schwedens, vorüberhuschten. Sie konnte sich keinen Reim darauf machen, warum ausgerechnet hier die Wohnungen so kostspielig und begehrt waren. An den Häusern war überhaupt nichts Besonderes. Zum Wasser hin hatten sie schmale Fassaden, einige besaßen Balkone, das war alles. Aber die stark befahrene Schnellstraße vor der Haustür konnte unmöglich dazu einladen, auf dem Balkon zu sitzen und die Aussicht zu genießen. Sie bezahlte mit der Visakarte in der Hoffnung, die Zeitung würde ihr die Kosten erstatten.

An Wochentagen nahm sich Annika immer ein Exemplar der Zeitung vom großen Ständer im Foyer. Normalerweise hatte sie sie bis zur Mitte durchgeblättert, ehe sie mit dem Fahrstuhl die vierte Etage erreicht hatte, aber nicht an diesem Tag. In der Zeitung standen derart viele Seiten Werbeanzeigen, daß man kaum vorankam. Spiken war nach Hause gegangen, das war gut so. Ingvar Johansson war gerade hereingekommen und hatte sich mit dem ersten Becher Kaffee hingesetzt, tief versunken in ›Dagens Nyheter‹. Sie schnappte sich ein Exemplar des Konkurrenzblattes und einen Plastikbecher mit Kaffee und ging ohne ein Wort des Grußes in ihr Zimmer. Beide Zeitungen brachten Namen und Bild des neuen Opfers. Es handelte sich um einen neununddreißig Jahre alten Bauarbeiter aus Farsta mit Namen Stefan Bjurling, verheiratet, drei Kinder. Seit fünfzehn Jahren arbeitete er als Angestellter bei einem der Subunternehmer, die beim SOCOG unter Vertrag standen. Patrik hatte den Arbeitgeber des Opfers interviewt.

»Stefan Bjurling war der perfekteste Vorarbeiter, den man sich auf dem Bau nur vorstellen kann«, sagte der Chef des Opfers. »Er hat Verantwortung übernommen, gearbeitet, bis alles erledigt war. In der Schicht von Stefan Bjurling hat es keinen Pfusch gegeben, das ist eine ganz klare Sache.«

Darüber hinaus war Stefan Bjurling selbstverständlich unerhört beliebt und wurde wegen seines glänzenden Humors und seiner guten Laune allseits geschätzt.

»Er war ein guter Arbeitskollege, die Zusammenarbeit klappte prima, immer hatte er gute Laune«, sagte einer seiner Kollegen.

Annika spürte Wut in sich aufwallen. Verdammter Schwachkopf, der diesen Mann ums Leben gebracht und die Existenz seiner Familie zerstört hat. Drei kleine Kinder hatten ihren Vater verloren, sie stellte sich Ellens und Kalles Reaktion vor, wenn Thomas unerwartet gestorben wäre. Was hätte sie selbst getan? Wie überstehen Menschen solche Tragödien? Und was für eine grauenhafte Weise, ums Leben zu kommen, dachte sie, und ihr wurde schlecht, als sie den vorläufigen polizeilichen Bericht über den Mordhergang las. Vermutlich war dem Mann eine Sprengladung auf den Rücken gebunden worden, ungefähr in Höhe der Nieren. Der Mann war vor der Explosion auf einen Stuhl (an Händen und Füßen gefesselt) festgebunden worden. Welche Art von Sprengstoff verwendet und wie die Ladung gezündet wurde, stand noch nicht fest, aber wahrscheinlich hatte der Mörder eine Art Zeitzünder oder Verzögerungsmechanismus benutzt.

»Verdammter Mist«, fluchte Annika laut vor sich hin und fragte sich, ob man dem Leser die schlimmsten Details nicht hätte ersparen können.

Sie konnte den Mann vor ihrem geistigen Auge auf dem Stuhl sitzen sehen, mit der tickenden Bombe im Rücken, während er versuchte, sich zu befreien. Welche Gedanken gehen einem in einer solchen Situation durch den Kopf? Sieht man das Leben Revue passieren? Dachte er an seine Kinder? An die Frau? Oder bloß an das Seil um seine Handgelenke? Der Bombenleger war nicht nur völlig verrückt, er schien außerdem auch noch ein wahrer Sadist zu sein. Sie erschauderte ungeachtet der trockenen Heizungsluft im Zimmer.

Sie überblätterte Janet Ullbergs lebhafte Beschreibung einer weiteren unbewachten Arena um Mitternacht und ging zur Lektüre der Annoncen über. Eins war sicher, es gab keinen Mangel an Spielsachen in Schweden.

Sie holte sich noch einen Pott Kaffee und machte auf dem Rückweg einen Abstecher ins Zimmer des Fotografen. Johan Henriksson hatte Frühschicht und las ›Svenska Dagbladet‹.

»Verdammt ekeliger Mord, findest du nicht auch?« fragte Annika und setzte sich ihm gegenüber in einen Sessel.

Der Fotograf schüttelte den Kopf.

»Ja, der ist nicht mehr ganz richtig im Kopf. So was habe ich noch nie gehört.«

»Scharf drauf, rauszufahren und mal ein Auge zu riskieren?« fragte Annika erwartungsvoll.

»Es ist noch zu dunkel«, antwortete Henriksson. »Man wird nicht die Bohne sehen können.«

»Nein, draußen nicht, aber vielleicht kommt man jetzt rein. Die Absperrungen sind vielleicht schon weg.«

»Wohl kaum, die haben den Typen bestimmt noch nicht zusammengefegt.«

»Heute morgen müßten Bauarbeiter da hinkommen, die Arbeitskollegen von dem Typ …«

»Die haben wir doch schon interviewt.«

Annika erhob sich wütend.

»Scheiß drauf, ich soll wohl warten, bis ein Fotograf endlich mal seinen Arsch aus dem Sessel hebt …«

»Ja, ja, ja«, sagte Henriksson. »Klar, komme ich mit, ich wollte jetzt nicht so eine Szene hier.«

Annika versuchte zu lächeln.

»Okay, ich bin aufbrausend gewesen. Sorry. Ich versuche nur, Begeisterung zu verbreiten.«

»Schon gut«, sagte Henriksson und holte seine Fototasche.

Annika schüttete den Kaffee hinunter und marschierte zu Ingvar Johansson.

»Kannst du mir sagen, ob das Morgenteam Henriksson braucht, oder können wir die Halle in Sätra mal genauer unter die Lupe nehmen?«

»Die Morgencrew kriegt keinen Buchstaben mehr rein, es sei denn, der nächste Weltkrieg bricht aus, die Zeitung ist total vollgestopft«, antwortete Ingvar Johansson und faltete das Konkurrenzblatt zusammen. »Wir haben eine Steigerung um sechzehn Seiten für die Nachtausgabe, Anzeigen auf jedem Spaltenmillimeter. Außerdem haben sie ein Team vor Ort, um etwas über das Verkehrschaos im Schneegestöber zu bringen, aber ich begreife nicht, woher sie den Glauben nehmen, daß wir das noch unterbringen können.«

»Du weißt, wie du uns erreichen kannst«, verkündete Annika und ging in ihr Zimmer, um sich ihre Winterklamotten anzuziehen.

Sie nahmen eines der zeitungseigenen Autos, Annika saß hinter dem Steuer. Die Straßenverhältnisse waren in der Tat eine Katastrophe, der Verkehr auf dem Essingeleden kroch mit fünfzig Stundenkilometern vorwärts.

»Kein Wunder, daß es zu Massenkarambolagen kommt«, sagte Henriksson.

Wenigstens begann es langsam zu dämmern, immerhin etwas. Annika steuerte südwärts die kombinierte E4 und E20 entlang, und der Verkehr wurde etwas flüssiger. Sie steigerte das Tempo auf sechzig Stundenkilometer. Bei der Abfahrt Segeltorp, Sätra, Bredäng, Mälarhöjden fuhr sie ab und auf den Skärholmsvägen, vorbei am Zentrum Bredängs. Auf der rechten Seite zeichneten sich Reihe um Reihe die gleichen gelben Einfamilienhäuser ab, auf der linken Seite standen langweilige Flachdachbauten, die vermutlich als Lagerhäuser dienten.

»Ich glaube, jetzt hast du die Straße verpaßt, an der wir hätten abbiegen müssen«, verkündete Henriksson in dem Augenblick, in dem im Schneeregen rechts die Halle von Sätra vorüberflatterte.

»Verdammter Mist«, fluchte Annika. »Wir müssen bis Sätra Zentrum weiterfahren und umkehren.«

Sie erschauderte beim Anblick der grauen Riesenhäuser, deren oberste Etagen im Schneetreiben verschwanden. Ein einziges Mal war sie im Inneren gewesen, das war mit Thomas, als sie für Kalle das erste Fahrrad kaufen wollten. Man sollte Second hand kaufen, war Thomas' Meinung, das war billig und gut für die Umwelt. Deshalb wurde ein Exemplar der ›Gebrauchtmarktzeitung‹ angeschafft und Anzeigen studiert. Als Thomas ein passendes Fahrrad gefunden hatte, machte er sich Gedanken, ob es nicht gestohlen sein könnte. Er bezahlte es erst, nachdem er mit eigenen Augen die Quittung und das Kind gesehen hatte, das für das Rad zu groß geworden war. Die Familie wohnte in einem von diesen Häusern.

Annika ließ die Mietskasernen hinter sich und fuhr bis zum Eksätravägen. Beim Björksätravägen bog sie nach links ab. Die Bombe war im Umkleideraum Nummer 6 detoniert, dem Umkleideraum der Schiedsrichter, der auf der Hinterseite zwischen der Leichtathletikhalle und der alten Eissporthalle lag.

»Abgesperrt«, stellte Henriksson fest.

Annika gab keine Antwort, sondern wendete den Wagen. Sie fuhr zurück und parkte zwischen den Schneewehen auf einem einsamen Parkplatz auf der anderen Seite des Eksätravägen.

Sie blieb stehen, um sich das Gebäude zu betrachten, das mit roten Holzpaneelen verschalt war. Der Giebel hatte die Form eines unförmigen Ufos, ein ganz flaches Dach an den Seiten, die in einen steilen Bogen übergingen und in einer schiefen Spitze zusammenliefen.

»Bist du hier schon mal gewesen?« fragte sie Henriksson.

»Never«, antwortete er.

»Nimm die Kameras mit, dann gucken wir mal, ob wir nicht auch anders reinkommen«, verkündete sie.

Sie stapften durch den Schnee und gelangten zur Hinterseite der Anlage. Wenn Annika sich nicht verrechnet hatte, dann befanden sie sich am anderen Ende, gegenüber vom Haupteingang.

»Hier scheint ein Lieferanteneingang zu sein«, erklärte sie und marschierte auf die Mitte der Giebelseite zu. Die Tür war abgeschlossen. Sie stapften im Schnee weiter, bogen um die Ecke, gingen auf der Längsseite des Gebäudes weiter. In der Mitte waren zwei schmale Türen: Notausgänge, wie Annika vermutete. Die erste Tür war verriegelt, aber die zweite war nicht abgeschlossen. Von Absperrungen keine Spur. Vor Freude hatte Annika Schmetterlinge im Bauch.

»Hereinspaziert«, murmelte sie und zog die Tür auf.

»Kann man denn einfach so reingehen?« fragte Henriksson.

»Siehst du doch«, antwortete Annika. »Man muß einfach nur einen Fuß vor den anderen setzen und das immer wiederholen.«

»Ja, aber ist das nicht Hausfriedensbruch oder so?« erkundigte sich Henriksson nervös.

»Das wird sich rausstellen, aber das glaube ich nicht. Das hier ist eine öffentliche Sportanlage, im Besitz der Stadt Stockholm. Sie steht der Allgemeinheit offen, und die Tür war nicht abgeschlossen. Das dürfte kein Problem darstellen.«

Henriksson trat mit skeptischer Miene ein, Annika schloß hinter ihnen die Tür.

Sie befanden sich ganz oben auf der kleinen Tribüne der Arena. Annika schaute sich um, es war ein schönes Gebäude. Sieben Bögen aus verleimtem Holz gaben der ganzen Konstruktion Halt. Die seltsame Spitze des Ufo-Giebels erwies sich als eine Fensterreihe direkt unter dem Dach. Eine Laufbahn dominierte die Arena, rechts gegenüber waren die Grube und das Lattengestell für den Stabhochsprung. Auf der anderen Seite der Bahnen befanden sich Räumlichkeiten, die wie eine Reihe Büros aussahen.

»Da drüben brennt Licht«, sagte Henriksson und zeigte auf den Raum ganz links.

»Da gehen wir hin«, verkündete Annika.

Sie folgten der Wand und gelangten zu dem, was der Haupteingang der Anlage sein mußte. In einem angrenzenden Zimmer hörten sie jemanden weinen. Henriksson blieb stehen.

»Nee, verdammt«, protestierte er, »bis hierher und nicht weiter.«

Annika beachtete ihn nicht, sondern ging auf das Büro zu, aus dem das Weinen drang. Die Tür war angelehnt, behutsam klopfte sie an und wartete eine Reaktion ab. Als sie nicht erfolgte, schob sie die Tür auf und spähte hinein. Der Raum sah aus wie ein Bauplatz, Elektrokabel ragten überall aus den Wänden, im Boden war ein großes Loch, Bretter und eine Bohrmaschine lagen auf einer kleinen Werkbank. Eine junge, blonde Frau saß auf einem Plastikstuhl mitten im Durcheinander und weinte.

»Entschuldigung«, sagte Annika. »Ich komme von der ‚Abendpresse‘. Kann ich Ihnen irgendwie helfen?«

Die Frau weinte weiter, als hätte sie Annika nicht gehört.

»Soll ich jemanden holen, der Ihnen hilft?« fragte Annika.

Die Frau schaute nicht auf, sondern weinte mit vor das Gesicht geschlagenen Händen weiter. Annika wartete still eine Zeitlang im Türrahmen, dann drehte sie sich um und war im Begriff, die Tür hinter sich zu schließen.

»Begreifen Sie, wie jemand etwas so Grausames tun kann?« fragte die Frau.

Annika blieb stehen und wandte sich wieder der Frau zu.

»Nein«, antwortete sie. »Das ist vollkommen unbegreiflich.«

»Beata Ekesjö ist mein Name«, erklärte die Frau und putzte sich mit einem Stück Toilettenpapier die Nase. Sie trocknete sich die Hände an einem anderen Stück ab und streckte dann die Hand zum Gruß aus. Annika nahm sie, ohne mit der Wimper zu zucken. Der

Handschlag war wichtig. Sie erinnerte sich noch immer an den ersten Besuch bei einem HIV-kranken Menschen, bei einer jungen Frau, die bei der Geburt ihres zweiten Kindes infiziert worden war. Die Mutter hatte vom schwedischen Gesundheitsdienst Blut erhalten mit dem tödlichen Virus als Zugabe. Ihr warmer, weicher Händedruck hatte auf der ganzen Rückfahrt zur Zeitung in Annikas Hand gebrannt. Bei einer anderen Gelegenheit war sie dem Präsidenten eines Clubs der Hell's Angels vorgestellt worden. Annika hatte die Hand zur Begrüßung ausgestreckt, der Präsident hatte ihr starr in die Augen gesehen, während er langsam vom Handgelenk bis zu den Fingerspitzen seine rechte Hand ableckte.

»Die Leute sind so verdammt hohl in der Birne«, hatte er gesagt und seine spuckeklebrige Pranke ausgestreckt. Annika nahm sie, ohne auch nur eine Sekunde zu zögern. Die Erinnerung daran flatterte nun vorüber, da sie die Hand der verweinten Frau hielt und Reste von Tränen und Rotz zwischen den Fingern spürte.

»Mein Name ist Annika Bengtzon«, sagte sie.

»Sie haben über Christina Furhage geschrieben«, erklärte Beata Ekesjö. »Sie haben in der ‚Abendpresse‘ über Christina Furhage geschrieben.«

»Ja, das stimmt«, erwiderte Annika.

»Christina Furhage ist die faszinierendste Frau, die man sich denken kann«, sagte Beata Ekesjö. »Deshalb ist es so traurig, daß das alles passieren mußte.«

»Ja, natürlich«, entgegnete Annika und wartete.

Die Frau schneuzte sich wieder und strich sich das flachsblonde Haar hinters Ohr. Sie war von Natur aus blond, stellte Annika fest, keine Strähnen mit nachgewachsenem Haar, wie bei Anne Snapphane. Sie mochte um die dreißig Jahre alt sein, ungefähr so alt wie Annika.

»Ich kannte Christina«, sagte Beata Ekesjö leise und schaute hinunter auf die Rolle Toilettenpapier, die auf ihrem Schoß lag. »Ich habe mit ihr zusammengearbeitet. Sie war mein Vorbild. Deshalb finde ich es so unglaublich tragisch, daß das alles passieren mußte.«

Annika trat von einem Fuß auf den anderen. Das hier brachte nichts.

»Glauben Sie an Schicksal?« fragte die Frau plötzlich und schaute zu Annika auf.

Annika merkte, daß Henriksson nachgekommen war und sich genau hinter sie gestellt hatte.

»Nein«, antwortete Annika. »Nicht, wenn Sie es in der Bedeutung meinen, alles sei vorausbestimmt. Ich glaube, wir formen unser eigenes Schicksal.«

»Warum?« fragte die Frau interessiert und straffte den Rücken.

»Unsere Zukunft formt sich nach den Entscheidungen, die wir treffen. Jeden Tag treffen wir wichtige Entschlüsse. Soll ich jetzt über die Straße gehen, oder soll ich warten, bis das Auto vorübergefahren ist? Wenn die Entscheidung falsch ist, kann das Leben zu Ende sein. Das ist uns selbst überlassen.«

»Dann glauben Sie also nicht, daß es jemanden gibt, der über uns wacht?« erkundigte sich Beata mit großen Augen.

»Ein Gott oder so? Ich glaube, daß unser Dasein auf Erden einen Zweck hat, wenn es das ist, was Sie meinen. Aber was auch immer es sein mag, so ist es anscheinend nicht Sinn der Sache, daß wir ihn herausfinden, sonst wüßten wir ihn wohl schon längst, oder?«

Die Frau erhob sich und schien über Annikas Worte nachzusinnen. Sie war klein, nicht größer als 1,60 Meter und zierlich wie ein Teenager.

»Was machen Sie hier, in diesem Raum, gerade jetzt?« fragte Annika am Ende.

Die Frau seufzte und starrte auf ein Kabelloch in der Wand.

»Ich arbeite hier«, antwortete sie und blinzelte wieder durch die Tränen.

»Haben Sie mit Stefan zusammengearbeitet?«

Sie nickte, und Tränen rannen ihr von neuem über die Wangen.

»Bosheit, Bosheit, Bosheit«, murmelte sie, wobei sie sich mit vor das Gesicht geschlagenen Händen hin und her wiegte. Annika hob die Rolle Toilettenpapier auf, die die Frau auf den Boden gestellt hatte und riß ein großes Stück davon ab.

»Hier, bitte«, sagte sie.

Die Frau drehte sich heftig um, so daß Annika einen Schritt zurück trat und Henriksson auf den Fuß trampelte.

»Wenn es das Schicksal nicht gibt, wer hat dann entschieden, daß Christina und Stefan sterben müssen?« fragte sie mit glühenden Augen.

»Das war ein Mensch«, antwortete Annika ruhig. »Jemand, der beide ermordet hat. Es würde mich nicht wundern, wenn es ein und dieselbe Person wäre.«

»Ich war hier, als die Bombe hochgegangen ist«, verkündete Beata und wandte sich von neuem ab. »Ich war es, die ihn gebeten hat zu bleiben, um die Umkleideräume zu kontrollieren. Welche Schuld trifft dann mich?«

Annika antwortete nicht, sondern betrachtete die Frau eingehender. Sie paßte nicht an diesen Ort. Was wollte sie eigentlich sagen, und was machte sie hier?

»Wenn es nicht das Schicksal war, das bewirkte, daß Stefan in die Explosion geraten ist, dann ist es doch meine Schuld, oder etwa nicht?« erklärte sie.

»Warum glauben Sie, es sei Ihre Schuld?« erkundigte sich Annika, und in dem Augenblick hörte sie hinter sich Stimmen. Ein uniformierter Polizist trat durch den Haupteingang, gefolgt von acht, neun Bauarbeitern.

»Darf ich von Ihnen ein Bild machen?« beeilte sich Henriksson, die Frau zu fragen.

Beata Ekesjö strich sich das Haar glatt.

»Ja«, antwortete sie. »Ich will, daß Sie über das hier schreiben. Es ist wichtig, daß das an die Öffentlichkeit kommt. Schreiben Sie, was ich gesagt habe«, sagte sie.

Sie starrte den Fotografen an, er knipste einige Bilder ohne Blitz.

»Vielen Dank, daß wir mit Ihnen sprechen durften«, sagte Annika rasch, ergriff Beatas Hand und eilte zu dem Polizisten. Der Polizist konnte gewiß noch einiges hinzufügen, im Unterschied zu der verwirrten, bedauernswerten Frau hier.

Die Gruppe von Männern war unterwegs ins Innere der Arena, als Annika sie eingeholt hatte. Sie stellte sich ihnen vor, und der Polizist wurde sofort ungemütlich.

»Wie zum Teufel sind Sie hier reingekommen, an der Absperrung vorbei?«

Annika schaute ihm ruhig in die Augen.

»Sie haben heute nacht keine gute Arbeit geleistet, Herr Wachtmeister. Sie haben weder die südliche Längsseite abgesperrt noch die Notausgänge abgeschlossen.«

»Scheiße, aber jetzt weg hier«, kommandierte der Polizist und packte Annika.

Im selben Augenblick schoß Henriksson ein Foto, diesmal mit Blitzlicht. Der Polizist zuckte zusammen und ließ Annika los.

»Was passiert jetzt?« fragte Annika und fischte Block und Bleistift aus ihrer Tasche. Verhöre, technische Untersuchung?«

»Ja, und Sie verschwinden von hier.«

Annika seufzte und ließ Block und Bleistift in ihren Händen auf die Oberschenkel sinken.

»Kommen Sie. Wir sind doch aufeinander angewiesen. Lassen Sie uns fünf Minuten mit den Männern reden und in der Arena ein Gruppenbild machen, dann sind wir auch zufrieden.«

Der Polizist biß die Zähne zusammen, drehte sich um und zwängte sich durch die Gruppe der Bauarbeiter hindurch zum Ausgang. Vermutlich war er im Begriff, seinen Kollegen zu holen. Annika erkannte, daß sie zu schnellem Handeln gezwungen war.

»Okay, können wir ein Gruppenbild machen?« fragte sie, und die Männer standen unschlüssig mit den Händen in den Hosentaschen an der kleinen Tribüne.

»Entschuldigen Sie, Sie finden vielleicht, wir sind aufdringlich, aber wir versuchen nur, unsere Arbeit so gut wie möglich zu machen. Es ist ungeheuer wichtig, daß Stefan Bjurlings Mörder gefaßt wird, und wahrscheinlich können die Massenmedien dabei eine Hilfe sein«, erklärte Annika, während Henriksson losknipste.

»Zuerst möchten wir natürlich unser Beileid über den Verlust Ihres Arbeitskollegen aussprechen, es muß schrecklich sein, einen Kollegen auf diese Art und Weise zu verlieren.«

Die Männer gaben keine Antwort.

»Gibt es etwas, was Sie uns über Stefan Bjurling mitteilen wollen?« erkundigte sie sich.

Der Fotograf hatte die Gruppe so plaziert, daß alle auf der Tribüne saßen, alle waren ihm zugewandt mit der ganzen Halle schwebend im Hintergrund. Das würde ein suggestives Bild abgeben.

Die Männer zögerten, niemand wollte antworten. Sie waren alle verbissen, ernst, mit trockenen Augen. Vermutlich standen sie unter einer Art von Schock.

»Stefan war unser Boß«, sagte ein Mann in verschlissenem Overall. »Er war ein verdammt guter Typ.«

Die anderen murmelten zustimmend.

»Was machen Sie hier für eine Arbeit?« fragte Annika.

»Wir checken das ganze Gebäude durch und führen vor den Olympischen Spielen Renovierungen durch. Es geht dabei um Sicherheit, Strom, Rohrleitungen ... Das wird in allen Anlagen gemacht, die mit den Spielen zu tun haben.«

»Und Stefan war der höchste Chef?«

Die Gruppe stimmte Gemurmel an, bis der Mann von neuem das Wort ergriff.

»Na ja, er war unser Chef«, sagte der im Overall. »Aber sie, die Blondine, das ist die Projektleiterin.«

Annika hob die Augenbrauen.

»Beata Ekesjö?« sagte sie erstaunt. »Sie ist hier der Boß?«

Die Männer lachten eine Spur und schielten sich in gegenseitigem Einverständnis zu, doch, Beata war hier der Boß. Das unterdrückte Lachen war freudlos und glich eher einem Kichern.

Armes Würstchen, dachte Annika. Sie hatte es mit diesen Burschen bestimmt nicht leicht.

In Ermangelung einer besseren Idee fragte Annika, ob sie Christina Furhage kannten, und nun nickten alle voller Achtung.

»Das war eine richtig starke Frau«, sagte der im Overall. »Es gibt niemand anders außer ihr, der das hier alles geschafft hätte.«

»Warum glauben Sie das?« fragte Annika.

»Sie ist zu allen Baustellen gefahren und hat mit den Bauarbeitern geredet. Niemand wußte, woher sie sich die Zeit dafür genommen hat, aber sie wollte alle persönlich kennenlernen und hören, wie die Sache voranging.«

Der Mann verstummte, Annika schlug gedankenverloren auf den Block.

»Werden Sie heute weiterarbeiten?«

»Zuerst sprechen wir mit der Polizei, dann gehen wir wohl nach

Hause. Und wir legen eine Schweigeminute für Stefan ein«, erklärte der Mann im Overall.

Im selben Augenblick kam der Polizist mit zwei Kollegen zurück. Sie sahen ziemlich sauer aus und steuerten direkt auf die kleine Gruppe zu.

»Vielen Dank«, sagte Annika leise und hob Henrikssons Fototasche hoch, weil sie neben ihr stand. Dann machte sie auf dem Absatz kehrt und marschierte die Längsseite entlang, in Richtung Notausgang. Sie hörte den Fotografen hinter sich herlaufen.

»Hören Sie«, rief der Polizist.

»Danke auch, nun stören wir nicht länger«, rief Annika zurück und winkte, ohne das Schrittempo zu senken.

Sie hielt Henriksson die Tür auf und ließ sie mit lautem Knall zufallen.

Der Fotograf saß stumm neben ihr, während Annika zurück zur Zeitung fuhr. Es schneite noch immer, aber nun hatten sie volles Tageslicht. Der Verkehr war noch dichter geworden, abgesehen von dem üblichen Chaos hatte der Weihnachtsreiseverkehr eingesetzt. Es waren nur noch drei Tage bis Weihnachten.

»Wo feierst du Weihnachten?« fragte Annika, um das Schweigen zu brechen.

»Was machst du mit dieser Sache hier?« antwortete Henriksson.

Annika schaute ihn erstaunt an.

»Womit? Was meinst du?«

»Kann man wirklich Sachen publizieren, wenn man so mir nichts, dir nichts irgendwo reinmarschiert?«

Annika seufzte.

»Ich werde Schyman erklären, was vorgefallen ist, aber ich glaube, es wird gehen; wir bringen ein Bild mit den Typen an der Tribüne, und dann dürfen sie etwas von der Schweigeminute für Stefan erzählen. Das wird nicht sehr viel mehr als eine Bildunterschrift hergeben. Im Artikel daneben kann man die Fakten der Polizei einarbeiten und die Informationen, daß die Vernehmung der Bauarbeiter noch nicht abgeschlossen ist, ebenso wie die technische Untersuchung, blabla, du weißt schon.«

»Und was ist mit der Frau?«

Annika biß sich auf die Unterlippe.

»Sie nehme ich nicht mit rein. Sie war zu durcheinander und brachte nichts. Ich hatte nicht den Eindruck, daß sie noch ganz richtig war, was meinst du?«

»Ich habe den Anfang nicht mitgekriegt«, erklärte Henriksson. »Hat sie die ganze Zeit was von Bosheit und Schuld geredet?«

Annika kratzte sich an der Nase.

»Doch, ja, so was in der Art. Deshalb nehme ich sie nicht mit rein. Bestimmt hielt sie sich in der Anlage auf, als die Sprengladung hochgegangen ist, aber sie konnte dazu nichts sagen. Du hast sie ja gehört. In einem solchen Fall muß man Rücksicht nehmen, daß man sie nicht vorführt, auch wenn sie selbst das will. Sie weiß nicht, was für sie das Beste ist.«

»Du hast doch gesagt, es ist nicht an uns zu entscheiden, wer mit in die Zeitung kommt«, sagte Henriksson.

»Stimmt«, erwiderte Annika. »Aber es ist an uns zu entscheiden, ob ein Mensch soweit bei Verstand ist, daß er oder sie begreift, wer wir sind und was wir sagen. Diese Frau hatte eine Schraube locker. Sie kommt nicht in die Zeitung. Aber ich kann schreiben, daß sich die verantwortliche Leiterin des Projekts bei der Explosion im Gebäude aufgehalten hat, daß sie nach Stefan Bjurlings Tod vollkommen am Boden zerstört ist und sich für seinen Tod verantwortlich fühlt. Aber ich finde nicht, daß die Zeitung ihr Bild und ihren Namen veröffentlichen sollte.«

Auf der Rückfahrt zum Zeitungshaus schwiegen sie. Annika ließ Henriksson vor dem Eingang aussteigen, ehe sie den Wagen im Parkhaus abstellte.

Bertil Milander saß in seiner prächtigen Jugendstilbibliothek vor dem Fernseher und spürte das Blut im Körper pochen. In seinen Adern brauste es, sein Atemzug erfüllte den Raum. Er fühlte, daß er kurz vorm Einschlafen war. Die Lautstärke des Fernsehers war auf ein schwaches Wispern reduziert, erreichte ihn als stoßweises Rauschen durch die Betriebsgeräusche des Körpers hindurch. Gerade saßen einige Frauen lachend und plaudernd beisammen, aber er nahm nicht ein einziges ihrer Worte wahr. In regelmäßigen Abständen tauchten neben unterschiedlichen Währungen Schilder mit Flaggen und Telefonnummern auf dem Bildschirm auf. Er begriff nicht, worum es ging. Die Beruhigungsmittel machten alles so flauschig weich. Ab und zu schluchzte er auf.

»Christina«, murmelte er und weinte ein bißchen.

Er mußte eingeschlummert sein, aber plötzlich war er hellwach. Er erkannte den Geruch, und er wußte, daß er Gefahr bedeutete. Dieses Warnsignal war so tief in ihm eingeprägt, daß es trotz Schlaf und Tablettenrausch zu ihm vordrang. Er hievte sich aus dem Ledersofa hoch, sein Blutdruck war auf dem Nullpunkt und machte ihn schwindelig. Er richtete sich auf, stützte sich an der Rückenlehne ab und versuchte den Geruch zu lokalisieren. Er kam aus dem Salon. Der Mann setzte vorsichtig einen Fuß vor den anderen und hielt sich an den Bücherregalen fest, bis der Blutdruck ihn eingeholt hatte.

Die Tochter hockte vor dem Kachelofen und stopfte ein rechteckiges Stück Karton hinein.

»Was machst du da?« fragte Bertil Milander verwirrt.

Der Abzug in der alten Feuerstelle war nicht der beste, und der Rauch schlug in kleinen Schwaden in den Salon.

»Ich mach' sauber«, erwiderte die Tochter Lena.

Der Mann ging zu der jungen Frau und setzte sich neben sie auf den Fußboden.

»Machst du Feuer?« erkundigte er sich behutsam.

Die Tochter schaute ihn an.

»Diesmal nicht auf dem Parkett«, antwortete sie.

»Warum?« fragte er.

Lena Milander starrte in die Flammen, die kurz vor dem Erlöschen waren. Sie riß ein weiteres Stück vom Karton ab und schürte das Feuer von neuem. Die Flammen ergriffen das Stück Pappe und schlossen es in die Arme. Für einige Sekunden lag es gerade im Feuer, dann krümmte es sich schnell zu einer kleinen Rolle zusammen und verschwand. Christina Furhages lächelnde Augen gingen für immer in Rauch auf.

»Willst du an deine Mutter nicht ein Erinnerungsstück behalten?« fragte Bertil.

»Ich werde sie immer in Erinnerung haben«, antwortete Lena.

Sie riß noch drei weitere Blätter aus dem Album und warf sie ins Feuer.

Eva-Britt Qvist schaute auf, als Annika auf dem Weg in ihr Zimmer an ihr vorüberging. Annika begrüßte sie freundlich, aber Eva-Britt schoß unverwandt quer.

»Du bist also schon von der Pressekonferenz zurück«, sagte sie triumphierend.

Annika erkannte sofort, was sie nach Willen der Redaktionssekretärin antworten sollte, nämlich: »Welche Pressekonferenz?« und dann würde Eva-Britt Qvist beweisen können, daß es wirklich sie war, die in der Polizeiredaktion alles im Griff hatte.

»Ich bin nicht dagewesen«, verkündete sie, lächelte noch breiter und ging in ihr Zimmer und schloß die Tür. Du kleines Miststück, nun kannst du dir den Kopf zerbrechen, wo ich gewesen bin, dachte sie.

Dann rief sie Berit über Handy an. Die Klingelzeichen ertönten, doch dann brachte sie die Mailbox um das Gespräch. Berit hatte ihr Mobiltelefon immer in der Umhängetasche und schaffte es nie, es beim ersten Klingeln herauszuholen. Annika wartete dreißig Sekunden und rief dann wieder an. Nun nahm Berit sofort ab.

»Ich bin auf der Pressekonferenz im Polizeipräsidium«, erklärte die Reporterin. »Du warst zur Arbeit rausgefahren, deshalb bin ich mit Ulf Olsson hierher gekommen.«

Cleveres Mädchen, dachte Annika.

»Was erzählen sie?«

»Ziemlich interessante Dinge. Ich bin bald zurück.«

Sie schalteten aus. Annika lehnte sich im Stuhl zurück und legte die Füße auf den Tisch. In der Schublade mit den Stiften entdeckte sie eine angebrochene Tafel Schokolade und brach den schmierigen Klumpen rasch in kleine Stücke. An den Enden hatten sich Zuckerkristalle gebildet, aber man konnte es essen.

Ein Gedanke drängte sich ihr auf, auch wenn sie vermutlich nicht den Mut hätte, ihn in der Redaktion laut auszusprechen, aber die Verbindung zwischen dem Sprengstoffmord und der Olympiade war verdammt brüchig. Die Frage war, ob es sich nicht trotz alledem um zwei persönlich motivierte Morde an zwei einzelnen Personen handelte. Die Halle in Sätra war so weit von einer olympischen Arena entfernt, wie man es sich nur vorstellen konnte. Es mußte einen gemeinsamen Nenner zwischen Christina Furhage und Stefan Bjurling geben. Das verbindende Glied konnten die Olympischen Spiele sein, mußten es aber nicht sein. Irgendwo in der Vergangenheit der beiden gab es etwas, das sie an ein und denselben Mörder band, dafür könnte Annika ihre Hand ins Feuer legen. Geld, Liebe, Sex, Macht, Eifersucht, Haß, Vorurteile, Einfluß, Verwandte, Freunde, Nachbarn, Urlaubsreisen, Schule, Kinderbetreuung, ihrer beider Leben konnte auf tausenderlei Arten Berührungspunkte miteinander haben. Allein auf der Baustelle heute morgen waren schließlich mindestens zehn Personen versammelt, die sowohl Stefan Bjurling als auch Christina Furhage kannten. Die Opfer mußten einander noch nicht einmal gekannt haben.

Sie rief ihren Kontaktmann an.

Er brummte ungnädig, als er ihren Namen hörte.

»Ich dachte, zwischen Ihnen und mir sei das letzte Wort gesprochen worden«, sagte er.

»Genau, und Sie sehen ja, wohin Sie das geführt hat. Wie toll ist Ihrer Meinung nach die Sicherheitsdebatte? ›Hallo, hallo, ist jemand da?‹« sagte sie und äffte den Radio-Reporter vom Morgen nach.

Er seufzte, und Annika wartete.

»Ich kann mit Ihnen nicht mehr sprechen.«

»Gut, okay«, erwiderte Annika schnell. »Ich verstehe, daß Sie viel zu tun haben, denn ich vermute, Sie suchen fieberhaft nach gemeinsamen Nennern zwischen Stefan Bjurling und Christina Furhage. Vielleicht haben Sie schon den richtigen gefunden. Wie viele Personen hatten Zugang zu den Alarmcodes und kannten Stefan Bjurling?«

»Wir versuchen uns fieberhaft gegen den Ruf nach mehr Sicherheitskräften zur Wehr zu setzen ...«

»Glaube ich nicht«, entgegnete Annika. »Es kommt Ihnen gerade recht, daß sich das Hauptaugenmerk von der Theorie, an der Sie festhalten, verschoben hat auf die total belanglose Debatte über die Sicherheit in den Arenen.«

»Das meinen Sie nicht im Ernst«, sagte der Mann. »Die Sicherheit liegt am Ende immer in der Verantwortung der Polizei.«

»Ich rede nicht von dem gesamten Polizeikorps, ich rede von Ihnen und Ihren Kumpels, die an der Lösung dieser Morde arbeiten. Von Ihnen hängt es ab, stimmt's? Falls Sie Erfolg haben, ist die Debatte tot.«

»Falls?«

»Ja. Deshalb bin ich der Meinung, daß Sie wieder mit mir reden sollten, denn die einzige Art, wie man im Leben vorankommt, ist die Kommunikation.«

»War es das, was Sie heute morgen in der Halle in Sätra betrieben haben, Kommunikation?«

Verdammter Mist, er hatte davon Wind bekommen.

»Unter anderem«, antwortete Annika.

»Jetzt muß ich auflegen.«

Annika holte tief Luft und sagte: »Christina Furhage hatte noch ein weiteres Kind, einen Sohn.«

»Ist mir bekannt. Tschüß.«

Er war wirklich ausgesprochen sauer. Annika legte den Hörer auf, und im selben Augenblick kam Berit zur Tür herein.

»Was für ein Sauwetter«, sagte sie und schüttelte ihren Haarschopf.

»Haben sie den Mörder gefaßt?« fragte Annika und hielt ihr die Schokolade entgegen. Berit schaute sie angewidert an und lehnte dankend ab.

»Nein, aber sie glauben, es ist ein und derselbe Mörder. Sie sind sicher, daß eine Drohung gegen die Spiele nicht ins Bild paßt.«

»Was haben sie für ein Argument?«

Berit holte ihren Block heraus und begann zu blättern.

»Es liegen keine öffentlichen Drohungen gegen irgendeine Anlage oder Person vor, die in Verbindung mit den Spielen stehen. Die Drohungen, die eventuell vorgebracht wurden, haben sich auf einer persönlichen Ebene abgespielt und standen nicht im Zusammenhang mit Arenen oder den Wettkämpfen.«

»Die Drohung gegen Christina Furhage meinen sie damit. Gab es Drohungen gegen Stefan Bjurling?«

»Ich hoffe, ich kriege das heute nachmittag raus, denn dann habe ich einen Termin mit seiner Frau.«

Annika hob die Augenbrauen.

»Interessant! Wollte sie das?«

»Ja, sie hatte nichts gegen ein Treffen mit mir einzuwenden. Warten wir's ab, was dabei rauskommt. Vielleicht ist sie zu durcheinander und von Trauer gebrochen, als daß wir etwas schreiben könnten.«

»Na, das ist doch absolute Spitze. Noch was?«

Berit blätterte.

»Ja, bald ist die vorläufige Analyse des Sprengstoffes beim ersten Mordfall abgeschlossen. Die Pressemitteilung soll heute gleich nach der Mittagszeit verschickt werden, haben sie gehofft. Sie haben geglaubt, die Analyse sei bis zur Pressekonferenz abgeschlossen, aber in London ist es aus irgendeinem Grund zu Verzögerungen gekommen.«

»Warum ist das Material überhaupt nach London geschickt worden?« erkundigte sich Annika.

Berit lächelte.

»Der Apparat in der Kriminaltechnik in Linköping war kaputt, so einfach ist die Erklärung.«

»Aber warum sägen sie so kräftig an der Sabotagetheorie?«

»Sie wollen wohl in Ruhe arbeiten«, vermutete Berit.

»Ich weiß nicht, aber ich glaube nicht, daß es nur darum geht«, sagte Annika. »Ich glaube, die stehen kurz vor der Lösung der Morde.«

Berit erhob sich.

»Ich habe Hunger. Und du?«

Sie gingen in die Cafeteria, Berit nahm Lasagne und Annika einen Geflügelsalat. Als sie gerade ihr Mahl beendet hatten, kam Patrik herein. Das Haar stand in alle Richtungen, und er sah aus, als hätte er in seinen Kleidern geschlafen.

»Guten Morgen«, sagte Annika. »Verdammt gute Arbeit heute nacht. Wie hast du alle Arbeitskollegen aufgetrieben?«

Der junge Mann grinste leicht, beschämt über das Lob und antwortete: »Ach, ich habe die per Telefon aus dem Bett geklingelt.«

Annika lächelte.

Sie unterhielten sich kurz über Weihnachtspanik, Weihnachtsgeschenke und Weihnachtsstreß. Berit hatte schon vor dem ersten Advent alle Weihnachtsgeschenke eingekauft, Patrik hatte noch nicht mit den Einkäufen angefangen, Annika ebensowenig.

»Ich hatte heute vor, ein paar Kleinigkeiten zu besorgen«, sagte sie.

»Für meine Mutter kaufe ich eine Schachtel Pralinen im Flugzeug«, erklärte Patrik.

Er wollte zu seinen Eltern nach Småland fliegen, um dort Weihnachten zu feiern, Berit würde Besuch von ihren erwachsenen Kindern bekommen. Sie hatte eine Tochter in den USA und einen Sohn in Malmö.

»Wir haben in den letzten Tagen geackert wie die Bekloppten. Wollen wir nicht ein bißchen Freizeitausgleich unter uns aufteilen?« schlug Annika vor.

»Ich hätte gern am Donnerstag frei«, verkündete Patrik. »Dann kann ich die frühere Maschine nehmen.«

»Ich muß noch ein bißchen putzen, Yvonne und ihre Familie kommen am Donnerstag.«

»Ja, aber das ist doch perfekt. Ich mache heute früher Schluß und ziemlich früh am Donnerstag.«

Sie brachen auf und entschieden sich für einen Schnelldurchgang der noch ausstehenden Arbeiten in Annikas Zimmer. Patrik machte sich auf, um ein Exemplar vom Konkurrenzblatt zu holen.

Annika und Berit ließen sich auf ihren angestammten Plätzen nieder. Berit im Sessel und Annika mit den Füßen auf dem Schreibtisch. In der nächsten Sekunde kam Patrik wie ein wild gewordener Stier ins Zimmer gestürmt.

»Nun wissen sie, was aus Christina Furhage Hackfleisch gemacht hat!«

Er wedelte mit der Pressemitteilung der Stockholmer Polizei.

»Na prima«, sagte Berit. »Was steht drin?«

Patrik las einige Sekunden schweigend das Blatt.

»Es war normales Dynamit«, sagte er eine Spur enttäuscht.

»Was für Dynamit?« fragte Annika und streckte ihre Hand nach der Pressemitteilung aus. Patrik drückte sie an sich.

»Nur mit der Ruhe, hier steht folgendes: ›Die Analyse des Sprengstoffes, der bei der Detonation in Victoriastadion in Stockholm um 3 Uhr 17 verwendet wurde, blabla ... bei der die geschäftsführende Direktorin des SOCOG, Christina Furhage, ums Leben kam, ist nun abgeschlossen. Bei dem Sprengstoff handelt es sich um ein gelantinöses Sprengstoffgemisch, das ein Teil Nitroglyzerin anstatt ausschließlich Nitroglykol enthält. Der Sprengstoff ist unter der Bezeichnung ‚Minex‘ im Handel und wird in einer Reihe unterschiedlicher Gewichtsmengen und Ausführungen angeboten. Die betreffende Ladung hat nach den Berechnungen zirka vierundzwanzig Kilo betragen und aus fünfzehn Plastikschlauchpatronen in den Maßen 50 x 550 mm bestanden ...‘«

»Vierundzwanzig Kilo, ist das nicht ziemlich viel?« wunderte sich Annika.

»Allerdings«, sagte Berit. »Kein Wunder, daß es eine Druckwelle gegeben hat, die noch auf Söder zu spüren war.«

Patrik las unaufgefordert weiter.

»›Der Sprengstoff ist innerhalb der letzten drei Jahre in Polen hergestellt worden. Er ist gekennzeichnet durch hohe Gewichtstärke, hohe Densität und hohe Detonationsgeschwindigkeit. Die Konsistenz ist weich und der Geruch relativ gering. Der Stoff besitzt einen hohen Grad an Phlegmatisierung ...‘ Was zum Teufel soll das denn sein?«

»Hat was mit Sicherheit zu tun«, erklärte Berit. »Es ist ein sicherer Sprengstoff.«

»Woher weißt du das?« fragte Annika beeindruckt.

»Ich bin auch in Kreuzworträtseln ein Profi.«

»›Der Energiegehalt ist hoch, das Gasvolumen liegt etwas höher als üblich, die Gewichtsstärke beträgt 115 % von Anfo-Sprengstoff und die Densität zirka 1,45 Kilo pro Kubikdezimeter. Die Detonationsgeschwindigkeit beläuft sich auf 5500 bis 6000 m/sek.‘«

»Okay, und was hat das alles zu bedeuten?« wunderte sich Annika.

»Nur mit der Ruhe, das kommt noch. ‚Minex‘ ist in Schweden eines der handelsüblichsten Warenzeichen für Dynamit. Der Sprengstoff ist über den Generalimporteur in Nora im Lauf der letzten drei Jahre an Hunderte von Projekten verkauft worden. Es war nicht möglich festzustellen, zu welcher Lieferung die gegenwärtige Ladung ursprünglich gehörte.‹«

»Handelsübliches Baudynamit also«, sagte Berit.

»Was baut man denn mit Dynamit?« fragte Annika.

»Alles zwischen Himmel und Erde. Man sprengt Wege, in Bergwerken, im Tagebau, man stellt mit Hilfe von Dynamit aus Granit Kies her, ebnet den Grund für den Bau von Häusern … Wir haben uns auch an einen Sprengmeister gewandt, als wir bei unserem Häuschen auf dem Land einen Dreikammerbrunnen gebaut haben. Gesprengt wird jeden Tag.«

»Das stimmt«, erinnerte sich Annika. »Die haben wie die Idioten gesprengt, als neben mir auf Kungsholmen beim St.-Eriks-Krankenhaus neue Häuser gebaut wurden.«

»Hört mal, was hier steht: ›Die Ladung wurde mittels elektrischer Zündkerzen ausgelöst. Diese waren an einen Verzögerungsmechanismus in Form eines Zeitzünders und an eine Autobatterie angeschlossen …‹«

Patrik legte das Papier aus der Hand und schaute seine Kolleginnen an.

»Verdammt«, sagte er. »Raffiniert.«

Eine Zeitlang saßen sie schweigend da und grübelten über die Informationen nach. Annika nahm die Füße vom Schreibtisch und schüttelte sich.

»Uuh, was haben wir bloß für einen Beruf«, sagte sie. »Wer macht was? Berit, du hast die Familie des Opfers, Patrik, du machst die Analyse und die Polizeijagd?«

Die beiden Reporter nickten, und Annika fuhr fort: »Ich habe fünfzehn Zentimeter über die Bauarbeiter geschrieben, die zu ihrem Arbeitsplatz gekommen sind und eine Schweigeminute für ihren toten Arbeitskollegen eingelegt haben. Dann dürfen sie sagen, wie sehr sie um ihren toten Freund trauern.«

»War das da draußen anstrengend?« erkundigte sich Berit.

»Na ja, da war eine Frau, die geweint hat und vollkommen mit den Nerven fertig war. Sie hat unzusammenhängendes Zeug geredet von Schuld und Sühne und Bosheit, das war etwas nervig. Ich habe sie im Artikel gar nicht erwähnt. Es ist nicht okay, wenn man sie vorführt.«

»Das machst du bestimmt richtig so«, sagte Berit.

»Haben wir noch was vergessen? Gibt es im Augenblick sonst noch was?«

Die Reporter schüttelten den Kopf und begaben sich an ihre Telefone und Computer. Annika schickte ihren Text zum Datenterminal, zog sich Mantel, Schal, Handschuhe und Mütze an und verließ die Redaktion. Es war erst halb zwei, aber sie hatte nicht vor, hier noch länger rumzusitzen.

Es schneite noch immer, als Annika zur Bushaltestelle des 56ers am Fyrverkarbacken stiefelte. Da die Temperatur um Null lag, verwandelten sich die Schneeflocken in graubraunen Matsch, sobald sie auf dem Straßenbelag landeten. Vorübergehend blieben sie noch liegen und bildeten so etwas wie eine weiße Decke auf der Rasenfläche bei der russischen Botschaft.

Schwerfällig setzte sie sich auf die Bank an der Bushaltestelle. Sie war allein, was den Gedanken nahelegte, daß sie gerade einen Bus verpaßt hatte. Sie merkte, daß sie sich in etwas Nasses, in eine Wasserlache oder Schneefleck gesetzt hatte. Sie schob die eine behandschuhte Hand unter den Hintern.

Sie wollten Weihnachten in Stockholm feiern, Thomas' Eltern sollten am Heiligen Abend kommen. Sie hatte mit ihrer Familie kaum Kontakt. Ihr Vater war tot, ihre Mutter wohnte noch in Hälleforsnäs in Sörmland, wo Annika aufgewachsen war. Ihre Schwester wohnte in Flen und verdiente sich nebenbei ein paar Mark an der Kasse eines Supermarkts. Sie sahen sich so gut wie nie. Das war nicht weiter tragisch. Sie beide verband nichts mehr, abgesehen von der Zeit, die sie gemeinsam in dem aussterbenden Ort verbracht hatten. Obwohl sich Annika bisweilen wirklich fragte, ob sie in derselben Ortschaft gewohnt hatten, so unterschiedlich waren ihre Eindrücke des kleinen Dorfes.

Im Bus waren kaum Fahrgäste. Annika setzte sich ganz nach hinten und fuhr bis Hötorget. Sie ging in ein Kaufhaus und kaufte mit der Visakarte für 3218 Kronen Spielsachen und tröstete sich damit, daß sie auf diese Weise wenigstens eine Menge Punkte auf ihrem Bonuskonto sammeln würde. Für Thomas kaufte sie ein Saucenkochbuch und ein sündhaft teures Hemd. Für seine Mutter ein Wolltuch. Seinem Vater mußte Thomas selbst ein Geschenk kaufen, er wollte sowieso immer nur Cognac haben. Um halb drei war sie wieder zurück in der Wohnung in der Hantverkargatan. Nach einem Augenblick des Zögerns versteckte sie die Geschenke ganz hinten in ihrem Wandschrank. Kalle hatte zwar im letzten Jahr an dieser Stelle die Geschenke gefunden, aber im Moment fiel ihr kein neues Versteck ein. Sie trat wieder in den Schneematsch auf der Straße hinaus, einer plötzlichen Eingebung folgend, ging sie in das Antiquitätengeschäft im nächsten Häuserblock. Dort gab es die beeindruckendste Sammlung von unterschiedlichstem Straßschmuck in ganz Stockholm: Halsbänder und Ohrringe, die an die der Filmstars der vierziger Jahre erinnerten. Sie ging hinein und kaufte für Anne Snapphane eine klassische Brosche in Goldplattierung und mit Granaten besetzt. Der zierliche Mann hinter dem Ladentisch verpackte sie in goldfarbenes Glanzpapier und band eine glitzernd blaue Schleife darum.

Die Kinder stürmten ihr begeistert entgegen, als sie die Kindertagesstätte betrat. Das schlechte Gewissen stach sie wie ein Messer ins Herz. Eine wirklich gute Mutter würde ihre Kinder jeden Tag so früh abholen ...

Sie gingen in den Supermarkt an der Ecke Scheelegatan, Kungholmsgatan und kauften Marzipanmasse, Sahne, Sirup, gehackte Mandeln, Pfefferkuchenteig und Blockschokolade ein. Die Kinder zwitscherten wie zwei Lerchen: »Was machen wir damit, Mama, was wird das? Kriegen wir heute was Süßes, Mama?«

Annika lachte und umarmte sie in der Warteschlange vor der Kasse.

»Ja, ihr kriegt heute was Süßes. Wir machen unsere eigenen Süßigkeiten, das ist doch toll, stimmt's?«

»Ich mag salziges Lakritz«, verkündete Kalle.

Als sie zu Hause angekommen waren, band sie den Kindern zwei große Schürzen um, beschloß, die Folgen zu ignorieren und ließ die Kinder einfach ihren Spaß haben. Zuerst schmolz sie die Blockschokolade in der Mikrowelle, bis sie cremig war, dann durften die Kinder kleine Stückchen der Marzipanmasse kneten. Dabei kamen nicht gerade viele Marzipankugeln heraus, und sie waren gewiß auch nicht schön geformt. Die Schwiegermutter würde garantiert die Nase rümpfen, aber die Kinder hatten ihren Spaß, vor allem Kalle. Sie hatte auch vorgehabt, Bonbons zu machen, erkannte aber, daß die Kinder nicht mitmachen konnten, die Zuckermasse war viel zu heiß. Statt dessen schaltete sie den Ofen ein und machte sich an den Pfefferkuchenteig. Ellen war ganz und gar selig. Sie rollte den Teig und stach Figuren aus und aß den restlichen Teig dazwischen auf. Am Ende war sie so satt, daß sie sich nicht mehr rühren konnte. Es kamen wirklich ein paar Backbleche mit Pfefferkuchen dabei heraus, die vorzeigbar waren.

»Wie fleißig ihr seid!« lobte sie die Kinder. »Schön habt ihr das gemacht, richtig leckere Pfefferkuchen.«

Kalle platzte vor Stolz und nahm einen Kuchen und ein Glas Milch, obwohl er eigentlich nichts mehr hinunterbrachte.

Sie setzte die Kinder vor einen Videofilm, während sie die Küche wieder auf Vordermann brachte. Das dauerte eine dreiviertel Stunde. Sie setzte sich zu ihnen auf das Sofa, als der Film am traurigsten war, als Simbas Vater gestorben war. Als die Küche wieder sauber war, war der ›König der Löwen‹ noch immer nicht zu Ende, so daß sie die Gelegenheit nutzte, Anne Snapphane anzurufen. Anne wohnte allein mit ihrer kleinen Tochter im Dachgeschoß eines Hauses auf der Insel Lidingö. Das Mädchen, das Miranda hieß, wohnte jede zweite Woche bei ihrem Vater. Beide waren zu Hause, als Annika anrief.

»Ich bin noch nicht dazu gekommen, mit dem Weihnachtskram anzufangen«, stöhnte Anne. »Warum schaffst du das immer und ich nicht?«

Im Hintergrund hörte sie die Musik von ›Der Glöckner von Notre Dame‹. Auch auf Lidingö schauten sie also Disney-Filme.

»Ich bin doch immer diejenige, die nichts auf die Reihe kriegt«, widersprach sie. »Bei dir ist es doch immer so vorbildlich sauber und aufgeräumt. Bei dir in der Wohnung kriegt man immer ein so schlechtes Gewissen.«

»Ich sage nur Tonja aus Polen«, erklärte Anne. »Geht es euch denn sonst gut?«

Annika seufzte.

»Ich habe bei der Arbeit ziemlich viel Streß. Es gibt da so einen kleinen Klüngel, der es auf mich abgesehen hat.«

»Ich weiß, der Anfang als Boß ist fürchterlich hart. Als ich Produzentin geworden bin, dachte ich im ersten Halbjahr, ich würde das nicht überleben, jeden Tag Herzschmerzen. Es gibt immer ein verbittertes kleines Miststück, das einem das Leben schwermacht.«

Annika biß sich auf die Unterlippe.

»Manchmal frage ich mich, ob es das alles wert ist. Eigentlich sollte man öfter mal mit den Kindern backen und da sein, wenn es im Fernsehen gruselig wird ...«

»Du würdest schon nach einer Woche verrückt werden«, sagte Anne.

»Ja, wahrscheinlich. Aber eigentlich sind doch die Kinder das wichtigste, daran führt kein Weg vorbei. Diese Frau, die da ermordet worden ist, Christina Furhage, die hatte einen Sohn, der mit fünf Jahren gestorben ist. Das hat sie nie überwunden. Glaubst du, daß ihre Arbeit und ihr Erfolg die Erinnerung je ausgelöscht haben können?«

»Mein Gott, wie schrecklich«, sagte Anne. »Woran ist er gestorben?«

»Malignes Melanom, Hautkrebs. Furchtbar, was?«

»Nein, Mirri, geh da weg ... wie alt war er, sagst du?«

»Fünf, genauso alt wie Kalle.«

»Und er ist an malignem Melanom gestorben? Niemals!«

Annika verstand nur Bahnhof.

»Was willst du damit sagen?«

»Er kann nicht an malignem Melanom gestorben sein, wenn er fünf Jahre alt gewesen ist. Das ist unmöglich.«

»Woher willst du das wissen?« erkundigte sich Annika verblüfft.

»Glaubst du, ich habe noch ein einziges Muttermal an meinem Körper? Hmm? Glaubst du das wirklich? Oder glaubst du, ich habe jedes einzelne wegmachen lassen, bevor ich zwanzig geworden bin? Was? Glaubst du, daß ich, ausgerechnet ich, mich in einer solchen Sache irren könnte? Meine liebe Anni ...«

Annika wurde immer verwirrter. Hatte sie Helena Starke womöglich falsch verstanden?

»Warum kann er kein malignes Melanom gehabt haben?« fragte sie unwissend.

»Weil die maligne, also die bösartige Variante von Melanomen niemals vor der Pubertät auftritt. Es sei denn, er ist ungewöhnlich früh in die Pubertät gekommen. Es gibt einige, die das haben. Die nennt man ...«

Annika strengte ihr Gehirn an. Anne Snapphane hatte bestimmt recht. Sie war eine Vollbluthypochonderin, es gab nicht eine Krankheit, die sie ihrer Meinung nach nicht schon gehabt hatte, es gab keine medizinische Untersuchung, die sie nicht schon hatte durchführen lassen. Unzählige Male war sie schon im Krankenwagen in die Notaufnahme des Krankenhauses von Danderyd gefahren, noch häufiger hatte sie die diversen Notarztpraxen der Stadt aufgesucht, die öffentlichen wie die privaten. Sie kannte alle Krebsarten, konnte die Unterschiede zwischen den Symptomen von MS und familiärer Amyloidose im Schlaf runterbeten. Sie irrte sich bestimmt nicht. Helena Starke hatte sich geirrt, oder sie hatte gelogen.

»Annika ...?«

»Du, ich muß Schluß machen.«

Sie legte auf, und ihr lief ein kalter Schauder den Rücken runter. Das war die entscheidende Frage, das spürte sie. Christina Furhages Sohn war nicht an einem malignen Melanom gestorben, sondern vielleicht auf ganz andere Weise. Hatte er an einer ganz anderen Krankheit gelitten, war einem Unfall zum Opfer gefallen oder wurde er schlichtweg ermordet? Vielleicht ist er überhaupt gar nicht gestorben? Er lebte womöglich noch immer.

Sie erhob sich rastlos und lief in der Küche auf und ab, das Adrenalin brodelte. Verdammt, verdammt, sie hatte das Gefühl, einer Sache auf der Spur zu sein. Dann erstarrte sie. Ihr Kontaktmann! Er wußte, daß Christina Furhage einen Sohn hatte, das hatte er gesagt, kurz bevor sie das Telefonat beendet hatten. Man hatte die Polizei eingeschaltet! Ja, ja, hier liegt der Hase im Pfeffer!

»Mama, ›Der König der Löwen‹ ist jetzt zu Ende.«

In einer kleinen Prozession zogen sie in die Küche, Kalle zuerst und Ellen einen Schritt hinter ihm. Annika schob die Gedanken über Christina Furhage ganz weit in den hintersten Teil des Großhirns zurück.

»War es ein schöner Film? Seid ihr hungrig? Nein, jetzt keine Pfefferkuchen mehr. Spaghetti? Oder vielleicht eine Pizza?«

Sie rief unten bei „La Solo" auf der gegenüberliegenden Straßenseite an und bestellte eine Capricciosa, eine Pizza mit Hackfleisch und Knoblauch und eine Calzone mit Schweinefilet. Thomas würde sauer sein, aber daran konnte sie auch nichts ändern. Wenn er heute Elchgulasch haben wollte, dann hätte er um zwei Uhr nach Hause kommen und die Fleischstücke anbraten können.

Evert Danielsson bog vom Sollentunavägen ab zur Tankstelle in Helenelund. Hier gab es eine große SB-Autowaschanlage, er fuhr ungefähr einmal pro Woche hierher, um seinen Wagen zu pflegen. Seine Sekretärin hatte ab 19 Uhr drei Stunden gebucht, das war im Grunde nicht notwendig, aber er wollte kein Risiko eingehen. Drei Stunden waren ein langer Zeitraum, der ohne Vorbestellung schwer zu bekommen war.

Er ging zunächst einmal in das Geschäft und stellte das Zubehör zusammen: eine Sprayflasche Fettlöser, Autoshampoo ohne Wachs, zwei Flaschen Turtle-Originalwachs und eine Packung Putzlappen. Er bezahlte an der Kasse, 31,50 Kronen für den Spray, 29,50 Kronen für das Shampoo und 188 Kronen für zwei Flaschen Wachs. Die Zeit in der Waschanlage kostete für Mitglieder 64 Kronen die Stunde, alles in allem kamen 500 Kronen für einen ganzen Abend zusammen. Evert Danielsson lächelte der jungen Frau an der Kasse zu und bezahlte mit der Firmenkarte.

Er verließ das Geschäft und fuhr den Wagen in seine gewohnte Halle, zog die Tür zu, holte den Campingstuhl heraus und stellte die kleine tragbare Stereoanlage auf die Bank in der Ecke. Er wählte eine CD mit Arien aus bekannten Opern aus, wie „Aida", „Die Zauberflöte", „Carmen" und „Madame Butterfly".

Während sich die Königin der Nacht zum viergestrichenen Fis emporschwang, machte er sich ans Abspülen des Autos. Lehmmatsch, Kies und Eis liefen in kleinen Bächen in den Abfluß. Anschließend sprühte er den Wagen von oben bis unten mit dem Fettlöser ein. Während das Mittel einwirkte, setzte er sich auf den Campingstuhl und lauschte Verdis „La Traviata". Es war nicht so, daß er immer

Opern in der Waschhalle hörte, mitunter spielte er auch alten Rhythm 'n' Blues wie Muddy Waters oder Rockabilly vom Typ Hank Williams. Mittlerweile hatte er sich auch auf wirklich moderne Klänge verlegt, er mochte Rebecka Törnqvist und einige Lieder von Eva Dahlgren.

Er ließ den Gedanken freien Lauf, landete aber bald wieder bei dem Thema, das sein Leben momentan mit Beschlag belegte: bei seinen zukünftigen Arbeitsaufgaben. Er hatte den Tag damit zugebracht, seiner zukünftigen Arbeit eine Struktur zu geben, hatte den Arbeitsaufgaben Priorität eingeräumt, die am dringlichsten waren, und begonnen, sich Gedanken über die Maßnahmen zu machen, die er ergreifen wollte. Er empfand eine gewisse Erleichterung darüber, daß Christina nicht mehr da war. Wer auch immer sie in die Luft gesprengt hatte, der hatte der Welt im Grunde möglicherweise einen großen Dienst erwiesen.

Am Ende des Stückes legte er eine CD mit Klaviermusik von Erik Satie ein. Die melancholischen Klänge erfüllten die Halle, als er von neuem den Wasserschlauch zur Hand nahm und das Auto abzuspülen begann. Dieser Vorgang war nicht sonderlich angenehm, es war vielmehr die Schlußphase, der er mit Freude entgegensah, das Wachsen und Polieren des Lackes, bis er funkelte und blitzte. Mit der Hand strich er über das Autodach. Er spürte, daß alles gut werden würde.

Thomas brachte die Kinder kurz nach halb acht zu Bett. Annika hatte ihnen »Maddes Freitag« vorgelesen, ein Bilderbuch über ein Mädchen, das in den Kindergarten ging, und über ihre Mutter. Im Buch erzählte die Mutter den Kindergärtnern von ihrem Chef, dem niemand gehorchen wollte, alle fanden es sehr witzig.

»Mobbing gegen Vorgesetzte ist anscheinend erlaubt, sogar in Kinderbüchern«, sagte Annika.

»Was willst du damit sagen?« fragte Thomas und schlug den Wirtschaftsteil der Zeitung auf.

»Schau dir doch mal diesen Test an«, sagte Annika und hielt ihm ein Hochglanzmagazin für Frauen unter die Nase. »Hier soll man eine Menge Fragen beantworten, und dann weiß man, wie es einem am Arbeitsplatz geht. Guck dir mal Frage vierzehn an. ›Wie ist Ihr

Chef?‹ Die Alternativen sind: Er ist ein Weichei und inkompetent, anmaßend und ungeduldig und leidet an Selbstüberschätzung. Was? Was ist das für eine idiotische Einstellung! Und guck mal hier, auf der nächsten Seite werden einem Ratschläge gegeben, wie man selbst zum Vorgesetzten aufsteigt. Die Moral von der Geschichte ist: Alle Chefs sind Idioten, und alle, die keine Chefs sind, wollen es werden. Aber so ist es gar nicht.«

»Natürlich ist es nicht so«, sagte Thomas und schlug die Seite um.

»Aber die ganze Gesellschaft basiert doch auf diesen Mythen!«

»Du warst früher doch selbst sehr kritisch deinen Chefs gegenüber eingestellt, hast du das schon vergessen?«

Annika ließ die Zeitschrift auf den Schoß sinken und bedachte Thomas mit einem vorwurfsvollen Blick.

»Ja, aber, verdammt noch mal, die waren ja auch wirklich alle Vollidioten.«

»Da siehst du's«, sagte Thomas und setzte seine Lektüre fort.

Annika grübelte eine Zeitlang still vor sich hin, während John Pohlman im Fernsehen das Weihnachtswetter vorhersagte. Im ganzen Land würde es weiße Weihnacht geben, zumindest bis zum ersten Feiertag. Dann würde von Westen eine Regenfront heraufziehen, in Bohuslän könnte es bereits am Heiligen Abend zu schauerartigen Regenfällen kommen.

»Du hattest es bei deinem Job doch auch nicht einfach, bis du dich eingelebt hast, stimmt's?« erkundigte sich Annika.

Thomas legte die Zeitung beiseite, stellte den Fernseher mit der Fernbedienung aus und streckte die Arme nach Annika aus.

»Komm her, mein Herz«, sagte er.

Die Stille war undurchdringlich, nachdem der Fernseher abgeschaltet worden war. Annika verließ den Sessel, krabbelte auf das Sofa, kuschelte sich mit dem Rücken an seinen Brustkorb gelehnt an und legte die Beine auf den Sofatisch. Thomas schlang die Arme um sie und streichelte ihre Schultern, pustete ihr in den Nacken und küßte sie in die Grube über dem Schlüsselbein. In ihrem Unterleib kribbelte es, vielleicht würden sie es heute abend schaffen, miteinander zu schlafen?

Genau in dem Moment klingelte Annikas Handy, die spröden

Töne suchten sich mühsam einen Weg aus ihrer Umhängetasche bis ins Fernsehzimmer.

»Geh nicht ran«, flüsterte Thomas und biß Annika ins Ohrläppchen, aber es war zu spät. Annika war schon nicht mehr in Stimmung und saß kerzengerade auf dem Sofa.

»Ich will nur schnell hören, wer dran ist«, murmelte sie und rappelte sich auf.

»Du mußt das Klingelzeichen von diesem Ding ändern«, rief Thomas hinter ihr her. »Was ist das für eine idiotische Melodie, die das Ding spielt?«

Annika erkannte die Nummer nicht, die auf dem Display blinkte und entschied, das Gespräch anzunehmen.

»Annika Bengtzon? Hallo, hier ist Beata Ekesjö. Wir haben uns heute morgen in der Halle in Sätra kennengelernt. Sie haben gesagt, ich könne mich melden, falls was Besonderes sei …«

Annika stöhnte innerlich, diese blöde Visitenkarte.

»Ja«, sagte sie kurz. »Worum geht es?«

»Ja, ich frage mich, was Sie morgen in der Zeitung über mich schreiben werden.«

Die Stimme der Frau klang hell und gut gelaunt.

»Warum?« fragte Annika und setzte sich auf die Bank im Flur.

»Tja, ich möchte es nur gern wissen, es ist wichtig, daß es keine Mißverständnisse gibt.«

Annika seufzte.

»Können Sie sich etwas genauer ausdrücken?« erkundigte sie sich und schaute auf ihre Armbanduhr.

»Ich könnte von mir noch etwas mehr erzählen, wie meine Arbeit aussieht und so. Ich habe ein wirklich schönes Haus. Sie können gern einmal vorbeikommen und sich ansehen, wie ich wohne.«

Annika hörte, wie Thomas den Fernseher wieder anschaltete.

»Das ist nicht aktuell«, erwiderte Annika. »Unser Platz in der Zeitung ist sehr begrenzt, wie Sie sicher verstehen werden. Sie werden überhaupt nicht zitiert.«

Für einige Sekunden herrschte Stille in der Leitung.

»Was wollen Sie damit sagen?« fragte die Frau. »Soll das heißen, Sie schreiben über mich kein Wort?«

»Diesmal nicht.«

»Aber … Sie haben doch mit mir gesprochen! Der Fotograf hat auch ein Foto von mir gemacht.«

»Wir sprechen mit einer Menge Leute, über die wir nie ein Wort schreiben«, erklärte Annika und mußte sich Mühe geben, weiterhin freundlich zu klingen. »Ich möchte mich noch einmal dafür bedanken, daß wir heute morgen Ihre Zeit in Anspruch nehmen durften, aber von unserem Gespräch werden wir nichts veröffentlichen.«

Die Stille in der Leitung schwoll an.

»Ich will, daß Sie schreiben, was ich heute morgen gesagt habe«, sagte die Frau.

»Tut mir leid«, erwiderte Annika.

Beata Ekesjö gab einen unbestimmten Ton von sich.

»Na gut«, sagte sie. »Trotzdem vielen Dank.«

»Danke und tschüß«, sagte Annika und schaltete aus. Sie eilte zurück zu Thomas auf das Sofa, nahm ihm die Fernbedienung aus der Hand und machte den Fernseher aus.

»Wo waren wir stehengeblieben?« fragte sie.

»Wer war dran?« wollte Thomas wissen.

»Eine junge Frau, der ich heute morgen begegnet bin, scheint ein bißchen plemplem. Sie ist draußen bei der Halle in Sätra die Bauleiterin.«

»Dann hat sie vermutlich einen verdammt schweren Stand, zumindest rein statistisch betrachtet«, sagte Thomas. »Jüngere Frauen auf von Männern dominierten Arbeitsplätzen haben es von allen am schwersten.«

»Glaubst du, ist das wirklich bewiesen?« fragte Annika erstaunt.

»Ja. Das stand in einem Hauptbericht, der gerade rausgekommen ist. Viele Untersuchungen beweisen, daß diejenigen Frauen, die einen Männerberuf ergreifen, die meisten Probleme auf dem Arbeitsmarkt haben. Sie werden gemobbt, bedroht und sind sexuellen Belästigungen öfter ausgesetzt als alle anderen. Eine Untersuchung am Institut für Nautik an der Technischen Hochschule von Chalmers hat bewiesen, daß vier von fünf weiblichen Seeleuten aufgrund ihres Geschlechts belästigt wurden«, referierte Thomas.

»Wie behältst du das nur alles im Kopf?«

Thomas lächelte.

»Das ist nichts anderes, als wenn du dich an jedes Detail in Berit Hamrins Artikel erinnern kannst. Dafür gibt es mehrere Beispiele, etwa das Militär. Viele Frauen springen ab, obwohl sie sich freiwillig beworben haben. Probleme mit den männlichen Kollegen sind die Hauptgründe. Weibliche Vorgesetzte gehen schlichtweg Gesundheitsrisiken ein, vor allem wenn sie unter starkem Beschuß durch die Kollegen stehen.«

»Das ist doch ein Thema, darüber müßten wir schreiben«, sagte Annika und versuchte, sich zu erheben.

»Ja, das solltet ihr. Aber nicht jetzt, denn jetzt massiere ich dir deine Schultern. Zieh den Pullover aus, so, ja. Und dann machen wir das hier auf, weg damit.«

Annika protestierte sanft, als ihr BH davonflog.

»Aber die Nachbarn sehen doch …«

Thomas stand auf und schaltete die Deckenbeleuchtung aus. Die einzige Lichtquelle im Zimmer war die hin und her schwingende Straßenlaterne unten auf der Straße. Es schneite noch immer, Schneeflocken so groß wie Klodeckel. Annika streckte ihre Arme nach ihrem Mann aus und zog ihn zu sich heran. Am Anfang ließen sie sich Zeit, lagen noch eine Zeitlang auf dem Sofa, streichelten sich und schälten sich gegenseitig aus den Kleidern.

»Du bringst mich ganz um den Verstand«, murmelte Thomas.

Sie zogen auf den Fußboden um und begannen sich zu lieben, anfangs unendlich langsam, dann lautstark und heftig. Annika schrie, als sie zum Höhepunkt kam, Thomas hatte sich etwas mehr unter Kontrolle. Anschließend holte Thomas eine Decke, sie legten sich wieder zurück auf das Sofa und verknoteten sich ineinander. Ermattet und erschöpft lagen sie da und lauschten durch die Dunkelheit auf die abendlichen Großstadtgeräusche. Weit unten hielt der 48er-Bus mit kreischenden Bremsen, bei den Nachbarn lief der Fernseher, auf der Straße grölte und fluchte jemand.

»Das wird wahnsinnig schön, wenn wir frei haben«, sagte Annika.

Thomas küßte sie.

»Du bist die Beste auf der Welt«, sagte er.

# Lügen

*Ich war mir von Anfang an sicher. Die Welt war eine Bühne, um mich hinters Licht zu führen, die Menschen um mich herum waren alle Akteure in dem Schauspiel. Sinn und Zweck war es, mich glauben zu machen, alles sei echt; die Erde, der Wald, die Äcker. Nymans Traktor, die Leute, der Dorfladen und der Briefträger. Die Welt hinter dem blauen Furuberg in der Ferne war eine diffuse Kulisse. Unablässig lauschte ich auf die falschen Tonfälle, wartete geduldig darauf, daß jemand sich verplapperte. Wenn ich ein Zimmer verließ, drehte ich mich in der Tür geschwind um, um die Menschen dort drinnen sehen zu können, wie sie eigentlich sind. Es ist mir immer mißglückt. Im Winter kletterte ich auf die Schneehaufen unterhalb des Fensters und lugte hinein. Wenn ich nicht anwesend war, nahmen die Menschen ihre Masken ab, legten ihre müden Häupter in die Hände und ruhten sich aus. Sie unterhielten sich leise, endlich ernsthaft, natürlich, vertraut, echt und wahr. Als ich wieder hineinging, waren sie alle gezwungen, in ihre unbequemen Körper zu schlüpfen, die ihnen nicht paßten, mit verbitterten Gesichtern und verlogenen Zungen.*

*Ich war mir vollkommen sicher, daß mir alles an dem Tag offenbart würde, an dem ich zehn Jahre alt wurde. Dann würden morgens alle Menschen zu mir kommen mit ihren wahren, klaren Körpern und mich in Weiß kleiden. Ihre Gesichter würden ruhig und wahrhaftig sein. Ich würde in einer Prozession zur Scheune im Dickicht auf der anderen Seite des Weges getragen werden. Dort würde der Regisseur am Eingang warten, mich bei der Hand nehmen und mich hinab in das verklärte Reich führen.*

*Er würde mir erzählen, wie alles eigentlich zusammenhing.*

Manchmal schlich ich mich zu der alten Scheune. Ich kann nicht mehr sagen, wie alt ich war, meine Beine jedoch waren kurz, meine langen Unterhosen kratzten, das dicke Gewebe machte die Schritte steif. Einmal blieb ich im Schnee stecken, war bis zur Hüfte eingesunken.

Die Scheune lag hoch im Jungwald, auf den Überresten einer zugewucherten Weide. Das Dach war eingefallen, die grauen Holzwände schimmerten silbern zwischen dem Gestrüpp. Ein Teil des Giebels ragte wie ein Signal gen Himmel.

Der rechteckige Eingang lag an der gegenüberliegenden Giebelwand, ich schürfte mir auf dem Weg um das Gebäude an den schroffen Wänden die Haut auf. Das Loch war etwas oberhalb in der Wand angebracht, mir fiel es schwer, dort hinaufzukommen.

In der Scheune stand die Zeit still, Staub war in der Luft, schräge Strahlen von Licht. Das Gefühl von wohnlichen Wänden unter freiem Himmel war betörend. Das Licht sickerte durch die aufragenden Kronen des Jungwaldes und die Überreste des Daches. Der Fußboden hatte ebenfalls nachgegeben, ich mußte vorsichtig sein beim Umhergehen.

Dort unten, unter dem Fußboden, lag der Bühneneingang. Das wußte ich. Irgendwo unter den dunklen Balken lag die Wahrheit und wartete. Einmal nahm ich allen Mut zusammen und kroch hinunter, untersuchte den Erdboden, um den Weg zum Licht zu finden. Doch ich fand nur Stroh und tote Ratten.

# Mittwoch, 22. Dezember

Diesmal war Annika an der Reihe, die Kinder in den Kindergarten zu bringen, deshalb konnte sie noch liegenbleiben und etwas dösen, nachdem Thomas gegangen war. Bis Weihnachten waren es nur noch zwei Tage, nun war sie im Endspurt. Es war erstaunlich, wie wenig dazugehörte, ihre Lebensgeister von neuem zu wecken. Nach einer Stunde in der Stadt, ein paar Pfefferkuchen und einer ausgiebigen Liebesnacht war sie wieder ganz auf der Höhe. Ausnahmsweise hatte sie die ganze Nacht ohne Kinder schlafen können, jetzt aber waren sie aufgewacht und kamen ins Schlafzimmer gestürmt. Sie nahm sie in die Arme und tobte mit ihnen im Bett, so lange, daß sie fast zu spät gekommen wären. Ellen hatte sich ein Spiel ausgedacht, das das Fleischklößchenspiel hieß, dabei mußte man sich gegenseitig an den Zehen kitzeln und die ganze Zeit ›Fleischklößchen, Fleischklößchen‹ rufen. Kalle liebte das Flugzeugspiel, dabei mußte Annika auf dem Rücken liegen und ihn auf den Füßen hoch in der Luft balancieren. In regelmäßigen Abständen legte das Flugzeug zur allgemeinen Begeisterung eine Bruchlandung hin. Am Ende bauten sie aus allen Kissen und der Decke und aus Thomas' großem Pyjama eine Höhle. Schnell aßen sie ihr Frühstück aus Joghurt und Cornflakes, schmierten Butterbrote für den Brotbeutel und waren fast pünktlich im Kindergarten. Annika blieb nicht mehr dort, sondern fuhr weiter, sobald sie die Kinder jeweils auf dem Schoß eines Erziehers abgeliefert hatte.

Es schneite noch immer, der schmutzige Brei lag zu hohen Wehen aufgetürmt entlang der Bürgersteige. Seitdem die Gemeinde Stockholm Stadtteilausschüsse eingeführt hatte, wurden nicht mehr alle Straßen geräumt. Sie wünschte, sie hätte die Energie, sich politisch zu engagieren.

Mit dem 56er hatte sie Glück, der Bus kam gleich, im Foyer nahm sie sich eine Zeitung, dann den Fahrstuhl aufwärts, sagte dem Hausmeister guten Morgen, der hinter der Redaktionstür stand. Voller Dankbarkeit dachte sie an den Chefredakteur Schyman, als sie sah, wie der Hausmeister schon zum zweiten Mal an diesem Tag mit der Post hereingeschlurft kam. Das Leben war in der Tat leichter geworden, seit Eva-Britt Qvist wieder ihren Postjob übernommen hatte.

Sie schnappte sich vom Zeitungstisch je ein Exemplar vom Konkurrenten und den Morgenzeitungen und holte einen Becher Automatenkaffee auf dem Weg in ihr Zimmer. Eva-Britt saß auf ihrem angestammten Platz und begrüßte sie angesäuert. Alles war mit anderen Worten so wie immer.

Berit hatte bei dem Interview mit der Frau von Stefan Bjurling phantastische Arbeit geleistet. Der Artikel war mit einer Großaufnahme der Frau und ihrer drei Kinder auf dem braunen Ledersofa der Familie in einem Reihenhaus in Farsta in der Zeitungsmitte plaziert worden. ›Das Leben muß weitergehen‹ lautete die Überschrift. Die Frau, siebenunddreißig Jahre alt, hieß Eva, und sah gefaßt und ernst aus. Die Kinder, elf, acht und sechs Jahre alt, schauten mit großen Augen in die Kamera.

›Das Böse hat viele Gesichter‹, sagte Eva im Artikel. ›Es ist dumm zu glauben, daß wir hier in Schweden davon verschont seien, bloß weil wir seit 1809 keinen Krieg mehr hatten. Gewalt und Niedertracht findet sich dort, wo man es am wenigsten vermutet.‹

Eva hatte in der Küche gestanden und Pfannkuchen gebacken, als die Polizei mit der Todesnachricht an ihrer Tür geklingelt hatte.

›Man kann nicht einfach zusammenbrechen, wenn man drei Kinder hat‹, sagte Eva im Text. ›Jetzt müssen wir aus der Situation das Beste machen und unser Leben weiterleben.‹

Lange betrachtete Annika das Bild. Sie beschlich das leise Gefühl, daß irgend etwas nicht stimmte. War die Frau nicht etwas zu sehr gefaßt? Warum brachte sie keine Gefühle von Trauer und Verzweiflung zum Ausdruck? Nun ja, der Text war gut, das Bild funktionierte, das war eine gute Sache. Sie schob das Gefühl von Unbehagen beiseite.

Auch Patrik hatte aus dem Material zur technischen Analyse und der polizeilichen Jagd nach dem Attentäter das Beste herausgeholt. Die Theorie, der Mörder sei bei beiden Detonationen derselbe, hatte ihre Berechtigung, obwohl man festgestellt hatte, daß der Sprengstoff nicht identisch war.

»Die Sprengkraft war dieses Mal sehr viel geringer«, erklärte der Pressesprecher der Polizei. »Die vorläufigen Analysen deuten darauf hin, daß der Sprengstoff entweder ein anderer war oder daß eine andere Sprengmethode verwendet wurde.«

Bei der nächsten Sitzung mit der Verlagsleitung würde sie empfehlen, Patrik eine Festanstellung zu geben.

Ihre eigene Story mit Johan Henrikssons Foto von den Bauarbeitern in der Halle von Sätra hatte eine eigene ganze Seite bekommen. Das sah ganz gut aus.

Sie blätterte in der Zeitung weiter, ließ den Bombenleger hinter sich und gelangte zur Rubrik FuK, was für „Frau und Know-how" stand. Intern wurden die Seiten allerdings nur die Fuck-Abteilung genannt. Heute hatte die Fuck-Redaktion ein abgedroschenes Thema aufgegriffen: ein Bericht über ein neues populärpsychologisches amerikanisches Frauenbuch und ihn mit Kommentaren bekannter Schwedinnen gespickt. Das Buch trug den Titel ›Die ideale Frau‹ und war geschrieben worden von einer Tussi mit Doppelnamen und sehr schmaler Nase, wie man sie nur dann haben kann, wenn man die Hälfte hatte wegoperieren lassen. Der Artikel war, neben dem kleinen Autorinnenporträt, illustriert mit einer fünfspaltigen Studioaufnahme von Christina Furhage. Der Text berichtete von dem Buch, das nun ENDLICH allen Frauen die Chance gab, die wahrhaft IDEALE FRAU zu werden. In einem kleinen separaten Artikel standen einige schematisch aufgelistete Fakten über Christina Furhage, und Annika verstand, daß der Mythos um die ermordete Olympia-Chefin bereits zu wachsen begann. Christina Furhage war, so stand dort zu lesen, eine Frau, der alles geglückt war. Sie hatte eine bewundernswerte berufliche Karriere absolviert, besaß ein schönes Zuhause, war glücklich verheiratet und hatte eine wohlgeratene Tochter. Außerdem achtete sie auf ihr Äußeres, sie war schlank und durchtrainiert und sah fünfzehn Jahre jünger aus, als sie eigentlich war. Annika bekam einen faden Geschmack im Mund, und das lag nicht allein an dem kalten Automatenkaffee. Das hier war nicht die volle Wahrheit. Christinas erste Ehe war in die Brüche gegangen, ihr erstes Kind war gestorben oder auf irgendeine

Weise verschwunden, ihr zweites Kind war eine Pyromanin und sie selbst wurde auf einer leeren Sportplatztribüne in tausend Stücke gesprengt, von jemandem, der sie haßte. So sah es in Wirklichkeit aus, da war sich Annika ganz sicher. Und dieser Jemand haßte auch Stefan Bjurling, das könnte sie schwören.

Sie wollte sich gerade einen neuen Becher Kaffee holen, als das Telefon klingelte.

»Kommen Sie her«, weinte jemand am anderen Ende. »Ich werde Ihnen alles erzählen.«

Es war Evert Danielsson.

Annika steckte Block und Bleistift in die Umhängetasche und rief sich ein Taxi.

Helena Starke erwachte auf dem Küchenfußboden. Zuerst begriff sie nicht so recht, wo sie war. Der Mund war trocken wie Wolle, sie fror, und ihr tat die eine Hüfte weh. Die Haut im Gesicht spannte nach all den Tränen.

Sie rappelte sich mühsam auf und blieb mit dem Rücken an den Spülbeckenschrank gelehnt sitzen, schaute aus dem schmutzigen Fenster und sah die Schneeflocken fallen. Sie atmete langsam und tief, zwang die Luft hinunter in die Lungen. Es rieb wie grobkörniges Sandpapier, sie war das Rauchen nicht gewohnt. Seltsam, dachte sie, das Leben fühlt sich ganz neu an. Das Hirn ist leer, der Himmel ist weiß, das Herz ist ruhig. Der Boden ist nah.

Ein stiller Frieden breitete sich in ihr aus. Sie saß auf dem Küchenboden, lange, und beobachtete, wie der Schneeregen gegen die Fensterscheibe klatschte. Die Erinnerungen an die vergangenen Tage segelten wie graue Gespenster weit hinten in ihrem Bewußtsein vorüber. Sie glaubte, sie müsse eigentlich hungrig sein. Soweit sie sich erinnern konnte, hatte sie eine Ewigkeit nichts mehr gegessen, nur etwas Wasser und ein Bier getrunken.

Das Gespräch mit der Frau von der Zeitung letzten Montag hatte alle Dämme zum Einstürzen gebracht. Zum ersten Mal in ihrem Leben hatte Helena Starke große und echte Trauer empfunden. Die Stunden, die seitdem vergangen waren, hatten sie zu der Erkenntnis gebracht, daß sie einen Menschen wirklich geliebt hatte, das einzige

Mal in ihrem bisherigen Leben. Die Einsicht, daß sie tatsächlich der Liebe fähig war, war ihr im Verlauf der vergangenen Nacht leise gekommen und hatte ihre Trauer noch verstärkt. Die Verwirrung und die Sehnsucht nach Christina waren in massives Selbstmitleid übergegangen, das sie lernen mußte zu akzeptieren. Sie war die klassische trauernde Witwe, mit dem Unterschied, daß sie niemals die Unterstützung und das Verständnis ihrer Umgebung erfahren würde. Das war dem etablierten Beziehungsmuster vorbehalten und der heterosexuellen, institutionalisierten Liebe.

Helena kam unter Mühen auf die Beine, ihre Glieder waren unglaublich steif. Lange hatte sie in der Küche auf dem Stuhl gesessen, eine Zigarette nach der anderen geraucht, sie mit dem Stummel der vorigen angezündet. In den frühen Morgenstunden hatte sie sich nicht mehr aufrecht auf dem Stuhl halten können und hatte sich auf den Boden gesetzt. Am Ende mußte sie eingeschlafen sein.

Von der Spüle nahm sie ein benutztes Glas, spülte es unter dem Wasserhahn aus, trank und spürte, wie sich ihr Magen zusammenballte. Sie erinnerte sich, was Christina immer zu sagen pflegte, im Geiste konnte sie fast ihre Stimme hören: »Du mußt essen, Helena, du mußt auf dich aufpassen.«

Sie wußte, daß sie für Christina wichtig gewesen war, vielleicht der wichtigste Mensch im Leben der Olympia-Chefin. Doch die Einsicht in Christinas Schattenseiten führte dazu, daß sich Helena keine Illusionen machte, was das hieß. Menschen waren für Christina ganz einfach nicht von Bedeutung.

Sie öffnete den Kühlschrank und fand erstaunlicherweise einen kleinen Becher Delikateß-Joghurt, der erst zwei Tage abgelaufen war. Sie nahm einen Löffel, setzte sich an den Tisch und begann zu essen, Vanille, ihre Lieblingssorte. Sie schaute hinaus auf den Schneematsch, ein trostloser Anblick. Der Verkehr dröhnte wie gewöhnlich dort draußen auf dem Ringvägen, sie fragte sich, wie sie es hier aushielt. Mit einemmal erkannte sie, daß sie es nicht mehr mußte. Sie hatte etwas Besseres verdient. Sie hatte genug Geld auf dem Bankkonto und konnte hinziehen, wohin sie auf der Welt wollte. Sie legte den Teelöffel auf den Tisch und schleckte den restlichen Joghurt mit dem Zeigefinger aus. Es war an der Zeit, die Zelte abzubrechen.

Das Restaurant „Sorbet" befand sich in der achten Etage des Lumahauses in Södra Hammarbyhamnen und hatte sowohl schwedische als auch indische Hausmannskost auf der Speisekarte. Die Männer, die es betrieben, nahmen es mit den Öffnungszeiten nicht so genau. Evert Danielsson war eingelassen worden und hatte sich eine Tasse Kaffee bestellt, obwohl bis zur Öffnung noch eine Viertelstunde Zeit war.

Annika fand Danielsson im Restaurant rechts hinter einem Spalier. Er war ganz grau im Gesicht.

»Was um alles in der Welt ist passiert?« fragte Annika und setzte sich ihm gegenüber auf einen Stuhl. Sie legte Halstuch, Handschuhe und Mantel ab und warf Kleider und Tasche auf den Stuhl nebenan.

Evert Danielsson seufzte und schaute auf seine Hände hinunter. Seiner Gewohnheit folgend hatte er sie an der Tischkante abgelegt, wo sie die Tischplatte fest umklammerten.

»Sie haben mich belogen«, sagte er mit erstickter Stimme.

»Wer denn?«

Er schaute hoch.

»Die Olympia-Repräsentanten«, antwortete er.

»Und wer ist das?« erkundigte sich Annika.

Der Mann schluchzte auf.

»Auch der Vorstand und Hans Bjällra, alle haben sie gelogen. Sie haben gesagt, ich würde andere Aufgabenbereiche bekommen, ich würde nach Christinas Tod eine Menge praktischer Details ins reine bringen. Aber sie haben mich reingelegt!«

Annika schaute sich peinlich berührt um, sie hatte keine Zeit, das Bürokratenkindermädchen zu spielen.

»Erzählen Sie mir jetzt, was passiert ist«, forderte sie ihn barsch auf, und das tat seine gewünschte Wirkung. Der Mann straffte sich.

»Hans Bjällra, der Vorstandsvorsitzende, hat versprochen, die Umgestaltung meiner Arbeitsaufgaben geschehe im Einvernehmen mit mir, aber das ist überhaupt nicht der Fall gewesen. Heute morgen, als ich zur Arbeit gekommen bin, wartete ein Brief auf mich. Der war morgens früh gebracht worden …«

Er verstummte und schaute hinunter auf seine weißen Knöchel.

»Und?« sagte Annika.

»Darin stand, ich solle bis Mittag mein Büro räumen. Das SOCOG hege nicht die Absicht, zukünftig meine Dienste in Anspruch zu nehmen. Ich brauche deshalb der Organisation nicht mehr zur Verfügung zu stehen, sondern könne mich als ungebunden betrachten und eine andere Anstellung suchen. Meine Abfindung werde am siebenundzwanzigsten Dezember ausbezahlt werden.«

»Wie hoch?«

»Fünf Jahresgehälter.«

»Sie armes Würstchen«, sagte Annika ironisch.

»Ja, ist das nicht schrecklich«, sagte Evert Danielsson. »Und während ich den Brief gelesen habe, kam ein Mann von der Service-Abteilung rein, er hat noch nicht mal angeklopft, sondern kam einfach reingelaufen. Er hat gesagt, er sei gekommen, um die Schlüssel zu holen.«

»Aber Sie sollten doch erst bis Mittag das Zimmer geräumt haben.«

»Die Autoschlüssel, sie haben mir den Dienstwagen weggenommen.«

Der Mann beugte sich über den Tisch und weinte. Annika betrachtete sein graumeliertes Haar. Es sah etwas steif aus, als hätte er es gefönt und dann eingesprayt. Sie stellte fest, daß es sich oben etwas lichtete.

»Sie können doch mit einem Teil der Abfindung ein neues Auto kaufen«, versuchte Annika. In dem Moment, in dem sie die Worte ausgesprochen hatte, erkannte sie, daß es keinen Zweck hatte. Man kann einem Menschen, dessen Haustier gerade gestorben ist, nicht mit dem Vorschlag kommen, er solle sich ein neues anschaffen.

Der Mann schneuzte sich wieder und räusperte sich.

»Deshalb gibt es für mich keine Veranlassung mehr, mich loyal zu verhalten«, erklärte Evert Danielsson. »Christina ist tot, ihr kann ich nicht mehr schaden.«

Annika holte Block und Bleistift aus der Tasche.

»Was wollen Sie erzählen?« fragte sie.

Evert Danielsson schaute sie müde an.

»Ich weiß am meisten«, verkündete er. »Nicht ausschließlich Christina war als Leiterin des SOCOG in Frage gekommen, auch nicht für die Kampagne, um die Spiele nach Stockholm zu holen. Es gab jede Menge andere Personen, meistens Männer, die sogar besser geeignet schienen.«

»Wie haben Sie Christina kennengelernt?«

»Sie ist aus der Wirtschaft und dem Bankwesen gekommen, das wissen Sie vielleicht. Ich habe sie vor ungefähr elf Jahren kennengelernt, als ich als Abteilungschef in der Bank gearbeitet habe, in der sie stellvertretende Direktorin war. Christina hielt sich möglichst weit entfernt vom Fußvolk. Sie galt als steinhart und ungerecht. Ersteres entsprach der Wahrheit, zweiteres nicht. Christina war unglaublich konsequent, sie hat nie jemanden abgesägt, der es nicht verdient hätte. Allerdings richtete sie die Leute gern öffentlich hin, was zur Folge hatte, daß die Leute eine Todesangst hatten, Mißerfolge zu haben. Möglicherweise hatte das in gewisser Weise positiven Einfluß auf den Gewinn, aber für das Betriebsklima in der Bank war das verheerend. Die Gewerkschaft redete davon, ein Mißtrauensvotum gegen sie anzustrengen, und so was kommt normalerweise in der Bankwirtschaft nicht vor, müssen Sie wissen. Aber Christina hat es verhindert. Die gewerkschaftlich Aktiven, die hinter der Forderung steckten, kündigten und verließen die Bank noch am selben Tag. Ich weiß nicht, wie sie das angestellt hat, sie loszuwerden, aber von einem Mißtrauensvotum war nie wieder die Rede.«

Einer der Restaurantbesitzer kam mit einer Tasse Kaffee für Annika und schenkte Evert Danielsson nach. Annika bedankte sich und hatte den Eindruck, sie kenne den Mann von einem Werbespot für eine Kreditkarte. Für Gesichter hatte sie ein Gedächtnis, und in diesem Fall lag sie vermutlich richtig. Die Fernsehgesellschaft im Haus setzte häufig die Statisten ein, die am schnellsten zur Hand waren.

»Wie kommt es, daß sie ihren Posten halten konnte, wenn sie so unbeliebt war?« fragte Annika, als der Kaffeemann aus dem Werbespot verschwunden war.

»Ja, das frage ich mich auch. Christina war annähernd zehn Jahre stellvertretende Direktorin in der Bank gewesen, als ich hinzukam. Während der Zeit hatte man den Direktor zweimal ausgetauscht, aber Christina war für den Posten nie im Gespräch. Sie saß unverrückbar wie eine Granitsäule auf ihrer Position, ist aber nicht aufgestiegen.«

»Warum nicht?« wunderte sich Annika.

»Ich weiß nicht. Der Vorstand hatte vielleicht Angst davor, was sie tun würde, wenn sie die höchste Machtposition innehätte. Sie müssen erkannt haben, aus welchem Holz sie geschnitzt war«, erklärte Evert Danielsson und nahm sich ein Stück Zucker. Annika wartete, während er den Kaffee umrührte.

»Am Ende hat Christina eingesehen, daß sie nicht weiterkommen würde. Als die Stadt Stockholm beschlossen hat, sich um die Olympischen Spiele zu bewerben, sorgte sie dafür, daß die Bank sich als einer der größten Sponsoren beteiligte. Ich glaube, sie hatte schon damals ihre Pläne im Hinterkopf.«

»Die da waren …?«

»Daß sie die Spiele übernimmt. Sie engagierte sich stark in der Arbeit für die Vorbereitungen. Schließlich wurde sie von der Bank freigestellt und übernahm die gesamte Verantwortung für die Bewerbung. Es war nicht weiter verwunderlich, daß man sie dazu auserkoren hat, obwohl sie ein unbekannter Nobody war. Der Job war ziemlich schlecht bezahlt, viel schlechter als ihr Gehalt in der Bank. Deshalb waren die Spitzen der Wirtschaft nicht so wahnsinnig interessiert an der Aufgabe. Außerdem war der Auftrag nicht der direkte Weg zum Erfolg. Sie erinnern sich vielleicht an die anfängliche Mißstimmung und Debatten? Die Olympischen Spiele nach Schweden zu holen war in der Bevölkerung alles andere als populär. Es war Christina zu verdanken, daß sich die Meinung änderte.«

»Alle sagen, sie habe hervorragende Arbeit geleistet«, schob Annika ein.

»Doch«, erwiderte Evert Danielsson mit verzogenem Gesicht. »Sie war geschickt in der Lobbyarbeit und im Kaschieren der horrenden Summen, die dabei ausgegeben wurden. Der Meinungsumschwung über die Spiele bei den Schweden ist die teuerste Kampagne, die je in diesem Land betrieben wurde.«

»Darüber habe ich nie etwas gelesen«, sagte Annika skeptisch.

»Nein, natürlich nicht. Das hätte Christina niemals durchsickern lassen.«

Annika machte sich Notizen und dachte kurz nach.

»Wann sind Sie zur Olympia-Arbeit dazugestoßen?« fragte sie.

Evert Danielsson lächelte.

»Ach so, Sie fragen sich, wieviel Dreck ich am Stecken habe und wie vielen ich selbst ein Bein gestellt habe? Eine ganze Menge. Ich bin in der Bank geblieben, als Christina in die Olympia-Kampagne verschwunden ist und mußte einen Teil ihrer Arbeitsaufgaben übernehmen. Das betraf hauptsächlich weniger wichtige Aufträge rein administrativer Art. Daß ich dann auch bei der Olympia-Organisation angefangen habe, ist reiner Zufall.«

Der Mann lehnte sich auf dem Stuhl zurück und schien sich besser zu fühlen.

»Als Christina die Spiele dann hierhin geholt hat, war die Situation eine ganz andere. Der Posten als geschäftsführende Direktorin des Olympia-Komitees war ein Prestigeauftrag. Alle waren sich einig, daß er an eine kompetente Person mit umfangreichen Erfahrungen im Wirtschaftsleben gehen sollte.«

»Es kamen mehrere in Frage, alles Männer, stimmt's?« sagte Annika.

»Ja, vor allem ein Mann, der zu dem Zeitpunkt Generaldirektor einer der größten staatlichen Unternehmen war.«

Annika kramte im Gedächtnis nach und sah das sympathische Gesicht des Mannes vor ihrem geistigen Auge.

»Genau, er hat aus persönlichen Gründen Abstand genommen und ist statt dessen Regierungspräsident geworden, war es nicht so?«

Evert Danielsson lächelte.

»Ja, genauso ist es gewesen. Aber die persönlichen Gründe bestanden in Wirklichkeit in einer Bordellrechnung aus Berlin, die auf meinem Schreibtisch in der Bank gelandet ist, kurz nachdem Stockholm die Spiele bekommen hat.«

»Ich weiß nicht, wie sie das angestellt hat, aber irgendwie hat Christina herausgefunden, daß der Mann in Begleitung einiger Genossen in einen Sexclub gegangen war, als er aus Anlaß eines sozialdemokratischen Kongresses in Deutschland war. Sie hat die Kontoabrechnung zutage gefördert, die selbstverständlich mit Steuermitteln bezahlt worden war, und dann war die Sache geritzt.«

»Wieso? Und wie haben Sie das rausgefunden?«

Evert Danielsson schob die Kaffeetasse von sich und beugte sich über den Tisch.

»Als die Spiele unter Dach und Fach waren, war vorgesehen, daß Christina wieder zur Bank zurückkommen sollte. Das IOC hatte es eilig damit, ihre Post wieder an uns zu senden, und da ich bereits einen Teil der Formalia übernommen hatte, war es nur selbstverständlich, daß ich mich der Quittungen annahm, die hereinkamen.«

»Gingen die Formalia tatsächlich so weit, daß Sie die Befugnis hatten, ihre Post zu öffnen?« fragte Annika sanft.

Das Lächeln im Gesicht des Mannes erstarrte.

»Ich will von mir nicht behaupten, ich hätte eine blütenweiße Weste«, sagte er. »Ich habe die Originalquittung an Christina weitergeleitet, ohne in irgendeiner Form einen Kommentar abzugeben, aber ich habe mir zuerst eine Kopie davon gemacht. Am Tag danach teilte der betreffende Generaldirektor mit, er habe nicht die Absicht, das Angebot, geschäftsführender Direktor des SOCOG zu werden, anzunehmen. Hingegen empfahl er für diesen Posten Christina Furhage. Und so geschah es dann.«

»Was ist Ihr Anteil an der ganzen Sache?«

Evert Danielsson lehnte sich zurück und seufzte.

»Zu dem Zeitpunkt hatte ich die Arbeit bei der Bank herzlich satt. Daß mir der Auftrag erteilt worden war, einen Teil von Christinas unzähligen Aufgaben zu übernehmen, zeigte mir, daß ich nie weiter aufsteigen konnte. Ich hatte dort keine Zukunft. Deshalb habe ich Christina die Kopie gezeigt, die ich von der Quittung gemacht habe, und sagte, ich wolle einen Job im Olympia-Büro haben, einen guten Job. Es dauerte nur einen Monat, dann konnte ich meinen Posten dort antreten.«

Annika senkte den Kopf und dachte nach. Es konnte der Wahrheit entsprechen. Wenn der Generaldirektor nach einer sozialdemokratischen Konferenz »mit Genossen« ins Bordell gegangen war, dann hing nicht allein sein Hals in der Schlinge. Bei den anderen mußte es sich ebenfalls um einflußreiche Männer handeln, deren Karriere und Ansehen auf dem Spiel standen. Es konnten Kommunal- oder Landespolitiker sein, hohe Beamte oder Gewerkschaftsvertreter. In jedem Fall hatten sie viel zu verlieren, wenn sie als Hurenböcke geoutet wurden. Ihnen würde unter Garantie der öffentliche Auftrag entzogen, oder man würde sie ihrer Ämter entheben, eine Klage wegen Betruges oder Veruntreuung würde mit Sicherheit folgen. Die Familien der Männer würden darunter zu leiden haben, ihre Ehen würden womöglich in die Brüche gehen. Dem Generaldirektor mußte die Wahl leichtgefallen sein, vom Posten als Olympia-Chef Abstand zu nehmen oder sein Leben und das seiner Kollegen zu ruinieren.

»Haben Sie noch die Kopie der Quittung?« erkundigte sich Annika.

Evert Danielsson zuckte die Achseln.

»Leider nicht. Ich mußte sie Christina als Gegenleistung für den Job aushändigen.«

Annika sann nach über den Mann, den sie vor sich hatte. Er sagte vielleicht die Wahrheit, die Geschichte war in sich schlüssig und für ihn selbst alles andere als schmeichelhaft. Da fiel ihr plötzlich ein, wo sie kürzlich das Lächeln, das sympathische Gesicht des Generaldirektors gesehen hatte: neulich auf einem Foto gemeinsam mit Christina Furhage in einer Extraausgabe zum Gedenken der Toten.

»Sitzt der Generaldirektor nicht im Vorstand?« fragte sie.

Evert Danielsson nickte.

»Doch, aber er ist ja mittlerweile Regierungspräsident.«

Annika war von einem Gefühl des Unbehagens erfüllt. Evert Danielsson konnte auf Rache aus sein. Womöglich versuchte er, sie hinters Licht zu führen. Für Christina Furhage spielte es, wie er sich selbst ausgedrückt hatte, keine Rolle mehr, aber er konnte noch immer den Mitgliedern des Vorstandes Schaden zufügen, die ihn hinausgeworfen hatten. Sie beschloß, das Gespräch fortzusetzen und abzuwarten, was dabei herauskam.

»Wie hat sich Christina Furhage auf ihrem Posten bewährt?« fragte sie.

»Glänzend natürlich. Sie hat alle Tricks und Kniffe beherrscht. Sie stand sich mit allen wichtigen IOC-Mitgliedern gut. Ich weiß nicht genau, wie sie das angestellt hat, aber sie hat mehrere von ihnen richtig in der Hand gehabt. Sex, Geld und Drogen vermute ich, vielleicht alles auf einmal. Christina hat nichts dem Zufall überlassen.«

Annika machte sich Notizen und versuchte einen neutralen Gesichtsausdruck zu wahren.

»Sie haben vorhin angedeutet, sie habe Feinde gehabt.«

Evert Danielsson gab ein kurzes, trockenes Lachen von sich.

»Ja«, sagte er. »Ich kann mir eine Reihe von Personen aus unserer gemeinsamen Zeit bei der Bank und auch danach vorstellen, die sie gerne tot oder zum Krüppel geschlagen gesehen hätten. Alle Männer, die versucht haben, sich ihr gegenüber wie Machos aufzuführen, hat sie derart erniedrigt, daß sie in aller Öffentlichkeit zusammengebrochen sind. Manchmal glaube ich, sie hat das richtig ausgekostet.«

»Mochte sie keine Männer?«

»Sie mochte keine Menschen, aber sie bevorzugte Frauen. Zumindest im Bett.«

Annika blinzelte.

»Warum glauben Sie das?«

»Sie hat ein Verhältnis mit Helena Starke gehabt, dafür würde ich meine Hand ins Feuer legen.«

»Dann wissen Sie es also nicht genau?«

Der Mann schaute Annika an.

»Man sieht es Leuten an, wenn sie ein sexuelles Verhältnis haben. Sie bewegen sich innerhalb der persönlichen Sphäre des anderen, sie stehen etwas zu dicht beieinander, ihre Hände streifen sich bei der Arbeit. Kleinigkeiten, aber vielsagend.«

»Aber sie mochte nicht alle Frauen?«

»Nein, ganz und gar nicht. Sie haßte Frauen, die kokett waren. Sie hat sie sofort abgesägt, erkannte ihre Leistungen nicht an und mobbte sie, bis sie die Kündigung eingereicht haben. Manchmal glaube ich, sie hat es genossen, Leuten den Stuhl vor die Tür zu setzen. Eine ihrer gemeinsten Auftritte war, als sie eine junge Frau, Beata Ekesjö, vor versammelter Mannschaft abserviert hat.«

Annika riß die Augen auf.

»Wollen Sie damit sagen, Beata Ekesjö hat Christina Furhage gehaßt?«

»Absolut und glühend heiß«, antwortete Evert Danielsson, und Annika spürte, wie sich ihr die Nackenhaare aufstellten. Nun wußte sie, daß der Mann log. Erst gestern hatte Beata Ekesjö gesagt, sie bewundere Christina Furhage. Christina sei ihr Vorbild gewesen, sie war von ihrem Tod überwältigt. Daran bestand nicht der geringste Zweifel. Hier hatte sich Evert Danielsson in die Nesseln gesetzt, er konnte schließlich nicht wissen, daß Annika ausgerechnet diesen Namen und diese Person kannte.

Es war mittlerweile halb zwölf geworden, und das Restaurant begann sich allmählich mit Essensgästen zu füllen. Evert Danielsson rutschte auf seinem Platz hin und her und schaute sich verlegen um, hierher kam mit Sicherheit ein Teil der Olympia-Belegschaft, und er wollte offenbar nicht mit einer Journalistin gesehen werden. Annika beschloß, die letzte und entscheidende Frage zu stellen.

»Wer hat Ihrer Meinung nach Christina Furhage in die Luft gesprengt und warum?«

Evert Danielsson fuhr sich mit der Zunge über die Lippen und klammerte sich wieder an die Tischkante.

»Ich weiß nicht, wer das gewesen sein kann, ich habe wirklich nicht die blasseste Ahnung. Aber es war jemand, der sie gehaßt hat. Man sprengt nicht eine halbe Arena in die Luft, wenn man nicht vor Wut überkocht.«

»Besteht eine Verbindung zwischen Christina Furhage und Stefan Bjurling, ihres Wissens nach?«

Evert Danielsson schaute sie irritiert an.

»Wer ist Stefan Bjurling?«

»Das zweite Todesopfer. Er hat für einen Ihrer Subunternehmer gearbeitet, für Bygg&Rör AB.«

»Aha, Bygg&Rör, das ist einer unserer fleißigsten Subunternehmer. Sie sind im Grunde genommen bei jeder Baustelle dabei, die mit den Spielen zu tun hat. Ist es einer von deren Arbeitern gewesen, der ums Leben gekommen ist?«

»Lesen Sie keine Zeitung?« konterte Annika. »Er war dort der Vorarbeiter, neununddreißig Jahre, aschblondes Haar und kräftiger Körperbau ...«

»Ach so, der«, erwiderte Evert Danielsson. »Ja, dann weiß ich, wen Sie meinen, Stefan. Er ist, war ein wahnsinnig unangenehmer Mensch.«

»Seine Arbeitskollegen haben gesagt, er sei immer freundlich gewesen.«

Evert Danielsson lachte auf.

»Ja, meine Güte, über Tote soll man nicht schlecht reden!«

»Aber besteht eine Verbindung zwischen ihm und Christina Furhage?« beharrte Annika.

Der Bürovorsteher verzog die Lippen und dachte nach. Er ließ den Blick über eine Gruppe Personen schweifen, die gerade das Restaurant betreten hatte, erstarrte, aber entspannte sich gleich wieder. Offensichtlich war niemand dabei, den er kannte.

»Doch, es besteht tatsächlich eine Verbindung«, erklärte er.

Annika wartete, ohne eine Miene zu verziehen.

»Christina hatte Stefan als Tischnachbarn bei der Weihnachtsfeier in der vergangenen Woche. Sie haben lange ins Gespräch vertieft dagesessen, noch nachdem wir die Tafel aufgehoben hatten.«

»War das in der baskischen Kneipe?« fragte Annika.

»Nein, nein, das war die Weihnachtsfeier des Olympia-Büros. Nein, ich meine das große Fest mit allen Funktionären, Freiwilligen, allen Angestellten der Subunternehmer. Bis nach Ende der Spiele werden wir keine so riesige Veranstaltung mehr haben.«

»Dann haben sich also Christina Furhage und Stefan Bjurling gekannt?« fragte Annika erstaunt.

Evert Danielssons Gesicht verfinsterte sich. Ihm fiel ein, daß von einem »wir« nicht mehr die Rede sein konnte und daß er wahrscheinlich an keinem der Olympia-Feste mehr teilnehmen würde.

»Gekannt und auch wiederum nicht gekannt, sie haben sich an dem Abend unterhalten. Nun glaube ich aber, muß ich ...«

»Wie kommt es, daß gerade Stefan Bjurling neben der Direktorin gelandet ist?« fragte Annika rasch. »Warum hatte sie nicht einen der Vorstandsmitglieder oder ein anderes hohes Tier als Tischnachbarn?«

Evert Danielsson schaute sie verärgert an.

»Die waren selbstverständlich nicht anwesend, das war ein Fest für das Fußvolk. Aber trotzdem war es in ganz großem Stil. Christina hatte den Ort ausgesucht, die Blaue Halle im Stadshuset.«

Er erhob sich und schob den Stuhl mit den Kniekehlen zurück.

»Was glauben Sie, worüber die beiden gesprochen haben?«

»Habe nicht die leiseste Ahnung. Nun muß ich aber wirklich gehen.«

Auch Annika erhob sich, sammelte ihre Klamotten vom Stuhl auf und gab Danielsson die Hand.

»Rufen Sie mich an, wenn es noch etwas gibt, was Sie erzählen wollen«, sagte sie.

Der Mann nickte und eilte aus dem Restaurant.

Statt beim Ausgang nach rechts abzubiegen, ging Annika eine Treppe tiefer und wollte Anne Snapphane einen Besuch abstatten. Anne habe bereits Weihnachtsurlaub, bekam Annika zu hören, das war schön für Anne. Die Rezeptionistin rief Annika ein Taxi.

Sie sortierte im Geiste die Informationen, während der Wagen durch das Schneetreiben zur Zeitung zurücksauste. Sie konnte der Polizei nichts davon erzählen, dazu war es zu vertraulich. Aber sie konnte Evert Danielssons Aussage verwenden, um Fragen zu stellen, auch solche, die ihn selbst betrafen.

Lena konnte Sigrid, die Haushaltshilfe, draußen in der Küche trällern hören, während sie das Geschirr vom Vortag in den Geschirrspüler einräumte. Sigrid war eine Frau von bald fünfzig Jahren, deren Mann sie verlassen hatte, als die Töchter erwachsen und Sigrid zu fett geworden war. Sie putzte, spülte, kaufte ein, wusch und kochte Essen. Sie hatte einen Vollzeitjob bei Familie Furhage-Milander, und das nun seit beinahe zwei Jahren. Mutter war froh über die niedrige Konjunkturlage gewesen, früher hatten sie Probleme gehabt, eine Haushaltshilfe zu finden und sie zu halten, aber in den letzten Jahren traute sich niemand mehr, so schnell zu kündigen. Aber natürlich hatten vor allem all die Schweigegelübde und Klagedrohungen, die Mutter dem Dienstpersonal zum Unterschreiben vorgelegt hatte, einen gewissen abkühlenden Einfluß auf die Bereitschaft, hier zu arbeiten, ausgeübt. Sigrid aber schien sich wohl zu fühlen, und noch nie war sie so guter Dinge gewesen wie in den vergangenen Tagen. Sie schien es zu genießen, im Zentrum der Aufmerksamkeit zu stehen, ungehindert in der Wohnung des weltberühmten Todesopfers schalten und walten zu können. Vermutlich knirschte sie mit den Zähnen über das Schweigegelübde, das sie unterschrieben hatte, Sigrid hätte alles in den Medien ausposaunt, wenn man sie gelassen hätte. Zu Hause hatte sie hin und wieder effektvoll ein paar Tränen zerquetscht, aber es war dieselbe Art von Tränen, wie sie die Leute über Prinzessin Diana vergossen hatten, Lena erkannte sie wieder. Denn Sigrid war Mutter kaum begegnet, seit sie den Vertrag unterzeichnet hatte, auch wenn sie fast zwei Jahre lang ihre Zahnpastaspritzer vom Badezimmerspiegel geputzt und ihre schmutzigen Unterhosen gewaschen hatte. Dabei konnte sich unter Umständen ein gewisses Gefühl von Intimität eingestellt haben.

Sigrid hatte beide Abendzeitungen gekauft und sie auf den Spiegeltisch im Flur gelegt. Lena nahm die Zeitungen mit in die Bibliothek, wo ihr bedauernswerter Vater lang ausgestreckt auf dem Sofa mit offenem Mund schlief. Sie setzte sich in einen Sessel und legte die Füße auf den antiken Säulentisch davor. Beide Schmierenblätter waren natürlich randvoll mit Berichten über den neuen Sprengstoffmord, aber sie enthielten auch einige Informationen über Mutters Tod. Sie konnte es kaum erwarten, die Details über den Sprengstoff zu lesen, der mittlerweile analysiert war. Der Psychologe in Huddinge hatte sich vielleicht doch geirrt bei seiner Beurteilung, sie nicht als Pyromanin einzustufen. Sie war sich selbst der Tatsache bewußt, daß sie Feuer genoß und alles andere, was mit Explosionen und Bränden zu tun hatte. Auch solche Dinge wie Löschfahrzeuge, Schaumfeuerlöscher, Wasserhydranten und Gasmasken machten sie ganz aufgekratzt und kribbelig. Nun ja, sie war als geheilt eingestuft und gedachte den Ärzten nicht zu verraten, daß diese Diagnose möglicherweise inkorrekt war.

Sie blätterte die Zeitung durch und nahm sich dann die andere vor, und als sie die Doppelseite vor der Mitte aufschlug, war es, als bekäme sie einen Tritt in den Magen. Mutter schaute vom Zeitungspapier auf sie, ihre Augen lächelten, und unter dem Bild stand mit großen Buchstaben ›DIE IDEALE FRAU‹. Lena warf die Zeitung fort und schrie auf, ein Aufschrei, der die helle Stille der Jugendstilwohnung durchschnitt, der Vater erwachte und schaute verwirrt um sich, Speichel hing ihm im Mundwinkel wie ein Faden Rotz. Sie erhob sich, schleuderte den Säulentisch bis vor die Tür und riß das Bücherregal um, das am nächsten stand. Alles wurde durcheinandergewirbelt, Holz und Bücher krachten mit ohrenbetäubendem Getöse zu Boden und zertrümmerten den danebenstehenden Fernseher und die Stereoanlage.

»Lena!«

Sie hörte den verzweifelten Ruf ihres Vaters durch den Nebelschleier aus Haß und kam wieder zu sich.

Bertil Milander streckte die Arme nach seiner Tochter aus, sein hilfloser Gesichtsausdruck brachte die Verzweiflung in der Brust der jungen Frau zum Überlaufen.

»Oh, Papa«, sagte sie und warf sich in seine Arme.

Sigrid schloß behutsam die Tür hinter Vater und Tochter und holte Müllbeutel, Besen und Staubsauger.

Als Annika die Redaktion betrat, lief sie geradewegs Patrik und Eva-Britt Qvist in die Arme. Sie wollten gerade hinunter in die Kantine gehen, und Annika entschloß sich, ihnen Gesellschaft zu leisten. Sie sah, daß die Redaktionssekretärin etwas eingeschnappt war, Eva-Britt hatte wohl gehofft, sie könnte ein bißchen über sie herziehen. Die Personalkantine, die eigentlich ›Drei Kronen‹ hieß, wurde nach einer legendären Kontrolle durch die Gesundheitsbehörde immer ›Sieben Ratten‹ genannt. Nun war es dort so voll, daß nicht mal auch nur ein einziges Rattenbaby noch Platz gehabt hätte.

»Gestern ist es ja spitzenmäßig gelaufen«, sagte Annika zu Patrik, während sie sich am Anfang des Selbstbedienungstresens ein orangefarbenes Plastiktablett nahm.

»Findest du? Wie toll!« erwiderte der Reporter und strahlte.

»Du hast die Analyse interessant verpackt, obwohl sie so mit technischen Details vollgestopft war. Was für einen guten Sprengmeister du gefunden hast, der über die unterschiedlichen Arten von Dynamit erzählen konnte, wo hast du den denn aufgetrieben?«

»In den Gelben Seiten, unter ›Sprengstoff‹. Er war wirklich großartig! Wißt ihr, was er gemacht hat? Er hat drei Probesalven über Telefon losgelassen, so daß ich den Unterschied der einzelnen Produkte mal zu hören bekam.«

Annika lachte, nicht aber Eva-Britt Qvist.

Das Gericht des Tages bestand aus Heringssalat mit Schinken und eingelegtem Stockfisch. Annika nahm einen Hamburger mit Pommes frites. Die einzigen freien Plätze waren in der Cafeteria, bei den Rauchern. Deshalb aßen sie schnell und ohne ein Wort miteinander zu wechseln und gingen wieder hoch in die Redaktion, um dort Kaffee zu trinken und die Aufgaben des Tages zu besprechen.

Auf dem Weg nach oben stießen sie mit Nils Langeby zusammen. Er war wieder zurück in der Zeitung, nachdem er die Überstunden vom vergangenen Wochenende abgefeiert hatte. Der Mann nahm eine straffe Haltung an, als er Annika und die anderen erblickte.

»Haben wir heute wieder Besprechung, oder wie?« fragte er auffordernd.

»Ja, in einer Viertelstunde, in meinem Zimmer«, antwortete Annika.

Sie wollte zuerst noch die Arbeit strukturieren und aufs Klo gehen.

»Ja, gut, ich finde, wir lassen in letzter Zeit viel zu sehr die Zügel schleifen hinsichtlich der Besprechungen«, verkündete Nils Langeby.

Annika tat, als höre sie ihn nicht, und ging weiter zur Damentoilette. Sie mußte wirklich die Zähne zusammenbeißen, um nichts Vernichtendes gegen den älteren Reporter von sich zu geben. Er war zweifelsohne äußerst verbittert, gemein und dämlich, fand Annika. Aber er war ein Teil der Redaktion, deren Chefin sie war, und aus diesem Grund war sie gezwungen, dafür Sorge zu tragen, daß die Zusammenarbeit funktionierte. Sie wußte, daß der Mann versuchte, sie zu einem Fehler zu provozieren, und den Gefallen wollte sie ihm nicht tun.

Nils Langeby hatte es sich schon auf dem Sofa in Annikas Zimmer bequem gemacht, als sie von der Toilette zurückkam. Daß er in ihr Büro gegangen war, ohne daß sie da war, machte sie wütend, aber sie entschloß sich, gute Miene zum bösen Spiel zu machen.

»Wo sind Patrik und Eva-Britt?« fragte sie statt dessen.

»Das mußt du doch wissen, ich dachte, du bist hier der Boß und nicht ich«, antwortete Nils Langeby.

Sie verließ das Zimmer und sagte Patrik und Eva-Britt, sie sollten kommen, dann ging sie zum Nachrichtenchef Ingvar Johansson und bat ihn, ebenfalls dabeizusein. Auf dem Rückweg holte sie einen Becher mit Kaffee.

»Hast du mir keine Tasse mitgebracht?« fragte Nils Langeby beleidigt, als sie ihr Zimmer betrat.

Ganz ruhig und tief Luft holen, dachte sie und setzte sich hinter ihren Schreibtisch.

»Nein«, antwortete sie. »Ich konnte nicht wissen, daß du auch Kaffee willst. Aber du kannst dir noch einen holen, wenn du dich beeilst.«

Der Mann rührte sich nicht vom Fleck. Die anderen kamen herein und setzten sich nebeneinander.

»Okay«, begann Annika. »Vier Dinge: die Jagd auf den Sprengstoffmörder, jetzt muß die Polizei eine Spur haben. Wir müssen versuchen, das heute über die Bühne zu bringen. Hat jemand einen guten Aufhänger?«

Sie ließ die Frage offen, der Blick glitt über die anwesenden Personen; Patrik dachte nach, daß sich die Balken bogen, Ingvar Johansson war skeptisch indifferent, Eva-Britt Qvist und Nils Langeby warteten, daß ihnen ein Licht aufging.

»Ich kann rundum alles ein bißchen durchwühlen«, schlug Patrik vor.

»Was haben die Polizisten heute nacht geglaubt?« fragte Annika. »Hast du das Gefühl gehabt, die haben nach einem Zusammenhang zwischen den Opfern gesucht?«

»Ja, auf alle Fälle«, antwortete Patrik. »Der kann sonstwie aussehen, es können die Spiele sein, aber irgend etwas sagt mir, daß es mehr ist als das. Sie sind konzentriert und verdammt verschwiegen, das kann ein Hinweis auf eine baldige Festnahme sein.«

»Wir müssen bereit sein«, sagte Annika. »Es reicht nicht, wenn wir den Polizeifunk unter Kontrolle haben und uns auf die Informanten verlassen, wir müssen versuchen herauszufinden, ob sie kurz vor einer Verhaftung stehen. Bilder vom Mörder in Handschellen auf dem Weg zum Streifenwagen wären eine Sensation.«

»Ich versuche, denen ein paar Infos rauszukitzeln«, sagte Patrik.

»Gut, ich telefoniere auch etwas rum. Zweitens, ich weiß bereits, daß es einen Zusammenhang gibt, die Opfer haben sich gekannt. Sie haben auf der Weihnachtsfeier vorige Woche nebeneinander gesessen und sich unterhalten.«

»Wahnsinn«, sagte Patrik. »Das ist doch super!«

Jetzt wachte auch Ingvar Johansson auf.

»Man stelle sich nur vor, wenn es Fotos gäbe!« sagte er.

»Unglaublich! Stellt euch das Bild vor: Die Bombenopfer umarmen sich unter dem Mistelzweig und dann die Überschrift: ›Jetzt sind beide tot‹.«

»Ich kümmere mich um die Bilder«, sagte Annika. »Zwischen den Opfern kann es mehrere Verbindungslinien geben. Ich habe mich heute vormittag mit Evert Danielsson getroffen, und als ich ihm Stefan Bjurling beschrieben habe, wußte er sofort, wen ich meine. Christina Furhage kann ihn ebenfalls gekannt haben, auch vor der Weihnachtsfeier.«

»Warum hast du dich mit Danielsson getroffen?« fragte Ingvar Johansson.

»Der wollte reden«, erklärte Annika.

»Worüber?« wollte Ingvar Johansson wissen, und Annika erkannte, daß sie in die Falle getappt war. Nun mußte sie etwas sagen, sonst landete sie in der gleichen Zwickmühle wie bei der Sechs-Uhr-Besprechung am vergangenen Montag, und das wollte sie nicht, vor allem nicht in Anwesenheit von Nils Langeby und Eva-Britt Qvist.

»Er hat gesagt, er glaube, Christina Furhage sei lesbisch gewesen«, antwortete sie aus diesem Grund. »Er glaubte, Christina Furhage habe ein Verhältnis mit einer Frau aus dem Büro gehabt, mit Helena Starke, aber er hatte keine Beweise. Er hatte bloß so ein Gefühl, hat er gesagt.«

Niemand sagte einen Ton.

»Drittens, gab es Drohungen gegen Stefan Bjurling? Jemand, der was gehört hat? Nicht? Okay, ich überprüfe das selbst. Und dann zum Schluß viertens: Was wird jetzt? Die Sicherheit, die Spiele, wird alles rechtzeitig in die Wege geleitet sein, werden Terrorgruppen überwacht usw. Seid ihr da draußen damit beschäftigt?«

Ingvar Johansson seufzte.

»Nein, kaum ein einziger Reporter im Haus. Alle sind in den Weihnachtsferien.«

»Nils, kannst du das überprüfen?« fragte Annika. Das war zwar wie eine Frage formuliert, aber als Auftrag gemeint.

»Also«, sagte Nils Langeby. »Ich frage mich, wie lange wir anderen hier noch warten müssen und dir zuhören?«

»Wie meinst du das?« wollte Annika wissen und richtete den Rücken auf.

»Sollen wir hier wie Schulkinder rumsitzen und uns von dir die Jobs aufdrücken lassen? Und wo verdammt noch mal ist die Analyse? Die Reflexion? Das Nachdenken? Das, was immer das Markenzeichen der ,Abendpresse' war, häh?«

Annika überlegte kurz, wie sie reagieren sollte. Sie konnte entweder die Situation beim Schopfe packen, Nils zu einer Präzisierung seiner Worte auffordern, ihn festnageln, ihn in eine Ecke treiben und ihm Angst einjagen. Das würde mindestens eine Stunde dauern, und im ganzen Körper spürte sie, daß sie dazu nicht die Kraft besaß.

»Ja, dann kümmer du dich doch darum«, erwiderte sie statt dessen und erhob sich. »Gibt es sonst noch was?«

Ingvar Johansson und Patrik verließen zuerst das Zimmer, Eva-Britt Qvist und Nils Langeby folgten ihnen. Doch Nils Langeby blieb stehen und drehte sich um, als er die Tür erreicht hatte.

»Ich finde, es ist sehr bedauerlich, wie es mit dieser Redaktion bergab geht«, verkündete er. »Wir produzieren mittlerweile nur noch Scheiße. Merkst du eigentlich gar nicht, wie alle anderen Medien uns überholen?«

Annika ging auf ihn zu und nahm die Türklinke in die Hand.

»Ich habe für so was keine Zeit mehr«, erklärte sie mit erstickter Stimme. »Raus hier.«

»Ich finde, es ist ein Jammer, wenn eine Vorgesetzte nicht die kleinste Diskussion aushält«, sagte Nils Langeby.

Provokant gemächlich ging er seiner Wege.

»Bald weiß ich nicht mehr, was ich mit diesem Kerl noch machen soll«, sagte Annika. »Wenn er nächstes Mal wieder rumstänkert, dann schlage ich ihm die Zähne ein.«

Sie schloß die Tür, um in Ruhe nachdenken zu können, und setzte sich an ihren Schreibtisch. Im Telefonbuch schlug sie ›Bygg&Rör‹ nach und fand unten auf der Seite eine Mobiltelefonnummer. Es stellte sich heraus, daß die Nummer wie vermutet dem Geschäftsführer gehörte, einem Mann mittleren Alters, der sich gerade irgendwo auf einer Baustelle aufhielt.

»Doch, ich war auch auf der Weihnachtsfeier«, sagte er.

»Sie hatten nicht zufällig eine Kamera dabei?« fragte Annika.

Der Mann sprach mit jemandem, der in seiner Nähe war.

»Eine Kamera? Nein, hatte ich nicht dabei. Warum?«

»Hatte vielleicht jemand anders eine dabei? Hat jemand von der Weihnachtsfeier Fotos gemacht?«

»Was? Das liegt da drüben, hinter dem Ständer. Fotos, ja, ich glaube schon. Warum wollen Sie das wissen?«

»Wissen Sie, ob Stefan Bjurling eine Kamera dabei hatte?«

Der Mann verstummte kurz, bloß das Brummen einer Lastmaschine war im Hintergrund zu hören. Als der Geschäftsführer von neuem das Wort ergriff, war der Ton ein anderer.

»Hören Sie, meine Dame, woher sagten Sie, rufen Sie an?«

»Von der Zeitung ,Abendpresse‘, habe ich doch gesagt, mein Name ist Annika Be…«

Er legte auf.

Annika legte den Hörer auf die Gabel und dachte kurz nach. Wer könnte wohl ein Bild von Stefan Bjurling gemeinsam mit der weltberühmten Geschäftsführerin der Spiele gemacht haben?

Sie holte ein paarmal tief Luft und wählte dann die Telefonnummer von Eva Bjurling in Farsta. Die Frau klang müde, aber gefaßt, als sie das Gespräch annahm. Annika brachte die üblichen Phrasen des Bedauerns hervor, doch die Frau schnitt ihr das Wort ab.

»Was wollen Sie?«

»Ich würde gern wissen, ob Sie oder Ihr Mann die Direktorin des SOCOG persönlich gekannt haben?« erklärte Annika.

Die Frau dachte nach. »Ich jedenfalls nicht«, antwortete sie. »Aber Stefan hat sie bestimmt gekannt, er hat manchmal von ihr erzählt.«

Annika schaltete den Kassettenrekorder ein.

»Was hat er dann erzählt?«

Die Frau seufzte.

»Ich weiß nicht. Er hat gesagt, sie sei eine tolle Frau und so was. Ich erinnere mich nicht …«

»Aber Sie haben nicht den Eindruck gehabt, daß die beiden sich persönlich gekannt haben?«

»Nein, das kann ich nicht behaupten. Warum glauben Sie das?«

»Ich frage mich das nur. Sie haben bei der Weihnachtsfeier vorige Woche zusammengesessen.«

»Wirklich? Davon hat Stefan kein Wort gesagt. Er hat gesagt, das Fest sei ziemlich langweilig gewesen.«

»Hat er auf dem Fest einen Fotoapparat dabeigehabt?«

»Stefan? Nein, nie im Leben. Für ihn war so etwas Schnickschnack.«

Annika zögerte einige Sekunden, aber dann beschloß sie, die Frage zu stellen, die sie im Kopf gehabt hatte.

»Entschuldigen Sie, wenn ich Sie jetzt verletzen sollte, aber wie kommt es, daß Sie so gefaßt klingen?«

Die Frau antwortete ganz ruhig.

»Natürlich bin ich traurig, aber Stefan war nicht gerade ein Unschuldslamm«, erklärte sie. »Im Grunde war es sehr problematisch, mit ihm verheiratet zu sein. Ich habe schon zweimal die Scheidung eingereicht, habe sie aber beide Male wieder zurückgezogen. Ich konnte einfach nicht von ihm loskommen. Er ist immer wieder zurückgekommen, hat nicht locker gelassen.«

Das Szenario war vertraut, Annika wußte, welche Frage sie jetzt stellen würde.

»Sind Sie mißhandelt worden?«

Die Frau zögerte einen Augenblick, aber entschloß sich offenbar zu einer aufrichtigen Antwort.

»Er ist einmal wegen leichter Körperverletzung und widerrechtlicher Drohung verurteilt worden. Der Staatsanwalt hat ein Besuchsverbot erlassen, das er die ganze Zeit gebrochen hat. Am Ende hatte ich keine Kraft mehr und habe ihn wieder aufgenommen«, sagte die Frau ruhig.

»Haben Sie darauf vertraut, daß er sich bessert?«

»Er hat aufgehört, so was zu versprechen, das Stadium hatten wir schon längst hinter uns gelassen. Aber danach war es wirklich besser. Das letzte Jahr war nicht so schlimm.«

»Haben Sie schon einmal ein Frauenhaus aufgesucht?«

Die Frage lag einem unwillkürlich auf der Zunge, Annika hatte sie im Lauf der Jahre bereits unzählige Male gestellt. Eva Bjurling zögerte kurz, entschied sich aber, auch diese Frage zu beantworten.

»Ein paarmal, aber das war für die Kinder zu anstrengend. Sie konnten ja nicht wie gewohnt in den Kindergarten und in die Schule gehen, das hat zuviel durcheinandergebracht.«

Annika wartete still ab.

»Sie fragen sich, warum ich nicht am Boden zerstört bin, was?« sagte Eva Bjurling. »Natürlich bin ich traurig, vor allem wegen der Kinder. Sie haben ihren Vater geliebt, aber sie werden es besser haben, jetzt, wo er nicht mehr am Leben ist. Er hat mittlerweile ganz ordentlich gesoffen. So ist das …«

Beide hingen eine Weile stumm am Telefon.

»Ich werde Sie nicht mehr belästigen«, sagte Annika. »Danke, daß Sie so aufrichtig waren, es ist wichtig, über so was Bescheid zu wissen.«

Die Frau wurde plötzlich nervös.

»Wollen Sie das schreiben? Die Nachbarn hier haben nicht allzu viel darüber gewußt, wie es bei uns zuging.«

»Nein«, sagte Annika. »Ich schreibe nichts davon, aber für mich ist es gut, das zu wissen, dann kann ich vielleicht verhindern, daß etwas Falsches geschrieben wird.«

Sie beendeten das Gespräch, und Annika schaltete den Kassetten-rekorder aus. Sie blieb am Tisch sitzen und starrte eine Weile vor sich hin. Mißhandlung von Frauen gab es überall, das hatte sie im Lauf der Jahre gelernt. Sie hatte viele und lange Artikelserien über Frauen und die Gewalt geschrieben, der sie ausgesetzt waren, und während sie ih-ren Gedanken freien Lauf ließ, kam ihr plötzlich eine ganz andere Er-kenntnis. Hier gab es einen weiteren gemeinsamen Nenner zwischen den Sprengstoffopfern. Beide wurden von denjenigen verehrt, die sie nicht sehr gut kannten. Beide erwiesen sich im nachhinein als richtige Schweine, sofern Evert Danielsson über Christina Furhage keine Lü-gengeschichten erzählt hatte.

Sie seufzte und schaltete ihren Mac wieder ein. Am besten schrieb man alles auf, solange man es noch frisch im Gedächtnis hatte. Wäh-rend die unterschiedlichen Programme im Computer gestartet wurden, holte sie den Block aus ihrer Tasche. Sie wurde aus Evert Danielsson nicht richtig schlau. In einem Moment machte er einen professionellen und kompetenten Eindruck, im nächsten heulte er, weil sie ihm den Dienstwagen weggenommen hatten. Waren mächtige Männer wirk-lich so empfindlich und naiv? Die Antwort lautete anscheinend ja. Sie waren aus keinem anderen Holz geschnitzt als andere. Verloren sie ihre Arbeit oder etwas anderes, was ihnen wichtig war, dann gerieten sie in eine Krise. Ein unter Druck stehender Mensch handelte nicht rational, ganz gleich welchen Titel er oder sie trug.

Sie hatte beinahe all ihre Notizen aufgeschrieben, als das Telefon klingelte.

»Sie haben gesagt, ich soll Bescheid sagen, wenn Sie was Falsches geschrieben haben«, sagte jemand.

Die Stimme gehörte einer jungen Frau, Annika konnte sie nicht ein-ordnen.

»Ja, klar«, sagte sie und versuchte, neutral zu klingen. »Womit kann ich Ihnen behilflich sein?«

»Das haben Sie gesagt, als Sie vergangenen Sonntag bei uns zu Hause waren. Daß ich Sie anrufen kann, wenn in der Zeitung was Fal-sches steht, und jetzt haben Sie wirklich alle Grenzen überschritten.«

Es war Lena Milander. Annika riß die Augen auf und fummelte an dem Kassettenrekorder herum, um ihn zum Laufen zu bringen.

»Was wollen Sie damit sagen?« erkundigte sie sich.

»Sie werden doch wohl Ihre eigene Zeitung gelesen haben. Sie bringen meine Mutter auf einem riesengroßen Bild, und dann haben Sie da drunter ›DIE IDEALE FRAU‹ geschrieben. Was wissen Sie eigentlich von ihr?«

»Was sollten wir denn Ihrer Meinung nach schreiben?« fragte Annika.

»Gar nichts«, antwortete Lena Milander. »Lassen Sie meine Mutter in Frieden. Sie liegt ja noch nicht einmal unter der Erde.«

»Soweit wir wissen, war Ihre Mutter die ideale Frau«, erwiderte Annika. »Wie können wir denn von anderen Informationen ausgehen, wenn uns niemand etwas anderes erzählt?«

»Warum schreiben Sie überhaupt immer noch was über sie?«

»Ihre Mutter war eine öffentliche Person in allerhöchstem Maß. Sie hat sich selbst dafür entschieden. Das Bild von sich hat sie selbst geprägt. Wenn uns niemand eine anderslautende Auskunft gibt, dann ist das die einzige Information, die uns zur Verfügung steht.«

Lena Milander verstummte für eine Weile, dann sagte sie: »Kommen Sie in einer halben Stunde ins Pelikan auf Söder. Danach müssen Sie mir versprechen, daß Sie nie wieder solchen Schund schreiben.«

Dann legte sie auf, und Annika starrte verwundert den Telefonhörer an. Sie speicherte rasch ihre Notizen vom Treffen mit Evert Danielsson auf Diskette, löschte dann das Dokument, nahm die Tasche, ihre Winterklamotten und machte sich auf den Weg.

Anders Schyman saß in seinem Arbeitszimmer und sichtete die Verkaufsstatistik des vergangenen Wochenendes. Es ging ihm prächtig, genau so sollte es aussehen. Am Samstag hatte der Konkurrent mehr Exemplare als die ‚Abendpresse‘ verkauft, so wie immer. Aber am Sonntag war der Trend durchbrochen worden. Da hatte die ‚Abendpresse‘ zum ersten Mal seit über einem Jahr den Auflagenkrieg gewonnen, obwohl die anderen eine größere und kostspieligere Beilage hatten. Die Berichterstattung über die Sprengung im Stockholmer Olympiastadion war der Grund, warum sich die ‚Abendpresse‘ besser verkauft hatte, und der entscheidende Artikel war selbstverständlich die Story auf der ersten Seite und die Schlagzeile, mit anderen Worten

Annikas Entdeckung, daß Christina Furhage unter Morddrohung gestanden hatte.

Es wurde an die Tür geklopft, Eva-Britt Qvist stand in der Tür.

»Kommen Sie ruhig rein«, sagte der Chefredakteur und deutete auf den Stuhl auf der anderen Seite des Schreibtisches.

Die Redaktionssekretärin lächelte ein wenig, rückte den Rock zurecht und räusperte sich.

»Ja, es ist nämlich so, ich habe das Gefühl, ich muß da mal mit dir über was sprechen.«

»Bitte«, sagte Anders Schyman und lehnte sich im Stuhl zurück. Er faltete die Hände hinter dem Nacken und musterte Eva-Britt Qvist hinter halbgeschlossenen Augenlidern. Jetzt erwartete ihn etwas Unangenehmes, da war er sich sicher.

»Ich finde, in der letzten Zeit ist die Stimmung in der Polizeiredaktion so mies«, erklärte die Redaktionssekretärin. »Man hat gar keinen richtigen Spaß an der Arbeit mehr. Ich, die ich hier schon so lange arbeite, finde nicht, daß wir das so einfach hinnehmen sollten.«

»Stimmt, das sollten wir auf gar keinen Fall«, entgegnete Anders Schyman. »Können Sie mir ein Beispiel für die miese Stimmung nennen?«

Die Redaktionssekretärin rutschte unruhig auf ihrem Stuhl hin und her und dachte nach.

»Ja, doch, es ist unangenehm, mit harten Worten zum Arbeitsplatz kommandiert zu werden, wenn man gerade beim Backen ist, und das kurz vor Weihnachten und allem. Hier in der Redaktion muß es doch ein Mindestmaß an Flexibilität geben.«

»Jemand hat Sie also telefonisch herbestellt, während Sie beim Backen waren?« fragte Schyman.

»Ja, Annika Bengtzon.«

»Hat das möglicherweise etwas mit dem Sprengstoffanschlag zu tun gehabt?«

»Ja, ich finde, sie ist unglaublich ungeschickt.«

»Dann finden Sie es also nicht angebracht, daß Sie Überstunden machen, wenn alle anderen hier auch Überstunden machen?« fragte er ruhig. »Tragische Ereignisse dieser Größenordnung treffen in unserem Land ja glücklicherweise sehr selten ein.«

Die Wangen der Frau liefen etwas rosa an, und sie beschloß, zum Angriff überzugehen.

»Annika Bengtzon kann sich hier nicht so aufführen! Weißt du, was sie heute nach dem Mittagessen gesagt hat? Sie sagte, daß sie Nils Langeby die Zähne einschlagen will!«

Anders Schyman konnte ein Lachen nur mit Mühe unterdrücken.

»Wirklich sehr interessant«, sagte er. »Hat sie das Nils Langeby ins Gesicht gesagt?«

»Nein, zu niemandem, mehr zu sich selbst, aber ich habe es trotzdem gehört. Das war wirklich unnötig, eine solche Ausdrucksweise darf man am Arbeitsplatz nicht an den Tag legen.«

Der Chefredakteur beugte sich vor und plazierte die gefalteten Hände dicht an der gegenüberliegenden Kante des Schreibtisches.

»Sie haben vollkommen recht, Eva-Britt, es ist ungehörig, so was von sich zu geben. Aber wissen Sie, was meiner Meinung nach viel schlimmer ist? Tja, wenn Arbeitskollegen wie Kleinkinder zum Chef reinlaufen und petzen!«

Eva-Britt Qvist wurde erst weiß im Gesicht, dann glutrot. Anders Schyman sah sie durchdringend an. Sie schaute auf ihre Knie hinunter, sah auf, senkte den Blick wieder, erhob sich und ging hinaus. Vermutlich würde sie die nächste Viertelstunde heulend auf der Toilette zubringen.

Der Chefredakteur lehnte sich zurück und seufzte. Er hatte gehofft, die Kindergartenquote der Woche sei schon ausgeschöpft gewesen, aber offenbar war das nicht der Fall.

Annika sprang bei der Blekingegatan Nummer 40 aus dem Taxi und wunderte sich eine Sekunde lang über die Wahl des Lokals, die Lena Milander, die Tochter aus gutem Hause, getroffen hatte. Der Pelikan war eine klassische Bierkneipe mit deftiger Hausmannskost und hohem Geräuschpegel. Jetzt war in dem großen Raum noch wenig Betrieb, die Gäste saßen entlang der Wände, unterhielten sich, tranken ein Bier, aßen ein Sandwich. Lena Milander war schon angekommen, sie hatte sich mit dem Rücken zur hintersten Wand gesetzt und rauchte konzentriert eine selbstgedrehte Zigarette ohne Filter. Lena Milander paßte mit ihren kurzen Haaren, ihrer schwarzen Kleidung und dem trüben Gesichtsausdruck genau in diese Umgebung. Sie könnte sogar Stammkundin sein. Die Vermutung wurde bestätigt, als die Bedienung kam, um ihre Bestellung aufzunehmen und fragte: »Wie immer, Lena?«

Annika bestellte eine Tasse Kaffee und ein Käse-Schinkenbrot, Lena nahm ein Bier und Bratkartoffeln. Die junge Frau drückte die zur Hälfte gerauchte Zigarette aus, schaute Annika an und verzog das Gesicht zu einem Lächeln.

»Ach, eigentlich rauche ich nicht, aber ich zünde gern Zigaretten an«, erklärte sie und betrachtete bei ihren Worten Annika eingehend.

»Ich weiß, daß Sie gern zündeln«, sagte Annika und pustete in den Kaffee. »Das Behandlungsheim in Botkyrka zum Beispiel.«

Lena verzog nicht eine Miene.

»Wie lange wollen Sie noch Lügen über meine Mutter verbreiten?«

»Solange wir keine besseren Informationen haben«, antwortete Annika.

Lena zündete die Zigarette wieder an und blies den Rauch in Annikas Gesicht. Annika zuckte nicht mit der Wimper.

»Haben Sie schon Weihnachtsgeschenke eingekauft?« fragte Lena und nahm einen Tabakkrümel aus dem Mund.

»Teilweise. Haben Sie Olof eins gekauft?«

Lenas Blick erstarrte, sie nahm einen tiefen Lungenzug.

»Ihren Bruder, meine ich«, fuhr Annika fort. »Da können wir doch wohl anfangen, oder?«

»Wir haben keinen Kontakt«, erwiderte Lena und schaute aus dem Fenster.

Annika spürte, wie ihr ein Schauer über den Rücken lief. Christinas Sohn lebte also noch!

»Warum haben Sie keinen Kontakt?« stellte sie ihre Frage mit so ausdrucksloser Stimme wie möglich.

»Den hatten wir nie. Meine Mutter wollte das nicht.«

Annika holte Block und Bleistift hervor, aber auch die Kopie des Familienfotos, auf dem Olof zwei Jahre alt war, und legte es vor Lena auf den Tisch.

»Das habe ich nie gesehen«, sagte sie. »Woher kommt das?«

»Aus dem Zeitungsarchiv. Sie können es behalten, wenn Sie wollen.«

Lena schüttelte den Kopf.

»Das hat keinen Sinn, ich verbrenne es doch nur.«

Annika steckte es wieder in ihre Tasche.

»Was ist es, was Sie von Ihrer Mutter erzählen wollen?« fragte sie.

Lena fingerte an der Zigarette.

»Alle schreiben, sie sei so phantastisch gewesen. In Ihrer Zeitung ist sie heute schon zur Heiligen erhoben worden. Aber meine Mutter war eine verdammt tragische Persönlichkeit. Ihr sind unzählige Dinge mißglückt. Alle Flops hat sie unter den Teppich gekehrt, indem sie Leute bedroht und fertiggemacht hat. Manchmal glaube ich, mit ihr stimmte was nicht, sie war so wahnsinnig boshaft.«

Die junge Frau verstummte und schaute aus dem Fenster. Es begann schon dunkel zu werden, der Schnee wollte nicht aufhören zu fallen.

»Können Sie das etwas näher erklären?« fragte Annika vorsichtig.

»Nehmen Sie zum Beispiel Olle«, fuhr Lena fort. »Ich wußte noch nicht einmal etwas von seiner Existenz, bis Großmutter es mir erzählt hat. Damals war ich elf Jahre alt.«

Annika machte sich Notizen und wartete still.

»Mein Großvater ist gestorben, als meine Mutter noch klein war. Großmutter hat sie zu Verwandten ganz oben in Norrland geschickt. Sie ist dort aufgewachsen, die Verwandten mochten sie nicht, aber sie wurden von Großmutter bezahlt. Als sie zwölf Jahre alt war, wurde sie ins Internat geschickt, dort hat sie bis zu ihrer Heirat mit Carl gewohnt. Ja, das war der alte Knacker auf dem Foto. Er war fast vierzig Jahre älter als meine Mutter, aber er stammte aus gutem Hause. Das war für Großmutter wichtig. Sie war diejenige, die das alles in die Wege geleitet hat.«

Lena begann, sich eine neue Zigarette zu drehen. Sie stellte sich dabei recht unbeholfen an, krümelte Tabak in ihre Bratkartoffeln, die sie nicht angerührt hatte.

»Meine Mutter war kaum zwanzig, als Olle geboren wurde, der altersschwache Carl zeigte sich liebend gern mit seiner jungen Familie. Aber dann ging Carls Firma den Bach runter, und das Geld war futsch.

Da hatte er für eine mittellose Frau mit Kind keine Verwendung mehr. Das Schwein setzte meine Mutter und Olle vor die Tür und heiratete eine steinreiche alte Schachtel.«

»Dorothea Adelcrona«, sagte Annika und Lena nickte.

»Dorothea war die Witwe eines alten Forstpatrons aus der Nähe von Sundsvall. Sie schwamm im Geld, und Carl konnte es gut gebrauchen. Die alte Hexe starb nach ein paar Jahren, und er war der reichste Witwer von Norrland. Er stiftete einen großen Preis für irgendwelche idiotischen Heldentaten in der Holzbranche.«

Annika nickte.

»Stimmt. Der wird noch immer jedes Jahr vergeben.«

»Egal, meine Mutter hat nicht eine Öre gesehen. Sie wurde von allen links liegengelassen. Eine geschiedene, alleinerziehende Mutter ohne Geld stand in den fünfziger Jahren nicht besonders hoch im Kurs der Gesellschaft, und anerkannt zu werden war für meine Mutter unglaublich wichtig. Sie hatte eine Art von kaufmännischer Ausbildung, die sie im Internat erlangt hatte, deshalb zog sie nach Malmö und fing als Privatsekretärin für einen Direktor in der Schrottbranche an. Olle hatte sie bei einem alten Ehepaar in Tungelsta untergebracht.«

Annika schaute von ihren Notizen auf.

»Sie hat den Jungen weggegeben?«

»Ja. Er war fünf Jahre alt. Ich weiß nicht, ob sie ihn je wiedergesehen hat.«

»Aber warum?« fragte Annika schockiert. Von dem bloßen Gedanken, ihren kleinen Sohn Kalle wegzugeben, wurde ihr übel.

»Er war so schwierig, das war ihre Erklärung. Aber der eigentliche Anlaß war selbstverständlich, daß sie arbeiten und kein Kind am Hals haben wollte. Sie wollte schließlich Karriere machen.«

»Ja, und das hat sie dann ja auch geschafft«, murmelte Annika.

»Sie hatte es am Anfang bestimmt verdammt schwer. Der erste Chef verging sich an ihr, so daß sie schwanger wurde, das hat sie jedenfalls behauptet. Sie ist nach Polen gefahren, um abzutreiben, und wurde schrecklich krank. Die Ärzte haben geglaubt, sie könne nie wieder Kinder bekommen. Sie ist natürlich rausgeflogen, hat aber bei einer Bank neue Arbeit gefunden. Dort hat sie sich hochgearbeitet, und mit der Zeit hat sie eine Anstellung im Hauptbüro in Stockholm bekommen.

Schnell ist sie in der Hierarchie aufgestiegen, und irgendwo auf dem Weg nach oben hat sie meinen Vater kennengelernt, er war bis über beide Ohren verliebt. Nach ein paar Jahren haben sie geheiratet, und dann fing mein Vater an zu nerven, er wolle ein Kind haben. Meine Mutter hat nein gesagt, hat aber ihm zuliebe mit der Pille aufgehört. Sie wußte ja, daß sie vermutlich nie wieder schwanger werden könnte.«

»Aber sie wurde schwanger«, sagte Annika.

Lena nickte.

»Sie war da schon über vierzig. Sie können sich ja vorstellen, wie schrecklich wütend sie geworden ist. Abtreibung war ja mittlerweile legal, aber dieses eine Mal hat mein Vater sich durchgesetzt. Einer Abtreibung hat er nicht zugestimmt, sonst hätte er sie verlassen. Sie hat in den sauren Apfel gebissen und mich zur Welt gebracht.«

Die junge Frau zog eine Grimasse und trank von dem Bier.

»Wer hat Ihnen das alles erzählt?« fragte Annika.

»Meine Mutter natürlich. Sie hat nicht damit hinter dem Berg gehalten, was sie von mir hielt. Sie hat immer gesagt, ich sei ihr ein Greuel. Meine erste Erinnerung ist, daß meine Mutter mich fortgeschubst hat, so daß ich hinfiel und mir wehtat. Mein Vater mochte mich, aber er hat nie gewagt, es offen zu zeigen. Er hatte schreckliche Angst vor meiner Mutter.«

Sie dachte eine Weile über ihre Worte nach, dann fuhr sie fort: »Ich glaube, die meisten Menschen hatten Angst vor meiner Mutter. Sie besaß die Fähigkeit, die Leute in Angst und Schrecken zu versetzen. Alle, die ihr in irgendeiner Form nahekamen, mußten ein Papier über absolute Schweigepflicht unterschreiben. Niemals durften sie sich ohne Christinas Zustimmung in der Öffentlichkeit über sie äußern.«

»Hatte das wirklich rein juristisch Bestand?« erkundigte sich Annika.

Lena Milander zuckte die Achseln.

»Spielte keine Rolle, die Leute haben es geglaubt und wurden durch Einschüchterung zum Schweigen gebracht.«

»Kein Wunder, daß wir von der Zeitung nicht viel herausgefunden haben«, sagte Annika.

»Meine Mutter selbst hatte nur vor zwei Personen Angst, vor mir und vor Olle.«

Wie unglaublich traurig, dachte Annika.

»Sie hat immer befürchtet, ich könnte sie in Brand stecken«, sagte Lena und verzog das Gesicht zu einem Lächeln. »Seit dem Mal, wo ich in Tyresö das Parkett im Wohnzimmer angezündet habe, ist sie an die Decke gegangen bei dem Gedanken an mich in Verbindung mit Streichhölzern. Sie hat mich in ein Behandlungsheim für gestörte Jugendliche geschickt, aber nachdem ich das Heim abgefackelt habe, hatte ich die Erlaubnis, wieder nach Hause zu fahren. So ist das mit Kindern, mit denen niemand fertig wird. Wenn die Sozialfürsorge nicht mehr weiter weiß, dann kriegen die Eltern ihre kleinen Quälgeister wieder.«

Sie zündete sich eine neue, verbeulte Zigarette an.

»Einmal habe ich in der Garage mit einer selbstgebastelten Sprengladung experimentiert. Die ist zu früh explodiert und hat das Garagentor weggeblasen, ich habe einen Splitter ins Bein bekommen. Meine Mutter war davon überzeugt, ich wolle sie mit einer Autobombe in tausend Stücke sprengen, und danach hatte sie hysterische Angst vor Autobomben.«

Sie lachte freudlos.

»Woher wußten Sie, wie man Sprengladungen bastelt?« fragte Annika.

»Es waren Anleitungen darüber im Umlauf, auch ehe es das Internet gab, es ist nicht schwer. Soll ich es Ihnen beibringen?«

»Nein danke, das ist nicht nötig. Warum hatte sie Angst vor Olle?«

»Das weiß ich wirklich nicht, das hat sie nie gesagt. Sie hat nur gesagt, ich solle mich vor ihm in acht nehmen, er sei gefährlich. Er muß sie in irgendeiner Form bedroht haben.«

»Sind Sie ihm jemals begegnet?«

Die Frau schüttelte den Kopf, und die Augen wurden blank. Sie blies den Rauch aus und streifte nicht vorhandene Asche am Tellerrand ab.

»Ich weiß nicht, wo er lebt«, erklärte sie.

»Aber Sie glauben, daß er lebt?«

Lena nahm einen tiefen Zug und schaute Annika an.

»Warum hätte meine Mutter sonst Angst haben sollen?« fragte sie. »Wenn Olle gestorben wäre, dann hätten wir unsere geheimen Adressen nicht mehr gebraucht.«

Stimmt, dachte Annika. Sie zögerte einen Augenblick, stellte dann aber die unangenehme Frage: »Halten Sie es für möglich, daß Ihre Mutter jemand anders kennengelernt hat, in den sie sich verliebt haben könnte?«

Lena zuckte die Achseln.

»Ist mir scheißegal«, antwortete sie. »Aber das kann ich mir kaum vorstellen. Meine Mutter hat Männer gehaßt. Manchmal glaube ich, sie hat auch meinen Vater gehaßt.«

Annika ließ das Thema fallen.

»Wie Sie sehen, war sie alles andere als ›die ideale Frau‹«, sagte Lena.

»Nein, das war sie nicht«, stimmte Annika ihr zu.

»Werden Sie noch einmal darüber schreiben?«

»Ich hoffe, das können wir vermeiden«, sagte Annika. »Aber in meinen Ohren klingt es so, als sei auch Ihre Mutter ein Opfer gewesen.«

»Wie meinen Sie das?« fragte Lena, sofort auf der Hut.

»Sie ist auch fortgeschickt worden, genau wie Olle.«

»Das ist was anderes. Großmutter konnte sich nicht um sie kümmern, es herrschte schließlich Krieg in der Welt, und Großmutter hat sie wirklich geliebt. Großmutters große Sorge im Leben war, daß Christina nicht bei ihr aufwachsen konnte.«

»Lebt Ihre Großmutter noch?«

»Nein, sie ist vergangenes Jahr gestorben. Meine Mutter ist tatsächlich zur Beerdigung gegangen, es hätte sonst einen zu schlechten Eindruck gemacht, hat sie gesagt. Aber Großmutter und meine Mutter haben sich immer an den Festtagen und in den Schulferien gesehen, als meine Mutter ein Kind war, und sie haben die Geburtstage meiner Mutter immer gemeinsam gefeiert.«

»Es klingt so, als könnten Sie Ihrer Großmutter, aber nicht Ihrer Mutter verzeihen«, sagte Annika.

»Und wann sind Sie zu einer verdammten Psychologin geworden?«

Annika hielt die Handflächen hoch.

»Entschuldigen Sie«, sagte sie.

Lena betrachtete sie abwartend.

»Okay«, sagte sie schließlich und nahm den letzten Schluck Bier. »Ich habe vor, mich hier vollaufen zu lassen. Haben Sie Lust mitzumachen?«

Annika lächelte blaß.

»Tut mir leid«, sagte sie und sammelte ihre Sachen zusammen. Sie zog Schal, Mantel und Handschuhe an und hängte sich den Riemen der Tasche über die Schulter. Dann faßte sie sich ein Herz und fragte: »Wer hat Ihrer Meinung nach Ihre Mutter getötet?«

Lenas Augen verengten sich.

»Ich jedenfalls nicht«, verkündete sie.

»Hat sie Stefan Bjurling gekannt?«

»Das neue Opfer? Keine Ahnung. Schreiben Sie jetzt nicht noch mehr Scheiße«, sagte Lena Milander und wandte demonstrativ den Kopf ab.

Annika verstand den Wink, ging zur Bedienung, bezahlte ihre und Lenas Rechnung und verließ das Lokal.


Die Frau betrat das ultramoderne Foyer der ‚Abendpresse‘ und versuchte, den Eindruck zu erwecken, sie gehöre dazu. Sie trug einen gerade geschnittenen, halblangen Mantel, der je nach Lichteinstrahlung zwischen den Farben Ultramarin und Lila changierte, das Haar hatte sie unter einer Baskenmütze versteckt. Über der linken Schulter hing eine kleine Chanel-Imitation, in der rechten Hand hatte sie einen dunkelroten Diplomatenkoffer aus Leder. Sie trug Handschuhe. Als die Außentür hinter ihr wieder zuglitt, blieb sie stehen und schaute sich um, ihr Blick fiel auf die verglaste Rezeption ganz hinten in der linken Ecke. Sie rückte den schmalen Schulterriemen zurecht und steuerte auf den Glaskasten zu. Dort saß der Hausmeister Tore Brand, er hatte die Rezeptionistin abgelöst, die eine Pause eingelegt hatte, um eine Tasse Kaffee zu trinken und eine Zigarette zu rauchen.

Tore Brand drückte auf den Knopf, der den Mechanismus der gläsernen Luke regulierte, als die Frau die Rezeption fast erreicht hatte. Er setzte sein offizielles Gesicht auf und fragte kurz: »Ja?«

Die Frau zog die Tasche abermals hoch auf ihre Schulter und räusperte sich ein wenig.

»Ja, ich suche eine Reporterin, Annika Bengtzon ist ihr Name. Sie arbeitet in …«

»Ja, ich weiß«, schnitt Tore ihr das Wort ab. »Sie ist nicht im Haus.«

Der Hausmeister hatte den Finger bereits auf dem Knopf liegen, um die Luke zu schließen. Die Frau nestelte nervös am Griff des Aktenkoffers.

»Aha, nicht im Haus. Wann ist sie denn zurück?«

»Das kann man nie voraussagen«, antwortete Tore Brand. »Sie hat außer Haus zu tun, und da weiß man nie, was passiert oder wie lange es dauert.«

Er beugte sich vor und sagte: »Das hier ist eine Nachrichtenzeitung, wissen Sie.«

Die Frau lachte etwas verlegen auf.

»Ja, danke, das ist mir bekannt. Aber ich würde wirklich gern zu Annika Bengtzon. Ich will ihr etwas geben.«

»Ach so, was denn?« fragte der Hausmeister neugierig. »Kann ich das vielleicht so lange in Verwahrung nehmen?«

Die Frau machte einen Schritt zurück.

»Es ist ausschließlich für Annika, sie allein soll das bekommen. Gestern haben wir darüber gesprochen. Es ist ziemlich wichtig.«

»Wenn Sie hier Unterlagen oder so was abgeben wollen, dann ist das gar kein Problem, ich werde mich darum kümmern, daß sie es bekommt und liest.«

»Danke, ich glaube, ich komme noch mal wieder.«

»Jeden Tag kommen Idioten mit Kartons voller Papier hierher, Querulanten und Versicherungsopfer und Verrückte, aber wir nehmen alles an. Wenn Sie mir geben, was Sie haben, dann kümmere ich mich um die Sache.«

Die Frau machte auf dem Absatz kehrt und lief eilends zur Tür hinaus. Tore Brand schloß die Luke und spürte, daß er riesige Lust auf eine Zigarette hatte.

Annika arbeitete sich durch den Weihnachtseinkaufstrubel in der Götgatan, als sie merkte, daß sie nur wenige Häuserblocks von Helena Starkes Wohnung entfernt war. Statt gegen den Strom anzukämpfen, der aus dem U-Bahn-Schacht bei Skanstull aufstieg, machte sie kehrt und ließ sich mit ihm treiben. Sie rutschte den Ringvägen entlang, hier war die Straße genauso schlecht geräumt wie auf Kungsholmen. Ihr Zahlengedächtnis ließ sie nicht im Stich, sie erinnerte sich, daß der

Code an der Tür 139 lautete. Diesmal öffnete Helena Starke nach dem ersten kurzen Signal.

»Sie geben wohl nie auf, was?« sagte sie, als sie die Tür geöffnet hatte.

»Kann ich nur noch einige Fragen stellen?« fragte Annika bittend.

Helena Starke stöhnte laut auf.

»Was wollen Sie denn noch? Was wollen Sie von mir?«

»Ich bitte Sie, nicht im Treppenhaus ...«

»Spielt keine Rolle mehr, ich ziehe sowieso bald aus.«

Die letzten Worte schrie sie, damit es die alten Schreckschrauben alle hören konnten, nun hatten sie wieder etwas zum Tratschen.

Annika schaute über die Schultern der Frau, es machte tatsächlich den Eindruck, als sei sie im Begriff, ihren Hausstand zu verpacken. Helena Starke seufzte.

»Kommen Sie verdammt noch mal rein, aber fassen Sie sich kurz. Ich fahre heute abend weg.«

Annika beschloß, keine Umschweife zu machen.

»Ich weiß, daß Sie mir über den Jungen, über Olle, Lügen aufgetischt haben, aber darauf pfeife ich. Ich komme nur, um Sie zu fragen, ob es der Wahrheit entspricht, daß Sie ein Verhältnis mit Christina Furhage gehabt haben.«

»Wenn es so wäre, was zum Teufel geht Sie das an?« entgegnete Helena Starke ruhig.

»Nichts, außer, daß ich versuche, herauszufinden, wie alles zusammenhängt. Hatten Sie eins?«

Helena Starke seufzte.

»Und wenn ich Ihnen die Bestätigung liefern würde, dann würde das morgen überall im Land in den Schlagzeilen stehen, oder wie?«

»Selbstverständlich nicht«, sagte Annika. »Christinas Liebesleben hatte nichts mit ihrer Rolle in der Öffentlichkeit zu tun.«

»Also gut«, sagte Helena Starke fast amüsiert. »Ich bestätige es hiermit. Zufrieden?«

Annika war etwas aus dem Konzept geraten.

»Was wollen Sie als nächstes fragen?« erkundigte sich Helena Starke angesäuert. »Wie wir es getrieben haben? Ob wir Dildos oder Finger zu Hilfe genommen haben? Ob Christina geschrien hat, wenn sie gekommen ist?«

Annika senkte den Blick, sie kam sich vor wie eine Närrin. Das ging sie nun wirklich nichts an.

»Entschuldigen Sie«, sagte sie. »Es war nicht meine Absicht, mich Ihnen aufzudrängen.«

»Nein, aber genau das haben Sie getan«, erwiderte Helena Starke. »Sonst noch was?«

»Kannten Sie Stefan Bjurling?« fragte Annika und schaute wieder hoch.

»Ein richtiger Mistkerl«, antwortete Helena Starke. »Wenn jemand ein Paket Dynamit in den Nieren verdient hatte, dann war er es.«

»Hat Christina ihn gekannt?«

»Sie hat gewußt, wer er ist.«

Annika schloß die Tür, die noch einen Spalt breit aufstand.

»Ich bitte Sie, können Sie mir erzählen, was für ein Mensch Christina eigentlich war?«

»Meine Güte, Sie haben doch die ganze Woche die Zeitungen mit Artikeln darüber gefüllt, was für ein Mensch sie war.«

»Ich meine den Menschen Christina, nicht das Abziehbild.«

Helena Starke lehnte sich an den Türpfosten zum Wohnzimmer und schaute Annika interessiert an.

»Warum sind Sie nur so neugierig?« fragte sie.

Annika sog durch die Nasenlöcher Luft ein, hier roch es wirklich muffig.

»Jedesmal, wenn ich mit jemandem spreche, der Christina gekannt hat, verändert sich das Bild von ihr. Ich glaube, Sie waren der einzige Mensch, der ihr nahe gestanden hat.«

»Da irren Sie sich«, erklärte Helena Starke. Sie drehte sich um und setzte sich in dem kleinen Wohnzimmer auf das Sofa. Annika tat es ihr gleich, ohne eine Aufforderung abzuwarten.

»Wer hat sie dann gekannt?«

»Niemand«, antwortete Helena Starke. »Noch nicht einmal sie selbst. Manchmal hatte sie Angst vor der Person, die sie war, oder vielleicht eher vor der Person, die sie geworden war. Christina hat schreckliche Dämonen mit sich herumgeschleppt.«

Annika betrachtete das halb abgewandte Gesicht der Frau. Das Licht im Flur fiel auf ihren Nacken und ihr klares Profil, Helena Starke war eine auffallend schöne Frau. Weiter hinten im Raum herrschte Dunkelheit, draußen donnerte der Verkehr auf dem Ringvägen vorüber.

»Woher kamen die Dämonen?« fragte Annika leise.

Helena Starke seufzte.

»Sie hat die Hölle durchlebt, in der Kindheit und auch später. Sie war extrem intelligent, aber das hat nie etwas gezählt. Die Leute machten ihr in jeder Hinsicht das Leben schwer, sie hat es überstanden, indem sie kalt und unnahbar geworden ist.«

»Was meinen Sie damit, daß die Leute ihr das Leben schwer gemacht haben?«

»Als weibliche Führungsperson innerhalb der Privatwirtschaft, innerhalb des Bankwesens, im Aufsichtsratzimmer war sie bahnbrechend. Leute haben andauernd versucht, sie zu vernichten, aber das ist ihnen nie gelungen.«

»Die Frage ist, ob sie es nicht trotzdem geschafft haben, trotz alledem«, widersprach Annika. »Man kann kaputtgehen, auch wenn die Oberfläche intakt ist.«

Helena Starke gab keine Antwort. Sie schaute blicklos in die Dunkelheit, nach einer Weile hob sie die Hand an die Augen und wischte eine Träne fort.

»Wußte jemand, daß Sie … zusammen waren?«

Helena Starke schüttelte den Kopf.

»Nein. Nicht ein einziger Mensch. Es wurde zwar geredet, aber niemand hat uns direkt gefragt. Christina hatte schreckliche Angst, daß es herauskommen könnte, sie wechselte die Chauffeure alle acht Wochen, damit sie nicht ihre Schlüsse ziehen konnten, warum sie so oft hierher fuhr.«

»Warum hatte sie soviel Angst davor? Es gibt doch massenhaft Personen, die in der Öffentlichkeit stehen und sich zu ihrer Homosexualität bekennen.«

»Das war es nicht allein«, erklärte Helena Starke. »Liebe zwischen Angestellten im Olympia-Büro war absolut verboten, Christina selbst war es, die das verfügt hatte. Wenn unser Verhältnis an die Öffentlichkeit gekommen wäre, dann hätte vermutlich nicht nur ich gehen müssen. Sie hätte als Direktorin nicht bleiben können, wenn man erfahren hätte, daß sie selbst gegen eine ihrer wichtigsten Regeln verstieß.«

Annika ließ die Worte sacken. Es gab also noch eine weitere Sache, vor der Christina Furhage Angst gehabt hatte. Sie betrachtete Helena Starkes hinuntergebeugtes Gesicht und erkannte das Paradoxon. Christina Furhage hatte alles aufs Spiel gesetzt, wofür sie ihr Leben lang gekämpft hatte, für diese eine Frau.

»Sie war am letzten Abend hier, stimmt's?«

Helena Starke nickte.

»Wir sind im Taxi gefahren, Christina hat bar bezahlt. Ich erinnere mich nicht mehr so genau, aber so hat sie es immer gehalten. Ich war fürchterlich betrunken, aber ich kann mich erinnern, daß Christina wütend war. Sie mochte es nicht, wenn ich trank und rauchte. Wir schliefen recht unsanft miteinander, und dann bin ich eingeschlafen. Sie war weg, als ich aufgewacht bin.«

Sie verstummte und dachte nach.

»Christina war tot, als ich aufgewacht bin«, sagte sie.

»Können Sie sich erinnern, wann sie Ihre Wohnung verlassen hat?«

Die Frau im Dunkeln seufzte.

»Nein, aber die Polizei sagt, sie hat um 2 Uhr 53 einen Anruf auf ihrem Mobiltelefon gehabt. Sie hat das Gespräch angenommen und drei Minuten telefoniert. Das muß also gewesen sein, nachdem wir zu Ende gevögelt hatten, denn Christina konnte kein Telefonat führen, während wir zugange waren ...«

Sie wandte den Kopf von Annika ab und lächelte schief.

»Ist es eine Belastung, nicht offen über Ihre Gefühle sprechen zu können?« fragte Annika.

Helena Starke zuckte die Achseln.

»Als ich mich in Christina verliebt hatte, wußte ich, was mich erwartete. Es war kein leichtes Unterfangen, sie dazu zu bewegen, ihren Gefühlen nachzugeben, es hat über ein Jahr gedauert.«

Sie lachte kurz auf.

»Christina war unglaublich unerfahren. Es war so, als habe sie nie zuvor Spaß am Sex gehabt, aber als sie entdeckt hatte, wie schön es ist, konnte sie nicht genug kriegen. Nie bin ich mit einer so phantastischen Liebhaberin zusammengewesen.«

Annika war unbehaglich zumute, das hier ging sie nichts an. Sie wollte sich gar nicht erst vorstellen, wie diese wunderschöne Vierzigjährige mit einem eiskalten Weibsbild von über sechzig Jahren schlief. Sie schüttelt sich, um das Gefühl los zu werden.

»Danke, daß Sie mit mir geredet haben«, sagte sie nur.

Helena Starke antwortete nicht. Annika drehte sich um und ging zur Tür.

»Wohin ziehen Sie eigentlich?« erkundigte sie sich.

»Nach Los Angeles«, antwortete Helena Starke.

Annika blieb stehen und blickte über die Schulter.

»Ist das nicht ein bißchen plötzlich?« fragte sie.

Helena Starke sah sie scharf an.

»Ich war es nicht, die die beiden in die Luft gesprengt hat«, sagte sie.

Annika war rechtzeitig zum „Echo" um Viertel vor fünf zurück in der Redaktion. Sie machten ihre Sendung mit einem Knaller auf, zumindest nach ihren Maßstäben. Sie berichteten über die regionalpolitischen Reformen, die Ende Januar von der Regierung präsentiert werden sollten. Die regionalpolitischen Anstrengungen waren in Annikas Augen nicht besonders bemerkenswert, aber der nächste Beitrag war um so interessanter. Man hatte eine vorläufige Beurteilung des Sprengstoffes beschafft, der bei dem Mord an Stefan Bjurling verwendet wurde. Die Bestandteile waren vermutlich identisch mit dem der Explosion im Stadion: ein Gemisch aus Nitroglyzerin und Nitroglykol mit hoher Densität, aber die Sprengstärke und die Verpackung waren anders. Laut den vorliegenden Informationen bestand der Sprengstoff vermutlich aus Patronen in der kleinsten Größe, der Durchmesser lag irgendwo zwischen 22 und 29 Millimetern. Die Polizei wollte die Angaben nicht kommentieren, sondern ließ lediglich verlauten, die technische Analyse sei weit entfernt von einem endgültigen Ergebnis.

Darum konnte Patrik sich kümmern, dachte Annika und machte auf ihrem Block eine Notiz.

Die Nachrichten brachten nichts Weiteres, was ihre Arbeit betraf, deshalb stellte sie das Radio aus und begann zu telefonieren. Die Bauarbeiter, die mit Stefan Bjurling zusammengearbeitet hatten, müßten jetzt zu Hause sein. Sie schlug die Bildunterschrift zu ihrem eigenen Artikel in der Zeitung auf und rief die Auskunft an. Einige der Männer hatten Namen wie Sven Andersson und dergleichen, von denen es unendlich viele gab, aber fünf Namen waren so unüblich, daß es ihr erspart blieb, fünfzig Personen anzurufen und zu fragen, ob sie richtig verbunden war. Beim vierten Telefonat hatte sie Glück.

»Ja, ich hatte den Fotoapparat dabei«, sagte der Installateur Herman Ösel.

»Haben Sie möglicherweise Fotos von Christina Furhage gemacht?«

»Ja, aber klar, habe ich Fotos von ihr gemacht.«

Annikas Herz begann schneller zu schlagen.

»Haben Sie ein Bild von Stefan Bjurling gemacht?«

»Na ja, nicht von ihm allein, aber ich glaube, er ist auf einem Foto mit drauf, das ich von Christina Furhage gemacht habe.«

Das darf nicht wahr sein, was für ein unverschämtes Glück, dachte Annika.

»Aber Sie wissen es nicht genau, oder?« fragte sie.

»Nein, ich habe den Film noch nicht entwickeln lassen. Ich wollte die Enkel zu Weihnachten fotografieren ...«

»Herr Ösel, wir von der ‚Abendpresse' können Ihnen behilflich sein, den Film zu entwickeln. Selbstverständlich bekommen Sie im Austausch einen neuen Film von uns, und wenn es zutreffen sollte, daß auf Ihrem Film ein Bild ist, an dessen Veröffentlichung wir interessiert sind, könnten Sie sich dann vorstellen, es an uns zu verkaufen?«

Der Installateur konnte ihr nicht ganz folgen.

»Wollen Sie meinen Film kaufen?« fragte er zweifelnd.

»Nein, der Film gehört selbstverständlich Ihnen. Den bekommen Sie zurück. Aber wir haben vielleicht Interesse daran, das Recht an einem Ihrer Bilder zu kaufen. So läuft es, wenn wir Bilder von Freelancefotografen kaufen, und in diesem Fall sind Sie unser Freelancefotograf.«

»Na ja, ich weiß nicht ...«

Annika holte tief und lautlos Luft und entschied sich, pädagogisch vorzugehen.

»Also, das ist so«, sagte sie. »Wir von der ‚Abendpresse' halten es für außerordentlich wichtig, daß der Sprengstoffmörder, der Christina Furhage und Stefan Bjurling getötet hat, gefaßt wird und ins Gefängnis kommt. Es ist wichtig für Christina Furhages und Stefan Bjurlings Familien und Arbeitskollegen und für die ganze Nation, ja, im Grunde für die ganze Welt. Die Spiele sind bedroht, davor können wir nicht die

Augen verschließen. Es ist die Pflicht der Medien, Informationen zu verbreiten und die öffentliche Meinung zu bilden und so einen Beitrag zum Wohl der Gesellschaft zu leisten, was für uns von der ‚Abendpresse' bedeutet, daß wir über die Opfer und die Arbeit der Polizei schreiben. Unsere Arbeit vollzieht sich teils in Zusammenarbeit mit Polizei und Staatsanwaltschaft, teils durch freie journalistische Arbeit. Dazu gehört das Gespräch mit den Arbeitskollegen der Opfer, zum Beispiel. Deshalb stellt sich mir die Frage, ob wir vielleicht ein Foto von Christina Furhage gemeinsam mit Stefan Bjurling veröffentlichen können, wenn es denn auf Ihrem Film sein sollte …«

Annika hatte nach dieser Litanei einen trockenen Hals, aber sie verfehlte offenbar nicht ihre Wirkung.

»Aha, ja, das geht in Ordnung, aber wie regeln wir das? Die Post ist hier draußen schon durch.«

»Wo wohnen Sie?« erkundigte sich Annika, die bei der Auskunft keine Adressen erfragt hatte.

»In Vallentuna.«

»Herr Ösel, ich werde einen unserer Mitarbeiter bitten, zu Ihnen nach Hause zu fahren, um den Film abzuholen …«

»Aber da sind noch Bilder drauf.«

»Sie werden von uns einen ganz neuen Film bekommen, gratis. Morgen früh bekommen Sie den ganzen Film zurück, entwickelt und fertig. Finden wir ein Bild, das wir veröffentlichen wollen, dann werden wir Ihnen neunhundertdreißig Kronen dafür bezahlen, was dem Standardpreis gemäß der Vereinigung der freiberuflichen Fotografen entspricht. In dem Fall ruft unser Bildredakteur Sie morgen an und nimmt Ihre persönlichen Daten auf, damit wir Sie bezahlen können. Ist das in Ordnung?«

»Neunhundertdreißig Kronen? Für ein Bild?«

»Ja, das ist das übliche Honorar.«

»Warum zum Teufel bin ich nicht Fotograf geworden? Natürlich können Sie meinen Film abholen. Wann kommen Sie?«

Annika notierte die Adresse des Mannes und eine einfache Wegbeschreibung und legte auf. Sie holte einen Film aus der Bildredaktion und ging zu Tore Brand in die Hausmeisterei, um ihn zu bitten, nach Vallentuna zu fahren.

»Das geht ruck, zuck«, sagte Tore.

»Übrigens, hier war heute jemand, der nach Ihnen gefragt hat«, sagte er, als Annika im Begriff war zu gehen.

»Ach ja, wer denn?«

»Das hat sie nicht verraten. Sie wollte Ihnen etwas geben.«

»Aha, und was?«

»Das hat sie auch nicht verraten. Sie wollte wiederkommen, hat sie gesagt.«

Annika lächelte kurz und stöhnte innerlich. Hausmeister mußten lernen, mehr Auskünfte zu erfragen als das bißchen. Es könnte sich schließlich um etwas Wichtiges handeln.

Sie ging auf dem Rückweg in ihr Zimmer an Patriks Platz vorbei, aber er war irgendwo außer Haus. Sie mußte ihn über Handy anrufen, damit sie sich mit ihm vor der Sechs-Uhr-Besprechung abstimmen konnte. Als sie Eva-Britt Qvists Schreibtisch passierte, begann das Telefon in ihrem Büro zu klingeln. Sie rannte das letzte Stück. Thomas war dran.

»Wann kommst du nach Hause?«

»Ich weiß nicht, ich komme bestimmt spät. So um neun, könnte ich mir vorstellen.«

»Ich muß zurück zur Arbeit, wir haben um sechs Uhr eine Besprechung.«

Annika spürte, daß sie ärgerlich wurde.

»Um sechs Uhr? Aber da arbeite ich doch. Dann habe ich auch eine Besprechung! Warum hast du nicht früher angerufen?«

Thomas klang ruhig, aber Annika konnte hören, daß auch er langsam wütend wurde.

»Das „Echo" hatte heute nachmittag Informationen über die neuen Regionalverordnungen der Regierung«, erklärte er. »Das ist eingeschlagen wie eine Bombe, mehrere Politiker aus der Kommission sind gerade auf dem Weg zum Kommunalverbund. Ich muß daran teilnehmen, das verstehst du doch wohl?«

Annika atmete ein und schloß die Augen. Verdammt, verdammt, sie mußte nach Hause fahren.

»Wir haben uns geeinigt, daß ich Montag und Mittwoch arbeiten kann, du Dienstag und Donnerstag«, sagte sie. »Ich habe meinen Teil des Deals eingehalten. Meine Arbeit ist genauso wichtig wie deine.«

Thomas sah ein, daß er anders vorgehen mußte.

»Liebes«, begann er. »Ich weiß, du hast recht. Aber ich muß zurück, das mußt du verstehen. Das ist eine Krisensitzung, das wird nicht besonders lange dauern. Ich habe Essen gemacht, wenn du nach Hause kommst, kannst du mit den Kindern essen, und dann fahre ich unmittelbar nach der Besprechung nach Hause. Wir sind wohl um acht Uhr fertig, es gibt im Grunde nicht viel zu diskutieren. Du kannst zurück zur Arbeit fahren, wenn ich nach Hause gekommen bin.«

Sie seufzte und schloß die Augen, preßte die eine Hand an die Stirn.

»Okay«, sagte sie. »Ich nehme sofort ein Taxi.«

Sie ging hinaus, um Ingvar Johansson über das Foto von Herman Ösel zu informieren, aber der Nachrichtenchef war nicht an seinem Platz. Bild-Pelle telefonierte, sie stellte sich neben ihn und fuchtelte mit der Hand vor seinem Gesicht herum.

»Was ist los?« fragte er genervt und legte den Hörer auf die Schulter.

»Es kommt ein Bild aus Vallentuna, eines von Christina Furhage und Stefan Bjurling. Entwickle die Rolle und mache Papierabzüge von allen Fotos. Ich muß los, aber um acht bin ich wieder zurück, okay?«

Bild-Pelle nickte und wandte sich wieder seinem Telefongespräch zu.

Sie bestellte keinen Wagen, sondern nahm einen am Taxistand im Rålambsvägen. Sie spürte den Streß wie einen großen Klumpen im Bauch sitzen, er wuchs, bis ihr das Atmen schwerfiel. So etwas hier konnte sie im Moment am allerwenigsten gebrauchen.

Zu Hause in der Wohnung stürmten die Kinder mit Umarmungen und Zeichnungen auf sie zu. Thomas gab ihr auf dem Weg hinaus einen flüchtigen Kuß, er fuhr in demselben Taxi weiter, in dem sie gekommen war.

»Hört mal, ich muß doch erst mal meinen Mantel ausziehen. Hallo, beruhigt euch mal ...«

Ellen und Kalle blieben stehen, verwundert über ihren verärgerten Tonfall. Sie beugte sich hinab und umarmte sie etwas zu fest und hastig und ging ans Telefon. Sie rief Ingvar Johansson an, aber er war bereits zur Sechs-Uhr-Besprechung gegangen. Sie stöhnte laut auf, nun schaffte sie es nicht mehr, die anderen über die im Lauf des Tages erarbeiteten Ergebnisse ihrer Abteilung zu informieren. Egal, sie konnte zu einem späteren Zeitpunkt mit Spiken darüber sprechen.

Das Abendessen stand auf dem Tisch, die Kinder hatten gerade gegessen. Sie nahm Platz und versuchte, einen Hähnchenschenkel zu essen, doch der wuchs im Mund, bis sie ihn wieder ausspucken mußte. Sie aß etwas von dem Reis und warf den Rest weg, sie bekam nie einen Bissen hinunter, wenn sie so gestreßt war wie jetzt.

»Man muß seinen Teller leer essen«, sagte Kalle vorwurfsvoll.

Sie setzte die Kinder vor den Fernseh-Adventskalender, schloß die Tür zum Wohnzimmer und rief Patrik an.

»Der Tiger hat angerufen«, brüllte der Reporter. »Er ist verdammt wütend.«

»Warum denn das?« fragte Annika.

»Er ist auf Hochzeitsreise auf Teneriffa, Playa de las Americas, ist letzten Donnerstag gefahren und kommt morgen nach Hause. Er sagt, die Bullen haben genau gewußt, daß er sich dort aufhält, sie haben alle Ausreisen vom Stockholmer Flugplatz Arlanda kontrolliert, und da war er dabei. Nun hat die spanische Polizei ihn aufgestöbert und ihn einen ganzen Nachmittag verhört. Das führte dazu, daß er das Schweinefest und einen Gratis-Drink am Pool verpaßt hat. Du kannst dir vorstellen, wie ärgerlich das ist?«

Annika lächelte schwach.

»Schreibst du was darüber?«

»Klar.«

»Hast du die Echo-Sache über die Analyse des Sprengstoffes gehört?«

»Yes, daran sitze ich gerade. Ich und Ulf Olsson haben ein Sprengstofflager besichtigen können und sind gerade dabei, verschiedene Sprengstoffe abzulichten. Weißt du, die sehen aus wie Fleischwurst!«

Gesegnet sei Patrik! Er war in jeder Lage vollkommen begeisterungsfähig, und er entdeckte selbständig passende Aufhänger für die Artikel.

»Bist du weitergekommen in Sachen Polizeijagd auf den Mörder?«

»Nix, die lassen sich plötzlich nicht in die Karten gucken. Ich vermute, die umzingeln den Mistkerl gerade.«

»Wir müssen eine Bestätigung dafür haben. Das kann ich heute abend versuchen zu regeln«, sagte Annika.

»Nun müssen wir von hier weg, sonst wird uns der Kopf weggepustet, sagt unser Grubensprengmeister. Bis bald.«

Das Adventsprogramm im Fernsehen war offenbar zu Ende, und die Kinder hatten angefangen, sich um ein Bamse-Heft zu zanken. Sie ging zu ihnen und schaltete den Fernseher auf das zweite Programm, um die Regionalsendungen abzuwarten.

»Können wir ein Puzzle machen, Mama?«

Sie setzten sich auf den Fußboden und kippten das Holzpuzzle aus, fünfundzwanzig Holzteilchen mit Alfons Åberg und Milla im Baumhaus. Annika setzte sich zu ihnen und schob abwesend die Puzzleteile hin und her. So saßen sie da, bis um zehn vor sieben die Erkennungsmelodie von ABC erklang. Da ordnete sie Zähneputzen an, während sie aufpaßte, was ABC herausgefunden hatte. Ein Reporter-Team war draußen bei der Halle in Sätra gewesen und bis in den Umkleideraum der Schiedsrichter vorgedrungen. Es waren keine besonders dramatischen Bilder, der Raum schien nicht sonderlich in Mitleidenschaft gezogen worden zu sein. Alle Spuren von Stefan waren fein säuberlich weggeschrubbt worden. Informationen über eine nahe bevorstehende Verhaftung hatten sie nicht. Sie ging ins Badezimmer und half den Kindern beim Zähneputzen, während ABC einen Beitrag über das Weihnachtsgeschäft brachte.

»Zieht eure Schlafanzüge an, dann lese ich euch ›Pelle Svanslös‹ vor. Vergeßt nicht die Fluortabletten.«

Sie ließ die Kinder in ihrem Zimmer streiten, während sie versuchte, sich auf die Sieben-Uhr-Nachrichten zu konzentrieren. Es kam nichts, was sie unbedingt sehen mußte. Sie las den Kindern vor und brachte sie dann in ihre Betten, sie quengelten und waren störrisch und wollten nicht schlafen.

»Jetzt ist bald Weihnachten, und alle Kinder müssen lieb sein, sonst kommt der Weihnachtsmann nicht zu ihnen«, sagte sie mit drohendem Unterton.

Das tat seine Wirkung, und bald waren sie eingeschlafen. Sie rief Thomas an seinem Arbeitsplatz und über Handy an, natürlich nahm er nicht ab. Im Schlafzimmer startete sie den alten PC und schrieb aus dem Gedächtnis in aller Eile die Informationen aus dem Gespräch mit Helena Starke auf. Sie kopierte das Dokument auf eine Diskette und wurde allmählich immer nervöser. Wo zum Teufel blieb Thomas?

Kurz nach halb neun kam er.

»Danke, Liebste«, keuchte er vor der Tür.

»Hast du dem Fahrer gesagt, er soll warten?« fragte sie kurz.

»Nein, verdammt, das habe ich vergessen.«

Sie sauste die Treppe hinunter, um das Taxi noch zu erreichen, aber es war natürlich schon weggefahren. Sie ging zum Kungsholmstorg hinunter, dort standen selbstverständlich keine Wagen. Sie ging an der Apotheke Påfågel vorüber in Richtung Kungsholmsgatan, in der Scheelegatan war auch ein Taxistand. Dort stand ein einsamer Wagen, der zu irgendeinem Unternehmen aus einem der Vororte gehörte. Fünf vor neun war sie oben in der Redaktion. Dort war alles wie ausgestorben. Ingvar Johansson war schon längst nach Hause gegangen und die Nachtschicht war unten in der Kantine beim Essen. Sie ging in ihr Zimmer und begann zu telefonieren.

»Es wird langsam verdammt lästig«, sagte ihr Kontaktmann.

»Hören Sie auf mit Ihrer Überheblichkeit«, sagte sie müde. »Ich bin seit vierzehn Stunden auf den Beinen und langsam ziemlich genervt. Sie kennen mich und sollten wissen, was Sie von mir zu halten haben, nun kommen Sie schon. Feuerpause?«

Der Polizist am anderen Ende atmete schwer.

»Sie sind nicht die einzige, die seit sieben Uhr auf den Beinen ist.«

»Sie sind kurz vor der Verhaftung, stimmt's?«

»Wie kommen Sie auf die Idee?«

»Sie halten sonst immer Ihre Arbeitszeiten ein, vor allem vor großen Feiertagen. Bei Ihnen ist was im Busch.«

»Natürlich, bei uns ist immer was im Busch.«

Annika stöhnte auf.

»Mein Gott«, sagte sie.

»Wir können verdammt noch mal die Informationen durchsickern lassen, daß wir dem Attentäter auf der Spur sind, das verstehen Sie doch. Dann macht der doch die Fliege.«

»Aber Sie sind ihm auf den Fersen?«

»Das habe ich nicht gesagt.«

»Aber Sie sind es?«

Der Mann gab keine Antwort.

»Wieviel kann ich schreiben?« fragte Annika vorsichtig.

»Nicht eine Zeile, dann geht vielleicht alles den Bach runter.«

»Wann verhaften Sie ihn?«

Der Polizist schwieg einige Sekunden.

»Sobald wir ihn gefunden haben.«

»Gefunden?«

»Er ist verschwunden.«

Annika stellten sich die Nackenhaare auf.

»Dann wissen Sie also, wer es ist?«

»Wir glauben, ja.«

»Meine Güte«, flüsterte Annika. »Wie lange haben Sie das schon gewußt?«

»Seit einigen Tagen haben wir eine Ahnung, nun sind wir uns soweit sicher, daß wir diese Person zum Verhör einbestellen wollen.«

»Können wir dabei sein?« fragte sie schnell.

»Bei der Verhaftung? Das kann ich mir kaum vorstellen. Wir haben nicht die blasseste Ahnung, wo die Person steckt.«

»Suchen viele?«

»Nein, bisher haben wir noch nicht zur landesweiten Fahndung aufgerufen. Wir wollen zuerst die Stellen überprüfen, die uns bekannt sind.«

»Wann rufen Sie zur Fahndung auf?«

»Kein Kommentar.«

Annika dachte angestrengt nach. Wie sollte sie darüber schreiben, ohne zu viel preiszugeben?

»Ich weiß, was Sie denken«, sagte der Polizist am Telefonhörer, »und damit können Sie gleich wieder aufhören. Nehmen Sie es als Test. Ich habe Ihnen jetzt mein Vertrauen geschenkt, denken Sie verdammt gut nach, bevor Sie von den Informationen Gebrauch machen.«

Das Telefonat war beendet, und Annika saß mit Herzklopfen in ihrem staubigen Zimmer. Sie war vermutlich die einzige Journalistin, die davon Kenntnis hatte, und sie konnte nichts daraus machen.

Sie ging in die Redaktion hinaus, um sich zu beruhigen und um mit Spiken zu sprechen. Das erste, was sie zu Gesicht bekam, war eine Druckfahne, einen schwarzweißen Computerausdruck mit der Schlagzeile der morgigen Ausgabe. Dort stand: ›CHRISTINA FURHAGE LESBISCH – Geliebte erzählt von ihren letzten Stunden.‹

Annika hatte das Gefühl, der gesamte Raum drehe sich im Kreis. Das darf nicht wahr sein, dachte sie. Lieber Gott, woher kommt das?

Sie ging auf die Tafel mit den Druckfahnen zu, riß die Schlagzeile mit einem Ruck ab und warf sie vor Spiken auf den Tisch.

»Was verdammt noch mal ist das?« sagte sie.

»Die beste Nachricht des morgigen Tages«, rief der Nachtchef ungerührt.

»Das hier können wir nicht veröffentlichen«, rief Annika und hatte ihre Stimme nicht mehr unter Kontrolle. »Das hat doch mit der Sache nichts zu tun. Christina Furhage hat sich in der Öffentlichkeit nie zu ihrer Sexualität geäußert. Wir müssen das respektieren. Sie hat zu ihren Lebzeiten nicht darüber sprechen wollen, und deshalb haben wir nicht das Recht, es nach ihrem Tod zu tun.«

Der Nachtchef richtete den Rücken auf, faltete die Hände und plazierte sie hinter dem Kopf, lehnte sich zurück, so daß der Bürostuhl fast umkippte.

»Das ist doch nichts, wofür man sich schämen muß, daß man auf Frauen steht. Das tue ich auch«, grinste er. Er schaute über die Schulter, Zustimmung unter den Schlußredakteuren rund um den Tisch erheischend. Annika zwang sich, sachlich zu bleiben.

»Sie war schließlich eine Persönlichkeit, die im Rampenlicht der Öffentlichkeit stand.«

»Das spielt verdammt noch mal keine Rolle!« erwiderte Annika und konnte ihre Empörung nicht zügeln. »Die Frau ist ermordet worden! Und wer zum Teufel hat den Artikel geschrieben?«

Der Nachtchef erhob sich mühsam von seinem Stuhl. Jetzt war er wütend. »Nisse hat absolut hervorragende Informationen beschafft. Von einer sicheren Quelle hat er die Bestätigung, daß sie Lesbe war. Sie hat mit dieser Emanze, dieser Starke, ein Verhältnis gehabt …«

»Das sind aber meine Informationen«, tobte Annika. »Ich habe es gerüchteweise bei unserer Besprechung nach dem Mittagessen erwähnt. Was ist das für eine sichere Quelle?«

Der Nachtchef stellte sich dicht vor Annika.

»Ich scheiß' drauf, woher die Informationen kommen«, zischte er. »Nisse hat den besten Artikel für die morgige Ausgabe geschrieben. Wenn du die Informationen hattest, warum hast du dann nicht den Artikel geschrieben? Ist es nicht an der Zeit, daß du bald mal trocken hinter den Ohren wirst?«

Annika spürte, wie die Worte trafen. Sie landeten in der Magengegend und ließen den Streßklumpen anwachsen, so daß die Lungen zu klein wurden. Sie zwang sich dazu, von einer Handgreiflichkeit abzusehen und sich auf die journalistische Diskussion zu konzentrieren. Konnte sie sich wirklich so sehr geirrt haben? War Christina Furhages Sexualität wirklich die Story des morgigen Tages? Sie wies den Gedanken von sich.

»Mit wem Christina Furhage gevögelt hat, ist vollkommen belanglos«, sagte sie leise. »Es geht nur darum, wer sie ermordet hat. Das Interessante ist auch, welche Auswirkungen das auf die Olympischen Spiele hat, auf den Sport, auf das Ansehen Schwedens in der Welt. Es ist ebenfalls wichtig, herauszufinden, warum sie ermordet wurde, wer der Mörder ist und was ihn zu dieser Tat bewegte. Mir ist es scheißegal, mit wem sie ins Bett gegangen ist, sofern es nicht mit ihrem Tod im Zusammenhang steht. Das solltest du auch so sehen.«

Der Nachtchef sog durch die Nasenlöcher Luft ein, so daß es sich anhörte wie ein rotierender Ventilator.

»Weißt du was, du Kriminalchefin? Da irrst du dich aber ganz gewaltig. Du hättest dafür sorgen müssen, daß du die Jacke auch ausfüllst, bevor du sie dir anziehst. Nils Langeby hat recht, du bist ganz offenbar deiner Arbeit nicht gewachsen. Begreifst du eigentlich gar nicht, wie hochtrabend du bist?«

Der Streßklumpen in ihrem Inneren explodierte, rein physisch war es ein Gefühl, als würde sie entzweigehen. Der Ton verschwand, und vor ihren Augen zuckten Blitze. Zu ihrer eigenen Verwunderung stellte sie fest, daß sie noch immer auf zwei Beinen stand, daß sie optische Eindrücke wahrnehmen konnte, daß sie noch immer atmete. Sie machte auf dem Absatz kehrt und marschierte auf ihr Büro zu, konzentrierte sich darauf, einen Fuß vor den anderen zu setzen, spürte die Blicke der anderen wie Pfeile im Rücken. Sie betrat ihr Zimmer und schloß die Tür und zitterte am ganzen Körper. Ich sterbe nicht, ich sterbe nicht, ich sterbe nicht, dachte sie. Es geht vorbei, es geht vorbei, es geht vorbei. Sie bekam keine Luft und versuchte, tief zu atmen, die Luft erreichte dennoch nicht die Lungen, und sie schnappte nochmals nach Luft. Immer wieder und schließlich bekam sie einen Krampf in den Armen. Sie merkte, daß sie hyperventilierte und zuviel Sauerstoff im Blut hatte, sie richtete sich auf und wankte zu ihrem Schreibtisch, riß eine Plastiktüte aus der untersten Schublade und atmete in die Tüte hinein. Sie rief sich Thomas Stimme ins Gedächtnis, ganz ruhig, ganz ruhig, ganz ruhig, so ist es gut, meine Kleine, ganz ruhig atmen, alles ist in Ordnung, meine süße, kleine Annika, ganz ruhig, ganz ruhig, ganz ruhig ... Das Zittern nahm ab, und sie setzte sich auf den Stuhl. Sie hatte das Gefühl, sie müsse weinen, schluckte aber die Tränen hinunter und rief zu Hause bei Anders Schyman an. Seine Frau nahm den Hörer ab, und Annika bemühte sich, normal zu klingen.

»Er ist beim Weihnachtsessen mit dem Verlagsmanagement«, erklärte Frau Schyman.

Annika rief die Zentrale an und ließ sich mit der Chefetage verbinden. Sie hörte, daß sie nicht mehr in zusammenhängenden Sätzen sprach, daß sie sich kaum verständlich machen konnte. Zunächst hörte sie nur Gemurmel und Geklirr, dann vernahm sie Anders Schymans Stimme.

»Entschuldige, entschuldige ... daß ich dich beim Abendessen störe«, sagte sie leise.

»Du hast mit Sicherheit einen guten Grund«, erwiderte Anders Schyman kurz.

Im Hintergrund war Lachen zu hören.

»Ich möchte mich auch dafür entschuldigen, daß ich heute abend bei der Sechs-Uhr-Besprechung nicht dabei war, zu Hause war der Notstand ausgebrochen ...«

Sie begann heftig zu weinen, unkontrolliert und lautstark.

»Was ist passiert? Ist was mit deinen Kindern?« erkundigte sich Anders Schyman erschreckt.

Sie faßte sich.

»Nein, nein, da war nichts Schlimmes, aber ich muß dich einfach fragen, ob ihr bei der Besprechung diskutiert habt, was Spiken als Schlagzeile gesetzt hat, daß Christina Furhage lesbisch war?«

Annika hörte für einige Sekunden nur das Gemurmel und das Gelächter.

»Daß was?« sagte Anders Schyman schließlich.

Sie legte sich die Hand auf die Brust und zwang sich, ruhig und normal zu atmen.

»Die Geliebte hat über ihrer beider letzten Stunden gesprochen, laut Schlagzeile.«

»Herrgott im Himmel. Ich bin unterwegs«, sagte der Chefredakteur und legte auf.

Sie legte den Hörer auf die Gabel und beugte sich über den Schreibtisch und weinte. Die Wimperntusche floß auf ihre Notizen, sie zitterte am ganzen Körper. Ich schaffe es nicht, es geht nicht, ich kann es nicht, ich sterbe, dachte sie. Sie erkannte, daß sie sich blamierte, daß alle Brükken hinter ihr abgebrochen waren, daß sie in der Sackgasse steckte. Der Laut ihrer Verzweiflung drang durch die Tür über den Fußboden der Redaktion, alle würden begreifen, daß sie dem Druck nicht standhielt, daß sie eine Niete war, ihre Ernennung eine Fehlentscheidung. Die Erkenntnis half ihr nicht weiter, sie konnte die Tränen nicht aufhalten. Der Stein aus Streß und Müdigkeit hatte auf ihren gesamten Körper übergegriffen, sie war dem Zittern und den Tränen hilflos ausgeliefert.

Dann spürte sie eine Hand auf ihrer Schulter und vernahm eine beruhigende Stimme aus weiter Ferne.

»Annika, Annika, jetzt ist es gut, was auch immer es ist, was das hier ausgelöst hat, wir werden es in Ordnung bringen, Annika, hörst du, was ich sage?«

Sie hielt die Luft an und erhob den Kopf. Es blitzte und schmerzte. Es war Anders' Stimme.

»Entschuldigung, ich ...« sagte sie und versuchte, sich mit dem Handrücken die Schminke aus dem Gesicht zu wischen. »Entschuldigung ...«

»Hier, nimm mein Taschentuch. Setz dich ordentlich hin und trockne dir die Tränen, ich hole ein Glas Wasser.«

Der Chefredakteur verschwand durch die Tür, und Annika tat mechanisch, wie ihr aufgetragen worden war. Anders Schyman kam mit einem Plastikbecher mit kaltem Wasser zurück, die Tür schloß er hinter sich.

»Trink jetzt etwas, und dann erzählst du mir, was passiert ist.«

»Hast du mit Spiken über die Schlagzeile gesprochen?« fragte sie.

»Das mache ich später, das ist nicht so wichtig. Statt dessen mache ich mir Sorgen um dich. Warum bist du so außer dir?«

Von neuem begann sie zu weinen, still und leise diesmal. Der Chefredakteur wartete ruhig ab.

»Ich bin vor allem müde und am Ende«, erklärte sie, als sie sich wieder gefaßt hatte. »Und dann hat Spiken all die Dinge gesagt, die man sonst nur in seinen Alpträumen hört, daß ich eine nutzlose Idiotin sei, die versagt hat und so was …«

Sie lehnte sich auf dem Stuhl zurück, nun war es raus, seltsamerweise beruhigte sie das.

»Er traut mir als Chefin nicht das Geringste zu, das ist ganz offensichtlich. Vermutlich teilen viele andere seine Ansicht.«

»Das ist möglich«, sagte Anders Schyman, »aber das ist egal. Wichtig ist, daß ich Vertrauen zu dir habe, und ich bin vollkommen davon überzeugt, daß du die absolut richtige Person für diesen Posten bist.«

Sie holte tief Luft.

»Ich will aufhören«, sagte sie.

»Das darfst du nicht«, sagte er.

»Ich kündige«, sagte sie.

»Ich akzeptiere deine Kündigung nicht.«

»Ich will jetzt gehen, heute abend.«

»Geht leider nicht. Ich habe vor, dich zu befördern.«

Sie staunte Bauklötze und starrte ihren Chef an.

»Warum das denn?« fragte sie verblüfft.

»Ich wollte es dir eigentlich jetzt noch nicht sagen, aber manchmal muß man seine Vorsätze ändern. Ich habe große Pläne mit dir, Annika. Genausogut kann ich sie dir auch jetzt erklären, bevor du dich entscheidest, den Betrieb für immer zu verlassen.«

Skeptisch starrte sie Anders Schyman an.

»Diese Zeitung steht vor großen Veränderungen«, begann der Chefredakteur. »Bei der augenblicklichen Lage glaube ich nicht, daß einer der Angestellten sich vorstellen kann, wie groß die Veränderungen sein werden. Wir müssen uns neuen Entwicklungen anpassen, der Internet-Gesellschaft und der gestiegenen Konkurrenz durch die Gratiszeitungen, und wir müssen vor allem unseren Journalismus vorantreiben. Um all das zur selben Zeit bewerkstelligen zu können, müssen wir redaktionelle Leiter haben, die auf all den Gebieten kompetent sind. Solche Leute wachsen nicht auf den Bäumen. Wir können die Hände in den Schoß legen und hoffen, daß so jemand auftaucht, oder wir sorgen schlicht und einfach dafür, daß die Menschen, denen wir

am meisten zutrauen, rechtzeitig den neuen Voraussetzungen ange-
paßt werden.«

Annika strahlte mit weit aufgerissenen Augen.

»Ich werde höchstens noch zehn Jahre arbeiten, Annika, möglicherweise nur fünf. Es muß Leute geben, die fertig ausgebildet sind und die
nach mir das Ruder übernehmen können. Ich sage nicht, daß du das
machen sollst, aber du bist eine von denen, die meiner Einschätzung
nach in Frage kommen könnten. Es gibt noch Unmengen, was du bis
dahin lernen mußt, unter anderem deine Launen in den Griff zu bekommen. Aber all das sind nur Details im Gegensatz zu den Dingen, die für
dich als Kandidatin für meine Nachfolge sprechen. Du bist kreativ und
von schneller Auffassungsgabe, ich bin da nie genauso fit gewesen. Du
übernimmst Verantwortung und begegnest Konflikten mit derselben
selbstverständlichen Autorität, du arbeitest strukturiert, du bist kompetent und hast Unternehmungsgeist. Ich habe nicht vor, dich von diesem
Volltrottel von Nachtchef aus dem Haus jagen zu lassen, das ist dir
doch hoffentlich klar. Nicht du mußt hier weg, sondern diese Idioten.«

Die möglicherweise zukünftige Chefredakteurin blinzelte verwundert.

»Deshalb halte ich es für klug, wenn du dir mit deiner Kündigung bis
nach Neujahr Zeit läßt«, fuhr Schyman fort. »In der Redaktion gibt es
einige Personen, die dir ans Leder wollen, und an Gemeinheit kann
man sich nur schwer gewöhnen. Die muß eliminiert werden. Laß mich
in der Redaktion dagegen bestimmte Maßnahmen ergreifen, und dann
können wir uns noch mal unterhalten, wenn nach der ganzen Sache
mit dem Sprengstoffmörder alles wieder seinen geregelten Gang geht.
Ich würde auch gern über deinen bisherigen Werdegang diskutieren
und welche Weiterbildungsmaßnahme in deinem Fall angebracht sein
könnte. Wir sollten einen Plan machen, welchen Posten du bis dahin
übernehmen könntest, bevor deine große Stunde gekommen ist.
Wichtig ist, daß du das Handwerkszeug auf allen Ebenen der Redaktion erlernst, du mußt auch die Technik und die Organisation im übrigen Bereich des Unternehmens gut im Griff haben. Du mußt überall
akzeptiert und respektiert werden, das ist von außerordentlicher Wichtigkeit, und das wirst du, wenn wir es auf diese Weise durchziehen.«

Annika fiel die Kinnlade runter. Sie konnte nicht glauben, daß das,
was sie gerade eben gehört hatte, wahr sein sollte.

»Du hast wirklich über solche Dinge nachgedacht?« fragte sie erstaunt.

»Das ist kein Angebot, Chefredakteurin zu werden, es ist eine Aufforderung an dich, dich weiterzubilden und Erfahrungen zu sammeln, so daß du in der Zukunft für den Posten in Frage kommst. Ich will auch nicht, daß du das weiterträgst, abgesehen von deinem Mann. Was sagst du dazu?«

Annika schüttelte sich.

»Danke«, antwortete sie.

Anders Schyman lächelte.

»Nimm dir jetzt bis nach Neujahr frei. Du mußt ein Konto mit Überstunden haben so hoch wie der Himalaya.«

»Ich hatte vor, morgen vormittag zu arbeiten, und ich will daran nichts ändern, nur weil Spiken mir dumm gekommen ist. Ich hoffe, daß ich mir dann endgültig ein klares Bild über Christina Furhage gemacht habe.«

»Eins, das wir veröffentlichen können?«

Sie schüttelte bedauernd den Kopf.

»Ich weiß es wirklich nicht. Wir müßten das ausführlich besprechen. Es ist eine verdammt tragische Geschichte.«

»Um so spannender. Wir machen das später.«

Anders Schyman erhob sich und verließ das Zimmer. Annika blieb mit dem unerschütterlichen Gefühl von Frieden und Verwunderung im Bauch zurück. Wie einfach es einem wieder gutging, wie wenig es brauchte, um nachtschwarze Verzweiflung auszulöschen. Ihr war, als hätte der Versuch, sie in aller Öffentlichkeit abzusägen, nie stattgefunden.

Sie zog sich an und ging zur Hintertür hinaus, nahm sich ein Taxi und fuhr nach Hause.

Thomas war schon eingeschlafen, sie wusch sich den Rest Wimperntusche ab, putzte die Zähne und kroch neben ihren Mann unter die Decke. Erst dort, in der Finsternis, wo die Zimmerdecke über ihr in der Dunkelheit schwebte, fiel ihr wieder ein, was sie am Abend von dem Polizisten in Erfahrung gebracht hatte.

Sie wußten, wer der Mörder war, und bald würden sie ihn verhaften.

# Bosheit

Schon früh wußte ich, daß es existierte und daß es stark war. Die Vernunft um mich herum, in Form von Kinderbüchern und Erwachsenen versuchte, mir meine Gewißheit zu nehmen. »Das war doch nur zum Spaß«, sagten sie. »So ist es doch in Wirklichkeit nie, am Ende siegen immer die Guten.« Ich wußte, das war eine Lüge, denn ich hatte das Märchen von Hänsel und Gretel gehört. Überall siegte die Bosheit, selbst wenn man behauptete, es sei zum Wohle des Guten geschehen. Bosheit trieb die kleinen Kinder in den Wald hinein, Bosheit mästete Hänsel und heizte den Backofen, aber Gretel erwies sich als die Boshafteste von allen, denn sie war die einzige, die eine wahre Mordtat beging.

Märchen wie dieses jagten mir nie Schrecken ein. Das, was man gut kennt, fürchtet man nicht. Das verschaffte mir einen Vorsprung im Leben.

Meine späteren Erfahrungen bewiesen, daß ich recht gehabt hatte. In unserem Land haben wir die gröbsten Fehler begangen durch die Abschaffung des Bösen. Offiziell existiert es nicht. Schweden ist ein Rechtsstaat, Verstehen und Logik haben seinen Platz eingenommen. Das führte dazu, daß die Bosheit sich in den Untergrund verziehen konnte, und dort unten, in der Dunkelheit, fühlt sie sich am wohlsten. Sie erhielt Zuwachs und Nahrung aus Neid und unterdrücktem Haß, wurde undurchdringlich und mit der Zeit so schwarz, daß sie nicht mehr sichtbar ist. Aber ich erkannte sie. Wer sich einmal mit ihrem Wesen bekannt gemacht hat, nimmt Witterung auf, wo auch immer sie stecken mag.

Wer von Gretel gelernt hat, weiß, wie Bosheit gehandhabt wird.

*Böses wird mit Bösem ausgetrieben, es gibt kein anderes Hilfsmittel. Ich sah die Bosheit in den gehässigen Gesichtern an meinem Arbeitsplatz, in den Augen der Vorstandsmitglieder, in dem steifen Lächeln der Kollegen, und ich lächelte zurück. Nirgends zeigte sich das siebenköpfige Wesen, es verbarg sich hinter fachkundigen Verhandlungen und vornehm sachlichen Diskussionen. Doch ich kannte es und spielte damit. Mich konnte es nicht hinters Licht führen. Ich hielt ihm einen Spiegel hin und lenkte so die Kraft zurück.*

*Aber ich beobachtete, wie das Böse in der Gesellschaft immer mehr Erfolge erzielte. Ich nahm zur Kenntnis, wie Gewalt von Polizei und Staatsanwaltschaft ignoriert wurde. Eine Frau in meiner Abteilung hatte ihren Ex-Mann ungefähr zwanzigmal angezeigt, die Polizei bezeichnete dies als ›familiäre Streitigkeiten‹. Die Sozialfürsorge versuchte zu vermitteln, aber ich wußte, daß das zwecklos war. Ich roch den Gestank der Bosheit, und ich wußte, daß die Zeit abgelaufen war. Die Frau würde sterben, weil niemand sie ernst nahm. »Er meint es nicht böse, er wollte eigentlich nur die Kinder besuchen«, erklärte ein Sozialarbeiter einmal, als ich es mitbekam. Da sagte ich zu meiner Sekretärin, sie solle die Tür schließen, denn von der Ratlosigkeit der Menschen bekäme ich schlechte Laune.*

*Der Frau wurde schließlich mit einem Brotmesser die Kehle durchgeschnitten, und die Umgebung reagierte mit Verwunderung und Bestürzung. Man suchte nach Erklärungen, sah jedoch nicht das Naheliegendste.*

*Die Bosheit war wieder einmal davongekommen.*

# Donnerstag, 23. Dezember

Die Wohnung war leer, als Annika erwachte.

Es war halb neun, und die Sonne schien durch das Schlafzimmerfenster. Sie stand auf und entdeckte an der Kühlschranktür einen großen Zettel, befestigt mit einem Magneten in Form eines Weihnachtsmannes:

»Schön, daß es Dich gibt.

Küsse von Deinem Mann.

PS: Ich bringe die Kinder in den Kindergarten, du bist dran mit Abholen.«

Sie aß ein Käsebrötchen, während sie die Morgenzeitung durchblätterte. Auch hier hatte man sich auf die neue Regionalpolitik eingeschossen und außerdem mit dem Abdruck des Weihnachtsmaterials begonnen: historische Rückblicke über Weihnachtsfeste im Wandel der Zeit und dergleichen. Vom Sprengstoffmörder gab es nichts Neues. Sie duschte schnell, erhitzte ein wenig Wasser in der Mikrowelle und rührte einen Pulverkaffee an, den sie trank, während sie sich anzog. Sie nahm den 62er bis zum alten Eingang des Zeitungshauses und ging durch die Hintertür hinauf zur Redaktion. Sie wollte niemandem begegnen, bevor sie nicht gesehen hatte, was über Christina Furhages Sexualität veröffentlicht worden war.

Es stand nicht eine einzige unangebrachte Zeile über Christina Furhage oder Helena Starke in der Zeitung. Annika schaltete ihren Computer ein und öffnete ein Dokument mit dem Titel ›Historische Liste‹. Dort konnte man die gelöschten Artikel lesen.

Nils Langeby hatte wie vermutet einen Artikel mit dem Titel

›Furhage lesbisch‹ geschrieben. Der Artikel war gestern abend um 22 Uhr 50 einkassiert worden. Annika holte ihn sich auf den Bildschirm und überflog die Zeilen. Bei der Lektüre wurde ihr flau im Magen. Die Quelle, die angeblich bestätigt hatte, daß Christina Furhage lesbisch war, war eine Frau aus dem Olympia-Büro, von der Annika noch nie etwas gehört hatte. Die Frau hatte gesagt: »Ja, natürlich haben wir uns Gedanken gemacht. Christina wollte ja immer nur mit Helena Starke zusammenarbeiten, und das fanden viele etwas komisch. Alle haben doch gewußt, daß Helena Starke so eine war … Einige haben geglaubt, daß sie ein Verhältnis hatten.« Der Reporter zitierte anschließend einige nicht namentlich genannte Quellen, die besagten, man hätte die Frauen zusammen in der Stadt gesehen.

Ganz unten stand ein Zitat von Helena Starke persönlich: »Das letzte Mal habe ich Christina Freitag abend im Restaurant Vildsvin in der Fleminggatan gesehen. Wir verließen um Mitternacht gemeinsam das Lokal. Jede fuhr zu sich nach Hause.«

Das war alles. Kein Wunder, daß Schyman den Artikel aus dem Verkehr gezogen hatte.

Annika las weiter, und sie überkam der unangenehme Gedanke, wie um alles in der Welt Nils Langeby an die Geheimnummer von Helena Starke gekommen war, wenn er denn überhaupt mit ihr gesprochen hatte.

Sie rief das redaktionseigene elektronische Telefonbuch auf und stellte fest, daß ihr ein Fehler unterlaufen war, als sie die Geheimnummer der Frau in den Computer eingegeben hatte. Sie hatte Helena Starkes Telefonnummer in das allgemein zugängliche Telefonbuch eingetragen, statt in ihr privates. Ohne lange zu fackeln, nahm sie den Hörer ab und wählte Helenas Nummer, um sich im Namen von Nils Langeby zu entschuldigen. Doch es ertönte lediglich der automatische Hinweis: »Auf Wunsch des Kunden besteht kein Anschluß mehr unter dieser Nummer. Weitere Hinweise liegen nicht vor.« Helena Starke hatte das Land verlassen.

Annika seufzte und sah die Texte durch, die tatsächlich veröffentlicht worden waren. Man hatte sich entschieden, die Zeitung mit etwas ganz anderem als dem Sprengstoffmörder aufzumachen: Ein

Promi breitete sich über seine unheilbare Krankheit aus. Es war der Moderator einer Sport-Sendung, der unter Glutenintoleranz, also Mehlallergie, litt und der berichtete, wie sich sein Leben nach der Diagnose vor einem Jahr verändert hatte. Das war als Aufmacher problemlos vertretbar, an einem Tag wie diesem, am Tag vor dem großen Fest. Anne Snapphane würde sich darauf stürzen. Herman Ösels Bild von Christina Furhage und Stefan Bjurling war miserabel, aber es funktionierte. Die beiden Ermordeten saßen in dem dunklen Raum nebeneinander, durch das Blitzlicht leuchteten Christinas Augen rot, und ihre Zähne glänzten. Stefan Bjurling zog eine Art Grimasse. Das Bild war etwas unscharf und stand mit Patriks Text darunter auf Seite sechs. Die Überschrift trug genau den Titel, den Ingvar Johansson geprägt hatte: ›Jetzt sind beide tot‹. Patriks Artikel über den Sprengstoff war auf Seite acht untergebracht. Sie wollte dem Reporter bei nächster Gelegenheit ihr aufrichtiges Lob aussprechen.

Annika blätterte den Konkurrenten durch, der einen Finanztip als Aufmacher hatte: ›Machen Sie die Steuererklärung jetzt – Sparen Sie Tausende von Kronen!‹ Die Schlagzeile konnte man gegen Ende Dezember immer bringen, denn immer gab es irgendein Steuergesetz, das sich zur Jahreswende änderte. Annika hatte nicht die Energie, den guten Rat durchzulesen. Davon waren sowieso nicht sie und ihresgleichen betroffen, die ihr Geld nicht in Wertpapieren anlegten und auch keine Grundstücke besaßen oder mit dem Dienstwagen zur Arbeit fuhren. Sie wußte, daß sich eine solche Schlagzeile verkaufte, war aber dennoch der Ansicht, man solle vorsichtig mit so einem Thema umgehen.

Sie kramte die Diskette hervor, auf der sich Christina Furhages Geliebte tatsächlich über ihrer beider letzten Stunden äußert und legte sie in ihre Schublade zu dem anderen brisanten Material. Sie rief ihren Kontaktmann an, aber er war zu Hause und schlief. In einem Anflug von Ratlosigkeit ging sie in die Redaktion, stellte fest, daß Berit nicht gekommen war, bat jemanden in der Bildredaktion, Herman Ösel wegen der Bezahlung anzurufen, holte Kaffee und begrüßte Eva-Britt Qvist.

»Was war denn gestern hier für ein Krach?« fragte die Redaktionssekretärin und versuchte, ihre Schadenfreude zu verbergen.

»Krach?« erwiderte Annika und tat, als denke sie nach. »Wovon sprichst du?«

»Ja, hier in der Redaktion. Zwischen dir und Spiken.«

»Ach so, du meinst die Wahnsinnsschlagzeile, daß Christina Furhage lesbisch war? Ja, ich weiß nicht, was los war, aber Anders Schyman muß den Artikel aus dem Verkehr gezogen haben. Armer Spiken«, erklärte Annika, ging in ihr Büro und schloß die Tür. Sie mußte einfach ein bißchen gemein sein.

Sie trank von dem Kaffee und machte sich Notizen über die Arbeitsaufgaben des Tages. Die Polizei würde heute vielleicht den Mörder festnehmen, aber das würden sie vermutlich nicht über Funk ausposaunen. Folglich mußten sie auf andere Quellen als die Informanten zurückgreifen. Sie mußte mit Berit und Ingvar Johansson darüber sprechen. Sie selbst hatte vor, einen Versuch zu starten, sich ein vollständiges Bild von Christina Furhages Vergangenheit zu verschaffen, indem sie ihren Sohn ausfindig machte.

Sie schlug ihren Notizblock zu und ging ins Internet. Immer wenn sie Zeit hatte, rief sie nicht die Auskunft an, sondern machte sich selbst im Netz auf die Suche. Es dauerte länger, war aber viel billiger und vermutlich effektiver. Manchmal scheiterte die Auskunft bei den einfachsten Angaben. Nun unternahm sie eine landesweite Abfrage nach Olof Furhage, der Computer suchte, sortierte und landete einen Treffer. In Schweden gab es nur einen Olof Furhage und der wohnte südlich von Stockholm in Tungelsta.

»Volltreffer«, sagte Annika.

In Tungelsta war es, wo Christina Furhage vor fast vierzig Jahren ihren fünfjährigen Sohn zurückgelassen hatte; und es existierte ein Mann mit demselben Namen, der heute dort wohnte. Einen Augenblick dachte sie darüber nach, ob sie ihn telefonisch kontaktieren sollte, entschied aber, statt dessen einen Ausflug zu machen. Sie mußte mal raus aus der Redaktion.

In dem Moment wurde an ihre Tür geklopft. Es war der Chefredakteur, er hatte eine große Kanne mit Wasser in der Hand und sah erbärmlich aus.

»Was ist passiert?« erkundigte sich Annika besorgt.

»Migräne«, sagte Anders Schyman kurz. »Gestern habe ich zum

Hirschbraten ein Glas Rotwein getrunken, ich habe also selbst schuld. Aber wie geht es dir denn heute?«

Er schloß die Tür hinter sich.

»Danke, ganz gut«, antwortete Annika. »Ich habe gesehen, daß du den Artikel über Christinas lesbische Veranlagung aus dem Verkehr gezogen hast.«

»Das war kein großes Problem, der Artikel war nicht hieb- und stichfest.«

»Hat Spiken erklärt, wie er zu dieser Schlagzeile gekommen ist?« fragte Annika. Der Chefredakteur setzte sich auf Annikas Schreibtisch.

»Er hatte den Artikel nicht gelesen, sondern nur dessen Beschreibung durch Nils Langeby gehört. Als wir Langeby aufgefordert haben, uns den Text zu zeigen, war die Sache klar. Es gab keine sicheren Angaben, und selbst wenn welche vorhanden gewesen wären, dann hätten wir sie nicht veröffentlicht. Etwas anderes wäre es, wenn Christina Furhage persönlich mit einem Bekenntnis über ihre Liebe an die Öffentlichkeit getreten wäre, aber etwas über die intimsten Geheimnisse eines toten Menschen zu schreiben ist wohl die gröbste Verletzung der Privatsphäre, die überhaupt möglich ist. Das hat sogar Spiken begriffen, als ich es ihm erklärt habe.«

Annika senkte den Kopf und stellte fest, daß sie die Sache richtig beurteilt hatte.

»Es ist wahr«, sagte sie.

»Was denn?«

»Sie hatten ein Verhältnis, aber niemand wußte es. Helena Starke war vollkommen am Boden zerstört. Sie ist übrigens in die USA geflogen.«

»Interessant«, erwiderte der Chefredakteur. »Was hast du noch herausgefunden, was wir nicht drucken können?«

»Christina hat ihre Kinder verabscheut und ihre Umgebung in Angst und Schrecken versetzt. Stefan Bjurling hat gesoffen und seine Frau mißhandelt.«

»Was für ein Pack. Was machst du heute?« fragte der Chefredakteur.

»Ich werde zu einem Typen fahren und mich etwas mit ihm unterhalten, dann muß ich bei meinem Kontaktmann noch eine Sache abklären. Sie haben den Mörder im Visier.«

Anders Schyman hob die Augenbrauen.

»Kann man darüber morgen in der Zeitung lesen?«

»Das hoffe ich doch«, sagte sie und lächelte.

»Was hält dein Mann von unseren Zukunftsplänen?«

»Ich habe mit ihm noch nicht darüber gesprochen.«

Der Chefredakteur stand auf und ging hinaus. Annika packte Block und Bleistift und bemerkte, daß die Batterie im Handy fast leer war. Sicherheitshalber warf sie eine frisch geladene als Reserve in die Tasche.

»Ich fahre kurz mal weg«, sagte sie zu Eva-Britt Qvist, die hinter dem Berg von Post fast verschwunden war.

In der Hausmeisterei wurde ihr der Wagenschlüssel zu einem Zeitungsauto ausgehändigt, und sie begab sich hinunter in die Garage. Es war ein strahlend schöner Wintertag. Der Schnee lag mehrere Zentimeter hoch und bettete die Stadt in Weiß ein wie auf einer Postkarte. Weiße Weihnachten sind herrlich, nun konnten die Kinder im Kronobergsparken rodeln gehen, dachte sie.

Sie schaltete das Autoradio ein, suchte einen der kommerziellen Sender und fuhr den Essingeleden in Richtung Årstalänken. Sie landete mitten in einem alten Klassiker der Supremes: »You can't hurry love, you just have to wait, love don't come easy, it's a game of give and take …« Annika sang aus vollem Halse mit, während der Wagen Richtung Huddingevägen voransauste. Dort nahm sie den Örbyleden zum Nynäsvägen, und die ganze Zeit wurden Lieder gespielt, die sie mitsingen konnte. Sie schrie und lachte ausgelassen. Alles war weiß und kristallklar, und bald würde sie über eine Woche lang frei haben, und sie würde Chefredakteurin werden! Ja, vielleicht auch nicht, aber sie würde sich weiterbilden und weiterentwickeln können, und ihr Chef glaubte an sie. Mit der Zeit würde sie mit Sicherheit noch mehr Hiebe einstecken müssen, aber das mußte man einfach aushalten, so war das Leben, und sie stellte lauter, als Art und Paul ihr Lied »I am just a poor boy and my story's seldom told« anstimmten.

Tungelsta war eine alte Gartenstadt, knapp sieben Kilometer südlich von Stockholm, der Ort mutete nach der Steinwüste im Zentrum von Västerhaninge wie eine stille Oase an. Die Stadt wurde im ersten Jahrzehnt des 20. Jahrhunderts gebaut, heute unterschied sie sich nicht nennenswert von anderen Gegenden mit Einfamilienhäusern aus jener Zeit, mit einer Ausnahme: Alle Grundstücke besaßen ein Gewächshaus oder die Überreste davon. Ein Teil war beeindruckend schön und gut erhalten, andere ähnelten riesigen Skeletten.

Annika kam am frühen Vormittag dort an. Alte Männer schaufelten Schnee und winkten freundlich, als sie vorüberfuhr. Olof Furhage wohnte im Älvvägen, Annika war gezwungen, vor einer Pizzeria zu halten und zu fragen, wo die Straße war. Ein älterer Herr, der sein Leben lang Briefträger in Tungelsta gewesen war, erzählte lebhaft von dem alten Viertel und wußte genau, wo Olof Furhage wohnte.

»Blaues Haus mit großem Gewächshaus«, erklärte er.

Sie fuhr über die Eisenbahnstrecke und sah schon von weitem, daß sie richtig war. Das Gewächshaus lag unten am Weg, weiter oben am Wald stand ein blaues Gebäude. Annika fuhr auf das Grundstück, brachte den Wagen inmitten eines ABBA-Songs zum Halten, hängte sich die Tasche über die Schulter und stieg aus. Sie hatte das Mobiltelefon auf den Beifahrersitz gelegt, um zu hören, wenn es klingeln sollte, nun sah sie es dort liegen, hatte aber keine Lust, es mitzunehmen. Sie schaute zu dem Wohnhaus hoch. Es erinnerte an ein altes Doppelhäuschen, die Fenster und die Fassade brachten Annika zu der Vermutung, daß das Haus in den dreißiger Jahren gebaut worden war. Es hatte ein Mansardendach aus gewölbten Dachziegeln. Es war ein gemütliches und gepflegtes kleines Haus.

Sie ging auf das Gebäude zu, als sie hinter sich eine Stimme hörte.

»Kann ich Ihnen behilflich sein?«

Es war ein Mann um die vierzig, mit braunem, halblangem Haar und klaren blauen Augen. Er trug einen Strickpullover und dreckige Jeans.

»Ja, das können Sie. Ich suche nach jemandem, der Olof Furhage heißt«, antwortete Annika und streckte die Hand aus, um den Mann zu begrüßen. Der Mann lächelte und ergriff ihre Hand.

»Da sind Sie bei mir genau an der richtigen Adresse, ich bin Olof Furhage.«

Annika erwiderte das Lächeln. Das könnte ein hartes Stück Arbeit werden.

»Ich komme von der Zeitung ‚Abendpresse‘«, erklärte sie. »Ich würde Ihnen gern einige persönliche Fragen stellen, wenn Sie gestatten.«

Der Mann lachte auf.

»Aha, was sollten denn das für Fragen sein?«

»Ich suche nach Olof Furhage, dem Sohn der Olympia-Direktorin Christina Furhage«, sagte sie ruhig. »Sind das möglicherweise Sie?«

Der Mann schaute für einen Augenblick auf den Boden, dann sah er auf und strich sich das Haar zurück.

»Ja«, antwortete er. »Das bin ich.«

Einige Sekunden standen sie sich schweigend gegenüber. Die Sonne schien so stark, daß sie in die Augen stach. Annika spürte, wie die Kälte ihre dünnen Schuhsohlen durchdrang.

»Ich möchte nicht aufdringlich erscheinen«, sagte sie, »aber ich habe in den letzten Tagen mit vielen Menschen aus Christina Furhages Umfeld gesprochen. Mir erscheint es wichtig, auch mit Ihnen zu sprechen.«

»Warum haben Sie mit den Menschen gesprochen?« fragte der Mann abwartend, aber nicht unfreundlich.

»Ihre Mutter war eine sehr bekannte Persönlichkeit, ihr Tod hat die ganze Welt erschüttert. Aber auch wenn sie in der Öffentlichkeit gestanden hat, war sie im Grunde als Privatmensch eine anonyme Person. Das war für uns der Anlaß, mit ihr nahe stehenden Menschen zu sprechen.«

»Warum? Sie wollte eben anonym sein. Können Sie das nicht respektieren?«

Der Mann war nicht auf den Kopf gefallen, das war sicher.

»Selbstverständlich«, entgegnete Annika. »Aus Gründen der Rücksichtnahme auf ihr nahe stehende Personen und auf ihren eigenen Wunsch nach Anonymität bin ich zu Ihnen gekommen. Weil wir nichts über sie wissen, besteht unmittelbar die Gefahr, daß wir grundlegende Fehler begehen, wenn wir über sie schreiben, Fehler, die ihrer Familie schaden könnten. Leider ist es uns schon einmal unterlaufen. Gestern hatten wir einen großen Artikel, in dem ihre Mutter als die ideale Frau beschrieben wurde. Das brachte Ihre Schwester Lena vollkommen zur Verzweiflung. Lena hat mich gestern angerufen, ich habe mich mit ihr getroffen, und wir haben uns länger unterhalten. Ich will verhindern, daß noch mehr Fehler passieren.«

Der Mann schaute sie verblüfft an.

»Was für viele schöne Worte«, sagte er. »Damit können Sie einen Felsbrocken in Grund und Boden reden, meinen Sie nicht?«

Annika wußte nicht, ob sie nun lächeln oder ernst bleiben sollte. Der Mann sah ihr die Verwirrung an und lachte.

»Schon in Ordnung«, sagte er. »Ich werde mich mit Ihnen unterhalten. Möchten Sie einen Kaffee, oder haben Sie es eilig?«

»Sowohl als auch«, antwortete Annika und erwiderte das Lachen.

»Vielleicht wollen Sie sich zuerst mein Treibhaus ansehen?«

»Ja, gern«, antwortete Annika und hoffte, dort sei es wärmer.

Das war es. Die Luft war lauwarm und duftete nach Erde und Obst. Es war ein Modell älteren Baujahrs, riesig groß, mindestens fünfzig Meter in der Länge und zehn Meter in der Breite. Die Erde war mit großen, dunkelgrünen Plastikfolien abgedeckt. Zwei Bahnen liefen parallel zur Längsseite.

»Ich baue ökologische Tomaten an«, erklärte Olof Furhage.

»Und das im Dezember, interessant«, sagte Annika.

Der Mann lachte wieder, er war anscheinend leicht zum Lachen zu bringen.

»Nein, jetzt nicht. Im Oktober habe ich die Pflanzen rausgerissen. Beim ökologischen Anbau ist es sehr wichtig, das Haus und die Erde von Bakterien und Pilzbefall freizuhalten. Moderne Anbauer züchten in Steinwolle oder Torf, aber ich halte mich an Erde. Kommen Sie her, dann können Sie es sehen.«

Er ging rasch den Gang entlang und blieb an der hinteren Giebelwand stehen. An der Außenwand stand ein großer blecherner Apparat.

»Das ist eine Dampfmaschine«, verkündete Olof Furhage. »Durch die Schläuche, die hier reingehen, gucken Sie mal, wie dick die sind, presse ich Dampf hier rein, der in die Erde eindringt und sie aufheizt. Das tötet die Pilze ab. Das habe ich heute morgen gemacht, deshalb ist es hier auch so warm.«

Annika schaute mit Interesse zu. Es gab so viel, wovon man keine Ahnung hatte.

»Wann kommen denn die Tomaten?« erkundigte sie sich.

»Man darf die Tomaten nicht zu früh vorkultivieren, dann werden sie so dünn und hoch aufgeschossen. Ich fange damit Ende Februar an, im Oktober sind dann die Pflanzen schon sechs Meter lang.«

Annika schaute sich im Gewächshaus um.

»Aber wie geht das vor sich? Dann haben die hier doch gar keinen Platz mehr?«

Olof Furhage lachte wieder.

»Doch, sehen Sie den Draht, der da oben entlangläuft? Wenn die Pflanze da oben angekommen ist, dann biegt man sie um den Draht. Ungefähr einen halben Meter über dem Boden verläuft ein zweiter Draht. Der ist aus dem gleichen Grund da, man wickelt den Stamm darum, und dann wächst er wieder nach oben.«

»Wie raffiniert«, sagte Annika.

»Wollen wir vielleicht jetzt Kaffee trinken?«

Sie verließen das Gewächshaus und gingen zum Haus.

»Sie sind hier draußen in Tungelsta aufgewachsen, stimmt's?« fragte sie.

Der Mann nickte und hielt ihr die Haustür auf.

»Ziehen Sie ruhig die Schuhe aus. Ja, ich bin dort drüben im Kvarnvägen aufgewachsen. Hallo, meine Kleine, wie geht's dir?«

Die letzten seiner Worte rief er ins Haus hinein, die Stimme eines kleinen Mädchens antwortete von der oberen Etage.

»Gut, Papa, aber ich komme nicht weiter. Kannst du mir helfen?«

»Ja, aber es dauert noch ein bißchen. Ich habe Besuch.«

Olof Furhage zog sich seine schweren Stiefel aus.

»Sie hat Grippe gehabt, und ihr ist es richtig schlecht gegangen. Ich habe ihr als Trostpflaster ein neues Computerspiel gekauft. Bitte treten Sie ein, hier entlang ...«

Ein kleines Gesicht erschien auf der Treppe, die von der oberen Etage hinabführte.

»Hallo«, sagte das Mädchen. »Ich bin Alice.«

Sie war neun oder zehn Jahre alt.

»Ich bin Annika«, sagte Annika.

Alice verschwand wieder hinauf zu ihrem Computerspiel.

»Sie wohnt jede zweite Woche bei mir, ihre Schwester Petra ist für immer hergezogen. Petra ist vierzehn«, erklärte Olof Furhage und gab Wasser in die Kaffeemaschine.

»Dann sind Sie also geschieden?« fragte Annika und setzte sich an den Küchentisch.

»Ja, es ist schon ein paar Jahre her. Milch und Zucker?«

»Weder noch, danke.«

Olof Furhage füllte das Kaffeepulver ein, deckte den Tisch und setzte sich Annika gegenüber. Die Küche war gemütlich, mit Holzfußboden, einem karierten Tischtuch und Weihnachtssternen im Fenster. Man hatte einen herrlichen Ausblick auf das Gewächshaus.

»Wieviel wissen Sie?« fragte der Mann.

Annika holte Block und Bleistift aus der Tasche.

»Haben Sie etwas dagegen, daß ich mir Notizen mache? Ich weiß, daß Ihr Vater Carl hieß und daß Christina Sie bei einem Ehepaar in Tungelsta zurückließ, als Sie fünf Jahre alt waren. Ich weiß auch, daß Sie vor ein paar Jahren Kontakt zu Christina Furhage aufgenommen haben. Sie hatte schreckliche Angst vor Ihnen.«

Olof Furhage lachte von neuem, nun jedoch war sein Lachen traurig.

»Ja, die arme Christina, ich werde nie begreifen, warum sie so vor Schreck erstarrt war«, sagte er. »Ich habe kurz nach der Scheidung einen Brief an sie geschrieben, hauptsächlich, weil es mir so unendlich dreckig ging. Ich habe die Fragen gestellt, über die ich mir immer schon Gedanken gemacht habe und auf die ich nie eine Antwort gefunden habe. Warum hat sie mich weggegeben, warum durften Gustav und Elna mich nie adoptieren … Sie hat nie was von sich hören lassen.«

»Daraufhin sind Sie zu ihr nach Hause gefahren?«

Der Mann seufzte.

»Ja, ich bin in den Wochen, in denen die Mädchen bei ihrer Mutter gewohnt haben, nach Tyresö gefahren und habe vor ihrem Haus gewartet. Ich wollte sehen, wie sie aussah, wo sie wohnte, wie sie lebte. Sie war berühmt geworden, als Direktorin der SOCOG war sie jede Woche in der Zeitung.«

Die Kaffeemaschine fauchte auf, Olof Furhage erhob sich und stellte die Kanne auf den Tisch.

»Wir lassen das Wasser noch ein bißchen durchlaufen«, sagte er und holte einen Teller mit Kuchen. »An einem Abend ist sie allein nach Hause gekommen, das war, glaub ich, im Frühling. Sie ging auf die Haustür zu, als ich aus dem Auto gestiegen und auf sie zugegangen bin. Nachdem ich gesagt habe, wer ich bin, sah es aus, als würde sie in Ohnmacht fallen. Sie hat mich angestarrt, als sei ich ein Gespenst. Ich habe gefragt, warum sie nie auf meinen Brief geantwortet hat, aber sie gab keine Antwort. Als ich anfing, die Fragen zu stellen, die ich in dem Brief geschrieben hatte, hat sie sich umgedreht und ist zur Tür gegangen, noch immer ohne einen Ton von sich zu geben. Ich bin so wütend geworden, daß ich sie angeschrien habe. ›Alte Hexe‹, habe ich geschrien, ›du wirst doch wohl eine Minute von deiner wertvollen Zeit für mich übrig haben.‹ Oder so was ähnliches. Sie begann zu laufen und ist die Treppe rauf zur Haustür gestolpert, ich lief ihr nach und packte sie, drehte sie um und schrie: ›Sieh mich an!‹ oder so was in der Art.«

Der Mann senkte den Kopf, als schmerze ihn die Erinnerung.

»Hat sie kein einziges Wort gesagt?« fragte Annika.

»Doch, zwei Wörter: ›Verschwinde hier!‹. Dann ging sie ins Haus, schloß die Tür ab und rief bei der Polizei an. Sie haben mich noch am selben Abend hier in der Küche verhaftet.«

Er schenkte den Kaffee ein und nahm sich ein Stück Zucker.

»Hatten Sie nie Kontakt zu ihr gehabt?«

»Nicht seit sie mich bei Gustav und Elna zurückgelassen hat. Ich erinnere mich noch an den Abend, als ich zu ihnen gekommen bin. Wir sind in einem Taxi gefahren, meine Mutter und ich, ich hatte das Gefühl, daß es eine sehr lange Fahrt gewesen war. Ich war fröhlich, meine Mutter hatte mir alles wie ein Abenteuer beschrieben, wie einen lustigen Ausflug.«

»Hatten Sie Ihre Mutter gern?« fragte Annika.

»Ja, natürlich. Ich habe sie geliebt. Sie war eine Mutter, sie hat mir jeden Abend Märchen vorgelesen und Lieder vorgesungen. Sie war blond wie ein Engel.«

Er verstummte und schaute auf den Tisch hinunter.

»Als wir bei Gustav und Elna angekommen sind, bekamen wir was zu essen, Fleischwurst mit Möhrenmus. Ich kann mich noch heute daran erinnern. Ich mochte es nicht, aber meine Mutter hat gesagt, ich muß es aufessen. Dann ging sie mit mir in den Flur und hat gesagt, ich muß bei Gustav und Elna bleiben, weil Mama verreisen muß. Ich wurde vollkommen hysterisch, ich hatte eine recht enge Bindung an meine Mutter. Gustav hat mich festgehalten, während meine Mutter ihre Sachen zusammensammelte und hinausstürzte. Ich glaube, sie hat geweint, aber meine Erinnerung kann mich da auch trügen.«

Er trank einen kleinen Schluck Kaffee.

»Ich habe die ganze Nacht gezittert, nach Leibeskräften geschrien und geweint. Aber als ein paar Tage vergingen, wurde es besser. Elna und Gustav waren beide über fünfzig Jahre alt und haben nie eigene Kinder gehabt. Man kann ruhigen Gewissens behaupten, daß sie mich verwöhnt haben. Sie haben mich über alles in der Welt geliebt, bessere Eltern konnte niemand haben. Jetzt sind beide tot.«

»Haben Sie Ihre Mutter nie wiedergesehen?«

»Doch, einmal noch, als ich dreizehn Jahre alt war. Gustav und Elna hatten ihr geschrieben, weil sie mich adoptieren wollten. Ich hatte einen Brief dazu gelegt und auch eine Zeichnung, erinnere ich mich. Da kam sie eines abends her und sagte, wir sollen sie in Frieden lassen. Ich habe sie sofort wiedererkannt, obwohl ich sie seit meiner Kindheit nicht mehr gesehen hatte. Sie hat gesagt, daß Adoption nicht in Frage käme und sie wollte zukünftig nichts mehr mit irgendwelchen Briefen und Zeichnungen zu tun haben.«

Annika war vollkommen sprachlos.

»Meine Güte«, brachte sie lediglich hervor.

»Ich war natürlich erschüttert, welches Kind wäre das nicht gewesen? Kurz nachdem sie hier war, hat sie wieder geheiratet, vielleicht war das der Grund, warum sie so unter Druck stand.«

»Warum durften Ihre Pflegeeltern Sie nicht adoptieren?«

»Ich habe mir viele Gedanken darüber gemacht«, sagte Olof Furhage und schenkte Annika und sich selbst noch Kaffee nach. »Der einzige Grund, der mir einfällt, ist der, daß ich kurz darauf sehr viel Geld erben sollte. Carl Furhage hatte außer mir keine anderen Kinder, und nach dem Tod seiner dritten Frau war er steinreich geworden, das ist Ihnen vielleicht bekannt? Ja, dann wissen Sie ja auch, daß er vom Großteil seines Vermögens ein großzügiges Stipendium gestiftet hat. Ich habe meinen gesetzlichen Erbteil erhalten, und den sollte meine Mutter verwalten. Die Aufgabe hat sie sehr ernst genommen. Es war so gut wie nichts mehr da, als ich volljährig geworden bin.«

Annika traute ihren Ohren kaum.

»Das kann doch nicht wahr sein?« sagte sie.

Olof Furhage seufzte.

»Doch, leider. Das Geld reichte für dieses Haus und ein neues Auto. Das Geld kam gerade zum richtigen Zeitpunkt, ich habe studiert und hatte gerade Karin kennengelernt. Wir sind hierher gezogen und haben uns ans Renovieren gemacht, bei unserem Einzug war es nicht bewohnbar gewesen. Bei der Scheidung hat Karin mir das Haus gelassen, wir haben uns im Guten getrennt, kann man sagen.«

»Aber Sie hätten Ihre Mutter verklagen müssen!« sagte Annika entrüstet. »Sie hat schließlich Ihr Geld veruntreut!«

»Ehrlich gesagt, war mir das ziemlich schnuppe«, erklärte Olof und lächelte. »Ich wollte mit ihr nichts zu tun haben. Aber als meine Ehe in die Brüche gegangen ist, kam meine Kindheit wieder hoch, ich suchte die Schuld für das Scheitern bei mir und meinem familiären Hintergrund. Aus diesem Grund habe ich zu meiner Mutter wieder Kontakt aufgenommen. Das machte die Sache nicht besser, wie Sie sich vielleicht vorstellen können.«

»Wie sind Sie damit zurechtgekommen?«

»Ich habe den Stier bei den Hörnern gepackt und eine Therapie gemacht. Ich wollte den Teufelskreis von schlechter Elternschaft in unserer Familie durchbrechen.«

Im selben Moment betrat Alice die Küche. Sie trug einen rosa Schlafanzug und Morgenmantel und hielt eine Barbie-Puppe im Arm. Kurz und schüchtern warf sie einen Blick auf Annika und kletterte dann ihrem Vater auf den Schoß.

»Wie ist es?« fragte Olof Furhage und küßte das Kind aufs Haar. »Hast du heute viel gehustet?«

Das Mädchen schüttelte den Kopf und vergrub das Gesicht im Strickpullover des Vaters.

»Dir geht's langsam besser, nicht wahr?«

Das Kind nahm sich ein Stück Kuchen und lief ins Wohnzimmer. Bald hörten sie durch die offene Tür die Erkennungsmelodie vom „Rosaroten Panther".

»Es ist schön, daß sie Heiligabend dabeisein kann«, sagte Olof Furhage und nahm sich ebenfalls ein Stück Kuchen. »Petra hat ihn gebacken, der ist ganz lecker, probieren Sie mal!«

Annika nahm ein Stück, er war tatsächlich köstlich.

»Alice ist letzten Freitag nach der Schule hergekommen und ist am Abend krank geworden. Um Mitternacht habe ich den Notarzt angerufen, da hat sie über einundvierzig Grad Fieber gehabt. Mit dem glühend heißen Kind im Arm habe ich bis zehn nach drei dagesessen, bis endlich der Arzt gekommen ist. Als dann die Polizei am Samstagnachmittag aufgekreuzt ist, war mein Alibi wasserdicht.«

Sie nickte, diese Schlußfolgerung hatte sie bereits gezogen. Eine Zeitlang saßen sie sich stillschweigend gegenüber und lauschten den Abenteuern des Panthers.

»Nein, nun muß ich aber zurückfahren«, erklärte Annika. »Danke vielmals, daß Sie sich die Zeit genommen haben, sich mit mir zu unterhalten.«

Olof Furhage lächelte.

»Das war doch nicht der Rede wert. Als Tomatenbauer habe ich im Winter nicht so viel zu tun.«

»Können Sie von den Tomaten leben?«

Der Mann lachte.

»Nein, das nicht gerade. Man kommt mehr schlecht als recht über die Runden. Ein großes Geschäft mit Gemüse aus dem Treibhaus zu machen, ist nahezu unmöglich. Sogar wer im Süden mit Zuschüssen, Wärme und billigen Arbeitskräften Tomaten anbaut, kommt kaum zurecht. Ich mache das hier, weil es mir Spaß macht, es kostet mich nicht mehr als Engagement und Arbeit, und dann mache ich es auch wegen der Umwelt.«

»Wovon leben Sie denn?«

»Ich bin Wissenschaftler an der KTH, an der Königlich Technischen Hochschule, für Restprodukttechnik.«

»Für Kompost und so was?«

Er lächelte. »Unter anderem.«

»Wann werden Sie Professor?« fragte Annika.

»Wahrscheinlich nie. Die eine Professur ist gerade frisch besetzt worden, die andere ist an der Technischen Universität in Luleå und ich will nicht umziehen, wegen der Mädchen. Außerdem renkt es sich am Ende vielleicht mit Karin und mir doch wieder ein. Petra ist jetzt bei ihr, wir wollen alle zusammen Weihnachten feiern.«

Annika lächelte, und das Lächeln kam irgendwo aus ihrem tiefsten Inneren.


Anders Schyman saß in seinem Zimmer und hatte die Ellenbogen auf den Schreibtisch gestützt und den Kopf in die Hände gelegt. Es war absolut nicht zu fassen, wie ihm der Schädel brummte. Ein paarmal im Jahr bekam er Migräne, und das immer, wenn er langsam wieder zur Ruhe kam, nachdem er zuvor übergroßem Streß ausgesetzt gewesen war. Gestern hatte er obendrein den Fehler begangen, Rotwein zu trinken. Manchmal ging es gut, aber nicht unmittelbar, bevor er ein paar Tage frei hatte. Nun fühlte er sich miserabel, nicht allein wegen der Kopfschmerzen, sondern auch wegen der Angelegenheit, die ihm noch bevorstand. Er war im Begriff etwas zu tun, was er nie zuvor gemacht hatte, und das war alles andere als eine angenehme Erfahrung. Den halben Vormittag hatte er Telefonate geführt, zunächst mit dem Geschäftsführer und dann mit dem Anwalt der Zeitung. Die Kopfschmerzen hatten zugenommen, je länger die Gespräche andauerten. Er seufzte und legte die Hände zwischen den Stapeln Papier auf den Schreibtisch, das Weiße seiner Augen war rotgesprenkelt, und ihm standen die Haare wild durcheinander. Mit leerem Blick starrte er eine Weile vor sich hin, dann streckte er sich nach der Packung mit dem Schmerzmittel und dem Glas Wasser und nahm noch eine der starken Tabletten. Jetzt konnte er auf keinen Fall mehr mit dem Auto nach Hause fahren.

Es wurde an die Tür geklopft, und Nils Langeby steckte seinen Kopf ins Zimmer.

»Du wolltest mit mir sprechen?« fragte er erwartungsvoll.

»Ja, richtig, komm rein«, antwortete Anders Schyman und erhob sich unter Mühen. Er umrundete den Schreibtisch und bedeutete dem Reporter, er solle drüben bei der Sofagruppe Platz nehmen. Nils Langeby ließ sich mitten auf dem größten Sofa nieder und machte sich reichlich breit. Er schien nervös und darauf bedacht, es sich nicht anmerken zu lassen. Nun schaute er nachdenklich auf den niedrigen Couchtisch vor sich, als erwarte er, ihm würde eine Tasse Kaffee und Gebäck serviert. Anders Schyman setzte sich in einen Sessel gegenüber.

»Ich wollte mit dir sprechen, Nils, weil ich dir ein Angebot machen will …«

Der Reporter strahlte, ein Licht wurde weit hinten in seinen Augen entzündet. Er glaubte, er solle befördert werden, ihm würde eine Form von Anerkennung zuteil. Der Chefredakteur erkannte es und fühlte sich wie ein Schwein.

»Tja …« sagte Nils Langeby, als der Chef eine Zeitlang geschwiegen hatte.

»Ich würde gern wissen, was du davon hältst, wenn du für die Zeitung zukünftig auf Freelancebasis arbeitest?«

Nun war es ausgesprochen. Es hörte sich wie eine ganz gewöhnliche Frage an, in einem ganz gewöhnlichen Tonfall gestellt. Der Chefredakteur bemühte sich um einen ruhigen und gefaßten Gesichtsausdruck.

Nils Langeby verstand kein Wort.

»Freelance? Nee … warum das denn? Freelance … wie …? Ich bin doch angestellt!«

Der Chefredakteur stand auf, um sich von seinem Schreibtisch das Glas Wasser zu holen.

»Ja, selbstverständlich ist mir bekannt, daß du angestellt bist, Nils. Du arbeitest hier seit sehr vielen Jahren, und du kannst hier noch weitere zehn, zwölf Jahre, bis zur Pensionierung bleiben. Was ich dir jetzt anzubieten habe, ist die Möglichkeit, während der letzten Jahre deines beruflichen Lebens unter freieren Konditionen arbeiten zu können.«

Nils Langebys Augen flackerten.

»Was meinst du damit?« fragte er. Die Kinnlade war ihm heruntergefallen und machte aus dem Mund ein schwarzes Loch. Schyman seufzte und setzte sich mit dem Glas in der Hand wieder in den Sessel.

»Ich frage dich, ob du Lust hast, mit der Zeitung eine vorteilhafte Absprache über freie Mitarbeit zu treffen, vielleicht mit einer Starthilfe, eine eigene Firma aufzubauen und dann für uns unter freieren Rahmenbedingungen zu arbeiten.«

Dem Reporter stand noch immer der Mund offen, und seine Augen blinzelten ein paarmal, Schyman fand, er erinnere an einen Fisch auf dem Trockenen.

»Was verdammt ...« brachte er hervor. »Was verdammt noch mal soll das?«

»Genau das, was ich gesagt habe«, erklärte der Chefredakteur müde. »Ein Angebot an dich, eine neue Form der Anstellung zu bekommen. Hast du denn nie daran gedacht voranzukommen?«

Nils Langeby schloß den Mund und zog die Beine unter die Sofakante. Während die Erkenntnis des Unerhörten, das ausgesprochen worden war, in seinen Hirnwindungen ankam, wandte er den Blick nach draußen zu den gegenüberliegenden Bürohäusern, biß die Zähne zusammen und schluckte.

»Wir können dir behilflich sein, in der Stadt ein Büro zu finden. Wir garantieren dir ein Einkommen von fünf vertraglich abgesicherten Freelance-Tagen im Monat, also 12 500 Kronen plus Sozialabgaben und Urlaubsgeld, fünf Jahre lang. Du wirst weiterhin deine eigenen Aufgabenbereiche behalten, Kriminalität an der Schule und ...«

»Das ist doch große Scheiße, verdammt noch mal!« sagte Nils Langeby ungestüm.

»Wie bitte ...?« fragte Schyman, und seine Fassade begann langsam zu bröckeln.

Langeby wandte seinen Blick dem Chefredakteur zu, und Schyman schreckte fast zurück, als er sah, welcher Haß in seinen Augen lag.

»Schlampe, Hure, Hexe. Sie steckt doch dahinter, oder etwa nicht?«

»Wovon sprichst du?« fragte Schyman und stellte fest, daß er die Stimme erhoben hatte.

Der Reporter ballte die Fäuste und atmete stoßweise durch die Nase.

»Scheiße, Scheiße, Scheiße«, sagte er. »Die Scheißtussi will mich rauswerfen!«

»Ich habe kein Wort von Rauswerfen gesagt …« begann Schyman.

»Red keinen Scheiß!« schrie Langeby und erhob sich so hastig, daß sein dicker Bauch wabbelte. Er hatte einen hochroten Kopf und ballte immer wieder die Fäuste.

»Setz dich hin«, sagte Schyman kalt. »Mach es nicht unangenehmer, als es ohnehin schon ist.«

»Unangenehmer?« schrie Langeby, woraufhin auch Schyman aufstand.

Der Chefredakteur trat zwei Schritte vor und blieb zwanzig Zentimeter von Langeby entfernt stehen.

»Setz dich hin, Mann, damit ich zum Schluß kommen kann«, fauchte er.

Langeby leistete der Aufforderung keine Folge, sondern ging zum Fenster und starrte durch die Scheibe. Es war klares Wetter und kalt, die Sonne schien über der russischen Botschaft.

»Auf wen hast du eben angespielt?« erkundigte sich Schyman. »Meinst du damit deine Vorgesetzte, Annika Bengtzon?«

Langeby brach in kurzes, lautes Gelächter aus.

»Meine Vorgesetzte, meine Güte, ja. Genau die meine ich. Die inkompetenteste Schlampe, die mir je begegnet ist. Die hat doch von nichts eine Ahnung! Die kann nichts! Die ist dabei, es sich mit jedem in der Redaktion zu verderben, Eva-Britt Qvist ist ganz meiner Meinung! Die schreit Leute an und reißt das Maul groß auf. Von uns kann niemand verstehen, warum sie diesen Posten gekriegt hat. Die hat kein Rückgrat, keine Autorität und keine Erfahrungen als Schlußredakteur.«

»Erfahrungen als Schlußredakteur?« sagte Anders Schyman. »Was hat das denn damit zu tun?«

»Alle wissen doch von dieser Sache mit dem Typen, der gestorben ist, das ist doch klar. Die spricht nie darüber, aber alle wissen es.«

Der Chefredakteur sog Luft ein, die Nasenflügel blähten sich.

»Falls du auf das Geschehnis anspielst, das eingetreten ist, bevor Annika Bengtzon fest angestellt wurde, so ist vor Gericht bewiesen worden, daß es sich dabei um einen Unglücksfall gehandelt hat. Es ist niederträchtig, diese Sache wieder ins Spiel zu bringen«, sagte er eiskalt.

Nils Langeby gab keine Antwort, sondern wippte auf den Absätzen und kämpfte gegen die Tränen. Schyman entschloß sich, zum Gegenschlag auszuholen.

»Ich finde es bemerkenswert, daß du dich in dieser Weise über deine Vorgesetzte äußerst«, verkündete er. »Faktum ist, daß diese Art von Beschimpfungen, wie du sie gerade von dir gegeben hast, in einer schriftlichen Abmahnung resultieren können.«

Nils Langeby, noch immer am Fenster stehend, reagierte nicht, sondern wippte weiter.

»Wir müssen deinen Job hier in der Zeitung diskutieren können, Nils. Dein sogenannter Artikel von gestern abend war die reinste Katastrophe. Der allein würde vielleicht keine Abmahnung rechtfertigen, aber in der letzten Zeit hast du wiederholt den Beweis für zum Himmel schreiend schlechte Urteilskraft geliefert. In deinem Artikel am letzten Sonntag über die Verdachtsmomente der Polizei, die erste Explosion sei ein Terroranschlag, hast du nicht eine einzige Quelle präzisieren können.«

»Meine Quellen muß ich nicht verraten«, erwiderte Langeby mit erstickter Stimme.

»Doch, mir, ich bin verdammt noch mal der Herausgeber dieser Zeitung. Falls du dich irrst, bin schließlich ich derjenige, der in die Bredouille kommt, hast du das nach all den Jahren immer noch nicht begriffen?«

Langeby hörte nicht auf zu wippen.

»Bisher habe ich in dieser Sache mit der Gewerkschaft noch keinen Kontakt aufgenommen«, erklärte Schyman, »ich wollte zuerst mit dir darüber reden. Wir können die Sache so regeln, wie du willst, mit oder ohne Gewerkschaft, mit oder ohne Konflikt. Es liegt ganz bei dir.«

Der Reporter zog die Schultern zu den Ohren hoch, blieb aber eine Antwort schuldig.

»Du kannst da noch weiter rumstehen, du kannst dich aber auch hinsetzen, damit ich dir erklären kann, wie ich mir die Sache gedacht habe.«

Langeby hörte mit dem Wippen auf, zögerte kurz, drehte sich aber langsam um. Schyman sah, daß er geweint hatte. Beide Männer setzten sich wieder.

»Ich will dich nicht demütigen«, sagte der Chefredakteur leise. »Ich will, daß die Sache mit soviel Würde und Anstand wie möglich abläuft.«

»Du kannst mich nicht feuern«, schniefte Nils Langeby.

»Doch, das kann ich«, erklärte Schyman. »Das würde vor dem Arbeitsgericht drei, vielleicht vier Jahresgehälter kosten. Das würde eine verdammt häßliche und gemeine Schlammschlacht und einen Wettstreit der Anschuldigungen abgeben, womit weder dir noch der Zeitung gedient wäre. Vermutlich würdest du nie wieder eine Arbeit finden. Die Zeitung würde in der Öffentlichkeit als harter und herzloser Arbeitgeber erscheinen, aber das ist nicht weiter schlimm. Das kann sogar unseren Ruf steigern. Wir werden uns mit Leichtigkeit rechtfertigen können, warum du gehen mußtest. Du würdest sofort, heute, umgehend eine schriftliche Abmahnung bekommen. Auf die würden wir uns berufen. Wir würden behaupten, du würdest die Herausgabe sabotieren, deine nächste Vorgesetzte mit Schimpfwörtern und Fäkalausdrücken schikanieren und gegen sie arbeiten. Wir würden auf deine Inkompetenz und deine schlechte Urteilskraft verweisen, man muß einfach nur aufzählen, was in den letzten Tagen passiert ist und zusammenzählen, wie viele Beiträge von dir in unserem Archiv mit unveröffentlichten Artikeln sind. Wie viele sind wohl in den vergangenen zehn Jahren zusammen gekommen? Dreißig? Fünfunddreißig? Das macht dreieinhalb Artikel pro Jahr, Langeby.«

»Du hast gesagt, du hast Samstag gesagt, ich soll noch viele Jahre weiter Schlagzeilen für die ,Abendpresse' schreiben, war das bloß Gerede?«

Anders Schyman seufzte.

»Nein, ganz und gar nicht. Deshalb biete ich dir doch an, in einer anderen Form der Anstellung für die Zeitung weiterzuarbeiten. Wir besorgen dir Firma und Büroräume und kaufen fünf Jahre lang fünf Tage im Monat deine Zeit. Der Tagessatz für einen Freelance-Journalisten liegt bei 2500 Kronen pro Tag inklusive Urlaubsgeld und Sozialabgaben. Das bedeutet, daß du mehr als fünf Jahre lang den halben Lohn bekommst, während du gleichzeitig für andere soviel arbeiten kannst, wie du willst.«

Langeby wischte sich mit dem Handrücken den Rotz ab und

starrte auf den Teppich hinunter. Nach einer Weile des Schweigens sagte er: »Und falls ich eine neue Arbeit antrete?«

»Dann können wir es so regeln, daß das Geld als Abfindung ausbezahlt wird, 169 500 pro Jahr oder 508 500 für drei Jahre. Mehr können wir als Abfindung nicht zahlen.«

»Fünf Jahre hast du doch gesagt!« entgegnete Langeby plötzlich streitsüchtig.

»Ja, aber dann produzierst du schließlich für uns. Die Absprache über Freelance ist keine Abfindung. Wir erwarten, daß du weiterhin für uns arbeitest, wenn auch zu anderen Konditionen.«

Langeby senkte den Blick wieder auf den Teppich. Schyman wartete eine Zeitlang ab, dann ging er zum nächsten Schritt über, zur Verarztung.

»Ich sehe doch, daß du dich in der Redaktion nicht mehr wohl fühlst, Nils. Du bist in das neue Team nie richtig reingekommen. Ich finde es schade, daß du unzufrieden mit der Entwicklung an deinem Arbeitsplatz bist. Das hier ist für dich eine sehr vorteilhafte Art, dir eine Basis zu schaffen, um eine neue Karriere als eigener Unternehmer aufzubauen. Du kommst nicht damit klar, unter Annika Bengtzon zu arbeiten, und das tut mir sehr leid. Aber Annika wird bleiben, ich habe große Pläne mit ihr. Ich stimme dir in deiner Beurteilung über sie ganz und gar nicht zu. Ich finde, sie ist mutig und ziemlich clever. Manchmal ist sie zu leicht aufbrausend, aber das wird sich im Lauf der Jahre geben. In der letzten Zeit hat sie unter großem Druck gestanden, vor allem deinetwegen, Nils. Ich will in der Zeitung sowohl deine als auch Annikas Kompetenz behalten, und deshalb kann meiner Ansicht nach eine Absprache dieser Art zum Wohle aller beitragen.«

»508 000 sind bloß zwei Jahresgehälter«, sagte Nils Langeby.

»Stimmt, es sind zwei volle Jahresgehälter, und die bekommst du ohne Streit und böse Worte. Niemand muß überhaupt von dem Geld erfahren. Du wirst einfach mitteilen, daß du in deiner beruflichen Laufbahn weiter vorankommen und als Freelance-Journalist ein eigenes Unternehmen aufmachen willst. Die Zeitung wird den Verlust eines so erfahrenen Mitarbeiters bedauern, wird es aber zu schätzen wissen, daß du im Rahmen einer Absprache weiter mitarbeiten willst ...«

Als Nils Langeby zum Chefredakteur hochsah, stand ihm unermeßliche Abscheu ins Gesicht geschrieben.

»Du Mistkerl«, sagte er. »Was bist du doch für eine kriecherische, falsche, ekelhafte Schlange. Pfui Teufel!«

Ohne ein Wort zu sagen, stand Nils Langeby auf und ging zur Tür hinaus. Er schloß sie lautstark hinter sich, und Anders Schyman hörte seine Schritte in der Menge der anderen in der Redaktion untergehen.

Der Chefredakteur ging an seinen Schreibtisch und trank noch ein Glas Wasser. Die Kopfschmerzen waren von der letzten Tablette gedämpft worden, pochten jedoch noch immer in seinen Schläfen. Ihm entrang sich ein tiefer Seufzer. Die Sache war einigermaßen gut über die Bühne gegangen. Die Frage war, ob er nicht bereits gewonnen hatte. Denn eins war sicher, Nils Langeby mußte weg. Er mußte weg aus der Redaktion und durfte nie wieder auch nur einen Fuß in diese Räume setzen. Leider würde er niemals von sich aus kündigen. Er würde noch weitere zwölf Jahre die Atmosphäre in der Redaktion verpesten, ohne etwas anderes zu tun, als Sabotage zu betreiben.

Schyman setzte sich auf seinen Stuhl hinter seinem Schreibtisch und schaute zum Botschaftsgelände hinüber. Auf dem kleinen Abhang auf der Vorderseite versuchten einige Kinder, im Matsch Schlitten zu fahren.

Am Morgen hatte der Verlagschef versprochen, daß der Chefredakteur im Budget ein paar Posten umdisponieren durfte, um Nils Langeby mit bis zu vier Jahresgehältern abzufinden. Das würde billiger werden, als ihm zwölf zu bezahlen, wozu das Unternehmen verpflichtet gewesen wäre, wenn er geblieben wäre. Wenn Nils Langeby auch nur ein bißchen Grips im Kopf hatte, was Schyman ihm insgeheim absprach, dann würde er das Angebot annehmen. Tat er es nicht, standen andere, langwierigere Methoden an. Er könnte beispielsweise in die Morgenschicht der Korrekturleser versetzt werden. Nils würde zwar selbstverständlich versuchen, mit allen Mitteln dagegen anzukämpfen, aber auch die Gewerkschaft würde es nicht verhindern können, da man dafür sorgen würde, daß dem Unternehmen keinerlei Formfehler unterliefen. Bei einem Reporter wurde vorausgesetzt, daß er flexibel einsetzbar war, deshalb dürfte es keine Probleme geben.

Die Gewerkschaft würde überhaupt keinen Anlaß für einen Streit haben. Anders Schyman hatte dem Reporter lediglich ein Angebot gemacht. Leuten in dieser Branche wurde oft eine Abfindung angeboten, auch wenn das in dieser Zeitung noch nicht sehr häufig vorgekommen war. Alles, was der Journalistenverband tun konnte, war, sein Mitglied im Verlauf der Verhandlungen zu unterstützen und dafür Sorge zu tragen, daß es zu einer möglichst günstigen Einigung für den Betreffenden kam.

Wenn es aber hart auf hart kommen sollte, so stand einer der zeitungseigenen Anwälte, der Experte für Arbeitsrecht, in den Startlöchern für eine Verhandlung vor dem Arbeitsgericht, bei der es weniger nett zugehen würde. Dort würde der Ombudsmann des Journalistenverbands als Gegner auftreten und Langeby Beistand leisten, aber die Zeitung würde den Prozeß nicht verlieren. Schymans einziges Ziel war es, diesen Vollidioten loszuwerden, und das würde ihm gelingen.

Der Chefredakteur trank noch einen Schluck Wasser, hob den Hörer ab und bat Eva-Britt Qvist, zu ihm ins Zimmer zu kommen. Spiken hatte er bereits am Vorabend die Leviten gelesen, daß die Fetzen geflogen waren, mit ihm würde es keine Probleme mehr geben. Genausogut konnte man alle mit einem Aufwasch erledigen.

Der Anruf des Informanten Leif traf um 11 Uhr 47 in der Redaktion ein, drei Minuten nachdem sich das Geschehen ereignet hatte. Es war Berit, die das Gespräch entgegennahm.

»Die Post im Klara-Viertel in Stockholm ist in die Luft geflogen, mindestens vier Verletzte«, sagte der Informant und legte auf. Bevor die Information in Berits Gehirn angekommen war, hatte Leif die Nummer der nächsten Zeitung gewählt. Es kam darauf an, der erste zu sein, sonst gab es kein Geld.

Berit legte den Hörer nicht auf, sondern drückte bloß kurz auf die Gabel und wählte dann die Durchwahl zur Führungszentrale der Polizei.

»Stimmt es, daß es in der Postzentrale eine Explosion gegeben hat?« fragte sie schnell.

»Wir wissen noch nichts«, antwortete ein extrem gestreßter Polizist.

»Stimmt es, daß es geknallt hat?« erkundigte sich Berit von neuem.

»Scheint so«, sagte der Polizist.

Sie legten auf, und Berit warf den Rest ihres Mittagsbrotes ins Altpapier.

Um Punkt 12 Uhr ging Radio Stockholm mit der Information an die Öffentlichkeit.

Annika verließ Tungelsta mit einer sonderbaren Wärme in der Seele. Die menschliche Psyche besaß allen Widrigkeiten zum Trotz ein erstaunliches Vermögen zur Selbstheilung. Sie winkte Olof Furhage und seiner Alice zu, während sie in den Älvvägen Richtung Allévägen einbog und langsam die wunderschönen Häuserblocks an sich vorbeiziehen sah. In dieser Gegend konnte sie sich tatsächlich vorstellen zu wohnen. Sie fuhr an Krigslida, Glasberga und Norrskogen vorbei zum Verkehrsknotenpunkt von Västerhaninge und dann auf die Autobahn nach Stockholm.

Als sie sich auf die richtige Spur auf dem Nynäsvägen eingeordnet hatte, griff sie nach dem Mobiltelefon, das noch immer auf dem Beifahrersitz lag. ›Ein Anruf in Abwesenheit‹ stand auf dem Display, sie drückte ›Nummer anzeigen‹ und sah, daß die Zentrale der Zeitung versucht hatte, sie zu erreichen. Sie seufzte leicht und legte das Telefon zurück auf den Sitz. Es war wunderbar, daß bald Weihnachten war.

Sie schaltete das Autoradio ein und sang Alphavilles »Forever young« mit.

Gleich nach der Abfahrt von Dalarö klingelte das Handy wieder. Sie machte die Musik leiser, steckte sich die Hörschnecke ins Ohr und drückte den Annahmeknopf.

»Annika Bengtzon? Ja, hallo, hier ist Beata Ekesjö, mit der Sie letzten Dienstag gesprochen haben. Wir haben uns bei der Sporthalle kennengelernt, und dann habe ich Sie abends angerufen ...«

Annika erinnerte sich, genau, diese zerfetzte Baustelle.

»Hallo«, sagte Annika und überholte einen russischen Lastzug.

»Ja, ich würde gern wissen, ob Sie einen Augenblick Zeit haben, um sich mit mir zu unterhalten?«

»Eigentlich nicht«, antwortete Annika und lenkte den Wagen wieder in die Rechtsabbiegerspur.

»Es ist ziemlich wichtig«, entgegnete Beata Ekesjö.

Annika verdrehte die Augen.

»Aha, worum geht's?«

»Ich glaube, ich weiß, wer Christina Furhage ermordet hat.«

Annika wäre fast in den Graben gefahren.

»Wirklich? Woher wollen Sie das wissen?«

»Ich habe etwas herausgefunden«, verkündete Beata Ekesjö.

Annikas Gehirn lief auf Hochtouren.

»Was denn?«

»Das kann ich Ihnen nicht sagen.«

»Haben Sie mit der Polizei darüber gesprochen?«

»Nein, ich wollte es Ihnen zuerst zeigen.«

»Mir? Warum das denn?«

»Weil Sie darüber geschrieben haben.«

Annika drosselte das Tempo, um nachdenken zu können, wurde aber sogleich von dem russischen Laster überholt. Schneetreiben erfüllte die Fahrbahn.

»Ich führe doch nicht die Ermittlungen in dem Mordfall, das macht die Kriminalpolizei«, erklärte sie.

»Wollen Sie nicht über mich schreiben?«

Die Frau war hartnäckig, sie wollte offensichtlich in die Zeitung. Annika wog Für und Wider ab, die Tante wußte vermutlich nicht die Bohne, und Annika wollte nach Hause. Aber gleichzeitig konnte man nicht einfach auflegen, wenn jemand anrief und einem die Lösung eines Mordfalles mitteilen wollte.

»Sagen Sie, was Sie herausgefunden haben, dann sage ich Ihnen, ob ich darüber schreiben werde.«

Das Schneetreiben war reichlich anstrengend, Annika fuhr zur Linksabbiegerspur hinüber und ließ das russische Gefährt erneut hinter sich.

»Ich kann es Ihnen zeigen.«

Annika stöhnte leise und schaute auf die Uhr: Viertel vor eins.

»Aha, wo sind Sie denn?«

»Hier, beim Olympiastadion.«

Annika fuhr gerade an Trångsung vorbei, und sie erkannte, daß das Victoriastadion im Grunde auf dem Rückweg zur Zeitung lag.

»Okay«, sagte sie. »In einer Viertelstunde bin ich dort.«

»Gut«, entgegnete Beata. »Ich warte unten auf dem Platz auf Sie …«

Das Telefon gab drei Mal ein kurzes ›Piep‹ von sich, und das Gespräch war abgebrochen. Die Batterie war leer. Annika begann in ihrer Umhängetasche nach der anderen Batterie zu graben, aber sie gab auf, als sie aus Versehen auf die Überholspur geraten war. Das Handy mußte warten, bis sie aus dem Wagen gestiegen war. Statt dessen drehte sie wieder die Lautstärke auf und zu ihrer Freude stellte sie fest, daß gerade Gloria Gaynors Emanzenhit »I will survive« gespielt wurde.

»First I was afraid,

I was petrified,

kept thinking I could never live without you by my side,

but then I spent so many nights thinking how you did me wrong

And I grew strong,

And I learned how to get along …«


Es hatten sich bereits viele Journalisten und Fotografen am Klara-Center versammelt, als Berit und Johan Henriksson eintrafen. Berit linste zur futuristischen Fassade hinauf, die Sonne spiegelte sich in Glas und Chrom.

»Unser Bombenleger hat sich was Neues einfallen lassen«, sagte sie. »Briefbomben hat er vorher noch nicht im Programm gehabt.«

Henriksson legte einen Film in seine Kamera, während sie die Treppe zum Haupteingang hochstiegen. Die anderen Journalisten standen wartend in dem hellen Foyer. Beim Betreten der Vorhalle schaute sich Berit um. Es war ein typischer Bau aus den achtziger Jahren mit Marmor, Rolltreppen und einer himmelhohen Decke.

»Ist hier jemand von der Zeitung Abendpresse?« fragte ein Mann hinten bei den Fahrstühlen.

Berit und Henriksson sahen sich verwundert an.

»Ja, hier«, antwortete Berit.

»Würden Sie so freundlich sein, mir zu folgen?« forderte der Mann sie auf.

Die Absperrungen waren aufgehoben worden, die Auffahrt war geräumt, und Annika konnte bis zur Treppe unterhalb der Arena vorfahren. Sie blickte sich um, die Sonne schien so intensiv, daß sie die Augen zusammenkneifen mußte, aber nirgends konnte sie eine Menschenseele entdecken. Sie blieb noch eine Weile im Auto sitzen und hörte sich noch Dusty Springfields »I only wanna be with you« zu Ende an. Als unmittelbar neben ihr an die Autoscheibe geklopft wurde, zuckte sie zusammen.

»Hallo, mein Gott, was habe ich mich erschreckt«, sagte Annika beim Öffnen der Tür.

Beata Ekesjö lächelte.

»Sie brauchen keine Angst zu haben«, erwiderte sie.

Annika stellte den Motor ab und steckte das Handy in die Umhängetasche.

»Hier können Sie nicht parken«, sagte Beata Ekesjö. »Dann kriegen Sie sofort ein Knöllchen.«

»Aber ich habe nicht vor, hier allzu lange stehenzubleiben«, protestierte Annika.

»Nein, aber wir müssen noch ein Stück laufen. Hier kostet ein Strafzettel siebenhundert Kronen.«

Annika war genervt.

»Wohin soll ich mich denn stellen?«

Beata zeigte ihr eine Stelle.

»Dort, auf der anderen Seite der Fußgängerbrücke. Ich warte hier.«

Annika setzte sich wieder ins Auto. Warum lasse ich mich eigentlich von anderen herumkommandieren, dachte sie, während sie denselben Weg zurückfuhr, den sie gekommen war, und zwischen den anderen Wagen in dem Wohnviertel nebenan parkte. Nun ja, ein kurzer Spaziergang im Sonnenschein würde ihr guttun, dazu kam sie sonst so selten. Hauptsache, sie würde nicht zu spät zum Kindergarten kommen. Annika holte das Handy hervor und tauschte die Batterie aus. Es piepte, als sie die neue einlegte, ›Anruf angenommen‹ blinkte es auf dem Display. Sie drückte auf ›c‹, um die Anzeige auszuschalten und rief im Kindergarten an. Sie schlossen um fünf Uhr, das war eine Stunde früher als sonst, aber immer noch später, als sie gedacht hatte.

Sie atmete aus und stieg aus dem Auto.

Beata stand noch an Ort und Stelle und lächelte, ihr Atem umgab sie wie eine weiße Wolke.

»Was wollten Sie mir zeigen?« erkundigte sich Annika und hörte selbst, wie mürrisch sie klang.

Beata lächelte noch immer.

»Ich habe hier drüben etwas sehr Seltsames entdeckt«, erklärte sie und zeigte die Richtung. »Es dauert nicht lange.«

Annika seufzte leise und marschierte los. Beata folgte ihr.


Zur selben Zeit, als Berit und Henriksson den Fahrstuhl im Klara-Center betraten, führte der Oberstaatsanwalt Kjell Lindström ein Telefonat. Er wollte den Chefredakteur sprechen und wurde mit seiner Sekretärin verbunden.

»Er ist leider in die Mittagspause gegangen«, sagte die Sekretärin, als Schyman abwehrend gewinkt hatte. Kann ich ihm etwas ausrichten? Aha? Jaaa, warten Sie einen Augenblick, ich versuche, ob ich ihn noch erwische …«

Schymans Migräne wollte nicht nachlassen. Am liebsten hätte er sich für eine Stunde in einen abgedunkelten Raum gelegt und nur geschlafen. Er hatte, den Kopfschmerzen zum Trotz, im Verlauf des Vormittags einen Gutteil konstruktiver Arbeit geleistet. Das Gespräch mit Eva-Britt Qvist war erstaunlich problemlos verlaufen. Die Redaktionssekretärin hatte gesagt, sie habe den Eindruck, Annika Bengtzon sei eine vielversprechende Chefin, die sie in jeder erdenklichen Weise unterstützen würde, sie sei zur Zusammenarbeit bereit, um den reibungslosen Ablauf in der Polizeiredaktion unter Annikas Leitung zu gewährleisten.

»Es ist ein Staatsanwalt, und er ist ziemlich rechthaberisch«, sagte die Sekretärin mit der Betonung auf ›ziemlich‹.

Anders Schyman nahm den Hörer in die Hand.

»Aha, die Ordnungshüter sind in Habachtstellung am Vorabend des großen Tages. Aber Sie laufen in die falsche Richtung, wir sind doch diejenigen, die Sie jagen werden ...«

»Ich rufe wegen der Sprengladung an, die in der Postzentrale im Klara explodiert ist«, schnitt ihm Kjell Lindström das Wort ab.

»Ja, von uns ist ein Team unterwegs ...«

»Das wissen wir, wir sprechen gerade mit Ihren Leuten. Die Ladung war gegen eine Ihrer Angestellten gerichtet, gegen eine Reporterin mit dem Namen Annika Bengtzon. Sie muß unverzüglich unter Bewachung gestellt werden.«

Die Worte drangen durch den Nebel des Schmerzmittels in sein Gehirn vor.

»Annika Bengtzon?«

»Die Sendung war an sie adressiert und wurde aus Versehen im Postterminal ausgelöst. Wir glauben, sie wurde von der selben Person aufgegeben, die hinter den Explosionen im Olympiastadion und in der Sporthalle von Sätra steckt.«

Anders Schyman spürte, wie die Knie unter ihm nachgaben, er setzte sich auf den Schreibtisch der Sekretärin.

»Mein Gott«, sagte er.

»Wo ist Annika Bengtzon jetzt? Ist sie in der Redaktion?«

»Nein, ich glaube nicht. Sie ist heute morgen weggefahren, sie wollte jemanden interviewen. Ich habe nicht nachgeschaut, ob sie zurückgekommen ist.«

»Mann oder Frau?«

»Die Person, mit der sie den Termin hatte? Mann, glaube ich. Warum?«

»Es ist von äußerster Wichtigkeit, daß Annika Bengtzon unverzüglich Leibwächter zur Seite gestellt werden. Sie darf sich weder in ihrer Wohnung noch an ihrem Arbeitsplatz aufhalten, bis die betreffende Person festgenommen ist.«

»Woher wissen Sie, daß die Bombe gegen Annika gerichtet war?«

»Sie war in einem eingeschriebenen Brief an sie adressiert. Die Details untersuchen wir gegenwärtig noch. Das wichtigste ist, daß Annika Bengtzon unverzüglich unter Schutz gestellt wird. Wir haben eine Streife zur Zeitung geschickt, die jede Minute eintreffen müßte.

Die Beamten werden dafür sorgen, daß sie sofort zu einem sicheren Ort gebracht wird. Hat sie Familie?«

Anders Schyman schloß die Augen und fuhr sich mit der einen Hand über das Gesicht. Das ist einfach nicht wahr, dachte er und spürte, wie alles Blut aus seinem Gehirn wich.

»Ja, einen Mann und zwei kleine Kinder.«

»Sind die Kinder im Kindergarten? In welchem? Wer weiß darüber Bescheid? Wo arbeitet ihr Mann? Können Sie ihn erreichen?«

Anders Schyman versprach, daß er persönlich dafür sorgen würde, daß Annikas Familie benachrichtigt wurde und daß sich jemand um Mann und Kinder kümmerte. Er gab dem Oberstaatsanwalt Annikas Handynummer und bat ihn und die Polizei, ihr Möglichstes zu tun.

Sie gingen vom Sickla Kanal fort und vorbei an einem kleinen Gehölz mit jungen Bäumen neben der Arena. Die kleinen Kiefern sahen nach der Explosion wie gemartert aus, eine lag mit den Wurzeln in der Luft auf dem Boden, die übrigen Zweige von sich gestreckt. Der Schnee lag ungefähr zwanzig Zentimeter hoch. Annika bekam Schnee in die Schuhe.

»Ist es noch weit?« fragte sie.

»Nicht so sehr«, antwortete Beata.

Sie stapften weiter durch den Schnee, und Annika wurde langsam richtig ärgerlich. Die Trainingsarena ragte vor ihnen auf, Annika konnte die obersten Stockwerke des Medienhauses vor ihnen erahnen.

»Wie kommt man da hoch, es gibt ja gar keine Treppe?« erkundigte sie sich und schaute an der drei Meter hohen Betonwand hoch, die die Längsseite der Bahn stützte.

Beata holte sie ein und stellte sich neben sie.

»Wir müssen da nicht hoch. Gehen Sie einfach an der Wand entlang.«

Sie wies die Richtung, und Annika stapfte weiter. Der Streß begann ihre Adern hinaufzukriechen, sie mußte einen Artikel darüber schreiben, daß der Sprengstoffmörder eingekreist war, bevor sie nach Hause ging, und sie hatte immer noch nicht die Geschenke für

314

die Kinder eingepackt. Nun ja, das würde sie heute abend erledigen, wenn die Kinder im Bett waren. Beatas Entdeckung konnte womöglich das sein, was die Polizei zum Sprechen brachte.

»Sehen Sie, daß die Mauer dort hinten aufhört?« fragte Beata hinter ihr. »Dort kann man einige Meter tief unter die Arena gehen, da wollen wir hin.«

Annika fröstelte, im Schatten der Wand war es kalt. Sie konnte ihre eigenen Atemzüge hören und den Südring, der hinter ihr brauste, ansonsten war alles ruhig und friedlich. Jetzt wußte sie wenigstens, wohin der Spaziergang sie führte.

Die Polizeistreife bestand aus zwei uniformierten Polizisten und zwei Kriminalbeamten in Zivil. Anders Schyman empfing sie in seinem Büro.

»Zwei Bombenpatrouillen mit Sprengstoffhunden sind auf dem Weg hierher«, verkündete der eine der Kripobeamten. »Es besteht das unmittelbare Risiko, daß sie mehrere Bomben deponiert hat, eventuell hier in der Redaktion. Die Räume müssen sofort evakuiert und durchsucht werden.«

»Ist das wirklich notwendig, wir haben keine Bombendrohung erhalten?« entgegnete Anders Schyman.

Der Polizist schaute ihn ernst an.

»Bisher hat sie nie eine Warnung abgegeben.«

»Sie?« fragte Anders Schyman.

Der andere Kriminalbeamte trat dazu.

»Ja, wir glauben, bei dem Täter könnte es sich um eine Frau handeln.«

Anders Schyman schaute von einem zum anderen.

»Warum glauben Sie das?«

»Das können wir Ihnen jetzt leider noch nicht erklären.«

»Aber warum verhaften Sie sie nicht?«

»Sie ist verschwunden«, antwortete der erste Kriminalbeamte und wechselte das Thema. »Uns ist es nicht gelungen, Annika Bengtzon zu benachrichtigen. Haben Sie eine Ahnung, wo sie sich aufhält?«

Anders Schyman schüttelte den Kopf, sein Mund war völlig ausgetrocknet.

»Nein, sie hat nur gesagt, sie habe einen Interviewtermin.«

»Mit wem?«

»Das hat sie nicht gesagt. Einem Typen, hat sie gesagt.«

»Fährt sie im eigenen Wagen?«

»Das glaube ich nicht.«

Die Polizisten wechselten Blicke, es war nicht sehr viel, worüber dieser Mann hier den Überblick hatte.

»Okay, müssen wissen, in welchem Fahrzeug sie unterwegs ist und es zur Fahndung ausschreiben. Jetzt räumen wir die Bude.«


»Hier drüben werden sich die Sportler aufwärmen vor den unterschiedlichen Wettkämpfen«, erklärte Beata, als sie den Hohlraum unter der Arena betraten. Es war dunkel, nahezu finster, unter der Betondecke. Annika schaute durch die langgezogene, niedrige Öffnung nach draußen. Auf der anderen Seite lag das olympische Dorf, die weißen Häuser blitzten in der Sonne. Alle Fensterscheiben funkelten und blitzten, sie waren völlig neu. Der Austausch der zerbombten Glasscheiben war oberste Priorität gewesen. Es hatte die Gefahr bestanden, daß die Wasserleitungen in den neuen Häusern zufroren.

»Die Wettkampfteilnehmer müssen dann schnell ins Olympiastadion gelangen können«, referierte Beata. »Dieses Gelände ist ja für die Allgemeinheit zugänglich, und damit die Sportler nicht vor dem Haupteingang Schlange stehen müssen, wenn sie zum Wettkampf antreten, haben wir von hier aus einen unterirdischen Gang nach oben ins Stadion gebaut.«

Annika drehte sich um und schaute in die Dunkelheit.

»Wo denn?« fragte sie verwundert.

Beata lächelte.

»Wir haben nicht gerade ein großes Schild angebracht«, sagte sie. »Dann würden ja alle hier reinkommen. Dort drüben in der Ecke, kommen Sie, ich zeige es Ihnen.«

Sie gingen weiter unter der Decke entlang, Annika blinzelte, um sich an die Finsternis zu gewöhnen.

»Hier ist es«, sagte Beata.

Annika stand vor einer grau gestrichenen Eisentür, in der Dunkelheit kaum auszumachen. Quer über der Tür, die in einen Abfallraum oder dergleichen zu führen schien, verlief ein großer eiserner Riegel. Daneben befand sich ein kleiner Metallkasten, den Beata öffnete. Annika sah, wie sie aus ihrer Manteltasche eine Karte herausholte und diese durch eine elektronische Schiene zog.

»Sie haben eine Karte hierfür?« fragte Annika erstaunt.

»Die haben alle«, antwortete Beata und hob den eisernen Riegel an.

»Was machen Sie?« erkundigte sich Annika.

»Die Tür öffnen«, erklärte Beata und zog die Eisentür auf. Die Scharniere bewegten sich vollkommen lautlos, dahinter war die Dunkelheit undurchdringlich.

»Aber kann man das einfach so machen, ist denn kein Alarm eingeschaltet?« fragte Annika und spürte, wie sie Unbehagen beschlich.

»Nein, am hellichten Tag ist der Alarm nicht eingeschaltet. Die arbeiten oben in der Arena auf Hochtouren. Kommen Sie hier rein, dann werden Sie etwas sehr Seltsames zu Gesicht kriegen. Warten Sie, ich mache Licht.«

Beata drehte direkt neben dem Ausgang einen großen Schalter um, und an der Decke gingen eine Reihe von Leuchtstoffröhren an. Der Gang bestand aus Betonwänden und war mit einem gewöhnlichen gelben Linoleumfußboden ausgelegt. Die Deckenhöhe betrug ungefähr zweieinhalb Meter. Die Länge war etwa zwanzig Meter, danach bog der Gang nach links ab und verschwand nach oben ins Olympiastadion. Annika holte Luft und ging in den Gang hinein. Sie wandte sich um und sah, wie Beata die Tür wieder schloß.

»Laut Verordnung darf sie nicht offenstehen«, erklärte Beata und lächelte von neuem.

Annika erwiderte das Lächeln, drehte sich zum Weitergehen um.

»Ist es hier vorne?« fragte Annika.

»Ja, um die Ecke«, sagte Beata.

Annika spürte, daß ihr Blut zu pulsieren begann, das war wirklich eine spannende Sache. Schnellen Schritts ging sie weiter und hörte die Absätze in dem Tunnel widerhallen. Als sie um die Kurve bog, sah sie weiter hinten einen Haufen aus Gerümpel.

»Da vorn ist irgend etwas!« sagte sie und wandte sich zu Beata um.

»Ja, das ist es, was ich Ihnen zeigen wollte. Es ist wirklich interessant.«

Annika umfaßte den Riemen ihrer Umhängetasche und beschleunigte ihre Schritte. Dort lag eine Matratze, zwei einfache Gartenstühle standen dort, ein Campingtisch und eine Kühltasche. Annika trat dicht heran und schaute sich die Dinge an.

»Hier hat jemand geschlafen«, sagte sie und in dem Augenblick entdeckte sie die Kiste mit Dynamit. Sie war klein und weiß und trug quer über die Längsseite den Aufdruck ›Minex‹. Sie schnappte nach Luft und in der nächsten Sekunde wurde ihr etwas um den Hals geschlungen. Ihre Hände flogen an ihre Kehle, konnten die Schlinge aber nicht packen. Sie versuchte zu schreien, doch das Seil saß bereits zu fest. Sie begann zu ziehen und zu zerren, versuchte wegzulaufen, legte sich, im Versuch aus der Schlinge zu kriechen, auf den Boden, aber das hatte lediglich zur Folge, daß die Schlinge noch enger zugezogen wurde.

Das letzte, was sie erblickte, ehe es ihr schwarz vor Augen wurde, war Beata mit dem Seil in ihren behandschuhten Händen, weit über ihr unter der Betondecke schwebend.

Die Evakuierung des Gebäudes, in dem die Zeitung untergebracht war, ging verhältnismäßig rasch und reibungslos vor sich. Der Feueralarm wurde ausgelöst, und innerhalb von neun Minuten war das Gebäude völlig geräumt. Zuletzt kam der Nachrichtenchef Ingvar Johansson heraus, der Wichtigeres zu tun hatte, als an einer Feuerwehrübung teilzunehmen, wie er sich ausdrückte. Nachdem der Chefredakteur ihn am Telefon angebrüllt hatte, verließ er seinen Arbeitsplatz, allerdings unter Protest.

Die Belegschaft verhielt sich den Umständen entsprechend ruhig. Ihnen war nicht bekannt, daß die Bombe im Klara-Center gegen eine ihrer Kolleginnen gerichtet war, und nun wurden sie zu Kaffee und belegten Broten in die Kantine des benachbarten Gebäudes gebeten. Unterdessen durchsuchten die Sprengstoffexperten der Polizei sämtliche Räume, die zur Redaktion gehörten. Anders Schyman stellte mit einem Mal fest, daß seine Migräne wie weggeblasen war, die Blutgefäße hatten sich wieder zusammengezogen, und die Schmerzen waren verschwunden. Er saß zusammen mit seiner Sekretärin und dem Leiter der Telefonzentrale in einem Büro direkt vor der Küche des Nachbargebäudes. Annikas Mann zu erreichen war leichter gesagt als getan. Die Zentrale des Schwedischen Kommunalverbunds war seit ein Uhr nicht mehr besetzt, und niemand von der Zeitung kannte die Durchwahl von Thomas. Es hatte auch niemand Zugang zu seiner Handynummer. Weder Telia, Comviq noch Europolitan hatten unter ihren Kunden einen Thomas Samuelsson in der Hantverkargatan. Anders Schyman wußte ebenfalls nicht, in welchen Kindergarten die Kinder waren. Seine Sekretärin telefonierte wie eine Verrückte alle Kindertagesstätten im Sozialdistrikt 3, in Kungsholmen, ab und erkundigte sich, ob die Geschwister Bengtzon dort waren. Was sie nicht wissen konnte, war, daß der Kindergarten keine Auskunft über Annikas Kinder weitergab. Sie standen noch nicht einmal auf der Telefonliste, die an die anderen Eltern verteilt wurde. Nach einer Reihe von Artikeln über eine Stiftung, die sich ›Paradies‹ genannt hatte, hatte Annika Morddrohungen erhalten, und seitdem waren sie und Thomas bei der Weitergabe ihrer Adresse vorsichtig. Das Personal des Kindergartens war damit selbstverständlich einverstanden, und als das Telefonat von Schymans Sekretärin kam, konnten die Erzieher in aller Seelenruhe leugnen, daß Annikas Kinder bei ihnen waren. Dann rief die Leiterin Annika unverzüglich über Handy an, das Gespräch wurde jedoch nicht entgegengenommen.

Anders Schyman spürte den Streß wie den Geschmack von Metall im Mund. Er setzte den Leiter der Telefonzentrale darauf an, alle erdenklichen Verbindungsmöglichkeiten zum Kommunalverbund anzurufen. Zuerst die Nummer der Zentrale, dann Verbindung -01, dann -02, bis er jemanden an der Strippe hatte, der Thomas erreichen konnte. Die Polizei hatte bereits eine Streife zur Überwachung von Annikas Wohnung abgestellt. Danach wußte der Chefredakteur nicht mehr weiter und ging hinaus zu den Polizisten, um in Erfahrung zu bringen, wie die Arbeit vorankam.

»Bisher haben wir noch nichts gefunden. In einer halben Stunde sind wir fertig«, sagte der Einsatzleiter.

Anders Schyman ging daraufhin zu seiner Sekretärin, um ihr zu helfen, alle Kindergärten in Kungsholmen anzurufen.

Annika dämmerte allmählich, daß sie wach war. Sie hörte jemanden laut stöhnen und erkannte nach einer Weile, daß sie selbst es war. Als sie die Augen aufschlug, überkam sie sofort totale Panik. Sie war blind geworden. Sie schrie wie von Sinnen, sie riß, so weit sie konnte, die Augen gegen die undurchdringliche Finsternis auf. Die Angst steigerte sich, nachdem ihr Schrei zu einem Krächzen erstarb. Dann stellte sie fest, wie die gebrochenen Laute in der Dunkelheit hallten, zurückprallten und wiederkehrten wie aufgescheuchte Vögel, die gegen eine Fensterscheibe flogen, und ihr fiel der unterirdische Tunnel ins Innere des Stadions wieder ein. Sie gab das Schreien auf und lauschte einige Minuten ihrer panischen Atmung. Sie mußte sich im Tunnel befinden. Sie konzentrierte sich, in ihren Körper hineinzuhorchen, ob noch alle Körperteile vorhanden und funktionsfähig waren. Zuerst hob sie den Kopf, der tat zwar weh, war aber nicht verletzt. Sie erkannte, daß sie der Länge nach auf dem Boden lag und daß die Unterlage relativ weich war, vermutlich die Matratze, die sie gesehen hatte ...

»Beata«, flüsterte sie.

Eine Zeitlang lag sie reglos in der Dunkelheit und atmete. Beata hatte sie hierhingebracht und etwas mit ihr gemacht, so war es. Beata hatte ein Seil um ihren Hals geschlungen, und jetzt war sie fort. Glaubte Beata, sie sei tot?

Annika merkte, daß ihr der eine Arm weh tat, der unter ihr eingekeilt war. Sie spürte, daß er festgebunden war. Sie lag mit auf dem Rücken gefesselten Armen auf der Seite. Sie probierte, ob sie die Beine heben konnte, und stellte fest, daß man mit ihnen ebenso verfahren war. Sie waren unbeweglich, sie waren nicht nur aneinander, sondern auch noch an die Wand gefesselt. Als sie die Beine bewegte, bemerkte sie noch etwas anderes. Die Schließmuskeln hatten ihren Dienst versagt, während sie bewußtlos war, und Blase und Darm hatten ihren Inhalt entleert. Der Urin war kalt und die Ausscheidungen klebrig. Sie brach in Tränen aus. Was hatte sie getan? Warum passierte das ihr? Sie zitterte vor Weinen, es war kalt in dem Gang, ihr Weinen sickerte durch die Kälte in die Dunkelheit. Sie wiegte sich still auf der Matratze hin und her, hin und her, hin und her.

Ich will nicht, dachte sie. Will nicht, will nicht, will nicht ...

Anders Schyman saß wieder in seinem Büro und starrte hinaus auf die dunkle Fassade der Botschaft. In den Räumen der Redaktion hatte sich keine Bombe befunden. Die Sonne war hinter der Fahne des einstigen Zarenreiches untergegangen und hatte den Himmel für einige Minuten in gleißendes Rot getaucht. Die Angestellten waren wieder an ihre Arbeitsplätze zurückgekehrt, jedoch wußte bisher noch niemand außer ihm, der Sekretärin und dem Leiter der Telefonzentrale, daß die Bombe im Klara-Center gegen Annika gerichtet gewesen war. Anders Schyman hatte eine Kurzinformation über die Bombe erhalten, die bisher gewonnenen Erkenntnisse der Polizei bestätigten, daß der Sprengstoffmörder ein gemeingefährlicher Amateur war.

Das Päckchen mit der Sprengladung war am Mittwoch um 18 Uhr 50 in der Sortieranlage der Postzentrale Klara eingetroffen. Es war als eingeschriebene Sendung in Stockholm 17, also im Postamt in der Rosenlundsgatan 11 in Södermalm um 16 Uhr 53 aufgegeben worden. Da es sich dabei um ein Einschreiben gehandelt hatte, wurde das Paket als Wertsendung behandelt und nicht auf dem normalen Transportweg befördert, sondern mit einem gesonderten Werttransport, der kurz darauf das Postamt verlassen hatte.

Der braune Briefumschlag hatte keine größere Aufmerksamkeit erweckt. Das Klara-Center ist Schwedens größter Sortierterminal, mitten im Zentrum von Stockholm auf dem Klarabergsviadukten gelegen. Das Gebäude besteht aus acht Etagen und nimmt einen halben Häuserblock zwischen dem Cityterminal, dem Stadshuset und dem Hauptbahnhof ein. Anderthalb Millionen Postsendungen passieren täglich dieses Hauptpostamt.

Das Kuvert war, nachdem es an einem der vier Kais des Gebäudes eingegangen war, in der Abteilung für Wertsendungen auf Ebene 4 gelandet. Dort arbeitete ausgebildetes Sicherheitspersonal mit allen Arten von Wertsendungen. Da die ‚Abendpresse‘ über eine eigene Postleitzahl verfügte, wurden die Abholscheine an das übliche Postfach der Zeitung geschickt. Das Postfach wurde mehrmals am Tag geleert und der Inhalt zur Redaktion der ‚Abendpresse‘ in Marieberg gefahren. Der Postzentrale lag eine Vollmacht vor, die dem Hausmeister der Zeitung ermöglichte, die Postsendungen für andere Mitarbeiter abzuholen. Die Einschreibesendungen und Wertbriefe, die sich unter den Postsendungen befanden, wurden einmal am Tag abgeholt, für gewöhnlich gleich nach der Mittagspause.

Am Donnerstag morgen war eine Unmenge an Einschreiben und gewerblichen Sendungen mit der ersten Post des Tages eingetroffen, es war schließlich Weihnachtszeit. Der Abholschein zu dem Brief an Annika Bengtzon landete mit einem Bündel anderer Briefe in der Mappe des Hausmeisters.

Die Explosion war ausgelöst worden, als Tore Brand am Schalter für gewerbliche Post stand, um die Sonderpost abzuholen. Einem der Mitarbeiter der Wertbriefabteilung war die Briefsendung zufällig aus der Hand gerutscht, das Päckchen fiel wieder in die Kiste zurück, in der es die Nacht über gelegen hatte, aber das reichte, um den Mechanismus auszulösen. Vier Personen wurden verletzt, davon drei schwer. Für den Mann, der am nächsten stand, derjenige, der das Päckchen hatte fallen lassen, waren die Überlebenschancen ungewiß.

Anders Schyman seufzte. Es wurde an seine Tür geklopft, und einer der Polizisten trat ins Zimmer, ohne eine Reaktion abzuwarten.

»Auch wir können Thomas Samuelsson nicht erreichen«, sagte der Polizist. »Wir haben eine Streife in sein Büro geschickt, er war nicht da. Sie glauben, er sei losgefahren, um mit einem Lokalpolitiker zu sprechen. Wir haben versucht, ihn über Handy zu erreichen, aber er ist nicht drangegangen.«

»Haben Sie Annika oder das Auto gefunden?« fragte Schyman.

Der Polizist schüttelte den Kopf.

Der Chefredakteur drehte sich um und starrte wieder zur Botschaft hinüber.

Lieber Gott, betete er, laß sie nicht tot sein.


Plötzlich kehrte die Sehkraft zurück. Licht wurde von Klicken und blinkenden Röhren begleitet eingeschaltet, für einen Moment war Annika wie geblendet und erkannte nichts. Klappernde Absätze kamen im Gang auf sie zu und Annika rollte sich zu einem kleinen Knäuel zusammen. Die Schritte näherten sich und hielten neben ihrem Ohr inne.

»Sind Sie wach?« fragte eine Stimme von oben.

Annika schlug die Augen auf und blinzelte. Sie sah gelben Linoleumbelag und die Spitzen von einem Paar Stiefel vom Designer Perrti Palmroth.

»Gut. Wir haben noch eine Menge Arbeit vor uns.«

Etwas packte sie, so daß sie mit dem Rücken an die Betonwand stieß und die Beine unter sich hatte, zu einer Seite abgeknickt. Diese Lage war äußerst unbequem.

Beata Ekesjö beugte sich über sie und schnupperte ins Leere.

»Haben Sie etwa in die Hose geschissen? Ekelhaft!«

Annika reagierte nicht. Sie starrte die Betonwand unmittelbar vor sich an und wimmerte verhalten.

»Nun werden wir Sie in Ordnung bringen«, verkündete Beata und griff Annika unter die Achseln. Durch Ziehen und Zerren zwang sie Annika, sich mit dem Kopf an den Knien vornüber gebeugt hinzusetzen.

»Letztes Mal ist es problemlos abgelaufen«, erklärte Beata. »Es ist angenehm, wenn man in einer Sache routiniert ist, finden Sie nicht auch?«

Annika hörte nicht, was die andere Frau sagte. Die Angst lastete wie eine schwere Masse auf ihr und tötete jegliche Hirntätigkeit ab. Sie nahm noch nicht einmal den Gestank wahr, der ihrem eigenen Unterleib entströmte. Sie weinte leise, während Beata neben ihr an etwas herumfingerte. Die andere Frau summte kaum hörbar einen alten Schlager vor sich hin. Annika wollte ihn mitsingen, scheiterte jedoch bei dem Versuch.

»Sprechen Sie nicht«, forderte Beata sie auf. »Das Seil hat auf ihre Stimmbänder gedrückt. Nun werden Sie gleich etwas zu sehen kriegen.«

Beata baute sich vor Annika auf. Sie hielt eine Rolle Klebeband in der einen und eine Packung Kerzen in Rotlila in der anderen Hand.

»Das hier ist ›Minex‹, zwanzig Papierpatronen, 22 mal 200 Millimeter à 100 Gramm das Stück. Zwei Kilo. Das reicht, das habe ich bei Stefan gesehen. Er ist mitten entzweigegangen.«

Annika begriff die Worte der Frau. Sie erkannte, was im Begriff war zu geschehen, und beugte sich vor und erbrach sich. Sie übergab sich, daß sie am ganzen Körper zitterte und ihr die Galle hochkam.

»Sie sauen hier ja alles ein!« protestierte Beata angewidert. »Eigentlich müßten Sie das aufwischen.«

Annika atmete keuchend und fühlte die Galle vom Mund tropfen. Ich sterbe, dachte sie. Was, wenn es wirklich so wäre. Im Kino ist das alles immer ganz anders.

»Was zum Teufel haben Sie denn erwartet?« krächzte Annika.

»Ja, aber da haben Sie ja Ihre Stimme wieder«, sagte Beata fröhlich. »Wie schön, denn da gibt es noch einige Fragen, auf die ich gern eine Antwort hätte.«

»Die können Sie sich sonst wo reinschieben, Sie verdammte Idiotin«, fauchte Annika. »Ich rede kein Wort mit Ihnen.«

Beata gab keine Antwort, sondern beugte sich vor und drückte irgend etwas unterhalb der Rippen auf Annikas Rücken. Annika dachte, atmete, nahm den Geruch von Feuchtigkeit und Sprengstoff wahr.

»Dynamit?« fragte sie.

»Ja. Das befestige ich mit Klebeband.«

Beata wickelte das Klebeband um Annikas Körper und mußte sie dabei einige Male umfassen. Annika ahnte, daß das die Gelegenheit zur Befreiung war, aber sie wußte nicht, wie sie es anstellen sollte. Die Hände waren ihr noch immer auf den Rücken gefesselt, und die Füße waren an ein Metallgestell an der Wand gebunden.

»So, ja, jetzt ist es fertig«, sagte Beata und erhob sich. »Der Sprengstoff ist ziemlich zuverlässig, aber der Detonator könnte instabil sein, deshalb müssen wir ein bißchen vorsichtig sein. Nun nehme ich den Draht, sehen Sie, den hier? Der ist dazu da, die Ladung zu zünden. Ich ziehe ihn hier rüber, und sehen Sie mal her! Eine kleine Taschenlampenbatterie. Das reicht, um den Detonator in Bewegung zu setzen. Erstaunlich, nicht wahr?«

Annika schaute auf das dünne, gelbgrüne Kabel, das sich hinüber zu dem kleinen Campingtisch ringelte. Sie stellte fest, daß sie nicht die geringste Ahnung von Sprengstoff hatte, sie konnte nicht beurteilen, ob Beata bluffte oder die Wahrheit sagte. Beim Mord an Christina Furhage hatte sie eine Autobatterie verwendet. Warum, wenn auch eine Taschenlampenbatterie ausreichte?

»Ich finde es bedauerlich, daß es so weit kommen mußte«, verkündete Beata. »Wenn Sie gestern nachmittag nur bei Ihrer Arbeit geblieben wären, dann wäre uns das hier erspart geblieben. Das wäre für alle Beteiligten das Beste gewesen. Die Vollendung sollte am rechten Platz geschehen, in Ihrem Fall in der Redaktion der ‚Abendpresse‘. Aber statt dessen hat es im Hauptpostamt geknallt, und das fand ich außerordentlich bedauerlich.«

Annika starrte die Frau an, sie war wirklich vollkommen verrückt.

»Wovon reden Sie? Gab es noch eine Explosion?«

Die Bombenlegerin seufzte.

»Ja, ich habe Sie nicht zum Vergnügen hergebracht. Wir machen das jetzt statt dessen so. Ich an Ihrer Stelle würde versuchen, mich etwas auszuruhen. Aber legen Sie sich nicht auf den Rücken und versuchen Sie nicht, die Kette aus der Wand zu reißen. Abrupte Bewegungen können die Ladung zünden.«

»Warum?« fragte Annika.

Beata betrachtete sie für einige Sekunden mit vollkommener Gleichgültigkeit.

»Bis in ein paar Stunden«, sagte sie und machte sich mit klappernden Absätzen auf den Weg in Richtung Trainingsanlage. Annika hörte ihre Schritte hinter der Kurve verhallen, und dann erlosch das Licht wieder.

Annika drehte sich vorsichtig um, weg von dem Erbrochenen, und legte sich unendlich langsam auf die rechte Seite. Sie lag mit dem Rücken zur Wand und starrte unverwandt in die Dunkelheit, wagte kaum zu atmen. Eine weitere Sprengladung war explodiert, waren Menschen ums Leben gekommen? War die Bombe gegen sie gerichtet gewesen? Wie um alles in der Welt sollte sie sich aus dieser Situation befreien?

In der Arena wimmelte es vor Menschen, hatte Beata gesagt. Das mußte am anderen Ende des Ganges sein. Wenn sie laut genug schrie, hörte sie vielleicht jemand.

»Hilfe!« schrie Annika, so laut sie konnte, aber ihre Stimmbänder waren noch immer angegriffen. Sie wartete einige Sekunden und schrie von neuem. Sie begriff, daß niemand sie hörte.

Sie legte den Kopf nieder und fühlte Panik aufsteigen. Ihr schien, als höre sie um sich das Rascheln von Tieren, die um sie herumliefen, erkannte jedoch, daß es nur die Ketten um ihre Füße waren, die das

Geräusch verursacht hatten. Wenn die Frau nur das Licht angelassen hätte, dann könnte sie versuchen, sich zu befreien.

»Hilfe!« schrie sie abermals, mit noch kläglicherem Ergebnis.

Nur keine Panik, nur keine Panik, nur keine Panik …

»Hilfe!«

Ihr Atem ging rasch und schwer. Nicht zu schnell atmen, sonst kriegst du einen Krampf, nur mit der Ruhe, halt die Luft an, eins, zwei, drei, vier, atmen, Luft anhalten, eins, zwei, drei, vier, das klappt doch gut, nur mit der Ruhe, du schaffst das schon, alles wird gut …

Mit einem Mal ertönte Mozarts vierzigste Symphonie, der erste Satz jaulte in elektronischen Tönen irgendwo in der Finsternis. Ihr Mobiltelefon! Es funktionierte hier unten! Gott segne Conviq! Sie setzte sich in die Hocke. Der Ton klang gedämpft und kam von weit rechts. Der Satz ging weiter, Takt für Takt. Sie war die einzige in der ganzen Stadt, die dieses Klingelzeichen hatte, Typ 18 auf Nokia 3110. Vorsichtig fing sie an, auf das Geräusch zuzukriechen, während die Melodie von neuem begann. Da wußte sie, daß die Zeit bald abgelaufen war. Bald würde der Anrufbeantworter das Gespräch entgegennehmen. Zur gleichen Zeit spürte sie, daß die Kette um ihre Füße nicht mehr nachgab. Sie kam nicht an die Umhängetasche heran.

Das Telefon verstummte. Annika atmete laut in die Finsternis. Eine Weile hockte sie auf den Knien auf dem gelben Linoleumbelag und dachte nach. Dann begab sie sich vorsichtig wieder zurück auf die Matratze. Dort war es wärmer und weicher.

»Es wird irgendwie gehen«, sagte sie laut zu sich selbst. »Solange die Verrückte nicht hier ist, solange ist Ruhe. Vielleicht etwas ungemütlich, aber wenn ich mich nur ganz vorsichtig bewege, ist das kein Problem. Das wird schon gutgehen.«

Sie legte sich hin und sang wie zur Beschwörung Glorias alten Hit »First I was afraid, I was petrified …« vor sich hin. Dann weinte sie leise in die Dunkelheit.


Thomas war mit langen Schritten auf dem Weg zum Hauptbahnhof, als sein Handy klingelte. Es gelang ihm, es aus der Innentasche zu holen, ehe der Anrufbeantworter das Gespräch entgegennahm.

»Wir haben doch gesagt, daß wir heute um fünf Uhr Schluß haben«, sagte einer der Erzieher aus dem Kindergarten der Kinder. »Ich hoffe, Sie kommen bald!«

Der Verkehr in der Vasagatan rauschte so laut, daß Thomas kaum seine eigenen Gedanken verstehen konnte, er stellte sich in den Eingang eines Pelzgeschäftes und fragte, worum es ging.

»Sind Sie auf dem Weg hierher, oder wie?« fragte der Mann am anderen Ende der Leitung.

Wut schlug Thomas mit einer Kraft in die Magengrube, die ihn in Erstaunen versetzte. Verflucht, Annika! Er hatte sie heute morgen schlafen lassen, war mit den Kindern aus dem Haus gegangen und war pünktlich auf dem Nachhauseweg, und sie schaffte es noch nicht einmal, ihre eigenen Kinder rechtzeitig vom Kindergarten abzuholen.

»Entschuldigen Sie bitte, daß wir uns verspätet haben. Ich bin in fünf Minuten da«, sagte er und schaltete aus.

Eilenden Schrittes machte er sich in Richtung Kungsbron auf. Er umrundete Burger King, wäre fast mit einem Kinderwagen zusammengeprallt, der mit Weihnachtsgeschenken voll beladen war und stürmte am Oscarstheater vorüber. Vor dem Lokal ›Fasching‹ stand eine Gruppe schwarzer Männer, Thomas mußte auf die Straße ausweichen, um an ihnen vorbeizugelangen.

Jetzt bekam er also die Rechnung dafür präsentiert, daß er so verständnisvoll und ein Verfechter der Gleichberechtigung war. Seine Kinder blieben einen Tag vor Heiligabend in der kommunalen Einrichtung zurück, weil seiner Frau, die sie abholen sollte, der Beruf wichtiger als die Familie war.

Diese Art von Diskussion hatten sie schon oft geführt. Er konnte ihre Worte durch das Rauschen der Stadt hören.

»Mir ist meine Arbeit wichtig«, pflegte sie zu sagen.

»Wichtiger als die Kinder?« hatte er einmal geschrien. Da war sie im Gesicht weiß geworden und hatte erwidert: »Natürlich nicht«, aber es fiel ihm schwer, ihr das zu glauben. Sie waren aus diesem Grund viele Male in wirklich lautstarken Streit geraten, vor allem einmal, als seine Eltern sie zu Mittsommer ins Sommerhaus auf den Schären eingeladen hatten. Damals war irgendwo ein Mord begangen worden, und sie wollte selbstverständlich alle Pläne fahren lassen und sich auf die Socken machen.

»Ich mache das nicht allein, weil es mir Spaß macht«, sagte sie. »Es macht wirklich Spaß, zur Arbeit zu fahren, aber jetzt habe ich ausgehandelt, daß ich eine Woche zusätzlich Urlaub bekomme, wenn ich diesen Auftrag übernehme.«

»Nie denkst du an die Kinder«, hatte er getobt, und dann war sie kühl und abweisend geworden.

»Jetzt bist du aber verdammt ungerecht«, hatte sie gesagt. »Ich kriege eine Woche zusätzlich frei für sie. Die werden mich da draußen auf der Insel überhaupt nicht vermissen, da sind doch immer massenhaft Leute. Du bist doch dabei und Oma und Opa und alle Cousins und Cousinen …«

»Du bist eine hoffnungslose Egoistin«, hatte er erwidert.

Sie war vollkommen ruhig gewesen, als sie geantwortet hatte: »Nein. Du bist hier derjenige, der egoistisch ist. Du willst mich da draußen dabeihaben, um deinen Eltern zu zeigen, was für eine tolle Familie du hast und daß ich gewiß nicht ununterbrochen arbeite, ja, ich weiß, daß deine Mutter so denkt. Sie findet, daß die Kinder immer viel zu lange im Kindergarten sind, das kannst du nicht abstreiten. Ich habe sie das selbst sagen hören.«

»Für dich kommt die Arbeit immer vor der Familie«, hatte er ausgerufen, bloß darauf aus, sie zu verletzen.

Angewidert hatte sie ihn angestarrt, und dann hatte sie gesagt: »Wer hatte denn zwei Jahre Erziehungsurlaub? Wer ist meistens zu Hause, wenn sie krank sind? Wer bringt sie jeden zweiten Tag in den Kindergarten und holt sie meistens ab?«

Sie war ganz dicht an ihn herangetreten.

»Ja, Thomas, du hast vollkommen recht. Ich gedenke diesmal, die Arbeit vor der Familie kommen zu lassen. Ein einziges Mal gedenke ich es zu tun, und damit mußt du dich verdammt noch mal abfinden.«

Dann hatte sie auf dem Absatz kehrtgemacht und war zur Wohnungstür hinausgegangen, ohne ein weiteres Wort.

Das ganze Mittsommerfest war selbstverständlich verdorben, für ihn, nicht für die Kinder. Nicht eine Sekunde hatten sie Annika vermißt, genau wie sie es vorausgesagt hatte. Aber ihre Freude war kaum zu bremsen gewesen, als sie in die Stadt zurückgekehrt waren und ihre Mutter schon zu Hause war und sie mit Kuchen und Geschenken erwartete. Im nachhinein mußte er ihr natürlich recht geben. Nicht besonders oft kam bei ihr der Beruf vor der Familie, nur manchmal, genau wie bei ihm. In den letzten zwei Monaten hatte sich alles um die Zeitung gedreht. Dieser Chefposten tat ihr nicht gut, die anderen spielten ihr übel mit, und darauf war sie nicht vorbereitet.

Er hatte andere Anzeichen dafür entdeckt, daß es ihr nicht gutging, sie hatte wieder angefangen, schlecht zu essen. Nach einem Massenmord, für den sie für acht Tage fort war, hatte sie fünf Kilo abgenommen. Sie hatte fünf Monate gebraucht, um sie wieder drauf zu bekommen. Beim betrieblichen Gesundheitsdienst hatte man sie vor Untergewicht gewarnt. Das nahm sie als Lob und erzählte es voller Stolz all ihren Freundinnen am Telefon. Trotzdem kam sie manchmal auf die Idee, sie müsse abnehmen.

Er verließ die Fleminggatan und nahm die Treppen am Restaurant Klara Sjö vorbei, hinunter an der Uferpromenade am Kungholms Strand entlang und ging den Nebenweg zum Kindergarten hinauf. Die Kinder saßen angezogen und startklar an der Tür, müde und hohläugig, Ellen mit ihrem blauen Teddy im Arm.

»Aber Mama soll uns doch heute abholen«, sagte Kalle abweisend. »Wo ist Mama?«

Der Kindergärtner, der noch bei den Kindern geblieben war, war stinksauer.

»Für diese Zeit hier kriege ich garantiert keinen Ausgleich«, protestierte er.

»Es tut mir wirklich wahnsinnig leid«, sagte Thomas und merkte, daß er außer Atem war. »Ich verstehe nicht, wo Annika abgeblieben ist.«

Er eilte mit den Kindern davon, nach einem kurzen Sprint erreichten sie vor dem Mittagslokal ›Pousette à Vis‹ noch den 40er Bus.

»Man läuft nicht zum Bus«, empfing sie der Fahrer verärgert. »Wie sollen wir das denn den Kindern beibringen, wenn die Eltern es auch machen?«

Thomas spürte, wie er sich gerade noch beherrschen konnte, dem

Kerl hinter dem Lenkrad eins aufs Maul zu geben. Er hielt ihm die Karte unter die Nase und scheuchte die Kinder nach hinten. Ellen stolperte und weinte los. Ich dreh' noch durch, dachte Thomas. Sie mußten stehen und sich im Mittelgang zwischen Weihnachtsgeschenke, Hunde und drei Kinderwagen quetschen. Als sie dann an der Haltestelle Kungholmstorg aussteigen wollten, hätte nicht viel gefehlt, und sie wären nicht hinausgekommen. Er stöhnte laut auf, als er die Tür zu Hausnummer 32 aufstieß, und während er sich auf der Fußmatte den Schnee von den Schuhen trat, hörte er, wie ihn jemand ansprach.

Verwundert schaute er hoch und sah zwei uniformierte Polizisten von der Treppe auf ihn zukommen.

»Sind Sie Thomas Samuelsson? Wir müssen Sie und die Kinder bitten, mit uns zu kommen.«

Thomas starrte den Polizisten an.

»Nach Ihnen ist den ganzen Nachmittag gesucht worden. Haben Sie weder die Nachrichten von uns noch von der Zeitung erreicht?«

»Papa, wohin gehen wir?« fragte Kalle und ergriff Thomas' Hand. Die Einsicht, daß irgend etwas ganz und gar nicht stimmte, traf Thomas wie ein Schlag. Annika! Oh, Gott!

»Ist sie …?«

»Wir wissen nicht, wo Ihre Frau ist. Sie ist seit heute vormittag verschwunden. Unsere Ermittler werden mehr dazu sagen können. Wenn Sie so freundlich sein wollen, uns zu folgen …«

»Warum denn?«

»Wir befürchten, daß Sie und die Kinder in der Wohnung nicht sicher sind.«

Thomas beugte sich hinunter, drückte beide Kinder an sich und nahm eins in jeden Arm.

»Laßt uns von hier verschwinden«, sagte er mit erstickter Stimme.


Die Sechs-Uhr-Konferenz in der Zeitung war das seltsamste Ereignis seit Jahren. Anders Schyman saß die Panik dicht unter der Haut, sein Instinkt sagte ihm, daß die Zeitung sich nicht einfach aus der Affäre ziehen durfte, sie mußten nach Annika suchen, ihrer Familie Hilfestellung leisten, nach dem Sprengstoffmörder jagen, was auch immer.

»Wir werden massenhaft Zeitungen verkaufen«, erklärte Ingvar Johansson beim Betreten des Zimmers. Er sprach die Worte weder voller Mitleid noch Triumph aus, sondern unverblümt und traurig wie eine Feststellung. Aber Anders Schyman ging in die Luft.

»Wie kannst du dich unterstehen?« schrie der Chefredakteur und packte Ingvar Johansson, daß der Nachrichtenchef den Kaffeebecher fallen ließ und sich das eine Hosenbein bekleckerte. Ingvar Johansson spürte nicht einmal den Schmerz der Verbrühung auf seinem Bein, so erschrocken war er. Nie hatte er erlebt, daß Anders Schyman die Fassung verlor. Der Chefredakteur stieß dem anderen Mann für wenige Augenblicke seinen Atem ins Gesicht, dann hatte er sich wieder gefaßt.

»Entschuldigung«, sagte er, ließ den Mann los und wandte sich ab, die Hände vors Gesicht geschlagen. »Ich erkenne mich selbst nicht wieder, Entschuldigung.«

Jansson trat ins Zimmer, wie immer als letzter, aber ohne seine sonst üblichen Sprüche. Der Nachtchef war blaß und verbissen. Das würde seine bisher schwierigste Zeitung werden, das war ihm klar.

»Okay«, sagte Schyman und schaute die wenigen Männer am Tisch an, Bild-Pelle, Jansson und Ingvar Johansson. Unterhaltung und Sport waren nach Hause gegangen. »Wie gehen wir vor?«

Die Stille hing einige Sekunden lang im Raum. Alle saßen mit hängenden Köpfen da. Der Stuhl, auf dem sonst immer Annika saß, wuchs, bis er das gesamte Zimmer ausfüllte. Anders Schyman sah nach draußen in die Nacht.

Ingvar Johansson ergriff das Wort, leise und konzentriert.

»Tja, was in so einem Fall zu machen ist, ist schwer zu sagen, es gibt hierzu mehrere Herausgeberentscheidungen …«

Unsicher blätterte er in seinen Unterlagen. Die Situation war absurd und unwirklich. Es kam äußerst selten vor, daß Anwesende in diesem Raum persönlich betroffen waren von den Themen, die sie erörterten. Jetzt ging es um eine von ihnen. Als Ingvar Johansson fortfuhr, langsam seine Liste vorzutragen und seine Arbeit darzulegen, fanden die Männer trotz allem Halt in ihrer eigenen Routine. Für sie gab es kein Entkommen, das Beste, was sie jetzt tun konnten, war, ihrer Arbeit so gut wie möglich weiter nachzugehen. So war also das Gefühl, ein Arbeitskollege des Opfers zu sein, dachte Anders Schyman und starrte aus dem Fenster. Es war vermutlich angebracht, sich dieses Gefühl einzuprägen.

»Zuerst haben wir die Bombe im Klara, das müssen wir im Auge behalten«, erklärte Ingvar Johansson. »Ein Artikel muß von dem Opfer handeln, der schwerverletzte Mann ist vor einer Stunde gestorben. Er war alleinstehend, wohnhaft in Solna. Die anderen sind außer Lebensgefahr. Ihre Namen werden im Laufe des Abends oder der Nacht der Öffentlichkeit bekanntgegeben, und wir hoffen natürlich auf Paßfotos von ihnen. Dann haben wir noch die Verwüstung im Schalterraum ...«

»Laß die Angehörigen in Ruhe«, sagte Schyman.

»Was?« fragte Ingvar Johansson.

»Von den verletzten Postbeamten. Laß die Angehörigen in Ruhe.«

»Wir haben bisher noch nicht mal deren Namen«, sagte Ingvar Johansson.

Schyman drehte sich zum Tisch um. Verwirrt fuhr er sich mit der Hand durch das Haar, das in alle Richtungen abstand.

»Okay«, sagte er. »Entschuldigung. Weiter im Text.«

Ingvar Johansson atmete ein paarmal durch, nahm innerlich Anlauf und fuhr fort: »Wir sind in dem von der Bombe verwüsteten Raum in der Postzentrale vom Klara gewesen. Ich weiß beim besten Willen nicht, wie Henriksson das angestellt hat, aber er hat sich Zugang verschafft und einen Film mit der Verwüstung vollgeknipst. Zu diesem Raum hatte noch nicht einmal das eigene Personal Zutritt. Dort lagern nur Wertsendungen, aber wir haben die Fotos.«

»Wir können eine prinzipielle Diskussion hinzufügen«, schlug Schyman vor und wanderte langsam im Zimmer auf und ab. »Welche Verantwortung hat die Post bei einem solchen Zwischenfall? Wie sorgfältig sollten die Briefsendungen überprüft werden? Hier haben wir den klassischen Kompromiß zwischen der Integrität der Allgemeinheit und der Sicherheit des Postpersonals. Wir müssen mit dem Generaldirektor der Post, mit der Gewerkschaft und den zuständigen Ministern sprechen.«

Der Chefredakteur blieb am Fenster stehen und sah hinaus in die schwarze Nacht. Er horchte auf das Rauschen der Klimaanlage und suchte nach dem Geräusch des Verkehrs unten auf der Straße. Von dort war kein Ton zu hören. Ingvar Johansson und Jansson machten sich Notizen. Nach einer Weile fuhr der Nachrichtenchef mit seinen Erläuterungen fort.

»Dann haben wir da noch das Thema, das uns betrifft: Die Bombe, die gegen unsere Polizeiressortchefin gerichtet war. Das müssen wir berichten, jedes Detail, vom Zeitpunkt, als Tore Brand das Paket abholen sollte, bis zur Arbeit der Polizei bei der Ermittlung der Herkunft der Postsendung.«

Die Männer machten sich Notizen, der Chefredakteur stand mit dem Rücken dem Tisch zugekehrt.

»Annika ist verschwunden«, sagte Ingvar Johansson leise. »Das müssen wir uns jetzt eingestehen, und darüber müssen wir schreiben, oder seid ihr anderer Meinung?«

Anders Schyman drehte sich um. Ingvar Johansson blickte verunsichert drein.

»Die Frage ist, ob wir überhaupt schreiben sollten, daß die Bombe gegen uns gerichtet war«, gab der Nachrichtenchef zu bedenken. »Hinterher ersticken wir womöglich in Briefbomben, vielleicht machen wir dadurch einen Haufen Nachahmer auf uns aufmerksam, die mit Entführung anfangen und mit Bombendrohungen gegen alle unsere Reporter ...«

»So können wir nicht denken«, widersprach Schyman. »In dem Fall können wir überhaupt kein Ereignis verfolgen, das wem auch immer widerfahren ist. Wir sollten über alles Geschehene berichten, inklusiv der Dinge, die uns selbst und Annika betreffen. Außerdem werde ich mit ihrem Mann Thomas sprechen, was wir über sie als Privatperson schreiben sollen.«

»Ist er inzwischen informiert worden?« fragte Jansson, und Anders Schyman seufzte.

»Die Polizei hat ihn kurz nach halb sechs aufgestöbert. Er war den ganzen Tag in Falun und hatte sein Handy nicht eingeschaltet. Er hatte nicht die geringste Ahnung, was Annika sich für heute an Arbeit vorgenommen hatte.«

»Dann schreiben wir also, daß Annika verschwunden ist«, sagte Jansson.

Schyman nickte und wandte sich wieder ab.

»Wir stellen ihre Arbeit vor, sind aber vorsichtig mit Angaben über sie als Privatperson«, faßte Ingvar Johansson zusammen. »Das nächste Thema sind die Theorien der Polizei, warum ausgerechnet auf Annika ... die Wahl fiel.«

»Wissen sie warum?« erkundigte sich Bild-Pelle, und der Nachrichtenchef schüttelte den Kopf.

»Es besteht keine Verbindung zwischen ihr und den anderen Opfern, sie sind sich nie begegnet. Ihre Theorie ist, daß Annika zuviel Staub aufgewirbelt und etwas herausgefunden hat, was sie nicht herausfinden durfte. Sie war dieser Geschichte von der ersten Sekunde an auf der Spur, das Motiv muß etwas damit zu tun haben. Sie wußte zuviel, ganz einfach.«

Die Männer schwiegen und lauschten dem Atem der anderen.

»Das muß nicht unbedingt sein«, erwiderte Schyman. »Diese Verrückte handelt nicht rational. Die Bombe kann aus einem Grund geschickt worden sein, der für alle vollkommen unverständlich ist, außer für sie.«

Die anderen Männer schauten zugleich auf. Der Chefredakteur seufzte.

»Ja, die Polizei glaubt, daß es sich um eine Frau handelt. Ich finde, das bringen wir, jetzt schenken wir uns die Bullen und ihre blöde Ermittlung. Annika hat heute morgen gewußt, daß die Polizei eine Spur hatte, aber sie haben ihr nichts Genaueres gesagt. Wir schreiben, daß die Polizei nach einer verdächtigen Person sucht, nach einer Frau, die sie nicht aufspüren können.«

Anders Schyman setzte sich an den Tisch und barg sein Gesicht in den Händen.

»Was zum Teufel, wenn diese Frau Annika in der Gewalt hat?« fragte er. »Was machen wir, wenn sie ums Leben kommt?«

Die anderen gaben keine Antwort. Irgendwo in der Redaktion lief die Nachrichtensendung „Aktuellt" im Fernsehen, durch die Gipswände konnten sie die Stimme des Sprechers hören.

»Wir müssen unbedingt eine Rekapitulierung der bisherigen Sprengstoffanschläge bringen«, erklärte Jansson und sprach weiter. »Jemand muß der Polizei ordentlich auf den Zahn fühlen, wie sie vorgegangen sind, um auf ausgerechnet diese Frau zu kommen. Da gibt es bestimmt noch Details, die sollten wir ...«

Er verstummte. Mit einem Mal war es nicht mehr selbstverständlich, was überhaupt noch von Interesse war. Alles war aus den Fugen geraten, der Nullpunkt verschoben. Alle Bezugsrahmen waren ins Wanken gekommen, der Fokus verschwunden.

»Wir müssen versuchen, die Sache so normal wie möglich zu handhaben«, sagte Anders Schyman. »Macht so weiter wie immer. Ich bleibe heute nacht hier. Was haben wir für Bilder zu dieser Sache?«

Der Bildredakteur ergriff das Wort.

»Wir haben kaum Bilder von Annika, aber im Sommer haben wir eins für die Porträtgalerie der Belegschaft aufgenommen. Das könnte gehen.«

»Gibt es eins, das sie bei der Arbeit zeigt?« fragte Schyman.

Jansson schnipste mit den Fingern.

»Es gibt ein Bild von ihr oben in Panmunjom, in der entmilitarisierten Zone zwischen Nord- und Südkorea, wo sie neben dem US-Präsidenten steht. Sie war doch mit einem Stipendium dort und durfte die Pressedelegation vor dem Gipfel in Washington begleiten, könnt ihr euch noch erinnern? Sie ist zufällig zur selben Zeit aus dem Bus gestiegen, als der Präsident mit seiner Limousine ankam, und AP hat ein Foto gemacht, als sie direkt nebeneinander standen ...«

»Das nehmen wir«, sagte Schyman.

»Ich habe Archivbilder von der zerstörten Arena, von der Halle in Sätra, von Furhage und dem Bauarbeiter Bjurling«, erklärte Bild-Pelle.

»Okay«, sagte Schyman. »Was setzen wir auf die Erste?«

Alle saßen sie regungslos da und ließen den Chefredakteur die Worte laut aussprechen.

»Ein Porträtfoto von Annika, am besten das, auf dem sie fröhlich und sympathisch aussieht. Die Nachricht ist sie. Die Bombe war gegen sie gerichtet, jetzt ist sie verschwunden. Nur wir wissen davon. Ich glaube, wir bauen das logisch und chronologisch auf, die Sechste, Siebte: der Bombenanschlag auf die Postzentrale, Achte, Neunte: die neuen Opfer, Elfte, Zwölfte: Unsere Reporterin ist verschwunden, Zwölfte, Dreizehnte: Der Bombenleger ist eine Frau, die Polizei hat sie im Visier, Vierzehnte, Fünfzehnte: Rekapitulation der Anschläge, Diskussion über die Sicherheit von Postsendungen kontra Integrität, Mitte, der Artikel über Annika und ihre Arbeit, das Bild mit dem Präsidenten …«

Er verstummte und erhob sich, fühlte sich ob seiner eigenen Entscheidung unwohl. Abermals stellte er sich ans Fenster und starrte zur dunklen Botschaft hinüber. Eigentlich dürften sie es nicht tun. Eigentlich sollte die Zeitung nicht erscheinen. Eigentlich sollten sie alle Berichte über die Anschläge ruhen lassen. Er kam sich wie ein Monster vor.

Die anderen gingen rasch den Rest der Zeitung durch. Keiner der Männer sagte einen Ton, als sie den Raum verließen.

Annika fror. In dem Gang war es kalt, sie vermutete, die Temperatur liege zwischen acht und zehn Grad. Zum Glück hatte sie heute morgen lange Unterhosen angezogen, weil sie vorgehabt hatte, zu Fuß von der Arbeit nach Hause zu gehen. Erfrieren würde sie wenigstens nicht. Aber nach dem Fußmarsch durch den Schnee waren ihre Strümpfe naß und dadurch ihre Füße kalt. Sie versuchte, mit den Zehen zu wackeln, um die Wärme zu halten. Die Bewegungen geschahen mit aller Vorsicht, sie wagte nicht, die Füße zu heftig zu bewegen, denn die Sprengladung auf ihrem Rücken könnte explodieren. In unregelmäßigen Abständen wechselte sie die Stellung, um nacheinander jedes Körperteil zu entspannen. Lag sie auf der Seite, wurde ein Arm eingequetscht, lag sie auf dem Bauch, bekam sie Nackenschmerzen, beim Knien oder Hocken schliefen ihr die Beine ein. Manchmal weinte sie, aber je mehr Zeit verging, um so gefaßter wurde sie. Noch war sie nicht tot. Die Panik nahm ab, das Denkvermögen kehrte wieder. Sie überlegte, wie sie es anstellen konnte, sich zu befreien. Daß sie die Fesseln lösen und fliehen können würde, war nicht realistisch, zumindest nicht zum gegenwärtigen Zeitpunkt. Die Aufmerksamkeit der Bauarbeiter oben in der Arena zu erregen war ausgeschlossen. Vermutlich hatte Beata gelogen, als sie erzählt hatte, sie seien da oben in vollem Gange. Warum sollten sie einen Tag vor Weihnachten mit den Instandsetzungsarbeiten anfangen? Und im übrigen hatte Annika nicht ein einziges Auto oder einen einzigen Menschen bei der Arena gesehen. Wenn die Bauarbeiter tatsächlich mit ihrer Arbeit begonnen haben sollten, dann hätten verschiedene Arbeitsfahrzeuge neben dem Stadion gestanden, und das war nicht der Fall gewesen. Selbst wenn es so gewesen wäre, dann wären sie schon längst nach Hause gegangen, es war vermutlich bereits Abend geworden. Das bedeutete, daß sie sich mittlerweile auf die Suche nach ihr gemacht haben mußten. Wieder brach sie in Tränen aus, als ihr einfiel, daß niemand die Kinder vom Kindergarten abgeholt hatte. Sie wußte, wie sauer das Personal werden konnte, das hatte vor ungefähr einem Jahr Thomas einmal zu spüren bekommen. Die Kinder würden dasitzen und darauf warten, endlich nach Hause gehen und den Weihnachtsbaum schmücken zu können, und sie würde einfach nicht kommen. Vielleicht würde sie nie mehr nach Hause kommen. Vielleicht würde sie nie sehen, wie die Kinder heranwuchsen. Ellen würde sich vermutlich nicht mal mehr an sie erinnern. Kalle würde wahrscheinlich noch eine vage Erinnerung an seine Mutter haben, besonders wenn er sich die Fotos vom letzten Sommer anschaute, als sie im Sommerhaus auf dem Land Urlaub gemacht hatten. Ungehemmt begann sie zu weinen, es war so entsetzlich ungerecht.

Nach einer Weile versiegten die Tränen, sie hatte keine Kraft zum Weinen mehr. Sie durfte nicht über den Tod nachdenken, dann würde er wie eine sich selbst erfüllende Prophezeiung eintreten. Sie würde es schon schaffen. Sie würde bis zum traditionellen weihnachtlichen Mickymaus-Programm im Fernsehen um drei Uhr nachmittags wieder zu Hause sein. Noch war nichts verloren. Die Bombenlegerin hatte mit ihr einen Plan, sonst wäre sie schon längst tot, da war sie sich ganz sicher. Außerdem hatten mit Sicherheit die Zeitung und Thomas Alarm geschlagen, daß sie verschwunden war, die Polizei würde die Suche nach ihrem Wagen starten. Der stand allerdings ganz legal und unauffällig geparkt in einer Reihe anderer Autos in einem Wohngebiet einen halben Kilometer von der Arena entfernt. Und wer würde auf die Idee verfallen, in diesen Gang hinunterzugehen? Bisher hatte das niemand getan, denn dann hätte man dieses Versteck entdeckt. Wie hatte die Polizei es übersehen können? Der Eingang oben im Stadion mußte gut verborgen sein.

Das Handy klingelte in regelmäßigen Abständen. Sie hatte nach einem Stock oder einem anderen Gegenstand gesucht, mit dem sie die Tasche hätte zu sich heranziehen können, doch sie hatte nichts dergleichen gefunden. Ihr Bewegungsradius betrug weniger als drei Meter in jede Richtung, es klang, als läge das Handy etwa zehn Meter entfernt. Nun ja, das Klingeln zeigte ihr immerhin, daß sie versuchten, sie zu erreichen.

Sie hatte keinen Begriff mehr davon, wie spät es war und wie lange sie in dem Tunnel gelegen hatte. Es war kurz nach halb zwei gewesen, als sie sich hier hinunterbegeben hatten, aber sie konnte nicht einschätzen, wie lange sie bewußtlos gewesen war. Den ersten Anfall von Panik konnte sie ebenfalls nicht zeitlich bestimmen, aber seitdem waren mindestens fünf Stunden vergangen. Soweit sie beurteilen konnte, war es jetzt mindestens halb neun oder neun Uhr. Sie hatte Hunger und Durst und hatte sich nochmals in die Hose gemacht. Eine andere Möglichkeit hatte sie nicht gehabt. Die Ausscheidungen waren mittlerweile hart und klebrig geworden, das war nicht gerade angenehm. So mußten sich Kleinkinder in Windeln fühlen, dachte sie. Aber ihnen wechselte man wenigstens die Windeln.

Plötzlich überfiel sie ein anderer Gedanke; wenn Beata nun nicht zurückkam? Wenn man sie hier zum Sterben zurückgelassen hatte? Niemand würde auf den Gedanken kommen, im Laufe der Weihnachtsfeiertage hier hinunterzugehen. Ohne Wasser kam ein Mensch nur wenige Tage aus. Am zweiten Weihnachtstag wäre es dann vorbei. Sie begann von neuem zu weinen, leise und erschöpft. Dann zwang sie sich aufzuhören. Die Bombenlegerin würde zurückkehren. Sie verfolgte ein Ziel, indem sie Annika hier gefangenhielt.

Annika veränderte wieder die Stellung. Sie mußte versuchen, einen klaren Gedanken zu fassen. Beata Ekesjö war sie schon einmal begegnet, sie mußte von dem ausgehen, was sie über diese Person wußte. Bei dem kurzen Gespräch in der Halle in Sätra hatte Beata starke Gefühle gezeigt. Sie hatte aufrichtig über irgend etwas getrauert, was auch immer es gewesen sein mochte, und ihr war sehr an einer Unterhaltung gelegen. Das würde Annika für sich nutzen können. Die Frage war nur, wie. Sie hatte nicht die geringste Ahnung, wie man sich als Gefangene einer Verrückten zu verhalten hatte. Irgendwo hatte sie einmal gehört, daß Kurse für solche Fälle angeboten wurden, oder hatte sie es gelesen? Oder im Fernsehen gesehen? Doch, im Fernsehen hatte sie davon erfahren!

In einer Folge der Krimiserie ›Cagney & Lacey‹ war eine der Polizistinnen die Gefangene eines männlichen Geisteskranken gewesen. Cagney, oder war es Lacey, hatte einen Kurs absolviert, wie man sich als Geisel verhalten sollte. Sie hatte alles über sich und ihre Kinder, ihre Träume und ihre Liebe erzählt, allein um bei dem Kidnapper Sympathie zu erwecken. Wenn man gesprächig und freundlich war, würde es dem Entführer schwerer fallen, einen zu töten.

Annika wechselte abermals die Stellung und kniete sich hin. Das mochte vielleicht für einen normalen Menschen gelten, die Bombenlegerin jedoch war verrückt. Sie hatte bereits Leute in die Luft gesprengt. Geschichten über Kinder und Liebe berührten Beata vermutlich in keiner Weise, bisher hatte sie jedenfalls nicht eben viel Mitleid mit Kindern und Familien bewiesen. Sie mußte sich etwas anderes ausdenken, aber mit Cagneys Wissen, daß man zu dem Kidnapper eine vertrauliche Verbindung aufbauen sollte.

Was hatte Beata eigentlich gesagt? Daß Annika sie mißverstanden hatte? War das wirklich der Grund, warum sie hier war? Es war angebracht, die Bombenlegerin ab sofort besser zu interpretieren. Sie mußte den Worten der Frau besser zuhören und versuchen, so folgsam wie möglich zu sein.

Das würde sie tun, sie würde mit der Täterin einen Dialog führen und vorgeben, sie zu verstehen und auf ihrer Seite zu sein. Nie würde sie protestieren, sondern ihr immer zustimmen.

Sie legte sich auf die Matratze, auf die rechte Seite, zur Betonwand, und beschloß, daß sie sich ausruhen mußte. Im Dunkeln hatte sie keine Angst, die Schwärze um sie war nicht gefährlich. Bald entspannte sich ihr Körper, und einen Augenblick später war sie eingeschlafen.

# Tod

Die Schule, in die ich ging, war in einem Holzgebäude mit drei Stockwerken untergebracht. Je älter wir wurden, desto höher war das Klassenzimmer, in dem der Unterricht stattfand. Einmal im Jahr, im Frühling, mußte die gesamte Schule an einer Feuerwehrübung teilnehmen. Alte Schulen brannten wie Zunder, und niemand durfte das auf die leichte Schulter nehmen oder sich aus dem Staub machen.

In meine Klasse ging ein Junge, der an Epilepsie litt, seinen Namen habe ich vergessen. Aus irgendeinem Grund konnte er die Hände nicht über dem Kopf halten. Dennoch nahm er im Jahr nach Kriegsende an der Feuerwehrübung teil. Ich habe eine deutliche Erinnerung an diesen Tag. Die Sonne schien mit kaltem, fahlem Licht, und der Wind wehte kräftig und böig. Ich hasse Höhe, habe sie seit jeher gehaßt und war vor Angst wie versteinert, als ich auf den Absatz mit der Feuerleiter hinauskletterte. Die Welt drüben am Fluß war im Begriff umzukippen, und ich klammerte mich an die Stange. Langsam drehte ich mich um und starrte auf die rote Fassade des Schulgebäudes, jede Sprosse auf dem Weg abwärts nahm ich mit der gleichen verkrampften Umklammerung. Als ich wieder festen Boden unter den Füßen hatte, war ich vollkommen erschöpft. Die Beine zitterten, ich blieb noch stehen, um mich zu fassen, während meine Klassenkameraden sich auf den Rückweg in unser Klassenzimmer machten. Da hob ich den Blick und sah, wie der epileptische Junge langsam die Leiter hinunterkletterte. Er hatte den letzten Absatz erreicht, als ich ihn sagen hörte: »Jetzt kann ich nicht mehr.« Er legte sich hin, kehrte das Gesicht zur Wand und starb vor unser aller Augen.

Der Krankenwagen holte ihn ab, nie zuvor hatte ich ein solches

*Fahrzeug gesehen. Ich stand an der Tür, als sie ihn auf die Bahre hoben. Er sah so aus wie immer, nur ein wenig blasser, seine Augen waren geschlossen und seine Lippen blau. Seine Arme zitterten leicht bei dem Aufprall, als die Bahre auf ihren Platz in dem großen Wagen gestellt wurde, eine letzte Brise zerzauste seine blonden Locken, ehe die Tür geschlossen wurde.*

*Ich entsinne mich noch immer meiner Verwunderung über das Faktum, daß ich keine Wut empfunden hatte. Ich sah einen toten Menschen, nicht älter als ich, und es berührte mich nicht. Sein Schicksal war weder traurig noch tragisch, bloß leise.*

*Danach habe ich mich oft gefragt, was einen Menschen eigentlich zu einem lebenden Wesen macht. Unser Bewußtsein besteht im Grunde aus nichts anderem als Signalsubstanzen und Elektrizität. Die Tatsache, daß ich bis heute an den epileptischen Jungen denke, führt dazu, daß er heute noch existiert. Er ist in dieser Dimension hier anwesend, die wir Wirklichkeit nennen, nicht in seiner eigenen Signalsubstanz, sondern in meiner.*

*Es stellt sich die Frage, ob wir Menschen nicht schlimmeren Schaden zufügen können, als sie zu töten. Mitunter habe ich den Verdacht, ich selbst hätte Menschen auf andere Weise vernichtet als der Lehrer, der den Jungen die Feuerleiter hinuntergezwungen hatte.*

*Wenn es so ist, dann stellt sich letztendlich die Frage, ob ich der Absolution bedarf, und wenn ja, durch wen.*

# Freitag, 24. Dezember

Thomas saß am Fenster und schaute hinaus auf den Kanal Strömmen. Die Luft war klar und kalt, das Wasser war gefroren und erstreckte sich dort unten wie ein schwarzer Spiegel. Die graublaue Fassade des Schlosses war beleuchtet und stach wie eine Kulisse vom Winterhimmel ab, auf der Skeppsbron glitten Taxis Richtung Gamla Stans Bryggeri vorüber. Er konnte die Warteschlange vor dem Café Opera erahnen.

Er befand sich im Wohnzimmer einer Suite in der fünften Etage des Grand Hotels. Es war geräumig wie in einer gewöhnlichen Zweizimmerwohnung mit Flur, Wohnzimmer, Schlafzimmer und einem großen Badezimmer. Die Polizei hatte ihn hier untergebracht. Das Grand Hotel war der Ort in Stockholm, der nach Ansicht der Polizei für die Unterbringung von unter Bedrohung stehenden Personen am geeignetsten war. Bei Staatsbesuchen wohnten oft gekrönte Häupter oder Präsidenten hier. Das Hotelpersonal war an die Handhabung solcher Situationen gewöhnt. Thomas wurde selbstverständlich nicht unter seinem richtigen Namen im Gästebuch geführt. In der Suite nebenan hielten sich gegenwärtig zwei Leibwächter auf.

Vor einer Stunde hatte die Polizei mitgeteilt, daß sich in ihrer Wohnung in der Hantverkargatan keine Sprengladung befunden hatte. Dennoch waren sie gezwungen, sich verborgen zu halten, bis die Bombenlegerin gefaßt war. Anders Schyman hatte entschieden, daß Thomas und die Kinder auf Kosten der Zeitung die Weihnachtszeit im Hotel verbringen sollten, falls nötig. Thomas wandte seine Augen von der Aussicht ab und ließ seinen Blick über das dämmrige Zimmer schweifen. Er wünschte, Annika wäre bei ihm, so daß sie zusammen den Luxus genießen könnten. Die Möbel waren poliert und teuer, der grüne Teppich war dick wie eine Matratze. Er erhob sich und ging ins angrenzende Zimmer, in dem die Kinder schliefen. Sie schliefen tief mit schnorchelnden Atemzügen, ganz erschöpft nach dem Abenteuer, daß sie einen Kurzurlaub machen durften. In dem schönen Badezimmer hatten sie gebadet und den ganzen Fußboden überschwemmt. Thomas hatte sich nicht darum gekümmert aufzuwischen. Dann hatten sie Fleischklößchen und Kartoffelpüree gegessen, was vom Zimmerservice gebracht wurde. Kalle hatte das Püree widerlich gefunden. Er war Annikas Pulvervariante gewohnt. Thomas konnte es nicht ausstehen, wenn Annika Würstchen und Kartoffelbrei zum Essen machte, einmal hatte er es als Schweinefraß bezeichnet. Als er an den idiotischen Streit wegen dieser Sache dachte, begann er zu weinen, was ihm nur selten passierte.

Die Polizei hatte nicht eine einzige Spur von Annika. Sie war wie vom Erdboden verschluckt. Das Auto, das sie gefahren hatte, war ebenfalls verschwunden. Die Frau, die sie für den mutmaßlichen Bombenleger hielten, war in ihrer Wohnung nicht aufgetaucht, seitdem sie Verdacht gegen sie geschöpft hatten, was seit Dienstag abend der Fall war. Nun war eine landesweite Fahndung eingeleitet worden. Die Polizei hatte den Namen der Frau nicht bekanntgegeben, bloß, daß sie in verantwortlicher Position für das Bauprojekt des Olympiastadions im Södra Hammarbyhamnen tätig gewesen war.

Er drehte eine Runde auf dem dicken Teppich und zwang sich dann, sich vor den Fernseher zu setzen. Natürlich verfügte das Hotel über siebzig digitale Kanäle und eine Reihe interner Filmkanäle, aber Thomas fehlte die Ruhe zum Fernsehen. Statt dessen ging er durch den Flur ins Badezimmer, wo er das Badelaken auf den Boden warf. Er wusch sich das Gesicht mit eiskaltem Wasser und putzte sich die Zähne mit der Hotelzahnbürste. Das dicke Frottee unter seinen Füßen sog das Wasser auf. Er verließ das Bad und zog sich auf dem Weg ins Schlafzimmer aus, warf die Kleidungsstücke auf einen Stuhl im Flur und ging zu den Kindern hinein. Sie hatten sich wie gewöhnlich die Decke weggestrampelt. Thomas betrachtete sie eine Weile. Kalle hatte die Arme und Beine ausgebreitet, so daß er den größten Teil des Doppelbettes einnahm, Ellen lag am Kopfende zusammengerollt zwischen den Kissen. Einer der Leibwächter war zum Kaufhaus Åhléns gefahren und hatte zwei Schlafanzüge und einige Game-Boy-Spiele gekauft. Thomas legte Kalle behutsam gerade und deckte ihn sorgfältig zu, anschließend ging er um das große Bett herum und kroch neben Ellen unter die Decke. Vorsichtig schob er den Arm unter den Kopf des Mädchens und zog sie zu sich heran. Das Kind bewegte sich im Schlaf und steckte den Daumen in den Mund. Thomas hatte keine Lust, ihn wieder herauszuziehen. Statt dessen holte er tief Luft, nahm den Duft des Mädchens wahr und ließ die Tränen kommen.

Die Arbeit in der Redaktion lief mit einem Maximum an Konzentration und unter Schweigen ab. Der Geräuschpegel hatte sich entscheidend gesenkt, seitdem die Zeitung vor einigen Jahren den Betrieb auf Computer umgestellt hatte, so leise jedoch wie in dieser Nacht war es noch nie gewesen. Alle saßen gefaßt an dem Tisch, an dem die Zeitung zusammenmontiert wurde. Jansson hing ununterbrochen am Telefon, wie immer, aber leiser und gedämpfter denn je. Anders Schyman hatte sich an dem Platz verbarrikadiert, wo tagsüber der Redakteur für Politik saß. Er tat nicht viel, meistens starrte er Löcher in die Luft oder telefonierte leise. Berit und Janet Ullberg hatten normalerweise ihre Arbeitsplätze weit hinten in den Räumen der Redaktion, nun saßen sie schreibend am Tisch des Nachtreporters, um alle Geschehnisse verfolgen zu können. Patrik Nilsson war ebenfalls zur Stelle. Ingvar Johansson hatte ihn am Nachmittag über Handy angerufen. Der Reporter hatte unterwegs nach Jönköping in einem Flugzeug gesessen und hatte das Gespräch entgegengenommen.

»Es ist verboten, im Flugzeug das Mobiltelefon angeschaltet zu lassen«, hatte Ingvar Johansson ihn aufgeklärt.

»Das weiß ich!« hatte Patrik vergnügt gebrüllt. »Ich wollte nur mal ausprobieren, ob das Flugzeug wirklich abstürzt, wenn man es an hat.«

»Stürzt es denn jetzt ab?« hatte Ingvar Johansson erbittert gefragt.

»Noch nicht, aber wenn es bald abstürzt, dann hast du morgen die sensationellste Schlagzeile der Welt. ›Reporter der ‚Abendpresse‘ im Flugzeugdrama – lesen Sie seine letzten Worte‹.«

Er lachte so heftig, daß es gluckste, und Ingvar Johansson hatte nur die Augen verdreht.

»Ich glaube, wir warten mit dem Flugdrama noch, wir haben schon eine Reporterin als Hauptperson in einem Explosionsdrama. Wann kannst du hier sein?«

Patrik war gar nicht erst ausgestiegen, sondern war mit dem Flugzeug gleich wieder zurück nach Stockholm geflogen. Um fünf Uhr nachmittags war er wieder in der Redaktion gewesen. Jetzt saß er an seinem Schreibtisch und schrieb den Artikel über die Jagd der Polizei auf die Bombenlegerin. Anders Schyman beobachtete ihn insgeheim. Er wunderte sich über die Schnelligkeit und das Engagement des jungen Mannes, etwas nahezu Unwirkliches haftete ihm an. Das einzige, was gegen ihn sprach, war seine unverhohlene Freude an Unfällen, Morden und anderen Tragödien. Doch durch ein Mindestmaß an Lebenserfahrung würde die fehlgeleitete Freude vermutlich gedämpft werden. Mit der Zeit würde er ein hervorragender Abendzeitungsreporter werden.

Anders Schyman erhob sich, um sich noch einen Kaffee zu holen. Ihm war ein wenig übel von dem Gebräu, das er bisher getrunken hatte, aber er mußte sich weiter wach halten. Er kehrte der Redaktion den Rücken zu und ging langsam auf die Fensterreihe hinter den Schreibtischen der Sonntagsbeilage zu. Er stellte sich an eines der Fenster und schaute hinaus auf das Mietshaus nebenan. Noch immer waren einige Fenster erleuchtet, obwohl es schon Mitternacht war. Die Leute waren noch wach, sahen sich den Thriller im Dritten an und tranken Glühwein, einige wickelten die letzten Geschenke ein. Viele der Balkons waren mit einem Tannenbaum geschmückt, in den Fensterrahmen schimmerte Weihnachtsbeleuchtung.

Anders Schyman hatte im Lauf des Abends zum wiederholten Mal mit der Polizei gesprochen. Er war zum Verbindungsglied zwischen Redaktion und Kriminalpolizei geworden. Als Annika um fünf Uhr nicht im Kindergarten erschienen war, ging die Polizei dazu über, sie als vermißt zu melden. Nach einem Gespräch mit Thomas erachtete es die Polizeiführung für vollkommen ausgeschlossen, daß sie freiwillig verschwunden war. Ihr Verschwinden wurde seit dem Vorabend als Menschenraub eingestuft.

Seit dem Abend hatte die Polizei es ihnen verboten, Annikas Mobiltelefon anzurufen. Anders Schyman hatte nach dem Grund gefragt, hatte aber keine Antwort bekommen. Er hatte inzwischen die Order weitergegeben, und soweit ihm bekannt war, hatte niemand mehr versucht anzurufen.

Die Belegschaft war erschüttert und nervös, Berit und Janet Ullberg hatten geweint. Es ist seltsam, dachte Anders Schyman. Über solche Dinge schreiben wir jeden Tag, wir verwenden das Leid als Würze, um aufzurütteln und Dinge in Bewegung zu bringen. Dennoch sind wir so wenig vorbereitet, wenn es uns selbst trifft.

Er ging sich noch einen weiteren Becher Kaffee holen.


Annika wachte davon auf, daß ein kalter Wind durch den Tunnel wehte. Sofort war ihr klar, was das zu bedeuten hatte. Die Eisentür unterhalb der Arena war geöffnet worden, die Bombenlegerin kehrte zurück. Die Furcht krümmte sie wieder zu einem Knäuel auf der Matratze zusammen, sie atmete stoßweise, während die Leuchtstoffröhren an der Decke eingeschaltet wurden.

Ihr Unterbewußtes kam in Bewegung, wisperte: Ganz ruhig, hör auf die Frau, schau, was sie will, mach, was sie sagt, versuch, ihr Vertrauen zu gewinnen.

Das Klappern der Absätze näherte sich. Annika setzte sich auf.

»Ja, da schau einmal an, wie schön, daß Sie wach sind«, sagte Beata und ging zu dem Campingtisch. Dort packte sie verschiedene Lebensmittel aus einer Plastiktüte aus, und stellte sie um die Taschenlampenbatterie und den Zeitzünder auf. Annika erkannte vage einige Dosen Coca-Cola, Evian-Mineralwasser, einige Butterbrote und eine Tafel Schokolade.

»Mögen Sie Fazers Blå? Das ist meine Lieblingssorte«, verkündete Beata.

»Meine auch«, sagte Annika und bemühte sich, ihre Stimme nicht zittern zu lassen. Sie mochte Schokolade nicht besonders und hatte noch nie Fazers Blå probiert.

Beata faltete die Plastiktüte zusammen und verstaute sie in ihrer Manteltasche.

»Uns steht noch eine Menge Arbeit bevor«, erklärte sie und setzte sich auf einen der niedrigen Campingklappschemel.

Annika versuchte zu lächeln.

»Aha, was haben wir denn vor?«

Beata betrachtete sie ein paar Sekunden lang.

»Wir werden endlich die Wahrheit ans Licht bringen«, antwortete sie.

Annika versuchte, die Gedankengänge der Frau nachzuvollziehen, aber es gelang ihr nicht. Die Angst trocknete ihr den Mund aus.

»Was für eine Wahrheit denn?«

Beata umrundete den Tisch und holte etwas hervor. Als sie sich erhob, sah Annika, daß die Frau eine Schlinge in der Hand hatte, genau die, die sie Annika zuvor um den Hals gelegt hatte. Annikas Puls raste, aber sie zwang sich, Beata mit festem Blick in die Augen zu schauen.

»Kein Grund zur Beunruhigung«, sagte die Bombenlegerin und lächelte. Sie näherte sich der Matratze, das Seil in den Händen haltend. Annika spürte, daß ihr Atem schneller ging, sie konnte die Panik nicht unter Kontrolle halten.

»Nur mit der Ruhe, ich will das nur wieder über Ihren Kopf legen«, sagte Beata und lachte vor sich hin. »Was sind Sie nur nervös!«

Annika preßte ein Lächeln hervor. Die Schlinge lag um ihren Hals, das Seil hing wie ein Schlips an ihr herunter. Beata hielt das Seilende fest.

»So. Nun werde ich um Sie herumgehen, immer mit der Ruhe, entspannen Sie sich, sage ich Ihnen!«

Aus dem Augenwinkel erkannte Annika, wie die Frau hinter ihr verschwand, noch immer mit dem Seil in der Hand.

»Ich binde Ihnen die Hände los, aber kommen Sie nicht auf dumme Gedanken. Beim kleinsten Trick ziehe ich die Schlinge ein für allemal zu.«

Annika atmete durch und dachte fieberhaft nach. Rasch wurde ihr klar, daß sie nicht das geringste unternehmen konnte. Mit den Füßen saß sie an der Wand fest, um den Hals hatte sie die Schlinge und auf dem Rücken die Sprengladung. Beate knotete das Seil auf, mit dem ihre Hände gefesselt waren, sie mühte sich fünf Minuten lang daran ab, bis sie den Knoten gelöst hatte.

»Puh, der saß aber fest«, schnaufte sie, als sie fertig war.

Annika kribbelten stechend die Finger, unmittelbar nachdem das Blut wieder darin zu pulsieren begann. Vorsichtig führte sie die Hände nach vorn und zuckte zusammen, als sie sah, wie sie aussahen. An den

Handgelenken war die Haut abgeschürft, entweder durch das Seil, die Wand oder durch den Fußboden. Zwei Knöchel an der linken Hand bluteten.

»Stellen Sie sich hin«, forderte Beata sie auf. Mit der Wand als Stütze tat Annika, wie ihr geheißen.

»Schieben Sie die Matratze weg«, befahl Beata, und Annika gehorchte. Das getrocknete Erbrochene verschwand unter dem Schaumgummi. In dem Moment erblickte Annika ihre Umhängetasche. Sechs bis sieben Meter entfernt im Gang zur Trainingsarena.

Rückwärts, noch immer mit dem Seil in der rechten Hand, ging die Bombenlegerin zum Tisch hinüber. Sie stellte die Batterie und den Zeitzünder auf den Boden, ohne Annika aus den Augen zu lassen. Dann ergriff sie die Tischplatte und zog den Campingtisch näher zu Annika heran. Das Kratzgeräusch beim Schaben der Tischbeine auf dem Linoleumbelag hallte im Gang wider. Als der Tisch vor Annika stand, trat Beata noch weiter zurück und holte einen Campingstuhl.

»Setzen Sie sich.«

Annika zog den Stuhl zu sich heran und nahm vorsichtig Platz. Der Magen drehte sich ihr um beim Anblick des Essens auf dem Tisch.

»Essen Sie etwas«, sagte Beata.

Annika begann, den Plastikverschluß der Wasserflasche aufzudrehen.

»Möchten Sie auch etwas?« fragte sie.

»Ich trinke später eine Cola, trinken Sie nur«, forderte Beata Annika auf, und Annika trank. Sie nahm ein kleines Baguette mit Käse und Schinken und zwang sich, das Brot ordentlich zu kauen. Nach der Hälfte war Schluß, sie bekam nichts mehr hinunter.

»Fertig?« fragte Beata und Annika lächelte.

»Ja, vielen Dank, es war sehr lecker.«

»Schön, daß es Ihnen geschmeckt hat«, sagte Beata zufrieden. Sie setzte sich auf den anderen Campingstuhl. Auf ihrer einen Seite stand das Paket mit dem ›Minex‹, auf der anderen Seite stand ein brauner Pappkarton, aus dem Kabelenden hervorlugten.

»Ja, dann ist es jetzt an der Zeit«, sagte sie und lächelte.

Annika erwiderte das Lächeln.

»Darf ich Ihnen eine Frage stellen?« wollte sie wissen.

»Nur zu«, antwortete Beata.

»Warum bin ich hier?«

Beatas Lächeln erlosch schlagartig.

»Begreifen Sie das wirklich nicht?«

Annika holte tief Luft.

»Nein. Ich begreife aber so viel, daß ich Sie sehr wütend gemacht haben muß. Das lag ganz und gar nicht in meiner Absicht. Dafür bitte ich um Verzeihung«, sagte sie.

Beata begann auf ihrer Oberlippe herumzukauen.

»Es ist nicht genug damit gewesen, daß Sie gelogen haben. Sie haben in der Zeitung geschrieben, ich sei bestürzt über den Tod des Ekels. Außerdem haben Sie mich in aller Öffentlichkeit erniedrigt, mir die Worte im Mund verdreht, nur damit Sie eine bessere Geschichte daraus machen konnten. Sie wollten mich und meine Wahrheit nicht hören, aber Sie haben den Männern zugehört.«

»Es tut mir leid, daß ich Ihre Gemütsverfassung fehlgedeutet habe«, entschuldigte sich Annika mit so viel Ruhe, wie sie aufzubringen vermochte. »Ich wollte Sie nicht auf eine Weise zitieren, die Sie später vielleicht bereuen könnten. Sie waren schließlich sehr aufgewühlt und haben geweint.«

»Ja, ich war verzweifelt über die Bosheit der Menschen, darüber, daß ein Schwein wie Stefan Bjurling leben durfte. Warum bediente sich das Schicksal ausgerechnet meiner Person, um mit dem Elend aufzuräumen? Warum bleibt immer alles an mir hängen?«

Annika entschied sich, abzuwarten und zuzuhören. Beata kaute weiterhin auf ihrer Lippe herum.

»Sie haben gelogen und ein falsches Bild vom Ekel in Umlauf gebracht«, sagte sie nach einer Weile. »Sie haben geschrieben, er sei nett und sympathisch und von allen seinen Arbeitskollegen geschätzt worden. Die ließen sie reden, aber mich nicht. Warum haben Sie nicht geschrieben, was ich gesagt habe?«

Annika empfand eine zunehmende Verwirrung, gab sich aber Mühe, ruhig und freundlich zu klingen.

»Was haben Sie gesagt, was ich Ihrer Meinung nach hätte schreiben sollen?«

»Die Wahrheit. Daß es schade war, daß Christina und Stefan sterben mußten. Daß es ihre eigene Schuld war und daß es falsch war, daß ich dafür sorgen mußte. Ich fand das ganz und gar nicht angenehm, falls Sie das glauben.«

Annika nahm Anlauf, das Spiel mitzuspielen.

»Nein, das glaube ich überhaupt nicht. Ich weiß, daß man manchmal gezwungen ist, Dinge zu tun, die man nicht tun will.«

»Was wollen Sie damit sagen?« fragte Beata.

Annika hob den Kopf, sie zögerte, ehe sie erzählte.

»Ich bin einmal gezwungen gewesen, einen Menschen loszuwerden, ich weiß, wie das sein kann.«

Sie blickte auf.

»Aber wir wollen jetzt nicht von mir reden, sondern über Sie und Ihre Wahrheit.«

Beata betrachtete sie für einen Augenblick stillschweigend.

»Sie haben sich vielleicht Gedanken gemacht, warum Sie noch nicht tot sind? Sie sollen zuerst meine Geschichte schreiben. Die soll in der ›Abendpresse‹ veröffentlicht werden, genauso groß wie Christina Furhages Tod.«

Annika nickte und lächelte mechanisch.

»Hier, sehen Sie, was ich gefunden habe«, sagte Beata und zog aus dem Pappkarton neben ihr etwas hervor. Es war ein kleiner tragbarer Computer.

»Christinas Powerbook«, keuchte Annika.

»Ja, sie war in dieses Ding unglaublich vernarrt. Ich habe es ordentlich aufgeladen.«

Beata erhob sich und ging, den Laptop in der rechten Hand, zu Annika hinüber. Er sah schwer aus, Beatas Hand zitterte leicht.

»Hier. Machen Sie es auf.«

Annika nahm das Powerbook entgegen. Es war ein relativ kleiner Macintosh, aufladbar, mit Diskettenlaufwerk und Anschluß für eine Maus. Sie klappte den Bildschirm hoch und schaltete das Gerät ein. Es begann zu surren und das System zu laden. Nach Ablauf weniger Sekunden tauchte der Schreibtisch auf. Der Hintergrund war ein Sonnenuntergang in Rosa, Blau und Lila.

Drei Symbole gab es auf dem Schreibtisch, die Harddisk, das Symbol für Word und noch einen Ordner mit dem Titel ›Ich‹. Annika klickte zweimal das Symbol für ›Word‹ an, die Version 6.0 wurde gestartet.

»So, nun kann es losgehen«, erklärte Annika. Ihre Finger waren steif gefroren und schmerzten, unter dem Tisch massierte sie sie unauffällig.

Beata hatte sich in ein paar Metern Entfernung auf ihrem Stuhl in Positur gesetzt. In der einen Hand hielt sie die Batterie, in der anderen die grüngelbe Zündschnur. Den Rücken lehnte sie an die Wand. Sie hatte die Beine übereinandergeschlagen und machte den Eindruck, als säße sie recht bequem.

»Schön. Ich will, daß es so gut wie möglich wird.«

»Okay, klar«, sagte Annika und begann zu schreiben.

»Ich will, daß Sie schreiben, was ich Ihnen sage, mit meinen Worten, so daß es meine Geschichte wird.«

»Natürlich«, sagte Annika und schrieb.

»Aber Sie müssen dafür sorgen, daß es gut klingt und sich flüssig liest und auch stilsicher im Ausdruck ist.«

Annika hörte auf zu schreiben und sah zu der anderen Frau hinüber.

»Beata, vertrauen Sie mir. Ich mache das jeden Tag. Wollen wir anfangen?«

Die Bombenlegerin setzte sich gerade hin.

»Bosheit gibt es überall. Sie frißt die Menschen von innen her auf. Ihre Apostel auf Erden bahnen sich einen Weg ins Herz der Menschlichkeit und versteinern es zu Tode. Der Schlag hinterläßt blutige Trümmer im All, denn das Schicksal kämpft dagegen an. Auf seiner Seite hat die Wahrheit einen Ritter, einen Menschen aus Fleisch und Blut …«

»Entschuldigen Sie, daß ich Sie unterbreche«, sagte Annika. »Das ist etwas verwirrend. Der Leser wird Ihren Gedanken nicht folgen können.«

Beata schaute sie erstaunt an.

»Warum nicht?«

Annika dachte nach, nun war es wichtig, die Wahl der Worte genauestens zu überlegen.

»Die meisten Menschen haben sich nicht so ausführliche Gedanken gemacht und sind nicht zu solchen Erkenntnissen gekommen wie Sie«, erklärte Annika. »Sie werden Sie nicht verstehen, und dann ist der

Artikel überflüssig. Ziel ist es doch, daß sie der Wahrheit näher kommen, stimmt's?«

»Natürlich«, erwiderte Beata, und nun war sie die Verwirrte.

»Vielleicht sollten wir mit dem Schicksal und dem Bösen noch etwas warten und statt dessen alles in eine chronologische Reihenfolge bringen. Dann ist es für den Leser leichter, die Wahrheit anzunehmen, okay?«

Beata nickte eifrig.

»Ich habe mir überlegt, daß ich Ihnen einige Fragen stelle, dann können Sie die beantworten, die Sie wollen.«

»Okay«, willigte Beata ein.

»Erzählen Sie von Ihrer Kindheit!«

»Warum das denn?«

»Dann sieht der Leser Sie als Kind und kann sich mit Ihnen identifizieren.«

»Ach so. Was soll ich denn erzählen?«

»Was Sie wollen«, sagte Annika. »Wo Sie aufgewachsen sind, wer Ihre Eltern waren, ob Sie Geschwister, Haustiere, besondere Spielsachen hatten, wie es in der Schule war, all solche Dinge …«

Beata schaute sie lange an. Annika sah in den Augen der Frau, daß ihre Gedanken weit in die Vergangenheit entschwanden. Sie begann zu erzählen, und Annika setzte ihre Geschichte zu einem lesbaren Text zusammen.


»Ich bin im Stockholmer Nobelviertel Djursholm aufgewachsen, meine Eltern waren Ärzte. Sind Ärzte, übrigens, sie arbeiten beide noch immer und wohnen noch in derselben Villa hinter dem Eisentor. Ich habe einen älteren Bruder und eine jüngere Schwester, meine Kindheit ist relativ glücklich gewesen. Meine Mutter hat halbtags als Kinderpsychologin gearbeitet, mein Vater hat eine Privatpraxis gehabt. Wir haben Kindermädchen gehabt, die sich um uns gekümmert haben. Das war in den siebziger Jahren, und meine Eltern waren gleichberechtigt und offen für neue Ideen.

Ich habe früh angefangen, mich für Häuser zu interessieren. Auf unserem Grundstück hat ein Spielhaus gestanden, meine Schwester und ihre Freundinnen haben mich dort oft eingeschlossen. Während meiner langen Nachmittage im Dunkeln begannen wir uns zu unterhalten, mein kleines Haus und ich. Die Kindermädchen haben gewußt, daß ich oft dort eingeschlossen wurde, deshalb sind sie immer gekommen und haben nach einer Weile den Riegel beiseite geschoben. Manchmal haben sie meine Schwester ausgeschimpft, aber das kümmerte mich nicht.«

Beata verstummte, und Annika hörte auf zu schreiben. Sie blies sich die Hände warm, es war entsetzlich kalt.

»Können Sie etwas über Ihre Kindheitsträume erzählen?« fragte Annika. »Was ist aus Ihren Geschwistern geworden?«

Die Frau fuhr fort.

»Mein Bruder ist Arzt geworden, genau wie unsere Eltern, und meine Schwester hat eine Ausbildung als Krankengymnastin gemacht. Sie hat Nasse, einen Freund aus Kindertagen, geheiratet und muß nicht arbeiten. Sie wohnen mit ihren Kindern in einem Einfamilienhaus in Täby.

Ich habe mit der Familientradition gebrochen, denn ich habe Architektur studiert. Meine Eltern hatten Vorbehalte, sie waren der Ansicht, Grundschullehrerin oder Arbeitstherapeutin hätte besser zu mir gepaßt. Aber sie haben mir keine Hürden in den Weg gestellt, sie sind schließlich moderne Menschen. Ich habe an der Königlich Technischen Hochschule studiert und habe als eine der besten meinen Abschluß gemacht.

Warum ich mich entschieden habe, mit Häusern zu arbeiten? Ich liebe Bauwerke! Sie sprechen zu einem auf eine so unmittelbare und aufrichtige Weise. Ich liebe es zu reisen, allein um mit Häusern an neuen Orten zu sprechen, mit ihren Formen, ihren Fenstern, Farben und Glanz. Hinterhöfe erregen mich sexuell. Es läuft mir kalt den Rücken runter, wenn ich im Zug durch die Vororte der Stadt fahre, Wäsche, die zum Trocknen über Eisenbahntrassen hängt und sich neigende Balkons. Beim Spazierengehen sehe ich nie geradeaus, sondern immer nach oben. Ich bin in der ganzen Stadt gegen Verkehrsschilder und Laternenpfähle gelaufen, bloß um Fassaden zu studieren. Gebäude sind ganz einfach mein großes Interesse. Ich wollte mit dem arbeiten, was ich wirklich liebe. Viele Jahre habe ich damit zugebracht zu lernen, Häuser zu entwerfen.

Als ich mein Studium beendet hatte, habe ich eingesehen, daß ich die falsche Wahl getroffen habe. Häuser in Skizzenform sind nur eine Schablone ihres wahren Wesens. Deshalb bin ich an die Hochschule zurückgekehrt und habe Bauingenieurwesen studiert. Das dauerte noch einige weitere Jahre. Als ich fertig war, wurde gerade Personal für die Firma rekrutiert, die das neue Olympiastadion in Södra Hammarbyhamnen bauen sollte. Dort bekam ich eine Arbeitsstelle, und bei dieser Gelegenheit ist mir Christina Furhage zum erstenmal begegnet.«

Beata verstummte abermals, Annika wartete lange, bis sie fortfahren konnte.

»Wollen Sie es lesen?« fragte Annika schließlich, aber Beata schüttelte den Kopf.

»Ich weiß, daß Sie es so geschrieben haben, daß es sich gut anhört. Ich lese es mir durch, wenn Sie fertig sind.«

Sie seufzte und erzählte weiter.


»Mir war natürlich bekannt, wer sie war. Ich habe sie unzählige Male in der Zeitung gesehen, ganz vom Anfang der Olympia-Kampagne über Schwedens Sieg bei der Vergabe bis zu ihrer Ernennung zur Direktorin des gesamten Projektes.

Wo ich während dieser Zeit gewohnt habe? Oh, da, wo ich jetzt wohne, in einem wirklich wunderschönen Haus am Skinnarvikspark auf Söder. Kennen Sie die Gegend um den Yttersta Tvärgränd? Dort steht alles unter Denkmalschutz, so daß ich es sorgfältig renovieren mußte. Mein Zuhause ist mir wichtig, das Haus, in dem ich atme und wohne. Wir unterhalten uns jeden Tag, mein Haus und ich. Tauschen Erfahrungen und Weisheiten aus. Muß ich erwähnen, daß ich die Unerfahrenere bin? Mein Haus steht seit dem Ende des achtzehnten Jahrhunderts auf dem Berg, deshalb bedeuten unsere Gespräche immer, daß ich zuhöre und lerne. Christina Furhage hat mich dort einmal besucht, es ist schön gewesen, daß mein Haus sie einmal kennenlernen konnte. Das half mir später bei meinen schweren Entschlüssen.«

Die Frau verstummt von neuem.

»Was hatten Sie für eine Arbeit?« fragte Annika.

»Ist das wirklich von Bedeutung?« fragte Beata erstaunt.

Nein, nicht ein Stück, aber das schindet Zeit, dachte Annika.

»Ja, natürlich«, antwortete sie. »Viele Menschen arbeiten. Sie wollen wissen, welche Arbeitsaufgaben Sie gehabt haben, was Sie gedacht haben, als Sie sie ausgeführt haben, und solche Dinge …«

Beata reckte ihren Rücken.

»Ja, klar. Das verstehe ich«, sagte sie.

Du egozentrisches Stück Scheiße, dachte Annika und lächelte.


»Ich weiß nicht, wie gut Sie sich in der Baubranche auskennen, Sie wissen vielleicht nicht, wie dort gearbeitet wird. Nun ja, das spielt in diesem Falle keine allzu große Rolle, der Bau des Victoriastadions war so besonders, daß keine allgemeingültigen Regeln galten.

Stockholm war unter der Führung von Christina Furhage als Austragungsort der Olympischen Sommerspiele bestimmt worden, wie Sie wissen. Das war keine selbstverständliche Entscheidung, sie hat hart darum gekämpft.

Christina war wirklich beeindruckend. Sie hat über die Olympia-Männer geschaltet und gewaltet, daß es die reinste Freude war. Wir Frauen haben es in vollen Zügen genossen, eine solche Chefin zu haben. Ja, ich bin ihr nicht besonders häufig begegnet, aber weil sie über jedes noch so kleine Detail innerhalb der Organisation den Überblick hatte, bin ich bisweilen mit ihr zusammengetroffen.

Ich bewunderte sie grenzenlos. Alle waren in Habachtstellung, wenn sie im Anmarsch war, leisteten ihr Bestes. Diese Wirkung hat sie auf die Menschen ausgeübt. Was sie nicht über die Olympia-Organisation und den Arenabau wußte, das war auch nicht wissenswert.

Wie dem auch sei, die Firma Arena&Bygg AB war es, die mich eingestellt hat. Da ich sowohl Architektin als auch Diplomingenieurin für Bautechnik gewesen bin, wurden mir direkt mehrere große, administrative Aufgaben übertragen. Ich habe an den Verhandlungen teilgenommen, habe Entwürfe und Berechnungen gemacht, Subunternehmer aufgesucht und Absprachen getroffen, alles auf einem einigermaßen hohen Niveau.

Der Bau des Victoriastadions sollte fünf Jahre vor den Spielen beginnen. Christina persönlich hat mir den Auftrag als Projektleiterin erteilt. Ich erinnere mich noch gut, als sie mich gefragt hat. Ich bin in ihr

Büro gerufen worden, in ein grandioses Zimmer beim Rosenbad mit Blick über den Stockholmer Strom. Sie hat mich ausgefragt, was ich für Arbeit mache und ob ich mich an meiner Arbeitsstelle wohl fühle. Meiner Meinung nach habe ich mich nicht wacker geschlagen, ich habe gestottert und hatte schweißnasse Hände. Hinter ihrem blanken Schreibtisch war sie so beeindruckend, schlank, herb, aber dennoch schön. Sie hat mich gefragt, ob ich willens sei, die Verantwortung für den Bau des Olympiastadions in Södra Hammarbyhamnen zu übernehmen. Mir wurde ganz schwindelig vor Augen, als sie diese Worte ausgesprochen hat. O ja, wollte ich rufen, aber ich habe nur genickt und gesagt, das sei eine spannende Herausforderung, eine Verantwortung, die zu tragen ich mir zutraue. Sie wies schleunigst darauf hin, daß ich selbstverständlich noch einige Vorgesetzte und Verantwortliche über mir hätte, mit ihr an der Spitze. Aber sie brauchte bei dem Bau eine verantwortliche Person, jemanden, der dafür sorgte, daß der Zeitplan eingehalten wurde, die Kalkulation nicht überschritten wurde und die Materiallieferungen zur richtigen Zeit an den richtigen Ort kamen. Dann sollte mir selbstverständlich ein ganzer Stab an Vorarbeitern unterstellt werden, von denen ein jeder die Verantwortung für einen bestimmten Abschnitt hatte, wo sie die Arbeit beaufsichtigten und einteilten. Diese Vorarbeiter sollten mir Bericht über den Fortgang der Arbeiten erstatten, so daß ich wiederum meine Arbeit machen und Christina und die Führung informieren konnte.

›Ich brauche Loyalität‹, hat Christina gesagt und sich nach vorne gelehnt. ›Ich brauche Ihre unerschütterliche Überzeugung, daß das, was ich tue, richtig ist. Das ist eine Voraussetzung für die Person, die diese Aufgabe übernimmt. Kann ich mich auf Sie verlassen?‹

Ich erinnere mich noch an die Ausstrahlung, die sie damals gehabt hat, wie sie mich in ihr Licht gestellt, mich mit ihrer eigenen Kraft und Macht erfüllt hat. Ich wollte JA schreien, aber statt dessen habe ich nur genickt. Denn ich habe begriffen, was soeben geschehen war. Sie hatte mich in ihren Kreis aufgenommen. Sie hatte mich zu ihrer Kronprinzessin gemacht. Ich war auserwählt worden.«

Beata begann zu weinen. Sie senkte den Kopf und zitterte am ganzen Körper. Das Seil mit der Schlinge lag zu ihren Füßen, die Hände hielten die Batterie und die Zündschnüre krampfhaft umklammert. Wenn sie nur nicht so heulte, daß es in der Batterie einen Kurzschluß gab und die Ladung losging, dachte Annika.

»Entschuldigung«, sagte Beata und trocknete sich die Nase mit dem Mantelärmel ab. »Das ist alles nicht so einfach für mich.«

Annika erwiderte kein Wort.

»Es war eine große Verantwortung, aber im Grunde war es keine besonders schwere Aufgabe. Zuerst wurde gerodet, gesprengt und ausgeschachtet, aufgefüllt und geformt. Dann sind die Bauarbeiter gekommen und die Zimmerleute. Alles in allem durfte es nur vier Jahre lang dauern. Ein Jahr vor Beginn der Spiele sollte die Arena für Probewettkämpfe fertig sein.

Anfangs ist alles einigermaßen problemlos gelaufen. Die Arbeiter fuhren in ihren Maschinen herum und taten, was sie sollten. Ich habe unten in den Baracken am Kanal ein eigenes Büro gehabt, Sie haben sie vielleicht gesehen, als Sie sich hier umgeschaut haben. Oder nicht?

Nun ja, ich habe meine Arbeit gemacht, habe unten in der Baugrube mit den Koordinatoren gesprochen, habe dafür gesorgt, daß sie ihre Aufträge ausgeführt haben. Die Männer, die die eigentliche Arbeit geleistet haben, waren nicht besonders redegewandt, aber sie haben mir wenigstens zugehört, wenn ich Anweisungen gegeben habe, wann etwas fertig zu sein hatte.

Einmal im Monat mußte ich nach oben zu Christina ins Büro gehen und sie darüber informieren, wie die Arbeit voranging. Stets hat sie mich mit Herzlichkeit und Interesse empfangen. Nach jeder Information hatte ich das Gefühl, als habe sie schon alles gewußt, was ich ihr mitgeteilt habe, und daß sie bloß meine Loyalität prüfen wollte. Immer habe ich das Büro mit anhaltender Nervosität in der Magengegend und einem sonderbaren Gefühl der Aufgeräumtheit und des Lichts verlassen. Ich war noch immer im inneren Kreis, die Kraft war in mir, aber ich sollte weiterhin dafür kämpfen müssen.

Meine Arbeit habe ich wirklich geliebt. Manchmal, abends, bin ich noch so lange geblieben, bis die Männer nach Hause gegangen sind. Allein bin ich dann auf den steinigen Überresten des Hammarbyer Skiberges herumgeklettert und habe mir die fertige Arena vorgestellt, die bombastischen Tribünen, die sich gen Himmel streckten, die 75 000 Zuschauerplätze in Grün, das schwebende Deckengewölbe in durchbrochenem Stahl. Mit den Händen habe ich über die Zeichnungen gestrichen und habe ein großformatiges Bild des Modells an die Wand meiner Baracke gehängt. Von Anfang an habe ich mit der Arena gesprochen. Ähnlich wie ein Neugeborenes konnte sie natürlich keine Antwort geben, aber ich bin mir sicher, daß sie mir zugehört hat. Ich habe jedes Detail ihrer Entwicklung wie eine stillende Mutter beobachtet, die jeden Fortschritt ihres Kindes mit Erstaunen registriert.

Die wahren Probleme sind erst aufgetaucht, als das Fundament bereit war und die Zimmerleute gekommen sind. Es sind mehrere hundert Mann gewesen, die die Arbeit ausführen sollten, für die ich verantwortlich war. Sie sind von einem Stab von dreißig Vorarbeitern geleitet worden, alles Männer im Alter zwischen vierzig und fünfundfünfzig Jahren. Die Arbeitsaufgaben stiegen in meinem Bereich um das Vierfache an. Auf mein Anraten wurden drei Mitarbeiter angestellt, die sich mit mir die Verantwortung teilen sollten, alles Männer.

Ich weiß nicht, was schiefgelaufen ist. Ich habe auf die gleiche Weise weitergearbeitet wie im Jahr zuvor, habe versucht, mich eindeutig und direkt und korrekt zu verhalten. Die Kalkulationen wurden eingehalten, der Zeitplan ebenfalls, das Material wurde zur richtigen Zeit an den richtigen Ort geliefert, die Arbeit ist vorangeschritten und hat die Qualitätsanforderungen erfüllt. Ich bemühte mich um gute Laune und Freundlichkeit, bemühte mich, den Männern mit Respekt zu begegnen. Ich kann nicht sagen, wann die ersten Fehlsignale aufgetreten sind, aber das ist recht bald der Fall gewesen. Gespräche, die ins Stocken geraten sind, Grimassen, die ich nicht sehen wollte, nachsichtiges Lächeln, unterkühlte Blicke. Ich habe Informations- und Berichtstreffen abgehalten, die meiner Meinung konstruktiv gewesen sind, doch meine Botschaft ist nicht angekommen. Am Ende sind die Vorarbeiter nicht mehr aufgetaucht. Ich bin sie holen gegangen, aber sie haben mich nur angestarrt und gesagt, sie seien beschäftigt. Selbstverständlich bin ich mir wie eine Idiotin vorgekommen. Die wenigen, die gekommen waren, haben alle meine Worte in Frage gestellt. Nach ihrer Ansicht hätte ich das Material in der falschen Reihenfolge und an den falschen Ort bestellt, und außerdem war die gesamte Bestellung überflüssig, weil sie das Problem auf ihre Weise mit einem anderen Fabrikat bereits gelöst hätten. Ich bin natürlich wütend geworden und habe gefragt, welche Befugnis sie besäßen, meine Anordnungen zu ignorieren und Entscheidungen und Macht an sich zu reißen. Darauf haben sie geantwortet, wenn dieser Bau jemals fertig werden solle, dann gehöre dazu jemand, der wisse, was er macht. Ich kann mich noch gut an das Gefühl erinnern, als ich diese Worte vernommen habe, wie innerlich etwas zerbrochen ist. Ich darf nicht sterben, habe ich gedacht. Die Männer sind aufgestanden, verließen mein Büro, und Verachtung leuchtete aus ihren Augen. Meine drei Mitarbeiter sind hinausgegangen, haben sich zu den Männern gestellt und draußen mit ihnen gesprochen. Ich habe gehört, wie die drei meine Anordnungen vorgebracht und die Informationen übermittelt haben, die auch auf dem Papier in meiner Hand standen, und jetzt haben die Männer zugehört. Meine Anordnungen hat man annehmen können, sofern sie jemand anders vortrug. Es ist nicht meine Arbeit, nicht mein Urteil oder mein Können gewesen, an dem was nicht gestimmt hat, ich als Mensch war es.

Nach dieser Besprechung habe ich meine drei Mitarbeiter zu mir gerufen und ihnen gesagt, daß wir unseren nächsten Schritt analysieren müßten. Ich wollte, daß wir vier gemeinsam die Organisation leiteten und unseren Angestellten Anweisungen erteilten, so daß die Arbeit in die Richtung lief, die wir bestimmt hatten. Sie haben sich um meinen Schreibtisch gesetzt, je einer links und rechts von mir und einer mir gegenüber.

»Sie sind dieser Arbeit nicht gewachsen«, sagte der erste.

»Merken Sie denn nicht, wie Sie sich auf der ganzen Baustelle unmöglich machen?« sagte der zweite.

»Auf diesem Posten sind Sie ein Witz«, sagte der dritte. »Man hat keinen Respekt vor Ihnen, Sie haben keine Autorität und keine Kompetenz.«

Ich habe sie angestarrt. Ich habe einfach nicht glauben können, daß das, was sie gesagt haben, wahr sein sollte. Ich habe gewußt, daß sie im Unrecht waren. Aber als sie einmal angefangen hatten, konnte sie nichts mehr aufhalten.

»Das einzige, was Sie können, das ist hocherhobenen Hauptes herumstolzieren«, sagte der erste.

»Sie stellen an die Männer zu hohe Ansprüche«, sagte der zweite. »Das begreifen Sie doch sicher, verstehen Sie das nicht?«

»Sie werden bald auf vollkommen verlorenem Posten stehen«, sagte der dritte. »Sie sind aus dem falschen Grund und mit den falschen Voraussetzungen hergekommen.«

Ich erinnere mich, daß ich sie angestarrt habe und sich ihre Gesichter dabei verändert haben. Sie haben ihre Gesichtszüge verloren, sind weiß und konturlos geworden. Ich habe keine Luft mehr bekommen, ich habe geglaubt, ich würde erwürgt und müßte sterben. Deshalb bin ich aufgestanden und rausgegangen, ich fürchte, der Abgang ist nicht sehr würdevoll gewesen.«

Die Frau zog mit gesenktem Kopf die Nase hoch, Annika schielte angewidert zu ihr hinüber. »So what?« hätte sie fragen mögen. »Das geht doch wohl allen so.« Sie sagte jedoch kein Wort, und Beata erzählte weiter.

»Am Abend in meinem Bett hat mein Haus zu mir gesprochen, tröstende Worte, die durch die mit Rosen gemusterte Tapete geflüstert wurden. Am folgenden Tag habe ich nicht mehr hingehen können. Die Angst hat mich gelähmt, hat mich ans Bett gefesselt. Es war Christina, die mich dann gerettet hat. Sie hat mich in meinem Haus angerufen und mich gebeten, ich möge am nächsten Morgen zur Arbeit erscheinen. Sie habe wichtige Informationen, die allen auf der Baustelle bekanntgegeben werden sollten.

In einem Zustand von innerem Frieden bin ich am nächsten Morgen in meine Baracke gegangen. Um elf Uhr sind wir zu eine Besprechung auf der Nordtribüne gerufen worden. Meine Mitarbeiter haben kein Wort mit mir gesprochen, aber ich habe sie angelächelt, damit sie mich verstehen. Bald würde Christina da sein.

Ich habe gewartet, bis alle dort oben waren, bis ich ihnen gefolgt bin, ich habe dafür gesorgt, daß ich zur gleichen Zeit wie Christina auf der Tribüne erschienen bin. Sie hat gesagt, mit ihrer glockenreinen Stimme, die bis hinauf zur obersten Tribünenreihe trug, daß sie gekommen sei, um alle über eine Veränderung in der Baustellenleitung des Olympiastadions zu informieren. Ich habe ihre Wärme gespürt und gelächelt.

»Beata Ekesjö wird ihre Arbeit als Projektleiterin beenden und von ihren drei Mitarbeitern ersetzt werden«, hat Christina verkündet. »Ich setze höchstes Vertrauen in ihre Nachfolger und hoffe, die Arbeit wird genauso erfolgreich voranschreiten wie bisher.«

Es war, als hätte der Himmel die Farbe gewechselt, als sei er weiß und von Blitzen durchzuckt gewesen. Die Geräusche veränderten sich, und die Menschen gefroren zu Eis.

An jenem Tag ist die Einsicht gereift in das, was ich zu tun hatte, aber das Ziel hatte ich noch nicht genau formuliert. Ich habe die Arena und die Nordtribüne verlassen, während die Menschen noch dageblieben sind und Christinas charismatischer Stimme zugehört haben. In der Baracke hat meine Tasche mit dem Jogginganzug gestanden, weil ich vorgehabt hatte, direkt nach der Arbeit zur Gymnastik zu fahren. Ich habe den Inhalt in meinen Schrank entleert und die Tasche mit auf die Rückseite der Baracken genommen. Dort haben die Schränke mit dem Sprengstoff im Abstand von ungefähr hundert Metern gestanden, es gibt Vorschriften, wie dicht beieinander sie wegen des Detonationsrisikos stehen dürfen. Die Tasche ist sehr schwer gewesen, vierundzwanzig Kilo Netto- und knapp fünfundzwanzig Bruttogewicht, aber so viel wiegt auch eine ganz normale Reisetasche. Eine kurze Strecke kann man sie problemlos tragen, vor allem, wenn man dreimal in der Woche zum Fitneßtraining geht ...«

»Warten Sie einen Augenblick«, sagte Annika. »Ist Dynamit nicht durch eine Unmenge Sicherheitsvorschriften geschützt? Wie konnten Sie einfach reinmarschieren und Sprengstoff mitnehmen?«

Beata schaute sie mitleidig an.

»Annika, ich bin schließlich auf der Baustelle die Chefin gewesen. Ich habe zu allen Schlössern eigene Schlüssel gehabt. Unterbrechen Sie mich nicht!«

»Im ersten Karton haben fünfzehn Patronen gelegen, in rosa Papier eingewickelt, zu 1600 Gramm das Stück, 50 mal 550 Millimeter. Ich habe den Karton in den Kofferraum meines Autos gestellt und bin nach Hause gefahren. An jenem Abend habe ich mit den Händen darüber gestrichen. An den Enden haben kleine Metallklammern gesessen. Das Plastik war kühl, wenn man es berührte, meine Waffen sahen wie Fleischwurst aus dem Kühlschrank aus und fühlten sich auch so an. Sie sind ganz weich gewesen, ich habe abends immer dagesessen und sie ein wenig hin- und hergerollt. Ja, genau wie Fleischwurst, nur schwerer.«

Bei der Erinnerung an die explosive Fleischwurst lachte Beata leise. Annika war übel, vor Müdigkeit, aber auch vor dem glasklaren Wahnsinn der Frau.

»Können wir eine Pause machen?« fragte Annika. »Ich möchte gern eine Cola trinken.«

Die Bombenlegerin schaute sie an.

»Na ja, nur eine kurze Pause. Wir müssen heute nacht noch fertig werden.«

Annika spürte, daß sie fror.


»Sie wußten mit mir nichts anzufangen. Mein Vertrag hat für den Bau des Olympiastadions und des olympischen Dorfs gegolten. Es hätte sie Geld gekostet, mich rauszuwerfen, und das wollten sie nicht. Außerdem habe ich mich in der Arbeit ausgekannt, es wäre dämlich gewesen zu bezahlen und eine Kompetenz zu verlieren, die sie brauchten. Am Ende bin ich die Leiterin der Bauarbeiten am Technikhaus gleich neben dem Stadion geworden, von einem gewöhnlichen Zehn-Etagen-Bau für Kabel, Kontrollräume und Bürolandschaften. Muß ich erwähnen, daß das Haus im Vergleich mit meiner Arena stumm und tot war? Eine leere Betonhülle ohne Linien und Form, und es hat nie gelernt zu sprechen.

Dort gab es schon einen Bauleiter, er hieß Kurt und trank zeitweise große Mengen an Alkohol. Er hat mich von erster Stunde an gehaßt, hat behauptet, ich sei dort, um als Spion zu fungieren und als Zwangsjacke. Schon am ersten Tag im Technikhaus sind seine Gesichtszüge vor meinen Augen verschwunden. Ich habe ihn nicht mehr gesehen.

Auf der Baustelle hat ein einziges Durcheinander geherrscht. Alles ist erheblich in Verzug und das Budget mächtig überschritten gewesen. Ich habe mich vorsichtig an die Aufräumarbeiten gemacht, ohne daß Kurt etwas davon mitbekommen hat. Wenn er wegen irgendeiner Entscheidung zu mir kam, hat er mich beschimpft. Aber seit ich dort angefangen hatte, hat er keinen Finger gerührt. Oft ist er überhaupt nicht aufgetaucht. Beim ersten Mal habe ich das gemeldet, aber er ist so wütend geworden, daß ich es nicht noch einmal gemacht habe.

Jetzt sollte ich auch noch unten auf der Baustelle umhergehen, das habe ich noch nie zuvor getan. Der Beton hat oft seine Farbe verändert, manchmal bin ich geschwebt, ungehindert und schwerelos, ungefähr zehn Zentimeter über dem Erdboden. Die Männer haben sich in Form und Masse verändert. Als sie mich aufgefordert haben, ich möge mehrere Sehwinkel bestellen und mich fragten, wo das Augenmaß geblieben war, verstummte ich. Ich wußte, daß sie ihre Spielchen mit mir trieben, aber ich hatte dem nichts entgegenzusetzen. Ich habe versucht, gewandt und zugleich kraftvoll zu sein. Ich habe mit den Männern gesprochen, aber das Haus hat eine Reaktion verweigert. Ich habe mich wieder um die Zeitpläne und die Kalkulationen gekümmert, bin auf dem Boden umhergegangen, aber der Glaskasten um mich war undurchdringlich. Wir sind pünktlich fertig geworden und nur mit einer geringfügigen finanziellen Überziehung.

Christina ist gekommen und hat die Einweihung abgehalten. Ich erinnere mich, wie eifrig und stolz ich an jenem Tag gewesen bin. Ich hatte es vollbracht, ich war wieder dabei, ich hatte nicht aufgegeben. Ich habe dafür gesorgt, daß das Technikhaus rechtzeitig für die Probewettkämpfe fertig war. Das Gebäude habe ich verabscheut, aber ich habe meine Pflicht erfüllt. Christina hat es gewußt, Christina würde es sehen, Christina würde es verstehen, daß ich wieder einen Platz im Licht verdient hatte. Sie würde sehen, wie ich war und mir meinen rechten Platz geben, an ihrer Seite, als ihre Begleiterin, ihre Kronprinzessin.

An jenem Tag habe ich mich mit Sorgfalt angezogen, Bluse und frisch gebügelte Hosen und elegante Schuhe. Diesmal war ich unter den Wartenden die erste, ich wollte mir einen Platz dicht am Tor sichern.

Ich hatte Christina lange nicht gesehen, sie bloß einmal von weitem erspäht, als sie den Bau der Arena inspiziert hat. Das war nicht so positiv verlaufen, habe ich später erfahren. Sie hatte in Frage gestellt, ob wir rechtzeitig fertig würden. Nun sollte sie herkommen, mit stärkerem Licht und mit klareren Gesichtszügen, als ich sie in Erinnerung hatte. In schönen Worten hat sie von den Olympischen Spielen und unserem stolzen Olympia-Dorf erzählt, die Arbeiter und die Verantwortlichen gelobt, daß die Arbeit so hervorragend lief. Und dann rief sie die Vorarbeiter auf, die dafür gesorgt hatten, daß das Technikhaus fertig war wie vorgesehen und daß das Ergebnis so gut ausgefallen war, und dann hat sie Kurts Namen aufgerufen, und sie hat applaudiert, alle haben applaudiert, und Kurt hat sich erhoben und ist zu Christina gegangen, er hat gelächelt und ihr die Hand gegeben, sie hat ihre Hand auf seinen Arm gelegt, ihre Münder haben gelacht, aber der Ton war weg, diese Bestien, diese Bestien …

An dem Abend bin ich in den Vorratsraum gegangen und habe den anderen Karton und eine Tüte mit elektrischen Zündern geholt. Der Karton war voller kleiner Papierpatronen zu hundert Gramm das Stück, rosalila Papierröhrchen, die an Zuckerstangen erinnerten, ja, einige davon haben Sie auf dem Rücken. In dem Karton sind zweihundertfünfzig Stück gewesen, obwohl ich schon eine ganze Menge verbraucht habe, ist noch sehr viel übrig.«

Sie saß eine Zeitlang still da. Annika nutzte die Gelegenheit, um den Kopf in die Hände zu legen. Im Gang war es vollkommen still, nur das leise Surren der Leuchtstoffröhren hing unter der Decke. Sie rufen mein Mobiltelefon nicht mehr an, dachte Annika. Haben sie die Suche nach mir schon aufgegeben?

Beata begann von neuem zu sprechen, und Annika setzte sich gerade hin.

»Im letzten Jahr bin ich lange krank geschrieben gewesen. Meine formalen Arbeitsaufgaben sind es, mit anderen Bauleitern Inspektionen vorzunehmen und Details bei den verschiedenen Trainingsarenen fertigzustellen. Die letzten zwei Monate bin ich draußen in der Halle in Sätra stationiert gewesen, das soll die Arena für den Stabhochsprung werden. Sie haben ja selbst gesehen, welcher Degradierung ich ausgesetzt bin, vom stolzesten aller Bauwerke zum Abwickeln der Details in den runtergekommenen Trainingsanlagen. Es ist mir nicht mehr gelungen, mit meinen Arbeitsplätzen eine Kommunikation herzustellen. Die Gebäude verspotten mich, genau wie die Männer. Der Schlimmste von allen war Stefan. Er ist der Vormann einer der Subunternehmer gewesen, in dessen Händen die Halle in Sätra lag. Er hat gegrinst, sobald ich versucht habe, mit ihm zu sprechen. Er hat mir nie zugehört. ›Kleine‹ hat er mich genannt und all meine Worte ignoriert. Das einzige Mal, bei dem er auf mich verwiesen hat, war, als die Männer ihn gefragt haben, wohin sie den Müll oder Schrott werfen sollten. ›Gebt das der Kleinen‹, hat er gesagt. Er hat mich ausgelacht, und die schöne Halle hat mit eingestimmt. Das Geräusch war unerträglich.«

Beata verstummte und saß so lange still da, daß Annika unruhig wurde. Die Müdigkeit schmerzte in den Muskeln, sie hatte außerdem heftige Kopfschmerzen. Die Arme waren schwer wie Blei, das erlahmende Gefühl, das sich immer heranschlich, wenn es nach halb vier Uhr morgens war. Sie hatte so viele Male Nachtschichten eingelegt, daß sie das Gefühl kannte.

Dann fielen ihr die Kinder ein, wo sie waren, ob sie sie vermißten. Ich frage mich, ob Thomas die Weihnachtsgeschenke findet, ich habe keine Zeit gehabt, ihm zu erzählen, daß ich sie im Wandschrank versteckt habe, dachte sie.

Sie schaute Beata an, die Frau saß, den Kopf auf die Hände gestützt da. Dann drehte sie vorsichtig den Kopf um und schielte zu ihrer Tasche, die schräg hinter ihr lag. Wenn sie doch nur an das Telefon käme, um zu berichten, wo sie war. Die Signale erreichten ihr Ziel, trotz des Tunnels. Dann wäre sie innerhalb von fünfzehn Minuten befreit. Aber es würde nicht gehen, nicht, solange sie gefesselt war, und nicht, solange Beata hier war. Dazu hätte Beata die Tasche holen und sich die Ohren zuhalten müssen, während sie telefonierte …

Ein Keuchen entrang sich ihrer Kehle, plötzlich fiel ihr ein Artikel ein, den sie vor nunmehr bald zwei Jahren geschrieben hatte. Es war ein herrlicher Wintertag, unzählige Leute hatten sich hinaus auf die Eisflächen begeben …

»Träumen Sie?« fragte Beata.

Annika zuckte zusammen und lächelte.

»Nein, ganz und gar nicht. Ich freue mich auf die Fortsetzung«, antwortete sie.

»Vor einigen Wochen hat Christina ein großes Fest im Blauen Saal im Stadshuset organisiert. Das ist das letzte große Fest vor den Spielen gewesen, alle waren eingeladen. Ich habe mich wirklich auf diesen Abend gefreut. Das Stadshuset ist einer meiner besten Freunde. Ich gehe oft oben auf den Turm, klettere die Treppen empor, lasse die Steinwände unter meinen Füßen tanzen, spüre den Luftzug aus den kleinen Gucklöchern in der Wand und ruhe mich auf der obersten Etage aus. Gemeinsam teilen wir die Aussicht und den Wind, es ist betörend erotisch.

Ich bin viel zu früh angekommen und begriff bald, daß ich mich viel zu elegant angezogen hatte. Aber das ist egal gewesen, das Stadshuset ist mein Tischnachbar gewesen, und man hat sich vorzüglich um mich gekümmert.

Christina sollte kommen, und ich habe gehofft, die verzeihende Atmosphäre in dem Gebäude würde alle Mißverständnisse ausräumen. Ich habe mich unter die Menschen gemischt, ein Glas Wein getrunken und mit dem Haus geplaudert.

Dann wurde mit einemmal das Raunen im Saal zu einem erregten Gemurmel, und ich habe gewußt, Christina ist angekommen. Sie wurde empfangen wie die Königin, die sie war, ich habe mich auf einen Stuhl gestellt, um sie besser sehen zu können. Das zu erklären ist schwer, aber Christina war wie von einem Licht umgeben, von einer Aura, die den Eindruck erweckte, sie würde von einem Scheinwerfer angestrahlt. Es war überwältigend, sie ist ein wunderbarer Mensch gewesen. Von allen ist sie begrüßt worden, sie hat genickt und gelächelt. Hat für alle ein Wort übrig gehabt. Hat Hände geschüttelt wie ein amerikanischer Präsident auf Wahlkampftournee. Ich habe ganz hinten im Saal gestanden, aber langsam hat sie sich bis zur Mitte der Halle vorgearbeitet. Ich bin vom Stuhl hinuntergesprungen und habe sie aus den Augen verloren, ich bin ja ziemlich klein. Aber plötzlich hat sie da vor mir gestanden, schön und beherrscht in ihrem Licht. Ich habe gespürt, wie ich zu lächeln anfing, wie ich über das ganze Gesicht lächelte, ich glaube, ich habe wirklich ein paar Tränen in den Augen gehabt.

»Willkommen, Christina«, habe ich gesagt und ihr die Hand gereicht. »Wie schön, daß Sie gekommen sind!«

»Danke«, hat sie gesagt. »Kennen wir uns?«

Christinas Augen sind meinen begegnet, und ihr Mund hat gelächelt. Ich habe gesehen, daß sie gelächelt hat, aber ihr Lächeln hat sich verändert, und ihr Gesicht ist gestorben. Sie hat keine Zähne mehr gehabt. Es sind Würmer in ihrem Mund gewesen, und ihren Augen hat das Weiße gefehlt. Sie hat gelächelt, und ihr Atem roch nach Tod und Verwesung. Ich habe gespürt, wie ich zurückgewichen bin. Sie hat mich nicht erkannt. Sie hat nicht gewußt, wer ich war. Sie hat nicht gesehen, wer ihre Kronprinzessin gewesen ist. Sie hat geredet, und ihre Stimme ist einem Abgrund entstiegen, dumpf und rauh wie ein Tonband, das viel zu langsam abgespielt wurde.

»Wollen wir weitergehen?« hat sie gefragt, und die Würmer sind ihr aus dem Kopf gekrochen, und ich habe gewußt, daß ich sie töten muß. Das verstehen Sie doch? Das müssen Sie doch verstehen? Daß sie nicht weiterleben konnte? Sie ist ein Monster gewesen, ein böser Engel mit Heiligenschein. Das Böse hat sie von innen und außen aufgefressen. Mein Haus hat recht gehabt, sie war die Bosheit auf Erden, ich habe das nicht erkannt, die anderen haben es nicht erkannt, sie haben nur dasselbe gesehen wie ich, ihr erfolgreiches Äußeres und die glänzende Aura und das blondierte Haar. Aber ich habe ihr wahres Ich gesehen, Annika, ich habe es entdeckt, vor mir hat sie sich als das Ungeheuer offenbart, das sie gewesen ist, sie hat nach Gift und geronnenem Blut gestunken …«

Annika spürte die Übelkeit bis zur Unerträglichkeit ansteigen. Beata öffnete eine Cola-Dose und trank kleine, vorsichtige Schlucke.

»Eigentlich sollte man Cola light trinken, wegen der Kalorien, aber ich finde, die schmeckt so widerlich. Was meinen Sie?« erkundigte sie sich bei Annika.

Annika schluckte.

»Sie haben ganz recht«, antwortete sie.

Beata lächelte kurz.

»Mein Entschluß hat dazu geführt, daß ich den Abend überlebt habe, denn der Alptraum war noch nicht vorbei. Wissen Sie, wen Sie zu ihrem Prinzen, zu ihrem Mann an ihrer Seite auserkoren hat? Genau, das wissen Sie doch, sie haben doch ein Foto von beiden. Mit einemmal war mir alles klar. Der Sinn meiner kalten Schätze zu Hause ist mir aufgegangen. Alles ist offenbar gewesen. Der große Karton war für Christina bestimmt, die kleinen Patronen sind ihrer Spur gefolgt.

Mein Plan war einfach. Ich bin Christina immer gefolgt, manchmal habe ich den Eindruck gehabt, sie hätte etwas gemerkt. Sie hat sich so nervös umgeschaut, ehe sie zu ihrem großen Auto geeilt ist, stets mit ihrem Computer unter dem Arm. Ich habe mich oft gefragt, was sie wohl darauf geschrieben haben mochte, ob sie wohl etwas über mich geschrieben hat oder über Helena Starke. Ich habe gewußt, daß sie häufig zu Helena Starke nach Hause gefahren ist. Ich habe draußen gewartet und habe beobachtet, wie sie in den frühen Morgenstunden von dort weggefahren ist. Ich habe gewußt, daß sie sich geliebt haben und daß es für Christina fatal gewesen wäre, wenn das bekannt werden würde. Deshalb war es so einfach, jedenfalls in der Theorie. Einige Dinge werden sehr viel schwieriger, wenn man sie in die Praxis umsetzt, finden Sie nicht auch?

Nun, am Freitag abend, als ich nach der Weihnachtsfeier gesehen habe, wie Christina und Helena zusammen weggefahren sind, habe ich gewußt, daß die Zeit gekommen war. Ich bin zu meinem Haus gefahren und habe meinen großen Schatz geholt. Er war schwer, ich habe ihn neben mich auf den Beifahrersitz gelegt. Auf dem Boden vor dem Beifahrersitz hat eine Batterie gestanden, die ich im Baumarkt von Västberga gekauft habe. Der Timer ist von IKEA gewesen, die Leute benutzen solche Dinge in ihren Ferienhäusern, um Einbrecher zu verscheuchen.

Ich habe meinen Wagen bei den Autos geparkt, wo ihr Fahrzeug steht. Mit der Tasche ist der Weg natürlich anstrengend gewesen, aber ich bin stärker, als ich aussehe. Es war etwas beunruhigend, ich habe nicht gewußt, wieviel Zeit mir bleiben würde, ich war gezwungen, meine Vorkehrungen bereits zu treffen, bevor Christina aus dem Haus von Helena kam. Zum Glück ging alles ganz schnell. Mit der Tasche bin ich zum hintersten Eingang gegangen, habe den Alarm ausgeschaltet und aufgeschlossen. Beinahe wäre es schiefgegangen, ein Mann hat mich beim Hineingehen beobachtet, er ist auf dem Weg zu dieser gräßlichen Kneipe gewesen, wäre ich noch immer verantwortliche Projektleiterin gewesen, dann hätte ich niemals ein solches Etablissement in der Nähe des Stadions geduldet.

Nun, in jener Nacht war die Arena ganz wunderbar, sie strahlte mir im Mondlicht entgegen. Ich habe den Karton auf der Nordtribüne abgestellt, der Schriftzug hat im Dunkeln so weiß geleuchtet: Minex 50 x 550, 24,0 kg, 15 p.c.s. 160 g. Ich habe das Klebeband in den Karton gelegt. Es würde so einfach sein, man mußte nur die Eisenstücke in die Fleischwürste stecken und die Drähte bis zum Haupteingang hinüber verlegen. Dort habe ich die Batterie plaziert und habe den Zeitzünder so eingestellt, wie ich es geübt hatte. Wo ich geübt habe? In einer Kiesgrube außerhalb von Rimbo, in der Gemeinde Lohärd. Der Bus fährt nur zweimal am Tag dorthin, aber ich hatte Zeit. Ich habe nur kleine Ladungen gesprengt, jedesmal nur eine Zuckerstange, die werden noch lange reichen.

Als ich meine Vorbereitungen getroffen hatte, habe ich den Haupteingang aufgeschlossen, aber ich selbst bin durch den Tunnel hinausgegangen. Der Eingang zum Stadion liegt weit unten im Gewölbe, weit unter dem Haupteingang. Man kann mit dem großen Fahrstuhl hinunterfahren, aber ich habe die Treppen genommen. Dann bin ich rasch zum Ringvägen hinübermarschiert, ich habe Angst gehabt, ich könnte zu spät kommen. Das tat ich nicht, im Gegenteil. Lange mußte ich an dem gegenüberliegenden Tor warten. Als Christina herausgekommen ist, habe ich die Nummer ihres Handys gewählt. Sie können den Anruf nicht zurückverfolgen, ich habe eine Karte für eine halbe Stunde ohne Abonnement gekauft. Sie können übrigens auch nicht das Gespräch von gestern abend in ihrem Wagen zurückverfolgen, auf der Karte war noch Zeit übrig. ·

Es war ein Kinderspiel, Christina davon zu überzeugen, daß sie zur Arena kommen sollte. Ich habe gesagt, ich wisse alles über sie und Helena, ich hätte Bilder von beiden, die ich Hans Bjällra, dem Vorstandsvorsitzenden, zukommen lassen würde, wenn sie nicht mit mir spreche. Bjällra haßte Christina, das wissen alle, die je im Büro gearbeitet haben. Er würde sich auf jede Möglichkeit stürzen, sie zu Fall zu bringen. Dann ist Christina also gekommen, aber sie mußte gezögert haben. Sie hat die Fußgängerbrücke von Södermalm genommen, wütend wie ein Berserker, und es hat recht lang gedauert.

Für einen kurzen Moment habe ich tatsächlich geglaubt, sie würde nicht kommen.

Am Haupteingang habe ich gestanden und gewartet, im Schatten hinter zwei der Statuen verborgen. Mein Blut hat gekocht, Jubel hing in der Luft. Meine Arena war auf meiner Seite, sie hat mir beigestanden. Ich wollte es richtig machen. Christina sollte an dem Ort sterben, an dem sie mich zugrunde gerichtet hat. Sie sollte auf der Nordtribüne des Victoriastadions in Stücke gerissen werden, genau da, wo sie mich zerstört hatte. Wenn sie käme, würde ich ihr mit dem Hammer auf den Kopf schlagen, mit dem klassischen Werkzeug eines Bauarbeiters. Dann würde ich sie nach oben zur Tribüne führen, die Ladung anschließen und während meine rosa Plastikschlangen sich um ihren Körper wanden, würde ich ihr erzählen, warum sie dort war. Ich würde ihr offenbaren, daß ich ihr Monster gesehen hatte. Meine Überlegenheit würde wie Sternenglanz in der Nacht strahlen. Christina würde um Vergebung flehen, und mit der Explosion wäre sie gewährt worden.«

Beata verstummte für einen Augenblick und trank etwas Cola, Annika fühlte sich, als würde sie gleich in Ohnmacht fallen.

»Leider kam alles anders«, sagte Beata leise. »Die Wahrheit muß an den Tag kommen. Mir liegt nichts daran, so zu tun, als sei ich eine Heldin. Ich weiß, daß es Menschen geben wird, die finden, ich hätte einen Fehler begangen. Deshalb ist es wichtig, daß wir nicht lügen. Sie müssen schreiben, wie es wirklich war und es nicht besser machen, als es war.«

Annika nickte aufrichtig.

»Alles ist schiefgelaufen. Christina ist durch den Schlag mit dem Hammer nicht bewußtlos geworden, sondern sie bekam einen Tobsuchtsanfall. Sie hat angefangen zu schreien wie eine Wahnsinnige, daß ich eine unfähige Idiotin sei und sie in Frieden lassen solle. Ich habe auf sie eingeschlagen, wo auch immer ich sie mit meinem Hammer treffen konnte. Ein Schlag hat den Mund getroffen, ihre Zähne sind rausgeflogen. Sie hat geschrien, und ich habe geschlagen und geschlagen. Der Hammer hat in ihrem Gesicht getanzt. Ein Mensch kann sehr viel Blut aus den Augen verlieren. Am Ende ist sie hingefallen, und das war kein schöner Anblick. Sie hat geschrien und geschrien und damit sie nicht wieder aufstand, habe ich ihr die Knie zerschlagen. Es war kein befriedigendes Gefühl, nur anstrengend und mühsam. Das verstehen Sie doch? Sie wollte einfach nicht aufhören zu schreien, und da habe ich ihr auf den Hals geschlagen. Als ich versucht habe, sie nach oben auf die Tribüne zu schleppen, hat sie mir die Hände zerkratzt, da mußte ich ihr auch die Ellenbogen und Finger zerschlagen. Dann begann der lange Weg hinauf zur Tribüne, zu dem Ort, an dem sie an dem Tag gestanden hatte, an dem sie mich zerstört hatte. Mir ist der Schweiß ausgebrochen, denn sie war ziemlich schwer, und sie hat nicht mit dem Schreien aufhören wollen. Als ich zum Schluß oben bei meinen Waffen angekommen bin, zitterten mir heftig die Arme. Ich habe sie zwischen die Stühle gelegt und den Sprengstoff mit Klebeband rundum befestigt. Aber Christina hat nicht begriffen, daß sie aufgeben mußte, daß ihre einzige Rolle die der Zuhörerin war. Sie hat sich gewunden wie die Schlange, die sie war, und bewegte sich auf die benachbarte Treppe zu. Dort ließ sie sich die Tribüne hinunterrollen und dabei hat sie die ganz Zeit geschrien. Ich war dabei, die Kontrolle über mein Werk zu verlieren, das war entsetzlich. Ich habe sie gepackt und ihr auf den Rücken geschlagen, ich weiß nicht, ob er zerbrochen ist. Zum Schluß lag sie so weit regungslos da, daß ich die fünfzehn Würste an ihr befestigen konnte. Es ist nicht schön gewesen. Es war keine Zeit mehr für Vergebung oder Nachdenken. Dann habe ich schnell ein Metallstück in eins der Würste gesteckt und bin zur Batterie hinübergelaufen. Der Zeitzünder war auf fünf Minuten eingestellt, ich habe ihn auf drei Minuten runtergeschraubt. Christina hat geschrien, es hat sich nicht mehr menschlich angehört, sie hat geschrien wie das Monster, das sie war. Ich habe unten beim Eingang gestanden und habe ihrem Totengesang gelauscht. Als nur noch dreißig Sekunden übrig waren, war es ihr gelungen, zwei der Würste abzuschütteln, trotz ihrer zerschlagenen Glieder. Das beweist ihre Stärke, finden Sie nicht auch? Leider konnte ich das Schauspiel nicht bis zum Schluß verfolgen. Ich habe ihre letzten Sekunden verpaßt, da ich gezwungen war, in meiner Grotte Schutz zu suchen. Ich bin auf halbem Weg die Treppe hinab gewesen, als die Druckwelle gekommen ist, und ich war über ihre Wucht schockiert. Der Schaden war beträchtlich, die gesamte Nordtribüne ist zerstört worden. Das lag nicht in meiner Absicht, das verstehen Sie doch wohl? Ich habe der Arena keinen Schaden zufügen wollen, was geschehen war, war nicht ihre Schuld gewesen ...«

Annika spürte, wie ihr die Tränen über die Wange rannen. In ihrem ganzen Leben hatte sie noch nie etwas so Widerwärtiges geschrieben. Sie fühlte, daß sie kurz davor war zusammenzubrechen. Stundenlang hatte sie auf dem unbequemen Schemel reglos gesessen, die Beine taten ihr so weh, daß sie hätte schreien können. Die Sprengladung auf ihrem Rücken wurde schwerer und schwerer. Sie war so müde, daß sie sich einfach auf den Boden fallen lassen wollte, auch wenn das bedeutete, daß die Ladung gezündet und sie sterben würde.

»Warum weinen Sie?« fragte Beata mißtrauisch.

Annika holte schnell Luft, bevor sie Antwort gab.

»Weil Sie es so schwer gehabt haben. Warum hat sie es Sie nicht richtig machen lassen?«

Beata nickte und wischte sich ebenfalls eine Träne fort.

»Ich weiß«, sagte sie. »Es ist niemals gerecht.«

»Mit Stefan war es leichter, fast so, wie ich es mir vorgestellt habe. Ich habe ihm die Aufgabe übertragen, die Umkleideräume der Schiedsrichter vor Weihnachten fertigzustellen. Die Wahl des Ortes war einfach. Es war dort, wo Stefan mich zum ersten Mal empfangen hat und erzählt hat, daß die Arbeiter in der Sätrahalle mich fertigmachen würden. Ich habe gewußt, daß er die Arbeit eigenhändig ausführen würde. Stefan wettete bei Pferderennen und nahm jede Gelegenheit für Überstunden wahr. Er hat dafür gesorgt, daß er auf der Baustelle allein zurückblieb, und dann hat er immer den Stundenbericht manipuliert. Das muß jahrelang so gelaufen sein, niemand hatte ihn kontrolliert. Er war schließlich der Vorarbeiter. Außerdem konnte er schnell arbeiten, wenn er wollte, allerdings auch ziemlich schlampig.

Vergangenen Montag bin ich wie immer zur Arbeit gegangen. Alle haben über den Mörder von Christina Furhage gesprochen, aber niemand hat mit mir geredet. Das habe ich auch gar nicht erwartet.

Am Abend bin ich noch über meinen Unterlagen im Büro sitzen

geblieben. Als es in der Halle still geworden war, habe ich meine Runde gemacht und festgestellt, daß Stefan Bjurling im hintersten Umkleideraum gearbeitet hat. Da bin ich zu meinem Schrank gegangen und habe meine Fitneßtasche herausgeholt. Darin haben meine Schätze, die Zuckerstangen, die gelbgrünen Kabel, das Klebeband und der kleine Zeitzünder gelegen. Dieses Mal habe ich keinen Hammer dabei gehabt, das wäre viel zu schmutzig geworden. Statt dessen hatte ich im Baumarkt ein Seil gekauft, wie man es für Kinderschaukeln und dergleichen benutzt. Das Seil, das Sie um den Hals haben, stammt von derselben Rolle. Als Stefan in der hinteren Wand gebohrt hat, bin ich reingegangen, habe ihm das Seil um den Hals gelegt und zugezogen. Dieses Mal bin ich mit mehr Entschlossenheit vorgegangen. Ich habe keine Schreie und keinen Protest geduldet. Stefan Bjurling hat die Bohrmaschine fallen lassen und ist rückwärts hingefallen. Darauf war ich vorbereitet und habe den Fall genutzt, die Schlinge noch fester zuzuziehen. Er war bewußtlos, und ich habe Schwierigkeiten gehabt, ihn auf den Stuhl daneben zu plazieren. Ich habe ihn auf den Stuhl gefesselt und habe ihn für sein Begräbnis eingekleidet. Mit Zuckerstangen, Zündkabel, Zeitzünder und Taschenlampenbatterie. Ich habe alles auf seinem Rücken befestigt und dann geduldig gewartet, bis er wieder zu sich gekommen ist.

Er hat kein Wort gesagt, ich habe bloß gemerkt, daß seine Augenlider zuckten. Da habe ich ihm erklärt, was passieren würde und aus welchem Grund. Die Zeit der Bosheit auf Erden war abgelaufen. Er würde sterben, weil er ein Monster war. Ich habe ihm erklärt, daß viele andere denselben Weg gehen würden. Noch gibt es in meinem Karton viele Schätze. Dann habe ich den Zeitzünder auf fünf Minuten eingestellt und bin zurück in mein Büro gegangen. Auf dem Rückweg habe ich dafür gesorgt, daß alle Türen aufgeschlossen waren. Somit hatte es für den Bombenleger allerhand Möglichkeiten gegeben, sich Zugang zu verschaffen. Nach dem Knall habe ich so getan, als stünde ich unter Schock, und habe die Polizei angerufen. Ich habe sie belogen mit der Behauptung, jemand anders habe mein Werk ausgeführt. Sie haben mich ins Krankenhaus gefahren und mich zur Notaufnahme gebracht. Sie haben gesagt, sie wollten mich am nächsten Morgen als Zeugin vernehmen. Ich habe mich entschieden, eine Zeitlang weiter zu lügen. Die Zeit war noch nicht reif gewesen, die Wahrheit zu erzählen, aber jetzt ist der Augenblick gekommen.

Ich bin von Ärzten untersucht worden, habe ihnen erklärt, mir ginge es gut, und bin durch die Stadt nach Hause spaziert, vorbei am Yttersta Tvärgränd. Ich habe erkannt, daß es an der Zeit war, mein Haus für immer zu verlassen. In jener Nacht schlief ich das letzte Mal in meinem Haus. Es war ein kurzer und gefaßter Abschied. Ich habe gewußt, daß ich niemals wieder zurückkommen würde. Meine Wanderung endet an einem anderen Ort.

Am Dienstag morgen bin ich in aller Frühe zu meiner Arbeitsstelle zurückgekehrt, um mein letztes Hab und Gut zusammenzuklauben. Beim Betreten der Sätrahalle ist mir die ungerechtfertigte Kritik des Gebäudes entgegengeschlagen. Eine große und schwere Trauer hat mich überkommen, ich habe mich in einem Raum versteckt, in dem mich das Haus nicht sehen konnte. Das war natürlich vergebens, denn dann sind Sie gekommen.«

Annika fühlte, daß sie nicht mehr die Kraft zum Schreiben hatte. Sie legte die Hände in den Schoß und senkte den Kopf.

»Was ist los?« fragte Beata.

»Ich bin so müde«, erklärte Annika. »Kann ich aufstehen, um mir die Beine zu vertreten? Sie sind eingeschlafen.«

Beata betrachtete sie für einige Sekunden schweigend.

»Ja, das ist kein Problem, aber keine Tricks.«

Annika erhob sich vorsichtig und bekam die Erlaubnis, sich an der Wand abzustützen, um nicht hinzufallen. Sie streckte und beugte die Beine, so gut es mit den rasselnden Ketten ging. Unbemerkt schielte sie nach unten und entdeckte, daß Beata zwei kleine Hängeschlösser benutzt hatte, um die Ketten anzuschließen. Wenn sie doch nur an die Schlüssel käme, dann hätte sie sich befreien können.

»Glauben Sie nicht, daß Sie türmen können«, verkündete Beata.

Annika schaute verwundert auf.

»Natürlich nicht«, sagte sie. »Wir sind ja mit unserer Arbeit noch nicht fertig.«

Sie zog den Campingschemel etwas vom Tisch ab, um für die Beine mehr Platz zu haben.

»Jetzt ist es nicht mehr viel«, erklärte Beata.

Sie musterte Annika, und diese erkannte, daß die andere Frau nicht genau wußte, was sie von ihr halten sollte.

»Wollen Sie es lesen?« fragte Annika und drehte den Computer so zurecht, daß der Bildschirm zu Beata zeigte.

Die Frau gab keine Antwort.

»Wenn Sie den Text durchlesen, dann können Sie sehen, ob ich alles richtig verstanden habe, und Sie haben die Gelegenheit, meinen Stil zu beurteilen. Ich habe nicht Ihre gesprochene Sprache verwendet, sondern habe Ihren Bericht etwas literarischer formuliert«, sagte Annika.

Beata schaute Annika einige Sekunden lang eindringlich an, dann ging sie zum Tisch und zog ihn zu sich heran.

»Kann ich mich kurz ausruhen?« fragte sich Annika und Beata nickte.

Annika legte sich hin und drehte der Bombenlegerin den Rücken zu. Sie mußte sich ihren nächsten Schritt überlegen.

Vor zwei Jahren war auf dem Eis in den Stockholmer Schären ein sechzigjähriger Mann verschwunden. Es war im Frühjahr, es war sonnig und warm gewesen, und der Mann hatte sich auf einen Spaziergang gemacht und sich verlaufen. Drei Tage lang hatten Küstenwacht und Polizei nach ihm gesucht. Annika hatte mit in dem Helikopter gesessen, der ihn zu guter Letzt gerettet hatte.

Plötzlich wußte sie genau, was sie zu tun hatte.


Thomas stieg aus dem Bett. Er würde doch nicht mehr schlafen können. Er ging ins Badezimmer, um zu pinkeln, dann stellte er sich wieder ans Fenster und schaute zum Schloß hinüber. Der Verkehr war erstorben. Die erleuchteten Fassaden der eleganten Häuser ringsum, das Funkeln der Straßenlaternen, die Tiefe in dem schwarzen Spiegel des Wassers, die Aussicht war wirklich betörend schön. Dennoch hatte er das Gefühl, daß er ihren Anblick nicht eine Sekunde lang ertragen konnte. Es schien, als habe er Annika in diesem Zimmer verloren. Hier, in diesem Zimmer hatte er begriffen, daß sie vielleicht für immer fort war.

Er rieb sich seine trockenen, roten Augen und seufzte tief. Er hatte sich entschieden. Er wollte das Hotel verlassen, sobald die Kinder aufgewacht waren, und zu seinen Eltern nach Vaxholm fahren. Dort würden sie Weihnachten feiern, nicht hier. Er mußte anfangen, sich vorzustellen, wie der Alltag ohne Annika aussehen würde, er mußte vorbereitet sein, sonst würde er zugrunde gehen. Er versuchte sich auszumalen, wie er auf die Nachricht ihres Todes reagieren würde. Es ging nicht. Das einzige, was bleiben würde, wäre ein endloses schwarzes Loch. Er wäre zum Weiterleben gezwungen, wegen der Kinder, wegen Annika. Sie sollten überall das Bild ihrer Mutter vor sich haben, oft würden sie von ihr sprechen und ihre Geburtstage feiern ...

Er wandte sich vom Fenster ab und begann wieder zu weinen.

»Warum bist du traurig, Papa?«

Kalle stand in der Tür zum Schlafzimmer. Thomas faßte sich schnell.

»Ich bin traurig, weil eure Mutter nicht hier ist. Ich vermisse sie einfach.«

»Große sind auch manchmal traurig«, sagte Kalle.

Thomas ging zu dem Jungen und schloß ihn in die Arme.

»Ja, wir weinen auch, wenn es Probleme gibt. Aber weißt du was, du solltest noch etwas schlafen. Weißt du, was heute für ein Tag ist?«

»Weihnachten!« rief der Junge.

»Sch, du weckst ja Ellen auf. Ja, heute ist Heiligabend, und heute abend kommt der Weihnachtsmann. Da mußt du ausgeschlafen sein, leg dich noch etwas ins Bett.«

»Ich muß zuerst Pipi«, sagte Kalle und machte sich aus Thomas Umarmung los.

Als der Junge aus dem Badezimmer zurückgekommen war, fragte er: »Warum kommt Mama nicht?«

»Sie kommt später«, sagte Thomas, ohne einen Augenblick zu zögern.

»Heute kommt Micky Maus im Fernsehen, Mama guckt doch Micky Maus an Weihnachten immer so gern. Ist sie zu Hause, wenn es anfängt?«

»Da bin ich ganz sicher«, sagte Thomas und gab dem Kind einen Kuß aufs Haar. »Marsch, ins Bett!«

Als er den Jungen mit der watteweichen Daunendecke des Grand Hotels zudeckte, landete sein Blick auf dem Radiowecker neben dem

Bett. Die roten digitalen Ziffern färbten die Ecken des Kopfkissens rosa. Sie zeigten 5 Uhr 49 an.

»Das ist gut«, erklärte Beata zufrieden. »Genau so wollte ich es haben.«

Annika war in leichten Dämmerzustand gesunken, hatte sich jedoch bei den ersten Worten der Frau sogleich aufgesetzt.

»Wie schön, daß es Ihnen gefällt«, sagte sie. »Ich habe mein Bestes getan.«

»Ja, das haben Sie wirklich. Es ist angenehm, wenn man es mit Profis zu tun hat«, sagte Beata lächelnd.

Annika erwiderte das Lächeln, und beide lächelten sich an, bis Annika sich entschieden hatte, ihren Plan in die Tat umzusetzen.

»Wissen Sie, was heute für ein Tag ist?« fragte sie und lächelte weiter.

»Heiligabend natürlich«, sagte Beata und lachte. »Klar weiß ich das!«

»Ja, leider geht die Vorweihnachtszeit immer so schnell vorbei. Ich schaffe es fast nie, alle Weihnachtsgeschenke einzukaufen. Aber wissen Sie was: Ich habe da etwas für Sie, Beata.«

Die Frau wurde sofort mißtrauisch.

»Sie haben doch kein Weihnachtsgeschenk für mich gekauft, Sie kennen mich doch gar nicht.«

Annika lächelte weiter aus Leibeskräften, daß ihr die Kiefer weh taten.

»Jetzt kenne ich Sie. Das Geschenk habe ich für eine Freundin gekauft, für eine Frau, die es verdient hat. Aber Sie haben bessere Verwendung dafür.«

Beata glaubte ihr kein Wort.

»Warum sollten Sie mir ein Weihnachtsgeschenk machen? Ich bin doch die Bombenlegerin.«

»Das Geschenk ist nicht für die Bombenlegerin«, widersprach Annika mit fester Stimme. »Es ist für Beata, eine junge Frau, die es verdammt schwer gehabt hat. Sie brauchen wirklich ein schönes Weihnachtsgeschenk, nach allem, was Sie durchgemacht haben.«

Die Worte verwirrten Beata, das konnte Annika sehen. Die Frau begann, den Blick umherschweifen zu lassen und an den Zündkabeln herumzufingern.

»Wann haben Sie es gekauft?« fragte sie verunsichert.

»Vor kurzem. Es ist wirklich schön.«

»Wo ist es denn?«

»In meiner Tasche. Es liegt unten in der Tasche, unter meinen Binden.«

Beata zuckte zusammen, es war genau, wie Annika vorhergesehen hatte. Beata hatte ein gestörtes Verhältnis zu ihren weiblichen Körperfunktionen.

»Es ist ein hübsches Päckchen«, sagte Annika. »Wenn Sie die Tasche holen, dann kann ich Ihnen Ihr Weihnachtsgeschenk geben.«

Darauf ließ Beata sich nicht ein, das sah Annika sofort.

»Versuchen Sie keine Tricks«, verkündete sie drohend und erhob sich.

Annika seufzte leise.

»Ich bin hier nicht diejenige, die mit einer Tasche voller Dynamit herumläuft. In dieser Tasche ist nichts außer einem Kollegblock, ein paar Stiften, einem Paket Binden und einem Geschenk für Sie. Holen Sie es sich selbst!«

Annika hielt die Luft an, das hier war gefährliches Spiel. Beata zögerte für einen Augenblick.

»Ich will nicht in Ihrer Tasche herumwühlen«, sagte sie.

Annika holte tief Luft.

»Wie schade. Das Geschenk hätte gut zu Ihnen gepaßt.«

Das beförderte Beatas Entscheidung. Sie legte Batterie und Zündkabel auf den Fußboden und ergriff statt dessen das Seil.

»Wenn Sie Tricks versuchen, dann ziehe ich zu.«

Annika hob die Hände in die Luft und lächelte. Beata ging im Rückwärtsgang zu der Stelle, an der die Tasche mehr als sechzehn Stunden zuvor gelandet war. Sie nahm beide Schulterriemen in eine Hand und hielt das Seil in der anderen. Langsam begann sie auf Annika zuzugehen.

»Ich werde die ganze Zeit hier stehenbleiben«, erklärte sie und ließ die Tasche auf Annikas Schoß fallen.

Annikas Herz klopfte so heftig, daß es in ihrem Kopf widerhallte. Sie zitterte am ganzen Körper. Das war ihre einzige Chance. Sie schaute lächelnd zu Beata hoch und hoffte, der Puls möge nicht in ihren Schläfen pochen. Dann senkte sie den Blick hinunter auf Beatas

Beine. Beatas Hand hielt noch immer die beiden Riemen fest. Vorsichtig steckte sie die Hand in die Tasche und stieß sofort auf das Paket, auf die kleine Schachtel mit der Granatbrosche, die Anne Snapphane hatte bekommen sollen. Schnell wühlte sie in allen Gegenständen am Boden der Tasche herum.

»Was machen Sie da?« fragte Beata und riß die Tasche an sich.

»Entschuldigung«, sagte Annika und konnte ihre Stimme kaum hinter den donnernden Herzschlägen erkennen. »Ich finde es nicht. Lassen Sie mich noch einmal nachsehen.«

Beata zögerte einige Sekunden lang. Annikas Herz stand vollkommen still. Sie durfte keinen Verdacht schöpfen, sonst war alles zu spät. Sie mußte auf Beatas Neugier setzen.

»Ich will nicht im voraus verraten, was es ist, dann ist es keine Überraschung mehr. Aber ich glaube, es wird Ihnen gefallen«, sagte Annika.

Die Frau hielt ihr wieder die Tasche hin, und Annika holte tief Luft. Erneut griff sie mit dem einen Arm hinein, erfühlte das Geschenk und spürte direkt daneben das Handy. Lieber Gott, dachte sie, laß das Handsfree-Kabel drinstecken! Schweißperlen traten ihr auf die Oberlippe. Die Batterieseite lag oben, gut, sonst wäre vielleicht zu sehen, daß das grüne Display leuchtete. Sie ließ die Finger über die Knöpfe gleiten, fand den großen ovalen und drückte drauf, schnell und leicht. Dann bewegte sie die Hände zwei Zentimeter weiter nach rechts, fand die Eins, drückte drauf und bewegte die Finger dann wieder zurück zu dem großen Knopf, um zum dritten Mal zu drücken.

»Jetzt habe ich's«, sagte Annika und bewegte die Hand zu dem Paket daneben. Der ganze Arm zitterte, als sie es herausholte, aber Beata bemerkte nicht das geringste. Sie sah in der starken Beleuchtung bloß das Goldpapier um die Schachtel und die blaue Schleife schimmern. Nichts war aus der Tasche zu hören, das Kabel steckte also fest drin. Beata trat einige Schritte zurück und stellte die Tasche neben den Karton mit dem Dynamit. Annika verspürte das extreme Bedürfnis zu hyperventilieren und zwang sich, es lautlos und mit offenem Mund zu tun. Menü 1 hatte sie gedrückt. Die gespeicherte Nummer zum Anschluß auf dem Schreibtisch des Nachtredakteurs.

»Darf ich es aufmachen?« fragte Beata erwartungsvoll.

Annika war nicht imstande zu antworten. Sie nickte bloß.

Jansson hatte die letzte Seite zur Druckerei abgeschickt. In der ersten Nacht, in der er Schicht hatte, war er häufig ziemlich müde, doch jetzt war er wie gelähmt. Normalerweise frühstückte er immer in der Cafeteria, ein Käsebrötchen mit Paprika und eine große Tasse Tee, aber heute verspürte er keinen Hunger. Er war gerade aufgestanden und hatte sich daran gemacht, seine Daunenjacke anzuziehen, als das Telefon schon wieder klingelte. Jansson stöhnte laut und zögerte, überhaupt auf dem Display zu kontrollieren, wer da anrief. Nun ja, es konnte die Druckerei sein, manchmal kamen einige Farbfrequenzen nicht an und den Bildern würde dann das Gelb fehlen. Er streckte die Hand nach dem Hörer aus und erkannte die vertraute Nummer. Zugleich stellten sich ihm am ganzen Körper die Haare auf.

»Das ist Annika!« brüllte er. »Annika ruft meine Verbindung an!«

Anders Schyman, Patrik, Berit und Janet Ullberg in der Bildredaktion drehten sich alle zu ihm um.

»Das ist Annikas Handy, das anruft!« schrie Jansson.

»Mann, geh dran, verdammt!« schrie Schyman und lief los.

Jansson holte tief Luft und hob den Hörer ab.

»Annika!«

Im Hörer rauschte und knisterte es leise.

»Hallo! Annika!«

Die anderen waren herangekommen und hatten sich um Jansson versammelt.

»Hallo! Hallo! Bist du dran?«

»Gib mir den Hörer«, sagte Schyman.

Jansson übergab den Telefonhörer an den Chefredakteur. Anders Schyman legte den Hörer an das eine Ohr und hielt sich das andere mit dem Zeigefinger zu. Er hörte Knistern und Rauschen und einen steigenden und fallenden Ton, das von Stimmengemurmel herrühren konnte.

»Sie lebt«, flüsterte er, gab den Hörer an Jansson zurück und ging wieder in sein Büro, um die Polizei anzurufen.


»Oh, wie schön! Sie ist wirklich phantastisch.«

Beata klang wahrhaft überwältigt. Das gab Annika neue Kraft.

»Die ist alt, fast antik«, sagte sie. »Echte Granaten und vergoldetes Silber. So eine hätte ich selbst gern. Solche Geschenke gibt man gern weiter, finden Sie nicht?«

Die Frau antwortete nicht, starrte nur auf die Brosche.

»Ich habe mich schon immer für Schmuck begeistern können«, sagte Annika. »Als Kind habe ich viele Jahre lang Geld gespart, um ein Herz aus Weißgold mit einem Kranz aus Diamanten kaufen zu können. Ich hatte es im Katalog eines Juweliers in der Stadt gesehen, wissen Sie, so eine Werbesendung, wie man sie immer vor Weihnachten bekommt. Als ich endlich genug Geld zusammen hatte, um es mir zu kaufen, war ich zu groß dafür geworden und habe statt dessen eine Skiausrüstung angeschafft ...«

»Vielen herzlichen Dank«, sagte die Bombenlegerin leise.

»Bitte sehr«, sagte Annika. »Meine Großmutter hat auch so eine gehabt, deshalb hat sie mir wohl gleich so gut gefallen.«

Beata knöpfte den obersten Knopf ihres Mantels auf und steckte die Brosche an ihrem Pullover fest.


»Das hier könnte uns weiterhelfen«, sagte der Polizist. »Sie können jetzt auflegen, das Gespräch ist angekommen. Nun erledigen wir den Rest gemeinsam mit dem Operator.«

»Was haben Sie vor?« fragte Schyman.

»Wir nehmen Kontakt mit dem Netzkontrollzentrum der Mobiltelefongesellschaft Conviq in Kista auf. Möglicherweise kann man zurückverfolgen, woher das Telefonat kommt.«

»Kann ich mitkommen?« erkundigte sich Schyman rasch.

Der Polizist zögerte nur einen Augenblick lang.

»Klar«, antwortete er.

Anders Schyman eilte abermals hinaus in die Redaktion.

»Die Polizei verfolgt das Gespräch zurück, ihr könnt auflegen«, rief er, während er sich den Mantel anzog.

»Glaubst du, es macht was aus, wenn wir weiter zuhören?« fragte Berit, die jetzt mit dem Hörer am Ohr dasaß.

»Das weiß ich nicht. Wenn ja, dann rufe ich an. Keiner geht nach Hause!«

Er nahm die Treppe hinunter zum Foyer und merkte, wie seine

Beine vor Müdigkeit zitterten. Jetzt wäre es nicht sehr ratsam, mit dem Auto zu fahren, dachte er und lief zum Taxistand im Rålambs-vägen.

Noch immer war die Nacht draußen schwarz, und die Straße nach Kista war vollkommen leer. Auf der Fahrt begegneten ihnen nur wenige andere Taxen, der Fahrer grüßte mit der linken Hand diejenigen, die für dasselbe Unternehmen fuhren. Sie erreichten die Borgarfjords-gatan, und als Anders Schyman mit seiner Karte bezahlte, hielt ein Polizeifahrzeug neben ihnen. Schyman stieg aus, ging auf den Polizisten in Zivil zu und begrüßte ihn.

»Wenn wir wirklich großes Glück haben, dann können wir sie vielleicht dadurch finden«, sagte der Polizist.

Er war vor Müdigkeit weiß im Gesicht und hatte einen starren Zug um den Mund. Plötzlich ging Anders Schyman auf, um wen es sich bei dem Mann handeln mußte.

»Kennen Sie Annika?« fragte der Chefredakteur.

Der Polizist holte tief Luft und schaute Anders Schyman aus dem Augenwinkel an.

»Gewissermaßen«, antwortete er.

Im gleichen Augenblick erschien ein müder Nachtwächter und ließ sie in das Gebäude, das die Zentralen von Comviq und Tele2 beherbergte. Er führte sie durch lange Gänge und Korridore, und am Ende betraten sie einen riesigen Raum voller überdimensionaler Bildschirme. Anders Schyman stieß einen Pfiff aus.

»Sieht aus wie in einem amerikanischen Spionagefilm, nicht wahr?« sagte ein Mann, der ihnen entgegengekommen war.

Der Chefredakteur nickte und begrüßte ihn.

»Es hat auch Ähnlichkeiten mit dem Kontrollraum in einem Kernkraftwerk«, sagte er.

»Ich bin der Betriebsoperator. Willkommen, hier entlang«, sagte der Mann und verwies auf die Mitte des Raumes.

Anders Schyman folgte dem Operator gemessenen Schrittes und betrachtete zugleich den großen Raum. Er bestand aus Hunderten von Computern, Projektoren ließen die Wände wie gigantische Computerbildschirme fungieren.

»Von hier aus kontrollieren wir das gesamte Conviq-Netz«, fuhr der

Betriebsoperator fort. »Wir sind hier nachts zwei Mann bei der Arbeit. Die Suche, um die Sie gebeten haben, ist sehr einfach durchzuführen, dazu reicht es, daß ich ein einziges Kommando auf meinem Terminal ausführe, damit die Suche gestartet wird.«

Er deutete auf seinen Arbeitsplatz. Anders Schyman verstand nichts von dem, was er da sah.

»Das dauert ungefähr eine Viertelstunde, obwohl ich die Suche ab fünf Uhr eingegrenzt habe. Nun sind gut zehn Minuten vorbei, schauen wir mal, ob schon was dabei rausgekommen ist …«

Er beugte sich über einen Computer und tippte auf eine Taste der Tastatur.

»Nein, noch nicht«, sagte er.

»Eine Viertelstunde, ist das nicht reichlich lang?« fragte Anders Schyman und merkte, daß sein Mund ausgetrocknet war.

Der Betriebsoperator schaute ihn mit festem Blick an.

»Eine Viertelstunde ist absolut schnell«, erklärte er. »Es ist noch sehr früh, noch dazu Heiligabend, und das Aufkommen an Verbindungen ist im Moment sehr niedrig. Deshalb bin ich der Meinung, daß die Suche so schnell beendet ist.«

In dem Augenblick tauchten eine Reihe von Angaben auf dem Bildschirm des Mannes auf. Sofort kehrte er Schyman und dem Polizisten den Rücken zu und setzte sich auf seinen Stuhl. Er hackte und hämmerte für wenige Minuten auf die Tastatur ein, dann stieß er einen Seufzer aus.

»Ich kann nichts finden«, sagte er. »Sind Sie sicher, daß das Gespräch wirklich von ihrem Telefon kommt?«

Anders Schymans Puls stieg. Jetzt durfte nichts schiefgehen! Er spürte die Verwirrung zunehmen, wußten diese Männer hier überhaupt, was passiert war? Wußten sie, wie wichtig das alles ist?

»Unser Nachtchef erkennt Annikas Nummer im Schlaf. Als wir von der Zeitung losgefahren sind, haben sie noch dagesessen und sich das Brausen in ihrem Handy angehört«, erwiderte er und fuhr sich mit der Zunge über die Lippen.

»Aha, das erklärt alles«, sagte der Operator und gab ein anderes Kommando ein. Die Informationen verschwanden vom Bildschirm, und er wurde dunkel.

»Nun können wir nur noch abwarten«, sagte er und wandte sich wieder Schyman und dem Polizisten zu.

»Was ist passiert?« erkundigte sich Schyman und hörte selbst, wie aufgeregt seine Stimme klang.

»Wenn das Gespräch noch läuft, dann haben wir noch keine Information erhalten. Die Information wird intern im Telefon dreißig Minuten gespeichert«, erklärte er und erhob sich vom Stuhl.

»Nach dreißig Minuten wird dann eine Rechnung erstellt und an uns geschickt. Anhand der Angaben können wir die A-Nummer und die B-Nummer sehen, die Basisstation und die Zelle.«

Anders Schyman betrachtete die blinkenden Schirme und fühlte sich immer verwirrter. Die Müdigkeit hämmerte in seinem Gehirn, er hatte das Gefühl, als sei er in einem surrealen Alptraum.

»Was hat das alles zu bedeuten …?« fragte er.

»Ihren Angaben zufolge ging die Verbindung von Annika Bengtzons Mobiltelefon kurz nach sechs in der Redaktion der ‚Abendpresse‘ ein, oder? Wenn die Leitung nicht unterbrochen ist, dann kommt die erste Information über das Gespräch kurz nach 6 Uhr 30 hier an. Das ist jetzt, gleich.«

»Ich verstehe kein Wort«, sagte Schyman. »Woher wissen Sie aufgrund des angeschalteten Handys, wo sie steckt?«

»Das geht so«, entgegnete der Betriebsoperator freundlich. »Mobiltelefone funktionieren genauso wie Radiosender und Empfänger. Die Signale werden mit Hilfe einer Unmenge verschiedener Basisstationen ausgesendet, also von Mobiltelefonmasten, überall im ganzen Land. Jede Basisstation hat verschiedene Zellen, die Signale von unterschiedlichen Stellen und Richtungen empfangen. Alle eingeschalteten Mobiltelefone treten alle vier Stunden in Kontakt mit dem entsprechenden Netz. Schon gestern abend haben wir die erste Suchabfrage nach Annika Bengtzons Telefonnummer durchgeführt.«

»Wirklich?« sagte Schyman erstaunt. »Können Sie das bei jedem x-beliebigen machen, ganz einfach so?«

»Natürlich nicht«, sagte der Operatur ruhig. »Wenn Suchabfragen dieser Art überhaupt durchgeführt werden sollen, ist die Genehmigung eines Staatsanwalts erforderlich. Das Verbrechen, um das es dabei geht, muß eine Strafe von mehr als zwei Jahren Gefängnis nach sich ziehen.«

Er ging ein paar Schritte weiter und klickte einen anderen Bildschirm an. Dann begab er sich zu einem Drucker und wartete auf den Ausdruck.

»Wie dem auch sei, die Verbindung für das letzte Gespräch von Annikas Telefon, von dem jetzt laufenden abgesehen, ist gestern nachmittag um 13 Uhr 09 hergestellt worden«, erklärte er und studierte das Papier. »Es ist an den Kindergarten in der Scheelegatan 38 B in Kungsholmen gegangen.«

Er legte den Computerausdruck auf den Schoß.

»Die Verbindung für die Signale von Annikas Handy ist über eine Station in Nacka hergestellt worden.«

Der Polizist ergriff das Wort.

»Das Telefonat ist von der Leiterin des Kindergartens bestätigt worden. Annika hat sich nicht anders als sonst oder irgendwie unter Druck angehört. Sie war erleichtert, als sie erfahren hat, daß der Kindergarten bis fünf Uhr offen hat. Also konnte sie sich kurz nach 13 Uhr noch ungehindert bewegen und hat sich irgendwo östlich von Danvikstull aufgehalten.«

Der Betriebsoperator las weiter in seinem Ausdruck.

»Das nächste Signal vom Handy war um 17 Uhr 09. Ein eingeschaltetes Mobiltelefon meldet sich alle vier Stunden im Netzkontrollzentrum.«

Anders konnte dem Mann kaum zuhören. Er setzte sich auf einen leeren Bürostuhl und rieb sich mit den Fingerspitzen die Stirn.

»In jedem Telefon gibt es eine interne Uhr, die jedesmal den Countdown beginnt, sobald es angestellt wird«, fuhr der Operator in seinen Erklärungen fort. »Nach vier Stunden ist der Countdown abgelaufen. Dann wird ein Signal losgeschickt, das dem System mitteilt, wo sich das Telefon befindet. Da die Signale die Nacht über gelaufen sind, hat Annika ihr Mobiltelefon offensichtlich eingeschaltet gehabt. Soweit wir feststellen können, hat sie sich im Lauf der Nacht nicht über lange Distanzen bewegt.«

Schyman spürte, wie er erstarrte.

»Wissen Sie, wo sie ist?« brachte er gepreßt hervor.

»Wir wissen, daß sich ihr Handy irgendwo in der City von Stockholm befindet«, sagte der Operator. »Wir können nur erkennen, um welchen Radius es sich handelt, und das sind die Stadtteile des Innenbezirks.«

»Dann kann sie also ganz in der Nähe sein?«

»Ja, ihr Handy ist im Lauf der Nacht nicht außerhalb des Gebiets bewegt worden.«

»Durften wir sie deshalb nicht anrufen?«

Der Polizist trat hinzu.

»Ja, das auch. Wenn jemand bei ihr ist und merkt, daß es klingelt, dann könnten sie das Telefon ausschalten, und dann wissen wir nicht, ob sie woandershin geschafft worden ist.«

»Wenn sie nun da ist, wo das Handy ist?« fragte Schyman.

»Ist nicht schon eine Viertelstunde vorüber?« schaltete sich der Polizist wieder ein.

»Noch nicht ganz«, sagte der Operator.

Sie richteten ihre Aufmerksamkeit auf den Bildschirm und warteten. Anders Schyman verspürte den Drang, zur Toilette zu gehen und verließ für einige Minuten den großen Raum. Beim Entleeren der Blase spürte er, wie ihm die Beine zitterten.

Nichts war geschehen, als er wieder zu den anderen zurückkehrte.

»Nacka«, sagte Schyman erstaunt. »Was in aller Welt hat sie dort gemacht?«

»Nun kommt's«, sagte der Operator. »Ja, hier haben wir es. Die A-Nummer ist Annika Bengtzons Mobiltelefon, die B-Nummer ist die Zentrale von der Zeitung ,Abendpresse'.«

»Geht daraus hervor, wo sie sich aufhält?« erkundigte sich der Polizist gespannt.

»Ja, ich habe hier einen Code, einen Augenblick.«

Der Operator klapperte auf der Tastatur herum, und Schyman merkte, daß er fror.

»527 D«, verkündete der Operator zögernd.

»Was ist los?« fragte der Polizist. »Stimmt was nicht?«

»Wir haben normalerweise nie mehr als drei Zellen in jeder Basisstation: A, B und C. Hier haben wir mehr. Das ist äußerst ungewöhnlich. D-Zellen sind immer etwas Besonderes.«

»Wo liegt die Basisstation?« fragte der Polizist.

»Einen Augenblick«, sagte der Operator, erhob sich schnell und ging zu einem anderen Terminal hinüber.

»Was machen Sie da?« fragte Schyman.

»Wir haben über 1000 Masten auf Hügeln in ganz Schweden verteilt, alle kann man leider nicht im Kopf haben«, sagte er entschuldigend. »Hier haben wir es, Basisstation 527. Södra Hammarbyhamnen.«

Anders Schyman schwirrte der Kopf, und im Nacken wurde ihm kühl, zum Teufel, da war doch das Olympia-Dorf.

Der Operator suchte noch etwas weiter.

»Zelle D befindet sich im Tunnel zwischen dem Victoriastadion und der Trainingsarena.«

Der Polizist wurde noch um einiges weißer im Gesicht.

»Was für ein Tunnel, verdammt?« fluchte er.

Der Operator schaute sie ernst an.

»Darüber kann ich Ihnen leider keine Auskunft geben, bloß daß es offenbar einen Tunnel zwischen der Hauptarena und der nahegelegenen Trainingsanlage gibt.«

»Da sind Sie sich ganz sicher?«

»Die Verbindung für das Gespräch wurde über eine Zelle hergestellt, die im Tunnel selbst sitzt. Oft bedienen Zellen einen größeren Radius, aber gerade in Tunneln ist der Empfang sehr eingeschränkt. Wir haben eine Zelle, die nur für den Südringtunnel da ist, zum Beispiel.«

»Sie ist also in einem Tunnel unter dem Olympischen Dorf?« konstatierte der Polizist.

»Jedenfalls ist ihr Telefon dort, das kann ich Ihnen schriftlich geben«, sagte der Operator.

Der Polizist war schon auf halbem Weg aus dem Raum.

»Danke«, sagte Anders Schyman und drückte dem Operator die rechte Hand mit seinen beiden Händen.

Dann eilte er hinaus, dem Polizisten hinterher.

Annika war eingeschlafen, als sie plötzlich gewahr wurde, daß sich Beata an ihrem Rücken zu schaffen machte.

»Was machen Sie?« fragte Annika.

»Schlafen Sie ruhig weiter. Ich kontrolliere nur, ob alles richtig sitzt. Es ist bald soweit.«

Annika hatte das Gefühl, als habe ihr jemand einen Eimer mit Eiswasser über den Kopf gegossen. Alle Nerven zogen sich zu einem harten Knoten in ihrer Magengegend zusammen. Sie versuchte etwas zu sagen, aber es gelang ihr nicht. Statt dessen begann sie am ganzen Körper unkontrolliert zu zittern.

»Was ist mit Ihnen?« fragte Beata. »Sagen Sie nicht, daß Sie anfangen wollen wie Christina. Sie wissen, daß ich es nicht mag, wenn es schmierig wird.«

Annika atmete schnell und leicht mit geöffnetem Mund, immer mit der Ruhe, beruhig dich, rede mit ihr, schinde Zeit.

»Ich frage … ich frage mich nur … was Sie mit meinem Artikel machen werden«, preßte sie hervor.

»Der wird in der Zeitung ‚Abendpresse‘ publiziert, genauso groß wie der über Christina Furhages Tod«, verkündete Beata zufrieden. »Es ist ein guter Artikel.«

Annika nahm innerlich Anlauf.

»Das geht aber nicht«, sagte sie.

»Warum nicht?«

»Wie sollen die denn an den Text kommen? Hier gibt es doch kein Modem.«

»Ich schicke den ganzen Computer an die Zeitung.«

»Mein Chefredakteur weiß nicht, daß ich ihn geschrieben habe. Das geht nirgends hervor. Er ist in der Ich-Form geschrieben. So wie er jetzt aussieht, ist er bloß ein langer Leserbrief. Die Zeitung veröffentlicht keine Leserbriefe von dieser Länge.«

Beata gab nicht nach.

»Diesen werden sie veröffentlichen.«

»Warum sollten sie? Nein, der Chefredakteur kennt Sie nicht. Er begreift vielleicht noch nicht einmal, wie wichtig es ist, daß dieser Text an die Öffentlichkeit kommt. Und wer soll es ihm erklären, wenn ich nicht mehr … bin.«

Da hatte sie was zum Nachdenken, dachte Annika, als die Frau sich wieder auf ihren Stuhl setzte.

»Sie haben recht«, sagte sie. »Sie müssen einen Anfang für den Artikel schreiben, in dem Sie genau erklären, wie sie mit der Veröffentlichung zu verfahren haben.«

Annika stöhnte innerlich. Vielleicht war es ein großer Fehler gewesen, der Frau in die Hände zu spielen. Wenn das nun alles noch schlimmer machte. Dann schüttelte sie den Gedanken ab. Christina hatte gekämpft, und ihr waren Gesicht und Glieder zerschlagen worden. Wenn sie nun sterben mußte, dann war es angenehmer, dabei am Computer zu schreiben, als gefoltert zu werden.

Sie setzte sich aufrecht hin, der ganze Körper schmerzte. Der Boden schwankte, und sie spürte, daß ihr Gleichgewichtssinn versagte.

»Okay«, sagte sie. »Geben Sie mir den Computer, dann machen wir den Artikel fertig.«

Beata schob den Tisch zurück.

»Schreiben Sie, daß Sie ihn geschrieben haben und daß die Zeitung den Artikel in voller Länge veröffentlichen muß.«

Annika schrieb. Sie erkannte, daß sie noch mehr Zeit schinden mußte. Wenn sie richtig lag, dann müßte die Polizei jetzt im Anmarsch sein. Sie hatte keine Ahnung, wie genau das Mobiltelefon ihren Aufenthaltsort wiedergeben konnte, aber der Mann draußen auf dem Eis vor zwei Jahren war problemlos über sein Handy aufzuspüren gewesen. Bei ihm hatte man schon alle Hoffnung aufgegeben. Die Trauerarbeit der Angehörigen hatte bereits eingesetzt, als er plötzlich von seinem Mobiltelefon seinen Sohn angerufen hatte. Der alte Mann war vollkommen erschöpft und sehr durcheinander gewesen. Er hatte nicht die geringste Ahnung gehabt, wo er war. Er hatte keinen Anhaltspunkt darüber geben können, wo er sich befand, alles war ein einziges Weiß, hatte er gesagt.

Dennoch war der Mann in weniger als einer Stunde gerettet worden. Mit Hilfe der Mobiltelefongesellschaft hatte die Polizei einen Radius von sechshundert Metern eingegrenzt, und innerhalb dieses Umkreises hielt sich der Mann auf. Das hatte der Operator mit Hilfe der vom Handy ausgehenden Signale ermitteln können.

»Übrigens«, sagte Annika. »Wie sind Sie in die Arena gekommen?«

»Das war kein großes Kunststück«, erwiderte Beata überlegen. »Ich hatte schließlich die Karte und den Code.«

»Wie sind Sie daran gekommen? Es ist doch schon einige Jahre her, seit Sie in der Arena gearbeitet haben.«

Beata erhob sich.

»Das habe ich Ihnen doch schon erzählt«, antwortete sie ungehalten. »Ich habe in dem Team gearbeitet, das zu jeder popeligen Halle gefahren ist, die mit den Olympischen Spielen zu tun hatte. Wir hatten Zugang zur Zentrale, wo alle Karten und Codes aufbewahrt wurden. Wir mußten natürlich Erhalt und Rückgabe quittieren, aber ich habe eine ganze Menge geklaut. Die Gebäude, die freundlich mit mir gesprochen haben, wollte ich immer besuchen können. Das Olympiastadion und ich sind immer gut miteinander ausgekommen, ich habe immer eine Karte dafür gehabt.«

»Auch den Code?«

Beata seufzte.

»Ich kenne mich gut mit Computern aus«, erklärte sie. »Die Alarmcodes der Arena werden jeden Monat geändert, und die Änderungen werden in einer bestimmten Datei eingetragen, zu der man das Paßwort haben muß, um Zugang zu bekommen. Das Blöde ist nur, daß sie nie das Paßwort ändern.«

Sie verzog das Gesicht zu einem Lächeln. Annika begann, wieder zu schreiben. Sie war gezwungen, sich noch mehr Fragen auszudenken.

»Was schreiben Sie?«

Annika schaute auf.

»Ich erkläre, wie wichtig es ist, daß sie das hier genauso groß veröffentlichen wie die Artikel zu Christina Furhages Tod«, antwortete sie gut gelaunt.

»Sie lügen!« schrie Beata, und Annika zuckte zusammen.

»Was wollen Sie damit sagen?«

»Es ist nicht möglich, genauso viele Seiten daraus zu machen wie bei Christinas Tod. Wissen Sie eigentlich, daß Sie es waren, die mich zum ersten Mal als ›Bombenleger‹ bezeichnet hat? Können Sie sich vorstellen, wie sehr ich dieses Wort hasse? Was? Sie sind die Schlimmste von allen gewesen, Sie haben immer das geschrieben, was auf der ersten Seite zu lesen war. Ich hasse Sie.«

Beatas Augen brannten, und Annika begriff, daß sie dem nichts entgegenzusetzen hatte.

»Sie sind in das Zimmer getreten, in dem mich die Trauer überwältigt hat«, sagte Beata und kam langsam auf Annika zu. »Sie haben mich in all meinem Elend gesehen und mir trotzdem nicht geholfen. Den anderen haben Sie zugehört, aber nicht mir. So ist es in meinem Leben immer gewesen. Niemand hat mir zugehört, wenn ich gerufen habe. Niemand außer meinen Häusern. Aber jetzt ist Schluß damit. Ich werde euch alle vernichten.«

Die Frau streckte ihre Hand nach dem Seil aus, das an Annikas Hals hing.

»Nein!« schrie Annika.

Durch den Schrei verlor Beata die Beherrschung. Sie packte das Seil und zog so kräftig sie konnte daran, aber Annika war darauf vorbereitet gewesen. Sie hatte beide Hände zwischen Seil und Hals stecken können. Die Frau zog abermals am Seil, und Annika fiel vom Stuhl. Es war ihr gelungen, sich unter Windung ihres Körpers auf die Seite zu werfen, um nicht auf der Sprengladung zu landen.

»Nun werden Sie sterben, verfluchte Schlampe!« schrie Beata, und in dem Augenblick begriff Annika, daß mit dem Echo etwas nicht stimmte. Einen Augenblick später spürte sie, wie ein kalter Windzug über den Boden fegte.

»Hilfe!« schrie sie, so laut sie konnte.

»Aufhören zu schreien!« brüllte Beata und zog von neuem. Der Ruck zog Annika weiter über den Boden, schrammte ihre Wange auf dem Linoleumbelag.

»Ich bin hier, hinter der Ecke!« schrie Annika, und in der nächsten Sekunde mußte Beata etwas bemerkt haben. Sie ließ das Seil los, drehte sich um und suchte mit den Augen die hintere Wand ab. Annika wußte, wonach sie Ausschau hielt. Wie in Zeitlupe sah sie, wie Beata einen Satz auf Batterie und Zündkabel machte. Der Schuß löste sich ein Sekundenbruchteil später und riß oben in Beatas Rücken einen Krater auf, traf sie wie ein gewaltiger Stoß und warf sie vornüber. Ein weiterer Schuß krachte, und Annika drehte instinktiv den Rücken zur Wand, aus der Reichweite der Schüsse fort.

»Nein«, schrie sie. »Nicht schießen, um Gottes willen. Ihr trefft die Sprengladung!«

Das letzte Echo hallte dahin, sie sah Rauch und Staub in der Luft,

Beata lag in einigen Metern Entfernung reglos am Boden. Es war vollkommen still, ein Summen, das ihr nach dem Schuß in den Ohren klang, war alles, was sie wahrnahm. Plötzlich spürte sie, daß jemand neben ihr stand, sie schaute auf und erblickte einen bleichen Polizisten in Zivil, der sich mit gezogener Waffe über sie gebeugt hatte.

»Sie!« sagte sie erstaunt.

Der Mann schaute sie gespannt an und lockerte die Schlinge um ihren Hals.

»Ja, ich«, sagte er. »Wie geht's Ihnen?«

Es war ihr Kontaktmann, ihr ›Deep throat‹. Sie lächelte erschöpft, er zog ihr das Seil über den Kopf.

Zu ihrer eigenen Verwunderung brach sie in heftiges Weinen aus. Der Polizist nahm sein Sprechfunkgerät zur Hand und rief seine Nummer hinein.

»Ich brauche zwei Krankenwagen«, sagte er und blickte sich im Tunnel um.

»Ich bin okay«, flüsterte Annika.

»Es eilt, wir haben hier eine Schußverletzung«, rief er über Funk.

»Aber ich habe eine Sprengladung auf dem Rücken.«

Der Mann ließ das Funkgerät sinken.

»Was haben Sie gesagt?«

»Da hinten ist eine Sprengladung. Können Sie nicht mal nachsehen?«

Sie drehte sich um, und der Polizist erblickte auf ihrem Rücken die Dynamitstangen.

»O mein Gott, rühren Sie sich nicht vom Fleck«, sagte er.

»Kein Grund zur Sorge«, erwiderte Annika und wischte sich mit dem Handrücken die Tränen aus dem Gesicht. »Das habe ich schon die ganze Nacht auf dem Rücken gehabt, ohne daß es explodiert ist.«

»Räumen Sie den Tunnel«, brüllte er in Richtung Eisentür. »Warten Sie mit dem Krankenwagen! Wir haben hier eine scharfe Sprengstoffladung.«

Der Polizist beugte sich über sie, und Annika schloß die Augen. Sie hörte, daß mehrere Personen sich in der Nähe befanden, Trampeln und Stimmen.

»Immer mit der Ruhe, Annika, das regeln wir schon«, sagte der Polizist.

Beata stöhnte weiter hinten auf dem Boden.

»Achten Sie darauf, daß sie nicht an die Zündkabel kommt«, sagte Annika leise.

Der Polizist erhob sich und folgte den Kabeln mit seinem Blick. Dann machte er einige Schritte, ergriff den gelbgrünen Draht und riß ihn an sich.

»So«, sagte er zu Annika. »Nun wollen wir mal sehen, was wir hier haben.«

»Das ist ›Minex‹«, erklärte Annika. »Klein, Farbe wie Zuckerstangen.«

»Ja«, sagte der Polizist. »Was wissen Sie noch?«

»Es sind zirka zwei Kilo, der Detonationsmechanismus könnte instabil sein.«

»Scheiße, so was ist nicht gerade meine Stärke«, sagte der Polizist.

In weiter Ferne hörte Annika das Heulen der Sirenen.

»Sind die auf dem Weg hierher?«

»Ja. Was für ein unverschämtes Glück, daß Sie am Leben sind«, sagte er.

»Das war alles andere als ein Kinderspiel«, sagte Annika und zog die Nase hoch.

»Halten Sie jetzt ganz still.«

Innerhalb weniger Sekunden untersuchte er voller Konzentration die Sprengladung. Anschließend ergriff er die Zündkabel, ganz oben bei der Sprengladung, und zog sie heraus. Nichts passierte.

»Gott sei Dank«, murmelte er. »Es war so einfach, wie ich gedacht habe.«

»Was?« fragte Annika.

»Das ist eine normale Sprengladung, so eine, wie man sie auf Baustellen verwendet. Das war keine Bombe. Man mußte nur die Metallstücke aus den Patronen entfernen, dann war die Sprengladung nicht mehr scharf.«

»Sie machen Witze«, sagte Annika skeptisch. »Sie wollen doch damit nicht sagen, daß ich sie jederzeit selbst hätte herausziehen können?«

»So ungefähr.«

»Warum zum Teufel habe ich dann die ganze Nacht hier gesessen?« sagte sie wütend zu sich selbst.

»Tja, Sie hatten ja auch noch eine Schlinge um den Hals. Die hätte Ihnen genauso effektiv den Tod bescheren können. Sie haben übrigens häßliche Stellen am Hals. Und hätten Sie an dem Kabel zur Batterie gezogen, dann wäre es vorbei gewesen, für Sie und für die da.«

»Sie hat auch einen Zeitzünder.«

»Warten Sie, dann befreie ich ihren Mantel auch noch von dem Dynamit. Womit hat sie den denn nur befestigt?«

Annika seufzte schwer.

»Mit Klebeband.«

»Okay, in dem Klebeband sind keine Metallstücke mit eingewikkelt? Gut, ich reiß es jetzt ab, jetzt ist es weg …«

Annika spürte die Last auf ihrem Rücken verschwinden. Sie lehnte sich nach hinten an die Wand und riß sich das Klebeband von der Vorderseite.

»Sie wären übrigens nicht weit gekommen«, sagte der Polizist und wies auf die Ketten. Wissen Sie, wo die Schlüssel sind?«

Annika schüttelte den Kopf und zeigte auf Beata.

»Sie muß sie in der Tasche haben.«

Der Polizist nahm sein Funkgerät und gab durch, daß die anderen hereinkommen konnten, die Sprengladung sei entschärft.

»Da drüben ist noch mehr Dynamit«, sagte Annika und zeigte ihm die Stelle.

»Gut, darum kümmern wir uns auch noch.«

Er packte die mit Klebeband umwickelten Stangen, legte sie zu den anderen Patronen und ging dann zu Beata. Die Frau lag vollkommen regungslos da, mit dem Gesicht nach unten, Blut rann ihr aus einem Loch in der Schulter. Der Polizist fühlte ihr den Puls und schaute ihr unter die Augenlider.

»Kommt sie durch?« erkundigte sich Annika.

»Wen interessiert das schon?« antwortete der Polizist.

Und Annika hörte sich selbst sagen: »Mich.«

Zwei Sanitäter betraten den Tunnel, sie trugen eine Bahre. Gemeinsam mit dem Polizisten legten sie Beata darauf. Einer der Männer durchwühlte ihre Taschen und fand zwei kleine Schlüssel, die zu Vorhängeschlössern paßten.

Die Sanitäter überprüften Beatas vitale Werte, während Annika die

Ketten aufschloß. Sie stellte sich auf ihre zittrigen Beine und schaute zu, wie die Männer Beata zum Ausgang des Tunnels abtransportierten. Die Augenlider der Frau flatterten, und sie erspähte Annika. Es hatte den Anschein, als wolle sie etwas sagen, aber ihre Stimme trug nicht.

Annika folgte der Trage mit den Blicken, bis sie um die Ecke außer Sichtweite verschwunden war. Mehrere Personen und Polizisten betraten den Tunnel. Worte begannen die Luft zu erfüllen, Stimmengewirr. Sie hielt sich die Ohren zu, bald würde sie umkippen.

»Brauchen Sie Hilfe?« fragte ihr Kontaktmann.

Sie atmete langsam und spürte, daß sie gleich wieder in Tränen ausbrechen würde.

»Ich will nach Hause«, sagte sie bloß.

»Sie sollten zur Kontrolle ins Krankenhaus fahren«, gab der Polizist zu bedenken.

»Nein«, widersprach Annika bestimmt und dachte an ihre vollgemachte Hose. »Ich muß zuerst in die Hantverkargatan.«

»Kommen Sie, ich helfe Ihnen hier raus, Sie sind ja vollkommen fertig.«

Der Polizist umfaßte ihre Taille und führte sie auf den Ausgang zu. Annika stellte mit einemmal fest, daß etwas fehlte.

»Warten Sie, meine Tasche«, sagte sie und blieb stehen. »Ich will meine Tasche haben und das Powerbook.«

Der Mann sagte etwas zu einem uniformierten Polizisten, und jemand reichte Annika ihre Tasche.

»Ist das Ihr Computer?« fragte der Polizist.

Annika zögerte.

»Muß ich jetzt darauf antworten?«

»Nein, das hat Zeit. Nun fahren Sie erst mal nach Hause.«

Sie näherten sich dem Ausgang, und Annika konnte im Dunkeln eine Mauer aus Menschen unterhalb der Arena erahnen. Unwillkürlich hielt sie inne.

»Das sind bloß Polizeibeamte und Sanitäter da draußen«, erklärte der Mann neben ihr.

In dem Moment, in dem sie einen Fuß nach draußen setzte, blitzte ihr jemand direkt ins Gesicht. Für eine Sekunde war sie vollkommen blind und hörte sich selbst unvermittelt losschreien. Die Konturen tauchten wieder auf, und sie erblickte die Kamera und den Fotografen. Mit zwei Sätzen war sie bei ihm und schlug ihn geradewegs zu Boden.

»Du Arschloch!« schrie sie.

»Bengtzon, zum Teufel, was fällt dir ein?« rief der Fotograf.

Es war Henriksson.

Sie bat den Polizisten, bei Rosetten anzuhalten, dem Laden in der unmittelbaren Nähe ihrer Wohnung, und dort eine Flasche mit Haarspülung zu kaufen. Anschließend stieg sie die zwei Treppen zu ihrer Wohnung hoch, schloß die Tür auf und betrat den stillen Flur. Es war ein Gefühl wie in einer anderen Zeit, als seien viele Jahre vergangen, seit sie zuletzt hiergewesen war. Sie zog all ihre Kleider aus und ließ sie im Flur zu Boden fallen. Dann nahm sie aus der Toilette nebenan ein Handtuch und wischte sich Bauch, Hintern und Unterleib ab. Dann ging sie unter die Dusche und stand dort lange. Sie wußte, daß Thomas mit Kalle und Ellen im Grand Hotel war, sie würden nach Hause kommen, sobald die Kinder aufgewacht waren.

Sie zog sich an, saubere, frische Sachen. Alle die gebrauchten Klamotten, die Schuhe und auch den Mantel, steckte sie in einen großen schwarzen Plastiksack. Dann nahm sie den Sack und warf ihn in den Container auf dem Hinterhof.

Danach gab es nur noch eins zu erledigen, ehe sie sich schlafen legen würde. Sie schaltete Christinas Computer ein, die Batterie war fast leer. Sie nahm eine Diskette und lud ihren eigenen Artikel runter, der auf dem Desktop lag. Sie zögerte einen Augenblick, klickte dann aber Christinas Ordner mit dem Titel ›Ich‹ an.

Darin waren sieben Dokumente, sieben Kapitel, die alle mit einem einzigen Wort überschrieben waren: Existenz, Liebe, Menschlichkeit, Glück, Lügen, Bosheit und Tod.

Annika öffnete das erste Dokument und begann zu lesen.

Sie hatte mit allen Personen gesprochen, mit denen Christina Furhage zu tun gehabt hatte oder die ihr nahegestanden hatten. Sie alle hatten zu einem Bild dieser Frau beigetragen, das in Annikas Kopf Gestalt angenommen hatte.

Am Ende hatte Christina selbst das Wort ergreifen wollen.

# Epilog

Ende Juni, auf den Tag genau sechs Monate nach dem letzten Sprengstoffanschlag, wurde Beata Ekesjö vom Stockholmer Gericht wegen dreifachen Mordes, vierfachen Mordversuches, Brandstiftung, schwerer und gemeingefährlicher Sachbeschädigung, schweren Menschenraubs, Diebstahls und Fahrens ohne Fahrerlaubnis verurteilt. Im Laufe der gesamten Gerichtsverhandlung äußerte sie nicht ein einziges Wort.

Das Urteil schrieb Verwahrung in einer geschlossenen psychiatrischen Anstalt vor, einschließlich verschärfter Überprüfung der Entlassung. Einspruch gegen das Urteil wurde nicht eingelegt, es trat drei Wochen später in Kraft.

Kaum jemandem mochte es aufgefallen sein, aber im gesamten Verlauf des fünf Wochen andauernden Gerichtsverfahrens hatte die Angeklagte stets ein und dasselbe Schmuckstück getragen.

Es handelte sich dabei um eine billige alte Granatbrosche aus vergoldetem Silber.

Der Artikel darüber, wie die Bauingenieurin Beata Ekesjö zur Serienmörderin wurde, ist nie veröffentlicht worden.

# Dank der Autorin

Diese Geschichte ist Fiktion. Alle Übereinstimmungen zwischen Romanfiguren und realen Personen sind rein zufällig.

Ebensowenig existiert die Zeitung ‚Abendpresse'. Sie trägt Züge vieler vorhandener Medienunternehmen, ist aber voll und ganz ein Produkt, das der Phantasie der Autorin entsprungen ist.

Alle Orte, die die literarischen Figuren aufsuchen, sind jedoch so beschrieben, wie sie aussehen oder ausgesehen haben könnten. Das trifft auch auf das Olympiastadion und das olympische Dorf zu.

Am Schluß gilt mein Dank all jenen Personen, die durch ihr Entgegenkommen und ihr Wissen diesen Roman möglich gemacht haben. Das sind:

Arne Rosenlund von Stockholm 2004, der erklärt hat, wie die Organisation um die Olympischen Spiele aufgebaut ist.

Per-Axel Bergman, Projektchef von Hammarby Sjöstad, der das Stadion und das Olympiadorf beschrieben hat.

Bosse Daniels, der Sprengmeister von der Firma Frölanders Järn AB in Breds-Skälby nahe Enköping, für die Vorführung und Probesalven der verschiedenen Sorten von Sprengstoff, Zündern, Verbindungsdrähten, Zündschnüren etc.

Gunnar Gustafsson, der stellvertretende Betriebschef von Conviq, für die eingehende Beschreibung der Signale von und an Mobiltelefone.

Lotta Wahlbäck, angehende Bauingenieurin, für Einblicke in die Ausbildung, die Hierarchie und die Rolle von Frauen innerhalb der Baubranche.

Lotta Byqvist für die Beschreibung der Auflagenanalyse einer Abendzeitung.

Lotta Snickare, Abteilungsleiterin im Schwedischen Kommunalverbund, die mir die Arbeit des Schwedischen Kommunalverbunds erklärt hat.

Stefan Wahlberg, Produzent des Fernsehprogrammes ›Efterlyst‹, der schwedischen Variante von Aktenzeichen XY, der mir alles über Sprache und Kanäle im Polizeifunk erklärt hat.

Robert Braunerhielm, Geschäftsführender Leiter von MTG Publishing, und Annika Rydman vom Berufsverband der Zeitung ›Expressen‹, für Wissen und Strategien bezüglich der Regelungen bei Abfindungen auf diesem Arbeitsmarkt.

Thomas Hagblom, stellvertretender Produktionschef in Stockholm Klara, für die Erläuterung und Demonstration des Hauptpostamtes und dessen Sortierroutine.

Conny Lagerstedt für das Wissen über ökologischen Tomatenanbau.

Johanne Hildebrandt für endlose Telefongespräche und aufmunternde Worte.

Sigge Sigfridsson natürlich, mein schwedischer Verleger, der von der ersten Stunde an das Projekt geglaubt hat.

Und vor allem Tove Alsterdal, die via E-Mail jede Zeile gelesen und kommentiert hat, zugehört, diskutiert, analysiert hat und ständig mit hervorragenden Ratschlägen und Ideen zur Stelle gewesen ist.

Allen vielen Dank!

Eventuell auftauchende Sachfehler, die sich möglicherweise eingeschlichen haben könnten, gehen selbstverständlich auf mich zurück.

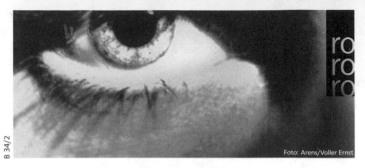

Foto: Arens/Voller Ernst

B 34/2

## Krimi-Klassiker bei rororo

## Literatur kann manchmal tödlich sein

**Colin Dexter**
**Die Leiche am Fluss**
*Ein Fall für Chief Inspector Morse*
*Roman.* 3-499-23222-7

**Martha Grimes**
**Inspektor Jury steht im Regen**
*Roman.* 3-499-22160-8

**P. D. James**
**Tod im weißen Häubchen**
*Roman.* 3-499-23343-6

**Ruth Rendell**
**Sprich nicht mit Fremden**
*Roman.* 3-499-23073-9

**Dorothy L. Sayers**
**Diskrete Zeugen**
*Roman.* 3-499-23083-6

**Linda Barnes**
**Carlotta spielt den Blues**
*Roman.* 3-499-23272-3

**Harry Kemelman**
**Der Rabbi schoss am**
**Donnerstag**
*Roman.* 3-499-23353-3

**Tony Hillerman**
**Dachsjagd**
*Roman.* 3-499-23332-0

**Janwillem van de Wetering**
**Outsider in Amsterdam**
*Roman.* 3-499-23329-0

**Maj Sjöwall/Per Wahlöö**
**Die Tote im Götakanal**

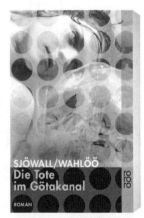

*Roman.* 3-499-22951-X

*Weitere Informationen in der Rowohlt Revue oder unter www.rororo.de*